THE HUSH

John Hart

静默之地

[美]约翰·哈特——著 | 崔玲——译

北京时代华文书局

“壮大且惊人！这部引人入胜、逐层递进的故事囊括了凶杀、魔力、疯狂、背叛、偏执和永恒的爱。让人认识了一个全新的哈特。”

——《华盛顿邮报》

“哈特是一位才华横溢的小说家、推理作家和抒情诗人，他可以像拧螺丝一般驾驭文字。在这部作品中，哈特再次巩固了他作为美国杰出小说家之一的江湖地位。”

——《普罗维登斯日报》

“哈特的事业高潮迭起：五本书、五次荣登《纽约时报》畅销书榜、两次‘爱伦·坡奖’……这是他的第六次，在这一连串不可思议的成功背后，是一种罕见的可以将引人入胜的情节和丰富有趣的人物相结合的能力。这本作品是之前畅销小说《最后之子》的续集，这一点足以让哈特的粉丝们在期待中寝食难安。”

——《书单》

“在这部气势恢弘的续集中，哈特不断加深笔墨，其独特的故事和腔调完全可以作为一部独立作品。它再次证明了哈特是当之无愧的文学巨匠。”

——《图书馆杂志》

“即便我似乎从来没有时间读书，但每次约翰·哈特出新书，我就变成了不可救药的瘾君子！《静默之地》是一部融合了神秘、惊悚、悬疑和恐怖的故事，所有元素都被这位叙事大师精妙地糅合在一起。”

——忠实读者

“真的太迷人、太惊悚了！我从下午四点开始读，九点就读完了。我惊叹于约翰的才华。”

——忠实读者

“约翰·哈特是一位讲故事大师，他的最新著作一如既往得精彩！他让我彻夜难眠！你必须读一读这部迷人的故事！我太喜欢了！”

——忠实读者

“我喜欢他丰富多彩的故事，以及那些人物为了摆脱无力感而做出的选择。”

——忠实读者

致塞勒和索菲——世上的魔力需要强大的心灵去守护。

第一章

约翰尼醒了，他正躺在弯曲的橡树树枝上，身下是一张破旧的尼龙吊床，头顶是一片繁星璀璨的天空。这棵橡树高约一百英尺，不过树干并不粗壮，距地面六十英尺处的树干甚至单薄得仿佛承受不住约翰尼的重量。树枝虽弯弯曲曲，却坚韧有力。约翰尼伸手触摸这棵树的每一根树枝，感受着手脚之下磨损的树皮，这些树枝好像人的手指一样，沿着树干向外伸展开去。即使周围一片漆黑，约翰尼也可以在这棵树上轻松攀爬，他穿过吊床，爬到身下弯曲着的小树枝上。明月、森林还有一路向南延伸的沼泽，一切尽收眼底。这里是他的安身之地，这片六千英亩的土地就是他的家，这里的每一条溪流、每一座山峰、每一个湖泊、每一片沼泽，都是他的老友。

约翰尼并不总是在树上睡觉，他有一间小木屋，但待在小木屋内偶尔会有些压抑。这间小木屋是他自己亲手搭建的，约翰尼之所以选择到这棵生长在乱石山丘的老橡树上度过长夜，并不是因为小木屋的外观不尽如人意，不是因为他在梦游，也不是因为他对这棵树有特殊的情感回忆，更不是因为其他的一些见不得人的事情。他选择到这儿来，是因为在这里，他能更清晰地观测这片属于他的土地。这棵橡树生长在一片高于沼泽地面的岩石土壤之上，这片土壤一路延伸至雷文县最北边的角落。附近层峦叠嶂的山峰，恰好在沼泽湿地与岩石土壤之间形成一道屏障。约翰尼现在所在的位置可以清晰地看见沼泽地和河流对面的一切。约翰尼继续沿着树枝向上爬了三十英尺，此时，他看见镇里最高的建筑物散发出一道闪烁的亮光。这栋建筑物和约翰尼的直线距离是十八英里，行车距离则是三十七英里。这些如此偏远的北边公路一路蜿蜒，崎岖不平，不过约翰尼并不在意。他不关心踏进这片土地的那些人。曾经有一次，几个猎人礼貌地向他询问事情，而他却愤怒地对其开枪射击，将那群人赶走了。约翰尼并未打算置他们于死地，倘若他真这么做，这些猎人必死无疑。约翰尼之所以朝他们开枪，是因为他对黑熊有着一种特殊的情感，可惜的是已经有两头雌性黑熊惨遭猎人杀害。而当它们被猎杀时，幼熊仍在兽穴中苦苦等待着母亲归来。因此，本无杀心的约翰尼标记好了禁入边界，开始夜以继日地追捕猎手。不过那些警察和法官并不支持这么做。在约翰尼将枪口对准猎手后，随之而来的是几个月的牢狱生活和媒体铺天盖地的疯狂报道。一件没有发生人命的小小枪击案之所以能引起如此轩然大波，是因为那些媒体记者永远不会忘记他，对大数人而言，他仍是那个十年前因媒体报道而一夜成名的黑眼睛小男孩。

在他人眼中，约翰尼或许是危险人物，也或许不可理喻，可约翰尼并不在意别人对他的看法，他只是不愿看到父母脸上的愁容。约翰尼的父母希望他能生活在城市里，被楼房禁锢在四面高墙之下，然而，他们也深明，生活是如何将约翰尼从阴暗的童年记忆中拯救出来，并指引他来到这样一个特殊的地方。是的，这里的确非同一般，这里的舒爽清风，这里的璀璨星空，都是那么与众不同。每当约翰尼抬头仰望星辰，总会泪光闪烁，惊叹于这里深不见底的一切。在这一切的纯洁与祥和之下，一道白光移动，如同约翰尼心跳的韵律那般熟悉。

这是约翰尼的安身之所。

这就是他的生活。

约翰尼从吊床上翻身而起，爬到树枝上，树枝虽不粗壮，却依旧能够托起他身体的重量。树干又高又细，远处深蓝色的地平线清晰可见。他抬头仔细看了看树的顶部，开始向上攀爬，一直爬到树干上只能靠一只手环抱来保持平衡的地方。这当然是极其危险的举动，不过约翰尼这么做事出有因。

他在寻找火光。

这片森林曾经也发生过火灾，有时是因为篝火燃烧，有时则是因为雷击。有一次，一位猎人随手扔下的烟头便引起了熊熊大火。可像今天这样的火光却非同寻常，因为约翰尼在火光出现的第二天，完全找不到火灾发生过的丝毫痕迹，甚至连一根烧焦的树枝、一片烧黑的叶子都没有。

他四处探寻，却一无所获。

第一次出现类似事件的那天就如同今天一样，一样是万里无云的晴空，一样从远处升起一股青烟。那天，他攀爬到比今天更高的位置观测情况，在远处一座山丘的半山腰上看到一束微光，这座山丘位于向北边和西边延伸的群山之中，是自北向南的第三座山丘。山丘三面的斜坡并不算陡峭，斜坡上长满松木和灌木丛，正对约翰尼的那一面斜坡则铺满风化的乱石。山丘脚下，密密麻麻的圆石如同城市街区一般密集。在这些圆石之上是堆砌着岩石的斜坡峭壁，再往上是更多层层堆叠的石头和大树，最后由一道碎裂岩石形成的石墙冲破阻碍，一路延伸至山顶。这里便是那些火光出现的地方，就在被风雨侵蚀下凹凸不平的山顶某处。

三年来，约翰尼先后看到过这团火光十一次，今天是第十二次。这一次，约翰尼不慌不忙，静静地观察着它。在山脚下的圆石之间倒是有几条一路沿着斜坡上的风化石堆延伸至山顶的小道，但这几条小道纵横交错，并形成一个回圈，极容易迷失方向，因此约翰尼仔细观测着火光出现的角度和几条小道的路径方向。他在头脑中构思着最终选择前往的小道路径，随后迅速爬下大树，自信满满地朝那座山丘跑去。他裸露上身，穿了一条有破洞的牛仔裤，赤着双脚在沼泽地里穿梭。虽然没穿外衣，但他的灵魂却犹如皮革一般坚硬，而多年在漆黑丛林中穿行造就了他极其敏锐的视觉。况且，此刻的夜色还称不上是漆黑一片。点点星辰在夜空中闪烁，一弯明月挂在河流上空。即便如此，大多数人仍旧无法以如此快的速度在沼泽里奔跑，但对于约翰尼而言，则根本不在话下。

他急速狂奔。

约翰尼沿着一条小路来到河边，河水在第二座山丘的山脚下分流，约翰尼沿着山脊快速向上攀爬。到达山顶后，他停下脚步，开始寻找青烟。清风在山间游荡，约翰尼来得太晚了，之前看到的火光已经熄灭，而生火的人也已了无踪影。眼前的景象在顷刻间化为虚空，这种情况曾经发生过。而当它再次发生，约翰尼只想不顾一切拼命奔跑。这团火光是一道难解之谜，其生火者则是一个神出鬼没的幽灵。然而，在丛林里的这几年生活教会了约翰尼除了戒备和速度以外的其他东西——耐心、不声张和一点信心。约翰尼相信自己的感知。

生火者绝不是什么幽灵。

青烟再次在一道山谷间飘荡，伴随着木屑和树脂烧焦的味道。约翰尼爬到树梢，仔细观察着眼前的开阔地。山脚下散乱分布的圆石犹如靠山站立的危房。圆石间夹着几条小道，小道在某些地方相互交叠，组成教堂拱顶的形状。圆石边上的小径蜿蜒狭长，约翰尼的眼神跟随着这些与夜色融为一体的线条上下起伏，穿过树林和石堆，在山丘的下半部分蔓延。其他小径处于更高的位置，不过，在月色下有些模糊不清，且不能称作岩脊。约翰尼看向山顶表面，寻找火光，却没有任何发现。

*应该是在半山腰上，更靠近东边。*约翰尼思索着。

可问题是，这团火光似乎并非静止不动。上一个月，火光所在的位置更高，且更靠近西边，而在那之前的一次，则是在一处看似V形的岩面中心。

约翰尼跨过圆石堆前凹凸不平的地面，踏上了圆石之间的那条主道。小径前后分岔了三次，此时，一块大石横在约翰尼头上，小道在这里开始变得狭窄。约翰尼侧着肩膀，用手指紧紧抠住石墙，石墙上黏着许多动物多年来留下的毛发。约翰尼转过最后一道弯，石头堆叠，眼前出现一个无人知晓的地方，或许自人类出现以来，这里就是如此模样，岁月侵袭也未曾使这里有任何改变。约翰尼顺着狭缝向上看去，头顶是一排闪着白光的星星。约翰尼沿着右手边的小径继续向上，歪扭着身体爬上斜坡，脚下的石头突然滚落山下。此时，约翰尼位于距离山顶最后一片树丛之下的山脊线上。仍旧没有火光的踪影。

“好吧，继续找。”

约翰尼爬过灌木丛，来到乱石层叠的斜坡脚下。在他向上攀爬的过程中，脚下的石头随力道左右移动，约翰尼不慎摔倒了两次。十分钟后，约翰尼朝身下望去，感到头晕目眩，内心突然涌出一种不祥之感。在他身下有太多石头和太多空隙。约翰尼眨眨眼，再次仔细查看，原本应该在他身下的树丛缺口却不知怎的，移到了他的左手边。他仿佛是在攀爬过程中头脑空白，足足爬了一百英尺高而不自知。他探出身子，试图明确自己所在的方位。约翰尼没有出现在本应出现的位置，而是更高，更靠右。

没问题的。约翰尼安慰自己。

然而，事实并非如此。脚下的斜坡太过陡峭，岩石堆犹如鱼鳞一般滑溜，一层一层地堆叠在一起。向上一百英尺的地方站立着一排松木和灌木丛。在其之上，一条小道沿着悬崖的下半部分延伸，通往一连串蜿蜒向上的岩脊。约翰尼此刻所处的位置太高，太靠右，他紧紧贴在一处斜坡上，然而，这里本是他此前刻意避开的地方，因为实在太过危险。约翰尼告诉自己：这只是个小失误，是他攀爬的速度太快了，周围的一切在凌晨四点的微弱亮光下看起来与以往有所不同。约翰尼这样在心里默念了两次，然而根本无法说服自己。他曾七次到过这里，从未有哪次遭遇今天这样的情况。

简直难以置信。

约翰尼小心翼翼，试图从现在的位置慢慢爬下山去。他找寻身下最大的石块，以确保其能完全承受自己的身体重量。约翰尼向一边跨了十二英尺，这时，他脚下一滑，一块长二十英尺的巨石掉落山下。约翰尼感受到它在瞬间消失，而他自己也随之滚落斜坡，巨石与地面碰撞的声响像是一辆货车狠狠砸向地面，震耳欲聋。约翰尼眼睁睁看着自己从高达上百英尺的斜坡几乎垂直掉落，紧接着是随之滚落的树木和圆石。这样一场山体滑坡足以将约翰尼生生活埋。

还好，约翰尼幸免于难。

在向下掉落五十英尺后，约翰尼猛撞到一块石头上，停了下来，他浑身上下到处瘀紫，鲜血淋漓，一半的身子都被从斜坡上滚落的树木和石头掩埋，他奄奄一息。身子上方的山丘被扫荡得干干净净。在约翰尼四周，散乱的石头堆积在一块两英尺长的岩石边，岩石下是又高又陡的悬崖，倘若有人从这里掉落，必死无疑。约翰尼环顾四周，他距离那处悬崖如此之近，只相距一英尺，抑或只有几英寸。

约翰尼一瘸一拐回到自己的小木屋，破晓时分的红色霞光洒落树丛。约翰尼扶着门框，走进木屋内，一头栽倒在靠近壁炉旁的床上，全身上下疼痛不已。当他醒来时，已是三个小时之后。约翰尼把身上的衣物扔在角落，走到小溪边，清洗身上残留的血液和尘土。他用绷带包扎好最严重的伤口，随后穿上衬衫和牛仔裤。约翰尼走到门边只有四英寸高的一面镜子前，检查脸上的伤势。镜子里的双眼如同玻璃一般清澈，毫无畏惧之色，因而少有人敢长时间盯着他的眼睛。二十三岁的年纪，约翰尼从不无故展露笑容，也从不在那些他看来缺乏真诚的人身上浪费时间。他曾多少次被问及同样的问题：

孩子，你还好吗？

你还能坚持吗？

整整十年，约翰尼忍受了这样两句毫无意义的话语整整十年，他很清楚，人们只是想探寻掩藏在其表面之下更加阴暗的想法。

你在那些可怕的地方到底看到了什么？

你现在的状况究竟有多糟糕？

那些人见过约翰尼的冷酷眼神，他们刨根问底，渴望看一眼那个男孩，寻找他眼神中闪烁着火光的野性与残忍。

半个小时后，约翰尼离开小木屋，朝南边的沼泽走去，随后经过几处干地，来到一处废弃的聚居地，这里曾是被释放的奴隶及其后代的住处。大多数的房屋结构都已腐烂、脱落，但有几处房屋仍然屹立不倒。当人们询问起默木野时，这里总是他们最关心的地方——到处是墓地、废弃的房屋、悬挂死人的大树。很少有人明白默木野究竟有多苍茫。

约翰尼拿出钥匙，打开其中一个房棚，里面停放着一辆白色卡车，经历了整整五十年的风吹雨打之后，车身上留下多处凹陷。距离这里两英里以外有一道金属大门，在穿过大门后，约翰尼驶上州际公路，打开车内广播，他一一跳过正在播放的访谈节目和本地体育新闻，最后找到了堪称经典的戴维森学院电台。电台节目里的声音陪着他一路向前，远处的山丘向四周伸展，城市景色在前方浮现。约翰尼对这座城市里的每一个街角、每一个社区、每一座纪念碑、每一条鹅卵石车道、每一条弯曲的沥青马路都了如指掌。三百年来，雷文县经历了太多次失去和纷争。许多母亲的儿子踏上战场，再也没能回来。这里曾发生过暴乱，经历过经济萧条，部分地区甚至曾被大火烧毁。

约翰尼从法院门前经过，在一处红绿灯前停下，看着大街上的人们手牵手、放声大笑，或是站在闪亮的玻璃前欣赏自己的模样。驶过一个街区后，约翰尼将车靠向路边，那家老旧的五金店矗立在人行道上，几个女人聚集在那里看着绿植、番茄和装满木托盘的大豆、玉米以及桃子。直到约翰尼走出卡车的那一刻，她们才注意到他。其中一个年轻女人对着大家眨眨眼，另一个人随即察觉到约翰尼的出现。当约翰尼从四个女人身边经过的时候，她们纷纷扭头，齐刷刷地看向他。或许是因为约翰尼的模样，或许是因为他和这座小镇的过往。无论是什么原因吸引了这群女人，约翰尼自始至终没有任何反应，他径直走向五金店，推开店门，与店主对视了一眼。店主比约翰尼年纪稍长，约翰尼进入店中时，他正站在摆放在商店后方的玻璃棉收银台后面。

“约翰尼·梅里蒙，是你啊，早上好。”

“早上好，丹尼尔。”

“我刚刚看到周围人对你的态度了，她们向来都是这样的，你别放在心上。”丹尼尔一边说一边俯身，额头靠向前面的玻璃窗户，“不过其中有两个女孩长得还不错，而且年纪跟你也差不多，你刚刚不该头也不回地从她们几个身边走过的，你可以好好考虑考虑。”

约翰尼点点头，没有吱声。并不是约翰尼不喜欢漂亮女孩，他当然喜欢，只不过他打算一辈子生活在默木野，没有几个女人受得了这种没有电力设施，没有电话通信，甚至连一口自来水都喝不上的生活吧。丹尼尔似乎根本没有注意到约翰尼的反应，他朝着窗外的几个漂亮女孩挥了挥手，然后转身看着约翰尼，满脸堆笑地问道：“对了，你今天大驾光临本小店，需要买点什么呢？”

“我想买点弹药。”

“这两天我店里刚到了一辆新车，我可以给你打折哦。”

“我只想买点子弹。”

“好吧，我就喜欢你这种目标明确的人。”说完，丹尼尔打开抽屉，拿出二十盒二七〇温彻斯特步枪子弹，问道：“这次还是要点十二口径的吗？”

“是的。”

“你用来捕鸟的是吧？那给你拿七号应该就可以了。”

丹尼尔拿出两盒子弹，放到玻璃展柜上，几根白发散落在他光秃秃的头顶上。“还要买什么吗？”

“不用了。”

约翰尼付完钱，拿起两盒子弹，转身正要离开之时，丹尼尔突然开口说道：“你妈总是跟我打听你的消息。”约翰尼停住脚步，回头望向丹尼尔。“她知道你每个月都会到我这里来买东西。这本来跟我没多大关系……”

“确实跟你没关系。”

丹尼尔抬起双手，摇摇头，对约翰尼说：“我知道你的意思，我也不是那种喜欢多管闲事的人，希望你能明白这一点，但是她总到这儿来询问你的下落，我……”丹尼尔欲言又止，接着继续说道，“我觉得你真的应该给你妈打个电话，告诉她你的近况。”

“是她让你来跟我说这些的吗？”

“不是，我说这些话，跟她没有任何关系。我从你六岁时就认识你了，我知道你不是这样自私自利的人。”

约翰尼放下手中的两盒子弹，他本想保持冷静，但语气中却不禁透露出一股怒气。“我和你一直相处得挺融洽的，不是吗？希望你不要打破这种融洽的关系。”

“我们俩相处得是不错，但……”

“我回镇上的大多数时间都待在你的店里。我知道我每次来你这里买的东西都不多，不过是一些子弹、盐、渔具或者是其他的小工具。我之所以每次都到你这儿来是因为你是本地人，为人随和，而且我喜欢跟你打交道，这是实话。我们能聊得来，你喜欢跟我聊步枪的话题，还总是问我待在那种荒无人烟的地方干什么，我也给了你想要的答案。我们俩随时随地都能谈笑风生。”

“约翰尼，我……”

“我到这儿是来买东西的，不是来向你咨询如何找女朋友，或怎么跟我妈相处的。”约翰尼眼神冰冷，声音也不带丝毫温度，约翰尼本不应让丹尼尔看到他如此冷漠的面孔，但此刻的他无心再去挽回什么，他继续说道，“我走了，下周见吧。”

“好吧，”丹尼尔点点头，撇着嘴应道，“下周见。”自始至终他都没有再看约翰尼一眼。

约翰尼推开门走出商店，那些女人仍旧聚集在人行道旁，窃窃私语着什么，他目视前方，无心理睬，径直坐进车内，双眼紧闭。

妈的。

约翰尼感觉到了自己的变化，他正在遗忘这一切，遗忘如何与周遭的人相处，遗忘如何像常人一样生活……

约翰尼睁开双眼，看着前方的丹尼尔和他的商店，看着一路延伸的人行道和车来车往的马路，看着周围那些一边盯着他一边窃窃私语，甚至不时发出笑声的漂亮女孩。丹尼尔的孙女也在其中，二十二岁，貌若天仙。六个月前，丹尼尔试图撮合她和约翰尼，但约翰尼拒绝了。

他也遗忘了如何去接纳一个人啊。

所以约翰尼做了一个艰难的决定，与旷野为伴。尽管丹尼尔说约翰尼是因为自私才不陪伴在母亲身边，但事实绝不是如此，这一点，只有他自己明白。每当母亲的目光落到自己身上，她眼前浮现的便是早年丧生的女儿，以及那个为了救她而不惜付出生命的丈夫。这一切，约翰尼心知肚明。每次，当他鼓起勇气看向镜子里的自己，同样的伤痛总会汹涌而来，将他吞没。

倘若父亲还活着，他站在镜子前的身姿应该也同我一样吧。

倘若妹妹还活着，现在也该亭亭玉立了吧。

一定是如此。然而，就连这一切，约翰尼都在渐渐遗忘。他不仅遗忘着如何开始正常人的生活，更遗忘着妹妹阿莉莎的声音，遗忘着她那些只有血脉相通的孪生兄妹才能读懂的神秘表情。往昔的种种就像影子一样从约翰尼脑海中掠过，那是童年的记忆。那时，父亲和妹妹没有离去，一切都是那么美好。每一天，这团影子都在悄然远去，慢慢变得模糊。约翰尼害怕，害怕时光流逝，那团记忆的影子会渐渐模糊，最终在某一天烟消云散，这一天，约翰尼比任何人都害怕。在经历一番挣扎后，如丹尼尔所愿，约翰尼去见了自己的母亲。

她叫凯瑟琳·亨特，如今已再次嫁为人妻，和第二任丈夫一起生活在距离图书馆和旧法院两个街区的一栋小房子里。房屋的门廊很别致，屋前围着一排篱栅，周围的邻居也待人友善。约翰尼将车停在人行道边上，屋外的窗户很明亮，墙漆也闪着微光。

"你是在监视我们的住处吗？"

说话的是约翰尼的继父，他从一个跟小型汽车差不多大小的箱子后面走出，身着一条蓝色牛仔裤，手上戴着皮手套，正在拖拽一块沾满了杂草的防水布。

"你这会儿不是应该在其他地方收拾那些匪徒吗？"

"今天没有。"约翰尼回答道。克莱德·亨特放下手中的防水布，打开房屋前的栅栏门。克莱德今年五十多岁，身形匀称，留着一头干净利落的短发，是一名警察。他倚靠在约翰尼的车门上，一只手搭在打开的车窗上，俯视着车内的约翰尼，问道："好长时间没见到你了，最近过得怎么样？"克莱德一边问一边凑近约翰尼的脸，眯缝着眼，惊呼道，"天啊！约翰尼，你看看你自己现在的这副样子，这是发生什么事了？"

"没什么事，你也知道我的……"

约翰尼拨开克莱德搭在车窗上的那只手，可克莱德更加靠近他，目光敏锐地细致观察。克莱德的双眼越靠越近。此时的约翰尼坐在驾驶座上，一边肩膀向车内倾斜，从约翰尼的坐姿来判断，他应该受了伤，同时，克莱德也注意到了约翰尼身上那些明显的伤口。

“下车吧，约翰尼。”

“我只是想来看看我妈。”

“你妈现在不在。来吧，儿子，下车吧。”

约翰尼顿了顿，随后关掉引擎，下车朝屋门走去。克莱德摘下皮手套，看着约翰尼走上人行道。

“你好像受伤了，发生了什么事？”

“没事，一切正常。”

“你看起来可不像是一切正常的样子，是伤到肋骨了吗？”

“你为什么这么问？”

“别急，我刚刚看到你坐在车里和你走路的样子，你觉得我会看不出来你是伤到肋骨了？我以前也伤到过。来吧，让我给你看看伤口。”约翰尼望了望空无一人的街道，随即把T恤撩向一侧。克莱德低下身子，轻声惊叹道，“你伤得很重啊！跟人打架了吗？”

“我摔了一跤。”

克莱德注视着约翰尼的脸，难以置信的神情表露于色。约翰尼曾经也与人发生过暴力冲突，有一次，他与两名擅自闯入的猎人发生冲突，还因此遭受了四个月的牢狱生活。约翰尼总是固执己见，面对冲突从不主动退让，这一点很棘手。“进屋吧，我给你简单处理一下伤口。”

“没这个必要。”约翰尼放下T恤。

“这是命令，快进屋。”

身为警察的克莱德早已习惯别人对他唯命是从，所以他在说完这句话后便头也不回地转身朝屋内走去。约翰尼站在原地思索了几秒，随后跟着克莱德走向门廊。进屋后，两人穿过过道，进入主浴室内。

“把T恤脱了，坐在这儿。”克莱德伸手指向镜子前的一张凳子，示意约翰尼坐下。约翰尼脱下T恤，双眼始终盯着地板。克莱德随即打开柜子寻找消毒水、软膏和绷带。当他直起身来时，站在原地一动一动，他注视着约翰尼，许久。约翰尼不时盯着地板，不时又看看墙壁或是自己的双手，却始终不看镜子一眼。“你妈妈有时候也会像你这样，虽然没有以前那么频繁了，但偶尔还是会如此。”

“你在说什么？我没有听明白。”

克莱德在约翰尼身边坐下，语气轻柔地说：“她每次在看镜子前，都会像你刚刚那样调整一下自己的心理，不过这种情况一般只出现在早上，而且只持续一两秒钟。”

“我不知道你想说什么。”

“是吗？”

约翰尼抬眼看向镜子，眼里出现的却是死去妹妹的模样。“下周就是我妹妹的十周年忌日了。”

“我知道，下周三。”

“你们两个谈起过这件事吗？”

“你是说我和你妈妈吗？有时候会聊到，不过不像从前那么频繁了。”

约翰尼迅速将视线从镜子前移开。“我妈在哪儿呢？”他终于询问起自己的母亲。

“她和一些朋友去海边玩儿了，这倒是件好事，如果她看到你现在这个样子，一定会突发心脏病的。”

“我现在这个样子很糟糕吗？”

“难道你没有看过自己身上的伤吗？”

约翰尼摇摇头。

“那你看看吧。”

约翰尼坐在凳子上，扭转着身体，映入眼帘的是满背的瘀青、凝固的血迹和磨损得不成样的皮肤。

“你背上的血都浸湿T恤了，”克莱德说道，“我给你处理一下另一处伤口。”

“谢谢你。”

“可能会有点痛，”克莱德一边摸着约翰尼的肋骨和脊椎，一边说着，“你千万别动。”约翰尼强忍住疼痛。“好了，大致检查了一下，肋骨没有断，可能是骨折了，不过可以肯定的是你的肋骨绝对挫伤了。”

“都处理好了吗？”

“还没完呢。”克莱德又花了十分钟给约翰尼清理伤口，随后，他从衣柜里掏出一件T恤，扔向约翰尼。“你可能还需要缝合一下伤口，不过如果你后面几天疗养得好的话，光是用点绷带应该就可以了。记住，不要用力拉扯，别去伐木，也别去爬树，记住了吗？”约翰尼穿上T恤，克莱德倚靠在墙边，问道，“你想跟我聊聊你这伤到底是怎么来的吗？”

“我真的只是摔倒了而已，是我自己不小心犯了一个错误。”

“我看过你犯错误的时候，没有一次是因为不小心。”

“这次的确是因为不小心，真的只是一个很愚蠢的错误。”

“那你的生活怎么样？最近还好吗？”

“还不错。”

“钱够用吗？”

“钱也够用。”

“怎么可能？你根本不工作，也没打算工作，你怎么可能有钱用？”

“我爸的寿险还没有用完……”

“你爸的寿险，好吧，我们就来聊聊这个问题。你十三岁那年，从保险公司那里拿到了一百万，一直到你十八岁那年，这些钱还剩下多少？一百二十美元吗？你究竟花了多少钱在请律师这件事情上？是花光了所有吗？”

“我的生活一切都好，真的，克莱德。”

“我和你妈都支持你，孩子，让我们帮帮你吧。”

“我刚刚说过了，我不需要钱。”

“那是因为你住在那种荒无人烟的地方，四周都是浆果、树根、蛇……”

“不是这样的，你很清楚。”约翰尼打断道。

“好吧，你有自己的菜园，这一点不错，可是万一你不能打猎，也不能种菜呢？万一你的整个脊椎骨折了，而不是几根小小的肋骨呢？万一哪天你陷入那片巨大的沼泽地，丢了性命呢？”

“不会出现这种万一的，以前没有，以后也不会有。”

“你总不能永远都过这样的生活吧。”

“谁说不能？”约翰尼站起身来，说道，“谢谢你的绷带，也谢谢你给我处理伤口，不过我现在得走了。”

说罢，约翰尼径直朝门厅走去，克莱德连忙上前叫住了他，“约翰尼，别这样，等一下，等一下，等一下。”约翰尼停了下来，不过只有那么短短一秒钟，克莱德急忙伸手转过约翰尼的身体，双手搭在他的肩膀上，继续说道，“我和你妈妈都很爱你，我们很想你，也很担心你的生活，”克莱德向后退了一小步，但双手仍旧没有从约翰尼的肩膀上挪开，“我并不是想对你评头论足，看着我。”约翰尼看向克莱德，心中的怒火逐渐消退。“这就对了，只要你有任何需要，一定要告诉我们，你想回家也好，需要钱也好，我们都会支持你。”

“克莱德……”

“我知道，你想回去了，我看得出来。你总是想着默木野，总是想着那片土地。在你离开之前，告诉我一件事情，让我想明白。”

“什么事？”

“为什么你这么钟爱默木野？”

克莱德指的是那里的沉寂、沼泽、寂寞的山丘和无边无际的树海。从表面看来，这似乎是一个很简单的问题，但约翰尼的那些过往深深烙印在他身体的每一个角落，那些他曾经深信不疑的事情，那些他苦苦搜寻妹妹下落的日日夜夜，那些伤痛，将他包装成了如今旁人难以理解的模样。倘若现在约翰尼提起“魔法”二字，旁人定会认为他神志不清，或是还沉浸在过往的伤痛中，难以自拔。不生活在默木野，便永远对那里的真相一无所知。

即便旁人真能得知这一切背后的真相，约翰尼也不愿如此。

第二章

这是一座九层高的大楼，律师的办公室就在最上面三层。这座大楼是雷文县高度排名第二的建筑物。约翰尼站在顶楼的走廊窗户边，望向窗外。不远处，法院、监狱和银行整齐地排列着，用红砖铺成的人行道上人来人往。阳光肆虐，马路上金光闪闪，约翰尼靠近窗户，观察着漫天树木之下房屋之间的距离。窗户玻璃在阳光照射下，散发着一股灼热。

“先生您好，请问有什么可以帮您的吗？”

前台接待人员和这里的大理石地板一样，精致优雅。虽然她脸上的笑容似乎足够真诚，但她显然不习惯接待像约翰尼这样穿着褪色牛仔裤和磨皮靴子的访客。“我是来见杰克·克罗斯的。”

“对不起，我没听清，您说的是？”

“杰克·克罗斯，他是你们公司的一名律师。”

“我们公司律师团队里好像没有这个人的名字。”

“他是这周刚刚来上班的新律师。”

“先生，如果您说的是真的，那我应该知道……”

“正数第五行，倒数第三十三行，”约翰尼探头看着远处墙壁上的名单，打断接待人员的话，说道，“你们公司一共有三十七名律师，我刚刚说的这位朋友是新来的。”

接待人员抬眼看向左边，扬起头看了一会儿，然后转头对着约翰尼问道:“先生，请问您之前是否来过我们公司呢？”

“没有，这是我第一次来。”

“那您怎么……”她没有说完，只是伸手指向墙壁上的名单，抬了抬眼。

“你是想问我怎么能看到我朋友的名字是吧？”

“而且您是怎么在那么短的时间里数出我们公司的律师数量的？”

“我视力很好。”

“那是一定的。”

“他在七层，我现在可以下去找他了吗？”

“请您稍等，我确认一下。您需要喝点什么吗？”

“不用。”

“那麻烦您稍等一会儿。”

说罢，接待人员便转身走开了。约翰尼转头看向她的背影。她所穿的裙子和那双鞋一定价格不菲吧。约翰尼心想。与此同时，约翰尼还注意到了一些更为微妙的细节，尽管她喷了香水，但身上散发出的那股咖啡、化妆品和男士润肤露混杂的味道却仍旧难以掩盖。不一会儿，接待人员回来了。“您好，杰克·克罗斯确实是这周新进公司的员工，之前他来公司报道的时候，我刚好不在，对于给您造成的不便，真是抱歉。他的确就在我们公司七层的破产问题咨询部。”

“我现在可以下去找他吗？”

“他现在正随同我们公司的另一名律师出席法庭，请问我可以代为转达吗？”

约翰尼眨了眨眼，不明白为何当听到接待人员说自己最好的朋友杰克正出席法庭时，他竟会如此诧异，毕竟他是一名律师，出席法庭是理所应当的事情，这也是约翰尼此次前来的原因。“我想给他留张纸条。”

“好的，我一定会帮您转交给杰克的。”

“我能把纸条放在杰克的办公桌上吗？我和他是老朋友了，而且这是私事。”

“好的，可以。”接待人员一边说一边抬手，手指压在脖子皮肤上，随后她移开手指，脖子上留下几处椭圆形的痕迹。“请您前往七层，到了七层之后去找桑迪，她专门负责处理新员工的日常事宜。”

随后，约翰尼走下楼梯，前往七层，并找到了桑迪。她跟之前的那位接待人员简直有天壤之别：脾气暴躁，穿着邋遢，毫无魅力可言。“克罗斯先生目前不在办公室。”

“我知道，你已经说过很多遍了。”

约翰尼跟着桑迪在走廊里来回走动，每到一间办公室或办公隔间前，桑迪要么进去发放文件资料，要么大声斥责工作人员办事不力。

“你又把字签在了错误的位置！”

“这份资料是要给福特法官的，不是给伦道夫法官的，你给我细心一点！”

在接连四次的河东狮吼之后，桑迪转身看向约翰尼，抬手将散落的头发压到耳后，说道：“不好意思，你说你叫什么名字来着？”

“约翰尼·梅里蒙。”

一丝疑惑从桑迪脸上一闪而过。她曾经听过这个名字，但却记不起来究竟是在哪里听过。“你是杰克的朋友吗？还是家人呢？”

“我是他的客户。”

“克罗斯先生目前还没有开始接见客户。”

“那我就是他的第一位客户。”

桑迪仍旧一脸不可置信的表情。四周都是敲打键盘的声音，工作人员埋头忙于自己的事情，没人抬起头来多看约翰尼一眼。

“我可以帮你把纸条放进杰克的办公室。”

“我想自己给他留个纸条。”

“你是有什么顾虑吗？”

“不是的，我想到他的办公室看看，而且我想把纸条放在最中心最显眼的位置，好让他从法庭回来之后一眼就能看到。”

“你叫约翰尼·梅里蒙，是吧？”

桑迪眼神疑惑，双唇紧闭，约翰尼从她的神情里看到了一丝说不清的情绪。这个名字始终勾起桑迪内心深处的某些东西，但究竟是什么呢？

“为什么你的名字听起来这么熟悉？我好像之前在哪里听过这个名字。”

“那我就不知道了。”

桑迪一副若有所思的样子。虽然眼前的这位约翰尼先生外表邋遢，但桑迪认为他有可能是一位非常重要的客户。快速思索后，桑迪对约翰尼说道：“我不能让你单独待在一个律师的办公室里。”

杰克的办公室比约翰尼想象中更舒适，透过办公室的窗户可以看到不远处的法院大楼和旁边的小公园，办公室内的桌椅一尘不染，且价格不菲，墙壁上挂满了资格证书。

“这里就是杰克的办公室，办公桌上有纸张，你可以随意使用。”桑迪说。

约翰尼没有理会，而是继续在办公室里四处张望。没人能想到，当年那个身材矮小、左臂残疾、意志消沉的小男孩能够成为如今这番模样。杰克曾经亲眼见过一个小女孩失去生命，却始终不肯提及她真正的死亡原因。他曾经进过少管所，在过去很长一段时间里，都曾活在约翰尼·梅里蒙的庇护之下。然而，杰克并未像人们口中所说的那样一蹶不振，他没有生活在监狱的四面高墙之下，没有成为卑微的洗车工人，没有以酒为生，更没有堕落消沉，而是成了一名伸张正义的律师。在约翰尼看来，这一切值得庆贺，也值得品味，所以他不慌不忙，伸手抚过桌上摆放的书籍，随后拿起摆放在桌上的相框。这是杰克办公室里唯一的一张照片。

照片里，两个小男孩站在河边，好似亲兄弟一般，那是儿时的杰克和约翰尼。

“你现在可以留字条了。”

桑迪心急如焚，但约翰尼却仍旧无动于衷，目不转睛地盯着照片里的两个小男孩。他们皮肤黝黑，赤裸着上身，脸上的笑容天真无邪。在他俩身后是一条小河，河面平静得如死水一般。照片里的其他角落都被笼罩在一片阴影之下，仿佛那时的阳光只洒在两个小男孩身上。那个年纪的朋友，彼此之间没有秘密，也不存在天差地别。那是约翰尼第一次喝啤酒，他坐在小河中央一块平整的石头上，酩酊大醉。那瓶啤酒是杰克从他父亲那里悄悄偷来的。“喝下第一口啤酒就代表我们从男孩变成男人了。”那时的杰克这样说着。

“先生，我必须再跟你说明一下，请你务必马上留下你的字条，这是律师的工作办公室，请不要长时间逗留。”

约翰尼犹豫片刻，放下手中的照片，在办公桌中央放上一张纸，一笔一画地写下他想对杰克说的话。当约翰尼直起身来后，桑迪一字一句地念出了字条上的内容：杰克，你做到了，我真是以你为傲。接下来，你知道该怎么做，做出正确的选择，不然我可真的会掰断你那只破胳膊。

桑迪反复读了两遍，满脸通红地对着约翰尼说道：“克罗斯先生的手臂缺陷是天生的。”

“这一点我知道。”

“你这是在跟他开玩笑吗？”

约翰尼笑了，这是他见到桑迪后，露出第一抹发自内心的笑容。“你只要确保杰克能看到这张字条就行了。”

约翰尼驾车离去，一小时后，天色已经暗了下来，城市的霓虹在后视镜里跳跃闪烁。驾驶后座上摆放着一个包，里面装着约翰尼购买的沐浴露、香烟、芝士和烈酒。想着接下来的事情，约翰尼脸上不禁浮起了一丝微笑。他驾车穿过一排排参天大树，驶过平静的小河，终于回到了自己的林中小屋。停好车后，约翰尼下车，沿着蜿蜒的小道一路向前，穿过沼泽，朝另一边的山峰走去。他经过一块墓地，路过四十五块大小不同的墓碑，这些墓碑大多数都由来已久。在一棵高耸入云的橡树下面，散落着一些年代悠久却没有任何碑文，丝毫不引人注意的小石头，它们时常出现在约翰尼的梦境中：被吊死的奴隶悬挂在一棵大树上。

那是一段暗无天日的过往，是这个镇子的历史。

也是一段家族渊源。

前往小木屋的路程一共花了约翰尼三十分钟时间，不过对于其他人而言，绝对远不止这三十分钟，因为只要不慎走错一步，贪婪的泥土便会吞掉你的鞋子，遍地的毒蛇随时虎视眈眈，稍有一秒的心不在焉，便可能丢掉性命。这也是约翰尼选择搭建一座小木屋的原因之一。小木屋四周是绵延千里的荒地，其中大部分是森林区或狩猎场，没有一条公路可以通往此地，想进入小木屋的唯一方法便是步行。四周有很多小径，但倘若驱车进入，最多只能到达旧时奴隶殖民地区，而从那里前往高地意味着要穿越那片沼泽地，少有人有如此胆量。令人生畏的并不仅仅是冰冷的毒蛇和无情的沼泽泥沙，还有那些纵横交错的小径，蜿蜒幽深，无穷无尽，将人卷入迷途，再无归路。

小木屋周围除了沼泽和河流以外，还有多处树木丛生的高地。它们从沼泽地中拔地而起，好似巨型生物的后背一般雄壮。在这些高地之间，幽深的小径一路蜿蜒，在某些地方形成一座小山丘。约翰尼的小木屋在山丘北边的一条小径上，木屋边是一处高约五十英尺的岩壁。当洒落的阳光将小木屋映衬得散发出暖黄色光芒时，这道岩壁看上去好似一块青铜色的巨大盾牌。这里真是人间仙境，约翰尼将这里的秘密留存心底。他的父母曾来过这里两次，但却对这片被荒废在城市北边的土地提不起丝毫兴趣。除了约翰尼的父母之外，只有一个人见过这座小木屋，是他跟着约翰尼一起选择搭建地址，并帮助他完成了搭建。

约翰尼看向窗外快要西下的夕阳，又低头看了看手表。

想到杰克此刻正小心翼翼行走在沼泽地里的样子，约翰尼忍不住笑出声来。

“我靠！上帝啊，保佑我不要……死在这鬼地方。妈的！”

这是杰克第三次陷入泥潭，他并不是不知道通往约翰尼住处的那条小径，他当然知道，只不过他并不是电影里那些有着非凡本领，选择生活在丛林的主人公，他害怕自己一去不回。

“约翰尼！你在附近吗？”

杰克从泥潭里拔出双脚。

“妈的。”

好不容易从泥潭里挣扎出来，杰克小心谨慎地移动着，气喘吁吁。他仍穿着西服，裤脚卷入高筒靴中。他取下领带，西装外套和裤子上都沾满了泥印。蚊子在杰克周围来回飞动，肆虐叮咬，他忍不住再次破口大骂，他弄不明白为何此刻所有的蚊子都围着他转，而不是去纠缠约翰尼。

“你就喜欢看我这副窘迫的模样，是吧？”杰克一边自言自语，一边抓着身旁的柳枝小心行走，细薄的柳枝穗像刀片一样划过他的手掌。“说不定你现在正坐在哪棵树上看着我。”

杰克猛吸一口气，将一只脚从泥土中抽离出来，他走上那条小径，四周是茂密到盖过头顶的杂草，他不知该往哪边走，只好站在原地。他从七岁起便与约翰尼相识，这么多年过去了，他仍旧难以相信自己最好的朋友竟是这片荒地的主人。

不明白他为何宁愿……

这里只有一望无际的泥土、数不清的虫子……

在经过艰难的长途跋涉之后，杰克终于到达了那片干燥的高地，此时正值夕阳西下，余晖将这里的一切映衬得格外美丽，河面在阳光的照射下闪着橙黄色的光，远处的山丘层层叠叠，一排排大树相互依偎，太阳轻吻着这片土地。此刻，默木野在杰克眼里如同昔日老友，这里还是他和约翰尼第一次到来时的那番模样。那年，他和约翰尼十四岁，两个无所事事的少年深深陶醉在这片荒原中。他们时常来这里玩耍，每一次都站立在同样的地方，欣赏同样的美景。

“真是太美了。”杰克拂去眼睛四周的汗珠，仍旧气喘吁吁，“我怎么可能忘记这番美景。”

约翰尼看了看表，刚好六点四十。他已经准备好了晚餐。岩壁边的空地上摆放着一张野营用的桌子和两把椅子，桌子上有一瓶波旁威士忌和几个陶瓷盘子，盘内分别装有芝士、烟熏鹿肉，还有一条重达九磅的鲇鱼。除此之外，约翰尼还准备了香烟，虽然他买不起上好的雪茄，好在他和杰克都不怎么抽，这是他们多年前彼此许下的承诺：

喝便宜酒，抽便宜烟。

不到挨饿的程度就不吃饭。

这是一个并无多大意义的承诺，只是小男孩之间的自吹自擂，但自从上高中以来，约翰尼和杰克便一直如约遵守着，即使已过多年，约翰尼也绝不会违背。

约翰尼伸了个懒腰，双手抱住后脑勺，闭上双眼，嘴角扬起一丝微笑。空气清新湿润，一缕清风拂面而过。

而此时的杰克仍旧没有走出沼泽，他又一次陷了进去。

杰克终于走出小径，身边的柏树和梧桐树探出身体，一伸手就能触摸到。杰克想一次成功，所以他脚步轻盈地穿过杂乱的树枝。

机会只有一次。

杰克轻手轻脚地走上干地，不远处便是被树丛包围的小木屋。此刻，约翰尼正坐在空地的桌子旁，他身穿褪色牛仔服，双脚赤裸，面向太阳，双眼紧闭。他的头发比上一次见面时稍长了些。那一瞬间，熟悉的嫉妒感在杰克心头油然而生。约翰尼身材健硕，眉目清秀，即便是男生也会忍不住多看两眼。他的脸庞虽不能与明星媲美，但即便是用长相过人也不足以形容他的俊朗。约翰尼的皮肤是令人艳羡的健康小麦色，再加上一双深邃的黑色眼睛，像极了古老传说中武功盖世、最终抱得美人归的大英雄。

杰克低头看了一眼自己畸形的左手手臂，它看上去就像是十岁小男孩的手臂一般短小，完全被掩盖在西服的袖套中，就连他的手指也完全不符合成年人的手指长度。这就是杰克从小到大在旁人眼中的形象。周围的人每每提起他，总会嘲笑说："对，就是他，那个手臂畸形的男孩。"只有约翰尼明白，公开谈论这一点对于杰克而言是一种莫大的伤害，而以玩笑的形式说出来则会好很多。

约翰尼就在眼前，两腿伸展着坐在椅子上，双眼依旧紧闭着。杰克在小木屋旁的最后一棵树边停下，弯腰捡起一块石头。这一击必须恰中目标，不能击中约翰尼的脸部，也不能让他受伤，却能让他感受到疼痛。这是他们自儿时以来一直乐此不疲的游戏。

比比谁发出的声音最小。

比比谁的臂力恰到好处。

杰克用左手手指捏住石头，此时，约翰尼突然开口说道："别扔。"

"竟然又被你发现了，"杰克垂下手臂，虽不感到惊讶，但却一脸丧气地对着约翰尼抱怨道，"你究竟是怎么做到的？你每次都能发现，这不合常理啊。"

约翰尼睁开一只眼，回答道："因为你太吵了。"

"是我抬起手臂的时候太吵了吗？"

约翰尼起身，拿起桌上的波旁威士忌，说道："别想了，来吧，喝点酒，你看起来需要喝两口了。"

杰克从树荫下走出来，仍旧疑惑于约翰尼究竟是如何发现他埋伏在树边的。是脚步声？肯定会有脚步声，还有拨弄树枝和踩入泥土的声音。这一点杰克很清楚，不过最让他感到困惑的是约翰尼竟每次都能在他准备扔出石头的那一瞬间发现他，究竟是为什么？真是不可思议！

每一次都是如此，杰克心想。事实上，他可以回想得更具体一点。

在过去的三年里，这样的场景一共发生了十七次。

在那之前，杰克至少有一半的时间都能如愿击中约翰尼，这也是他们一贯的模式。有时约翰尼会察觉得到，有时他却丝毫没有察觉。

如今究竟是哪里不一样了呢？

杰克走向小木屋外的空地，站在桌边享受美食，一旁的约翰尼眯缝着眼看向他，笑容依旧。约翰尼眼神犀利，但双眸透亮，自然卷的头发垂到衣领边上，蓬乱不堪。

"杰克·克罗斯，大律师，"约翰尼走向杰克，在他边上猛推了一把，"我真为你骄傲。"

杰克本想毫不示弱地回推回去，不料却在约翰尼强大的身体力量下后退了几步，他尴尬地站在原地。约翰尼很少对人示好，他如此的表达方式触动了杰克的内心。"谢谢你，约翰尼，我能成为律师实在是不容易，一路上经历了太多挫折和嘲笑。"

令人心酸的事实，这一点杰克和约翰尼都深知于心。杰克仅仅花费了半年时间便从那段不堪回首的童年阴影中逃离出来，身边没有几个人懂他为何能在如此短的时间里迅速转变，可约翰尼懂，懂他的自责，懂他的懊悔，也懂他在少管所的那段时光。

"欢迎杰克律师大驾光临，请坐，请坐。"约翰尼说。

约翰尼示意杰克坐下，杰克拉出一把椅子，约翰尼倒上一杯威士忌，递给杰克。

“阳光正好，你也过上了更好的生活，我很高兴你能来。”

杰克和约翰尼轻轻碰杯。“我还有其他选择吗？”杰克戏谑道。

“你一直都有选择。”嘴上虽如此说，但杰克的确没有其他选择。杰克和约翰尼一个月见面两次，一次是在杰克家中，另一次便是在这里，这是他们之间一贯的相处模式，没人打破。“你为什么还穿着西服？”约翰尼问道。

“啊？”

约翰尼坐在杰克对面，摇晃着酒杯，伸出一根手指，指着杰克问道：“你为什么没有换衣服？”

“庭审进行到很晚才结束，我没有时间回家，而且我也不想在日落之后被困在那片沼泽地中，我会迷路的，就连你都找不到我。”

“哦？就算你回家换身衣服，也可以顺利过来的。”

杰克抿了一口酒，面露难色，谎言总是让他浑身不自在。

“那么，”约翰尼身体向后仰，靠在椅背上，“你刚刚说到是因为庭审结束晚了才没有时间换衣服是吧。”

约翰尼的这句话听上去似乎没有恶意，但杰克深明其意。“好吧好吧，我说实话，你继父之前打电话来，让我到这儿来之前先去他家一趟，他有很多话要对我说，所以我才没有时间回家换衣服。”

“我猜他跟你谈论起我了吧。”

“他说你之前回家的时候很落魄，骨头都差点断了，他担心你一个人在这个地方，万一出什么事了都没人知道。”杰克伸出两根手指，比画着对约翰尼说，“他说据他判断，你伤势严重，离折断你的脊椎骨只差这么一点点儿。”

“我现在看起来有那么糟糕吗？”

约翰尼晃动杯中的威士忌，杰克皱起眉头，约翰尼看上去确实安然无恙，他始终保持着微笑，抬起眼看着杰克。“你继父想让我说服你回家去住，或者至少搬回镇上去。他说你已经任性得够久了，还说你妈她……”

“不要把我妈牵扯进来。”

杰克并没有就此打住，他继续说道：“他说你妈总做噩梦，梦见你离她而去，这已经严重影响到了她的精神和情绪，毕竟你现在是她唯一的孩子了。”

“她只是自认为需要我在她身边而已。你也看到了她每次看我的眼神。”

“也许是吧。”

“这是事实，你很清楚。”

“是时候该回家了，约翰尼。”

“你觉得你能说服我吗？”

“我觉得你需要我的帮助，正因为这样，你这个时候才应该多听取我的意见，虽然你平时几乎都不听我的劝告。”

约翰尼的眼神里闪过一丝敌意，他表情冷漠，问道：“你这是在威胁我吗？”

“你到底需不需要我的帮助？”

约翰尼放下酒杯，眼神柔和了起来，他回答道：“可能需要吧。”

“所以这就是你一声不吭就跑到我办公室去的原因吗？你为什么故意惊吓我的助理？就是因为可能需要我的帮助吗？”

约翰尼耸了耸肩，回答道：“我只是闹着玩而已。”

“她当时都想报警了。”

“不至于吧……”

“因为你威胁说要掰断我的手臂啊。而且她的原话是这样的，她说‘他是我见过最凶神恶煞的人’，她接触过很多人，什么法官啦，总裁啦，她都接触过。不管你当时说了什么或者做了什么，你吓到她了。”

“这太可笑了吧，你是我最好的朋友，我能把你怎么样？”

“这一点我知道，可是她不知道呀。”

“你想从我这里知道什么？你想让我说什么？”

“我想让你坦诚一点。”

“我对你不是一直都很坦诚吗？”

“可是关于这个地方，你并没有坦诚，一点都不坦诚。”

约翰尼低眼看向黑暗中的树林和远处的河流，说道：“你究竟要不要帮我？”

杰克觉察到了约翰尼内心的矛盾。那么明显。约翰尼是他见过最独立的人，但此刻他却需要帮助，这种需求表现在他拘谨的双肩，表现在他目不转睛的眼神，也表现在他不同往日的沉默。“你现在到底有多穷？”

约翰尼再次耸肩，一口喝掉杯中的威士忌，脸上挤出一丝苦笑，回答道：“穷得请不起其他律师，只能找你帮忙。”

“一分钱都不剩了吗？”

杰克指的是约翰尼父亲的保险金。约翰尼掏掏衣服口袋，拿出一小叠钱放到桌上，杰克拿起来数了数，随后放回到桌上。

“只有三百美元。”

“是三百零七美元。”

“其他的钱呢？”

“全都用来请律师了。”

“所有钱都用来请律师了？”

“是的。”

“天啊，约翰尼，你明明还有其他选择的。”

“别告诉我是卖掉这片地。”

“你名下可有六千英亩土地啊！”

“我不会卖的，一英亩都不卖，半英亩都不卖。”

“我知道你的意思，但是眼前的道理很简单啊。要么你什么都不做，然后失去这里的一切；要么你卖掉一千英亩，保住剩下的五千英亩。即使是低价卖出，你也能有足够的钱去雇佣一个律师了，不对，雇三个律师都绰绰有余。那个时候，你不仅银行账户里有钱，而且还是北卡罗来纳州排名第四的土地主。”

“你上了这么多法学课程，学了这么多法律知识，就给我这样的建议？建议我卖掉土地？”

“没错。”

“为什么？”约翰尼放下手中的酒杯，黑色眼珠透亮得发光，“让这里的河流被抽干，树木被伐光吗？好让那些有钱的银行家开着车，带上朋友在这片土地上恣意妄为，毁掉我爱的这一切吗？”

约翰尼心中的怒气与失望溢于言表。十八岁生日那年，约翰尼继承了这片土地，但其他人也有权享有，且该享有权理应优先于他。约翰尼在第一次开庭审理时赢得了优先享有权，但对方对此判决的合法性提起了上诉。为了保住这片土地，约翰尼需要找一名业界精英来帮他打赢这场官司，而这就意味着他每小时需支付五百美元，甚至六百美元的律师费。

“杰克，你要明白，这是我家人留给我的，也是唯一没有被变卖和摧毁的土地了。我不会就这样拱手让人的。”

“好吧，上诉的事先暂时放一边，我们聊聊其他的。你没有钱怎么生活？万一你受伤了怎么办？万一你不能打猎了怎么办？你的汽车需要加油怎么办？你的财产税怎么办？你生病了，需要治病的时候又怎么办？”

“我现在只需要一个律师。”

“我才刚刚工作五天！你需要找的是顶尖律师。”

“你已经足够优秀了。”

“为什么这么说？”

“因为你读了三年大学，又另外进修了两年的法律课程，而且你是我唯一的朋友。”

“你这样评判很不公正。”

“我只有这些筹码了。”

“妈的，”杰克走到岩壁边，背对着约翰尼说道，“我们能不能开开心心地喝酒？我们现在只管喝酒吃肉，剩下的事情等到明天再说，可以吗？”

“杰克，你欠我一个人情。”约翰尼小心翼翼地说出这句话，但它却像锋利的金属，生生割开杰克内心还未痊愈的伤口。“十年来，我从来没有提起过那段往事，我尽量不让你去回想，尽量让你远离那段记忆。”

“我知道你一直以来都在为我着想。”

“没有其他人可以帮我。”

杰克点点头，右手手指紧握住酒杯，左手手指蜷曲着，微微发白。“这赌注很大，如果输了，你将失去这片土地，也将失去你现在的生活，”杰克伸手指向远处的森林和河流，说道，“我不确定我能否承受住这样巨大的压力。”

“你怕了吗？”约翰尼问道。

“你在开玩笑吗？我是恐惧得要死。”

恐惧对于两个年轻男人来说是个太过沉重的词语。约翰尼挤出一丝微笑，带着同情的语气对杰克说道：“那现在我们不聊这个话题了，明天再说吧。”

“你确定吗？”

“当然了。来，坐下喝酒。”

杰克坐回到椅子上，约翰尼拿起酒杯，一饮而尽。

杰克也举杯喝下威士忌。

杰克从睡梦中惊醒，漆黑的夜，死一般沉寂。他按住胸口，心狂跳不止。

是什么让他突然惊醒？

杰克不得而知，但内心强烈的恐惧无所遁形。他脑袋中不断回响起一阵撕拉声，就像是指甲在地板上来回摩擦，刺耳，尖锐。

是做噩梦了吗？

杰克试图站起来，但突如其来的晕眩感使得他险些摔倒在地，他侧身靠在墙壁上，全身无力，他用力拉扯自己的上衣，直不起腰来。镇定了一会儿后，杰克终于有了丁点力气支撑自己勉强直起身来，他踉踉跄跄地走到窗户边的椅子旁，一屁股瘫坐下去，他一只手按住始终无法平息的胸口，大颗大颗的汗珠从脸颊和脖子滑落。一束苍白的光洒在椅子前的桌面上，木屋内其他角落被笼罩在一片令人窒息的黑暗中。杰克抬眼望向前方，树木被冰冷的雾气层层围住。此时正是黎明时分，微弱的光线挣扎着穿透迷雾，毫无生气。

“约翰尼？”

杰克打开小木屋的门，屋外死寂得宛如一幅没有生机的画，周围没有一点声响，没有昆虫在草木中穿梭的声音，也没有青蛙的鸣叫声，静得让人害怕。杰克走向屋外的小径，来到一棵大树下，这里的光线更弱了，空气越来越凉。前方就是那片沼泽地，一股泥土和腐肉混杂的气味冲入鼻中。在这个时候前往沼泽地简直不可理喻，但有哪个梦境是合情合理的呢？这一刻恰似一场梦，银白色的雾气包裹着四周，压得人喘不过气。杰克想从这场迷梦中清醒，他想回家。此时，周围的雾气开始逐渐散开，不远处，有个人影站立在沼泽边上。

是约翰尼吗？

“我刚刚喊出约翰尼的名字了吗？”杰克不知道，他的声音似乎被层层雾气死死压住了，而约翰尼，一动不动地站在原地。他站在沼泽冰冷的水里，上身赤裸，膝盖以下的裤脚已全部浸湿。杰克双肩颤抖，他站在沼泽边上，静静地看着约翰尼。约翰尼的眼神死死盯向沼泽地，四周依旧没有丝毫声响，仿佛整片沼泽在此时都屏住了呼吸。

“约翰尼，你在这里做什么？”约翰尼没有回答。“约翰尼？”

“你看见了吗？”

杰克顺着约翰尼的目光看去，眼前只有一潭死水，一块少有人问津的荒野和一片令人迷失的黑暗。“你在说什么？”

约翰尼指向沼泽中间。“你没有看见吗？”

“那里什么都没有啊，你别闹了，约翰尼。”

约翰尼没有回答，他依旧抬着手臂。杰克再次看向沼泽，却只有茂密的杂草和树林，树林后，是一丝微弱的月光。杰克走到约翰尼身边，约翰尼双眼大睁，眼神死死锁住脚下的水。“约翰尼，嘿，你还好吗？”

杰克碰了碰约翰尼的肩膀，约翰尼眨了下眼，问道：“杰克，怎么了？”

“你应该是在梦游。”

“好冷。”

是的，好冷。约翰尼双唇发紫，全身冰冷。空气厚重得让人窒息，八月的沼泽地冰冷得没有丝毫温度。“你记得自己是怎么到这儿来的吗？”

约翰尼没有作声。

“你刚刚还在跟我说话，你记得吗？”

约翰尼再次眨了下眼，他用手指使劲揉搓双眼，仿佛眼睛上沾满蜘蛛网，而他想用力扯下。

“好吧，”杰克抬起约翰尼的手臂，说道，“你只是在梦游而已，走吧，我带你回小木屋。”

约翰尼一开始很抗拒，随后从泥土中抬起一只脚，转身面向沼泽岸边。约翰尼任由杰克拖拽着他往前走。那一刻，杰克相信了自己所谓约翰尼正在梦游的谎言。杰克带着约翰尼回到沼泽边上，但脚下的每一步都举步维艰。四周异常安静，空气凝重得压住了呼吸，雾气冰冷得像是被死尸包围一般。气温分秒骤降。杰克倒吸一口气。“很快就到小木屋了。”这句话像发自内心的祈祷，软弱无力。空气越来越冷，杰克心头的恐惧感愈加浓烈，寒冷侵入他的皮肤，直达骨髓，杰克感到一阵刺痛，仿佛某个可怕的东西正逐渐靠近。“加油啊，约翰尼。”杰克用力拉扯，但约翰尼却像一根深深扎根在沼泽深处的树桩，纹丝不动，手指仍旧指向前方。此时，雾气中央散开一小块，看上去并无特别，散乱地弥漫在树林中，遮挡住月光。杰克看向雾气中间的小洞，内心的感觉无从描述，但那一刻就像这刺骨的寒冷和钻心的恐惧都来源于那个阴暗的空洞。

“你看见了吗？”约翰尼突然开口问道。

杰克吃力地拉扯着约翰尼往前走。他想要感受阳光，感受温度，只要离开这片该死的沼泽，去哪里都好。“妈的！约翰尼！你倒是跟着我走啊！”杰克伸出残障的左手，使劲拽住约翰尼粗壮的手臂，一步一步地带着约翰尼在沼泽中挣扎前行。冰冷的水狠狠拍打，杰克的双脚一次又一次陷入泥土里。杰克上岸后，一把拉住约翰尼，将他拖上了岸。他终于感受到了大地。此刻，寒冷和恐惧在一瞬间消失得无影无踪。

蟋蟀在树林间欢快地鸣叫。

青蛙在稻田里放声歌唱。

杰克扶着约翰尼走进小木屋，约翰尼身子轻飘飘的，像是被一双无形的翅膀抬起，紧接着，他一头栽到床上，仿佛那双翅膀在瞬间折断。杰克安置好约翰尼后，仔细检查了小木屋的门窗。窗外和风阵阵，雾气逐渐上升。

刚刚究竟发生了什么？

杰克的记忆开始逐渐模糊，内心的恐惧随着雾气逐渐升腾。他低头看看脚踝间的泥土，这是真的，他手脚上因为一次又一次摔倒而留下的划伤也是真的。小木屋没有门锁，杰克紧紧关上木屋门，背靠着门，缓缓蹲坐到地上。破晓时分，周围逐渐明亮起来，杰克上前查看约翰尼的状况。十分钟过去了，杰克打开门，走向屋外。此时是六点二十五分。空气中依旧弥漫着雾气，阳光刺穿云层，温度越来越高。

为何这一切感觉如此不同寻常？

杰克对前一晚的经历仍有记忆，但却越来越模糊，他记得冰冷的空气和呼吸中的迷雾。

杰克穿过茂密的树林，沿着小径走到沼泽边。脚下的泥土很潮湿。他伸手摸了摸身边的树木，而就连这一切都像是梦境中的回忆。

杰克站在沼泽边上，试图回忆昨晚发生的一切，回忆那些令他烦扰的画面，可他越是用力回想，头脑中的画面就越是虚无缥缈。他只记得自己当时就站在这里，约翰尼也是。

为何他和约翰尼会如此害怕？

杰克越是想要解释这一切，便越是无解。“害怕”这个词已经不足以形容他的内心感受，当时，他恐惧至极。

如今再看着这片沼泽，一切令人难以置信。柔和的晨光中，远处的小山丘层峦起伏，沼泽的水面波光粼粼，一切都显得那么静谧祥和。

杰克和约翰尼昨晚真的来过这里吗？

杰克在沼泽边上站立了许久，头脑中的画面逐渐远去，最后支离破碎，像是以往的每个梦境一般。

那是一场噩梦吗？还是真实的呢？

当杰克回到小木屋时，约翰尼正在往炉火里塞小树枝。“早上好啊，大律师，咖啡五分钟后就好。”

杰克没有吭声，他静静观察着约翰尼，试图探寻出他是否还记得昨晚发生的事情。约翰尼专心致志地生火，睡眼蒙眬、放松惬意，一如往常。他生好火后，拿起一把旧旧的咖啡壶，放到炉架上。“这里有面包，我一会儿来做点培根。”

“约翰尼，你感觉怎么样？”

“你一大早就开始跟我说笑吗？我感觉很不错啊。”

约翰尼轻轻拨动柴火，抬手擦了擦脸颊，炉火中升起一股烟雾，他始终没有抬头，所以杰克坐到炉火对面的椅子上，对着约翰尼问道：“你昨晚睡得怎么样？”

“我睡得很香。”

“约翰尼，看着我。”约翰尼抬眼看向杰克。“你昨晚是在树上睡的，但你今天早上醒来的时候是在床上。”

约翰尼愣了愣，随后耸耸肩回答道：“我应该是在梦游吧，我有时候会梦游。”

“你不害怕吗？”

“我好好地在你面前啊，有什么好害怕的？”约翰尼回答道，“我很好，没事。”

“关于昨晚的事，你一点都不记得了吗？”

“我记得我们很晚才睡，喝了很多酒。”

“还有呢？”

“我们聊到了你那个现在还在过牢狱生活的爸爸，还有你妈，她现在住在一个又脏又狭小的拖车里。你跟我讲了当律师的感受。你昨晚摔倒了一次，还撒尿了。”

“一点都不好笑。”

“好笑啊。”

约翰尼大笑起来，杰克仍然一脸严肃。“你就记得这些吗？没有其他的了？”

“当然不止这些了，”约翰尼停止拨弄柴火，“我们在喝波旁威士忌之前，吃了曼彻格乳酪，你很喜欢吃昨晚的鲇鱼，但是你觉得自己不小心吞了一根鱼刺。我们抽烟，讲笑话，聊世界，聊宇宙。晚餐聚会嘛，跟我们以前的晚餐聚会都是一样的。”

“那之后呢？”

“之后就没有了。后来我上床睡觉，然后我醒了，然后现在我们俩在这闲聊。”

杰克不再追问。两分钟后，他语气坚定地对约翰尼说道：“我要走了。”

“什么？你认真的吗？”

杰克起身，双手在大腿上来回摩擦。“我感觉不对劲。”

“那好吧，”约翰尼也站起身来，“你要我送你出去吗？”

“不用，我可以自己走。”

杰克穿上靴子，约翰尼站在一边，默不作声。像这样相聚的日子对杰克和约翰尼而言意义重大，通常他们会去钓鱼或是打猎，而早餐总是不可或缺的环节。约翰尼张开嘴，欲言又止，如此反复几次后，他终于开了口。“是跟我之前给你说让你当我律师的事情有关吗？”

“不是的。”

“那你为什么着急要走？”

杰克拿起自己的外套，环顾四周。他从未真正明白约翰尼执意在此生活的初衷所在，不过倘若他选择这种与世隔绝的隐士生活，杰克也会全力支持。一部分原因是杰克和约翰尼在儿时曾患难与共，以及彼此相互照顾的责任，另一部分原因是出于他们从小便亲如手足，彼此信任，彼此支持，彼此接纳。但今天与以往不同，约翰尼的变化如同空气中弥漫着的咖啡味道，显露无遗。

约翰尼在撒谎。

杰克回到自己的公寓，对约翰尼的怀疑越来越深。约翰尼的笑声，以及他眼神游移的方式都不同往常。杰克锁上房门，关掉房间的灯，脱掉沾满泥土的外套。他躺在床上，思考着约翰尼的一举一动，也许，他真的在撒谎。杰克困扰不已，久久无法平复。他抗拒这样的想法，却不禁思考良久。一切犹如梦境一般，却又无比真实。杰克站在沼泽中，约翰尼赤裸着上身，站在他旁边，他双眼微闭，双手向上抬起，仿佛试图抓住滴落的雨点。这一切都是真实的，淹没到杰克小腿的凉水是真实的，冰冷的空气是真实的，内心的恐惧亦是真实的。杰克看着约翰尼伸手指向沼泽，却没有勇气抬眼看。

“你看到了吗？”

杰克没有看到，他不想看到。

“杰克……”

杰克看到了，却没有看向约翰尼所指的方向。而是看向约翰尼，约翰尼的双眼紧盯住夜色，身上的肌肉微微颤动。也许约翰尼也感到害怕，也许他跟杰克一样。

“告诉我你看到了什么。”

内心的恐惧太过真实，杰克羞耻万分。他紧闭住双眼。当他睁开眼时，自己正睡在公寓的床上，四周飘来烤面包的香味。窗外的天空灰蒙蒙的，床单很潮湿，卷成一团。

“这不可能。”

但这一切如此真实。

约翰尼的继父曾向杰克说起过约翰尼摔倒受伤一事，他说约翰尼身上伤痕累累，瘀青发紫，已经严重伤及骨头。这也是他最初打电话给杰克的原因所在，因为约翰尼险些因为那次摔倒而丧命。昨晚由于酒精作用，杰克忘记了这番话，如今他一遍遍回想。他想否认这突如其来的一切，但在他眨眼的瞬间，眼前浮现的竟是昨晚约翰尼的样子。这一次，不仅仅是在梦中，他真真实实看到了。约翰尼上身赤裸，一动不动，无疵可寻。

约翰尼脸上没有一丝表情。

第三章

那晚，杰克又一次宿醉，他接连两天都是这样的状态。在喝完六罐啤酒后，杰克又喝下一瓶烈酒，他站在屋顶，酒瓶安静地躺在屋顶周围的护墙之上。他懊悔不已，同时又担惊受怕。密布的乌云冲破沼泽上空，一路向南延伸，即使距离沼泽如此遥远，杰克也能感受到空气里的潮湿和电闪雷鸣的惊心。暴风雨即将席卷这座城市。杰克也许应该站在原地不动，任由狂风暴雨将他整个卷起，或是掀翻在屋顶上。这样的想法简直不可理喻，但杰克已经开始怀疑现实，甚至开始怀疑他自己。清醒和专注曾是杰克在儿时用于逃离恐惧的利器。如今他连自己都不了解了，还有什么可以帮助他逃离恐惧呢？

“妈的，都是因为约翰尼。”

杰克举起酒瓶，一饮而尽，烈酒灼烧着他的喉咙。现在的他已然更加成熟，他是一名律师，本不应如此堕落。

持续不断的灼烧感依旧没能逼得杰克放下酒杯，他难以呼吸。这是周六的晚上，马路上霓虹闪烁，熙熙攘攘。现在已是深夜，杰克本该入睡，这才是新律师的常态：睡觉、工作、打字。自从阿莉莎去世之后，杰克的生活终于回到了正轨，理性且平和。这便是法律的本质所在，也是其宗旨所在。杰克仿佛可以听见大学教授的声音在说着：事实、法律和先例……

杰克突然放声大笑，毫无缘由，毫无理性，他不禁一阵胆寒。这笑声粗暴狂野，听上去似乎伤痕累累，令人心痛，这便是约翰尼童年生活的真实写照。约翰尼的童年生活结束了，不是随时间悄然流逝，而是被一堆突如其来的秘密、死亡和畏惧生生掩埋。这便是杰克对先例的理解。他可以和约翰尼敞开心扉，约翰尼会点头赞同，因为他们在那条最黑暗的路上携手相伴。他们一起面对阿莉莎的失踪，一起四处搜寻她的下落，一起找到她的尸体，约翰尼会说：是的，我记得，我也知道善与恶只有一线之隔。但其他人眼中看到的却是另一番模样。自儿时以来，约翰尼始终认为人的本性是残暴的，是自私的，是卑劣的，杰克对此深表认同，这便是法律存在的重要性。但他内心对规则的渴求甚至连约翰尼都难以理解，因为杰克在那段黑暗的路途中学会了很多不同的事情，而并非所有这些都是合情合理的，也并非所有都是现实可信的。在那段时期，约翰尼感知的是原因和结果，而杰克感知的却是命运和邪恶。这并不是夸夸其谈，也并非荒谬的信仰。杰克知道，世界是阴暗的，这世上的一切都深不可测，邪恶是真实存在的，它赤裸地展现在世人面前，这一点，他深铭于心。也正因为如此，杰克才痴迷于规则、稳固与控制。

然而，这些本就不存在。

不过，那天在沼泽地里发生的一切却是真实存在的。

这是一个丑恶的想法，却在杰克脑海中挥之不去。他试图自我说服，他告诉自己，此刻所有的烦忧都是因为他自己太过斤斤计较，然而，他却无法相信，他告诉自己，约翰尼没有撒谎，但却连这一点也难以说服自己。在那片荒芜的沼泽地里发生了某些不可思议的事，无论杰克如何用酒精麻醉自己，也始终无法对这一切视若无睹。杰克平静地看着窗外的暴风雨，他甚至希望这场暴风雨来得更为猛烈些，希望这贪婪的狂风和肆虐的暴雨能够洗礼一切，卷走他的愁思。然而，狂风暴雨却一路朝着东方肆虐，只在这座城市留下了一场不尽如人意的小雨。杰克站在原地，看着暴风雨逐渐远去。天空放晴时，杰克杯中的烈酒也早已饮尽。

几个小时后，杰克从睡梦中醒来，窗外的天灰蒙蒙的。早起工作，这是杰克自就读法学院以来便养成的习惯。时间不容浪费，杰克深知奋斗不止的价值所在。杰克在维克森林大学毕业后，又继续在杜克大学法学院潜心学习法律，他本可以去更大的城市，拿更高的酬劳，不过，他更想向这个曾经肆意毁掉他童年生活的地方证明自己。

况且，约翰尼也在这里。

杰克从床上爬起，眼睛里布满红血丝，他拿起放在桌上的手表。六点十七分，他睡过头了。

“美好的一天。”

这是周日早上，不过对于杰克而言并不重要。身为一名律师就意味着无时无刻的工作，公司合伙人的名头可不是唾手可得，需要付出成倍的时间和精力。杰克所在公司的同事常说，想要成为公司合伙人需要花费九年时间，不过杰克打算在五年内完成这一目标，因此他与自己做了一个约定：每两周的周六定为他和约翰尼的消遣时光，其余时间他必须努力工作，不是完成手头的任务后便停止，而是如他在法学院学习时一般，一天工作十五个小时，倘若他不出门吃饭的话，则是十六个小时。

六点五十，杰克洗漱完毕，穿衣出门。前往办公室所花费的时间是八分钟，杰克在中途停下买了一杯咖啡和一盒百吉饼。此时的办公大楼空荡荡的，不过杰克并不在意，他喜欢静无人声的走廊，也喜欢办公楼刚刚清洁过的味道。杰克坐在办公桌前，一边喝咖啡一边思考着自己在这家公司的发展前景。公司规模适中，在业界享有盛誉。雷文县只是一个小规模市场，公司目前的客户遍布南美。这样的成就花费的是大量的时间和人力，最不可或缺的便是顶尖律师团队。即便已是名气颇高，公司内部目前仍有关于扩张的讨论，也许将在加拿大开设分公司，在这之后，或许还会进军华盛顿，或者是亚特兰大，前景不可估量。

杰克起身走到窗边，看着东边。他父亲所在的监狱远在城市的另一端，杰克构想着监狱里的残酷画面，父亲此刻正在受着牢狱之苦。这是否也是杰克决定留在雷文县的原因之一呢？还有他的母亲，也是杰克无法远赴他乡的牵挂吗？杰克无数次扪心自问。此刻，她或许正在教堂做礼拜，也或许正在家里双膝跪地祷告。她在一辆老旧的拖车里生活，她将生活中的所有疾苦都怪罪于杰克，正因为如此，她的祷告皆怀有恶意。其他祷告者在杰克母亲身上看到了这一点，他们试图改变她的想法，却以失败告终，于是只好一次次将她驱逐到另外的教堂。教堂环境越来越差，杰克的母亲也越来越绝望。后来，杰克听说他母亲在河边空地上的一顶帆布帐篷下做礼拜，牧师来自亚拉巴马州的南部，在礼拜过程中，她总是长时间地哀诉及抱怨。除此之外，杰克并不了解，他也毫不在意。这个牧师或许是复兴主义者，也或许只是个江湖骗子。上帝无处不在，以一种神秘莫测的方式，与每个人相连相通。杰克对这一点深信不疑。

有时，这并无大碍。

有时，却让人痛不欲生。

沉思良久后，杰克转身投入工作中。杰克工作时总是全神贯注，仿佛身边的一切就此静止。备案、细读、总结，一份文件花费了他足足五小时。前一晚的宿醉带来的是痛苦的煎熬，但杰克努力承受着。这是杰克的本职工作，也是他出人头地的开始。研究细节、计划策略、反复修改，这便是杰克每天重复的工作。此时已是下午两点，杰克还没有吃午饭，其他工作人员陆陆续续进入大楼。他停下手中的工作，周围的一切恢复了吵闹，他清晰听见电梯上下时的提示声音。杰克起身舒展身体。楼下驶来一辆银色长轿车。车门打开后，一个女人走下车。虽然距离遥远，但杰克知道车主人是莱斯莉·格林，她是公司合作律师之一，漂亮、多金、聪慧，杰克时常沉醉于她美丽动人的双眼，那是他见过的最美的眼眸。杰克一直目送着莱斯莉进入大楼。

之后，杰克试着专心投入工作，可他接连六次通读同一段文字，却连一个字都没有记住，他再一次提起精神，却又再一次败下阵来。他心思烦乱，精神涣散，这都是约翰尼的错。

“该死。”

杰克在电梯里，犹豫不决，他按下电梯按钮，又立刻取消。又按下，再次取消，前后反复了好几次。

受理上诉的部门在三楼。

莱斯莉·格林的办公室也在三楼。

电梯下降中，杰克仍旧犹豫不决。并不是杰克对莱斯莉没有好感，她也许是个好相处的人，只是莱斯莉曾三次找到杰克，而每一次询问的都是同一个问题：约翰尼的生活以及过去那件事。

莱斯莉想知道那件事是否是真实的。

第一次，莱斯莉来到杰克的办公室，她手中拿着那本描写约翰尼故事的书，满脸微笑。

“你好，我是三楼上诉受理部门的莱斯莉·格林。这本书里的杰克·克罗斯是你吗？”

莱斯莉将书微微倾斜，好让杰克能够看清封面，脸上流露出贪婪的神色，杰克早已习惯了这样的目光。悲剧、暴力，那段约翰尼不可思议的童年故事总是让人热血沸腾。书中的照片一点点揭开过往。十三岁那年，约翰尼一夜成名，在别人眼里，他便是那个脸颊消瘦、眼神深邃、头发凌乱的野男孩。书中最受人瞩目的照片拍摄于医院门口一辆半途失事的车上。照片里，约翰尼身上沾满灰尘、果汁和鲜血，他手握方向盘，身形瘦小，身旁那个被他救下的女孩仍旧死死地拽住他的胳膊。约翰尼身上有多处刀伤，胸膛被划破。他表情呆滞，脖子周围的皮绳上悬挂着羽毛和铜头蛇的头骨。报纸上称呼他为“野蛮的印第安人”“勇士”和“小酋长”。那时，周围人对约翰尼褒贬不一，有人提出约翰尼精神错乱，将他视为危险人物，而另一部分人却认为他堪称雷文县最勇敢的小战士。在妹妹失去音讯后的一年里，约翰尼四处寻找。在那一年的时间里，他曾追踪过恋童癖和杀手，甚至独自一人前往那些连警察都谈之色变的危险之地。在经过一番苦苦搜寻后，他不仅找到了妹妹，还找到了其他七名包括他父亲在内的被害者。在那一年的时间里，他曾无数次孤身面对绑匪和杀手，甚至在荒野中追捕逃犯，完成了连警察都无法完成的难事。约翰尼的故事轰动一时，在网上迅速传播开来。事发之后，甚至有传言说要将其翻拍成电影。此后不久，这本描写约翰尼经历的书横空问世，自那之后，连续三年一直占据销量榜首。即便如此，也没人真正了解当时究竟发生了什么，当时的记者不了解，负责调查的警务人员不了解，甚至连这本书的作者都不了解。如今十年过去了，和杰克一样，约翰尼始终背负着那些秘密，默然且沉重。十年以来，约翰尼和杰克之间从不谈及这件事的伊始，也绝口不提那些幸存者为何会存活下来。那些悬而未决的问题，疑点重重。

杰克早已习惯旁人的兴趣与追问，即便是在大学期间，也曾有人将他与书中的小男孩杰克对号入座，是这本书引发了人们的贪婪。人们总是对真实的犯罪故事情有独钟，多年来，这本书的出现使得约翰尼的故事始终成为焦点。如今，这本书出版的十周年纪念日将近，出版社打算重印，再次将约翰尼推上风口浪尖。出版社曾邀请杰克参与，杰克猜想他们应该也在四处寻找约翰尼的下落。他们想登门采访，甚至想借此举办访谈节目。每个人都想知道那些杰克和约翰尼守口如瓶的秘密：为何约翰尼身上会挂有羽毛和头盖骨？为何约翰尼和杰克从那片沼泽出来时，那个杀手会躺在卡车后备厢里，奄奄一息？当时究竟发生了什么？不管怎样，这些秘密已经与杰克的生活融为一体。当莱斯莉出现在杰克办公室门口时，他靠在座椅上，直视着莱斯莉美丽动人的双眼，给出了最小心翼翼的回答。

“是的，书中提到的杰克就是我。”

莱斯莉坐在杰克对面，修长的双腿相互交叉，脸上露出足以征服男人的迷人微笑。“我要知道整件事情的原委。”莱斯莉这样说道。但杰克始终守口如瓶。莱斯莉想要的真相是只属于杰克和约翰尼共同的秘密，可他绝不会让第三个人知道。莱斯莉对杰克给出的回答表示不悦，也或者是杰克在回答问题时的不动声色令她不快，最后，莱斯莉愤然离开。其余两次也是同样的结局。这三次追问事件发生在杰克刚来公司的第一周，他在一周内连续三次惹怒公司合作律师。

真是开场失利。杰克心想。

如今，情况更加糟糕。

三楼楼道的灯光已经熄灭，办公室大门紧闭，除了走廊角落里的那间，那是莱斯莉的办公室。杰克走到门口，轻轻敲门，莱斯莉抬起头，眉头紧锁，随后强挤出一丝不自然的微笑。“你有时间吗？”杰克开口问道。

“看情况。”

“我可以坐下吗？”

杰克伸手指向办公桌前的座椅问道，莱斯莉低下头，回答道：“坐吧。”

杰克坐下后，莱斯莉开始仔细端详眼前这个新员工。杰克身穿工作制服，细小的手指蜷缩在空荡荡的袖口里面。莱斯莉目不转睛地盯着杰克，默不作声，杰克也一声不吭，任由莱斯莉的眼神在他身上上下打量。莱斯莉真是楚楚动人，杰克心想，三十多岁的年纪，皮肤却依旧光滑紧致，一头金发性感撩人。莱斯莉在七年前就已经成了公司合作律师，她手腕上有一处文身，肩膀上留有一条疤痕。她聪慧、勤奋、冷漠。杰克好奇莱斯莉在他身上看到了些什么，是残疾的手臂吗？是不合身的工作服吗？还是透过他如今已然成熟的外表，看到了书中那个小男孩呢？

“你的身份在公司里引起了一阵轩然大波，大家知道你是谁后，都在议论纷纷。公司高层没有告诉我们你这个新来的员工名气不小。”

“我没有什么名气。”

“你的朋友倒是很有名。”

“我想让你接一个案子，无偿的。”

“接不接案子，我自己说了算。”

“这一点我明白。”

“那你为什么还坐在这里浪费我的时间？”

“我需要一名上诉律师，一名很出色的上诉律师。”

莱斯莉身体前倾，嘲讽地说道：“祝你早日找到，滚出我的办公室。”

“你能不能听我把话说完？”

“听你把话说完？得了吧，我给了你三次机会，我们本可以成为朋友，是你自己浪费了机会。”

“莱斯莉……”

“请叫我格林女士。好了，你可以出去了，”莱斯莉抬手指向办公室门口，说道，“从我的椅子上站起来，滚出去。”

杰克并不打算就此罢手。他环顾办公室四周，找到了那本让莱斯莉饶有兴趣的书，它就摆放在莱斯莉办公桌后的书架上，书边印刷的字已经脱落，封面上满是翻阅后的折痕。约翰尼拥有众多女粉丝，其中大部分是狂热的追星族，但并非都是头脑一时发热的痴粉。有些叹服于约翰尼的勇猛，有些则惊叹于他的童年悲剧，或是动情于他对妹妹阿莉莎不容置疑的爱。约翰尼的故事轰动全国时，很多粉丝都还只是少不更事的小女孩，如今，成熟理智后的她们开始对这个眼神深邃的神秘男人充满疑问。她们想看到他成年后的样子，想知道他如今的生活。约翰尼的粉丝中，有一部分真正明白了他脖子上羽毛的含义，她们阅读过书中关于印第安传说和求神启示章节的描写，在生活中苦苦挣扎的她们渴望了解年少时的约翰尼是否找到了某种自强的神旨。约翰尼是如何战胜那些凶神恶煞的杀手与绑匪的？在他一夜成名后又是如何面对被套以勇者光环的人生的？人们总想知道答案。

“如果我告诉你这件案子的客户是约翰尼·梅里蒙，你会改变主意吗？”

“你在跟我开玩笑吧。”

“你有兴趣接这个案子吗？”

“看情况。”

“你的顾虑是什么？”

“两件事。首先，这是个什么样的案子？”

“你听说过约翰尼名下的土地吗？”

“我只知道他名下有很大一片地。”

“在十九世纪五十年代，约翰尼家族名下有四万英亩的土地，位于雷文县的北边。你想象一下，镇外的那片葡萄园，以及过去二十年来在那边建立的所有葡萄园，约翰尼的祖先就拥有那么广阔的土地资产。”

“我看过那本书，书中提到过这一点。”

“那你应该对默木野有所耳闻了。”

“我知道很多奴隶都悄悄在那里做礼拜，内战之后，其中一部分在那里定居了。”

“事实上，他们早在内战之前就已经在那里定居了。现在那片土地属于约翰尼。这片地一共有六千英亩，其中一半是沼泽地带，另一半乱石嶙峋，根本过不去。十九世纪五十年代，约翰尼的祖先释放了一个奴隶，并将这六千英亩赠予了他，那个人名叫伊萨克·弗里曼特尔，他是雷文县第一个被释放的奴隶，这一点在书中也有提及。”

“我记得这一章。书中写的是约翰·彭德尔顿·梅里蒙一手拿着枪支，一手拿着《圣经》，死死盯着一个动用私刑的暴民。不过书中并没有说为什么他最初会对伊萨克如此关切。”

“这一点可能没有人知道。”

“约翰尼也不知道吗？”

“就算他知道，也从来没有告诉过我。”

莱斯莉盯着杰克，眼神犀利，她咄咄逼人道：“你说的这些跟上诉案有什么关系？”

“约翰尼的祖先和伊萨克·弗里曼特尔约定，当弗里曼特尔家族的最后一名男性去世时，就必须将这六千英亩土地归还给梅里蒙家族。弗里曼特尔家族的最后一名男性早在十年前就去世了，这片地也就自然而然地归属约翰尼所有。但是伊萨克·弗里曼特尔的一位女性后代对这一土地转让提出了异议，她名叫卢瓦纳·弗里曼特尔，是伊萨克的侄孙女。她试图夺回土地归属权，不过约翰尼在一审中胜诉了，现在卢瓦纳提起了上诉。”

“她提起上诉的依据是什么？”

“我还没有看过上诉材料，我也不知道。”

“你是约翰尼的朋友，为什么你自己不接这个案子？”

“正是因为我是他的朋友……”

“所以你害怕万一你来接这个案子，最后却没能胜诉，约翰尼会失去土地所有权，你不想担这个责，你不想你这个朋友成为他失去土地的推手。如果你想成为公司合作律师的话，就必须变得更强硬，更勇猛，更果敢。我看过你的申请文件，你很聪明，这个案子你自己接吧。”

“我不能接。”

莱斯莉嘴角微微上扬，杰克知道莱斯莉早已看穿他的心思。约翰尼不能失去这片土地，然而，这件案子败诉的风险太大，杰克害怕自己会辜负这世上他唯一在乎的人。

“你到底帮不帮忙？”

莱斯莉交叉起手指，似乎享受于这种居高临下的感觉。“我之前说了我关心的有两件事，我这才说了一件。”

“好吧，那第二件事是什么？”

“我有朋友在镇上看到过你的朋友约翰尼。他的确是神出鬼没，不过我的朋友在杂货店看到过他。那天下午，约翰尼开着那辆破旧的卡车，出现在城镇大街上。当时，我的朋友们互相给彼此发了短信，短信内容是‘深邃眼睛的帅哥出现’。那么克罗斯先生，请你坦诚告诉我，我的朋友们经常提起的这个约翰尼是不是真的有她们口中所说的那么不可思议？”

“什么？”

“帅气，却不循规蹈矩，与众不同。这是我的朋友们对他的评价。如果这是真的，那么我就愿意接这个案子。”

“你为什么会在意这个？”

莱斯莉身子倾向一边，镇定自若地回答道：“我的工作是负责处理上诉案件和企业纠纷，我一天能有多少机会接触这样的男人？所以我很好奇。”

第四章

这是杰克回家之后的第五天，时间一晃而过。约翰尼仍旧每晚睡在树上，早上起来精力充沛。这几天一切正常，附近没有出现莫名的火光，约翰尼没有梦游，也没有发生什么难以解释的怪事。现在虽只是九月时节，冬天的寒潮却已逐渐逼近，难熬的冬季即将到来，那时，夜晚会变得寒冷刺骨，树叶也会被大风刮落。默木野的冬季总是难熬无比，而约翰尼身上的钱只够买一点面粉、盐或者意面之类的东西。不过，他并不为此担忧。他扩建了菜园，在里面种上番茄和豆类植物。不仅如此，他还将玉米磨成粉状，以便做玉米饼时使用，从河里捕捞上来的小鱼经过盐焗之后也可以让约翰尼饱餐一顿。马上就要进入狩鹿季节了，约翰尼完全不必为吃不上肉而担心。约翰尼每天反复检查自己的粮食储备，每隔两天便制一次堆肥，悉心培育他的菜园，为食物匮乏的冬季做足准备。

不过，冬季空气湿润，收集木柴成为一大难题。小木屋后面的柴火棚里已经堆积了六垛柴薪，但约翰尼仍然需要继续为明年冬季的柴火做准备。约翰尼带上链锯和斧头，开始四处寻找可用的木柴，譬如干枯的橡树树枝等。将找到的木柴拖回小木屋是一项体力活，约翰尼将木头用皮带捆绑在自己背上，像骡子一样不停上山下山，来来回回，一次又一次跨过泥地，越过溪流。这天已是星期六的中午，杰克就快要来了。杰克艰难地穿过沼泽，来到小木屋前的空地上，他绕到约翰尼的视线盲区，在茂密树枝的掩护下轻声移动。当杰克抬起手，正准备扔出石头时，约翰尼微笑着说道：“又被我发现了。”

杰克从粗壮的大树背后走出来，把石头放进口袋中，说道：“你究竟是怎么做到的？这也太吓人了吧！你是有特异功能吗？”

约翰尼将斧头靠在树桩旁，拍拍手上的灰尘，回答道：“我闻到你身上的味道了。”

“胡扯。”

“你从十九岁开始就一直用同一款润肤水。半年前，你换了一种有香味的洗涤剂，所以，你身上的味道那么明显，我怎么能不知道你就在附近呢？”约翰尼嘴角扬起一丝微笑，而杰克却一脸不快，甚至看上去一副精神萎靡的模样。“你到这儿来做什么？我们下次的晚餐时间还没到，而且下次是在你家。”约翰尼问道。

“我想跟你聊聊。”

“好吧，聊吧。”约翰尼从树枝上扯下自己的上衣，带着杰克走到小木屋外的折椅旁。

约翰尼坐到折椅上，杰克站立着，环顾四周，他看了看小木屋和约翰尼背回来的木柴，随即望向约翰尼挂在小细枝上正在盐焗的鱼。沉默了几分钟后，杰克开口说道：“其实你也大概知道我想跟你聊什么，算了，我们还是去钓鱼吧。”

约翰尼疑惑地眨眼，随后进入小木屋，拿出两根鱼竿和一个渔具箱。约翰尼带着杰克来到小河边，他跳上一艘平底小船，放下鱼竿和渔具箱后便开始拉动木桨。此时，杰克呆呆地站在岸边。“你不上来吗？”约翰尼问道。杰克小心翼翼地爬上船，坐在船中一动不动，约翰尼划动木桨，朝着最近的水缓处驶去。当小船靠近水缓处时，约翰尼谨慎地控制着小船的方向。“你想抓什么鱼？”约翰尼问。

“无所谓，都可以。”

约翰尼伸出木桨，在水上摆成一条直线，他伸手指向直线另一端，对杰克说道："朝着这块阴影部位投射钓鱼线，就沿着这条直线。"约翰尼拿出鱼竿，但杰克却心不在焉，他目不转睛地盯着船身下已经干掉的泥土。约翰尼放低鱼竿，问道："你到底要不要聊聊？"

"现在不聊。"

"那就专心钓鱼。"

杰克拿起鱼竿，看着约翰尼扔出钓鱼线。在第二次扔出钓鱼线时，约翰尼钓起了一条大口黑鲈。"这条鱼起码有七磅重。"约翰尼将大口黑鲈拿在手中，阳光在鱼鳞上闪烁，随后，他取下鱼鳃上的线钩，将鱼线重新放回水中，问杰克："你到底钓不钓？"

杰克没有回应，只是漫不经心地扔出鱼饵。两个人默不作声。很快，约翰尼又钓到了一条红鳍鱼。"根本就不是你这样钓鱼的，"约翰尼对着一无所获的杰克说道，"看到前面那个树桩没有，你瞄准距离那个树桩十英尺的地方，然后扔鱼饵，等个十五秒钟左右，然后慢慢地拉鱼线。"杰克盯着约翰尼，双目无神。"照着我说的做啊，"约翰尼指向前方的树桩，"距离那个树桩十英尺，相信我，那里绝对有鱼。"

杰克眉头紧锁，他抛出鱼线，十五秒后，鱼线开始晃动。这是一条大家伙，它在水中用力挣扎，鱼线被拉出足足二十英尺后，杰克才将它控制住，随后，杰克花了足足五分钟时间才把它拖上船。"这下跑不掉了吧。"约翰尼一边说一边举起鱼，"这条鱼至少得有十二磅。"

"把它放了吧，我不想要。"

"你开玩笑吧？"

"我让你把它放回去。"

约翰尼俯身，轻轻将鱼放回水中，水面因鱼的游动而泛起波澜。"说吧，你到底怎么了？你今天怎么一直心神不宁的？"

"因为这个地方让我心神不宁，"杰克伸出手臂，指向沼泽地，声嘶力竭地吼道，“这里的一切都让我心神不宁。你是怎么知道我就在附近的？即使你背对着我，你都能准确地知道我扔石头的时间，到底怎么做到的？你钓鱼的时候那么轻而易举，好像它们本来就想被你抓住一样，为什么？还有那条鱼！”杰克伸出手指，指着身下的河水，“那条该死的鱼！距离树桩十英尺，等十五秒钟，你为什么能如此精确地知道那条鱼所在的位置和它上钩的时间？我这几十年来，从没有见过十二磅重的鱼。我们国家关于鱼重量的最高纪录也只有十五磅！”

约翰尼盯着杰克的脸，他气喘吁吁，脸色苍白，额头上布满密密麻麻的汗珠。“你说完了吗？”

“你身上的伤口呢？”

“啊？”

“克莱德说你身上到处都是瘀青和伤口，还有多处骨折。”

“根本没有他说的那么糟糕。”

“那这么说，他是在撒谎了？”

“你应该说他是在夸张。”

杰克用力摇头，仍旧一脸不悦。“约翰尼，你到底待在这个地方做什么？你为什么要过这样的生活？这个地方到底哪里让你如此痴迷？”

“因为我是这里的主人，因为这片土地属于我的家人。”

“这不足以回答我的疑问。”

“那我只能说，因为我就是想在这里生活。”

“这就是你的回答？”

“是的，我就是想在这里生活。”约翰尼情绪失控了，但他并不愿再多做解释，“我们能不能开开心心地钓鱼？能不能像往常一样，只是钓钓鱼，讲讲笑话，放松一下？”

“不能。”

“是因为星期五晚上发生的那件事吗？”

“我的天！这还用问吗？你怎么会问出这么愚蠢的问题？”

“那天晚上，我梦游了，然后……”

“并不仅仅是这个事情。”

“这样的情况的确出现过几次，我……”

“有几次？”

“三次。”

“我不相信只有三次。”

“好吧，我说实话，有七八次的样子，”约翰尼放下手中的鱼竿，继续说道，“有时候我在一个地方睡着了，醒来之后却在另一个地方。”

“比如说哪些地方？”

“有一两次是在小木屋里，有时候是在树林里。”

“没有出现过在沼泽地里的情况吗？”

“什么叫作‘在沼泽地里’？”

“意思就是你站在里面，你有没有经常醒来的时候发现自己正站在这片沼泽地中央？”

约翰尼将身子斜向一边。杰克的怒气是真的，难过和担忧也是真的。

“你知道到这里对我来说有多艰难吗？我每天只要一闭上眼睛，就会看到你站在沼泽地里的画面，我甚至能看见当时的雾气，听见自己当时的呼吸，那天晚上的冰冷和恐慌历历在目。约翰尼，这里发生了一些事情，而且是很不好的事情。”

“发生了什么？你告诉我发生了什么？”

“我不知道。”杰克苦笑了几声，回答道，“我只是有这种感觉。”

“既然只是你的感觉，那还有什么好争论的呢？来吧，我们来钓鱼，完了之后我们去痛饮几杯。”

“我很害怕，约翰尼，你明白吗？现在是大白天，可我就是觉得好可怕。”

“杰克，你别这样。”

“这不是你说一句‘别这样’就可以没事的。你是我最好的朋友，我不想跟你争论，但是这里真的发生了一些我无法理解的事情。”

“杰克，你……”

“我们上岸吧。”

杰克伸手指向岸边，约翰尼轻轻将杰克推到船头。小船在杂草中央穿行，约翰尼坐在船上，一言不发，他不知道应该说些什么。默木野是他的归属，是他的家，而杰克是他唯一的朋友，他陷入两难，不愿选择，也不愿失去任何一方。当约翰尼终于打算开口时，杰克却抬手打断道：“让我一个人安静一会儿，好吗？”

“当然可以，没问题，听你的。”

约翰尼看向杰克的脸，此刻，他内心一定很挣扎吧。杰克神色痛苦，表情里写满了不安和害怕。几分钟后，杰克坐到小船座位上，从口袋里掏出一张名片，一举一动里流露出的都是无可奈何。名片表面有些褶皱，一角被折叠起来，杰克盯着名片看了很久，深深地叹出一口气，将其递给约翰尼。“这是给你的。”

约翰尼接过名片，问道：“这是什么？”

“这是莱斯莉·格林的名片，她是一名很厉害的上诉律师。”

“我没钱请律师。”

“她免费当你的律师，不过，你需要和她面谈，最迟下周，不能再晚了。”

约翰尼来回翻看名片，挤眉弄眼地问道：“为什么她会无偿接下我的案子？”

“你只要记住跟她见面的时候要保持微笑就可以了，还有，打扮得像样一点。”

杰克走下船，约翰尼坐在原地。“你为什么要帮我？”约翰尼问道。

“你知道为什么。”

约翰尼无法直视杰克的眼睛，只好故意移开目光，他知道，他和杰克之间的那场恩怨始终是不能提及的秘密。“谢谢你，杰克，这对我来说很重要。”

“不用谢我，也不用提醒我。你要做的就是跟莱斯莉见面，然后搞定这个案子。至于其他的，我不想知道，这件事已经够让我烦躁了。”

“好的，”约翰尼将名片放入口袋中，“你想让我送你出去吗？”

“我自己知道怎么出去。”

“那我们下次还一起吃晚餐吗？”

“下周，来我家。”

“关于你介绍的这个律师，她很厉害吗？”

“是的，她真的很厉害。”杰克回答道，语气里满是哀伤。

杰克的身影渐行渐远，约翰尼看着他离开的背影，试图回想究竟是什么令杰克如此恐惧，但头脑里的记忆却模糊不清。一些零碎的画面逐渐在约翰尼脑海中闪现，杰克将其形容为回忆乍现，在约翰尼看来，这是一个充满善意的词语。关于那晚，约翰尼到底记得些什么？

他记得四周的死寂。

记得冰冷的空气。

也记得自己站立在一片空空如也的沼泽地中央。

约翰尼时常在睡梦中环绕树林四处游走，这一点无法否认，正因为如此，所以他明白杰克的担忧。约翰尼对杰克撒谎了，这种情况不是出现了七八次，而是至少二十次。有时他醒来，发现自己在沼泽边上，或是在某座遥远的山丘上。有时，他早上在床上醒来，却发现自己的双脚沾满泥土，他知道自己又梦游了。偶尔，约翰尼的脑海里会猛然闪现某些记忆，不过只是一些模糊的画面，当太阳升起后，这些画面又再次消失得无影无踪。

夜里的默木野并不只有约翰尼一个人，还有某一种神秘力量存在，它不粗暴，不可怕，也不冷血。这一点，杰克永远无法感同身受。

这是一片有魔力的土地。

是一个蕴藏神秘力量的地方。

约翰尼划着小船回到岸边，行走在丛林中，耳畔响起昆虫在叶片上扇动翅膀的声音，清晰无比。继续前进了几分钟后，约翰尼停下脚步，侧耳倾听。水面上泛起涟漪，水波蔓延开来，发出细微声响；在山丘后面的巢穴里，昆虫幼虫正在四处爬动；一只狐狸正朝着距离东边十五英里的地方快速移动，它在一棵雪杉树下剐蹭爪子，随后跳入一条溪沟，上岸后，在地面上留下一串散发着泥土味道的脚印。约翰尼侧耳倾向另一边，耳边传来蛇皮在树皮上摩擦的声响，约翰尼不用抬眼看便知道在十英尺外，一条铜头蛇正在一棵大树下舒展身体。那不是一条猪鼻蛇，也不是一条眼镜蛇。

只通过声音，约翰尼便能准确判断出那是一条铜头蛇。

雌性铜头蛇。

约翰尼看着那条蛇爬行到小径上，随后钻入草丛，悄悄远去。

这种异于常人的感知能力时有时无。有时，这种感知异常强烈，约翰尼躺在吊床上便能听见河狸在距离自己两英里外的溪流边咀嚼柳树树叶的声音，他甚至能听见鸟类孵化的声音，并能准确判断出其孵化地点。每当有动物在丛林里移动时，约翰尼只听声音便能知晓动物的种类甚至体形大小。有时，这种感知力会有所下降，每每此时，约翰尼总会觉得自己是半个盲人，不过即便如此，他也依旧能在伸手不见五指的夜里捕捉黑熊。只有在约翰尼离开默木野时，这种感知力才会彻底消失，不过，这种消失过程也并不是一瞬间的事。当约翰尼踏出默木野边界，关上边界大门时，这种感知力开始逐渐减弱，当他走上第一条公路时，感知力愈渐减弱。此后，随着时间的延长，逐渐消失。直到约翰尼离开默木野一小时后，感知力才彻底消失，他开始变得和其他人一样，对周围的环境毫无知觉。

约翰尼睁开眼，盯着波光粼粼的水面，水面下的鱼儿四处游动，约翰尼能够准确判断出它们所在的位置，仿佛整条河流在他眼里是透明的。当水龟将头探出水面时，他能够通过龟壳、水面涟漪的形状以及其他一些微小的细节瞬间知晓其种类。但，一切远不止如此。

当约翰尼靠近沼泽地时，这种感知能力似乎与生俱来。

他可以感知一切，他只是可以，没有缘由。

第五章

约翰尼跟莱斯莉约好在星期二下午一点见面。出门前，约翰尼整理了头发，换上干净整洁的牛仔裤和衬衣。他的想法很简单：跟莱斯莉见面，确保她接下这个案子。

约翰尼对目前的境况一清二楚。杰克不能接，或是不想接这个案子，而他自己又身无分文，所以他必须牢牢把握住这次跟莱斯莉见面的机会，确保万无一失。即便如此，约翰尼仍旧不乐于离开默木野，他不愿让默木野处于无人看守的状态。更确切地说，约翰尼不喜欢这种与默木野断开联系的感觉。当约翰尼穿过边界大门时，他的感知力开始逐渐减弱，不过，即便是在十里开外的地方，约翰尼仍能感受到周围树木的生命状态，感受到哪些树木正值生机勃勃，哪些树木正在逐渐衰老。草丛里任何的风吹草动都能进入他的耳朵，四周弥漫着生命的气息。没过多久，约翰尼走到了公路上，脚下是绵延数里的混凝土，周围传来割草机的声响。

此时，约翰尼的感知力正迅速消失。

很快，约翰尼到达莱斯莉所在的办公大楼，接待人员请他稍事等待。十五分钟过去了，约翰尼一动不动地坐在会客室，身边坐着另一位男士，肤色苍白，手指不停拍打着光洁如新的皮鞋。几分钟后，约翰尼跟着接待人员走出会客室的双推门，转入一条拥挤不堪的走廊，经过密密麻麻的隔间和办公室。

“格林女士让我向您转达歉意，让您等这么久，实在抱歉。您也看到了，我们这里的工作人员确实都很忙。”接待人员面无表情地说道。约翰尼从她冷漠的语气中感受到了她对自己的厌恶，她厌恶约翰尼磨损的衬衣袖口，厌恶他沾满泥土的鞋子。“这里就是格林女士的办公室。”

接待人员在一间房门紧闭的办公室前停下，约翰尼隐约感受到屋内的动静：莱斯莉整理着衣着，一阵脸红。接待人员打开办公室大门，移步到一边。“格林女士，这是您约好下午一点见面的客户。”

约翰尼走进办公室。莱斯莉坐在办公桌后，皮肤白皙，衣着得体，双目炯炯有神，浑身流露出大方优雅的气质。

“欢迎你，梅里蒙先生，我是莱斯莉·格林。”莱斯莉伸出手，约翰尼轻轻握住。“请坐。”莱斯莉示意约翰尼坐下，随后坐到自己的办公椅上。“杰克·克罗斯跟我说你需要一名上诉律师，他还说你没钱付律师费用。”

“你真是开门见山啊。”

约翰尼微笑着调侃道，不过莱斯莉似乎并不领情。“我做事一向讲求效率，六分钟后开始计时收费。”

“杰克跟你说的都没错。”

“可是目前你名下有六千英亩未抵押的土地。”

“你可以当我是个空有土地的穷光蛋。”

“这种情况很正常，我父母跟你差不多。”

“你父母是农民吗？”

“他们生活在得克萨斯州，是牧场主。”莱斯莉的眼神在约翰尼的嘴唇和下巴之间游移，“你可以卖掉土地，这样就有钱付律师费了。”

“不可能，我绝对不会卖地。”

约翰尼语气强硬，这一点他无法掩饰。不过奇怪的是，莱斯莉似乎乐于见到他这样的反应。她全身发热，眼睛大睁。可是，她好像并没有生气。莱斯莉身体前倾，目不转睛地看着约翰尼。

“我为什么要接你这个案子？给我一个帮你的理由。”

“我以为你已经同意接我的案子了。”

“没有，我还没有同意。”

“那你为什么同意跟我见面？”

莱斯莉耸耸肩，回答道：“因为克罗斯先生是我的同事，你就当我是出于礼貌吧。”

约翰尼从莱斯莉的眼神里看出，事实并不完全如此。“那好吧，那我要怎么做才能说服你呢？”

“你知道为什么卢瓦纳·弗里曼特尔会提起上诉吗？”

“因为我一审胜诉了，她不服。”

“我指的是她提起上诉的法律依据，这一点，你知道吗？”

“你看过案件要点摘录了？”

“看过，不仅如此，我还看过一审的庭审记录。这次和你的见面也许只是出于我的礼貌，但我从来不打无准备的仗，我也是有备而来的，况且，这件案子很有意思。”

“有意思？比如呢？”

莱斯莉交叉双腿，露出光滑的膝盖。“一审的目的在于明确事实，而上诉的目的则在于找出法律的漏洞。默木野之所以归属你名下是因为你们梅里蒙家族和弗里曼特尔家族最初约定，当弗里曼特尔家族的最后一名男性成员去世之后，这片土地的所有权将归属你们梅里蒙家族所有。利瓦伊·弗里曼特尔就是那最后一个男性成员，而他在十年前就去世了。这些就是一审明确的案件事实。这件案子没有什么明显的法律漏洞，因此卢瓦纳·弗里曼特尔不得不以国家政策、衡平法规定以及性别平等的名义来提起上诉，这些都是让人无从反驳的问题，而且可能会在国家最高法院进行辩论。你现在明白我为什么说这件案子有意思了吗？”

“你同意卢瓦纳的上诉理由吗？”

“你为什么这样问？因为我是女人吗？”

“有一部分这个原因吧。”

“你现在是在采访我的观点吗？你今天来跟我见面可不是为了这个。”

“我不关心刚刚你说的国家政策和性别平等，我只关心你能不能百分百投入到案子当中，全心全意为我争取土地所有权。”

“你祖先的信仰是基于那个时代的产物。在一八五三年的时候，整个国家百分之九十九的土地资源都归男性所有，这是再明了不过的事实，但现在重要的是法律规定和法理基础。法官们本身不愿意重新解读一份产权转让证明，但如果衡平法和国家政策要求如此，那就不得不再对土地转让重新进行考量。在这种情况下，你需要的就是一名忠心耿耿的辩护人。”

“那你能做到这一点吗？”

“我可是专业人士。”

“其他女人可能会对你的行为有异议。”

“出名了也会带来好处，尤其是在律师执业生涯中，如果对我的事业有所帮助，那我不介意上头条。”

莱斯莉看上去依然云淡风轻，掌握大局，但精致的妆容却掩盖不住她内心的亢奋情绪。她心跳加速，浑身发热，约翰尼可以闻到她身上温热的气息。约翰尼本以为这是因为他和莱斯莉之间的来回争论，可从约翰尼踏进这扇门开始，莱斯莉便一直如此兴奋。

“我是不是也是你借机出名的要素之一？”

“你是指我自己的私欲吗？”莱斯莉交叉手指，一副理所当然的表情，轻松地回答道：“律师这个行业和交易是一样的，我必须考虑自己的名声和收获。媒体的关注本身对我没有什么坏处。”

“所以，因为我的身份，你就会得到更多媒体的关注。”

莱斯莉对约翰尼话语中显而易见的怒气不予理睬。

“广播、报纸、书刊，到处都有你的名字和故事。不管正确与否，这座城市对你有很多看法和见解。在我看来，公开几乎是有百利而无一害的。我现在对你很坦诚，这样你才能明白我愿意无偿接下这个案子的动机所在，我从来不做没有好处的事。”

约翰尼表情冷漠。“我不会跟你探讨我的妹妹，也不会跟你探讨十年前发生的任何事。”

“利瓦伊·弗里曼特尔是在你妈的房子里去世的，十年前发生的那些事和你的案子息息相关。”

“我不会谈论我的妹妹，也不会谈论她的失踪，更不会接受任何媒体采访。我知道外界关于我的传言很多，有些媒体认为十年前的那件事很有新闻价值，但那些照片对我来说……很伤人。”

“你没有公开的那些细节也很有新闻价值。你一直以来闭口不谈的态度引发了各种各样的猜测，这也是媒体一直揪着你不放的原因所在。听说有人想把你的事迹拍成电影，却被你拒绝了，是真的吗？”

约翰尼从座位上起身。

“梅里蒙先生，你……”

“利瓦伊已经死了，案件事实也已经清楚了，这一点你自己之前也强调过。至于电影的事情，那都是谣言，根本没有人说过要把我的事情拍成电影，即便有，我也会拒绝的。”

约翰尼的愤怒溢于言表。莱斯莉睁大双眼，嘴唇湿润。太多人被约翰尼的童年经历所吸引，他们好奇约翰尼痛不欲生的原因，好奇那些阴暗的过往，好奇一个原本灿烂的童年就这样毁于一旦的绝望。

“我是专业人士，我对你过往经历的询问都是出于专业角度。”

“是吗？”

“梅里蒙先生，请你配合我。”

“那本书就在你的书架上。”莱斯莉转头看向身后的书架，顿了顿。“就在那份文件下面，一半被盖住了。”约翰尼提醒道。

“你是怎么……”

“我再重申一遍，我不会跟你谈论我妹妹，不会谈论我是怎么找到她的，也不会谈论在这个过程中死去的那些人。”

“好吧。”莱斯莉清了清嗓子，身体靠向办公桌。“那我们就来聊聊这个吧。”

莱斯莉翻开书，锁定其中一张照片。照片上，约翰尼一头短发，穿着橘色上衣，面无表情。“这是书里的一张插图，拍摄于两年前。”约翰尼说。

“那时候，威廉·博伊德和兰德尔·帕克斯声称你差点杀死他们。”

约翰尼坐回椅子上，不紧不慢地回答道：“如果我真的有杀心的话，那他们两个现在早已是两具冰冷的尸体了，我当时只想吓吓他们而已。”

莱斯莉翻开另一页，照片上是一处狼藉的营地，一旁的私人物品上留有大口径子弹的弹孔，水壶、手提油炉和一把来复步枪散乱地摆放在地面上。“你枪法很准吗？”

约翰尼没有应答。此刻，他的耳边回响起刺耳的尖叫声，温彻斯特手枪里的子弹相互碰撞，他一遍遍上膛，瞄准帐篷，动作娴熟，反应迅速。

“你当时可能会被冠上蓄意谋杀的罪名。”

“他们两个在哺乳季狩猎黑熊。”

莱斯莉向后倾斜身体，噘起嘴唇，她看着照片，说道：“威廉·博伊德很有钱。”

“如果你担心当我的辩护律师会招来威廉·博伊德的报复的话，那我给你吃一颗定心丸。博伊德生活在纽约，他只有狩猎的时候才会到这儿来。”

“我知道，他在这儿有一栋房屋，每到狩猎的时候他就会住在那里。你现在和博伊德先生关系怎样？”

“法院给我下了限制令，我不能靠近博伊德。”

“你违反过限制令吗？”

“到目前为止还没有。”

莱斯莉再次噘起嘴唇，一脸不满。“地方检察官本可以判你个终身监禁，但他却对你从轻处罚，只让你坐了四个月的牢，能告诉我他为什么这么做吗？”

“这一点或许你应该去问问博伊德先生。”

“你到底需不需要我的帮忙？”

“需要。”

“那就请你理解一下我的立场。你是引人关注的人物，行为完全不可预测，而且曾经有过暴力行为。我想出名是一回事，但违法犯罪又是另外一回事。我必须确保你不会伤害博伊德先生，他可是纽约的亿万富翁，是对冲基金的经理。如果你不能保证这一点，那对不起，恕不奉陪。”

“我对天发誓。”

莱斯莉挑起眉毛，默不作声。

“好吧好吧，”约翰尼无奈地说道，“我保证我不会伤害博伊德先生，也不会伤害任何一个对冲基金经理。”

莱斯莉盯着约翰尼看了很久，随后，起身走到窗边。约翰尼猜想她应该三十出头，受过良好教育，严肃古板，有条不紊。

“他为什么要这么做？”

“什么？”

莱斯莉靠在窗台上，说道：“你的祖先拥有雷文县四万英亩的土地，他是这个州里的几大富翁之一，但是他却释放了一百个奴隶，并将其中六千英亩赠送给他们。这个决定使他失去了土地，失去了财富，也失去了在社会上的地位。没有任何一本历史书上解释过他做这个决定的原因。”

“我也不知道。”

“没有什么家族故事吗？”

“有，不过我并不想说。”

莱斯莉脸上闪过一丝怒气。“或许你之后会愿意告诉我的。”

“这可说不定。”

莱斯莉没有回答，她伸手摸了摸自己的脖子。

“你到底要不要接这个案子？”

“我考虑考虑，你下周给我打电话吧。”

莱斯莉依旧面无表情，约翰尼目不转睛地盯着她看了许久。他想从莱斯莉的表情里捕捉到某种暗示。

然而，约翰尼离开沼泽地太久了。

他的感知力消失了，他无法看穿莱斯莉的心思。

在约翰尼离开办公室后，莱斯莉终于得以放松紧绷的身体和面部表情，她瘫倒在座椅上，长舒一口气。莱斯莉阅男无数，其中不乏气宇不凡的魅力男子，但今天这位约翰尼·梅里蒙却让她为之倾倒，她的朋友果然没有说错，约翰尼确实魅力不凡。是因为他出众的长相吗？因为那双深邃的黑色眼睛？还是因为他始终镇定自若的高傲姿态？或者说，是因为他与众不同的过往呢？莱斯莉的一位朋友曾形容约翰尼是超现实主义的暗黑名人。莱斯莉曾经的交往对象中不乏社会名流，有足球明星，甚至有国会议员。这些知名人士总是衣冠楚楚，或许这便是约翰尼的独特之处。他对形象和名誉不屑一顾，总是一副邋遢的模样，头发凌乱，不拘小节，桀骜不驯。

“乔伊斯，在吗？”莱斯莉拨通了助理的办公室电话。

“在的，有什么事吗？”

“麻烦你帮我拿一下威廉·博伊德的档案资料。”

“好的，稍等两分钟。”

莱斯莉一边等一边玩弄着手指。莱斯莉所在公司的员工都是天资聪颖的业界精英，他们深知获取市场的捷径便是抓住身价不菲的大客户，那些前景辉煌的客户资料会被保存在公司档案室，威廉·博伊德便是其中之一。博伊德在华尔街经营一家净资产为九亿美元的对冲基金公司，旗下律师的报酬为每小时九百美元，据称，他自己的收入可达每年三千万美元。

乔伊斯两手空空地走到莱斯莉办公室门前，她没有找到威廉·博伊德的资料。“系统显示，威廉·博伊德的资料在三天前被借出。”

“是谁借的？”

“杰克·克罗斯。需要我去拿回来吗？”

“不用，谢谢你，乔伊斯，我自己会处理的。”莱斯莉毫不犹豫地回答道。

在助理乔伊斯离开后，莱斯莉套上一件运动上衣，乘坐电梯到达七楼。处理破产问题是公司的重要业务之一，不过莱斯莉更愿意和人生赢家合作，所以她平日里基本不会去七层。然而，这次情况有所不同，而且这不仅仅与约翰尼·梅里蒙有关。

莱斯莉走出大厅，走廊越来越狭窄，她不停扭动身体，在密密麻麻的工作隔间和文件室之间穿梭，随后，她转弯到达一条稍许宽敞的走廊，两边全是布置高档的办公室。莱斯莉停在第一间办公室门前，探头问道：“杰克·克罗斯在吗？”

办公室内的律师伸手指向走廊前方，回答道：“他在第六间办公室，拐角前的第三间。”莱斯莉见过这名律师，却叫不上来他的名字。

莱斯莉找到杰克·克罗斯的办公室，她没有敲门，直接推门而入。“在哪儿？”

杰克伏坐在办公桌前，头发散乱，手中拿着一只黄色记号笔。“什么在哪儿？”

“客户的存档资料只有公司合作律师才有权查看，你无权借阅威廉·博伊德的文件资料。”

“抱歉，我不知道公司有这个规定。”

“每个助理律师都知道，这是你们的行为准则之一。把文件给我。”

莱斯莉伸出手，杰克起身走向办公桌后的书柜。他将文件递给莱斯莉，懊悔不已。“我并不是想让威廉·博伊德成为我的客户，我没有那个意思。”

莱斯莉不禁在心里暗自嘲讽。一个刚刚步入工作岗位不到一年的助理律师竟然认为莱斯莉怀疑他试图说服像威廉·博伊德这样的社会名流信任他，当他的客户？可笑至极，杰克有什么筹码？一张永久免费的停车票吗？莱斯莉才不会愚蠢到怀疑这种无聊的问题。她清楚杰克借阅这份文件的原因所在。“你把这个给你的朋友看了？”杰克没有吭声。“约翰尼·梅里蒙刚刚来过这里，你是不是把这份文件给他看了？”

“这并不是什么机密文件。”

“但这份文件是有所有权的，它专属于合作律师所有。”

莱斯莉已有好几年没看过这份文件了，不过她很清楚，这份文件中包含那些难以在公共领域获取的资料数据。数据库文件里不仅记录有常见的简报、采访及商务文件资料，还包含有客户私人的财政预算、政治倾向调查、社会关系调查以及婚姻状况。客户是否品行不端，有无情妇，有无恶习，有无树敌，在文件资料上均一目了然。倘若潜在客户身价不菲，公司便会雇佣私人侦探彻查其背景，或是支付给相关情报人一定费用，以获取所需资料。这些信息的收集是完全合理合法的，公司在掌握客户资料后也绝不会利用其达到非法目的。不过想要成为有权翻阅这些资料的合作律师可不是轻而易举的事，必须具备超乎常人的知识与能力。

莱斯莉举起手中的文件，说道：“私自翻阅潜在客户资料这件事足以让你丢掉饭碗。”

“求你不要告诉老板。”

莱斯莉在杰克对面的座椅上坐下，虽然表面怒气冲冲，但其实她并未如此生气。曾经先后有六名合作律师试图说服威廉·博伊德成为其客户，不过，一切努力都是徒劳，这一点，莱斯莉心知肚明。威廉·博伊德身边的律师都来自纽约顶尖的律师公司，他绝不会考虑雷文县这样的小地方。

他之所以会大驾光临雷文县，只是因为这里有一片一千九百英亩的狩猎区。这片狩猎区曾经归梅里蒙家族所有，威廉·博伊德在此有一栋房屋，每每博伊德来此狩猎，身边总跟随着一大群客户和年轻漂亮的女人，屋中则摆满动物死尸。在雷文县这个地方，倘若无法用法国的美酒或是都市男人的辛酸故事打动年轻漂亮的女人，便难有立足之地。

莱斯莉旁若无人地翻阅着文件。威廉·博伊德，四十二岁，离异，先后毕业于耶鲁大学和宾夕法尼亚大学沃顿商学院，前妻出身于加利福尼亚州的名门贵族。资料里有很多博伊德在各个地方的照片：工作场所、纳帕、索诺马等。他的办公室位于华尔街，私人豪宅位于康涅狄格州。财政状况有所更新，现如今，他的基金公司名下有三十亿资金，最小的项目投资金额为两千万，他去年的收入是四千万。资料里有一张地图，地图上是博伊德在雷文县的住所地址，距离默木野不到一英里。莱斯莉合上资料，抬头对杰克说道："我猜梅里蒙先生跟我见面之前已经来过你办公室了吧？"

"莱斯莉，你听我说……"

"他想从这份资料中知道些什么？"

莱斯莉举起手中的资料，杰克紧张地咽了咽口水。"他就是……就是好奇而已。"

"只是因为好奇吗？你们两个这样的行为让我没办法再继续和你们交谈下去了。"

"很抱歉，我很理解你现在的心情。"

"难道梅里蒙先生还对博伊德先生怀恨在心吗？"

"你是指约翰尼是否还在生博伊德先生的气吗？"

"少在这儿和我玩文字游戏，我随时可以炒你的鱿鱼。"杰克后退了几步，不过，莱斯莉并不会解雇杰克，她没这个权力。"约翰尼当初为什么会开枪射击博伊德？我要知道真正的原因。"

“约翰尼告诉过你是因为博伊德在哺乳季节猎杀黑熊吧？”

“不可能只是这么简单。”

“约翰尼追踪过博伊德好几次，他太肆无忌惮了，很多黑熊、小鹿和山猫的幼崽都被他残忍猎杀，早在以前，约翰尼和博伊德就曾经发生过正面冲突。”

“是暴力的肢体冲突吗？”

“差一点。”

“他可以报警啊。”

“那不是约翰尼的办事风格。”

莱斯莉将资料放到腿上，思考着约翰尼的案子和亿万富翁博伊德之间的关联。“你可以开车吗？”

杰克一脸疑惑地点点头。

“那就好，”莱斯莉一把将车钥匙扔到杰克的办公桌上，“你来开车。”

莱斯莉坐在副驾驶上，继续翻阅着资料。博伊德人高马大，长相帅气，虽不敌约翰尼·梅里蒙，却也是风度翩翩，他喜欢打高尔夫和壁球，不过似乎对狩猎异常狂热。无论是非洲还是远东地区，只要有猎物，他势必毫不留情。

莱斯莉和杰克坐在车上，一声不吭。

“你怎么知道博伊德现在在雷文县？”

五分钟后，杰克终于开口打破了沉默。莱斯莉斜眼看向杰克，他似乎很难受，正常的右手操纵着车辆，而左手却短小得几乎够不着方向盘。“我不知道他在不在雷文县，”莱斯莉回答道，“不过如果你想让我帮你朋友的忙，那我就必须全面了解这件事情。”

这一趟行程可能出现两种截然相反的结果，要么是莱斯莉更加了解约翰尼·梅里蒙的故事，要么是她拿下步入律师行业以来最大的客户。

不过这一点，莱斯莉并没有提及。根据资料显示，威廉·博伊德的对冲基金公司去年在律师费上一共花费了一千两百万，只需要这笔费用的百分之十，就足以让莱斯莉成为高级律师，倘若能够得到百分之二十，她将会名声大噪。

“你朋友的枪法真的很准吗？”

“是的，很准。”

“他当时可能会被判蓄意谋杀，这一点你也知道的吧？”

杰克收了收下巴，调低挡速穿过弯道，随后加速冲上一条宽敞的柏油公路。

莱斯莉看出杰克内心的窘迫，她微笑着说道：“当我问约翰尼从轻处罚的判决时，他拒绝跟我探讨这个判决的原因。博伊德有钱有势，他完全有能力让你的朋友把牢底坐穿，可是约翰尼却得到了从轻处罚的判决，你知道这是为什么吗？”

杰克耸耸肩，回答道：“如果真是那样的话，那博伊德就必须和约翰尼对簿公堂。像威廉·博伊德这样的人是绝不会让约翰尼出庭的。”

“为什么不会。”

“因为当约翰尼开枪的时候，他吓得屁滚尿流的，而且他本身就没有胜算，他是在哺乳季节猎杀。他可是公众人物，媒体一定会对他作出负面报道。”

莱斯莉试着想象在丛林里被他人开枪射击的场面。“你觉得约翰尼是因为这么简单的理由逃脱罪名的吗？”

“并不全是。”

“你说话的口气跟辩护律师似的。”

“它们才刚出生一个多月。”

“你说什么？什么它们？”

“那些黑熊幼崽，当时它们才刚出生一个多月。”

博伊德的房屋就在两英里外。公路沿着一条溪流延伸，在一个转弯后，一路蜿蜒至山顶。站在山顶上，山谷的风光尽收眼底。道路两旁景色宜人，草木整齐，绿篱葱郁。博伊德的房屋是用石头、雪松和橡树树干建造的，位于山顶之上，四周是古老的参天大树。房屋旁边是一个能容纳十辆车的车库。房屋前的公路上停靠着一辆大型越野车和一辆银色奥迪。莱斯莉打开车门，惊叹道："这真是令人难以置信。"

令莱斯莉惊呼的是这里狭长的山谷和广阔的视野风光。溪流在山谷中跳跃，远处的山丘拔地而起，周围树木丛生，房屋门前的花岗岩在下午阳光的照射下闪闪发光。"那里就是默木野，那群隆起的山丘和其后的三千英亩都属于默木野。河流沿着高地顺流而下，流入沼泽，然后继续奔腾一百英里，汇入大西洋。"杰克向莱斯莉解释道。

"那这座房子的占地面积有多大呢？"

"从这条公路开始，向北延伸一到两英里的地方都包含在内。这座房子大概位于中心位置。"

莱斯莉盯着眼前这栋房子，深蓝色的屋顶，高大的石柱，门廊上铺设了精致的地砖。"我明白为什么博伊德要把房子选在这儿了，从这儿看到的山顶风光简直太壮观了。"杰克看向别处，没有回应，莱斯莉觉察到了杰克的欲言又止。"怎么了？"

"这里是梅里蒙家族的豪宅旧址，约翰尼的祖先就埋葬在这里，在那些树对面。"

"你在开玩笑吧。"

杰克扬起下巴，莱斯莉抬眼望去，高大粗壮的长藤树映入眼帘。"我忽然有点明白为什么约翰尼会开枪了。"

"并不是因为这个原因。"

"好吧。先进去再说。"

走过门廊，高约十英尺的双扇门站立在蓝色的地板之上。正当莱斯莉准备伸手按响门铃时，右边的门忽然自动开启。一个女人站在门后，大约四十来岁，平易近人，身形柔美，身穿法兰绒衬衫和一条牛仔裤。“请问你们有什么事？”

莱斯莉向前一步，礼貌地回答道：“你好，我是莱斯莉·格林，这位是我的助理杰克·克罗斯。突然登门拜访，实在是抱歉，不过我们希望能见见博伊德先生。我们不是推销员，也没有什么恶意。”

门后的女人露出微笑。“你们好，我是玛莎·古德曼，是这里的厨师，也是管家，我基本上什么都做。”她一边说着，一边同莱斯莉与杰克一一握手，“通常不会有多少人到我们这儿来，说实话，我很高兴二位能够前来。请进，博伊德先生就在屋内。”

莱斯莉和杰克走进屋内，巨大的拱顶悬于头顶之上，房屋中央有一根用树干制成的圆柱，上面布满手工雕刻的狩猎图。

“很壮观吧。”管家轻轻抚摸圆柱，说道，“这是三位波兰雕刻家共同完成的作品，仅仅雕刻这个圆柱就花费了九个星期的时间，”她抬手指向天花板，继续说道，“这些椽子花费了整整一年时间。”

天花板上的椽子从中心向房屋四周延伸，墙壁上挂满来自世界各地的战利品，其中有羚羊、捻角羚水牛。壁炉旁的底座上摆放着一头灰熊雕塑。客厅地面上摆放着几根象牙，形成一道特殊的门帘。

“两位请稍等一会儿，我去叫博伊德先生，他应该在枪支收藏室。请两位自便。”

在玛莎转身离开后，杰克伸手触摸其中一根象牙，象牙约八英尺长，微微泛黄，不过依旧光滑平整。“你觉得怎么样？”莱斯莉突然开口问道。

“这里竟然有一根长达八英尺的象牙，我觉得博伊德先生应该被罚款。”

杰克从几根象牙中间穿过，前面是一条走廊，走廊边有很多房间，还有一道宽敞的楼梯。鲜艳的地毯给木质地板增添了几分色彩，墙上挂了几张肖像画，此外，还有枪支、长矛和石弓。

“博伊德这家伙可真是有钱啊。”莱斯莉感叹道。

杰克轻推开一扇半掩着的房门。这间房子远不止富丽堂皇这几个字能够形容。房间内的棕色皮椅像海绵一样柔软，桌子由木头和压花皮革制成，堪称经典之作。右边墙壁下方是一处壁炉，壁炉架上排列着许多博伊德和各种猎物同框的照片。壁炉架上方的墙壁上挂着一颗装裱精致的鹿头，杰克从未见过如此巨大的鹿头。这颗鹿头显然已有些年头了，它神色朦胧，鹿角跟杰克的左手手臂一般粗壮，两根鹿角之间足足有六英尺的距离，且两边完美对称。鹿头下方有一块锈迹斑斑的牌匾，杰克凑上前，大声读出牌匾上的内容。

“‘森林之神。一九三一年冬天，由十四岁的伦道夫·博伊德射杀。’”

“你捕猎吗？”

门边传来一名男子不悦的声音。杰克认出这名男子便是照片里的博伊德。此时，莱斯莉率先开口解释道：“博伊德先生，您好，希望您不要介意，玛莎让我们自便，不要拘谨。”

“玛莎应该多看看家规。这间房子是禁止外人进入的。”

“博伊德先生，您……”

“我问你是不是捕猎？”

博伊德看着杰克，蓝色的眼睛里射出怒火，毫不掩饰。杰克思考再三后，小心翼翼地回答道：“不，”他抬起自己残疾的左手，“我不捕猎。”

“你知道你正在看的这个是什么吗？”

“我猜这应该是鹿之类的动物。”

博伊德上下打量着杰克，眼神落在他残疾的手臂上，随即点点头，紧张的气氛得以化解。博伊德开口说道：“一九三一年，我爷爷杀死了这头鹿，他生活在伊利诺伊州，当时还只是个小男孩。他们说伊利诺伊州有很多白尾鹿，据说是因为那里冬天天气恶劣，还跟什么基因库有关。你对伊利诺伊州的鹿有了解吗？”杰克摇头，博伊德再次松了一口气，继续说道，“你是约翰尼·梅里蒙的朋友吧。”

“你认识我吗？”

“梅里蒙先生朝我的帐篷开了十一枪，差点把我打死。我在预审法庭上见过你。”

“那是两年前的事了。”

“那我只能承认我在其他地方见过你了。你好，我是威廉·博伊德。”博伊德和杰克友好地握手。“你是莱斯莉·格林吧，我对你所在的公司有一些了解。”

“真的吗？”莱斯莉一边跟博伊德握手，一边惊讶地问道，“我能冒昧地问一下，您为什么会对我们公司有所了解吗？”

“老实说，是因为他，”博伊德指向杰克，“更确切地说，是因为他朋友名下的那块土地。”

“你为什么会关心默木野？”杰克问。

博伊德挑起一边眉毛，回答道：“哦，这个呀，难道你朋友没有告诉你吗？”

“告诉我什么？”

“来，过来坐。”博伊德示意杰克在皮椅上坐下，“你们想喝点什么吗？水？红酒？或者想来点更猛的？”莱斯莉和杰克礼貌地拒绝了。博伊德走到餐柜前，倒上一杯威士忌。“我为我之前的恶劣态度向你们道歉。”博伊德指向房门，说道，“不过，这是我的私人空间，我几乎不允许外人进入。”

“的确是我们不对，我们应该待在原地等您的。”

博伊德耸耸肩，转向另一话题。“我有个问题想问你们二位。”

“您问吧。”

“你们二位是约翰尼·梅里蒙的代理律师吗？”

“我正在考虑要不要接他的那起上诉案。”

“一审判决的结果确实对梅里蒙先生很有利。”

“您知道这件事？”

“当然知道，你会接他的案子吗？”

“我还没有决定。”

博伊德坐到桌子边上，继续问道：“他跟你说过其他的事吗？有没有提到过我？”

“没有。”

此时，杰克突然插话道：“我不太愿意跟你们讨论这个话题，莱斯莉，你可能没把约翰尼当成客户，但我把他当成客户。”

“他付钱给你了吗？跟你签合同了吗？”莱斯莉追问道。

“莱斯莉，你听我说……”

“耐心一点，”博伊德向杰克挥手示意，“你想保护你的朋友，这点我很尊重。不管你信不信，我真的努力在帮他，在这个问题上，我也愿意帮你。”

“怎么帮？”

“我想买你朋友的地，不过他拒绝出售。只要有人能够说服他，我愿意支付一定的报酬。你是他的朋友，也是他的顾问。你应该转告他，三千万这个价格已经够高了。”

杰克喉咙差点哽住，他惊诧地反问道：“三千万美元？”

“我在半年里已经出了六次价了，我也派过其他律师前去说服他，其中有几个本地人，可是他们根本找不到约翰尼。约翰尼确实神出鬼没，不过也不是完全找不到。他有时候会离开默木野。”

杰克仍然踌躇于博伊德的出价。约翰尼只有三条裤子和一双像样的鞋子，三千万足以让他飞黄腾达。“你真的愿意出三千万？”

“这个价格已经很不错了。”

“这简直是默木野本身价值的十倍！”

“价值这个东西具有一定的主观性，在我眼里，它就值那么多钱。如果你能说服你朋友的话，我会给你开一个好价钱，”博伊德露出微笑，“一名合作律师一年的薪酬是多少？我会给你双倍的报酬，”博伊德转眼看向莱斯莉，“你也是一样。”

杰克没有吭声，他走到房间另一端的餐柜前，倒上一杯酒。

三千万美元啊。

疯了吗？

“对梅里蒙先生来说，这是一笔很划算的交易，”博伊德自顾自地说道，“二审开庭后，他很有可能丧失默木野的所有权。他现在最好的选择就是把地卖给我，拿着这笔钱去逍遥快活，让我来承担这份风险。格林女士，我很愿意雇佣你成为我的专属律师，我在纽约的私人律师的时薪是九百美元，我可以给你同样的报酬。”

“您真是太大方了。”莱斯莉克制住内心的狂喜，沉着地回答道。

“等等。”杰克背对着博伊德，不过，博伊德密切关注着他的一举一动。莱斯莉很清楚，这一切的决定权完全掌握在杰克手中。“约翰尼曾对你开过十一次枪，他说过如果你再敢回去，他一定不会让你活着走出去。”

“暴力可不是一件好事情。克罗斯先生，格林女士，请告诉我你们公司的合作律师一年能赚多少钱。”

莱斯莉正准备开口，杰克快人一步，说道：“没人会出比市场价值高出十倍的价格。”

“你确定吗？我的净收入超过一亿。希望二位不要介意我的直率，不过我想说的是，如果我想得到某样东西，我就一定会买下它。当然了，这需要优秀人士的协助。关于此次上诉，我会承担所有费用，另外再付给你们三年的薪水。”

“如果你能告诉我为什么默木野对你来说重要到非买不可，那我或许会考虑帮帮你。”

“啊，我懂了。你担心我的目的纯粹是想剥夺对约翰尼来说最重要的东西，毕竟我和他算是敌人，我的猜想没错吧？请跟我到这边来，我给你看一样东西，相信你看过之后，一定会打消疑虑。格林女士，你也过来吧。”

博伊德带着杰克和莱斯莉穿过走廊，进入一间四周完全密闭的房间，房间里摆满了各式各样外观精致的长枪。杰克伸手一一触摸。其中绝大多数的价钱甚至超过他一整年的工资。

“你了解枪吗？”博伊德问道。

“不，不是很了解。”

“我痴迷于狩猎，所以我才买下这块地，建了这栋房屋。我会邀请五湖四海的客户到这儿来和我一起捕猎，共享清闲时光，其中有地产开发商、沙特酋长、演员，还有来自得克萨斯州的石油商人。在我看来，这是必要的交易投资，但问题是这里只有一千九百英亩。”博伊德指着墙上的一张地形图说道，“这里就是默木野，知道这片地有多大吗？六千英亩，外加边界地带，”博伊德指着地形图上一块巨大的绿色区域，继续说道，“你朋友的土地和我的地之间隔着三个农场，我已经买下了其中两个，第三个正在洽谈中。这笔交易完成后，我将拥有和默木野邻接的三千四百英亩土地。”

“但是你想拥有这一整片土地，是吧。”

“即使是依照得克萨斯州的标准来判断，九千四百英亩土地也已经足够大了，如果再加上默木野北边的土地的话，那可是将近五万英亩啊！”

“四万九千四百一十二英亩。”

博伊德抬起双臂，激动地回答道：“是的，就是四万九千四百一十二英亩，你很了解默木野，你知道它到底有多大。”博伊德试图让杰克卸下防备，不过杰克并不买账，他对博伊德冷漠依旧。“我只需要花三千万就可以拥有这么辽阔的一片地，难道不划算吗？现在你还认为我是想要伤害你朋友吗？”

“你到底想从我这里得到什么？”

“我想让你说服约翰尼。”

“他不会卖掉默木野的。”

“克罗斯先生，我们一起分析分析。再过两年，约翰尼就会因为没钱交税而被剥夺默木野的土地所有权。约翰尼现在是个穷光蛋，他妈妈也没有多少存款，继父只是一个小小的警察，退休金只有七万八千美元，而他名下房屋的贷款金额却是这个数字的两倍。你是约翰尼唯一的朋友，我知道你是一名正义的好律师，但是你在法学院读书时欠下的九万七千美元贷款还没有还吧？”杰克惊愕地张开嘴，博伊德若无其事，继续说道，“我请私人侦探调查过，很意外，没花几个钱就轻松得到了这些信息。”

“就这么简单？”杰克努力克制住内心的怒火，问道，“我说服约翰尼把地卖给你，然后你让我从此衣食无忧？”

“我想要默木野，代价都是次要的。”

“为什么你这么想要？”

“我已经告诉过你原因了。山猫、黑熊、鹌鹑、鹿、羊，我可以捕杀好多猎物。”

“为什么你会选择到雷文县来捕猎？你住在康涅狄格州，又在纽约工作，为什么到这儿来？”杰克反复追问。

“坐飞机过来很方便啊。”

“就因为这个原因？”

“像雷文县这样的地方，土地价钱很便宜，一英亩只需要五千美元。”博伊德的语气里透露出一丝嘲讽。“我估算了一下，那应该是你们四年的收入吧。”博伊德转头看向莱斯莉，问道，“你们公司的合作律师一年能赚多少钱？”

杰克开着车，一声不吭。他用力拉扯操作杆。“你生气了，我很明白你的心情。”坐在一旁的莱斯莉说道。

三挡，四挡，杰克不断加速。“他是个骗子。”

“或许吧。”

杰克摇摇头。他不是怀疑，而是笃定。

“我们应该聊聊博伊德开出的条件。”

“有什么好聊的？如果公司代表博伊德，那我们就不能代表约翰尼出庭，这是互相矛盾的。”

“这个决定不是由你来做。”

“事实上，这是由我决定的。如果我不答应这笔交易，你觉得博伊德还会考虑我们公司吗？”杰克毫无妥协之意，他感觉自己被玩弄了，莱斯莉也参与其中。“你究竟是怎么知道博伊德在家的？”

“我不知道啊，只是碰运气而已。”

“呵，碰运气，从公司开车到这里可真是方便，一点都不远。”

“克罗斯，你别这样，不要因为这个事情生气。你最好的朋友住在沼泽地，他最后会怎么样？你想想。”

杰克仔细思索着莱斯莉的话，莱斯莉似乎察觉到了他近来对那片沼泽的恐惧，也察觉到了他对约翰尼的担忧。不过最终，决定权只掌握在约翰尼手中。“约翰尼有自己的想法，我决定不了。”

“不管你能不能决定，你都应该好好考虑考虑博伊德开出的条件。对我们两个人来说，说服约翰尼把地卖给他是最明智的选择。约翰尼可以拿到三千万，我们两个人一人可以拿两百万。”

“两百万？”

“保守估计，至少能拿两百万。”

杰克对这笔巨款惊诧不已。他一年的薪水才六万美元，而仅仅是争取这点钱已足以让他筋疲力尽。“博伊德是个骗子。”

“你为什么一直重复这句话？”

“他的爷爷伦道夫·博伊德根本不是生活在伊利诺伊州，而是出生在雷文县，二十一岁死于第二次世界大战，此前的二十一年一直生活在这里。那份文件上清清楚楚地写着他们的家族史。”

杰克伸手指向座椅上的文件，莱斯莉无动于衷。“你说的是那个在一九三一年杀死一头鹿的小孩儿？管他呢！我们每个人都会撒谎，不是吗？”

莱斯莉一语中的。的确，杰克偶尔也会撒谎，不过这并不足以改变他对博伊德的看法。“博伊德说他到这儿来是因为这里土地价格便宜，而且从纽约坐飞机过来很方便，但是他没有提到他的爷爷以前就生活在雷文县，也没有提到他父亲出生在这里。为什么他故意漏掉这两点？”

“也许是因为这个并不重要，也或者是因为他根本不在意。”

莱斯莉想要相信博伊德，这一点杰克并不奇怪，毕竟两千万不是一笔小数目，而且无须大动干戈便可轻易得到，无论她此前对约翰尼抱有怎样的想法，面对如此巨大的诱惑，都不足以相提并论。问题在于，这笔巨款的兑现需要杰克帮忙。杰克已经盘算好了接下来的一切，莱斯莉首先会利用那双魅惑的双眼，对他动之以情，晓之以理；紧接着，所有的好言相劝转变成恶言相向；倘若仍未如愿，莱斯莉势必会联合其他律师，逼迫他乖乖就范。杰克不知道自己接下来将会面对的是硬逼还是软磨，不过此刻他内心的愤怒、担忧以及强烈的不真实感是确定无疑的。令杰克难以释怀的不是博伊德脱口而出的简单谎言，也不是自己目前所面临的威胁和失业风险，更不是使他最好也是唯一的朋友约翰尼大失所望的悲伤，而是博伊德的虚伪。博伊德不仅仅表现出一次不诚实，他说了两次谎，而第二则谎言是如此阴暗，杰克完全不知所措。

“开慢点。”

杰克充耳不闻。

“克罗斯，你听到没有？我叫你开慢点。”

杰克仍旧加速行驶，他想让自己冷静思考，不关乎这份工作，不关乎约翰尼，也不关乎这笔在莱斯莉眼中无从抗拒的交易。杰克也撒谎了。杰克生活在南美，父亲是一名警察，他从小便对枪支、捕猎以及野生动物了如指掌。这便是最大的问题所在，因为威廉·博伊德的爷爷伦道夫在一九三一年射杀那头鹿时的场景绝非博伊德所言的那样。子弹穿心，这一点毫无疑问，但博伊德所描述的其他细节绝不可能是真实的。那颗鹿头的脖子和灰熊的一般粗壮，鹿角闪闪发光，杰克此前从未见过这样的生物。这一点成为博伊德谎言里最大的漏洞，因为如此巨大且不可思议的猎物无论是在伊利诺伊州、威斯康星州还是在其他任何地方，都未曾有过任何猎杀记载。

那样非比寻常的鹿根本就不可能存在。

第六章

威廉·博伊德站在门廊边，一路目送着杰克驾驶的车辆穿过小溪，越过第二座山丘，消失在视野之中。即便如此，他仍旧站在原地，谨慎地张望着。

倘若他撞见玛莎，定会让她吃点苦头。

博伊德怒气冲冲。

博伊德回想着刚才的种种画面，他深信自己毫无痕迹地掩饰了内心的担忧和怒火。倘若杰克和莱斯莉觉察到了他的真实情绪，他们一定会好奇其原因所在，随之而来的将是无休止的疑问。威廉·博伊德可不喜欢解答疑问，即便是在所难免，他也宁愿这种情况是发生在纽约或是华盛顿，而不是在这穷乡僻壤之地。除了隐藏自我之外，博伊德已对不得不继续接触的杰克和莱斯莉有所了解。杰克·克罗斯不出他所料：聪明、忠诚且真挚。莱斯莉也同样没能让博伊德意外，她金发碧眼，衣着性感，是个天生的人生玩家。

“玛莎！”

博伊德闻到了玛莎身上的香水味，她就在附近。

“我在这儿。”

博伊德转身，玛莎就站在门边。“跟我来。”博伊德一把推开玛莎，玛莎紧紧跟在身后。博伊德在私人书房门口停住脚步，问道，“关于这个房间，我是怎么跟你说的？”

“没有您的允许，外人不得入内。”

“然而呢？”

“博伊德先生，这次完全是个意外。我当时去找您了，我没有想到……”

“难道我还需要在自己家里锁门吗？”

“不需要，当然不需要。”

“任何来访者都不得入内，听明白了吗？你的任务就是告诉他们应该在哪里等候，然后确保他们乖乖听话。”

“明白，先生。”

“柯克帕特里克先生在哪儿？”

“他刚才在健身，现在应该回房了。”

“去看看他有没有洗完澡，如果洗完了，叫他来书房找我。”

“您的意思是……”

“没错，我的意思就是让他来这间书房，快去。”

玛莎离开了，博伊德从餐柜里倒上一杯酒。他坐在桌上，一边品尝手中珍藏三十年之久的威士忌，一边思索自己对詹姆斯·柯克帕特里克的了解。詹姆斯是从事煤矿开采的亿万富翁，整天在西弗吉尼亚海湾和各种大山里开采煤矿，他喜欢拳击，喜欢捕猎，喜欢赚钱，正因为如此，博伊德才对他颇有好感，不过这并不是柯克帕特里克被邀请来此的原因。柯克帕特里克打算投资两亿美元买地，目前正在寻找合适的投资地点，这正合威廉·博伊德的心意，不过，他需要千方百计说服柯克帕特里克。他们曾经一起在非洲捕杀水牛，一起在次大陆捕杀老虎，一起喝酒，一起畅聊，一起追求刚刚大学毕业的女学生。

如今，他们聚在此地。

博伊德摇晃酒杯，在心中暗自盘算：百分之二的管理费加上百分之二十的收益。

“完全值得一试。”

“你是在说我吗？”

“你吓死我了，詹姆斯。”博伊德起身，笑着说道，“像你这样有分量的人走起路来怎么一点声响也没有啊？”

“这可不是在回答我刚才的问题。”

柯克帕特里克走到博伊德身边。他今年四十五岁，人高马大，肩膀宽厚有力，手掌上的疤痕一直蔓延到同脚踝一般粗壮的手臂上，头发蓬乱，两颊长满胡须，显得双眼更加明亮。柯克帕特里克坐下后，博伊德走到餐柜边，倒上一杯酒，递给他。“我刚刚在说我们这次的捕猎。”

“你很担心吗？”

“倒也不是。”

“那个人叫什么来着？”

“约翰尼·梅里蒙，我们会搞定他的。”

“上一次你带客户接近这个约翰尼·梅里蒙的时候，差点被他开枪打死。”

“不过值得一试。干杯。”

二人碰杯后，博伊德在柯克帕特里克身旁坐下。从某种意义上来说，他们两人算是朋友，不过柯克帕特里克对游戏规则心知肚明。“最近市场怎么样？”

“我打猎的时候从不关心市场情况，我的员工会帮我密切关注。”

柯克帕特里克举杯一饮而尽，博伊德的想法与他不谋而合：雇用人才，下放权力。沉默了几分钟后，柯克帕特里克头也不抬地问道：“这就是你跟我说的那个鹿头？”

“是的，就是它？”

“我等了足足六个月，你终于肯让我大饱眼福了。”

博伊德耸耸肩，“我只让少数几个人欣赏。”

“我可以看看吗？”

“我们到这儿来不就是为了这个吗？”

柯克帕特里克放下酒杯，跟着博伊德一起走到房间另一边。柯克帕特里克走在前面，脚步稳重，但博伊德觉察到了他的不信任。博伊德曾带两名潜在客户来过这里，每个人都同此刻的柯克帕特里克有同样的表现。

“我可以摸一下吗？”

“轻一点，毕竟年代很久远了。”

柯克帕特里克伸出手，轻轻抚摸鹿头脖颈上的粗糙毛皮。“在这之前，我一直觉得你是在撒谎，是在夸大其词，”他忍不住尖声惊呼道，“我的天啊，我从来没见过这样的东西，连听都没听说过。”柯克帕特里克转身看向博伊德，问道，“这是你爷爷在这里射杀的？”

“这儿是一个神奇的地方。”

“这里现在还有类似的动物出没吗？”

“这还用问吗？”

博伊德带着柯克帕特里克走出书房，进入旁边的第二个房间。房间里摆放着一个书架、两把椅子和一个皮革沙发。两面墙壁上挂满地图和照片，另一面墙上挂着一张巨大无比的熊皮，柯克帕特里克从未见过如此巨大的兽皮。“我的上帝啊！”

“就在梅里蒙朝我开枪的那天，我猎杀了这头熊。”

“这不可能吧，这……它……这太大了。”

博伊德没有跟柯克帕特里克分享故事的始末。那天，他和随同前往的新客户一起猎杀了两头熊，第二张熊皮目前正挂在这名客户家中的墙壁上。“很不可思议，对吧？”

“不可思议？我的天，这个简直……”柯克帕特里克张开手掌，仿佛试图抓住某种看不见的物体。“这简直令人费解，这是独一无二的。这些动物，这些动物太神奇了。你怎么解释这种情况？”

“我不知道怎么解释。”

“那你爷爷的想法呢？”

“这就是我爷爷。”博伊德从墙上拿下一张装裱好的新闻剪报，递给柯克帕特里克。剪报标题是：失踪男孩安全回到母亲身边。标题下方是一张照片，照片上的男孩眼睛深邃，骨瘦如柴，手上缠满绷带，脸颊上满是暗色斑纹。在他身后是一片茫茫白雪，母亲站在小男孩身边，面无表情。

柯克帕特里克指着照片中小男孩的脸，问道：“这是冻伤吗？”

“他们说那一年的大雪百年难遇，天气特别寒冷。”

“这头鹿是怎么被射杀的呢？”

“我爷爷在沼泽地里迷路了，三天三夜都没有音讯，当别人找到他的时候，那头鹿就死在他脚下，他身边的一棵大树下摆着一把被冻住的枪。”

柯克帕特里克翻转手中的剪报，凑近仔细打量。“当时究竟发生了什么？”

博伊德耸耸肩，回答道：“当时，他和两个朋友一起去打猎，一天一夜之后，那两个朋友回家了，只剩下我爷爷独自一个人留在沼泽地。上百个人花了足足两天时间才找到他。”

“跟我讲讲当时的故事吧。”

博伊德笑道：“这个故事只有客户才能听。”

“原来听这个故事是需要付出代价的啊。”

博伊德耸肩，毫无道歉之意。“我爷爷一直对发生在那片沼泽地里的事情闭口不提。在人们找到他后，他就变得不怎么说话了，基本上只说一两个字，在他结婚之后，情况稍微有所好转。”说罢，博伊德从书架上取下一本日记，陈旧的皮质封面磨损严重，沾满了灰尘。博伊德和柯克帕特里克坐在椅子上，博伊德开口说道，“这是我爷爷的日记本。”

“是从沼泽地回来之后写的吗？”

“没错。”

“我能看看吗？”

“你要先给我吃一颗定心丸。”

“两亿美元不是一笔小数目。”

“这是一笔投资，你可以翻看这本日记，还可以得到前所未有的捕猎体验。这不仅关系到你自己的生活，也关系到你家人的生活。”

柯克帕特里克仔细打量博伊德的脸，随即看向手中的新闻剪报。剪报的边框由红木制成，画框玻璃表面光泽饱满。照片中的男孩看上去毫无生气。“他的头发是白色的。”

“我知道。”

“为什么会这样？”

“跟沼泽地里发生的事情有关。当人们找到他的时候就已经是这个样子了。”

柯克帕特里克蜷曲手指，目不转睛地盯着椅子把手上的日记本。“有几个人知道这个故事？”

“除了我之外，你是第三个。”

“另外两个是谁？”

“他们现在已经是我的客户了，你会喜欢他俩的。”

柯克帕特里克起身，在挂满照片的墙壁边来回走动。老旧的照片已经泛黄，照片上，从儿时到少年，博伊德爷爷的那一头白发始终未变。其中一张照片上，他靠在骡子旁边的犁具上。另一张里，他身旁站着一位身穿碎花裙的女孩，相貌平平，脸上洋溢着微笑，而他，则面无表情。在所有照片里，他始终那般消瘦，面容憔悴，空洞的眼神未曾有些许改变。在他去世前的最后一张照片里，他身穿制服，笔直地站在一支私人军队前，照片角落的时间显示为一九四二年三月。

“我爷爷是在奥马哈海滩上去世的，没能挺过去，当时这本日记就装在他的口袋里，”博伊德用手按着笔记本，继续说道，“在征战奥马哈海滩的前一晚，他写下了这些有关沼泽地的回忆，好像他自己知道一样。”

“知道什么？知道他自己快死了？”

“我想他是希望这个故事被他人所知，至少他自己的妻子不应该再被蒙在鼓里。”

“来自一个饱受创伤的半自闭症患者的战场坦白，这可不太能说服人。”

“你自己看了才知道。”

博伊德拿起日记本，放到身旁的小桌上，柯克帕特里克停止了来回踱步。“两亿美元，是吗？”

“这个价格很公平。”

柯克帕特里克坐到椅子上，两人互相注视着彼此，一言不发。两大富豪之间的巨额交易，不过，结果定会尽如人意。在这个神奇的地方，这个充满不可思议的房间，这本遗留下来的沾满血迹、封面紧闭的珍贵日记，一定物有所值。

“好吧，两亿就两亿。最好是个精彩的故事。”

第七章

一九三一年

森林之神

和饥荒年代的其他小男孩一样，伦道夫·博伊德本应无忧无虑的童年却一直在饥寒交迫中度过。大人们总是将生活的窘迫归咎于经济大萧条或是残酷的第一次世界大战，抑或是一九二九年的华尔街股市崩盘事件，不过这对于像伦道夫一样未经世事的小男孩而言并无多大意义，他们只知道寒潮一天比一天可怕，家里的食物也早已吃光。战争确实是罪魁祸首之一，很多家庭因此支离破碎，很多小孩也因此与父亲阴阳相隔。查理跟伦道夫同住一条街，他的父亲在去世之前获得烈士勋章。赫伯特是两人共同的好友，他的父亲未能幸免于难，在法国索姆作战时以身殉国。伦道夫的父亲在战争中得以幸存，然而，最终还是没能逃过战争的魔爪。一九一八年十月，在战争结束的三个月前，伦道夫的父亲脸部中弹，半张脸全部毁容。战争结束后，男人们回到至亲身边，遍体鳞伤，那种伤痛，任何爱意都无法抚平。

伦道夫的父亲回到家后，终日郁郁寡欢，貌美如花的妻子和嘘寒问暖的父母均无法令他振作，他以己为荣，却遍体鳞伤。即便是儿子伦道夫的灿烂笑容也无法抹去他眼里的哀伤，那时的伦道夫年纪尚小，并不认为父亲的容颜有多么可怕。周围邻居议论纷纷，赫伯特的母亲说，在伦道夫父亲回家的三个月后，有一天，他从床底下拿出一把来复枪，结束了自己的生命。哪个女人能够若无其事地亲吻那样一张令人作呕的脸？赫伯特的母亲在朋友家过夜时对旁人窃窃私语着这样一句话。那时，伦道夫年仅九岁，然而即便是如今，五年过去了，一想到旁人对母亲的不公评价，伦道夫依旧痛楚无比。那是个勤劳善良的女人，不言困苦，默默地付出着一切。那场可怕的战争夺去无辜生命的同时，也夺去了她美丽的容颜。伦道夫的母亲蹲在冰冷的火炉旁，瘦骨嶙峋，双手的骨头清晰可见，她一遍遍尝试用火柴点燃手中的废纸，可瘦弱的身子禁不住在刺骨的寒风中瑟瑟发抖，手中的火柴始终没能燃起火光。伦道夫看着母亲的脸，她才三十一岁，脸上却生气全无。

“我来吧。”

伦道夫从母亲手上接过火柴，点燃了废纸。壁炉架上的时钟艰难地摆动，现在是早上四点五十五分。窗外，大雪肆意拍打着窗户玻璃。

“我这就去做早餐，你吃了早餐再走吧。”

伦道夫的母亲强撑着站起身来，打开橱柜，里面只有仅剩的一点面粉、猪油，和一小块培根油脂。

“他们随时可能会来。”伦道夫说。

“现在还没来呢，还有时间吃早餐。”

伦道夫的不耐烦显而易见，但母亲对此不予理睬。他瞥向窗外，随即坐到饭桌边，面前摆放着叉子和一个满是划痕的金属盘。父亲的椅子长年未动，现在只剩下他和母亲的两张椅子。母亲的椅子旁摆放着那把来复枪，伦道夫的父亲曾带着它驰骋战场，十二年前也用它来结束生命。伦道夫枪法极准，他曾在镇级射击比赛中荣获冠军。两年前，他单枪匹马击中镇长，并因此而拿回家一只三十磅重的火鸡，饱餐一顿。伦道夫自七岁起便开始接触枪支。此刻，他拿起来复枪，反复检查。金属的声音响彻厨房，枪油的味道散播开来。在最后一次检查完毕后，伦道夫将仅剩的五颗子弹放入枪膛，一边举枪对着墙壁，一边看向忙碌的母亲。倘若是一年前，伦道夫的母亲一定不会允许他在家里拿起枪支，但如今，寒潮和饥饿已令她彻底颓丧。

她快熬不住了。

伦道夫何尝不是。

“儿子，来，”母亲将面粉糊倒进伦道夫面前的盘中，“趁热吃。”

“您不吃吗？”

“我不是很饿。”

母亲的强颜欢笑刺痛了伦道夫的心。他凝视母亲的双眸，她眼神里虽沧桑难挡，却也掩盖不住对儿子伦道夫的爱意情深。伦道夫盘里装着的是这个家里仅剩的食物。“您也吃一点吧，不然我会担心的。”伦道夫心疼地说。

“好吧，宝贝，那我就吃一点点。”

她在伦道夫身边坐下，两人共享盘中的食物。面粉糊有些地方略微发黑，不过那是经过高温烘烤后的油脂，这才是最美味的部分。当盘中还剩最后一口沾有油脂的部分时，伦道夫一把推开盘子，说道：“我吃饱了。”随后立即起身。

“要出发了吗？”

“您没有听到吗？”

“听到什么？”

“赫伯特左脚靴子的吱吱声。”

“你真的能听到？我不……”此刻，伦道夫的脸上露出微笑，母亲转而说道，“原来你在逗我啊。”

“开个小玩笑。”伦道夫拿起放在椅子边的来复枪，轻轻亲吻母亲的脸颊。“我在公路终点跟他们俩会合，您把剩下的那一点吃了。”伦道夫伸手指向餐盘，母亲却在一旁抹眼泪。“我不会有事的，有赫伯特、查理和我一起呢，而且我们有枪。”

“你明知道大家都说那个地方有多可怕。”

她坐在昏暗的晨光下，眼里泪光闪烁，伦道夫没有说话，窗外的雪下得更大了。“住在那里的黑人对人很好，他们不会伤害我们的。”

“你知道我说的不是他们。”

“可我们需要食物。”

“我知道，但你一定要到那个地方去打猎吗？”

她坐直身子，眼神里流露出少见的强硬。伦道夫想给予她安慰，但事实摆在眼前，他们心知肚明，何须多言。“镇子上的猎物已经被杀光了，就连兔子都快在这里灭绝了，您也知道它们以前可是泛滥成灾啊。”伦道夫本以为这个小笑话可以博得母亲一笑，或是引来她对自己蛮横叛逆的责骂，但她只是沉默不语。她已经没有丝毫力气了，恐惧充斥着她的内心。“这件事并不仅仅关系到我们自己，我们也必须为其他人考虑。”伦道夫说。

伦道夫指的是同样饥寒交迫的好友查理和赫伯特。这个镇上的大多数家庭都一样——失业，贫穷，食不果腹。苦涩的冬季始终不肯结束。

“很多人在那片沼泽地里失踪，有些回来的，也已经是疯疯癫癫，不成人样了。那些没有疯的，到现在都还处在恐惧的阴影里，见人就讲那些可怕的故事。”伦道夫的母亲说道。

“我知道。您放心，我不会变成他们那样的。”

“一定要小心，答应我，好好保护自己。”

“我会的，您放心吧。”

她紧紧握住伦道夫的双手。即便坐在壁炉旁，她的身子也还是那么冰冷。“离那些黑人远一点，还有，路上一定要注意脚下安全，不要踩到薄冰。”

“外面的一切都被冻得死死的，根本没有薄冰。”

伦道夫本以为这句话可以使得母亲放下心来，可她却仍旧泪如雨下。“查理是个路痴，他总是找不到路。赫伯特的枪法不好，你一定不要站在他前面，最好是站在他旁边或是身后，以免误伤，知道吗？”她再三嘱咐。

“我知道，我会照顾好他们两个的。”

“还有一件事。”伦道夫的母亲将手伸进围裙口袋，掏出一个黄铜打火机，递给伦道夫，“这是你爸从战场上带回来的，我知道他一直都很宝贝这个打火机。”她伸手整理伦道夫的外套，继续说道，“我上周去城里重新灌了油，我想应该是时候把它交给你了。你爸是个好男人，是战争毁了他，如果不是因为战争，他也不会就那样丢下我们不管。我希望你能相信我说的这一点，你能做到吗？你能相信我说的话吗？能相信你爸是个好男人吗？”

伦道夫仔细打量着手里的打火机，虽刚刚上过色，却依旧掩盖不了其表面的划痕和凹陷。伦道夫对这个打火机略有印象，不过，或许那只是他曾经做过的一场梦。无论事实如何，伦道夫脑海中始终闪现出一幅画面：他的父亲坐在壁炉前，手中拿着打火机，针织围巾遮盖住他毁容的那半张脸。他点燃打火机，呆呆地望着微弱的火光。伦道夫的父亲的确很珍惜这个打火机，这一点，母亲没有说错。然而，无论他在火光中看到了什么，也无论那闪动的光芒勾起了他怎样的回忆，最终都没能阻止他选择用自杀的方式结束自己的生命。在小溪边的一块大石上，他双膝跪地，“砰——”从此再无烦扰。

伦道夫站在庭院中，竖起自己的衣领，以抵御寒风。他慢慢朝公路走去，一路上不停回头张望，眼中的房屋渺小且苍白，与肆虐的雪花融为一体。狂风席卷，烟囱里的烟雾随风飘散。伦道夫的母亲站在被风霜覆盖的窗户后面，瘦弱且无助。伦道夫朝她挥了挥手，她也同样挥挥手。雪花飘落在伦道夫瘦弱的双肩上。两个月持续不断的狂风暴雪将房屋层层裹住，老旧的汽车已是锈迹斑斑。伦道夫举高双手，随后转身，头也不回地向公路走去。他知道，倘若他依依不舍，母亲便会一直站在窗前，直至壁炉里的柴火燃尽，整个厨房再一次回复到难熬的冰冷。

四周寂静无声，伦道夫将脸埋进围巾里。他的背包里装有防水布、毛毯和帆布，以用于包裹猎物肉体时防止血液渗透。那把来复枪静静躺在伦道夫的左肩上，枪口向下，防止雪花进入。伦道夫走到公路边，最后一次回头张望，房屋的轮廓已被大雪吞噬，变得模糊不清。赫伯特和查理在公路边等待。伦道夫走到他俩身边，三人间的气氛顿时变得紧张。

“就这把枪？你就拿了这把破枪？”伦道夫问道。

伦道夫伸手指向查理，他年龄较小，极易情绪化。查理将自己包裹在父亲的外套里，看上去显得更为弱小。他脸型窄长，眼神呆滞，平日里反应敏捷，却总是马虎大意。“这个能用，你知道我会开这把枪的。”

“给我看看。”

伦道夫拿过查理手中的来复枪，上下打量，最后一脸嫌弃地递回到查理手上，说道：“这把枪的射程只有二十二米，你简直就是带了一把玩具枪。”

“你以为我不知道这把枪的射程只有二十二米吗？”

“你打算拿它猎杀什么？松鼠吗？”

查理握住来复枪，毫不示弱地反驳道：“我爸每天晚上睡觉都把那把卡宾枪放在枕边，只要有一丁点的动静，他就会马上睁大双眼。我拿走他的外套和水壶已经让他很生气了，如果他抓到我擅自动他的枪的话，那我一定会被打得鼻青脸肿，哪还能跟你们两个去打猎？”

查理说得没错，贾克斯·卡特脾气暴躁已是众所周知，有一次，在浸礼会教堂外，他因为咖啡被人群挤掉而将对方打个半死。拿走他的外套已经让查理麻烦重重了，倘若再拿走枪支，可能会害得查理丢掉性命。

“再说了，”查理继续说道，“我还算好的，你看看这个混蛋带了什么。”

查理指向赫伯特，他只带了一个水壶和一个几乎空荡的背包。

“这是怎么回事？你说好要带过来的枪呢？”伦道夫愤怒地问道。

面对伦道夫的咄咄逼人，赫伯特无动于衷。伦道夫比他稍长，不过，两人体型一致，即便是打起架来，也总是不分高下。自认识以来，赫伯特和伦道夫虽打过一两次架，却也一直情同兄弟。他们俩在同一家医院出生，前后相差两周，同样都是蓝色眼睛、骨骼健壮、沉着冷静。伦道夫也许比赫伯特更为强壮，不过赫伯特却更有智慧，这是不争的事实。赫伯特总是一副泰然自若的模样，声音里透露着沉着与冷静，这是他认识世界的一贯方式。“我没有子弹，没有子弹带枪就没有任何意义。”赫伯特回答道。

伦道夫哑口无言。的确，猎枪子弹和钞票一样稀缺，那些有多余子弹的人总是将其视作金币一样与人交易。他曾见过有人用一枚子弹换取一双羊毛手套、一罐黄油，还有一副旧眼镜。没有子弹，何谈捕猎？无法捕猎，何谈饱腹？伦道夫自己也仅有五颗子弹，倘若用光了呢？他毫无头绪。每当夜晚降临，伦道夫便会祈祷春天早日来临，祈祷夏季作物快些成熟，祈祷自己能找到一份填饱肚子的工作。他可以写作，也可以算数，甚至可以像成年男子一样搬运重物。然而，工作就好比是稀缺的猎枪子弹，也好比是如今雷文县周边的野兔，日日难求。

查理在雪地里来回跺脚，问道：“我们真的要这么做吗？”

伦道夫看了一眼远处的房屋，希望母亲看不见他悄悄拿走的猎枪。倘若她看见了，一定会很担心，不过，此刻后悔已然太迟。伦道夫抬了抬肩上的枪，语气平静地回答道：“其他地方都没有猎物了，我们没有选择。”

“这话倒是没错，但是威利斯·德雷德和他的儿子自从去了那片沼泽后，到现在都还下落不明。其他那些从沼泽回来的男孩天天坐在房屋窗户边，一句话不说，口水都流到衣服上了，疯疯癫癫的，像傻子一样。”

伦道夫深知查理所说的一切，也明白他的不安。有些人迷失在那片沼泽地，至今杳无音讯，那些平安回来的也已不成人样，这一点不可否认。镇子上的人对此议论纷纷，那些与世隔绝的黑人、深不见底的河流，还有像流沙一样吞噬一切的泥土。八十年前，黑人奴隶曾在那片森林里被活活吊死，有人说那些充满怨念的亡灵常年在沼泽里四处游荡，索人性命。如若不然，为什么威利斯·德雷德和他的儿子会失踪？为什么米勒家的几个儿子在沼泽里待了五天，回来后就开始变得沉默不语，甚至莫名其妙地流口水？关于那片沼泽，每个人都有自己的一套理论，然而真相却是，无人知晓任何真相。或许那片沼泽里确实有鹿，也或许没有；或许米勒家的男孩在进入沼泽之前早已神志不清，只是找了一个宣泄自我的借口罢了。伦道夫仔细思索着这些问题，最终找到了解释：那些随口胡言的人都是迷信且愚蠢的，根本不可信。况且此刻，他们三人面前摆着一个更为简单的事实。

“再过一个月，如果我还找不到食物，我妈很有可能就会饿死，赫伯特家的情况跟我差不多。查理你呢？你的妈妈现在怎么样？衣食无忧？有吃不完的美食？”查理盯着伦道夫看了一会儿，两人相对无言。伦道夫抬了抬肩上的来复枪，说道：“我们没有选择，你没有，我没有，赫伯特也没有。”

在大雪覆盖下，这条路似乎变得更长了，积雪拖住三人的脚步，周围的一切声响都被这场大雪掩盖。路边的栅栏被雪死死压住，几乎不见踪影，身后的三座房屋渐行渐远，消失在茫茫白雪之中。伦道夫、赫伯特和查理都住在镇子的北边，这里是城镇与沼泽的交界地带。再往前，沼泽地疯狂延伸，向远处的山丘横冲直撞。伦道夫所生活的地方是镇里的穷乡僻壤，只有那些居住于此的人才会引以为豪。对于那些在城市生活的人而言，这里的一切都是穷困潦倒，愚昧无知。在那些有车有房、家庭美满、生活富足的人眼里，贫穷的白人与黑人并无两样。伦道夫明白自己在他人心中的地位，不过，与其他出生在雷文县北边旷野的孩子一样，他以这里的风土为豪，也以这里的人情为豪。这里的人们任劳任怨，从不斤斤计较，哪怕受人歧视，也平和看待。那些生活在城镇里的人，总是待在温暖舒适的房间里，享受着从商店买回来的美食。难道伦道夫就丝毫没有嫉妒之心吗？他只是选择无视罢了。他有一路相伴的挚友，有对他疼爱有加的母亲，况且，即便是那些以往衣食无忧的城镇之人，此刻也正在挨饿，对伦道夫而言，这便是最大的心理平衡。

这可怕的一切啊。

它将整个国家毁于一旦。

即便居住在如此偏远的雷文县，这一残酷的事实依旧无法辩驳。大富豪倾家荡产，城市里不断有人从高楼跳下。很长一段时间里，镇上的人们对此谈论不休，谁曾料，灾难随即而来，仿佛这场风暴一路从纽约席卷过来，淹没了这片土地以往的一切美好。钱财散尽，商店倒闭，城镇里的少数人依旧富足，但穷人与富人之间的分割线日渐模糊。这一切对于伦道夫而言并无多大影响。就让那些人流离失所吧，让他们睡在森林里，靠玉米糊为生吧。

有那么一瞬间，这样的想法竟驱散了伦道夫四周的寒冷。是的，他嫉妒。他才十四岁，却已有两颗恒牙脱落，人们称这种情况为“坏血病”，而那只不过是“供血不足”的夸张说法罢了。终于，他们三人走到了公路尽头，眼前便是通往默木野的小径。自一八五三年以来，那些被释放的奴隶及其后代一直在此生活。伦道夫在跟随母亲一同前往默木野用针线交换蜂蜜和植物种子时，见过那些黑奴一次。他们有自己的独特语言，生活的小屋虽然简陋，却有很多菜园，此外，还有一座教堂和一间肉类熏制室。那时，他们待人大方，不过那都已是过去的事了。如今，黑人和白人之间的信任桥梁早已坍塌，最近，伦道夫好几次在公路边或是与沼泽交界的丛林里看到黑人，他们小心翼翼地保持距离，眼神警惕。伦道夫明白他们的意思：看好自己，待在原地别动。此刻，伦道夫在脑海里一遍遍重复这样的话语。

“我们应该怎么做？”

查理问出了同样困惑伦道夫和赫伯特的问题。这条小径通往默木野，居住在那里的黑人绝不会善待前去狩猎的白人男孩。往东边走是一条河流，他们可以穿过绵延两英里的树林，一路向北，最终绕回默木野。伦道夫看向左边，通向梅里蒙家族庄园的废墟，这栋房屋在一八五四年被烧毁，不过，房屋基石和倒塌的谷仓尚伫立在原地，曾经的奴隶居所已被浓烟熏黑。与另一条路相比，这条路距离沼泽地更远，可伦道夫不假思索地转向左边，赫伯特和查理随即跟了上去。他们三人前行了一英里，穿过废墟，来到丛林边，沿着丛林向北继续走了三英里。越过又一座山丘，伦道夫感觉到脚下是一层被大雪覆盖的厚厚冰层。他们三人现在正处于低地，这是沼泽地里行走更为艰难的地方，绵延数十英里，其东边是一条河流，河流边又是另一片无边无际的土地。北边是一望无际的森林和乱石。

寒风呼啸。

“我要冷死了。”

伦道夫看向左边的查理，皱起眉头。查理的语气里透出咬牙切齿的牢骚与不满。“现在是冬天，当然冷。”伦道夫回应道。

“不，不是这种冷，光是看着这个地方我都觉得全身冷得发抖。”

查理所指的是丛林与沼泽交界的地带。三人一同望向远处，光秃秃的树干，没有丝毫生气，四周是灰蒙蒙的一片，大雪在树干之间肆意穿梭，砸向地面，留下些许小坑。这里便是沼泽地的边缘地带，虽环境恶劣，却也并非罕无人迹。继续往前走，灌木丛愈加茂密，在有些地方甚至形成一道坚挺的屏障。在春夏时节，地面被泥土和死水覆盖，复杂交错，极易使人迷失方向。以往，伦道夫、赫伯特和查理三人总是喜欢到此地探险，钓鱼或是抓松鼠，不过只会在沼泽边短暂逗留，颇有分寸。他们曾在这里见到过山猫和毒蛇，有次甚至透过荆棘看见一头黑熊跑过。对于那时而言，能够有这番体验便足矣。然而，这次与以往不同，他们到此不是为寻求刺激，而是别无选择。这片沼泽地一望无际，空空荡荡，与此相比，伦道夫三人是那么渺小和孤单。伦道夫观察着查理和赫伯特两人，查理的惊恐表露于色，他小心翼翼地移动脚步，不断用手套擦拭鼻涕，往日的喋喋不休在此刻踪影全无。赫伯特依然淡定从容，眼神坚定。“赫伯特，你说呢？”

伦道夫将问题抛向赫伯特，因为他不想成为唯一为此次行动负责的人。雪下得更大了，温度分秒骤降。在长达三个小时的艰难跋涉后，伦道夫三人已快被冻僵，接下来情况可能会更糟。狂风侵袭，眼前的沼泽一步步逼近。可怕的画面在伦道夫脑海里闪现，那些下落不明的人，那些疯疯癫癫的男孩，那些伦道夫将信将疑的可怕传言，在此刻竟真实无比。赫伯特也同样感受到了不安和犹豫，但他露出看似轻松的微笑，刻意掩饰着心中的不安情绪，这是他的一贯作风。他抬起脸，任由雪花在两颊拍打。“我看这真是适合散步的好天气啊。”伦道夫点点头，独自走到一棵大树下，查理和赫伯特两人不紧不慢地跟了上去。

现在是下午两点，心中愈渐浓烈的不安和担忧犹如一块冰冷的地毯，将三个小男孩层层裹住。目前为止，仍没有任何活物出现，甚至没有一点生命存在的迹象。沼泽地安静得像一座坟地，只听得见狂风的呼啸和他们自己的脚步声。

“这不正常啊，”这是查理第五次说出同样的话，“我们应该是能看到猎物的啊。”

查理的声音被大雪淹没，没有人回应。伦道夫猜想，他们应该已经在沼泽地里前进了三英里，倘若从出发开始算，一共走了大概七英里，不过感觉却像是已经跋涉了数十英里，他们沿着纵横交错的道路，在南北之间来回穿梭，在寂静无声的沼泽地里慢步前行，寻找猎物的踪迹。查理说得没错，他们本应见到猎物的。即便是在镇上那些已被猎杀一空的地区，也能见到一些猎物的脚印或粪便，可这里，空空如也。

“这里他妈的什么东西也没有。”

“安静点，查理。”

安静实在不是查理的风格。每隔几分钟，便会听见查理的抱怨声。

“我靠。”

“垃圾地方。”

“什么都没有。”

十分钟，已有十分钟没有听见查理的抱怨声了，伦道夫开始有些担忧，他回头望去。“查理呢？”

赫伯特站在离伦道夫两步远的地方，一动不动。身后是层层交叠的树林，没有一点缝隙，遮盖住了所有亮光。直至此时，伦道夫才意识到时间已经很晚了。

天，几乎黑了。

他怎么会忘记时间呢？

“赫伯特？你怎么了？”赫伯特眼神呆滞，嘴唇被冻得发紫，雪花挂在他帽檐下的头发上。伦道夫推了推赫伯特的手臂，但赫伯特只是艰难地眨了下眼，没有说话。“待在这里别动，我说真的，不要乱跑。”

伦道夫跑向身后，跑了二十英尺后，忍不住回头张望，他不愿承认内心突如其来的恐惧和不安，他害怕了。查理不见人影，赫伯特状态不佳，灰蒙蒙的光线变成了蓝色。现在应该是下午四点，可感觉像是六点，周围的亮光仿佛只是由密密麻麻的雪花形成的。

“查理！你在哪儿？”

伦道夫沿着来时留下的踪迹一边寻找一边大声呼喊查理的名字。周围的一切没有丝毫熟悉感，这真的是来时的路吗？一路上的树木似乎更加茂密，树叶颜色更深，真的是这条路吗？大雪几乎将他们来时的足迹全部覆盖。伦道夫的呼吸声和雪花簌簌飘落的声音在死寂的空气里回荡。

走了两百多米后，伦道夫找到了查理。他站在一棵橡树下，双臂垂在两边，嘴巴微张。厚重的雪花压在他的肩头和帽子上。同赫伯特一样，查理目不转睛地盯着前方。

“查理，可算找到你了。”伦道夫跑到查理身边，但查理仍旧没有丝毫反应。伦道夫顺着查理的眼神看去，眼前只有树木、阴影和始终未停的大雪。查理的脚边是已经被冻住的来复枪，伦道夫弯腰拿起枪，透心的寒冷刺穿他的手套。“你在这里做什么？快跟我走。”

查理眨眨眼，仿佛迷失在某个遥远的地方。他声音微弱，开口说道：“我要死了。”

“不，你不会死的。”

“我快被冻死了，我的双腿都被冻僵了。”

查理一字一顿，伦道夫猜想那是因为他的嘴唇也被冻住了。伦道夫一把将来复枪扣在查理的胸膛上，说道：“紧紧跟在我身后，我会照顾你的。”

“我真的不能动了。”

“你可以动的，快走。”

伦道夫拖着查理往回走，查理蹒跚了几步，伦道夫一把将他拽住，随后，查理似乎回过了神，开始自己行走。他一直在自言自语，嘴唇冻得发紫。一路上，伦道夫始终走在查理身边，寸步不离，犹怕两人再次走散。查理又一次摔倒，他站起身来，用冰冷的手套擦拭双眼。当他们二人终于跟赫伯特会合时，天色已经全黑。赫伯特背靠着树，坐在地上。“快起来，你会被冻僵的。”赫伯特仍然一动不动。查理站在离赫伯特五步远的地方，瘫坐到地上。“妈的。”

伦道夫不知如何是好，他只知道倘若再不赶快生火，他们三人都会被冻僵。伦道夫本打算在日落前一小时完成生火。再过五分钟，四周便会一片漆黑，伸手不见五指。

两个小时。

他丢失了整整两个小时。

“你们两个都待在这里别动。”

伦道夫立刻动身，四处找寻可以用于生火的枯木。很多木条上铺满雪花，但并没有完全腐烂，仍旧可以使用。这片沼泽里桦树密布，伦道夫大片大片地扯下树皮，放进背包，继续在树林里拾捡可用的木头。他不需要太多，只要能生起火苗就行，使他们不至于在一片漆黑中度过漫漫长夜。

伦道夫踢开脚下的雪花，一脚踩在地面上，往四周划出一块足以生火的空地。查理和赫伯特两人没有抬眼看，也没有说话。查理坐在原地，全身颤抖。

伦道夫试图打开自己的口袋，但冰冷的手套冻住他的手指，难以动弹。他用牙齿咬下手套，吃力地打开口袋，里面装着火柴和他用刨花、煤油、蜡烛碎屑做成的生火工具。火光燃起，冒出大量黑烟。伦道夫不断往火堆里添加树皮、细枝和木材，火苗里发出嘶嘶声。伦道夫一边加木材，一边将双手放在火苗上方。火势逐渐稳定，他将此前备好的防水布搭在捡回来的树枝上，防止其再次被大雪浸湿。一切就绪后，伦道夫踢开火堆边多余的积雪，铺上地毯，将查理和赫伯特移到火堆边。他们两人一声不吭，全身几乎已经冻僵。“我马上回来。”

伦道夫转身跑向黑压压的树林，搜集更多的木材。时间过了很久，他想让火势更旺，所以他需要足够的木材，来熬过这寒冷刺骨的长夜。在搜集完柴火后，伦道夫几乎动弹不了了。气温依然在下降。现在应该只有十度了吧，也许更低。

“求求上帝，千万别吹风。”

这一点倒是尽如人意。大雪垂直飞落，没有一点风声。大片大片的雪花从高枝和防水布上掉落，在黑暗中将他们三人团团围住。

伦道夫向前凑近火堆，张开双手，感受火的温度。他看向一旁的查理和赫伯特，他们的嘴唇开始恢复血色，眼神没有了此前的呆滞和暗淡，体力似乎有些恢复了。此时，赫伯特打破沉默，“太奇怪了。”

“什么太奇怪了？”

伦道夫本想寻根究底，但赫伯特只是摇了摇头，没有说话。查理抬起眼，却迅速将脸转向一边。他扯下手套，将双手伸到火堆上方。

“查理，你知道赫伯特刚才说的话是什么意思吗？”

“我不知道，我只知道我快要冻死了。”

查理声音微弱，眼神躲闪。他撒谎了，这一点伦道夫心知肚明。“就这样？你就只知道这个？”

“大概是因为太冷了吧，冷得奇怪。”赫伯特补充道。

“对，就是太冷了。”查理立马附和道，破绽百出。

伦道夫望向前方，整片沼泽已经完全被黑暗笼罩，他们很有可能会退缩，会走散，甚至是迷失。曾无数次来到这片树林，也曾无数次在这里度过夜晚。伦道夫·博伊德绝不会退缩，查理和赫伯特也同样刚强。

难道真的流失了两个小时吗？

“你们饿了吗？”赫伯特开口问道。

伦道夫看向查理，他开始在自己的背包里翻找。没有人不饿，然而也没有一个人的背包里不是空无一物。伦道夫拿起背包，里面只有地毯和防水布。他们本希望可以在此刻饱餐一顿，原本空落落的肚子被食物填满，脸上满是动物油脂。可如今，什么也没有。“别假装找食物了，我看过你的背包，里面什么吃的都没有。”

赫伯特将手伸进外套口袋，拿出一小块由破纸包裹着的肉干。“这是我妈给的，只剩这么一点了。”

伦道夫垂涎欲滴，他已经连续三周没有吃过一口肉了。“你确定要拿给我们吃吗？”

赫伯特撕下一小块肉干后，将剩下的递给查理和伦道夫。肉干不多，又硬又咸，可这是肉。三人默默低头吃着手中的肉干，一言不发，身下的地毯逐渐被积雪浸湿。

“明天，明天我们一定会找到猎物的。”查理说。

一片沉默，没有人愿意回答。

火堆边的积雪越来越厚。

天亮了，大雪停了，天空放晴，然而，寒潮依然步步紧逼。查理和赫伯特仍在睡梦中。伦道夫起身站在火堆旁，微弱的阳光在丛林缝隙间闪烁。

伦道夫环顾四周，他们现在正处在一块空地上，除了来时的路途以外，其余方向全是被冻住的沼泽。四周静得可怕，树木并排在一起，却没有一点充实感，空洞，寂寥。大雪几乎下了一夜，周围全是厚厚的积雪。

伦道夫捡起木材，扔进火堆，然后拿出一块毛毯搭在双肩，走进茂密的树林。没多久，他来到了一处开阔的平地，积雪下是被冻住的流水。这片沼泽地里随处可见深不见底的水潭，这便是其中一个。水潭向前延伸半英里，边上是厚厚的雪堆，早晨的阳光倾泻下来，在雪堆中央形成一道浅浅的黄光。伦道夫试图寻找猎物出没的踪迹，然而积雪表面平滑无比，没有丝毫痕迹。周围的一切仿佛都是静止的，空气钻进他的喉咙，如此冰冷，呼吸在冷空气里凝结。

伦道夫叫醒熟睡中的查理和赫伯特，没有人提及昨天莫名其妙丢失的那两个小时，也没有人谈论那些难以捉摸的疑问。他们身上唯一的食物已经吃光，今天又是漫长的一天，此时的三人已是饥肠辘辘。伦道夫安静地收拾好帐篷，用积雪灭掉还在燃烧的火苗，并一如既往地仔细检查好来复枪。在他们三人眼前摆着一个不得不面对的现实：他们今天必须找到食物，否则，要么就此葬身这片沼泽，要么灰头土脸地回到家中，两手空空。

“准备好了吗？”

赫伯特点点头，三人像以往一样排好队形，继续前进，伦道夫在前开路，赫伯特紧随，查理垫后。开路者总是最辛苦的，积雪已淹没到伦道夫的大腿处。探路并非易事，他必须处处小心。来沼泽打猎是伦道夫的主意，他邀请查理和赫伯特同他一起，带领他们选择东边这条路，只因为这是沼泽地中心所在的方向。

“要是碰到那些黑人怎么办？”查理问道。

伦道夫没有回答，他已经快喘不过气了。

“说话啊，要是我们不小心碰到了他们，怎么办？”

“我想我们再走大概两英里左右便可以到达北边，也可以转向往西边走，”伦道夫抬起手，指向前方，“如果在中午之前还没有发现猎物的话，那我们就继续往北走。无论往哪边走，都不会碰上那些黑人。”

“如果这么走的话，离家的方向就很远了。”赫伯特说道。

“那里有食物，一定有。”

他们在伦道夫此前发现的那片平地边停下。“你确定这里的水都被冻住了吗？”查理问。

“绝对被冻住了。”

“你怎么知道？”

这是个愚蠢至极的问题，伦道夫转头打量查理。他蜷缩在父亲的外套里，颧骨凸显，几乎戳破皮肤，他咬住嘴唇，在寒风中瑟瑟发抖。一旁的赫伯特同样脸色煞白，惊恐难掩。“有谁想退缩的，现在就可以走了。”

查理和赫伯特不敢抬头，没人提及昨天不同寻常的一切：为何他们会彼此走散？为何会如同被冻僵了一般，毫无知觉？没人可以回答，然而，这一切真实发生过，让人捉摸不透。

“查理，你要回去吗？”

查理摇摇头。

“赫伯特，你呢？”

“光说不练假把式。光靠说是没办法吃上肉的。”

“所以我们来打猎，我们必须找到猎物。”伦道夫回答道。

三人又陷入一片沉默。伦道夫自顾自地转身往前走，查理和赫伯特不约而同地紧随其后。他们走过冻住的深潭，进入丛林中。一小时过去了，查理再一次发起牢骚。

“什么都没有。”

“周围他妈的什么都没有。”

此时已将近中午，查理似乎没有说错，这四周仍没有任何生命迹象。

伦道夫差点跌倒，他已经饿得没有力气了。

“我们走了多远了？”赫伯特问。

“三英里左右，可能四英里。”

究竟走了多远呢？其实，根本无法判断。脚下的每一步都是煎熬，寸步难行。太阳高挂在天空，空气却依然寒冷。这里的积雪似乎更厚了，伦道夫的双脚早已麻木。

“我来带路吧。”

赫伯特此前便已提出过要求，可伦道夫毅然拒绝，这一次，他实在无法强撑了。虽然伦道夫同意了让赫伯特在前开路，可却迟迟没有任何人移动。他们三人已是筋疲力尽，伦道夫和赫伯特弯腰撑住膝盖，查理瘫在赫伯特的肩膀上。“休息一下，大家都休息一下。”

查理点头，他打开水壶，里面的水已被冻成冰块。

“我靠。”

“再坚持几个小时，我们一定会找到猎物的。”伦道夫说。查理再次点头，可四周依然没有丝毫声响。“往东，”伦道夫指向东边，说道，“我们往东再走一英里，然后就往北边走。”

伦道夫挪动脚步，他们重新站好队形：赫伯特在前开路，伦道夫走在最后。

天气越来越寒冷。

周围的一切，静止如常。

前进了一百米后，查理突然高声说道：“你们感觉到了吗？好像有一股重量，你们两个感觉到没有？”

“没有，我什么都没有感觉到。”伦道夫回答。他说谎了。这股重量无处不在，最初只是慢慢侵蚀，可现在，已经难以否认。周围的一切都很沉重，阳光和空气死死地压在他们身上。伦道夫三人在厚重的积雪堆里艰难行走，四周是严严实实的树林，犹如高墙一般，封住一切。继续前进了半英里后，四周的空气更沉重了，压得人喘不过气。赫伯特步履蹒跚，最终摔倒在地，全身乏力的他已经难以站起身来。查理和伦道夫赶忙上前搀扶。“没事，我没事。”赫伯特强撑着说道。他全身冰冷，皮肤没有丝毫血色，眼睛微闭，眼角流出的泪水已被冻住。他们需要温暖，需要食物。“你们快看，没有感觉到不对劲吗？”

赫伯特直起身来，抬起头四处张望，他的眼睛只能半睁着，呼吸里是掩藏不住的恐惧。伦道夫先是一脸困惑，随即惊恐万分。周围的树木仿佛瞬间复活了一般，上升，弯曲，可却没有一棵树投下树影。

“这是……”

“安静，不要说话。”

“不要让我安静。我的天啊！这是什么情况？这到底是怎么了？”

查理不停抱怨，伦道夫立刻插话道：“查理，别说话，一直往前走，不要停，听明白了吗？一步一步来，不要闭眼。”

他们继续前进，心中的恐惧无法停止。空气里充满了恶意，有什么东西在四周移动，却又在顷刻间消失。伦道夫斜眼偷看，那似乎是一缕烟雾，又好像一道灰色闪光。可每当他环顾四周，却空无一物，只有一望无际的积雪和刺眼的阳光。他们蹒跚前进，艰难地穿过积雪，汗珠在脸上冻结成冰，紧接着又被新的汗液覆盖。一路上，查理喋喋不休，声音微弱得几乎听不见，此刻，仿佛只有他们沉重的脚步声。他们一刻不停地向前快步行走，时不时跑动起来。伦道夫知道他们应该放慢速度，否则必会筋疲力尽，可内心那股无名的恐惧却驱使着他们不断加快脚步。赫伯特踢开脚下的积雪，他们三人穿过一条溪沟，爬到对面的岸边。那个莫名的东西，那一股莫名的感觉，一直在他们身后穷追不舍。伦道夫并不是唯一一个有所察觉的人，赫伯特一次又一次环顾四周，查理同样左顾右盼。移动越快，呼吸越困难。穿过树林，远处是一片没有遮挡的空地。空地上的积雪很薄，三人突然开始拼命狂奔，他们紧紧抓住彼此，步履蹒跚。那东西就在附近，它想逼迫他们离开。

“去那里，那里有树。”赫伯特大声说道。

赫伯特指向距离最近的藏身地点，没有人争辩。他们站在空地边缘，四周没有一点遮挡，暴露无遗，狂风犹如幽灵一般，阴魂不散。伦道夫率先跑向前，他用力撇开四周的树枝，在树丛间疯狂穿梭。他想逃离那股无形的压力，寻找阻力最小的道路，找个可以躲藏的地方。他越过一道又一道坎，绕过一棵巨大的云杉树。

它就在附近。

步步紧逼。

恐慌直插进伦道夫的心脏，他感受到一股难以承受的重量压在自己身上，全身上下疼痛难忍。他撞到一棵树上，脸上的皮肤被蹭掉一大块。没有人放慢脚步，也没有人掉队。他们三人一前一后地跑过树林。此时，伦道夫突然停下，眼前赫然出现一条小径。

是脚印。

不止一个人的脚印。

伦道夫毫不犹豫地转向左边的小径，跟着足迹一路向前跑。留下这些足迹的一定是人，有人就意味着他们可以寻求帮助，或许还能获得食物。这条路没有那么崎岖，此时，身上的重量似乎减轻了。他们奔跑得越快，身上的重量越轻。伦道夫带着赫伯特和查理跑过冰冻的小溪。在一块小空地前，伦道夫突然停下脚步。他的心提到了嗓子眼儿，他快要吐了，内心的绝望无法言喻。赫伯特和查理也在他身边停下，他们盯着眼前的一切，哑口无言。

眼前是一个燃尽的火堆。

一块使用过的营地。

“那是……”

查理欲言又止，他没有说出口中的话，还有必要吗？事实摆在眼前，无法否认。

那是他们之前留下的火堆。

这儿是他们扎营的地方。

“怎么会这样？”

他们沿着东边方向行进了好几英里，这个营地应该在他们身后的方向才对。所有一切又回到了几个小时以前。他们迷路了。

“这不可能。”查理瑟瑟发抖，他脸色惨白，汗珠凝结在他的头发上。“伦道夫，这是怎么回事？”他想寻求答案，可伦道夫无从知晓。“这怎么可能？告诉我这怎么可能？”伦道夫看向查理，眼里是同样的惊恐和迷茫。查理不停摇头，不敢相信眼前的一切。他情绪失控，声嘶力竭地吼道：“不！这绝对不可能！”

但，眼前的一切确是真实的。

一条直线，竟然，成了一个圈。

本以为能拼命逃离一切，却一直都在围着同一个地方绕圈。此刻，他们已无力挣扎，伦道夫再次点燃火堆，三人围坐在一起，沉默不语。火苗疯狂咆哮。无人敢面对内心难以抑制的恐惧。查理的肚子一阵绞痛，胃里的食物早已被消化殆尽。赫伯特目不转睛地盯着眼前的大火，默默念叨着母亲的名字，一次又一次，没有发出丝毫声响。是祈祷吗？还是道歉呢？伦道夫在脑海里回想着今天所经历的一切：离开营地，清晨的阳光洒在他的脸颊上。寻常无比，至少最初是如此。

他们是携手冒险的朋友。

这里曾给他们带来生活的希望。

这一切究竟从什么时候开始变得如此可怕？

伦道夫悄悄抬眼看向火苗对面的查理和赫伯特。查理双手抱住膝盖，紧紧蜷缩在毛毯下，他浑身颤抖，肌肉紧绷，丝毫不敢放松。赫伯特一直盯着火苗，双唇不停张合，焦躁不安。栗栗危惧，每个人都不例外。

沉默，持续沉默。赫伯特和查理想要立即逃离，找到来时的那条小径，一路头也不回地跑回家中，远离这里的死寂，远离这里的可怕，远离这里的一切。

“然后呢？回到饥肠辘辘的家人身边？慢慢等死？”伦道夫争执道。

“再怎么样都比死在这里好。”

“比在这里冻死要好。”

然而，没人提及那个无法忽视的事实。他们已快被冻僵，没人再有力气抵抗，于是停止了互相争吵。当务之急是先让自己暖和起来，之后再做决定。此时已是下午四点，赫伯特终于开口。

“对不起，伦道夫，我不想再继续待在这儿了，我要回去。”

查理点点头，挣扎着站起来。“走吧，我们一起逃出这个鬼地方。伦道夫，你跟我们一起走吧。”伦道夫没有回答。“别待在这儿了，别这么固执，一起走吧，不要让我低声下气来求你。”

伦道夫依旧沉默。此刻，他的母亲正孤身站在冰冷的厨房窗边，绝望地看着被大雪覆盖的庭院。身后的橱柜已是空空如也。“你们走吧，我不能走。”伦道夫做了选择。

“别逞强了，”赫伯特凑近身，在伦道夫身旁蹲下，“你和我们一样，你也感觉到了这里不对劲，就是现在，你都还能感觉得到，不是吗？”

“我不知道我感觉到的是什么。”

“你说谎，”查理接过话，说道，“你跟我们一样被吓得脸色惨白，屁滚尿流。无论那东西是什么，它是真实的。”

“什么东西？我什么东西都没有看到。”

“你就继续自欺欺人吧，无所谓。不过你要清楚一点，很多人死在这个鬼地方，他们要么死了，要么失踪，要么精神失常。这已经不再是什么瞎编乱造的故事了，这是真实的。德雷德一家和米勒一家的事都是真实的。”

“你们在天黑之前是出不去的。”

“至少可以拼一把。”赫伯特起身，扔掉身上的毛毯，“什么都比待在这里要好。查理，你要跟我一起走吗？”

“走，当然走。”

伦道夫眼睁睁看着查理和赫伯特转身离开，仿佛他的一身勇气是从内心深处伸出的一条细绳脆弱无力地追逐着他俩，却在积雪上被用力拖拽，那样孤独，无助。查理和赫伯特每向前迈一步，伦道夫的勇气就消失一点。当他俩走到小径的第一个转弯处时，伦道夫害怕得想拼命跑上前，大声叫住他们，可他根本动弹不得。查理和赫伯特停下脚步，眼前，一棵多花紫树矗立在小径边，扭转小径朝向南边。查理转头，举起一只手，手套上沾满冰碴和已经冻住的鼻涕，他看向伦道夫，仿佛在对他说：自己千万小心，保护好自己，我们爱你。那一刻，伦道夫想不顾一切跑上前，劝说他们理解自己，甚至劝说他们留下。他清楚地感觉到，彼此分开必会危险横生。那是一种来自内心深处的恐惧和害怕，他想大声咆哮：“是的，我也感觉到了。没错，这一切都是真实的。”无论这股追踪他们的力量究竟是什么，它就潜伏在树林中，潜伏在四周的阴郁里，无形无影，不可名状。它注视着这三个私自闯入的小男孩，犹豫不决。是跟踪走掉的那两个？还是继续逼迫留下的这一个呢？空气里充斥着憎恶和踌躇，四周回荡起哀恸声，寂静无力，但却尖锐刺耳。伦道夫张大嘴巴，蒙住双眼，释放压得他喘不过气的无形重量。冰冷，恐惧，垂死。他想喊出声来，可远处的查理已经放下举起的手，最终消失在拐角处。空洞无助将伦道夫紧紧裹住，难以言喻。那一瞬间，他感觉自己失去了一切。来自四周的无形压力分秒剧增，头脑里是一阵被刺穿的剧痛。

伦道夫蜷缩成一团，蒙住双耳。余火上蹿下跳，灰烬散落到积雪上，发出刺耳的嘶嘶声。他整个身子几乎快要钻进火堆，可却感受不到丝毫温度，空气冰冷得让人窒息。我是不是也在哀号呢？伦道夫头脑混乱，分不清眼前的一切。压力感肆意侵蚀，伦道夫脑中响起一阵尖锐的哭叫，犹如狂风咆哮着撞击山峰，令人胆寒。他想放弃自己的生命，这一切太过真实。压在身上的重量，无法抗拒的恐惧，都太过真实。他抬脚疯狂乱踢，双手狠狠抽打积雪。

忽然，一切静止了。

空气里回荡的哀恸声戛然而止，他头脑里的哭叫声也在顷刻间消失不见。

伦道夫支撑着爬起身来，犹如被痛打一顿的小孩一般，在厚重的外套下瑟瑟发抖，呼吸经过喉咙仿佛针扎一般。那股无形的力量消失了。他抬起头，注视着空荡荡的树丛。

查理和赫伯特已不见踪影。

四周除了遮天盖日的树木，什么也没有。

伦道夫松了一口气，全身酸痛，脑海里猛然跳出一个想法：这股可怕的力量做出了选择——追踪赫伯特和查理。

无形力量猛然侵袭而来，赫伯特踉踉跄跄地向前跑，转头看向查理，他惊恐万状。

“快跑啊！赫伯特，快跑！”

查理一边吼叫一边挥动手臂。恐惧推着赫伯特疯了似的在树丛间拼命奔跑。脚印，黑色树枝，树皮上的刮痕，周围的一切突然变得清晰无比。

“快来啊！查理！”

赫伯特鼓起勇气向后望去，又是那道灰色的闪光，在眼前一晃而过。它疯狂追赶着查理和赫伯特，从他们身后绕到了旁边。那是一束模糊的光。此时，赫伯特和查理距离营地已经半英里远，时间过去了好几个小时。他们跳上冰冻的溪流，在冰面上疯狂向前窜动。

“你看见了吗？”

“我不需要看。”

“伦道夫怎么办？”

“这是他自己做的决定。快走！”

赫伯特一把将查理抓到岸边，拽着他在厚厚的积雪里艰难行进。十五分钟过去了，逃命仍在继续。“它一直跟着我们。”

“不是跟着，”查理纠正道，“是驱赶。”

没错，无论这束白光是什么，它正一路驱赶着查理和赫伯特快速奔跑。放慢脚步只会使身上的重量剧增。它控制着他们前进的方向。在经过一小时的狂奔之后，查理精疲力竭。“我必须停下来休息一下，我不能……”

“你能的，你可以的，快跑。”

可是，查理实在没有力气了，他跑不动了。此时，天色渐暗，紫色的霞光投射在树林间。查理再一次摔倒，赫伯特一把拽住他，拉着他继续向前跑。又是一英里的狂奔，这一次赫伯特自己也摔倒在地，凝固的空气里传来哀号，赫伯特仅存的理智被掠夺一空，他大声怒吼道：“你到底想怎么样？你告诉我！到底想怎么样？”

赫伯特声嘶力竭，对着空气疯狂开枪，直到最后一颗子弹用尽。赫伯特从地上爬起，查理瘫在他的肩膀上，像一条被人扼住喉咙的小狗，奄奄一息。赫伯特用力推着查理向前走。四周的光线开始暗淡，夜晚快要降临了。他不想待在这片沼泽地里过夜，黑暗，寒冷。白日的最后一丝亮光终于消失，星星高挂在天空。赫伯特本可以扔下查理，独自逃命，他确实想过，不过最终，他收起自私。树枝划伤他的脸颊，鲜血直流，赫伯特的双脚早已麻木，却丝毫不敢停歇，他带着查理，步履蹒跚。一路上，查理喃喃自语：“它来了，它来了。”

“闭嘴，别说了。”

“我好像看到它了。”

查理真的看到了吗？他不知道，赫伯特也无从知晓。赫伯特来不及拨弄眼前的树藤，在丛林间没命似的穿梭，眼前，一片开阔的空地赫然出现。

他们逃出来了！他们成功了！

赫伯特走到空地上，双膝跪地，身后的沼泽地里传来最后的声响。不是任何言语，也不带有丝毫善意，那么熟悉，究竟是什么呢？

是笑声。

不管是什么，它正在笑。

三十分钟过去了，伦道夫仍待在原地，一动不动，唯恐哪怕一丝一毫的声响便会再次引来那股可怕的力量。伦道夫耻于自己竟这般懦弱。然而，饥饿最终还是驱使着他再次迈开脚步，一瞬间，天旋地转，他感觉自己快要产生幻觉了。阳光稍微明亮了一点，情况似乎有所好转。远处，阴影密布，那是一片无人涉足的区域。此时，四周忽然传来一丝响动，伦道夫回头，一只兔子出现在眼前，毛色雪白，丝毫不躲躲藏藏。它抬起后腿，在灌木丛里寻找食物。伦道夫惊诧于眼前的一切，难以置信，他目瞪口呆地注视着眼前的兔子。*活的！原来这里真的有生命存在！*当伦道夫终于回过神来，拿起脚下的来复枪时，那只兔子早已窜进灌木丛中。伦道夫仍然站在原地不动，树上传来声声鸟叫，在他四周全是猎物的足迹，其中一部分是刚留下的，另一些则几乎被大雪掩埋。

伦道夫全身疼痛，有气无力。他离开火堆，步履艰辛地沿着最新鲜的动物足迹一路向前走。这一定是一头鹿，而且刚刚才从这里路过，伦道夫心想。他伸手触摸眼前的脚印，四周的积雪滚落，将其完全覆盖。一只松鼠在伦道夫头顶的树枝上鸣叫，强烈的恐惧感突然袭来，伦道夫浑身颤抖得更厉害了。

难道是某种黑魔法让这些动物出现的吗？

还是说某种更黑暗的力量掩盖了这一切？

伦道夫已无心思索，他快饿晕了。他向前行进了两英里，不断剐蹭双眼，仿佛眼前布满蛛丝。此时，他两眼发黑，头脑一阵晕眩。他看见自己的母亲站在厨房，父亲坐在壁炉前，半张脸完全毁了。伦道夫甚至感受到了火光的温暖，但父亲始终怒视着他，在寒冷的冬夜里，他的目光犹如刀子一般冰冷尖锐，似乎在说："你为什么活着？为什么我如此模样，而你却完好无损？"伦道夫想要争辩，可寒冰堵住了他的喉咙。他的父亲退到一条阴冷的长走廊上，身影越来越小，直至最后，那条走廊逐渐崩塌，化为一片灰白的羽毛，一道模糊的黄光闪现。伦道夫眨了眨眼，那片羽毛依然飘动在眼前。他再次眨眼，发现自己竟四肢着地躺在一条冰冻的溪流中央，嘴里满是雪花，一只眼睛已经被冻得无法睁开。

他昏迷了多久呢？

太阳悬挂在高耸的大树之上。伦道夫不知在哪儿丢失了一只手套，当他拿起被冻住的来复枪时，手指上的皮肤被撕拉得大片脱落，他疼痛得哭出声来。一阵狂风呼啸而过，雪花在伦道夫的脸上用力拍打。伦道夫轻轻摸了摸脱皮的手，拖着疲惫的身躯来到一块空地，一条溪流从石头表面溢出，早已被冻结成冰，宛若清澈的瀑布，在暮色中若隐若现。溪流的上方站立着一头伦道夫从未见过的巨大猎物。它的皮肤闪闪发光，鹿角又大又长，简直不可思议。它侧身对着伦道夫，一只眼朝下，看向伦道夫。从它的眼神里，伦道夫竟看到了耐心，它仿佛在等着被猎杀。伦道夫左手架起来复枪，麻木的手指不停摸索着扳机所在的位置。此时，那头鹿仍然一动不动地站在原地。伦道夫稳住呼吸，随时准备射击。他浑身颤抖，猎物死死盯着枪支的瞄准器，随后，它棕色的眼睛向上翻动，然后紧闭，伦道夫扣动了扳机。

鹿在原地倒下。

它跪地倒下，滚向一旁，顺着冰冻的水流一路往下跌。有那么一瞬间，它抽搐双腿，然后再也没有动弹。它死了。

伦道夫吃力地走到猎物旁边，惊讶溢于言表，可他没有时间惊叹猎物的大小了。天快要黑了，他冷得几乎失去知觉。伦道夫从背包里拿出一把刀，划开猎物的腹部，将双手伸入温暖的内脏中。在麻木的手指终于有了一点知觉后，他用力扯出猎物的所有内脏。它的内脏器官大得异乎寻常，心脏竟跟伦道夫的头差不多大。在处理好所有的内脏后，伦道夫割下一小块肝脏，狼吞虎咽。鲜血顺着他的脸颊往下流，浸湿了衣衫，不过伦道夫并不在意。口中的肉依然是温热的，带有咸咸的血腥味。饱餐一顿后，夜幕已经降临，周围一片漆黑。伦道夫生起一堆大火。丛林间传来风吹草动，他不禁感到害怕。抬眼望去，一双眼睛正恶狠狠地盯着他，它们轻轻移动，将伦道夫团团围住，却又在眨眼之间消失得无影无踪。空气越来越凝重，那股无形的重量再次压住伦道夫。

“不，不，不。”

伦道夫一把抓起来复枪，身后是仍有余温的猎物尸体。

这片空地上不是只有他一个人。

远不止他一个人。

第八章

听完威廉·博伊德的讲述后，柯克帕特里克笔直地坐在凳子上，双手放于膝盖，一旁的威士忌分毫未动。他本是焦躁不安的性格，此刻，却安静地坐在凳子上，纹丝不动。博伊德暗自窃喜，那是一个猎手应有的沉稳。

“这不可能是真的。”柯克帕特里克开口说道。

“我在讲述的时候的确有点添油加醋，但所有故事绝对是基于我爷爷的日记本身，没有一丁点的捏造成分。”

“那后来呢？后来怎么样了？结局是什么？”

“你自己看吧。”

博伊德将日记本递到柯克帕特里克手中，柯克帕特里克快速翻阅，迫不及待地翻向日记末尾。他合上日记，伸手触摸日记本的皮质封面，手指划过书脊，说道：“里面有几页被撕掉了。”

“破损了，在我拿到日记本的时候就已经是这样了。”

柯克帕特里克仔细观察着手中的日记本，上面字迹潦草，皱巴巴的页面上沾满污渍。前页上写着：伦道夫·博伊德，一九四四年六月五日，步兵第二十九师。海边亲笔。“这是小说，是喝醉酒之后瞎编乱造的。”柯克帕特里克说。

“他的两个朋友讲述的经历跟他差不多，不过当然了，根本没人相信他们。”

“因为他们都还只是小孩儿，而且当时又饿又怕，别人肯定会觉得是他们不清醒，胡言乱语。”

“不过有些事是无法否认的，”博伊德说道，“后来我爷爷的确被找到了，他站在一条冰冻的溪流边，满头白发。那头巨大的猎物尸体就躺在他的身边。这些都是事实，你不能否认。”

博伊德指向拱门外，柯克帕特里克随着他一起走到悬挂着鹿头的墙壁边。墙上的巨大生物身上布满灰尘，它的眼球被替换成了玻璃，但皮毛浓密，脖子粗大，头上的鹿角和男人的手臂一般粗壮，足足有六英尺长。和一九三一年的那天一模一样。博伊德没有说话，静待时机到来。他知道柯克帕特里克此刻的心思——激动，又充满怀疑，不过最不可抗拒的是对事实的渴望以及想要猎杀同等体形猎物的冲动。最终，他除了接受博伊德的条件，别无选择。

“那明天我们就去打猎？”

“别急，”博伊德说，“还有一些文件要签，另外还需要汇款给我，你最好咨询一下你的律师。”

“之后我们就可以去打猎了？”

“后天，”博伊德将那杯分毫未动的威士忌递到柯克帕特里克手中，“后天一大早我们就去打猎。”

第九章

在和莱斯莉见过面后，约翰尼独自回到小木屋中。他拾捡更多的木材，加固了小木屋。他躺在床上，没有一点食欲。他看向窗外，树丛顶上湛蓝的天空犹如盛开的鲜花一般美艳动人。月亮爬上枝头，躲进云层，夜空中繁星点点。约翰尼注视着天空，时间一分一秒地过去，他闭上双眼，耳边传来清风拂过的声音。它掠过石碓，穿过丛林，轻轻挑动水面泛起涟漪，带走水中的清香。这便是默木野，这是属于他的地方，无须担忧一切。这里的一草一木深入他的骨髓，这里的四季冷暖在他的血液里流淌。约翰尼思绪飘飞，此刻，他和默木野仿佛融为一体，难分彼此。

倘若约翰尼需要为此付出代价，那么，梦境就是他的代价。

约翰尼从梦中醒来，脑海里的梦境久久无法抹去，他曾无数次梦到过同样的场景。梦里，他在一棵大树下，骑在马背上，黑暗中燃起一团火光，脚下是平整的泥土路。其他白人已经全部离开，只留下一群黑人奴隶，他们轻声啜泣，头上悬挂着被绳索吊死的人，几具尸体身上布满刀伤和鞭子抽打的血印，全身沾满泥土，鲜血淋漓。约翰尼坐在马背上，看着人群中的妇女和小孩，看着羞于面对内心万分惊恐的男人们。不远处一共站着九十七名奴隶，他们身体的热量在空气里升腾。当他们看向眼前的女孩时，眼里的恐惧无处躲藏，随后逐渐转变成虔诚的敬畏。小女孩个子娇小，看上去十七八岁的样子，皮肤黝黑，体形瘦弱。她张开双臂，目露凶光，九十七名奴隶肩挨着肩，左摇右晃，簇拥到吊满死人的树枝下面。她居高临下，注视着人群，许久。熊熊火光在她皮肤上跳跃，她的黑色眼睛里流露出令人战栗的冷酷和无情。她张开双臂，似乎要让这一刻静止。忽然，她转头看向约翰尼，咧嘴大笑，仿佛约翰尼同那九十七名奴隶一样，也是她的囊中之物。

她的脸颊和双手鲜血淋漓。

手中的刀子同样闪着血红色的光。

起初，约翰尼每隔很长一段时间才会梦到一次，后来，同样的梦境出现得愈加频繁：被绳索吊死的人，小女孩凶恶的眼神，约翰尼内心的恐惧，无不如出一辙。最让约翰尼难以释怀的是梦中那棵树，那棵真实存在的树。

黑人奴隶在那里丧生。

这是真实的。

此时已快破晓，约翰尼再次睡去。当他醒来时，太阳已经爬出山头。约翰尼想去黑人奴隶生活的旧址看看，看看那棵反复在梦中出现的老树。它生长在和梦境中一模一样的地方，经过岁月的风霜雨露，树根虽破损，但悬挂奴隶的那根树枝依然粗壮，多年来，树下的泥土始终寸草不生。梦中的场景与现实完美契合。约翰尼时常在醒来的时候想：或许他可以前去摸摸那棵古老的大树，摸摸它根下的泥土，也或许他可以在那些石碑前双膝跪地。一八五三年的炎炎夏日，被吊死的奴隶就被掩埋在那些冰冷的石碑之下。倘若如此，同样的梦境能否就此消失呢？

约翰尼满腹疑问。

约翰尼跳下吊床，随即前往小溪里洗澡，并换上干净的衣物。在吃完早餐后，他来到奴隶生活的旧址，在空地前停下脚步，这里是默木野气息最浓烈的地方。约翰尼曾经细数过这里的小屋废墟数量，一共有十八间。空地延伸至最后一座废弃小屋边，与一条小径相接，指向位于第二块空地的一座墓地。墓地被掩藏在茂密的丛林深处，墓地四周的高墙由石头堆砌而成，墓地中有四十五块石碑。约翰尼打开空地大门，走到梦中的那棵大树旁。它站立在空地后方的一处角落里，树干发黑且扭曲，树枝相比周围更为粗壮。雷击撕下了大片树皮，也摧毁了一部分树枝，但那根在梦里悬挂死人的树枝依然毫发无损，树枝下是三块孤寂的石碑和一片毫无生气的土地。约翰尼曾多少次站立在这里？曾多少次梦到过此地？他闭上双眼，眼前浮现出梦中的画面：尸体，火光，一把血迹斑斑的刀。他甚至能感觉到在人群里蔓延的恐慌。

可是，谁会惧怕一个小女孩呢？

约翰尼跪在大树下的石碑边，伸手触摸身下埋葬尸体的地方，那里生机全无，如此冰冷，如此凄凉。四周的树木生机勃勃，小鸟站立在枝头，甲虫在树干上爬行，树木藤条轻轻缠绕树干，蜿蜒向上，林中的花簇沐浴柔光，一切都生机盎然。然而，唯独这棵树下的土地没有丝毫生命气息。树根边的石碑很小，且没有任何碑文，毫不起眼，只有一片贫瘠的泥土。

约翰尼起身，拍掉膝盖上的泥土，抬头看向光秃秃的树顶，树枝上挂满白雪。他告诉自己：这只是一棵树，高大，古老，濒临死亡。然而，即便是在光线充足的白天，约翰尼仍然难以说服自己。那场梦境太过私密，太过真实，为何偏巧是这里呢？他甚至能感受到当时的炎炎夏日，真的只是一场梦吗？

约翰尼转身，走进空地，经过一座废弃的谷仓和棚屋，进入古老的教堂。曾经生活在这里的人们很容易被遗忘，他们是否也曾有过和约翰尼同样难以言喻的感知力呢？或者，这种与生俱来的天赋只属于约翰尼？

“你不应该到这儿来。”

约翰尼转过身，难以置信。一个女人正站在教堂门前，阳光倾洒在她身上，模糊了轮廓。约翰尼沉默了一会儿，开口说道：“我是这里的主人。”

“不见得，你只是暂时的主人。”

她身材纤细，T恤搭配牛仔裤和靴子，看上去跟约翰尼年纪相仿。她从阳光下移开，走进教堂，约翰尼认识她，那一瞬间，突如其来的憎恶感袭上心头。“你来这里干什么？”约翰尼不耐烦地问道。

“我经常来。”

“如果你真来了，我肯定会知道的。”

她轻蔑地耸肩，没有说话。她的沉默犹如一记巴掌，狠狠扇在约翰尼脸上。约翰尼竟然丝毫没有察觉到她的出现，没有听到任何声响，也没有丝毫特殊感觉。

“你知道我是谁吗？”女孩问道。

“我知道，你是卢瓦纳·弗里曼特尔的女儿，克里。我在一审时见过你。”

“那你应该知道对于这个地方，我和你有同样的所有权。”

“法官可不这么认为。”

女孩再次耸肩。“我的祖先在这里生活了两百年，他们曾经就在这座教堂做礼拜。”克里继续往里走，伸手触摸烛台和洗礼石，“你不属于这里。”

“那你呢？你属于这里吗？”

“这里到底属于谁，我们总有一天会知道的。”

女孩在教堂门前停下，抬眼看向约翰尼。她肩膀消瘦，一头黑发，皮肤黝黑。“你是不是一直都在跟踪我？”约翰尼问。

“你对我来说根本不重要，你根本不属于这里。”她语气轻蔑。

“难道你就属于这里？”

她又一次耸肩，那一刻，约翰尼第一次从她眼里看到了一丝犹豫。“你从小生活在北卡罗来纳州的夏洛特，”约翰尼步步紧逼，“你妈妈是利瓦伊·弗里曼特尔的第二代表妹，这可算得上是远方亲戚了。就凭这一点，你再怎么上诉都是无济于事的。”

“也许是吧，不过我的童年是在这里度过的，小时候，我和外婆、姨婆还有现在仍然健在的所有亲戚一起生活在这里。我了解这个地方的历史，了解我的家族故事，而这些都是你永远无法得知的。你应该把这片土地归还给真正最爱它的人。”

“你是想要得到所有的六千英亩吗？”

“当然。”

约翰尼再次感受到女孩的内心情绪，这一次，她的眼里闪过一丝亮光。“你知道威廉·博伊德这个人吗？这个名字听上去是不是很熟悉呢？”她的锐气有所削弱，脸上写满沮丧，“是他支付你的所有诉讼费用，是吧？你们的计划是什么？他给你提供诉讼资金，然后在你胜诉之后买下这里？”

“我不想跟你谈论这个话题。”

“被我说中了，是吧？”

“没有，你根本就不了解我。”

女孩走出教堂，约翰尼紧随其后。“这片土地对你来说就只是获取金钱的一种途径而已，不是吗？”

“不是，我从来没这么想过。”

“自一六九四年以来，这片土地一直属于我的家人，它的历史比这整座城市还要久远。这才是历史，这才是我在乎的。”

女孩转过身看向约翰尼，鞋跟与地面摩擦的声音如此尖锐，她突然勃然大怒。约翰尼不由得退后几步。“你的家人被埋葬在这里吗？”她咄咄逼人。

“那个方向，”约翰尼伸手，说道，“他们被埋在距这里四英里以外的地方。”

“但我的家人就被埋在这里。”女孩伸手指向墓地，红了眼眶。看着她眼泪盈盈的模样，约翰尼竟有些惊慌。“从小养大我的外婆，待我如亲女儿的舅舅舅妈，还有我那像圣徒一样的外曾祖母，她们都葬在这里，你不能就这样把我隔绝在外。”

“只要你愿意，你随时都可以来看望他们，我绝不会赶走你。只不过，你必须事先告诉我，我需要知道是否有人进入这片土地，这个人是谁，为什么会来这里，仅此而已。”

女孩强忍住泪水。她的年纪看上去比约翰尼所猜测的要小，顶多二十岁的样子。“你为什么要去那棵树那儿？”

“难道你在跟踪我？”

“我在那里看到过你三次了。”

“没有什么特殊的原因，我想大概是因为那里曾经有过的一些历史吧。”约翰尼说谎了。

“你指的是当年在那里吊死奴隶的事吧。”女孩语气刻薄，“看来我们在这件事情上是共通的。”

女孩说得没错，那天晚上，约翰尼和她的祖先均在场，眼前是肆意嚣张的大火和在树枝下摇晃的尸体。

他们看到那个手拿沾血刀子的小女孩了吗？

“我该走了。”女孩说道。

“你有车吗？”

“我搭顺风车过来的，在十字路口下车之后就一路步行过来。”

“你为什么会问我关于那棵树的问题？”

“我不该问的。”

说罢。女孩转身走开，约翰尼上前追赶，在一处烧焦的石堆旁拦下女孩。“请你告诉我，我很想知道。”

“为什么这么想知道？”

“我也说不清，只是觉得这对我来说很重要。”

“那好吧。”挂在女孩额头上的汗珠在阳光下闪着光，她目不转睛地看向约翰尼，说道：“我在梦里看见过你。”

“啊？”

“我梦到火光和很多尸体，”她压低声音，语气变得严肃，说道，“我看见你就在那棵树后面，然后我就害怕得醒了。”

克里快步走在路上，周围的一切依旧熟悉。在七岁那年，她便离开了默木野，如今已有整整十二年之久，可再次踏进这片土地时，内心的恐惧依旧如往日那般清晰。在她的童年记忆里，那棵悬挂尸体的大树和外婆满脸褶皱的样子始终挥之不去。

“我想让你摸摸这棵树。”年迈的外婆拿起小女孩的手，按压在树皮上，“这就是历史，这就是生命。”老人双目失明，牙齿早已脱落，脸上的褶皱宛如水中的涟漪。“忘记你妈告诉过你的那些，这里才是一切开始的地方，这就是我们的本质。”

小女孩试图将手从树皮上移开，可对方力气尤大，她紧紧按压住小女孩的双手，直至小女孩感受到被树皮刮擦的疼痛。

“疼痛也是其中的一部分，让它远去吧。”

小女孩不知所措，她不知道究竟该如何让疼痛远去。

“你相信你妈妈口中所说的上帝吗？也让他随着一起远去吧。”

小女孩一头雾水。难道不是每个人都相信上帝吗？

“为什么你妈把你交给我？”

“因为她嫁给了新的丈夫，”小女孩说，“因为她觉得我是个累赘，不想再要我了。”

“你妈妈总是只想着自己，自私自利又死性不改，她出生的这片土地根本容不下她。让她也远去吧。”她亲吻小女孩的额头，“现在闭上眼睛，告诉我你看到了什么。”

“我看到了黑色。”

“看到黑色是好的，你我同样是黑色。还看到了什么？，”

“没有了。”女孩敷衍地回答道，以为可以就此结束。

然而，事不如人愿。

老人一把抓住小女孩的手腕，拿出一把闪着亮光的小刀，快速划破小女孩的手掌。小女孩大声尖叫，而对方却无动于衷，脸上没有任何表情，双唇紧闭，冰冷的眼神冷酷坚定。她将小女孩鲜血直流的手掌狠狠按压到树干上。“这是我们的本质，跟我说。”小女孩哭泣不止，老人再次用力按压，“这就是历史，这就是生命，马上跟着我说。”小女孩乖乖照做，老人脸上露出一丝微笑，“好了，完成了，现在你已经是我们的一员了。”

“你为什么要这么做？”

“因为疼痛是必须付出的代价。”

小女孩轻舔手掌上的鲜血，此时，其他黑人女性出现在眼前，她的外婆和姨婆也在其中，黑压压的人群，死气沉沉。

克里在默木野生活了四年，对这里的某些地方几乎了如指掌。春夏时节，昼长夜短，默木野总是显得格外迷人，这里有她的秘密基地，那时，她时常在丛林里畅快玩耍。不过艳阳高照的好天气只是默木野的一部分，长辈们从小便告诉她寒冬的可怕，那些寒风刺骨的漫漫长夜总是令人胆寒。当周围的风声突然停住，一切仿佛静止；当天空出现奇怪的光时，一定要待在长辈身边，寸步不离，这一点克里始终谨记。默木野也生活着其他人，不过他们始终对克里的女性长辈们避而远之。每当他们看向克里，眼神里总是透露出畏惧。这一切与对古老事物的恐惧有关，与黑暗祈祷有关。

在克里的生活里，只有这些女性长辈。

她们共同生活在一座只有一间房的简陋小屋里，其中四个人独自生活在小屋空地的边界地带。在默木野生活的日子有时会令克里感到害怕，不过每到夜里，每当她躺在那张古老的床褥上，睡在两位长辈的怀抱间，总是能够安眠。倘若她焦躁不安，或是从睡梦中惊醒，长辈们便会给她讲有关于战争和贩卖奴隶的故事，还会讲到那个在高山之上的巨大王国。她们总说生活是一张挂毯，而克里便是这挂毯里最强韧的那根线。待时机成熟，她们才肯教授她如何编织生活。克里学习着规矩和仪式，学习着用鲜血祭奠，也学习着一些奇怪的语言。那把划破她手掌的小刀无处不在。年迈的女性长辈们全身上下布满疤痕，即便是笑意盈盈，眼神里也始终哀伤难掩。那时，克里难以懂得，如今，她终于明白。原来，她们的生命在逐渐消逝，她们的生活也在逐渐消逝。

可是，她们仍然每天在丛林深处四处搜寻，风霜雨露，疾病劳累，始终不息。克里从来不知道她们到底在搜寻什么，但她们漫步在默木野的各个角落，也是唯一能无所畏惧地探索默木野的人。那些极少数未跟着一起搜寻的女人便留下来打理菜园，前往临近的河流钓鱼。没有人敢于冒险去沼泽深处，也没有人敢于攀登远处的层层山丘。当克里询问起自己是否能够跟着一起搜寻时，她们总是回答说："这是我们的使命，在我们之前的世代女性都跟我们做着同样的事。也许你的时机也快成熟了，不过还需要等到你更年长、更聪慧才行，你必须变得十分强大。"

对于儿时的克里来说，生活是快乐的，然而，短暂的快乐终将结束。她的外曾祖母去世了。两年后，外婆也弃她而去。半年后，姨婆也离开人间。终于，克里的妈妈来接她回家，那是母女二人四年来的第一次见面。她开车带着克里来到繁华都市，住进了高楼，可家中的游泳池却和默木野的沼泽有着同样的气息。她妈妈的现任丈夫为人随和，但克里嘴里说着他完全听不懂的语言，这一点令他极其困扰。夜里，克里躺在床上，听着屋外的争吵，继父怒气冲冲，母亲苦苦哀求。克里想要阻止争吵，她开口说话，却被母亲和继父无情打断。他们带着她去教堂，甚至去看心理医生。克里时常用刀划伤皮肤，在日落时舞动身体，嘴里依旧说着难懂的语言，每当此时，便会迎来母亲和继父的大声训斥。在克里九岁那年，母亲终于给她看了自己手臂和双腿上的伤疤，那是和克里身上一模一样的伤疤。

“我对不起你，我当初不应该把你送到那儿去。”克里的母亲自责地说。

“我想回去。”

“你永远都不许再回到那里去。”

然而，克里时常做梦。

梦里，是熟悉的默木野，还有那些同她一起生活过的老人们。即便是此时，默木野看上去依旧像是帆布上的一幅山水画。克里停住脚步，回头看向约翰尼。这个白人虽然拥有这片土地，但却对这里一无所知，他以为眼前的建筑是一座教堂，可事实上根本不是。

至少，不是常人眼中的教堂。

至少，不是他心中所以为的教堂。

两个小时后，克里终于到达十字路口，她搭了一辆顺风车，回到根本不属于她的繁华都市。克里站在家门前，正准备转动钥匙，房门却突然被打开了。克里的母亲站在门前，眉头紧锁。“你又去了那个地方，是吧？”

克里推开母亲，走进客厅，一把甩下肩上的背包。“我没有做错什么事。”

“那地方对我们来说就只是一个聚宝盆，仅此而已。”

“随你怎么说。”

“你去看那棵树了？”

“也许去了吧。”

“教堂呢？也去了？”

“那个白人在那里。”

“约翰尼·梅里蒙？他看见你了？”

克里没有回答，而是径直走向自己的房间。整座公寓安静得只听得见母亲的呼吸声。自从克里到这里生活后，母亲先后又改嫁了两次，然而都未能圆满。

“我在跟你说话呢，你能不能不要直接掉头就走？”

克里没有停下，她走进房间，毫不犹豫地关上房门。母亲想卖掉默木野，可克里却想知道这里不为人知的秘密。

克里和母亲总是为此争吵不休。

第十章

约翰尼在默木野生活了足足五年。五年来，旁人总说他已完全身陷这片荒野，无法自拔。对他来说，清晨破晓的天空是一场盛宴，四周的河流便是随时开放的泳池。可今天，克里就站在距他八英尺外的地方，而他竟毫无知觉。这让约翰尼倍感害怕，同时也难掩内心的愤怒。的确，他占有欲极强，这一点他无从否认。

难道他真的会失去默木野吗？

约翰尼回到小屋，再次拿出诉状，反复阅读。诉状厚厚一叠，上面的文字密密麻麻，对于约翰尼而言，这些文字犹如外文一般晦涩难懂。约翰尼一把将诉状扔到床上，随后走出小木屋。他需要头脑清醒，除了都市以外，他只能想到一个地方。约翰尼步行穿过层层山丘，来到一家酒吧门前。这间酒吧坐落在距离默木野北边三英里的一条小河边，边上是一棵高大的梧桐树。它比一般的建筑矮小，自雷文县建设以来，便一直安静地坐落于此。酒吧是用木头建造而成的，没有喷刷任何油漆。从酒吧向外望去，可以清晰地看见河流对面的山丘。酒吧里只有一间房间安了窗户，并铺有木质地板，其余房间只有铁皮屋顶和地面的泥土。约翰尼之所以常来光顾是因为在这里，除去他是白人这一点以外，从没有人会看他第二眼，也没有人会死死盯住他不放。当然，酒吧里的常客也花了不少时间才接受约翰尼是白人这一事实。在这极北之地，唯一生生不息的只有怨恨、贫穷，以及一些苦苦熬过佃农年的小型农场。附近寥寥无几的商铺还在垂死挣扎。默木野从南边进入，与西边和北边的狩猎场地相接，将这片位于雷文县却被人遗忘的角落与外界完全隔离开来，它始终保有别具一格的特色。这便是约翰尼深爱此地的原因所在。

这里没有空调。

也没有沥青公路。

当约翰尼第一次从丛林中走来时，酒吧里的客人们一瞬间全部停止交谈，纷纷看向眼前的这名男子，仿佛正看着一个幽灵，约翰尼并不为此感到奇怪，毕竟，在他身后是五十平方英里的沼泽和丛林，荒无人烟，而如他这般年轻的白人男子竟在那样人迹罕至且黑人聚集的地方出现，着实令人惊讶。约翰尼对大家投来的诧异目光视而不见，他穿过拥挤的桌椅，来到单间内，在吧台前坐下。一名酒保站在吧台后，身形高大，肩膀宽厚，身穿一件褪色T恤和沾满猪血与油渍的蓝色牛仔裤。“我想你应该是迷路了吧。”

“我从来不会迷路。”约翰尼掏出二十块钱，放到吧台上，酒保斜视了一眼。

“你是从哪里来的？”

“那边。”

约翰尼伸手指向沼泽，酒保没有说话，他目不转睛地盯着约翰尼，随后看向酒吧里的人。长时间的眼神交流后，酒保耸耸肩，酒客们恢复到之前的交谈中。此时，酒保从吧台后的金属箱里开了一瓶啤酒。“你叫什么名字？”

“约翰尼。”

酒吧将啤酒放到约翰尼面前。“劝你别喝太急了，慢慢来。”这正是约翰尼此时此刻所需要的。

那时，约翰尼只有十七岁，还未到准许进入酒吧饮酒的法定年龄。

与以往不同的是，如今约翰尼已是这间酒吧的常客，他和酒吧内的其他酒客一样，同是被世界遗忘的人，是同他们一样身无分文，但敢跟他人共享一杯美酒的白人男子。“里昂，”约翰尼冲着酒保点点头，问道，“最近如何？”

“不好不坏，就那样吧。”

约翰尼靠在吧台上，此时正是下午四点二十分。大厅内有两张桌子已被坐满。里昂拿出一瓶“红条纹”啤酒，放到吧台上。但约翰尼说，“我还是想喝波旁威士忌。”于是里昂倒置小酒杯，摇晃着灌入一盎司波旁威士忌。“给你自己也来一杯，我请客。”约翰尼说。

“好的，没问题。”里昂给自己也倒上威士忌，拿起酒杯与约翰尼碰杯，“来，为那些不为人知的事情干杯。”

一直以来，这始终是这间古老酒吧的传统祝酒词，它并不是指肉眼不可见的幽灵或是鬼魂。里昂的这间酒吧与外界之间只有一座桥梁连通，这一点使得这间酒吧成为进行非法行为的绝佳之地，只要不关乎毒品或是帮派勾结，里昂几乎全都视而不见。他解决了所有麻烦事，只要酒客们低调行事，便不会有任何威胁。

“我有一个问题问你。”里昂好奇地点点头。六年来，约翰尼从未有过任何疑问。“是有关那片沼泽的。”

“那片沼泽怎么了？”

“你能给我讲讲以前生活在那里的人的事情吗？”

“我们这里的人都不会谈论这个话题。”里昂靠到吧台前，说道，“这是魔咒。”

“你不是在跟我开玩笑吧？真是魔咒？”

里昂严肃地点头，约翰尼抿了一口酒，努力掩饰内心的惊诧。里昂的生活难以为继，看上去似乎并非迷信之徒。

“你为什么会相信这个？”

里昂交叉两手手指，看向酒吧外的河流和茂密丛林，脸上的不悦和为难显而易见。“你知道你到这儿来的第一天，我为什么会给你酒吗？”

“不知道。”

“因为我很好奇。”

“好奇什么？”

“我对从那个方向过来的所有人都很好奇。”里昂伸手指向远处的一片荒芜，随即从水槽里拿出一条毛巾，擦拭吧台，“你觉得我有多大年纪了？”

“五十岁左右吧。”

“我五十七了。我在这半辈子里学会了很多事情。有些事情是自己亲眼所见，有些事情则是从信任的人口中听说。我父亲就是我最信任的人，他很聪明，好奇心很强。他倾其一生都在经营这间酒吧，我从小就在这里长大。”

“你想说的重点是什么？”

“大多数人都会从那座桥过来，”里昂扬起头，约翰尼看向酒吧外的桥梁，锈迹斑斑，只有一辆汽车孤零零地停在上面，“在你之前，从来没有任何一个人从那个方向过来。那边没有公路，没有房屋，也没有人烟，甚至连待在那里的理由都没有。”里昂斟满酒杯，一饮而尽，“没人会去那片沼泽，这是我父亲告诉我的。从来没有人会走进去，也从来没有人会谈论关于那里的任何事。”

“因为那是魔咒？”

“从你口中说出这个词语实在显得太无知了，你完全不了解那个地方。”里昂再次倒满一杯酒，“而且你是目前为止唯一一个来到这间酒吧的白人。”

约翰尼没有回应，手中的酒一杯接一杯，脑海里不断回想着突然在教堂出现的克里。约翰尼对威廉·博伊德想要夺得默木野的原因一清二楚。他前后近十次私自闯入过默木野，有一次，约翰尼花了整整三天时间追踪他的一举一动。白天，约翰尼偷偷躲在远处，每到夜里便悄悄靠近，希冀能挖掘出深埋在博伊德此番行为之后的真相。即便是如今，约翰尼对默木野于威廉·博伊德而言的特殊之处仍是不解。也许威廉·博伊德对默木野的了解比约翰尼所想的更多，更透彻，也许他知道这里如此神秘的原因所在。然而，那几天的追踪一无所获，即便是进入深夜，威廉·博伊德也只是和同伴谈论战利品和猎物大小而已。他们渴求看到自己的双手沾满猎物的鲜血，渴求战胜庞大威猛的猎物，渴求获得独一无二的战利品。

“里昂，”约翰尼举起手中的空酒杯，里昂再次给他续上，“我能借用下你的电话吗？”

里昂手中拿着一个拳头大小的开瓶器，揭下盖子，问道：“你连自己的手机都没有？”

“不知道这里有没有信号。”

里昂小声咕哝着，随后将电话放到吧台上，这是一部款式老旧的黑色座机，如石头一般笨重。“旋转号码盘电话机，不错。”

“尽量长话短说。”

说罢，里昂弯腰钻到吧台下。

约翰尼拨通了杰克的手机号码。

电话响起，杰克匆忙走出会议室，站到拥挤的走廊上。寒潮还没有结束，窗外空气冰冷，而杰克却满头大汗。“约翰尼，我现在不方便接电话。”

“我想让你到里昂的酒吧来跟我见一面。”

杰克挤出人群，想要寻找一处相对安静的位置，他移步到一扇窗户边，窗外，喧闹的城市熙熙攘攘。“那间酒吧里的人都很厌恶我。”

“他们厌恶的是西装革履和德国汽车，并不是厌恶你这个人，你和他们讨厌的那些人本质是不一样的。”

杰克舔了舔干涩的嘴唇，转头看向会议室的大门，莱斯莉和公司的其他合伙人安静地坐在会议室内。“约翰尼你听我说，我刚刚说我不方便的意思……”

“你对卢瓦纳·弗里曼特尔的侄女有了解吗？”

“她的侄女？谁啊？我不清楚。”

“好吧，没事，等你到了我再给你细说。”

“可是时间上……”

“你什么时候方便就什么时候过来，我会在这里等你。”

约翰尼挂断电话，杰克呆呆地盯着手机。多年来，默契十足的约翰尼和杰克几乎从未出现过步调不一的时候，可约翰尼此次的执迷不悟却致使这样罕见的情况发生。

杰克垂头丧气。

同时，火冒三丈。

“杰克，你准备好了吗？”莱斯莉·格林推开会议室大门，走到杰克身边。

“没有。”

“你别想那么多，进去听听他们说什么，想想你的明天，想想往后二十年的幸福生活。这件事是完全不成什么问题的。”

“可这感觉就像是一个问题。”

“你相信我，没事的，他们又不会咬人。”

会议室里铺设着价格不菲的地毯，一张二十英尺长的高级红木桌摆在会议室中央。九名合伙人坐在桌子的一边，莱斯莉指向会议桌对面的单独座椅，示意杰克坐下。“有必要这么隆重吗？”杰克问道。

“这只是我们的常规程序而已。”

杰克坐下，将椅子向前拉动，靠近会议桌。

“克罗斯先生，你感觉还行吧？有没有什么令你觉得不舒服的地方呢？”

说话的这位是迈克尔·阿德金斯，他是公司的资深合伙人，满头银发，俨然一副阔佬的模样。他将双手平放在会议桌上，身穿炭灰色西装，精致整洁。迈克尔从事律师行业已有几十年光阴，是首屈一指的业界精英之一。

在加入律师协会前的四十年时间里，他打赢过数万场官司，不仅在法学院里担任过教师，还曾作为辩护律师在最高法院出过庭。面对如此优秀的前辈，杰克深感自卑，因为自己只是刚实习一周的助理律师。“完全没有不舒适，挺好的，谢谢您。”

“干我们这行的，时间就是金钱，所以我就不绕弯子了，直接开门见山吧。你是约翰尼·梅里蒙的朋友，这一点我们很理解。我们也知道你们两个从小一起长大，有着极为相似的成长背景，呃，你们还一起经历了当年那次可怕的事件，他的妹妹和你的哥哥都在那一年遭遇了不好的事。”阿德金斯一边说一边抬起一只手，其余合伙人没有说话，只是沉默地点头，“莱斯莉女士跟我们说梅里蒙先生曾找过你，希望你能够成为其上诉案件的辩护律师。这件事你坚决不能答应，梅里蒙先生并不是我们公司的客户，他也绝不可能成为我们的客户，这一点你明白吗？”

“是因为威廉·博伊德的缘故吧？”

“如果博伊德先生要求我们公司为其服务，那我们必将义不容辞。而如果让梅里蒙先生成为我们公司的客户，肯定会引发一些不必要的麻烦。”

“是因为利益冲突。”

“没错。”

杰克瞥了一眼莱斯莉，她迅速移开目光，避开与杰克的眼神接触，可就在那么短短一瞬间，杰克看到了她眼里的贪婪。“梅里蒙的确来找过我寻求帮助，我跟他说我会考虑是否接下这个案子。”

“你对这件案子的背景做过调查吗？”

“没有。”

“你开始起草文件了吗？他给你定金了吗？你们之间签下任何具备法律效力的书面协议了吗？”

“当然没有，他只是来找我说了这件事情。”

“你和公司里的其他助理律师或是合伙人一起谈论过他的案子吗？”

“莱斯莉女士知道……”

阿德金斯再次抬起手，胸有成竹地点头，他泰然自若的模样使杰克的喉咙瞬间哽住。“在这件事情上，莱斯莉女士的立场和我们是一样的。”

“是吗？”

此刻，杰克的怒气已溢于言表。阿德金斯看在眼里，脸上露出亲切的微笑。“克罗斯先生，你要知道律师这个行业从来都是倾慕那些能让公司生意兴隆的人。一个律师只要能够为公司带来足够多的业务，那他就将拥有令人艳羡的一切——金钱、权力和声望。”阿德金斯再次点头。“我们并不是要你跟你的朋友作对，损毁他的利益，我们只需要你跟他谈一谈，让他知道博伊德先生所开出的条件到底有多么丰厚，多么充满诚意。

“我保证，他一定知道三千万美元到底意味着什么。

“如此一来，你的工作就很简单了。说服他，跟他好好解释，让他清楚地知道，除非他接受博伊德先生的购买请求，不然，他要么独自出庭面对弗里曼特尔女士的上诉，要么去找其他公司。我知道他根本没钱支付诉讼费用。”阿德金斯将杰克逼入两难，杰克咬紧嘴唇，而阿德金斯则一脸洋洋自得的笑容。“一旦梅里蒙先生明白了自己的处境，说不定他会很快做出明智的决定，这笔交易不成也难。”

“你现在就要约翰尼给出答复吗？”

“我们没有那么不善解人意，给你几天时间，你慢慢来。”

“好吧，我考虑考虑。”

“很好。”

“如果明天我的决定是站在我朋友那边呢？”

“如果是这样的话，克罗斯先生，那么我想你一定会发现离开公司独自一个人单打独斗有多么辛酸。”

杰克看着合伙人纷纷走出会议室，只有莱斯莉·格林留了下来。她站在门边，在杰克准备走出大门时，一把抓住他的胳膊，示意他留下。杰克低头看看莱斯莉的手指，随即抬头看向她动人的蓝色双眸，说道："我想你应该是不会帮我朋友的忙了吧。"

"这个公司以往的资深合伙人里从来没有过女人，我想成为第一个。"

"之后你还可以拿到一大笔钱。"

"金钱总是无处不在，不是吗？"杰克将眼神从莱斯莉脸上移开，莱斯莉轻轻抚摸杰克的外套，说道："别和他们作对，这会毁了你自己的。即使你主动辞职，他们也会让你在整个律师行业不得安生。"

"祝愿你在没有我的协助下，能够独自搞定威廉·博伊德。他之所以想到这家公司，仅仅是因为他认为我能够说服约翰尼。"

"你先想想事成之后你能得到的一切，你可以得到一大笔钱和一间自己的独立办公室。你甚至可以要求成为公司的合伙人，他们肯定会好好考虑的。"

杰克沉默不语，神情漠然。

"杰克，你听我说，"莱斯莉再次将手搭到杰克的手臂上，"我知道约翰尼·梅里蒙是你最好的朋友，他对你来说很重要，但我同样也可以成为你的朋友啊。博伊德将是我们两个人的客户，我们一起搞定他，好吗？"

"你是做上诉案件的，而我是处理破产问题的，我们本来就不能组成一个团队。"

"那我们就邀请其他律师加入我们。最重要的是你，我，还有博伊德先生，我们三个人之间的关系。"

莱斯莉轻轻凑近杰克的身体，随即转身离开。杰克思索着莱斯莉是否在通过这一动作暗示什么，也许是吧。杰克的外套上散发着莱斯莉头发的香气，像一团迷雾，挥之不去。

杰克走进电梯，全然不顾四周投来的异样目光。他走出电梯，进入自己的办公室。前往里昂的酒吧需要一个小时的车程，可杰克手头上还有其他工作。

“妈的。”

杰克走出办公室，进入电梯，周围是同样异样的眼光。他走到车边，进入驾驶座，摇下车窗，发动引擎，朝北边的沼泽驶去，然后转向东边，四周灯光闪烁，柏油路空无一人，公路两边的房屋墙瓦早已褪色。一路上，杰克平心静气，可离里昂的酒吧越近，他越是焦躁不安。约翰尼是一位不可多得的好友，这一点杰克从未怀疑过。然而，他的守口如瓶，他的强势要求，他的发号施令，已无法再让杰克视若无睹，绝不能再这样继续下去了。杰克有自己的工作，有自己的前途，也受过良好的教育，然而，约翰尼呢？除了默木野以外，约翰尼还拥有什么呢？

秘密。

杰克。

“妈的。”

这已经快要成为杰克的口头禅了。

杰克向左转弯，进入一条泥泞的小路。他放慢速度，以保护车辆底盘不受损坏，即便如此，车辆还是不停地上下颠簸。

“和约翰尼见面之后，我绝对不会告诉他今天发生的事情。”杰克自言自语。

通往酒吧的桥梁似乎被重新喷刷过，可仍旧锈迹斑斑，桥梁的木栏杆已经有些开裂。桥面很窄，横跨于小河之上，桥下河水湍急而过，闯入山丘之间，慢慢放慢速度，汇入沼泽。杰克对里昂酒吧里的一切深感厌恶，他厌恶这里没有空调，厌恶这里的简陋，厌恶酒吧内从未散去的烟雾，厌恶酒鬼们冷酷的眼神，也厌恶烤乳猪的味道。一直以来，酒吧里的人对杰克的态度都不甚友好，而这一切仅仅因为他是白人。也许他开的德国汽车和身上的西装革履更是帮了倒忙。总之，他们不喜欢看到杰克出现在酒吧内，这也是杰克对约翰尼不满的另一原因。此时，约翰尼正坐在走廊下的桌边，伸展四肢，懒洋洋地瘫坐在座椅上，一副酒吧主人的姿态。他一只手搭在座椅后背上，另一只手拿着啤酒杯。约翰尼朝杰克挥手，可杰克满脑子想的只有酒吧里态度恶劣的黑人酒保和醉鬼。这间酒吧是由木头搭建而成，房屋底下是一层泥土，酒吧外的车辆几乎一模一样，红色车身表面布满尘土，车窗玻璃破裂不堪。此时，酒吧内的所有人纷纷抬眼转向杰克所在的方向，一路看着他驶过桥梁，将车停在一辆老旧的卡车边。他锁好车门，当车身警报器响起时，竟被吓得后退了几步。

杰克推门进入酒吧，所有人都目不转睛地盯着他，没有人说话。

杰克站在酒吧内，这里的温度瞬间下降了十度。他走过一张桌子，冲着桌边的三个酒客礼貌地点头，桌边坐着两个男人，还有一个身穿破旧 T 恤和破洞牛仔裤的女人。

“不好意思，借过一下。”杰克礼貌地小声说道。

他侧身走过，伸手拖动面前的椅子，沿着脚下凹凸不平的泥土路，来到酒吧内另一个酒场，这里摆有三张桌子。他走上木地板，在前方昏暗的灯光里，吧台和更多桌椅若隐若现。约翰尼坐在靠近后墙的位置，右边是那条湍急的小河，河水不停翻腾，上方飘散着烤猪产生的烟雾。

里昂站在吧台后面，在距离酒吧最近的一排大树下，一个光脚小孩正往沙坑中扔马蹄铁。酒吧里没有一个人说话，只听得见蝉鸣、风声和金属碰撞的叮当声。

“嗨，杰克，谢谢你能来。”约翰尼伸手敲了敲身后的墙壁，叫道，“里昂！再给我来两杯酒。”

里昂慢条斯理地倒上啤酒，将酒杯递给杰克，始终没有抬眼看他。“如果还要续杯的话，你自己进来跟我说，是你进来，不是他。”里昂对着约翰尼说道。

里昂转身走开后，约翰尼对杰克说：“他对外面的人一般都是这个态度，你不要多想，也别太介意。”

“这很难让人不介意，你看看这个地方。”

约翰尼扫视酒吧四周，走廊尽头，一群年迈的黑人老头围坐在核桃树下的桌边，喝着玻璃罐中的烈酒。“这里的人都是很多年的老朋友了，他们会慢慢习惯你的。”

“为什么一定要到这儿来？”

“你知道为什么。”

约翰尼说得没错，杰克的确知道，此刻，他心中的怒气逐渐消退。约翰尼待在镇上时，完全无法展现最真实的一面。他可是约翰尼·梅里蒙，是那个痛失亲妹妹，勇敢救下幸存小女孩，并找到所有受害者尸体的约翰尼·梅里蒙，镇上的人总会对此议论纷纷。杰克曾试着去想象那样的生活，可他完全无能为力。“你为什么突然叫我来这里？今天可是工作日，我还有很多工作要做。”

“我和莱斯莉·格林见过面了，我想知道她是否会帮我。”杰克别过头，脖颈通红。约翰尼继续说道，“你这副表情，应该是没有什么好消息吧。”

“她不会当你的辩护律师。”

“她之前似乎对我的案子很感兴趣。”

“现在没有丝毫兴趣了。”

“可是……”

“在跟你见面后的第二天，我们一起去见了威廉·博伊德。”

“是吗？”

约翰尼的情绪没有丝毫波动，可杰克根本不敢看他的眼睛。“三千万美元啊，约翰尼，你之前为什么不告诉我威廉·博伊德给你开出这么高的价格呢？”

“因为这根本不重要。”

“胡说八道。”

“就算他给我五千万，甚至是一亿，我都不会卖掉默木野。”

“那我只能说你不仅愚蠢，而且精神不正常。卖掉默木野，再用这笔钱买其他土地，不是更好吗？”

“对不起，我不能这么做。”

“那可是三千万啊，约翰尼，你怎么可以瞒着我呢？”

约翰尼盯着手中的酒杯，无所谓地耸耸肩，犹如当年那个十三岁的小男孩。“因为你如果知道了，一定不会帮我。”

“好吧，”此刻，杰克心中的怒火已完全消散，“博伊德要我来说服你，事成之后也会给我一大笔钱。”

“是吗？”

“公司不想让我当你的辩护律师。如果我执意如此，他们就会开除我，即使是我自己主动辞职，也会让我的律师生涯寸步难行。这就是莱斯莉不愿意帮你的原因，如果你卖掉默木野，博伊德也会给她一笔钱。”

“多少钱？”

“两百万，另外再雇佣我们公司处理他在纽约的基金组织的律师事务，这对我们公司来说是个千载难逢的好机会。另外，我会成为公司的重点培养对象，他们甚至还会考虑让我成为合伙人。”

“博伊德答应给你两百万吗？也许你应该收下这笔钱。”

“别讽刺我了，约翰尼。”

“你可以得到金钱，还能得到职业保障。”

“还有独立的办公室。”

杰克言语尖锐，约翰尼没有回应。他起身走到游廊边，看向远处的默木野。“距离开庭只有两周时间了。”

“我知道。”

“如果我没有辩护律师，会怎么样？”

“你很可能会输掉官司。”

约翰尼迈出一只脚，在凹凸不平的泥地上来回摩擦。他穿着一件褪色的T恤和牛仔裤，虽然喝了酒，却异常清醒。“你会帮我吗？”约翰尼问道。

杰克几乎不敢看他的眼睛。约翰尼总是那个最先自我牺牲的人，总是那个最先认清局势的人，也总是那个最先做出妥协的人。每每杰克让约翰尼失望时，他总会一笑置之，云淡风轻，最终无条件原谅。他好似一位胸襟宽广的父亲，又好似一位大方懂事的兄长。杰克的童年时光与约翰尼紧密相连，可他一路挣扎着逃离了贫穷，逃离了由于身体缺陷而带来的自卑，也逃离了父母带给他的无尽伤害。十年来，他埋头工作，坚持不懈，如今终于踏入了他一直梦寐以求的职业生涯。倘若杰克选择帮助约翰尼，那他千辛万苦方才拥有的一切都将毁于一旦。即便是他选择离开公司，自力更生，公司的合伙人也会千方百计阻挠，削减其律师费用，窃取其客户资源，或是想尽办法破坏他的工作。倘若真有此日，那么杰克只有两个选择——去夏洛特或是罗利发展。可他不想，不想去任何一座城市。

“杰克，你会帮我吗？”

约翰尼语气平稳，可眼里的渴望却难以遮掩。杰克当然可以帮他，他可以牺牲掉自己的前途和事业。倘若一切真有如此简单，他必将毫不犹豫。可问题在于，杰克想让约翰尼卖掉默木野。这个地方异乎寻常，它就像一张巨大的毛毯，将约翰尼紧紧裹住，让他难以动弹，无法自拔。那是杰克从约翰尼身上看到的病态，他彻底沦陷了。“对不起，我不能帮你。”杰克最终还是狠下了心。

杰克声音微弱，好像是在窃窃私语，可一字一句却犹如晴天霹雳，深深扎进约翰尼的心里。

“我理解你，你那么努力才得到今天的一切，你成功了，绝对不可以就这么被毁掉。”

“约翰尼，你等等，再给我一点时间，让我再仔细考虑考虑，我并不是想显得如此……”

“不用了，兄弟，真的，我理解你的为难。”约翰尼内心隐隐作痛。抛弃，背叛。“我再去拿两杯酒过来，你坐在这儿别走啊。”约翰尼起身，快步从杰克身旁走过，他走进吧台，迟迟没有出来。许久，约翰尼终于从吧台走出，他脸上挂着僵硬的微笑，眼神依旧空洞，“给，冰啤酒，喝吧。”

“约翰尼，我的好兄弟，你听我解释，我欠了很多债，我读法学院时贷了超过九万……”

“我说了，你别担心，”约翰尼主动和杰克碰杯，说道，“我觉得这间酒吧需要来点音乐，你觉得呢？”约翰尼放下酒杯，无法直视杰克的双眼，“你坐着别动。”

“约翰尼……”

“我去跟里昂说说音乐的事儿。”

约翰尼推开座椅，椅腿在泥地上划出凹槽。他快速起身离开，杰克抬眼，那一瞬，约翰尼红了眼眶，黑色的眼睛里是无尽的空洞与苍白。

“妈的。”

杰克举杯一饮而尽，嘴里却毫无味道。

“妈的，妈的，妈的。”

之后的一个小时煎熬难耐。约翰尼和杰克若无其事地喝酒聊天，假装一切从未发生，可杰克的话语却犹如将两人生生分割开的一道伤口，疼痛无比，却无人提及。约翰尼再没与杰克对视，也再没认真看过他的脸，虽然只有那么短短一秒钟的眼神停留，可对于杰克而言却是难熬的痛楚。从小学一年级开始，约翰尼和杰克便一直彼此相伴，尽管经历了暗无天日的童年生活，但约翰尼始终没有丢失内心的激情与信仰。事实上，倘若让杰克用一个词来形容约翰尼，那必定是“炽热”。即便那时只是未经世事的小男孩，约翰尼却已是炽热满怀。激情、信念和笃定，从来都是他的代名词。

“约翰尼，你听我说，让我再好好考虑一下，好吗？”

约翰尼摇头，看向树边拿着马蹄铁的小孩，回答道：“我自己再另外想办法，你不用担心。”

“只是这件事有太多的不定因素……”

“我说了，你不用担心。”说罢，约翰尼再次起身去拿啤酒。

约翰尼回来后，将啤酒放在桌上。时间过了很久，桌上的啤酒纹丝未动。夜幕逐渐降临，一团雾气弥漫在河流上空。“约翰尼，我……”

“我知道，没错，你是该走了。”

“我不是想说这个，我不……”

“我几天后再来找你。没事的，谢谢你今天能来。”

“你确定要赶我走吗？”

杰克起身，他渴望看到约翰尼的一个眼神，或是一个表情，来缝合两人之间的伤口。

可约翰尼只是静静地坐在原地，无动于衷。

杰克回到镇上，他去了那家最爱的餐厅，点了一份牛排、一杯红酒和一份馅饼，却食之无味，就连身边的漂亮女孩都无法提起他的兴致。他回到房屋所在的大楼，楼梯似乎在脚下旋转，钥匙怎么都插不进锁孔。终于进入房间，他蹬掉脚上的鞋，脱下外套，准备扔到挂钩上，却不慎掉落。杰克心不在焉，脑海里不断回想着与约翰尼的对话，回想着他开口对最好的朋友说出“对不起，我不能帮你”的那个瞬间。

约翰尼的眼神从未如此沧桑，眼里泪光闪烁，布满血丝。

难道他是借故到吧台那边去偷偷抹眼泪吗？

这不可能。

约翰尼不是这样的人。

杰克扯下领带，走到厨房，打开电话留言。其中一条是销售信息，另一条则是莱斯莉留下的：“我想和你聊聊今天的事，听到留言后给我回个电话。”

现在是九点十七分，时间不算太晚。杰克在通话记录中找到莱斯莉的电话，回拨过去。铃声刚刚响起，对方便接起了电话。“你终于回家了，太好了，我马上过来。”

“莱斯莉……”

“我还有两分钟就到你家楼下。”

二十分钟过去了，依旧不见莱斯莉的踪影，不过这恰合杰克之意，他有充足的时间脱下褶皱的衬衫，换上舒适的T恤和牛仔裤。短袖总使得杰克残障的手臂不得不显露在外，因此他很少在外人面前这样穿着，而此刻，一股憎恶的无名火在他胸膛内熊熊燃烧。约翰尼是他生命中最坚实的依靠，可杰克却在他面前人模狗样，鬼话连篇，这一部分原因是由莱斯莉造成的。倘若莱斯莉到此是想与杰克争个谁是谁非，他绝不退让。

杰克不指望莱斯莉态度友好。

“嗨，杰克，谢谢你让我进门。”莱斯莉站在走廊上，黄色的灯光洒落在她身上，她显得格外温婉迷人。她穿着一条性感的短裙和一双高跟鞋，秀发散发出的香气使得杰克一阵晕眩。“你不介意小酌一杯吧？”莱斯莉举起手中的龙舌兰酒和两个酸橙。“我总觉得应该给你道个歉，我本可以把这件事情处理得更好的，我应该想想其他办法，让合伙人的态度缓和一点。”她扬起下巴，看向屋内，温柔地问道，“我可以进来吗？”

杰克还在喃喃自语着什么，莱斯莉却已经大方走进房间，没有丝毫拘谨，仿佛她才是这里的主人。她将龙舌兰酒放到酒柜上，拿出酒杯，一边切酸橙，一边和杰克轻松交谈，脸上始终洋溢着微笑，令人着迷。杰克看着眼前楚楚动人的莱斯莉，难以自拔。“我刚刚问你，你家里的盐在哪里。”莱斯莉提醒道。

“啊，不好意思，”杰克慌忙转身，“给你。”他打开橱柜，将盐递给莱斯莉。

“你喜欢喝龙舌兰吗？”没等杰克回答，莱斯莉便举起酒杯，自顾自地说道，“这是福塔莱萨生产的，是我喝过最好喝的酒，几年前朋友介绍给我的。你知道怎么将盐、酸橙和龙舌兰搭配，味道才最好吗？”莱斯莉拿起一片酸橙和一个酒杯，舔了舔手，将盐倒入手中，给杰克做着示范。“哇，太爽了。”她将酒杯放回桌面上，“现在该你了。”莱斯莉给另一个酒杯倒满龙舌兰酒，杰克学着她的样子，舔盐，喝酒，咬酸橙。酒精在杰克的喉咙里灼烧，此时，莱斯莉又倒上一杯。“为我们俩都是律师干杯。”莱斯莉说道。杰克一饮而尽。

酒过三巡，莱斯莉一直在讲话，她没有提及约翰尼，或是威廉·博伊德，抑或公司，而是轻轻抚摸杰克残障的手臂，撩起香气迷人的秀发，动人的双眸紧紧盯着杰克的脸庞，令人迷醉。她甚至给杰克展示臀部上的一块疤痕，她说那是她在卡布潜水时，不小心撞到火珊瑚上留下的。杰克想要挣脱，可莱斯莉身上仿佛有一股强大的磁力，使他动弹不得。她白皙娇嫩的肌肤，她爽朗明媚的笑声，还有她修长美丽的双腿，一切对于杰克而言，都是致命的诱惑。莱斯莉从沙发上站起，再次斟满酒杯。又是一场畅饮，此时已是夜半时分。杰克意识模糊，莱斯莉的脸庞紧紧贴在他面前。杰克从未有幸和女人享受过鱼水之欢，一部分原因是他残障的手臂和由于自我怀疑而产生的不适，还有一部分原因则是母亲给他造成的心理阴影。杰克的母亲在一辆拖车里生活，在她眼里万事皆恶，哪怕是自己的两个亲生儿子，也从未得到过她的好言相待。除此之外，杰克的父亲也难辞其咎。他的眼里只有荣誉、成就和骄傲，对成功的追求甚至胜过对亲生孩子的管教，而如今他却沦为牢狱之徒，被判二十年有期徒刑。杰克曾爱上过一个眼神干净清澈的女孩，可她总是对杰克冷嘲热讽，甚至时常捉弄他，从未在意过他的感受。自此之后，杰克便学会对感情敬而远之。

“给。”莱斯莉递给杰克一个酒杯和一片酸橙，手指轻轻放到他的大腿上，“喝吧。”莱斯莉看着杰克低头舔手中的盐，一脸满足地微笑。她扮着鬼脸，对杰克说道，“现在先喝酒，然后吃酸橙。”杰克被酸得眼泪直流，莱斯莉在一旁大笑着拍手称快。对于孤寂多年的杰克而言，这爽朗的笑声犹如美妙的音符，声声入耳。“该我了。”莱斯莉伸出粉红的舌头，轻舔手中的盐，一口喝掉杯中酒，然后交叉双腿，脚踝完美地交叠在一起。酒精的作用使得莱斯莉头晕目眩。此刻的她娇小且温婉，完全一改平日里刻板的上司形象。“让我多了解了解杰克·克罗斯。”莱斯莉的脸颊泛起红晕，一只眼睛与温柔的夜色融为一体，另一只则闪着动人的光。“读了三年大学，念了两年的法学院，在班上排名第一。”

“排名第二。”杰克纠正道。

“排名第二，哇，还是很惊艳嘛。”

莱斯莉将双腿放到杰克腿上，夜色已深，醉意袭来，杰克头昏脑涨。“你今天的举动跟约翰尼有关吗？”

“不，只跟我们两个有关，你根本不需要提起这个名字。”这是莱斯莉的谎言，可却如同她的肌肤一般柔软，令人沉迷。“我们是朋友啊，不是吗？告诉我，我们是朋友。”

“我想……我不……”

莱斯莉坐到杰克大腿上，亲吻着他的脸颊。她身上散发着龙舌兰和酸橙的味道，还有一股令男人把持不住的香气。“莱斯莉……”

“嘘。”莱斯莉脱掉衬衣，白皙娇嫩的肌肤显露眼前，一切完美得像是杰克曾有过无数次的一场梦。“我们是朋友，是吗？”莱斯莉低头吻住杰克的双唇，曲线完美的臀部在他大腿上来回移动。“说吧，说我们是朋友，朋友之间互相帮助。”

杰克乖乖照做，却心不在焉。有多久了？有多久没有女人愿意主动和他发生关系了？答案一如既往——从未有过。这是杰克的初吻，也是他的初夜。

“到卧室去。”莱斯莉说道。杰克用正常的那只手臂一把将她抱起。

“这只是关于我们两个人的，是吧？与任何人无关，只是我们两个人。”

“嘘，不要说话。”

这一切对于杰克而言近乎完美——滑嫩的肌肤，忘却一切，放纵、深陷。“我们都不说话。”杰克说着。然而，在之后的疯狂中，杰克却先后两次从莱斯莉的口中听到约翰尼的名字。那是娇喘，是祈祷，如同莱斯莉双唇上的蜜糖一般轻柔。

杰克醒来时，已是早上六点，窗外阳光刺眼，他感到浑身一阵酸痛，莱斯莉早已悄然离去，杰克枕边空无一人。在头脑一片空白之后，杰克慢慢回忆起了昨晚的事情。冲昏头脑的兴奋和愉悦，没有任何经验的笨拙与尴尬。莱斯莉躺在他身上，垂下的头发挡住他充满质疑的双眼。她移动着身体，熟练且轻柔，随后加大力度，疯狂掠夺，饥渴难耐。杰克回首这些年的寂寞孤独，回望那些他艰难走过的路途，一瞬间内心充满欢愉。可他却看到了约翰尼的脸，听到莱斯莉喊出约翰尼的名字。

杰克再次睡去。

杰克断断续续地从睡梦中醒来，最后终于决定起身前往公司。他走进电梯，犹豫不决，他想要按下莱斯莉所在的楼层按键，但又害怕面对。她赐给杰克一份完美的礼物，却不经意间在礼物卡片上写下另外一个男人的名字，杰克没有想到这一点竟能让自己如此伤心欲绝。

他此前从未如此憎恶过约翰尼。

杰克最终还是按下了自己办公室所在的楼层。他走进办公室，希冀用工作来填满这一天。杰克关上办公室大门，埋头工作。他满头大汗，嘴唇干涩，恶心反胃，时不时抬头看看手机和紧闭的办公室大门。

转眼已到下午，可昨夜的那场宿醉依旧在杰克脑海中挥之不去，他思索着是否应该去看看莱斯莉。杰克想念莱斯莉动人的双眸，也想念她迷人的微笑。也许他们今晚可以一起共进晚餐，也许莱斯莉根本没有喊约翰尼的名字，只是杰克自己的幻听罢了。

“真是可悲啊。”杰克自我感叹道，可他忘不了莱斯莉的曼妙身姿。之后，杰克一直埋头工作到晚上八点，期盼着莱斯莉能主动出现，然而，紧闭的大门始终没有敲响。杰克失落地回到家中，恼怒于莱斯莉的绝情，也恼怒于自己愚蠢的一厢情愿。

倘若莱斯莉当真心有所属，那个人一定是约翰尼。

杰克在公寓里来回踱步，他没有食欲，也不想睡觉，思绪飘飞。

他让自己最好的朋友失望了。

莱斯莉叫出了约翰尼的名字。

半夜，杰克的手机响起，是莱斯莉发来的短信。

“你睡了吗？”

杰克思索了一会儿，回道：“睡不着，工作到很晚。”

“昨晚谢谢你。”

杰克的内心迸发出一种难以名状的情绪，或许是解脱吧，也或许是渴求。他坐立不安，回道：“你要不要来我家？”

三分钟过去了，杰克终于收到莱斯莉的回复：“可以。”

当晚的一夜春宵和昨夜不同，他们没有饮酒，床头开着一盏灯，不过对于杰克而言，一切完美得刚刚好。莱斯莉就像是一道美景，陶醉了杰克的心扉，她耐心专注，没有再喊出约翰尼的名字。“你为什么会和我发生关系？”杰克问道。

现在已是深夜两点，莱斯莉躺在床头灯下，灯光映照出她完美的身材曲线。“因为你很年轻，年轻人都很有活力。”莱斯莉回答道。

“不要开玩笑，我是认真的。”

“只是一次性爱而已，我很享受，那就够了。”

“但为什么是我？我长得不是特别帅，而且……你知道的，我就不说了。”

杰克刻意挪开残障的手臂，莱斯莉抚摸他的双腿，大笑着说道：“那你想让我离开吗？”

“不想。”

“那就说服我留下来。”

莱斯莉起身爬到杰克身上，杰克再一次迷失自我。一小时的激情过后，杰克和莱斯莉站在门口。莱斯莉穿着和昨天同样的高跟鞋和衬衣短裙，衬衣纽扣几乎快被隆起的胸撑得散开。杰克已是筋疲力尽。“要不我送你回家吧？”杰克说道。

“真是绅士，不过不用了，我自己可以回去。”

莱斯莉亲吻杰克，在她正准备转身之时，杰克一把抓住她的手臂。“我想听你亲口说你跟我的这一切与约翰尼无关，也与这件案子或是威廉·博伊德无关。”

“你在这个时候竟然还问这种问题？”

房间内，床单凌乱，床铺上还留有莱斯莉的抓痕。

“告诉我这一切跟钱无关。”

莱斯莉挑起眉毛，即便如此依旧楚楚动人。“如果我说是的，那你是不是又会砸我的场？”莱斯莉脸上露出执业律师的冷静微笑，因为她早已知道答案。“别一脸焦虑的表情，我们都各取所需。”莱斯莉拿起杰克紧紧握住她的手，将其按进自己的T恤中，说道，“你很享受，我也很享受，这就够了。”杰克看向别处，莱斯莉一把别过他的下巴，“这一切本不需要变得这么复杂。”

然而，对于杰克而言，一切本就复杂。

她是利用者，也是索取者，这股罪过的恶臭如今也深入杰克的皮肤里。

次日是周六，杰克在床上躺到早上八点，随后起床洗漱，出门散步，回到家洗完澡后，便前往公司办公室。莱斯莉打过两通电话，杰克没有接听。周日早上，杰克又来到公司埋头工作，同样没有与莱斯莉碰面。周一一大早，杰克出门吃早餐。此时是早上七点，时间尚早，可餐厅里却人头攒动，客人们纷纷交头接耳。大家围坐在餐桌前，看着手中的报纸，互相窃窃私语。一个男人说道："十亿美元啊，我的上帝。"

说话的男人脸部臃肿，满脸胡须，身旁的另一名男子戴着约翰迪尔公司的工作帽，手指甲上沾满油脂，看上去像是吃饭前一直在挖焦油坑。"十亿美元是多少钱？"他开口问道。

"就是一千个一百万。"身形肥胖的男人回答道。旁边，一名穿着棒球服的小男孩喃喃自语着什么，仿佛在教堂里假唱。

一千个一百万啊，杰克心想。

杰克旁边的餐桌坐着一对夫妻，妻子戴着眼镜，手中拿着报纸，一旁的丈夫凑近身来，专注地阅读着报纸上的新闻。杰克扫视四周，无论是穿着昂贵服装的家庭主妇，还是站在结账台旁的州警察，拥挤的餐厅里满是拿着报纸的客人。

当服务员前来提示杰克点餐时，他好奇地询问发生了什么事。

"你还没有听说吗？"服务员从围裙里掏出一张折叠的报纸，放到杰克面前，"每个人都在谈论这件事情。"

服务员转身走开，杰克打开报纸：来自纽约的亿万富翁威廉·博伊德已确认死亡，尸体在默木野被发现。

第十一章

威廉·博伊德之死

每当威廉·博伊德准备外出狩猎时，总是习惯将喜悦深埋于心，一切如常。他不会刻意用表情或言语表达什么，且极其厌恶恰恰偏好于此的猎人。在这一点上，柯克帕特里克也同样如此。狩猎前的准备如同祈祷和信仰一样私密。凌晨四点的闹钟响起，柯克帕特里克和威廉·博伊德各自起床挑选衣物、武器和装备，再三检查后，轻手轻脚地打包好所有物品。对于狩猎者而言，声响和气味无疑是致命的，这一点，常年狩猎的柯克帕特里克和博伊德再清楚不过。他们各自用特制的香皂清洗身体，再用没有丝毫气味的枪油涂抹枪支，一切准备就绪。屋外寂静无声，柯克帕特里克和博伊德坐在枪支收藏室，安静地吃完出发前的最后一餐。除了被台灯照射着的桌子以外，房间里其余角落被笼罩在一片漆黑之中，墙上的画作、动物兽皮以及老旧的武器全被夜色覆盖。柯克帕特里克和博伊德一言不发，房间里只有刀叉和餐盘碰撞的声音。枪支摆放在桌边，光洁如新，当两人眼神对视的那一刻，内心的喜悦与激动再也掩藏不住。他们一起去过更黑暗的地方，见过比这更黑暗的早晨。每一次都互相信任和尊重，每一次弑杀时的血腥快感都让他们倍感快乐。

“时间差不多，该出发了。”

博伊德往枪膛里装上最后一颗子弹。坐在桌对面的柯克帕特里克站起身，背上行李和枪支。两人走到大门前，管家将装满咖啡的旅行杯递到二人手中。“这次我们打算去三天，也有可能是四天。”博伊德对管家说道。

管家皱紧眉头，回道：“我希望您能告诉我这次去狩猎的地点。”

“你明知故问。”

“如果发生了什么危险的事情怎么办？”

“危险是在所难免的，这本来就是打猎的一部分。你好好看着房子就行了。”

“我会在家里等您回来。”

博伊德不耐烦地点头。此时还未破晓，屋外仍灰蒙蒙一片，天空中繁星点点。博伊德看向柯克帕特里克，说道：“把你的手机交给我。”

“什么？凭什么？”

柯克帕特里克突然发火，高大的身形在昏暗的天色中格外显眼。

“去打猎的时候，除了我之外，任何人都不许带手机，这是规矩。”

“我可刚刚才往你公司账户里汇了两亿美元，你现在就开始对我指手画脚了。”

“那是交易，这也是交易。我不允许跟我一起去默木野打猎的人携带GPS定位仪，也不允许拍照。”

“我不是已经签了你给我的那份保密协议了吗？”

“我爷爷当年为了找到这个地方，差点丧命，所以这里对我来说很私密，对不起，请你理解。”柯克帕特里克看向屋外漆黑的夜色，一只手握住来复枪的枪带。“詹姆斯·柯克帕特里克，请配合一下。”博伊德伸出手，继续说道，“这跟你我之间长期的友谊无关，也跟我对你的敬仰无关，这就是规矩。”

“胡说八道。”

“随你怎么认为，总之，手机得给我。”柯克帕特里克看着博伊德摊开的手掌，在夜色中显得格外苍白。他无奈地交出手机，博伊德将其递给管家，随后满脸堆笑着说道：“我的管家会替你好好保管的，你尽管放心。”

“那你现在是不是还得给我蒙上眼睛啊？”

“不，不，怎么会呢？现在我们开始去打猎。”博伊德拿起背包，搭在肩上，他带着柯克帕特里克走过一排停着豪车的车位，在一辆老旧的卡车前停下脚步，车身满是泥土，底漆几乎已全部脱落。“我们开这辆二十年的道奇车过去，这样不会引起别人的注意。”博伊德说道。柯克帕特里克嘟囔了几句，随后将背包甩进卡车后备箱里。两人坐进车内，将来复枪放到后窗玻璃的支架上，博伊德从车窗伸出一只手，对管家说，“最多四天我就回来了。”说罢，博伊德驾车离去。车辆转向北面行驶，博伊德伸手指着远处一排排密密麻麻的树林，对柯克帕特里克说道，“那里就是默木野的边界，没有公路进去，也没有公路可以出来，东北方向的两万英亩土地归属于一家造纸公司名下。我们从那里进去，尽量往里开，能开多远是多远，然后下车徒步。路途有点崎岖，可能要花点时间。”

“里面的猎物最好值得我们千辛万苦过来一趟。”

博伊德没有说话，可眼神里却闪着饥渴的光。柯克帕特里克的怒气还没有消退，不过这只是暂时的，毕竟他已经与博伊德签下了保密协议，这意味着他不得对外透露此次狩猎的地点。更重要的是，他无权直接购买这片地，也无权通过中介、代理或是其他法律途径购得。律师已经向柯克帕特里克阐明了违反保密协议后将要承担的巨额违约金。不过和博伊德一样，柯克帕特里克也对律师没有任何好感，他只享受狩猎的过程，因而并不打算违约。

四十分钟过去了，柯克帕特里克和博伊德开车来到了一条泥泞的小径，小径幽深狭长，前面有一道金属栅栏。“这里是造纸公司的地盘，你坐着别动。”博伊德下车，剪断锁链，打开栅栏，随后回到车上，开车驶上栅栏后的小径。“再往前开四英里，是另一条小径，转东，通向南边，我们最多只能开车到那儿了。”

“为什么我们要从北边过来？”

“因为沼泽地根本过不去。”

“你爷爷当年就可以啊。”

“那时候是冬天，沼泽都结冰了，跟现在不一样。”

博伊德一笔带过，没有再作解释，他没有提及每次当他从南边进入沼泽地时所看到的完全不同的景象；没有提及这片沼泽似乎每天都在发生变化，今日的干地到了明日竟会变成一片沼泽；没有提及眼前的道路会突然消失，甚至变成一个圈；也没有提及在这片沼泽里，甚至连指南针都完全失去作用。威廉·博伊德第三次从得以释放的黑奴旧址进入沼泽时，完全迷失了方向，他在沼泽里游走数日，差点饿死。当他终于重见天日时，浑身上下沾满泥土，身上有多处被蛇咬过的伤口，鲜血直流。柯克帕特里克无须知道这些，这只会致使他临阵脱逃。四周的树木密密麻麻，空气猛钻进卡车车窗，黄色的阳光犹如尖锥一般刺进丛林。博伊德开车穿过两条溪流，丛林缝隙间一双眼睛闪着黄色的亮光。

是一头白尾鹿。

并无什么特别。

很快，他们到达了博伊德所说的第二条小径，卡车转向东边，继续向前行驶了两英里。眼前出现一条小河，博伊德将卡车开到一棵大树下，说道：“只有猎人或者一些开车出来探险的小屁孩儿才会到这儿来，我们就把车停在这儿吧。”博伊德关掉引擎，“很少有人会到这么远的地方来。”

“有人走到比这儿更远的地方吗？”

“再怎么远都没有我们的目标地点远。”

“为什么？”

“第一是地形太复杂了，第二是约翰尼·梅里蒙生活在这里。这个镇子里大多数的乡巴佬都把他当成明星，觉得他是赫赫有名的幸存者，是反叛者，差不多把他当成工人阶级的英雄人物。虽然他曾经开枪射击了两名擅自闯入的美国佬，还曾经为此吃过牢饭，但这些乡巴佬对他还是很敬仰。即使是那些根本不关心这件事情后续的人也很尊重他的真性情和枪法。有传言说他百发百中，我并不是唯一被他射中的人。除了这两点以外，还有其他原因。”

“这话是什么意思？”

博伊德打开车门，说道：“你到时候就知道了。”

博伊德走在前面，柯克帕特里克紧随其后，他们走下公路，穿过丛林，来到一条绵延向南的山脉。时间过去了一个小时，丛林里寂静无声，头上的太阳光越来越强，四周突然传来动物鸣叫的声响。猫鹊、鹪鹩、哀鸽、红鸟和在浅滩沼泽的青蛙一同发出鸣叫，合奏出一首优美的交响曲。“那边是灌木沼泽，”博伊德指向前方，说道，“我们可以少走几十英里路，直接从那边穿过去，不过你可能会一直下陷到只剩上半身露在外面。”

柯克帕特里克喃喃自语了几句，两人继续前进，他们紧紧沿着山脉线行走，除非脚下有污水沟或陷阱挡住道路，否则丝毫不敢偏离方向。此时已是早上十点左右，气温持续攀升。“你还好吗？”柯克帕特里克嘴上装作没事，可早已是大汗淋漓。博伊德保持着行进的速度，道路转向东边，进入这片狩猎场最难以逾越的角落。“路从这里开始就变得难走了。”他们二人跳上乱石，山脊树木稀疏，一眼望去，可以看到南边的层层山丘和浅滩沼泽。柯克帕特里克和博伊德面前是层峦叠起的山脉，乱石嶙峋，看上去像是由碎裂的土地拼凑而成。“穿过这些山丘就是梅里蒙地盘的北边边界，到了那里，我们就沿着河的流向走。”

柯克帕特里克用双手遮蔽住被阳光直射的眼睛，问道：“难道就没有好走一点的路吗？”

“这么走确实要远一点，不过肯定没人会发现我们，而且我们也不会迷路。”

柯克帕特里克一脸怀疑，但他没有再多追问，这正合博伊德之意，他不想提及自己为了到达这里，曾使用过卫星地图，请教过地理学专家，也曾邀请过本地导游亲自带领他一路走到如此偏远之地。“加油，再过几个小时，我们就可以到达河边了。”

绵延起伏的山脉陡峭无比，一些地方的乱石犹如尖刀一般锋利。柯克帕特里克划伤了手掌，又在摔跤时划破了膝盖。持续不断的高温使得他的呼吸越来越急促。在长达五个小时的艰难跋涉之后，两人终于到达了河边。此时已是下午三点，柯克帕特里克精疲力竭，看上去像是一位体虚多病的老头，博伊德从未见过他如此模样。“来吧，来这儿坐一会儿。”博伊德找到一处阴凉地，扶着柯克帕特里克坐下。

柯克帕特里克大口大口地喝水，随后又将水倒入掌心，往脖子和脸颊不停拍打。“我不知道自己这是怎么了。”柯克帕特里克扯开衣领，胸膛上下起伏，“印度比这里更热，那儿的高温简直让人受不了，你还记得吗？”他再次拿起水壶，往嘴里猛灌，由于喝得太急，他咳嗽不止。柯克帕特里克的脸色非常难看。“不好意思了，博伊德，我以前可从来没有拖过你后腿，这次我真的不知道是怎么回事。”

柯克帕特里克和博伊德背靠在被大雨冲刷过的石头上，博伊德取下柯克帕特里克肩上的背包，说道：“不要想这些，保持匀速呼吸。”

“我总觉得有一股重量压在身上。”

“别胡说八道，哪来的什么重量？”

柯克帕特里克伸手按住胸口。“我都快不能呼吸了，我不明白这究竟是怎么了。”

博伊德明白这究竟是怎么了。“我们现在在梅里蒙家族的地盘上，一个小时之前就到了。”博伊德说。

“跟这个有什么关系吗？”

博伊德停顿了。

“怎么了？难道是你爷爷的那个故事？”

“你仔细想想。”

柯克帕特里克张开嘴，又立马合上。“我的上帝啊。”

“会消失的。”

“你也感觉到了？”

博伊德点头。柯克帕特里克试图站起身来。“我不能再继续了，”他说道，“我快不能呼吸了。”博伊德一把将他拉回地上，柯克帕特里克奋力挣扎，“这个地方不对劲，你不明白的。”

“我明白，你想从这里逃出去，你是不是产生了一种奇怪的感觉？像是一种声音，又像是一种无形的压力。”

“我感觉此时此刻有人就站在我身后。天啊，怎么形容呢？就好像是有一阵冰冷的呼吸，也像是有人在我的耳边轻声说话。”

“每个人感受到的都不一样，稍微等一分钟，冷静一下，这种感觉就会消失的。”十分钟过去了，博伊德本以为柯克帕特里克早已崩溃，可他竟慢慢平稳了呼吸，他冲着博伊德眨眨眼，内心的恐慌消失不见了。“你感觉好些了吗？”

“不好说。”

“保持呼吸，这种压力感会消退的。”

“你每次来的时候都会出现这种情况吗？”

“时有时无，有时候比现在还要更糟。”

“真是受不了。”柯克帕特里克双手支撑着身体，艰难地从地上站起，他往前走了几步，又再次退回到博伊德身边，怒气冲冲地说，“你为什么之前不告诉我？为什么不提醒我一下？”

“之前跟你说，你会相信我吗？”

“不会，想都别想。”柯克帕特里克坦言。

“你现在还能走路吗？”

“我又不怕，为什么不能走？”

“那就走吧，走这边。”

博伊德伸手指向前方，说道：“那是我们需要翻越的最后一座山，在它后面就是那条河，河边有一处很好的露营地。今天晚上我们先歇歇脚，明天再开始，没问题吧？”

柯克帕特里克没有回应。

“柯克帕特里克？没问题吧？”

“好了，别再问我了，你没问题，我就没问题。”

博伊德曾见过与此同样的自我防御，这是体格健硕的男人在感到惊惶之后的通常反应。柯克帕特里克此刻正处于危险状态，因此博伊德寸步不离地跟在他身边，扶着他爬上山丘，时刻观察他的体征变化。终于，他们到达了山顶。山下的河流在阳光的照射下闪闪发光，四周的泥地犹如一块块黑炭，河流向前奔腾，穿过幽谷，汇入巨大的沼泽。柯克帕特里克伸手擦拭脸上密密麻麻的汗珠，眺望远处的沼泽。“我完全不知道原来这片沼泽有这么大。”他不禁惊叹，声音极其微弱。

沼泽一望无际，四处杂草丛生，黑色的河水在泥地间安静流淌。“在我们脚下，自东向西的这二十英里就是默木野，一共有三千英亩。”

博伊德指向默木野，柯克帕特里克仔细观察，一言不发，不时转头思索沼泽外的无人深渊。“看起来比想象中的更有生机，有很多植物。”

“更有生机，也更稠密。”

“什么意思？我没有听明白。”

“你等下就会明白的。”

博伊德带着柯克帕特里克退回丛林，两人在那里支起帐篷，吃完了随身携带的干粮。此时，太阳已快落山，光线越来越微弱，博伊德再次向柯克帕特里克提出了同样的问题：“你没事吧？”

柯克帕特里克冲博伊德摆摆手，示意不用担心他，可博伊德知道，他已体力不支。柯克帕特里克的脸色比之前更加苍白，表情痛苦万分，面容憔悴。“我们能生火吗？”柯克帕特里克问道。

“今晚不行，这里太不隐蔽了，容易被人发现。”

“就生个小火。”

“柯克帕特里克，看着我，”柯克帕特里克的眼神左右游移，却始终没能和博伊德对视，“你现在还感觉得到吗？”

“感觉不到，感觉得到。”

“更严重了吗？”

柯克帕特里克按住太阳穴，不停揉搓，回答道：“我没事。”可他的双手没有丝毫血色。

黄昏时分，柯克帕特里克的情况似乎更糟了。博伊德递给他一条蛋白棒和一瓶水，可他一掌将其打翻在地，他走到河边，死死盯着前方的沼泽，眼神空洞。博伊德走到他身边，两人就这样肩并肩站立了许久。太阳缓缓落下山头，沼泽被夜色笼罩。柯克帕特里克憔悴不已，眼里布满血丝，终于，他开口打破沉默。

“你来过这里几次？”

博伊德盯着眼前密不透风的丛林和在月色中闪闪发光的河水，回答道：“一共来了五次，有三次是我自己来的，其余两次是和客户一起来的。”

柯克帕特里克双手压在胸膛上，问道：“有人半途折返吗？”

“从这里折返吗？没有。”

柯克帕特里克轻轻点了点头。“我昨晚做了很多噩梦。”

“是什么噩梦？”

“我不记得了。”

他一定是在撒谎吧，博伊德心想。柯克帕特里克站立的姿势异如往常，脸上是藏不住的脆弱和害怕。“好了，别胡思乱想了，”博伊德将手搭在柯克帕特里克的肩膀上，安慰地说道，“好好睡一觉，明天早上起来吃顿美味的早餐就没事了。”

然而，并非如此。

又是艰难的一天。两人迈步踏入泥潭的死水中，柯克帕特里克呼吸急促，不停喃喃自语，他无法直起腰来，仿佛除了肩上沉重的背包以外，还有一股无形的重量狠狠压在他身上。博伊德想要回头扶他前进，可每每停下脚步，柯克帕特里克便会冲他怒吼：“别为了我停下来，妈的，我没事，我可以走。”

柯克帕特里克和博伊德两人在沼泽里艰难跋涉了一上午，时间一分一秒过去，柯克帕特里克越来越体力不支。他总是摔倒，有一阵，他竟站在原地一动不动，脸上爬满虫子，双脚已经下陷足足十二英寸，可却毫无知觉。博伊德拽着他爬出沼泽，继续在地面上行走。“我们等会儿就停下来休息，前面有一个很不一般的地方。”

“我说了我没事，不用休息。”

然而，他并非没事，他不肯喝水，且眼神呆滞。

时间已经过去两个小时，博伊德拨开面前密密麻麻的藤条，一片如同城市街区一般大小的空地赫然出现在眼前。“这里是营地，我们就从这里开始。”博伊德放下自己的背包后，又帮着柯克帕特里克取下他肩上的背包。“快坐下，别又摔倒了。”

“在这里感觉更糟。”

“快坐下吧，别乱想。”

博伊德搭好帐篷，拾捡木柴，柯克帕特里克站在原地，一声不吭。一切就绪后，博伊德拉起柯克帕特里克的胳膊，强迫他坐下。博伊德抬头看向天空，估算着时间。“我们现在需要去寻找一些标志性的东西，设一些路标，你还有力气跟我一起去吗？”柯克帕特里克没有回答，博伊德叹了一口气，继续说道，“好吧，你听我说，有两条路通往沼泽深处，一条朝南，一条朝西。我往南边那条路走。那条小路就在那儿，在那棵梧桐树后面。”

“我不想再继续了，我想回去。”

“你能不能别这么畏畏缩缩的？”

“无论我们感受到的是什么，这种感觉现在已经越来越严重了。”

博伊德摇头。

“别想骗我，博伊德，我知道你也感受到了，你的表情已经出卖你了。”

“是啊，我感受到了，那又怎么样呢？只是空气或者其他什么鬼东西罢了，这不是真实的。”

“周围好冷啊，你冷吗？”

“天啊，真是受不了了。如果你整理好了，我就在那条路上，”博伊德背起来复枪，开始往前走，“你要是没有胆量的话，那就今晚再见了。”

柯克帕特里克看着博伊德逐渐远去，钦佩他的勇气，此时的他仿若一根即将燃尽的火柴，垂死挣扎。尖锐、沉重、空洞，四周的一切压得人喘不过气来。柯克帕特里克看向树丛之间的缝隙。

空空如也。

可这种空洞却有千百斤重，紧紧挤压在柯克帕特里克四周。五十年的风雨兼程，柯克帕特里克只有一次感受过这般绝望与无助。他的母亲嗜酒成性，在他出生的那天早晨，天色朦胧，母亲狠心将他遗弃在拖车内，旁边躺着死去丈夫的尸体，她得意于自己的事后聪明，没有丝毫留恋与犹豫。柯克帕特里克一出生便没有父亲，他没有受过家庭教育，也从未得到过父母疼爱，可他没有一蹶不振，而是拼命活着。三年级时，他便辍学外出打拼，在十二岁那年成为一名煤矿工人，半年后，他开始涉足盗窃行业，专门窃取他人车辆。他偷窃、说谎、耍心机，十三岁那年，他第一次在酒吧与人斗殴。一周后，柯克帕特里克的母亲去世，他将母亲的遗体埋葬在后院中，之后在沙砾坑与警长助理赤手空拳搏斗，抢走了其装有一千两百美元的钱包。这些都是成就如今的詹姆斯·柯克帕特里克的经历。之后的那些年，他在丛林生活过，经历过公司倒闭，也有过打架斗殴。只要是他想要的，就没有得不到之说，倘若对方有血有肉，他便会狠下杀手。在柯克帕特里克的世界里，从没有他无法攀越的高峰，即便是此刻，精疲力竭的他也仍认为自己没有走到绝路。

就在此时，那团空洞突然移动了。

柯克帕特里克仰天大笑，听上去却更像是被人扼住了喉咙。

那是一道光，是一层阴影。

它再次移动，周围是灰蒙蒙的一片，可这道光显得格外灰暗。它沿着丛林向柯克帕特里克猛冲过来，当它在距离柯克帕特里克十步之遥的地方突然停下时，他紧闭双眼，脑海里回想起儿时的情景，他躺在灯光昏暗的拖车内，孤独无助。

四周沙沙作响。

是呼吸声。

柯克帕特里克转过头，脸上仿佛被什么东西电了一下，他不敢睁眼。一股发霉的腐臭味扑鼻而来。“求你了，不要杀我，我不该来的，对不起。”

周围的一切忽然静止，柯克帕特里克暴露在那道光面前，没有丝毫防备。它可以挖出他的双眼，掏出他的心脏，抑或是扼住他的喉咙。柯克帕特里克曾见过在手术过程中完全清醒的人，而今的这一刻与那时如出一辙——麻痹，昏沉，任由一双陌生的手在自己体内搅动，无力抵抗。

此时，突然传来一声枪响，那道光迅速朝枪声的方向追逐而去，柯克帕特里克死里逃生。

枪声横冲直撞，穿过丛林，在山林间逐渐消失，柯克帕特里克全身战栗。他知道这个声音，是三〇八口径温彻斯特步枪的声音，就在半英里之外。那一瞬间，仿佛有什么东西在灼烧着柯克帕特里克的脸颊，令他痛不欲生，他感受到了那团空洞的暴怒。柯克帕特里克惊声尖叫，忽然，它离开了。

四周空空荡荡。

寒冷也消失了。

柯克帕特里克很清楚，它去了那条通往南边的小路。

博伊德就在那条小路上。

他的朋友即将身陷险境。

柯克帕特里克整理好情绪，挣扎着站起身来，内心矛盾不已，曾经那个不惧一切的他和此刻这个胆战心惊的他僵持不下。他想前去提醒朋友，也想立马转身逃离。他苦苦挣扎，甚至开始啜泣，就在那一刻，他做出了决定。他踉踉跄跄地走到那条通往南边的小路前，前进是粉身碎骨，后退是无耻背叛。

此时，耳边传来博伊德的尖叫，柯克帕特里克循着叫声疯狂跑去。

柯克帕特里克沿着小路向前狂奔，内心的软弱在此刻完全消失不见。他可是那个从不退缩，永不言弃，也从未输过的詹姆斯·柯克帕特里克。柯克帕特里克重新找回迷失的自我，他沉浸在愉悦中，丝毫感受不到脚下颠簸的道路，也感受不到在他喉咙里来回搅动的空气。他是个顶天立地的男人，而此刻，他的朋友受伤了，甚至或将死亡，所以他加快步伐，拼命奔跑。短短几分钟，柯克帕特里克竟跑了半英里，他绕过弯道，眼前的一切使得他内心的强大在转瞬间分崩离析。他对世界的认知，对自我的期许，在顷刻间崩塌。

眼前的沼泽地上杂草丛生，水流被黑色晕染，闪着亮光。水流上方，博伊德被那看不见的力量钉在无形的十字架上。他身体悬吊在距离水面十英尺高的半空中，伸展的四肢被死死钉住。博伊德全身上下没有任何东西，没有钉子，没有木头，也没有大火，但柯克帕特里克发誓，他是在承受同耶稣一样的酷刑——全身被牢牢钉在十字架上。鲜血从博伊德的手掌和双脚奔涌而出，他双眼通红，眼泪飞溅。一股难以承受的重量狠狠压在博伊德身上，刺进他的眼窝，拧断他的骨头，他剧痛得大声尖叫。柯克帕特里克努力想找到它，可却无能为力，他只看见一把来复枪、一具中枪的野猪尸体和一片令人窒息的泥土。

“威廉·博伊德。”

柯克帕特里克一遍遍张开双手，又握紧拳头，不知所措。

“威廉，天啊。”

这一次，博伊德听到了柯克帕特里克的呼喊，他停止尖叫，缓缓张合双唇。“杀了它。”

鲜血从博伊德的眼里喷射出来，顺着下巴滴落。

“詹姆斯·柯克帕特里克，快杀了它。”

柯克帕特里克弯腰捡起地上的枪支，打开枪膛，装入子弹。他抬眼寻找，可它快人一步。原本平静的水面上泛起涟漪，一束微光拨开草丛。随之而来的是熟悉的寒冷，眼前仿佛出现一张脸。它露出邪魅的微笑，灰色的空洞是它的双眼，眼里漆黑一片，它移动眼球，似乎在嘲弄着柯克帕特里克。它无所不知，知道柯克帕特里克的过往，也知道他的悔恨、害怕，和那些不为人知的失败。它直入柯克帕特里克的内心，挖掘出他母亲去世的真相，她不是受病魔所害，而是死于一个沾满口水渍的枕头和她亲生儿子强壮的双手之下。它知道柯克帕特里克有多么希望她去死，又有多么害怕面对事实；它知道她怎样用酒精麻醉自己，怎样苦苦恳求；它知道接下来小男孩的内心挣扎不是关乎金钱，也不是关乎尊严，而是关乎他亲手杀掉母亲的恐惧，关乎他将要独自过上千疮百孔的生活的绝望。

“不，不是这样的。”

枪支从柯克帕特里克无力的双手间滑落。他曾经厌恶过她，也深爱过她。是她请求他那么做的。

“可你自己也想要……”

“别说了！”

柯克帕特里克蒙住耳朵，可那阵声音深入他的体内，像是曾经的那个小男孩。

“你讨厌她身上的酒精味，讨厌她的声音，讨厌她喝醉后抚摸自己的样子……”

“别再说了！我让你别再说了！”

然而，它非但没有停止，反而愈演愈烈，声音在柯克帕特里克的四周围绕，刺进他的心脏，伴随着阵阵笑声。“逃跑吧，小男孩，跑吧。”

柯克帕特里克最终还是逃跑了，远离朋友博伊德，也远离不堪回首的过往。身后再次传来博伊德撕心裂肺的尖叫，柯克帕特里克没有停下脚步，直至尖叫声永远消失，此时只剩下他自己的呼吸声和啜泣声，还有一个在他脑海里久久回荡着的声音。那是他自己的声音，它在说着：“你根本不配做儿子，不配做男人，也不配做朋友。”

第十二章

约翰尼早在枪声响起之前便知道有人闯入了默木野，那种感觉就像是有人在触摸他的身体，类似情况时有发生，那是对于入侵的特殊感知。在枪声响起之前，约翰尼只知道有人入侵，而这声枪响则准确地告诉他入侵者所在的方向和距离。

三英里之外。

西北方向。

在山脚下。

约翰尼取下挂在墙壁上的枪支，快速朝入侵者的位置冲去。他穿着牛仔裤，赤脚奔跑在凹凸不平的泥地上，轻快且迅速。约翰尼放慢速度，看到一具男尸躺在地面，他蹲伏身子，仔细观察着尸体所在的位置。尸体流淌的血液还有余温，一群飞虫在其上方围绕。男子全身扭曲，一部分身体淹没在水里，另一部分则躺在茂密的杂草里。约翰尼总觉哪里不对劲，尸体手臂弯曲得异乎寻常，肩膀和臀部似乎完全跟身体脱节。尽管男子脸上鲜血淋漓，可约翰尼还是认出了他。

是威廉·博伊德。

约翰尼站到威廉·博伊德的尸体旁，他全身骨头被拧成螺旋状，内脏器官完全碎裂，牙齿死死咬住鲜血直流的舌头。约翰尼转过身去，感到一阵恶心。他曾看见过尸体，也经历过血腥场面，可却从未如此次这般残暴，他从未有过这种感觉。威廉·博伊德的双眼被揉成浆，身上某些部位的骨头碎裂成块。

约翰尼强忍住恶心，仔细观察博伊德旁边被枪击中的野猪。泥土里留下很多脚印，其中一大部分与博伊德的脚部大小吻合，而另一部分则是另外一名男子留下的，从脚印判断，他身形高大，足弓偏高，且步幅较大。他沿着一条小路跑到这里，又原路跑回，从步幅来看，他当时一定是疯了似的拼命奔跑。

约翰尼伸手触摸地面上的脚印，不知该继续追踪逃跑的男子，还是该留下研究博伊德的死因，他陷入两难。往东大概半英里的方向，草原狼发出阵阵嚎叫，风吹往嚎叫传出的方向，夹杂着血腥味，其他好食腐肉的动物也在逐渐靠近：秃鹫、负鼠、鹰、乌鸦、臭鼬，就连水里的鳗鱼也蠢蠢欲动。倘若约翰尼就此离开，博伊德和野猪的尸体很快便会被啃食精光。

“妈的。”

约翰尼猛然想起一个更严峻的问题：威廉·博伊德是在他的地盘丧命的，这是一个棘手的大问题，约翰尼别无选择，他必须前去追踪另一名逃跑男子。

约翰尼将博伊德从水中拖出，用杂草遮盖住其面部，尽力整理尸体。然而，对于草原狼而言，这样做并无多大区别，尸体仍然在那儿，它们仍可以饱餐一顿。

处理好一切后，约翰尼开始沿着男子留下的足迹追寻。

脚印一路指向北边的河流，清晰可见，约翰尼无须费尽周折，直接沿路寻找。很快，他发现了一处营地，经过一番仔细搜寻，他找到一些剩余弹药和装备，却没有看见枪支，这意味着逃跑的男子随身携带武器，因此约翰尼更加小心翼翼。他不需要抓住这名男子不放，可至少要知道他究竟是谁。

这是为了应对警方。

是为了更好处理之后的麻烦事情。

约翰尼沿着足迹爬上山丘，走了一英里后到达小河边，足迹出现在河流上游。约翰尼在水流转向的地方转弯，站在距离谷底三百英尺高的秃石上，向下俯视。逃跑男子就在下面，他疯狂逃窜，不慎摔倒，手中的来复枪掉落地面，他急忙上前捡起枪支，继续狂奔，然而又一次跌倒。他再次起身，动作缓慢，迟疑不决，即便是站在距离如此远的地方，约翰尼仍旧能看到男子脸上的血迹。他好像在自言自语，又好像是在大声吼叫。约翰尼一路看着男子沿着河流拼命逃跑，直至男子的身影消失在山丘背后。

此后，约翰尼不慌不忙地朝男子奔跑的方向走去。

他知道男子要跑去哪里。

里昂站在吧台后，远处，一名白人男子跌跌撞撞地从灌木丛中走出。他身穿一身猎手服，却没有将枪支拿在手中，而是拖拽着，枪口朝下，在其身后的地面划动。男子先是从一排河边桦树中跑出，随后跳入一条沟壑，奋力扑向另一边。尽管距离遥远，可里昂仍觉得这名男子极不对劲，他一瘸一拐，全身裹满泥土，身上血迹斑斑。里昂刚刚喝过酒，所以他再三眨眼，反复确认眼前的这名男子是否为自己的幻觉。

确实在远处，确实是一名白人男子，确实仍在走路。

里昂没有看错。

男子跌倒，又站起身来。

里昂快速扫视一眼酒吧内外，屋外的桌子上有几位喝酒的客人，一些常客站在马蹄形的凹坑边闲聊。“阿尔文。”里昂解下围裙，朝着屋内唯一的客人伸手示意，“帮我看着吧台。”

“对我有什么好处？”

“你可以免费喝一杯酒。”里昂拿出一瓶最便宜的威士忌，放到吧台上，目不转睛地盯着远处的白人男子。“喝两杯吧。”

里昂将围裙扔到结账台上，擦拭吧台，随即走出酒吧。火辣的太阳悬挂枝头，刺眼的阳光犹如一记重拳，砸在里昂身上。他抬手遮住眼睛，看向几百米之外的男子。

男子又一次摔倒，这次，他没有起身。里昂叹了一口气，随后慢慢向前，在确认林木线和河流没有异常之后，里昂缓缓靠近摔倒的男子身边，他向来厌恶白人，也厌恶枪支和擅自闯入这里的人，他放慢脚步，在男子附近停下。男子面部朝下，几乎神志不清。里昂蹲下身子，悄悄拿起枪支，将其移动到安全的位置。此时，男子依旧没有任何反应，里昂将他翻过身来，男子突然一阵抽搐，看似已经折断的手臂不停摆动，并大声嘶吼着。

"嘿，你没事吧？"里昂问道。

男子受伤严重，划伤和抓痕遍布全身，他双目无神，眼珠向上翻起。据里昂判断，男子一定是在某个道路坎坷的地方快速奔跑了数十英里，才会这般模样。男子看上去五十多岁，全身衣服被撕烂，嘴唇上满是裂口，手上戴着名贵手表，所携带的枪支同样价值不菲。

"你能听见我说话吗？你叫什么名字？"男子嘴唇缓缓张合，声音微弱得几乎听不见。里昂只好俯身靠近男子嘴边。"你说什么？再说一遍。"

"十字架刑，十字架刑。"

"我听不懂你在说什么。"

"他被钉在十字架上了，我的上帝啊。"

"是的，没错，耶稣的确是被钉在十字架上了。"

里昂直起身子，他可不想给自己惹麻烦。

"需要我打电话叫警察吗？"

此时，阿尔文忽然出现在里昂和陌生男子身后，问道。里昂露出不悦的神情。"我让你帮我照看一下吧台的，你怎么出来了？"

"是啊，你是让我帮忙看着吧台，可是你只给了我两杯酒啊，很快就喝完了。"

里昂站起身。他不愿让警察出现在他的地盘，也不愿接受任何审问。

“这个人到底是从哪里来的？”阿尔文问道。

“我也不知道。”里昂看向前方的树林，似乎有人正朝这边走来。“妈的。”

约翰尼·梅里蒙裸露上身，携带着一把枪，赤着脚迎面走来，面无表情。“你好啊，里昂。”

里昂冲他点点头，说道：“我猜你应该知道这是什么情况吧？”

“知道一点，但不是特别清楚。”

“你的衣服呢？”

“我本来没打算出门见人的，所以也就没穿。”

“那你打算开枪打死你不小心见到的人吗？”

里昂言语讽刺，约翰尼置之不理，他俯身蹲到摔倒的男子身旁，检查他的双眼和颈动脉，确认其有无生命体征。

里昂指着地面上的男子，说道：“他的手臂好像骨折了。”

“他摔倒了好多次，而且摔得都不轻。他说了什么吗？”

“说了，他说耶稣被钉在十字架上。你知道他是谁吗？”

“不知道。”

“那你为什么要跟着他？”

约翰尼起身。“这件事比较复杂，三言两语说不清楚。”

“是有点复杂还是非常复杂？”

“这么跟你说吧，他现在受伤严重，意识不清，而他还有一个同伴，尸体就躺在沼泽地里。”

约翰尼边说边伸手指向沼泽方向。里昂出了一身冷汗，他想起那些人们闭口不谈的历史，想起在儿时，年迈的爷爷用力抓住他的手腕，痛得他差点哭出声来，他从未见过爷爷如此严肃的表情，爷爷对他说：“离那片沼泽远一点，绝对不允许踏入半步，不然的话，我会打到你真的哭出来。”

“你没事吧？”约翰尼问。

“是魔咒。”

“确实是让人疯魔的一件麻烦事。”约翰尼将手搭在里昂的肩膀上，“我需要用一下你的电话。”

一小时后，一名警长、三名警官、两名医护人员和约翰尼的继父克莱德·亨特纷纷到达现场。克莱德的警徽在这个镇上最偏僻的角落没有丝毫用武之地，不过他和前来办案的警长倒是渊源不浅。多年来，两人一直互相厌恶，最后终于得以彼此尊重，勉强和平相处。可是，一旦约翰尼说出威廉·博伊德的名字，即便有再多的尊重也无法帮助他摆脱麻烦。

“我需要知道约翰尼为什么会带着一把枪追踪受害者。”

警长一边说，一边看向约翰尼和里昂所站的方向。此时，克莱德开口说道：“威拉德，你听我说……”

警长威拉德打断道：“别跟我套近乎，克莱德。我知道他是你的继子，我也知道你想保护他，但我绝不会只凭他的几句话就让我的人在大晚上跑去那片沼泽地，我需要知道更多细节。他说有一个男人死在沼泽地里，可是我目前还没有进一步证实。”威拉德指向一旁的救护车，医护人员正在抢救受伤男子，“这名男子受伤严重，神志不清，我们现在甚至连他是谁都还不知道。”

“给我一点时间，好吗？”克莱德冲着其中一名医护人员招手，示意他前来。“这名男子目前是什么情况？”

“五十多岁，身形匀称。其中大部分是表面擦伤和割伤，手臂骨折，可能是摔倒导致的，也可能是出于自我防御而……”

“自我防御？”威拉德打断医护人员的话询问道。

“伤者有可能是不小心摔到石头上了。也有可能是某人袭击了他。不过这都只是我的个人猜测，事情真相还需要等到病人清醒之后才知道。”

“他还说了其他有用的信息吗？”

“他一直在念叨冷和什么十字架刑，完全让人一头雾水。除此之外，他脸上也有伤，”医护人员伸手摸了摸柯克帕特里克的脸颊，继续说道，“我知道你们可能会觉得很不可思议，但据我判断，这应该是冻伤。”

“这么热的天气待在沼泽地里，竟然会有冻伤？”

“警官，我做医护人员很多年了，我很确定这就是冻伤。”

说罢，医护人员转身回到救护车旁，继续救治受伤男子。威拉德摘下帽子，挠挠头，转头看向约翰尼。“克莱德，我以前的确逮捕过约翰尼一次，你肯定觉得我是主观上不愿意相信他说的话。不过我们先暂时抛开我跟他之间的恩怨不谈，即便是我从来没有逮捕过他，也很难不怀疑他的精神状况是否正常。镇子上的人们总是对他的经历议论纷纷，他在那么小的年纪就失去了自己的爸爸和亲妹妹，大家都很好奇这么惨痛的经历会把他变成什么样的人。”威拉德双手挤压帽子，继续说道，“他一个人住在那种荒无人烟的地方，还坐过牢。一方面，我觉得他是危险人物；另一方面，我觉得他简直就是疯狂的蝙蝠侠。你我两人都是警察，所以现在我以警察的身份问你，我能相信他所说的话吗？”

“他说有人死在沼泽地里，那就一定有，你应该派人去找。”

“你确定吗？”

“约翰尼在这种事情上绝对不会撒谎。”

“好吧，我也是这么想的。梅里蒙先生，请你过来一下。”威拉德提高音量，把约翰尼叫到跟前。威拉德已经询问过约翰尼关于沼泽里那具尸体的详情，约翰尼的回答冷漠粗鲁，一如既往。一部分原因是由于两人之间不愉快的过往，另一部分原因则是出于约翰尼的天性。他的行为完全无法预知，言语难以让人信任，且对入侵者向来态度强硬，这种现状令威拉德对此后的事情担忧不已，尤其是在夜晚时分进入一片漆黑且令人谈之色变的荒野之地，着实让他心生顾虑。“约翰尼。”

“警长你好。”

“听镇上的人说，你对那片沼泽了如指掌，是真的吗？”

“是真的。”

“那你能带我去找你所说的那具尸体吗？”

“可以。”

“即使是在晚上，你也认得路？”

“别说是在晚上了，就算是要我闭着眼睛，我也能认得路。”

“直升机可以进去吗？”

“进去是可以，但是没办法降落。”

“这么说，我只能靠你了。”

“如果你想在食腐动物啃光死者的骨头之前运出尸体的话，那可能只有靠我了。”

“天啊，情况真是越来越乐观了。”

“事实上，我觉得情况是越来越糟了。”

“小子，”威拉德突然暴怒，“如果你有什么事情瞒着我的话，最好现在马上告诉我。”

约翰尼转头看向继父克莱德。“我能和你聊两句吗？”

“克莱德……”

“威拉德，给我们父子俩一点时间。”克莱德带着约翰尼单独走到一边，约翰尼开口说出了刻意隐瞒的细节。

“死的人是威廉·博伊德。”

“你说什么？”

“情况很糟糕，我知道。”

“糟糕根本不足以形容。你和他之间有过节，你曾经十一次朝他开枪……”

“所以我才没有把死者的身份告诉警长。我想让你过来……”

“我的天啊。”

“很糟吗？”

克莱德焦虑地拨弄着头发，威拉德站在不远处，目不转睛地盯着两人。“你确定是博伊德吗？”

“确定。对不起，我知道这件事情很麻烦。”

“告诉我究竟发生了什么。”约翰尼将整个事件经过重复了一遍，从他听到枪声，到他顺着声音找到尸体，再到他沿着足迹跟踪受伤男子，一字不差，句句属实。“没有了？说完了？这就是整个事件经过？”克莱德不可置信地问道。

“是的，这就是事件全部，我跟警长也是这么说的。”

克莱德踱步走开，随即又转身折回。“威拉德不可能忽略你跟博伊德的过往，他不会，也不能。”

“我打电话叫他来的时候就已经预想到这件事情会很麻烦。克莱德，你听我说，我没有做错任何事……”

“你应该请一个律师。”

“可我并没有做错什么啊。”

“孩子，你做没做错事根本不重要，你还不明白吗？”克莱德来回踱步，思考着妻子得知这件事后的反应，他一向对约翰尼视如己出，而今约翰尼很有可能再一次面临拘捕。

“我们必须马上出发去找尸体，不然的话，尸体会被食腐动物吃光的。”

在默木野徒步行走了两个小时后，威拉德依然神经紧绷。“他本来是没有必要告诉我们这件事的，他完全可以把尸体留在那儿，坐视不管。”克莱德说道。

“我现在很累，没有精力跟你谈论这个话题。”威拉德回答道。

每个人都已是精疲力竭。在约翰尼提出要威拉德跟他一起步行进入默木野寻找尸体后，威拉德磨蹭了足足一个小时，他在等待更多警务人员的到来，而他给出的理由极其直白：“我现在要跟梅里蒙先生一起进入沼泽寻找死者尸体，不过我需要更多人手，不要问为什么，都给我过来。”

威拉德态度强硬，其手下个个满脸不快，甚至连法医都一脸愤恨地斜眼看向约翰尼。

“威拉德，你听说我……”

“你他妈给我闭嘴。”

克莱德没有再说话。威拉德与约翰尼势不两立，克莱德也不例外，而这场跋涉更是加深了他对这父子俩的怨恨。脚下全是碎裂的乱石和肮脏的稀泥，扰人的昆虫撕咬着除了约翰尼以外的每一个人。

“营地就在前面。”约翰尼拨开藤条，所有人跳上地面，“我之前搜查过这里，没有什么有用的信息。”

“你破坏了我的现场？”

约翰尼将手电筒光对准威拉德的脸，回答道：“我没有破坏任何东西，我只是进去检查了一下。”

“小子，我警告你，你最好别用手电筒照着我的眼睛。”

约翰尼左右晃动手电筒，然后压低，说道：“再往前走半英里，尸体就在那里。”

警长威拉德留下两个手下搜查营地，接着带着其余人跟随约翰尼继续深入沼泽。今晚的一切令约翰尼难以忍受，他厌恶这些人发出的噪音，厌恶他们对默木野的嫌弃，也厌恶他们的愚昧无知。即便是窃窃私语，约翰尼也能听得一清二楚。

“真是个鸟不拉屎的鬼地方。”

“居然有人会住在这里？一定是疯了吧。”

“你还好吗？”克莱德问约翰尼。

约翰尼没有回答。“你还好吗？”约翰尼回问道。他感受到了克莱德内心的反感，此时，警员口中那些不敢明目张胆提出的疑问再次传入约翰尼的耳朵。

“明明这么年轻，为什么会选择在这里生活？”

“我看他一定是精神不正常吧？”

“你要找的尸体就在那儿。”

约翰尼走到空地边，将手电筒照到威廉·博伊德的残尸上。一群秃鹫扇动翅膀，飞到半空。尸体旁食腐动物的眼睛在手电筒的照射下闪着黄色的光。

“我的上帝啊。”

大家陆续赶来，更多的手电筒光照到尸体上，一群食腐动物龇牙咧嘴，享受着血腥盛宴，一名警官在一旁呕吐不止。警长威拉德大声呵斥道：“走开！都走开！”他挥舞手臂，只有几只鹰惊吓得飞向空中，草原狼毫无反应，它们露出黄色的尖牙，满嘴鲜血，其中一只甚至仍在进食。威拉德拿起手枪，朝着离尸体二十英寸外的泥土里开了三枪，听到枪声后，草原狼逃窜到一边寻找庇护，威拉德长舒一口气。“好了，你们几个上前看看尸体究竟被毁成什么样了。”

尸体早已残缺不全，两名警官见状忍不住吐了出来，就连法医也恶心得捂住嘴巴。“大家忍耐一下，多拿几个手电筒过来，尽快完成我们的任务。汉金斯，马丁内兹，你们两个过来。”所有手电筒光全部照射到威廉·博伊德的尸体上，威拉德蹲到尸体旁边，尸体面部已经被吃掉一大半，不过尚能判断其身份。“的确是博伊德。梅里蒙先生，你发现尸体时，就是这样的吗？我的意思是，除掉被这些食腐动物吃掉的那一部分，你发现尸体的地点，以及当时死者所穿的衣物和死者的姿势，跟你最初发现的时候有什么不一样吗？”

“我移动过尸体。”约翰尼回答道。

“你说你干了什么？”

“我找到他时，他的双腿都泡在水里，那些血迹只会引来更多的食腐动物，我只能把他的双腿从水里移出来，有什么不对吗？”

“这是你第二次破坏犯罪现场。”

“是第二次我做了该做的事。如果再加上给你打电话的话，那就是第三次。”

“这样吧，”威拉德起身，试图用高大威猛的体形恐吓住约翰尼，“你干脆给我站到一边去，别妨碍我做事。”

“这里没我什么事了是吧？”

“小子，你的事还在后面呢，我先处理犯罪现场，再来处理你的事。”

“你已经找到了尸体，完事后，你可以带着你的人自己原路返回。”

“我还有很多问题要问你。”

“我没有你要的回答。”

“站到一边去，等着。”

“我被逮捕了吗？”

“滚一边去！马上！”

大家纷纷把目光投向约翰尼，他努力克制住内心的怒火，神色平静。约翰尼转身走到一边，克莱德也跟了过来。“我到底有没有被逮捕？”这是约翰尼唯一关心的问题。

“没有，你没有被逮捕，但你尽量不要激怒威拉德。我会尽我所能地帮你，不让事态复杂化。”

克莱德满怀好意，不过，只有约翰尼知道究竟什么才能不让事态复杂化——平和、安静，还有他双手触摸默木野的温度。约翰尼感恩于克莱德对他的真切关心，他站在原地，停留了一会儿，然后如幽灵一般，迅速窜入无边的黑暗中。

当大家回过神来时，约翰尼已远在一英里之外。

第十三章

诺大的城市，灯火辉煌，高楼耸立。克里躺在舒适的大床上，梦境里依旧是那片沼泽，没有卧室，没有床铺，没有胶合板门，也没有城市里的五彩霓虹。她蜷缩在一个狭小的空间里，无法动弹。四周漆黑一片，空气里散发着腐木、泥土和死亡的味道。倘若她稍一移动，狭小的空间便会继续压缩。克里张开嘴，泥土不断往里渗，直至喉咙被哽住。在睡梦中，克里大声呼喊，可梦里的一切太过真实，她无法醒来。远处传来雨声，日月变幻，四季更迭，空气里的温度上下起伏。克里躺在泥土里，与大地融为一体。渐渐地，她的身体缓缓上升。

在半空中，克里向下俯视，脚下是那片沼泽，却没了往日的模样。她看见奴隶们拥挤在沼泽地上，大火升起；她看见那些生于此、卒于此、埋于此的人们，看见背脊宽厚的男人，看见那些臀部丰满、体形健硕的女人，她们手中抱着的孩子哭闹不止；她看见人群的疾苦和欢愉，看见菜园与猎物，看见恐惧与失败，看见那些始终对不可告人的秘密守口如瓶的老女人们。克里看见了这一切，可它却犹如一场泡沫，转瞬即逝，只留下空洞、孤独、渴望。梦境愈演愈烈，将她猛推向丛林，漂流于死气沉沉的河水之上，恐惧在她身体里蔓延，那么真实，那么透彻，那么令人无力还击。她再次大声呼喊，那一瞬间，远处的黑暗中传来声声低语：

“疼痛是必须付出的代价。”

“外婆。”

克里张开嘴，泥土再一次钻进嘴里。

“这就是历史，这就是生命。”

“不是的，这不是，历史和生命绝不是这样的。”克里叫道。

同样的梦境出现在无数个辗转难眠的夜晚。如今，内心的恐惧愈发咄咄逼人，克里又一次在睡梦中叫出声来。外婆的声音出现在睡梦中，也出现在她的真实生活里，过去和现在不断交叠碰撞，未知的一切若隐若现。克里压制住内心的恐惧，向下俯视。沼泽被笼罩在一片黑暗里，可她仍然看见了站姿笔直的警察，也看见了再也无法动弹的尸体。一名男子死了，死得痛不欲生。克里梦见了他被生生折断的骨头和撕心裂肺的尖叫。不过，梦境里也不尽是可怕和恐慌。克里看见在人群以外的地方，有一名男子，是约翰尼·梅里蒙。他在离人群一英里以外的地方，朝着东边行走，轻轻哼唱着小曲，身旁跟着一道柔和的光。

克里从睡梦中惊醒，梦境的画面停留在脑海里，挥之不去。她睁开双眼，窗外是一片万里晴空，马路上车水马龙，引擎声和喇叭声此起彼伏，整个城市散发着一股金属和柴油的味道。克里的头一阵剧痛，不过这已是常态。每每梦到那片沼泽，克里总会在醒来后感觉头痛欲裂。

“妈。”克里懒散地叫了一声。此时，梦里的画面开始逐渐模糊，恐惧也随之远去。很快，这些画面便会如同陈年的墨迹一般，一页一页褪色，一篇一篇凋零。在克里看来，这又是无数次乱七八糟的梦境之一罢了，她想摆脱，想逃离，不想梦见自己被活埋，不想看见人群的恐慌，也不想看见被生生扒皮的尸体。唯一让她感到欣慰的是，在梦境中，偶尔能够听见外婆熟悉的声音。她想起那段与外婆一起生活的时光，她们促膝长谈，分享最简单的快乐，不过那已是多年以前。克里害怕自己某天会忘记外婆的面容，忘记和她相处的感觉，忘记她像树皮一样干皱的皮肤。

克里起床，穿上T恤和牛仔裤，拿起一根发卡，卷起头发。镜子里的脸与往日不同，鼻子更加挺拔，眼神更加深邃，哀伤且坚定。那一瞬间，她总觉得自己仿佛有两张面孔，真实的那面被掩藏在每日示人的假面具之下，然而，这样的敏感情绪很快便消散了。克里摇摇头，心想，一定是做了太多梦了，也一定是饿昏了。

克里走出卧室，厨房里的电视正在播放新闻，音量很小，画质模糊不清。克里的母亲坐在桌边，一动不动。她穿着常年不变的拖鞋和磨破的家居服，手里的香烟留着一大截烟灰，旁边是已经空了半瓶的伏特加。

“都结束了。”她转过头看着女儿克里，抖掉烟灰，拿起香烟猛吸一口，声音柔弱地说道，“他死了，一切都结束了。”

“你在说什么？没头没尾的。”

克里坐到桌边，母亲指着电视新闻，说道：“威廉·博伊德死了。今天早上的新闻一直在播放他的死讯。”

克里看向电视，上面正在播放一条华夫饼的广告。“你喝了多少？”

“不多，这重要吗？”

“还有其他办法可以……”

“其他什么办法？”克里的母亲大声呵斥道，“我们的上诉依据是国家政策！没有一个律师会不计酬劳地接这个案子，这一点你明明知道，我们找了那么多家公司，所有人都只是嘲笑我们，你当时跟我在一起，你一定也记得吧。”

“我们可以自己筹钱。”

“你知不知道那些律师一个小时要多少钱？要五百美元！我才不会傻傻地自己去筹这笔钱。”她苦笑道，“都结束了，我们输了。”

“你没事吧？”

“我们离最后胜利就只差这么一点。”克里的母亲一边说一边摆弄大拇指和食指，两指间只隔了半英寸的距离。

是啊，就差这么一点点。倘若她们能够胜诉，威廉·博伊德便会花大价钱买下默木野。对她而言，那是一笔用不尽的钱财。一直以来，她始终渴望能够得到那笔钱，她想离开这栋环境肮脏且隔音效果极差的公寓，想拥有一座有庭院的房屋，想让她的女儿能够有条件上大学。这些都是平凡无奇的渴求，没有丝毫贪婪，克里也希望母亲能够如愿以偿，不过不是现在。她需要时间去探索默木野被掩藏多年的秘密，就算是要耗费几年光阴，也无所谓。自儿时起，克里便对默木野的一切充满疑问，那些她非要历经痛苦才能获得的记忆，应该有一个合理的解释。为什么事到如今，她依然会重复同样的梦境？为什么在梦里，仍能看到那些在丛林里四处游走的老人？

“现在你想跟我聊聊那件事吗？”

“聊默木野吗？”克里的母亲抬起眼，眼里布满血丝，“还是那些疯子老女人呢？我都不想跟你聊。”

“那也是我的过去，我有权利知道。”

“你想知道什么？想知道在那些肮脏泥地里的生活？还是想知道我最后为什么选择离开？我知道当年把你送去那里是我不对，难道我给你的道歉还不够吗？你现在所能做的最好的选择就是向前看，继续你的生活。”

“向哪里看？往哪里继续？酒精吗？还是四任丈夫？”

“我已经说得够多了，那个地方对我们来说就只是赚钱的一种筹码而已，除此之外，再也没有别的意义了。你现在还太年轻，根本没资格评判我的生活。”

“但是在那里有某种很特殊的东西，我能够感觉得到。”

“不，孩子，”克里的母亲熄灭烟头，手臂上有无数道伤疤，“那里根本没有什么特殊的东西。”

约翰尼一觉醒来，搜寻还在继续，威拉德和他的手下在沼泽里跌跌撞撞，他能感觉到他们内心的憎恶。他们愤恨于脚下肮脏的泥土，愤恨于难耐的酷暑高温，愤恨于四处乱飞的咬人昆虫。最重要的是，他们愤恨于昨晚发生的事。他们本已抓到约翰尼，却又让他轻易逃走。如今，只剩下气急败坏的警长威拉德，一大堆无人解决的疑问，以及一具亿万富翁冰冷扭曲的尸体。

这一切对约翰尼没有丝毫影响。

他起床，生火做早餐，在吃完早餐后，用水浇灭煤堆，继续关注威拉德一行人的搜寻。

他们迷路了。

有四名警察正沿着东边的一条小径行走，这条小径通往一片泥炭沼泽，他们四人陷入泥潭，整个下半身被完全淹没。另外三名警察从破晓开始便一直在同一个地方来回绕圈。警长威拉德和另外四名手下离正确的出口最近，然而，最终还是陷入困境，前往完全错误的方向。

将近中午时分，一辆直升机出现在默木野上空，它自东向西来回搜寻，不过约翰尼的小木屋完全隐匿在茂密的树丛之下，踪迹难寻。或许直升机上的人员能够定位到一根木桩或是疑似一艘小船的物体，不过约翰尼对此充满怀疑。这里除了河流就是森林，而森林牢牢隐藏着它的秘密，绝不会被人发现。

约翰尼当然不是对这件事的后果漠不关心，威廉·博伊德有钱有势，像他这样的社会名流的死讯必定会掀起轩然大波，约翰尼迟早都得和警长威拉德当面对质，场面一定很难看。

可如今这场面一点也不难看，反倒趣味十足，约翰尼可不想浪费。

约翰尼跟踪了威拉德一行人足足三个小时，炎炎烈日，他们汗如雨下，在迷宫般的丛林里苦苦挣扎，倘若他们转向约翰尼所在的方向，他便像幽灵一样，迅速窜进茂密的树丛间，令他们无迹可寻。

此时已是中午时分，警长威拉德的对讲机忽然响起："长官，我是克拉克。您要找的杰克·克罗斯已经到了。"早在对讲机响起的十秒钟之前，约翰尼就已经知道杰克来了。

威拉德伸手擦拭额头上的汗水，小声咕哝着杰克的拖沓，随后拿起对讲机，回答道：“让他待在那儿别动，我们马上过来找你。”

对于杰克而言，一切简直是一场噩梦，报纸上铺天盖地全是威廉·博伊德的死讯，警察找上门来，将他带进车内，随后将他扔在这座古老的教堂旁边，让他静静等待。

“要我等什么？”杰克问道。

没有一个人回答，杰克只好无聊地拍打四周的蚊子。警察们围坐在桌边，桌上放着很多地图和对讲机。一小时过去了，警长威拉德终于赶到，他看上去像是从沼泽嘴里吐出来的恶心食物，制服和鞋子上裹满黑色的泥渍，满面油光，脸颊上全是被昆虫叮咬和被藤条刮擦的伤口。“告诉我去哪里找他。”威拉德一把抓住杰克的手臂，将他拎到铺满地图的桌边。“我知道你经常到这儿来，你绝对知道他在哪里。”

杰克好不容易才找到平衡，这种极不友好的见面方式一点不出乎他的意料。他是一名律师，又是约翰尼的好友，还是犯有前科的警察的儿子。“警长，请您先告诉我这里到底发生了什么？”

“你知道威廉·博伊德吧？他死在你朋友的地盘这件事你也应该知道吧？”

“我知道。”

“约翰尼是最先发现威廉·博伊德尸体的人。”

“所以你想审问他一些当时的细节？”

“我昨晚已经审问过他了，不过我还没有问完，他又跑了。”

杰克环顾四周，站立在空地上的警察一个个怒气冲冲，所有怒火全部砸向杰克。“约翰尼是嫌疑人吗？”

“说不好，毕竟他和博伊德有过暴力冲突。”

“那是因为当时博伊德在哺乳季节猎杀动物。”

“你到底要不要告诉我他在哪儿？”

杰克没有急着回答，而是认真思索着自己目前的处境。他虽才刚刚进入律师行业，但他很清楚警察在私下处理事情时所使用的那些见不得人的阴暗手段。

而这件事似乎就是其中之一。

这件事是一次彻头彻尾的私人事件。

“约翰尼的继父在哪儿？”杰克开口问道。

“这是镇上的事儿，克莱德·亨特没有权限，没有人邀请他加入，这里也不欢迎他。”

“他知道你们在这里搜寻的事吗？”

“克罗斯先生，我再最后问你一次，你要是再给我绕弯儿，就别怪我对你不客气。”

“如果你真的需要我帮忙，那我有几个条件。”

威拉德气得满脸通红，恶狠狠地问道：“什么条件？”

“首先，我一个人去找他，任何人都不许跟着我。”

“不可能。”

“其次……”

谈判来来回回进行了十分钟，最终，威拉德同意让杰克单独去找约翰尼。杰克走到空地边缘，直面威拉德，再一次强调道：“我再申明一遍，如果约翰尼不愿意出来见你们，我不会强迫他。”

“那我就自己去找他，然后你看到的可能就会是你朋友的尸体，没办法，这是他自己的选择。”

“如果你派人跟踪我，那我就直接走出这片沼泽。”

“我给你两个小时，没人会跟踪你。”

“如果我把他带出来了，你不许使用暴力手段……”

“我的天，你这小子实在是太啰唆了。”

“不准逼迫他，也不准给他铐上手铐。他是很愿意协助你们警方办案的目击证人。”

“我都答应你行了吧。”

杰克转身面向沼泽，准备迈开的脚又缩了回来。“还有最后一件事，我是以他律师的身份前去找他，而不是作为朋友。所以我不会透露他告诉我的任何事情。”

“又是该死的律师……”

“看来我们都达成一致了。”

“你赶快去吧，”威拉德再一次催促道，“别等到我改变主意。”

杰克停顿了几秒，不是为了挑逗警长威拉德，而是为了给自己鼓气。即便已是一名训练有素的辩护律师，杰克仍不喜欢与人对峙，更重要的是，他厌恶这片沼泽。这种感觉前所未有，然而，即便是站在这里，站在这毫无危险可言的空地，杰克仍能感觉到这里的恶意与狂暴。杰克在丛林中行走，他想知道为何此次的感觉与以往大有不同。大概是因为约翰尼的奇怪行为和那些自动愈合的伤口，因为他那晚的梦游、惊恐以及半夜时分感受到的刺骨寒冷。今日阳光明媚，那晚的寒冷不复存在，可是，威廉·博伊德在这里命丧黄泉，且这不仅仅是普通的死亡。报纸上的新闻对于究竟是什么使得威廉·博伊德离奇死亡这一点并未详细报道，不过杰克很清楚，这一切绝不是约翰尼所为。

之后会怎么样呢?

杰克反复思索着，他在树丛中穿梭，远离了黑奴旧址的废墟。森林一片葱翠，杰克离开仅仅两分钟后，就已不见身后威拉德一行人的踪影。十分钟后，杰克开始察觉到不对劲。本应直行的地方却出现了拐角，原本没有水流的地方却有水光闪烁。二十分钟后，杰克停下脚步，在原地转了一圈。他去过约翰尼的小木屋不下百次，每一次都是同样的道路，经过同样的树林，可如今眼前的一切竟与以往不同。

“我从来没来过这里。”

杰克又转了一圈，可却完全找不到方向，他开始变得呼吸困难。四周的空气如此潮湿，仿佛有一股无形的重量，如此沉重。杰克选了一个看似正确的方向，继续向前行进。本应该在四分钟内走完的路程却足足走了十分钟，此时，杰克走到了一处死角，眼前没有路了，他的脑海里回荡起一股声音：错了，大错特错。可约翰尼就在附近，空气中的重量和压力感仍未消散，那股置威廉·博伊德于死地的神秘力量就在附近。杰克用力揉搓脸颊，躲入一根树枝下面。此时，一块又小又硬的东西砸在杰克身上，他紧紧蜷缩身体，差点叫出声来。一块鹅卵石掉落在他眼前潮湿的泥地上。

“妈的！”

杰克吓得瘫坐到地上，双手紧紧蒙住脸。他不确定自己是否在啜泣。那一瞬间，他终于得以解脱，同时，也勃然大怒。

“你吓死我了，约翰尼，我差点被你吓得魂儿都没了！”

约翰尼从树丛后面走出来，上下扔掷着手中的鹅卵石。“没那么夸张吧。”

“真的，兄弟，我总觉得不对劲。”

“你的意思是？”

“你看看周围，我竟然迷路了。”

“别说胡话。”

杰克看着脚下，猛烈摇头。他为自己脸颊上的泪水感到羞耻，也为此刻内心的强烈恐惧感到难堪。

“杰克，别这样，看着我。”约翰尼走到杰克身边，蹲下身子，伸手拍开掉落在他头发上的树叶，擦掉沾在他鞋子上的泥土。“如果我吓到你了，那我跟你道歉，我并不是成心要吓唬你的。你没事，我跟你保证你没事，看看我好吗？”

杰克不想抬眼，可眼前依旧是往日那个约翰尼，依旧是他最好的朋友。

“在这里很容易迷路，这种情况任何人都可能遇到。”约翰尼拉起杰克的手，扶着他站起身来，“你看吧，没事的，你来过这里这么多次了，能有什么问题呢？”

“你根本没有听懂我刚刚在说什么。”

“还是以前那条路，还是一样的风景。”

约翰尼伸手指向远处熟悉的山坡和大石。杰克胃里开始翻江倒海，他感到一阵恶心。“这不可能。”

“你没有迷路。”

“刚刚不是这样的。”

“哦？是吗？”

“别质疑我，你根本不知道！”

杰克从未感到如此害怕，他站起身，撇下约翰尼，独自坐到一棵桦树下，桦树的树皮开始脱落，树干上沾满泥土。

这到底是怎么了？

杰克明明知道小木屋的位置，他甚至能够清楚地看见它。

“我发誓我刚刚真的迷路了。”

“你一直都在通往小木屋的这条路上。”

“你怎么知道？”

“你现在正站在这条路上，不是吗？如果不是走了正确的那条路，你现在怎么可能在这里？”

杰克欲言又止，约翰尼说得没错，他确实正站在这条通往小木屋的路上，周围的一切再熟悉不过。

“跟我说说那几个警察。”

“什么？”

“那些警察啊，”约翰尼倚靠在杰克身边的第二棵大树旁，说道，“他们是不是快要气死了？那个警长怎么样了？你看见他那满脸的汗了吗？真是笑死我了。”

“你怎么知道警长满头大汗？”

“我一整个早上都在监视他，你应该看看他狼狈的样子，他一屁股坐到了沼泽里，还用枪去戳树枝，他以为那是蛇。”

“你跟踪他？”

“真的是太滑稽了。”

“你觉得这是一场游戏吗？”那一瞬间，杰克忘却了内心的恐惧。他猛然从树脚边站起身来，气急败坏地质问道，“威廉·博伊德死了，警长威拉德也快被你折磨死了。你为什么要激怒他？”

“因为去他妈的，我不在乎！”

约翰尼抬高音量，言语里满是愤怒，杰克不由得后退一步。约翰尼从未冲他如此吼叫过，从来没有。“他手下有二十名警察正在到处找你。”

“是十二个，如果你算上在教堂的那几个的话，那就是二十个。”约翰尼漫不经心地回答道。

“天啊，看来你确实认为这是一场游戏。”

“这当然是一场游戏，而且我赢定了。”

杰克仔细打量着约翰尼，曾经的老友，熟悉又陌生。约翰尼怒不可遏，深邃的眼眸闪着亮光。“你为什么这么厌恶他？”

“我就是厌恶，没有原因。”

“因为他逮捕过你？”

“你去过监狱吗，杰克小朋友？”约翰尼扔掉手中的鹅卵石，它飞跃到杰克的胸前，在他的脚边掉落。“等我心情好了，准备好了，我自然会去找那个老混蛋。”

最终，杰克说服约翰尼去跟警长威拉德见面。在接二连三的盘问后，杰克了解了事情的原委，包括约翰尼发现尸体的过程，突然逃走的原因，如何说服威拉德进入沼泽，以及警察最终搜寻尸体的结果。事情很复杂，杰克一边听一边仔细分析，最后，他给出了所能提供的最好的建议。

“在我给你安排好刑事律师以前，你一个字都不要向警方透露。”

“这就是你的建议？”

“没错，这就是我的建议。你需要一个废话不多，有三十年出庭经验的刑事案件辩护律师。”

约翰尼摇摇头，说道：“他们跟我不是一路人。”

“说话别这么武断。”

约翰尼露出一贯的笑容，总是如此，胸有成竹，无所顾忌，且有着一种杰克完全难以理解的自信。

“你要跟着我一起过去吗？”约翰尼笑着问道。

约翰尼就站在距离杰克二十步远的地方，杰克却心不在焉，完全沉浸在自我担忧和不解中。直觉告诉杰克，约翰尼与威廉·博伊德之死毫无干系，可杰克的内心始终苦苦煎熬，这是一条需要步步谨慎的道路，关乎他对老友约翰尼更深层次的理解与包容。杰克明白警长威拉德的意图，这使得他焦虑不已，他不愿前去面对威拉德，可独自身处默木野又令他心惊胆战，因此，杰克一路紧紧跟随在约翰尼身后，他一边走一边观察着眼前的小路。之前那些让他迷失方向的地方，那些本不该出现的拐角，竟然全都消失不见了。为什么？这不可能。

“小心你脚下。”

约翰尼伸手指向一条银环蛇，即便是如此剧毒的蛇，与杰克此前独自进入默木野的那短短几十分钟相比，也似乎全然丧失了可怕之处。

“你有过担心吗？有过不安吗？你知道我在说什么吧，你独自一个人生活在这里，难道就完全没有产生过不安吗？”

“这是一个很愚蠢的问题。”

倘若是一周以前，杰克一定会认同约翰尼的说法。可如今，一切都开始变得异样。“你觉得是什么要了威廉·博伊德的命？”

约翰尼忽然停住脚步，转身看向杰克，严肃地说道：“你再重复一遍刚刚的问题。”

“哈？”

“你问的是‘什么’要了博伊德的命，而不是‘谁’，为什么你会这么问？”

杰克扬起头，认真思索。“我也不知道。”

“真的？”

“我都说了，我不知道。”

杰克没有胡言，他确实不知道。

在接下来的路途中，杰克一刻不停地思考着。

究竟是什么置威廉·博伊德于死地的？

是什么？

这么问似乎并无不妥。

约翰尼和杰克踏出沼泽，走到地面，约翰尼在一棵大树前停下，他看着前方，说道：“这么多人啊。”

杰克顺着约翰尼的方向看去，前面至少有十五名警察。他们三五成群地围在一起抽烟，神情焦虑。警长威拉德俯身在铺满地图的桌边，强壮的大手撑在桌子边缘。“记住我刚刚说的话。”

“知道了，等那个律师回来。”

“我走前面吧。”

杰克走到前面带路，一种奇异的感觉浮上心头，他竟然给约翰尼·梅里蒙带路。当两人快要到达教堂时，警长威拉德警觉地转过头来。

“你时间掐得很准啊，大律师。再过两分钟，我就准备进去找你了。”

“我跟你说过我会找到他的，我确实找到他了。”杰克在距离威拉德及其手下几英尺的地方停住脚步，“我希望你也能够遵守你的诺言。”

警长威拉德一把推开杰克，凶神恶煞地盯着他身后的约翰尼，杰克好奇约翰尼此前是否面临过如此敌意。“你今天早上可把我们害得够呛啊。”

约翰尼无所谓地耸肩，威拉德眯缝起双眼。他制服上的淤泥几乎已经被晒干了，脸上和手上全是泥土。而一旁的约翰尼却干净得如同一朵雏菊，脸上流露出似笑非笑的表情。

妈的。威拉德气愤满怀。

“你昨晚为什么突然逃跑？”

“因为你太混蛋了。”

“在我的管辖范围内死了一个亿万富翁，任何人碰到这种事都会神经紧张。”

“应该不止如此吧。”

“坦白告诉你，小子，我不理解你，也不会假装喜欢你，对你来说，这应该不是什么新鲜事儿，也不是什么出乎意料的事儿。但是只要你肯回答我的问题，而且态度积极，配合我们的调查，那我会依法办事，并且快捷了当地处理完这件事。”警长侧身走到一边，抬起一只手臂，“请你到警局协助……”

“不去。”话音未落，约翰尼果断拒绝道。

“为什么不去？”

警长愤怒地眨眼，约翰尼视若无睹，丝毫不在意。“没人跟我提过还要去警察局。我们可以就在这儿聊。”

“我知道你肯定希望在这儿聊，不过我想我的手下们都想待在一个有空调的地方，再换身干净的衣服。”

“在沼泽里受了不少苦吧？”

威拉德眼神犀利，恶狠狠地怒视着约翰尼，在他身后的两名警察同样也是满腔怒火，一脸哀怨。“就凭你说出这句话，我可以就地捉拿你。”

“你脖子上有一只蚂蟥。”约翰尼指着威拉德的脖子说道。

威拉德伸手摸摸自己的脖子，一把扯下蚂蟥，皮肤上立马渗出鲜血。“你这个混蛋。”

约翰尼露出微笑。

警长威拉德上前将他扑倒在地。

警局的停车场一片狼藉，走廊里人声鼎沸。两名警察各自抓住约翰尼的一只手臂，前后还分别跟着两名警察，约翰尼一路上不停挣扎，他知道自己接下来将要面对的是什么。

“约翰尼！记住我跟你说的话，什么都不要说！”杰克站在人头攒动的走廊里，冲着约翰尼和威拉德一行人大声喊道。“警长，你这样做是不合规矩的。我的客户现在是被逮捕了吗？”

威拉德转身，怒火仍未消退，“轮到你上场的时候，我们会通知你的，大律师。”威拉德按响门铃，几个警察将约翰尼押进屋内。“现在还不是时候。”说完这句话，威拉德也随之走进屋内。

金属门“砰”的一声关上，约翰尼站在屋内，四周全是穿着制服的警察，他记得这里。约翰尼知道杰克很失望，也很沮丧，可他从未经历过被警长威拉德逼问的感觉；从未经历过被警察威胁、逼迫的感觉；从未经历过威拉德近在咫尺，甚至连呼吸都狠狠拍打在脸上的感觉；也从未经历过被拷住双手，关进拘留室的感觉。他也不可能理解对于约翰尼而言，拘留室犹如与世隔绝的大黑箱，待在这里好比身陷地狱，痛苦难熬。不过，警长威拉德倒是见识过约翰尼痛苦不堪的模样。他曾看过约翰尼像一头被牢笼困住的猛兽一样来回踱步，食不下咽，夜不能寐，最终难以支撑，晕倒在地。在被关进拘留室整整一周之后，约翰尼从昏迷中醒来，手臂上插着输液的针管，一名护士正翻开他的眼皮查看。

“你能听见我说话吗？”

“你知道自己现在哪儿吗？”

当时，警长威拉德也站在一旁，没有微笑，却露出一脸得意的神情。他在约翰尼上方俯身，浑身散发出一股牙膏和洗发水混合的味道。“我们这儿可不流行绝食抗议。”

“我没有抗议。”

“我要听你亲口说。”

“我会吃饭的。”约翰尼回答道。在威拉德和几名手下的监视下，约翰尼咽下一点饭，以维持体能，随后便被重新押回那个高墙耸立的大黑箱，在那里，他无法自由奔跑，也无法欣赏满天繁星，更无法感知一切。而如今，他又一次被关进这个令他厌恶至极的地方。

“把他带到第三审讯室来。”

警长示意几名手下，随后他们将约翰尼押往第三审讯室，不过，约翰尼可不会乖乖屈从，他奋力挣扎，几名手下好不容易才顺利将他制服。把约翰尼的手铐栓在桌上后，几名手下站到一边，警长威拉德指着约翰尼身上的抓伤，语气轻蔑地说道：“你完全没必要把自己搞成这样。”

“你我都很清楚，这是你在公报私仇，你想把我困在这儿。”

“随你怎么说，你是这个镇子上唯一一个曾经试图杀害受害者的嫌疑人。”

“我没有杀他。”

“也许是你，也许不是你。等我把脸上的泥洗干净了再回来跟你聊聊这个话题。”

威拉德转身走到门边，约翰尼露出一脸邪魅的笑容。“如果身上出现蚂蟥的话，一般不会只有一只，你不知道吧？”约翰尼舔掉牙齿上的鲜血，一口吐到地板上，“你最好看看你的裤子里有没有。”

威拉德的确照做了，他跑到更衣室，彻底清洗全身后，换了一身干净的衣物。

没有蚂蟥。

威拉德走出更衣室，走廊上，一名手下将他拦下。“克莱德·亨特现在在您办公室里。”

“跟他说我现在没有时间。”

“他可是城里来的警察，咱们惹不起。”

“妈的，怎么这个时候来了。”

“您知道他迟早会过来的。”

“我知道，我只是以为他可以来得晚一点，让我有个准备。”

“都是那个律师的错。”

“好吧，我会处理的。”

警长威拉德·克莱恩本性不坏，他几乎逢人自夸。他兢兢业业，不计回报；不玩忽职守，也不滥用职权；在工作中绝不违背职业操守和社会道德，始终秉承公平公正的原则。作为回报，他连续四十年当选警长。即便是到了如今七十一岁的高龄，他也始终是雷文县深受百姓拥戴的好警长。在居民们眼里，威拉德聪明能干，他自己对此也毫不掩饰，可这个叫约翰尼·梅里蒙的孩子却使他心烦意乱。

“克莱德，”威拉德进入自己的办公室，双手向上举起，“你什么都不用说。我完全理解你现在的心情。”

“他被逮捕了吗？”

“暂时还没有。”

“那我希望你放了他。”

威拉德围着办公桌绕了一圈，长叹一口气。克莱德是个颇有信誉的人，而且在大多数时候的判断都是正确的。“坐下听我说几句，好吗？我知道你现在很生气，我理解你的心情，请你听听我的想法。”威拉德伸手指向一旁的座椅。克莱德的确火冒三丈，不过最终还是配合地坐下了。

“你为什么要拘留约翰尼？”

“这件事很复杂，三言两语说不清楚。”

“那就长话短说。”

“因为他和死者威廉·博伊德之间有过节，他有作案时间，也有作案手法。”

“唯独没有作案动机。”

“克莱德，我只是想和他聊聊，你也一定是这么想的吧？”

“杰克·克罗斯跟我说你逮捕他时使用了暴力手段。”

“没错，”威拉德再次叹出一口气，“当时我确实不太友好。”

威拉德环顾四周，唯独不敢直视克莱德的眼睛。刚才的淋浴足以让他冷静下来，他也的确羞愧于自己当时的不雅做法。这一切都归咎于那片该死的沼泽，归咎于前一晚的一夜无眠，归咎于约翰尼，那个让人捉摸不透的孩子。“好吧，我承认，约翰尼的确让我心烦。”

“让你心烦？为什么？”

威拉德该如何解释？他该如何解释那个名叫约翰尼·梅里蒙的小孩体内住着某种不可触及的东西？他从不索取，也从不给予，无欲无求。他还只是个孩子，可眼里却蕴藏着甚至连一个成年人都无法理解的冷漠与无情。

那是憎恶吗？威拉德不得而知。

“他激怒了我，而且不是普通的那种激怒，克莱德，我不知道应该怎么跟你解释。”

“他是我老婆的儿子，从他十三岁开始，就一直是我亲手抚养的，我很了解他。”

“我只是想和他聊聊，没别的恶意。”

“那就老老实实和他聊，妈的。别把他关在第三审讯室，也别给他铐上手铐，使用强制手段把他硬拖进去。如果不是约翰尼主动给你打电话，你甚至都不知道威廉·博伊德死了这件事。”

“难道你不觉得恰恰就是这一点很奇怪吗？他就这么碰巧在一片荒野里发现了威廉·博伊德的尸体？你也知道默木野可到处都是密密麻麻的灌木丛，在那种环境下，真的会有人随随便便就发现了一具尸体吗？你真的认为你的继子只是碰巧走到了一具尸体旁边，而这个死去的人碰巧就是他从前开枪射击的对象？你可是一名警察，你明明知道这种情况不太可能。”

“我现在只知道你对我的儿子使用暴力。”

威拉德用力揉搓脸颊。他已经连续三十六个小时没有合眼了，且大部分时间都在那片沼泽里艰难跋涉，此刻的他已是筋疲力尽。事情本不该如此，可他在约翰尼儿时便已知道他，那时候，他还只是一个小男孩，满脸涂满颜料，身上沾满老鹰的羽毛，愁眉苦脸，窘迫不堪。一边口袋里装着一把偷来的手枪，另一边口袋里则装着偷来的卡车钥匙。报纸上赞誉他为英勇救人的小英雄，可他非法闯入他人住宅，逃学旷课，偷盗他人财物，然而那时候，他还只是个本应天真无邪的小男孩。成年后，约翰尼放弃了一切，他远离父母，舍弃美好生活，跑到一个荒无人烟的旷野独自生存。如今博伊德死了，威拉德无法不再次回想起约翰尼·梅里蒙此前在拘留所的行为。那时，他被独自关在拘留室，差点丧命。他紧张，焦虑，几近疯狂，可那只是第一周，而且拘留室内只有他一个人。没有嫌疑人会在一个单独的房间内摔得如此严重，除非他内心早已崩溃。

“威拉德，我希望你能够放了他，这是我作为朋友的请求。”

威拉德无奈地摇头，他看着坐在桌对面的克莱德，真心为他感到难过。“如果我放他走了，他会马上消失，我可不想再去一次那个地方。”

“你不能毫无理由地就逮捕他。不要逼我，我会打电话给地方检察官的。”

“我已经给她打过电话了。”威拉德走到一旁，没有丝毫紧张之意。“我希望能有权威人士来定夺这个案子。”

地方检察官正在庭上审理案件，因此未能马上赶来。三个小时，这是她给威拉德的答复。克莱德将这一消息告知杰克。

“我要见约翰尼·梅里蒙，我是他的律师。”杰克将自己的名片贴到接待台前的防弹玻璃上，坐在接待台后面的警官完全不予理睬。“我是律师。”杰克一字一句地说道，唯恐警官这般态度是因为他没有听懂，“律师，我是律师。”

克莱德一只手搭到杰克的肩膀上，说道：“你想进去见约翰尼，就必须找个说话更管用的人。”

“那我应该找谁？所有的在任法官现在都在法庭审理案子，而且就算他们有时间，也不会这么早掺和进来。地方检察官肯定会站在警长威拉德那一边……”

“也许你说得没错，不过，她也对这件事情负有责任，我觉得他们两个目前还没有足够证据来判定谁是凶手。”

杰克转身面向克莱德。“你指的是杀人动机吧。”

“杀人动机，还有作案工具。据我所知，目前没有人知道博伊德的具体死亡时间，甚至没有人知道他到底是怎么死的。”

“那为什么逮捕约翰尼？为什么现在逮捕他？”

克莱德坐到一张塑料椅上，身后的墙壁被漆成绿色，地面上沾有混凝土。“他是在等约翰尼犯错，等他说出什么愚蠢的话。”

“我告诉过约翰尼，让他一个字都不要说。”

克莱德苦笑道：“他会听你的话吗？”

杰克坐到克莱德身旁的座椅上。克莱德说得没错，约翰尼总是按照自己的规则行事，没人可以掌控他。“你就不能做点什么吗？”

“尸体是在这个镇上被发现的，而我是城里的警察。”

“那你能不能私下跟地方检察官沟通一下呢？或者找其他熟人帮帮忙？”

克莱德摇头。“我已经找遍了所有可以帮忙的人，但死者博伊德可是一个亿万富翁，没有人愿意蹚这个浑水。”

“约翰尼的妈妈知道这件事儿吗？”

“她正在赶回来的路上，她知道。”

“大事不妙啊。”

“没错，”克莱德揉揉脸，继续说道，“总结得很精辟。”

之后，克莱德和杰克两人都没有再说话，时间一分一秒过去，杰克不断起身，踱步，然后坐下，气氛愈加紧张。

“你这样焦虑起不到任何作用。”克莱德开口说。

可杰克没办法控制自己。他在大门和接待台的防弹玻璃之间来回踱步。杰克转过身，此时，警长威拉德恰巧出现在防弹玻璃后。“克罗斯。”

威拉德叫出他的名字，并伸手指向防弹玻璃后的大门。杰克走到接待台前，转眼看向克莱德。门铃响起，门打开了。

“杰克……”

克莱德从座椅上起身，脸上流露出绝望的神情。杰克本想显露自信，可声音听上去却极其脆弱。“我不会让他向警方透露一个字的。”

随后，杰克走进大门，此时只剩下他和警长威拉德。杰克刚要开口，就被威拉德挥手打断。“别紧张，大律师。你的客户现在很安全，也没有受伤。他到目前为止仍然没有开口。”

杰克默默跟在威拉德身后，试图表现出一副根本不情愿开口说话的模样。走入第三个走廊后，威拉德在一扇金属门前停下，门上方靠近下巴高度的位置有一扇窗户，房间玻璃上围着电线，约翰尼就坐在电线后面。“谢谢你让我来看他。”

“这可不是我帮忙，大律师。是梅里蒙先生自己决定他需要一名律师，所以我才让你进来的。”

“难道他在两小时之前没有对你说过这句话？”

“没有，”威拉德打开门，“他没有说。”

杰克看向房间内，他此前从未见过真正的审讯室。房间内的桌椅都是金属材质的，比混凝土更冰冷。约翰尼的双手被拷在桌子中央的一个钢环上。他面朝前方的双向玻璃，背靠着大门方向。“我有多长时间？”杰克问。

“那要看地方检察官什么时候到了。”威拉德示意杰克走进屋内，露出一脸微笑，仿佛他知道面前这名年纪轻轻的律师从未有过真正的客户，也从未见识过牢房究竟是什么样子。“不用拘谨，随便一点，关掉你的手机。”

杰克走进审讯室，空气中飘散着一股混凝土、工业清洁剂和汗液相混杂的味道。杰克没有再向前走，直至身后的房门关上后，他才走到桌边。桌上摆放着一张未签字的米兰达警告书*和一支笔。约翰尼没有抬头，杰克在约翰尼对面坐下，在看到约翰尼脸色的那一瞬间，杰克惊诧不已。约翰尼脸上没有丝毫血色，眼下是厚重的黑眼圈。“约翰尼？”约翰尼强挤出一丝笑容，遥远而又痛苦，让人感受不到丝毫温度。杰克从来没有见过如此空洞的笑容。“天啊，他们到底对你做了什么？你怎么被折磨成这副模样了？”

“他们什么都没有做。”约翰尼移动身体，手铐在螺栓上剐蹭出刺耳的声音，“谢谢你来看我。”

杰克不忍再直视约翰尼的脸，他如此憔悴，如此苍凉。他移开目光，担忧地问道：“你确定你没事吗？”

“在一切变好之前，只会越来越糟。”

“这是什么意思？”

“没什么，我只是随便说说。”约翰尼抬眼看向墙壁，目光定格在靠近天花板的地方，“太阳落山了吗？”

“什么？”

“我感觉不到。”

---

* 警察必须告诉被拘捕者其权利，包括有权保持缄默，以及他所说的话可能会被用作对他不利的证据。——译注

杰克开始感到惊慌。约翰尼似乎与他格格不入，且一直在胡言乱语。杰克想要帮助约翰尼摆脱现状，所以他将注意力转移到眼前的米兰达原则弃权声明书上面。所有空格处都填上了约翰尼的名字以及今天的日期。

“那是威拉德写的，”约翰尼开口说道，“他想让我签了这份弃权声明书。”

“他审问你了吗？你有没有告诉他什么？”

“我只跟他说了我想见你。”约翰尼的眼神再一次定格到同一面墙上的同一个点。杰克顺势看去，什么都没有。“那里是西方。”约翰尼垂下眼睑，扬起头，看向杰克，“你刚刚说我在这儿待了多久了？”

杰克没有回答，而是直接说道：“我一直在和律师们谈论你的情况，都是一些鼎鼎有名的大律师，克莱德会花钱支付所有费用，这一点你不用担心。你只需要记住，在我找到合适的人之前，千万不要向警方透露任何事。”

“告诉克莱德不要白白浪费钱了。”

“约翰尼……”

“我明天就会出去了。”

杰克靠到座椅背上，眉头紧锁。“这事儿你可说不准。”

“太阳落山了吗？”

“你为什么一直问这个问题？”

约翰尼再一次看向墙上的那一个点。“我感觉不到太阳有没有落山。”

第十四章

邦妮·巴斯比担任雷文县的地方检察官已有七年之久。在此之前，她曾任过足足二十年的检察官助理。虽已是四十一岁的妇女，却始终保持着苗条的身姿。邦妮每周工作时长达到七十个小时，不为钱财，也不为名利，她只是单纯地热爱这份工作，这种热爱不关乎地位与权力的诱惑，也不关乎享受当庭辩论的快感。在工作中，邦妮向来遵纪守法，循规蹈矩，简单且平庸，她秉承正义，对法律的力量深信不疑。于她而言，工作中的满足感来源于有效利用这股力量，使得世界对于雷文县的好人们而言更加和谐，更加安全，不过她只在乎那些好人。倘若由邦妮来判案，那些杀人犯、强奸犯、醉驾司机、肮脏政客、不拥护公平正义的警察、窃贼、暴徒、偷窥狂、入侵者、纵火犯、横穿马路的人以及在公共场所乱扔垃圾的人都应受到法律最严厉的制裁。然而，这并不现实，邦妮身边跟着六名检察官助理、七名律师助理和一名预算员，她无法只手遮天。

除此之外，时间也是一块绊脚石。

邦妮正在审理一件与危害儿童有关的案件，案件中的受害者是一名年仅四岁的小女孩，她的母亲因女儿在车内后座上讲话而将其遗弃在公路边，以作惩罚。小女孩赤脚站在原地，大声哭喊，直到一名正赶往工作地点的酒保发现了她，并停车报警。倘若路过的酒保对此置之不理，或是根本没人发现小女孩，她可能会失踪，也可能会因此丧命，这种伤天害理之事，邦妮绝不能忍受。电话响起时，法庭正在进行最后一次休会，此后便可判案休庭，电话是警长威拉德打来的，邦妮走到最高法院的走廊外，接起电话。

判案耗费了足足一小时。

陪审团占据了一半时间。

“打电话给警长。”邦妮一边整理文件，一边看着法警带着被告的母亲离开法庭，“告诉他，我五分钟后赶到警局。”

走出法庭，没人敢在靠近邦妮之前抬起头来多看她一眼，当与人对视时，邦妮的眼神总是那样专注。虽然邦妮身形不高，可步伐相比此前六位前辈检察官而言，却更加沉稳且坚定。走廊上的人们自觉退到一边，为她让出一条路，那些与她相识的人总是真诚地点头示好，眼里充满敬意。

走过两栋大楼，邦妮拐弯到达警局及监狱所在大楼的安保入口，安保人员拿出钥匙卡，邦妮走进大门，在进行过安保检查之后，填写来访记录。“警长在哪儿？”

一位身穿制服的警员带着她进入另一扇门，沿着如迷宫一般的走廊继续向前走。邦妮知道自己到这儿来的目的，她也知道克莱德·亨特早已在此等候。克莱德·亨特是邦妮眼中的好人之一。

在距离警长办公室十步之远的地方，邦妮摆出一副强硬的模样，并不仅仅是因为克莱德在此，还因为此次案件中的死者生前是亿万富翁，情况已经很棘手，再加上约翰尼·梅里蒙也涉案其中，在邦妮看来，这件案子简直乱成一团。那件轰动全国的大新闻使得雷文县这个本不起眼的小地方一夜之间红遍全国，这件事虽已过去整整十年，可对于这里的居民来说，一切仿如昨天，约翰尼·梅里蒙如今仍然是人们口中的那个勇士和小酋长。除了此前与威廉·博伊德发生的那一场小骚乱之外（当然了，这是不幸的，但也是可以理解的），约翰尼·梅里蒙一直都很低调，这一点正合邦妮之意。可他仍然摆脱不了暗黑名人这样的身份，这一点始终引发全社会关注。邦妮可不想自己所管辖的小镇再一次登上电视荧幕，抑或登上杂志或报纸头条，她厌恶这种焦点式的关注，所有事情都会随之变得复杂。

“威拉德。”邦妮走进警长威拉德的办公室，严肃的神情一如往常，威拉德像是牵线木偶一般迅速起身。

“邦妮，感谢你百忙之中抽空前来。你认识李副警长吧？我就不过多介绍了。”

汤姆·李笔直地站立在一边，他所管辖的是恶性犯罪领域，行事风格干脆利落。他朝邦妮伸出一只手，露出真诚的微笑。邦妮与他握手后便径直坐到办公桌对面的座椅上，全然不顾威拉德此前的客套。“我办公室的助理跟我说克莱德·亨特也来了，他要加入我们的谈话吗？”

威拉德和李副警长见状，也随之坐下。“亨特警官加入我们的谈话不太合适。”

“好的，的确。那就长话短说吧，简单给我介绍一下案子情况。”

威拉德言简意赅地阐述完案件情况后，继续说道：“他绝对不可能无意中发现尸体，尤其是在绵延数千英亩的沼泽地里，绝不可能。”

“那是他自己的土地，我想他应该对那里很熟悉吧。”

“如果你亲眼见过那片沼泽，你就会明白为什么我说这件事不可能了。在某些地方，你甚至连二十步开外的地方都看不见。”

“那案发现场的情况怎么样？”

“尸体是在草丛里被发现的，那些杂草的高度都快及腰了。不走近的话根本不可能看见尸体。”

“博伊德当时是擅自入侵？”

“他是进去打猎，跟上一次一样。”

事情不妙。邦妮记得上一次，当时是她起诉的。“那这么说，这一切都只是你自己的推断了？约翰尼曾经试着吓退博伊德……”

“可是他朝博伊德的帐篷开了枪，还警告博伊德说如果他胆敢再去，一定会亲手要了他的命。”

“然后博伊德又出现了，因为自己惹的麻烦而被杀害。推断不错。有没有目击证人？”

“有一个，詹姆斯·柯克帕特里克。不过他到现在还是不肯开口。”

“有传言说他精神失常了。”

“也可以这么说。”

“医生怎么说？”

“医生那边不确定他什么时候能够恢复正常，也不知道他到底能不能恢复正常，他们说这是精神上的创伤。”

“怎么会这样？”

“大概是命案当天那些事所带来的情感创伤吧。”

邦妮再次皱起眉头。目击证人对于判案来说十分重要，不过精神失常到无法正常交流也丝毫不起作用。邦妮思索再三，摇摇头说道：“动机不足。”

“你好好想想，邦妮。”

“你真的认为约翰尼会因为威廉·博伊德擅自闯入就痛下杀手？”

“威廉·博伊德可不止一次擅自闯入，而且他曾经害得约翰尼吃了四个月的牢饭。”威拉德凑近邦妮跟前，一根一根伸出手指，列明要点，“这个动机也许不够强烈，但也并非不存在，这是第一，作案动机。尸体是在梅里蒙的地盘被发现的，这说明梅里蒙完全有作案机会，这是第二，作案时机。”威拉德伸出第三根手指，“第三，梅里蒙有作案手法。”

“等等，你已经从法医那儿拿到死亡原因证明了？”

“现在法医正在对尸体进行检查，明天应该就会出结果。”

“明天？”邦妮语气里流露出的怀疑显而易见。“那你所有的推论都还为时过早，况且你还不确定明天究竟是否能够拿到死亡原因证明。”

“邦妮，你听我说……”

“难道你想在拿到死亡原因证明之前就定约翰尼·梅里蒙的罪？你疯了吗？这件案子哪怕有一丁点的错误，都会引起轰动。”

“你知道我们在过去两个小时里已经接到多少通电话了吗？记者，投资人，包括市长都亲自打电话来。”威拉德靠到椅背上，怒气冲冲地说道，“十分钟之前，一架私人飞机停在了雷文县飞机场。飞机上肯定全是基金经理、地产律师和仍然抱有一线希望的死者家属。这就是你要的轰动，到了明天，情况还会更糟。”

邦妮垂下眼皮，仔细打量着威拉德。她与威拉德·克莱恩相识多年，他是个聪明人，也是一位尽职尽责的警长。但此刻，他似乎在刻意隐瞒什么。“你是不是有什么事瞒着我？”

威拉德瞥了汤姆·李一眼，李耸耸肩。威拉德语气平和地坦言道：“好吧，既然你都问到这份儿上了，那我就告诉你吧。我相信梅里蒙迟早会说出真相的，只不过你得让我继续拘留他几天。”

“为什么？解释一下。”

“他很不习惯被监禁，不，这么说还不够恰当。应该说约翰尼·梅里蒙是我见过最难以忍受被监禁的人。不仅是身体上，还有精神上，好像是在戒毒，不过比这还要严重一千倍。你只有亲眼见过才能理解我说的话，但我说的都是真实的。给我四十八小时，四十八小时后他一定会彻底崩溃。”

“那可是克莱德·亨特的儿子，克莱德对办案规矩很了解。”

“只是继子而已。”

“这不重要。克莱德也是警察。”

“没有人忽略这一点，但是现在死的人可是亿万富翁威廉·博伊德，一般的规矩根本行不通。”威拉德停顿几秒，继续说道，“人们一定会问为什么约翰尼·梅里蒙在第一次袭击博伊德的时候没有被判蓄意谋杀罪。”

“那是因为博伊德不想让我们提出控告。”邦妮身体前倾，移坐到座椅边缘，火冒三丈，“他拒绝出庭作证，这些你都知道。”

“没错，我是知道，可是雷文县的老百姓不知道。到了明天的这个时候，人们就会质疑威廉·博伊德是否能够避免一死，他们会好奇你是否原本可以阻止这一场命案发生。”

“别再说了。”

“你知道我说的这些都是事实。在那个小子对着博伊德帐篷开枪的时候，你打电话给受害者博伊德，可他不愿意出庭做证，也不愿意对簿公堂。如果博伊德现在正在摩纳哥的海滩上逍遥快活，那绝对没有人会质疑你当时的判决，可是他没有在海滩，他躺在停尸房里，半张脸都被吃掉了。”

邦妮重新坐回到椅子中央。威拉德说得没错，金钱会带来压力、吸引眼球，也会引来期望。邦妮思考再三。无论如何，她都下不了台。“你真的认为是那小子杀的？”

“很确定。”

“百分百确定吗？”

威拉德十指相对，拱成尖塔形，语气坚定地回答道：“他绝不可能碰巧发现尸体。”

邦妮低头看了看手表，现在是下午五点零五分。“你能催促一下法医那边吗？”

“博伊德的尸体检查是由特伦顿·摩尔负责的，他大概是我唯一没办法催促的法医。”

“我们的时间很紧急，威拉德。”

“那小子肯定会崩溃的。”

邦妮拨弄手指，陷入沉思。她讨厌牵扯政治，不过，一旦有所差池，便足以断送她现在的一切。约翰尼曾经开枪射击过博伊德，现在博伊德死了，倘若约翰尼承认杀人事实，一切就变得简单了，事态也会在更严重之前及时得到控制。“就我们目前掌握的这些情况，还是不能草率定罪。”

“给我四十八小时，他一定会崩溃的。”

邦妮正准备回答，忽然响起一阵敲门声，她立马闭上嘴。

“走开。”警长说道。敲门声再次响起。

“对不起，威拉德，”邦妮从座椅上起身，“除非你手上掌握更多证据，不然你就必须放了约翰尼。”

“要多少证据？”

“死亡原因，一位头脑清醒的目击证人，和一个更有说服力的杀人动机，至少要满足一条。”

“邦妮，你先别走。”

威拉德起身，语气近乎恳求。此时，敲门声再次响起，威拉德再也控制不住，大声吼道：“干什么！妈的！想干什么！”

威拉德将房门拉开一条小缝，门外站着一位身穿制服的警察，一头白发，皮肤上满是褶皱，蓝色的眼睛没有一丝神采。

“对不起，警长，我不是有意要打扰……”话音未落，威拉德急匆匆地问道，“什么事？”

“我只是想，既然地方检察官在这儿，而且……”

“到底有什么事？有话直说。”

“呃，那个，警局里来了一位叫卢瓦纳·弗里曼特尔的女人。”他伸手指向走廊对面，一脸歉意，“她说她知道为什么约翰尼·梅里蒙要杀死那个亿万富翁威廉·博伊德。”

几十分钟后，局势发生了改变。警局工作人员的态度和肢体语言开始有所变化。杰克最先察觉到。“有事情发生了。”杰克提醒道。克莱德也站起身。防弹玻璃后面的工作人员交头接耳，没有人微笑，也没有人看向杰克。“不对劲。”

邦妮·巴斯比仍旧表情严肃，她快步走入防弹玻璃后，犹如一艘一往无前的军舰一般，胸有成竹。她停住脚步，和警长威拉德简单交流后，便走向金属门后的大厅。杰克瞥了克莱德一眼，他看上去忧心忡忡。克莱德认识邦妮·巴斯比，他知道那副表情代表着什么。“怎么了？出什么事了？”

“耐心等等。”

杰克焦急地等着。不一会儿，邦妮·巴斯比从门内走出，她盯着克莱德的脸，说道：“我们要以谋杀威廉·博伊德的罪名控告约翰尼。”

“这不可能。”

“警长威拉德认为约翰尼有逃跑的可能，所以决定将他关押起来。很遗憾，我想我们已经有足够的证据提起控告。”

邦妮的一字一句犹如一记响亮的巴掌，狠狠拍打在杰克和克莱德脸上。克莱德嘴角下垂，眼睛里泪光闪烁。“邦妮，别这样，求你了……”

“我是出于礼节才通知你，克莱德，我不能再向你透露更多细节了。”

“你能不能告诉我这件事是不是跟刚刚降落在雷文县飞机场的那架飞机有关？”邦妮噘起嘴唇，克莱德心领神会地点了点头，“好吧，我了解了，毕竟是有钱人，你们办案压力大。”

“我不是这种人。”

“政治本身就是一种肮脏的交易，难道我说错了吗？”

邦妮·巴斯比将目光从克莱德身上移开，看向站在一旁的杰克，她神情惊愕，仿佛此前一直没有察觉到他的存在。“你是谁？”

“我是约翰尼的律师。”

“哦。”

邦妮一脸不屑，杰克恼怒于她轻蔑的态度。

“对不起，克莱德，我知道你一直都把他当作儿子一样看待。”

“不是当作儿子一样，他就是我儿子。他不可能做这种事。”邦妮再次噘嘴，在高大威猛的克莱德面前，邦妮显得格外娇小，“请你告诉我这到底是怎么回事。”

邦妮看向玻璃后空荡荡的房间，说道：“我们俩认识多长时间了？”

“二十五年了。”

“这么多年了，你见过我撒谎吗？见过我欺骗谁吗？见过我进行黑暗的政治交易吗？”

“我之前不该那么说你的，我向你道歉，你确实没有做过这些见不得人的事情。”

“那么克莱德警官，请你告诉我，约翰尼热爱他名下的那片土地吗？”

“你知道他一直都很热爱那个地方。”

“是不是深深地热爱？”

“胜过任何事，任何人。”

“那么问题就来了。”邦妮直视克莱德的眼睛，说道，“威廉·博伊德在生前曾想要夺走这片土地。”

对于杰克而言，这一切不难理解。卢瓦纳·弗里曼特尔生活贫瘠，博伊德生前曾出资支持她上诉，目的在于等卢瓦纳胜诉后，便买下默木野。博伊德不必花大价钱，至少不会高于三千万美元，这点钱对他来说不算什么。倘若卖掉默木野，卢瓦纳能从博伊德手中得到多少钱？一千万？还是一百万？六千英亩的默木野皆是被沼泽和乱石嶙峋的山丘覆盖，只有约翰尼会愚蠢到为了守住这片荒野而拒绝巨额的金钱诱惑。所有这一切都指向一个更大的疑问。

博伊德一开始为什么想要买下默木野？

究竟是什么使得默木野如此特别？

杰克的思绪回到那天晚上，他站在沼泽地边，一股冰冷的空气正在四周移动。

“杰克，你听见我说什么了吗？”

杰克眨了眨眼，看向克莱德。检察官邦妮·巴斯比已经走了，此刻只剩下杰克和克莱德两人。“不好意思，我有点累了。”

“我打算去见见法医，你要跟我一起吗？”

“你觉得他能帮上什么忙吗？”

“我不知道，但是约翰尼的妈妈在不到两个小时之后就会抵达这里，在那之前我必须得到答案。”

“那你去吧，我想去看看约翰尼。”

“告诉他不要开口。”

“我不会让他开口的。”

克莱德踌躇不前，他握紧拳头。杰克知道他的挣扎，他也想去看看约翰尼。“告诉约翰尼我爱他，告诉他，我们会解决这件事的。”克莱德最终说道。

“我会的。”

“还有，杰克。”

“嗯？”

“你是一个不错的朋友。”

杰克点点头，可此刻，克莱德已经转身离去。法医能帮上忙吗？也许吧。约翰尼的母亲怎么办？她已经失去了女儿，还能够再一次承受丧子之痛吗？

“警官，”杰克靠着防弹玻璃，喋喋不休，“我想见我的客户。”

约翰尼被警官从第三审讯室带出，精神恍惚。防弹玻璃后的走廊光线昏暗，几名警官将约翰尼押进电梯，关进最底层最暗无天日的牢房，那是比黑暗更黑暗的地方。

“他这是怎么了？”

“他上一次接受审讯时也是这样，不用担心。”警卫回答道。

约翰尼清楚地听见警卫的声音，可眼前的一切开始变得不真实。这里只有钢筋混凝土和令人窒息的压抑，紧闭的牢房门外，一切开始变得模糊。约翰尼扬起头，就连这间牢房都在一点一滴消逝。约翰尼听见警卫的呼吸声，听见手铐碰撞的声音，也听见房门关闭的声音，可当他站起身来，却是天旋地转。他伸出双手，犹如眼前一片漆黑的盲人，焦虑，无助。约翰尼闭上双眼，除了坚硬的高墙和基岩以外，他什么都感觉不到。

“有人吗？”

约翰尼的声音开始变得微弱。

他知道这一切总会来的。

只不过，在默木野的柔光之下，一切似乎来得更为容易。约翰尼能够感受到四周的风吹草动，也能够感受到日月变幻，如今，他早已忘记被活埋的感觉。

“只要等到明天就好了。”约翰尼自言自语，这股声音在他脑海里不断回响。

明天。

还会有明天吗？

约翰尼大笑，撕心裂肺。

此刻的他，度秒如年。

三十分钟过去了，杰克仍在和接待台后的警员耗费时间，他抬高音量，在防弹玻璃外比手画脚。警长威拉德终于出现。“大律师，你在这里做什么？”

威拉德慢慢地走出金属门，表情痛苦，不是不耐烦，也不是生气，只是疲惫，不过杰克并不在意。“你不能在没有律师在旁边的情况下审问我的客户。”

“没有人在审问你的客户，他现在很安全。”

杰克惊讶不已，他以为威拉德会变得凶神恶煞，点燃香烟，将审讯室的灯光开到最亮，直射约翰尼的双眼，刑讯逼供，最后用录音机录下约翰尼的供词。问题在于杰克对刑法几乎一无所知，他是个跟数字打交道的律师，威拉德对这一点心知肚明。

“克罗斯先生，你还是先回家去吧。今天对大家来说都是难熬的一天。”威拉德目光温和，声音轻柔。

“我觉得我应该见见我的客户。”

“我已经将他单独隔离起来了。”

“什么？为什么？”

“他不太适应，目前精神状况不太稳定，有可能会伤到自己或是其他人。”

“你这么做太荒唐了。”

“至少到目前为止，我还有自主决定权。你朋友不是我手里唯一的犯人，我知道该怎么处理。”

“可……”

“你以前没接触过这种事情，我很理解。这种事情任何人听了都会沮丧，但它的确会发生。”

威拉德故意皱起眉头，将手搭到杰克背上，将他带到门口。“明天再过来，好吗？我保证你明天会见到他。”

威拉德的彬彬有礼扼住了杰克的怒火，他怎么可能对着一个转身离去的背影和一扇轻声关闭的房门发火呢？四周一片沉默，杰克独自站在原地，想象着此刻约翰尼的处境。他真的会伤害自己吗？杰克无从知晓。可他会伤害别人吗？杰克心存顾虑。生活总是异常艰难，约翰尼如此，杰克亦是如此。约翰尼有些事情是杰克无从得知的。也许是些不好的事情，也许是些麻烦的事情。

杰克拖着沉重的步伐离开警局，人行道上空无一人。天色渐黑，不过还能看清脚下的路。马路上的车辆缓慢驶过。杰克走到马路对面，打开车门，坐进车内，查看手机上的留言。其中两通电话是两名律师打来的，他们在留言中称其愿意接下约翰尼的案子，但是想找个机会详谈一下价格。

他们明天会打电话的，杰克心想。另外三个未接电话来自公司助理，还有一条留言来自莱斯莉·格林，内容简洁，声音嘶哑。

“杰克，回电话，尽快给我回电话。”

杰克并没有给莱斯莉回电话，他知道莱斯莉想要什么，她想知道整件事情的原委和细节。杰克忍不住开始思考莱斯莉为得到情报会开出的交换条件，一瞬间，一股自我憎恶的情绪浮上杰克心头，随之而来的还有那几晚的鱼水之欢，白皙的皮肤和轻柔的动作。

杰克发动引擎，驶入车流，朝东边开去。他从未去过法医的办公室，也没有去过太平间，不过根据常识判断，那应该是在医院的地下室。杰克的判断没错，他将车停入停车场后，跟随着指示牌走到急救室，沿着一条走廊继续往前，穿过一扇米色小门，在这个让人感觉不舒服的地方，这真是让人舒服的颜色。杰克沿着门后的楼梯继续行走，眼前出现很多走廊，走廊的天花板很低，地板很平整。走廊里的灯光越来越昏暗。走廊中途的墙壁上出现一扇玻璃窗户，窗户后面是一排整齐的小型金属门，门后全是冷藏的尸体，冰冷，死寂。杰克继续向前，四周静得可怕。

一共有十八扇小门。

杰克默默记下了数字。

会有多少具尸体呢？

这便是杰克不愿接触刑法的原因所在，它太过真实，太过残忍，死亡、监禁、绝望、谋杀，亘古不变。

一排排冷藏冰箱整齐排列，窗户后的白炽灯格外苍白，格外刺眼，杰克不禁打了一个寒战，他为此而感到羞愧不已，即便此时空荡的走廊里只有他一个人。杰克走到一扇木门前，门上挂着一个门牌——雷文县法医办公室。杰克踏进办公室门，同样的文件柜，同样的助理办公区域，同样的一扇扇紧闭的大门，并没有什么特别，唯一的区别在于四周散发出的味道。是防腐剂的味道吗？还是裸露的人体器官的味道呢？杰克不得而知。

“你好？请问有人在吗？”

办公室内的灯光极其明亮，却没有任何人应答。杰克慢慢往里走，经过一排桌子和一间堆放杂物的办公室，前面出现一道敞开的大门，通往前厅和另一个房间，房间内摆满桌子和各种瓶瓶罐罐，所有灯光聚焦到一个点上，四周模糊不清。

杰克不敢抬眼直视威廉·博伊德的尸体。

他躺在一张冰冷的金属板上，全身上下满是瘀伤和泥土，苍白得没有一点血色。腹部被完全切开，某些器官被取出体外，其他的仍留在体内。杰克看到了尸体的肝脏，另一个器官看上去像是心脏。除了死者尸体以外，只剩下很多桌子和其他工具，整个房间内没有一点生气，压抑，沉闷。杰克看到了亨特，他站在昏暗的灯光下，法医特伦顿·摩尔也在，两人争执不休。

“你不能到这儿来，克莱德。”

“这件事关乎的可是我儿子，我有权利知道。”

杰克几乎听不见克莱德和特伦顿的争执声，此刻，他的世界完全被尸体和腐臭吞没——血肉模糊的腹部，苍白至极的皮肤，还有散发着防腐剂味道的肉体。他想移开目光，可却完全无法控制自己。尸体头盖骨的上端已经被切开，一只手臂扭曲得可怕，肋骨似乎完全碎裂成小块。

我的天啊，太可怕了。杰克不禁暗自惊叹。

杰克回想起自己的童年时光，那段他几乎快要忘却的时光。解剖桌上没有秘密，有的只是肌肉和内脏。博伊德尸体的脸部残缺了一大半，散发着浓烈的防腐剂味道。

杰克踉踉跄跄地后退了几步，沿着墙壁缓缓移步到一张完全挡住尸体的桌子前。杰克将手放到桌面上，感受不到丝毫温度，他张嘴呼吸，试图不再去看尸体，那些完全碎裂的骨头，还有那些被生生咬掉、剪断、撕扯的血肉，惨不忍睹。

十秒，十五秒。杰克想保持身体平稳，却完全无力抗拒。此刻的他仿佛站在一个斜坡上，快速向下滑落，他想挣扎，却没有丝毫力气。杰克跑出办公室，疯狂逃离。他驾车回家，一路上，闪烁的霓虹在眼前模糊，街边的大楼被黑暗淹没，他似乎还在不停向下掉落，没有尽头。杰克无法解释内心那股令人窒息的寒冷，不过这大概是他所知道的最真实最纯粹的感受。

面目全非的尸体。

匪夷所思的疑问。

到达住处的大楼后，杰克飞速上楼，一步连跨三个台阶，直至他跑进屋内，锁紧房门，四周没有任何声响，只听得见他急促的呼吸声。杰克没有开灯，就这样站在一片漆黑的房间里，他走到窗边，看着城市繁华的街道，车水马龙，夜色同往日一样，五彩且温柔。杰克打开一盏灯，给自己倒上一杯酒，一饮而尽。他告诉自己，这件事情终究会水落石出，法医特伦顿·摩尔尽心尽职的工作一定会有个公正的结果，博伊德的死亡原因最终也必定会有一个合理的解释，然而，杰克根本无法说服自己。

在默木野，有某种可怕的东西四处游走。

一直以来，杰克都在努力劝自己摆脱这样的想法，可不同寻常的不只是默木野，还有约翰尼。他在撒谎，在掩藏某些不为人知的秘密。杰克本想一醉方休，可最终竟然拨通了莱斯莉·格林的电话。莱斯莉和杰克曾经相互利用，然而，对于杰克而言，这并无不妥。在法医办公室经历过那可怕的一切后，此刻的他需要温柔，需要怀抱，需要真实，他需要一个真真切切的人陪伴在他身边，让他感受温暖。

第十五章

天色还未破晓，克莱德从辗转反侧中醒来，长舒一口气。在他身旁，约翰尼的母亲总算是睡去了，克莱德终于可以暂时放下心来。昨晚注定是一个难熬的夜晚，凯瑟琳唯一的儿子如今面临谋杀的指控，而克莱德却对此束手无策，凯瑟琳泪流不止，随之而来的是毫无理性的气急败坏。

凯瑟琳希望克莱德能够扭转局面，说服警方释放约翰尼。

可，克莱德无能为力。

克莱德慢慢从床上爬起，异常小心翼翼，生怕吵醒好不容易才平静下来的凯瑟琳。他轻轻地站到地板上，还好，凯瑟琳还在熟睡。凯瑟琳需要休息，他也需要空间思考之后的计划。今天是极为重要的一天，他必须筹集现金，找到最优秀的律师为约翰尼辩护。之后，他得再去法医和检察官那儿探探口风。他还要去见约翰尼一面，不过最重要的是他想和詹姆斯·柯克帕特里克聊聊。他是唯一的幸存者，只有他才最清楚那天究竟发生了什么。或许詹姆斯·柯克帕特里克当时看到了杀人凶手，也或许他自己就是幕后真凶。只要他肯开口，事情也许会出现转机。

克莱德偷偷溜出房间，在走廊上穿好衣服，随后冲了一杯咖啡，他拿着咖啡杯走到前廊，窗户玻璃上沾满露水，窗外的街道寂静无声。

大门外躺着一份报纸，等候已久。

克莱德无心查看。

克莱德喝下一大口咖啡，透过窗户露水，看向报纸的模糊轮廓，它低调地躺在地上的样子令克莱德厌恶不已。那只是一份表面包裹着塑料的报纸，并无特别，也没有恶意。可周边的警察们交头接耳，议论纷纷，克莱德知道，约翰尼一定登上了报纸头条。

克莱德深深叹了一口气，离开门廊。门廊的地面是熟悉的白色砾石，大门也还是同样的颜色，可却已是物是人非。克莱德轻轻打开大门，弯腰拿起报纸。他没有立即打开，而是等回到厨房后，才缓缓展开报纸。一排醒目的新闻标题映入眼帘：

“小勇士”因亿万富翁威廉·博伊德之死被捕入狱。

标题下是两张约翰尼的照片，整齐排列。第一张照于十年前，就是这张标志性的照片使得约翰尼·梅里蒙的名字在一夜之间传遍全国。那时，约翰尼年仅十三岁，脸上尘土飞扬，沾满黑莓汁，胸前已被鲜血浸湿，身上满是羽毛，手中拿着嘎嘎作响的儿童玩具。当时，他正坐在车内，被一个成年男子一把拽出，在他身旁站着被他救下的那名小女孩。

蒂法尼·肖尔。

克莱德记得那个小女孩的名字。

第二张照片是从书上截取下来的，拍摄于约翰尼开枪射击威廉·博伊德的帐篷之后。照片上的约翰尼同十三岁那年一样，依旧是高颧骨、黑头发和一双让人捉摸不透的眼睛。他面无表情，看上去危险无比。

“这下糟了。”

克莱德讨厌这两张照片，它们只会使得人们认为约翰尼有过心灵创伤，且完全有能力实施谋杀，尤其是基于他此前曾对博伊德实施过袭击的情况下。这两张照片引出两段陈年旧事，同时也将公众的目光聚焦到看似高高在上的检察官邦妮身上。人们会提出种种疑问：警方当时对约翰尼·梅里蒙下达过警示令吗？约翰尼是否对其视若无睹？倘若当初检察方对约翰尼提出更严厉的指控，是否今天的威廉·博伊德也许能够幸免于难？这样的质疑不可避免，这是世事的本质所在。除此之外，新闻报道者手中几乎未能掌握其他信息，不过可怕之处在于，无论多与少，他们总能物尽其用。

死者尸体是在约翰尼名下的土地上被发现的。

警方在沼泽对逃犯展开了追捕行动。

克莱德再一次仔细地阅读报道。报道中没有提到卢瓦纳·弗里曼特尔，也没有提到潜在的杀人动机，这就意味着整个案子还有漏洞，对此时的克莱德而言，有漏洞并非坏事。

克莱德小心翼翼地走进房间，在确认凯瑟琳依旧还在熟睡后，他扯掉电话线，并将卧室里的所有窗帘拉得严严实实。克莱德想要为凯瑟琳制造一个安静而又昏暗的氛围，不想让她从熟睡中醒来，因为他知道这又将是风起云涌的一天。饥渴的媒体报道者们会跑到周围的街道上安营扎寨，只为获得第一手信息，家里的电话也会接连响个不停，一切只是时间问题。

克莱德锁好房门，拿着报纸离开了。

他的第一步是去距离最近的医院。克莱德开车驶出一英里，随后驶上四车道，转弯进入医院病区，无数间办公室、诊所和药房犹如一朵朵小蘑菇，被遮盖在医院大楼的阴影之下。停好车后，克莱德穿过一座天桥，直接进入医院接待大厅的楼上。他沿着楼梯下到第一层，拿出警徽，对着站在询问台后面的圆脸女人问道："詹姆斯·柯克帕特里克在哪个病房？他的主治医生是谁？"

桌上的一串钥匙咯咯作响，女人回答道："我给您看一下，病人詹姆斯·柯克帕特里克在七层。"

克莱德眉头紧锁。"七层？你确定吗？"

"确定，病人在精神病科的安全保护区，主治医生是帕特尔。"

克莱德简单谢过接待人员，转身走向电梯。

精神病科，安全保护区，怎么会这样呢？

柯克帕特里克被密切监视起来了，防止他自杀。

三十秒的电梯之后，克莱德又在一辆紧锁的办公室大门外等待了五分钟，帕特尔医生才终于现身。“不好意思，不好意思。”帕特尔医生从克莱德身后快步走来，一只手上拿着咖啡，另一只手上拿着一块百吉饼。“我刚刚在自助餐厅里，他们跟我说你在这儿等我。”帕特尔慌忙将咖啡、百吉饼和房卡钥匙统统拿到左手上，右手伸到克莱德跟前，说道，“你好，我是维杰·帕特尔，很高兴见到你。”

克莱德礼貌地与他握手，回应道：“我们之前有过一面之缘，当时我正在调查一起跳楼案件。”

“对对对，我们是见过一次，四年以前，那个跳楼的青年当时住我们医院，你也是前来调查。你今天到这儿来时因为詹姆斯·柯克帕特里克？”帕特尔将房卡靠近门边，门打开后，他向左转头，用一只脚抵住房门，问道：“我们可以在我的办公室谈，不过你介意我一边吃早餐，一边跟你说话吗？”

帕特尔的办公桌乱成一团，他坐到座椅上，稍微整理出一点空间，将手中的咖啡和百吉饼放到桌面上。克莱德上下打量着眼前这位主治医生。四十出头的年纪，小麦色皮肤，太阳穴两边有一缕灰白色的头发，本不高挺的鼻梁上架着一副眼镜，前额窄长，下巴圆润，是一副讨喜的长相。帕特尔还是克莱德印象中的模样，表情略微呆滞，一脸轻松的微笑。帕特尔只是县里的医生，工资水平不值一提，不过他的文凭却来自鼎鼎有名的戴维森学院、杜克大学和哈佛大学。在克莱德看来，他要么是默默无闻的奉献者，要么是学校里的差学生。大概是奉献者吧，克莱德暗自猜想。

“我的办公桌确实太乱了，实在是不好意思，让你见笑了。我的女儿参加了夏季曲棍球联赛，我是助理教练，所以平时有点忙，没太多时间收拾。”

帕特尔的随便一语证实了克莱德的想法。“我想要知道关于詹姆斯·柯克帕特里克的信息，把你知道的都告诉我。”

帕特尔向后俯身，靠到座椅后背上，一只脚搭到打开的抽屉边上，不紧不慢地说道：“詹姆斯·柯克帕特里克和镇上的一件杀人案有关吧？”

克莱德调整了自己对于帕特尔的判断，他确实是奉献者，不过却是智慧过人的奉献者。“你看过报纸了？”帕特尔从桌上拿起一份报纸，约翰尼的肖像赫然出现在报纸头版。“那你应该知道我今天为什么到这儿来。”

“警长威拉德跟我说你可能会过来找我，很遗憾你的家里发生了这么不幸的事情，约翰尼的亲妹妹去世时我不在现场，不过我知道你当时的事迹，也知道你娶了他的妈妈。我当时觉得这是一件好事情，是在伤痕累累之中的一线希望，也是一次全新的开始。”

“当时是一件好事情，现在还是。”克莱德顿了顿，注视着办公桌对面帕特尔的表情。“警长是不是告诉你不要向我透露任何有关于詹姆斯·柯克帕特里克的信息？”

“他建议我为了自己的利益着想，最好还是不要跟你见面。”

“但你还是跟我见面了。”

帕特尔嘴角上扬，回答道：“对我来说，家庭最重要，无论是我自己的家庭，还是别人的家庭。如果换作是我的女儿被拘留了，我上天入地也要把她救出来。所以，克莱德警官，”帕特尔抿了一口咖啡，继续说道，“你想知道些什么？”

“谢谢你，医生，我很感谢你愿意帮助我。柯克帕特里克先生是不是被监视起来了？”

“是的。”

“能告诉我是为什么吗？”

“柯克帕特里克先生在急救病房的时候企图自杀。”

“怎么自杀？”

“用手术刀，好在一名警官及时控制住了他。”

“你们给他打镇静剂了吗？”

“如果你是想问他的精神状况的话，那我可以跟你说他现在是清醒的。”

“我能见见他吗？”

“如果你不介意的话，你可以站在远处观望，我不想有人激怒他。”

克莱德跟着帕特尔穿过第二扇安全防护门，走入一条被仔细擦洗过的走廊。这里比克莱德想象中更安静，他知道安全隔离病房有时会陷入一片混乱。“我们就待在走廊里。”帕特尔在一扇紧闭的大门前停下脚步。透过一扇小窗户，克莱德看到一张病床和一些管制工具。“可以吗？”

克莱德点头，帕特尔打开门。柯克帕特里克平躺在病床上，脚踝和手腕被紧紧拷住，骨折的手臂上缠着一圈圈绷带。他双眼大睁，嘴唇一张一合。每隔几秒钟，柯克帕特里克便会全身抽搐。“他开口说过什么吗？”克莱德问道。

“你是问关于威廉·博伊德的死因吗？没有。”

克莱德盯着柯克帕特里克看了许久。柯克帕特里克没有眨眼，眼睛里布满血丝，眼眶湿润。龟裂的嘴唇始终在不停张合。“他这个样子有多久了？”

“昨晚一整晚都是这样。”

“他在说什么？”

“好像是道歉之类的，这是我见过最让人绝望的情形了，他不停重复着同样的话语，一遍又一遍，自从警长威拉德把他带过来后，他始终重复着那几句相同的话。”

“没有提到在沼泽地里发生的事情吗？”

“没有。”

克莱德向后弯腰，以便能够看清病房里的情况。柯克帕特里克时不时出现不规律的全身痉挛，头部猛烈地左右摇晃，脸上的抓伤表面覆盖着一层软膏。“他到底在说些什么？”

“全是些让人心碎的话，真的。”帕特尔医生交叉双臂，靠到房门边上，说道，“这个可怜的男人觉得他杀死了自己的亲生母亲。”

克莱德就这样看了十分钟，一次又一次询问柯克帕特里克有无提及命案当天的事情，得到的回答与此前如出一辙。

没有，病人没有提及在沼泽地里发生的事情。

而且帕特尔医生也不知道柯克帕特里克在之后是否能够恢复到足以与人谈及此事的状态。

“克莱德警官，请你想象一个场景：一个水晶花瓶从很高的地方掉落，碎了一地，也许可以复原，也许不能，谁也说不准，我们只能尽最大的努力进行治疗，其他的就交给时间吧。”

克莱德仍不死心，他又追问了一遍，可帕特尔给出的答案仍是如此，他不知道博伊德是怎么死的，不知道约翰尼如何涉案其中，也不知道究竟是什么导致柯克帕特里克遭受精神创伤。

“他的精神状况还不算是太糟糕，不过其他的……”

帕特尔无奈地摊开手掌，克莱德失望透顶。“帕特尔医生，谢谢你。”说罢，克莱德递过一张名片，“我的手机号码就在名片背面，如果有什么情况请立马给我打电话，任何情况都可以。”

克莱德乘坐电梯，前往地下室，走过几条熟悉的走廊后，他来到法医办公室门前。办公室房门紧闭，屋内漆黑一片。

“居然没有人。”

克莱德转了几下门把手，门被锁住了。他抬起手查看时间，此时正是早上七点，太早了，工作人员还未上班。克莱德拿出手机，拨通了特伦顿·摩尔的座机，无人接听。他又拨通其手机号码，仍然无人接听。“特伦顿，我是克莱德·亨特。这么早打扰你，真是不好意思。请你尽快给我回电话。”

克莱德希望能从特伦顿·摩尔口中得知更多内部消息，不过据他多年以来的经验判断，特伦顿·摩尔向来立场坚定，软硬不吃，他是否愿意帮忙仅仅只取决于自身的道德心。这是克莱德第一次对这般正直的品格产生厌恶。此刻的他心烦气躁，甚至想摇断大树，推倒高墙，以发泄内心的怒火及烦乱。

稍事冷静后，克莱德拨通了杰克·克罗斯的电话。电话刚刚响起，杰克迅速接起电话，似乎早有准备。“杰克，我是克莱德，你现在方便出来跟我见一面吗？”

“当然方便，告诉我具体的时间和地点。”

“二十分钟之后在警局碰面。我们是时候和约翰尼谈谈了。”

杰克将手机放到床头柜上，迅速穿好外套，反正他也正打算提早出门，不过在此之前，还有一件麻烦事需要他解决。

“莱斯莉？”

杰克走到浴室前，门半掩着，他敲了几下后，直接伸手推开房门。杰克将手伸进口袋，在洗脸槽边停下。莱斯莉正在洗澡，她透过浴室玻璃，微笑着对杰克说道：“进来。”

杰克摇头，回答道：“我马上要出门。”

“十分钟就好。”

杰克有所迟疑。莱斯莉昨晚的到来完全出乎他的意料，两人之间没有丝毫尴尬，也不存在任何回报之意。莱斯莉身穿牛仔裤和靴子，在进门看到杰克的那一瞬间，她的脸在昏暗的灯光下变得异常柔和，未等杰克开口，莱斯莉便上前吻住他的双唇。杰克希望是浓烈的情感驱使莱斯莉给他如此深情的吻，可在内心深处，他知道事实其实并非如此。昨晚的杰克心浮气躁，身心俱疲，完全失去了本该有的理智。

他从莱斯莉脸上看到的只有怜悯。

即便是此刻，他也能从莱斯莉细微的表情中察觉出同情之意。

“杰克，你听我说，”莱斯莉裹上浴巾，“博伊德已经死了，你对公司的合伙人来说已经失去了利用价值，所以你目前的处境不是很乐观，你明白吗？”杰克点头，莱斯莉向前靠近一步，问道，“你现在是要去监狱那边吗？”

“我要去见克莱德·亨特警官。”

莱斯莉低下头，随后抬头看向杰克的眼睛，“你之后会打电话给我吗？”

杰克点头，回答道：“关于昨晚的事……”

“不必提昨晚的事。”

“只是你很……我也不知道怎么说。你本来完全没必要对我这么友好。”

“惊喜吗？”

“惊喜。”

“这就是女人的独特本事，女人总是能让男人惊喜。”

莱斯莉给杰克系好领带，整理好他的衣领。杰克目不转睛地盯着莱斯莉，寻找她脸上的那份怜悯，可竟完全不见踪影。“你没有问起过约翰尼的事。”

“现在不是聊这个话题的好时机。”

“那你昨晚为什么过来？”

莱斯莉靠近杰克，温柔地亲吻他的脸颊，说道：“为什么不给你自己一点小奖赏呢？”

给自己一点小奖赏，这句话点亮了杰克的一天。杰克会毫无保留地信任莱斯莉吗？当然不会。不过莱斯莉出乎意料的温柔与和善让杰克对新的一天充满希望，或许今天也会迎来惊喜，或许警长威拉德会意识到自己的错误想法，然后释放约翰尼。

监狱就位于距离杰克住所四街区外的地方，杰克选择步行前往。炎炎夏日，清晨的天气却格外凉爽，天空压得很低，空中阴云密布。杰克环顾四周，人行道上空无一人，街边房屋的窗户玻璃上倒映出整个街道的沉静与祥和。不久后，杰克到达监狱，法庭、警局以及数十家法律咨询公司的办公室与监狱同在一个街区，马路上车来车往，警察和拿着公文包的人在街上快步行走。杰克刚刚跻身律师行业，对这一切并不熟悉，但眼前这些人行色匆匆的模样却与他的想象不谋而合。法庭和监狱门口人声嘈杂，工作人员进进出出。

克莱德·亨特就在监狱门口的人行道上，他在一辆警察巡逻车边来回踱步。杰克走到克莱德身边，克莱德递给他一杯咖啡，简单地问好。他神情疲惫，虽刚刚刮过胡子，却脸色苍白，眼神呆滞，大概是一夜未眠。“有什么消息吗？”杰克问道。

“现在时间还早，法医还没有上班，至于那名目击证人……他精神崩溃了。我分别给在警局里的三个朋友打了电话，但是没有一个人肯透露消息。没有人敢冒犯警长。”

杰克揭掉咖啡杯盖子，问道：“你说‘精神崩溃’……”

杰克止住话语，克莱德明白他想说什么。“柯克帕特里克出生在西弗吉尼亚这个煤矿大国，白手起家，到现在身价不菲。他的生活并不容易，下到那些深不见底的黑洞里去采矿，大多数采矿的人在三十岁左右就会一蹶不振。他出身寒门，靠自身努力成为富豪。”克莱德眼里闪过一道光，“也许只有百万分之一的人能做到。”他将咖啡原封不动地放到巡逻车车顶上，“那天一定发生了什么极其可怕的事。那片沼泽里一定有什么不对劲，而且可怕到足以摧毁一个如此坚强的男人的意志。”

“也许在去沼泽地之前，柯克帕特里克的意志就已经有裂痕了。”

克莱德眯眼看向身后的监狱，回答道："也许吧。"

"说不定柯克帕特里克就是杀人凶手。"

"我也这么想过，可是警长不会这么想。"

"因为他一直千方百计想要抓住的约翰尼现在就在他手上。"

"可以这么说吧。"

杰克顺着克莱德的目光望去。监狱大楼一共有六层，坚不可摧的大门，缝隙狭小的窗户，高墙耸立。即便是其旁边的法庭，与之相比，也显得渺小无比。"必须等到下午一点才能探监。"

"我是警察，你是律师，不用遵循这些条条框框。"

杰克点头表示赞同，庆幸有克莱德陪同一起。"好的，那我们进去吧。"

进入门厅后，克莱德将随身携带的武器放入钢箱，交与工作人员保管，随后通知坐在防弹玻璃后的警官，要求与约翰尼·梅里蒙见面。

"来访者姓名。"

克莱德一并说出自己同杰克的姓名。

"探监原因。"

"律师客户面谈。"

克莱德使用了术语，在杰克看来，这更像是一种言语暗示。克莱德与这名警卫明明相互认识，却装成是初次见面的陌生人。两人肢体动作僵硬，言语也极其简略。杰克本以为警卫会给克莱德一点薄面，没想到，最终还是没能如愿所偿，警卫回答道："不好意思，先生，今天早上不允许任何人探监。"

"什么？为什么？"

"我们监狱进入了一级防范禁闭期，这是警长的命令。"

克莱德略过警卫，看向其身后被铁栏围住的大门，走廊上没有丝毫动静。整个监狱格外安静，警卫松了一口气。"我不相信你说的是事实。"

"昨天晚上监狱里发生了一场骚乱。"

"哪种骚乱？"

"先生，实在抱歉，在这期间，没人可以进去，也没人可以出来，我能告诉你的就只有这么多。你要是不介意的话，可以等一会儿。"

警卫伸手指向一排塑料座椅，克莱德强压怒火，问道："要他妈的等多久？"

"等到警长说可以了为止。"

克莱德咽下口中愤怒的话语，双手却在不停颤抖。他取回武器，在出口处停下，回头看向跟随其后的杰克，说道："那个警卫完全是在胡说八道，你看出来了吗？"

杰克全然不知克莱德话语中的意味，回答道："如果现在是一级防范禁闭期的话……"

"根本就没有什么一级防范禁闭期，那只是警长阻止我们跟约翰尼见面的借口而已，这都是老套路了。"

"警长为什么要这么做？"

"时间，他想要更多单独和约翰尼相处的时间，好让约翰尼主动开口。"

高墙之下，时间早已不复存在，灯光一次次开了又关，又有什么所谓呢？约翰尼盯着眼前的墙壁，却几乎看不清。他伸手触摸脚下的地面，没有一丝感受。被单独隔离开来的不安压得约翰尼快要喘不过气，心中的恐慌愈加浓烈，约翰尼夜不能寐，紧张的情绪在胸腔内不断撕扯，他头痛欲裂。约翰尼勉强站起身来，手掌支撑在身后的墙壁上，心脏没有规律地猛烈跳动。他试着静下心来，却连呼吸都愈加困难。

你之前面对过同样的情况，那时候都挺过去了。

这次也一定可以。

约翰尼自我安慰的声音一遍遍在头脑里回响。他顺着墙壁，在牢室内缓慢移动。

这间牢房是一个黑箱，隔绝所有生命气息；它也是一个黑洞，剥夺约翰尼所爱之物。

没有什么是永恒的。

没有什么可以永不消逝。

我一定不会一直待在这里，我一定可以出去。

约翰尼知道，这无疑是在自欺欺人。他的脚步声在阴暗的牢房里不断回响。这时，耳边传来金属摩擦的声音。“你准备好交代事实了吗？”

是警长威拉德，他不时前来，站在牢房门外，那么遥远。约翰尼走向房间内的另一个角落，恰好看到威拉德的面部。一张老男人的脸，一双可怕的眼睛。

“不用交代，”约翰尼咳嗽了几声，呕吐物从嘴里溢出，“我没什么好说的。”

“除非你愿意开口，不然你永远别想离开这间牢房。”威拉德倾斜身体。“声音大点，我听不见你在说什么。”

约翰尼寻找威拉德的脸，忽然开始大笑。

声音大点。

他已经近乎狂吼了。

当警长再一次前来时，约翰尼已经在牢房里走了足足九百六十七圈。他一步一步地数着：六步……四步……六步……四步……

四周的空荡。

内心的空洞。

像棺材一样冰冷狭小的牢房。

令人窒息。

金属摩擦的声音再次响起，四周的空气开始移动，汗液和咖啡的味道扑面而来。约翰尼在原地晃荡着身体，从未有什么味道如这般怡人，令人安心。那一瞬间，周围的一切是真实的，那是约翰尼所知道的最真实的感受。随后，金属声又一次响起，约翰尼再次陷入空洞，回归孤独。一边狠狠捏自己一边咬舌头，他全身颤抖，直至身体开始感受到疼痛。约翰尼闭上双眼，继续在牢房里来回走动。

一千一百圈。

两千圈。

有时，他会不知不觉地停下脚步，意识模糊，而当他清醒过来时，仍然站立在原地。有多少圈了？约翰尼忘记了，又要从头开始。

在死一般的沉寂里，他喃喃自语。

一圈……

杰克和克莱德站在人行道上，此时，克莱德的电话响起，是法医特伦顿·摩尔。

"克莱德，我是特伦顿·摩尔，我收到你的留言了。"

"特伦顿，谢天谢地，你可算是回电话了。"克莱德冲着站在巡逻车旁的杰克点点头，"实在感谢。"

"先不要谢我，这件案子不是由你负责，我不能跟你讨论案件细节。"

克莱德紧握住手机。"那你为什么给我打电话。"

"因为我认识你已经十五年了，也因为是你让我给你回电话的。"

克莱德闭上双眼，伸手捏捏自己的鼻梁。他告诉自己特伦顿是他的朋友，而且这种事情是有规矩可言的。然而，克莱德丝毫不愿在意，他只希望约翰尼安然无恙。"我想知道更多细节。"

"我知道。"

"那你告诉我啊。"

特伦顿沉默片刻，电话里传来嘈杂的车流声和模糊的音乐声。"下午两点，我要去检察官的办公室与邦妮和警长威拉德开会，你应该有兴趣参加。"

“邦妮是绝对不会允许我参加的。”

“那你就在会议结束的时候再去。”

“下午两点，天啊，又要白白耽误整整一上午啊。”

“我在教堂山有一个研讨班教学，下午赶回来已经是最快的速度了。”

克莱德转头看向监狱，一上午，警长威拉德会对约翰尼做什么呢？这个他视如己出的孩子能否逃过一劫呢？“你想告诉我的究竟是好消息还是坏消息？”特伦顿再次沉默。“十五年了，特伦顿，你我已有十五年的交情了，这话是你自己说的。”

电话那边传来特伦顿的叹息声。“如果这个消息泄露出去了，责任由你自己负责，我绝对不会承认给你打过这通电话。”

“我只需要知道是好消息还是坏消息就够了。”

“你能发誓绝对不对外透露吗？”

“我保证不会透露，求你快告诉我吧。”

又是令人窒息的停顿。“那个人绝不可能是你儿子杀死的。”

特伦顿·摩尔挂断电话，将手机放到一旁的座位上，思索着自己是否会因为这通电话而被解雇。警长威拉德是个思想狭隘的人，而检察官邦妮向来循规蹈矩，倘若克莱德违背约定，对外透露了消息，那么这两人一定不会轻饶他，而他所面临的将是一连串的审问和连续多天的拘留。审问和拘留的概念并没有什么不同。

最初，特伦顿以公务为先，因为案件的不可侵犯性和保密性。

但对于特伦顿而言，克莱德·亨特并不仅仅是朋友。他是令人崇敬的警察，是枪法绝伦的好枪手，也是特伦顿所仰慕的对象。当年，特伦顿初次来到雷文县，在旁人眼里，他只是一个身材瘦小，戴着一副眼镜，且刚刚实习期满的小人物，根本不值一提。而克莱德对他态度友好，没有嘲笑他口齿不清和缺乏男子气概的举止，也没有嘲笑他令人难以理解的幽默感。

其他警察对待特伦顿粗暴且无情，可克莱德并不是如此。十五年之后，他们两人成了朋友，每个月会一起吃个饭，在稀松平常的早晨一同享用咖啡。

特伦顿打开广播，驶上高速公路，一路向北驶去。

他已经为克莱德牺牲太多。

刚刚的举动也是一种牺牲。

一小时的车程后，特伦顿到达教堂山，找到联合国医学中心大楼所在地。这堂课与特伦顿以往教授过的课程并无差别，唯一不同的是，他在授课过程中思绪游离，不断重复着相同的话语。在回程途中，特伦顿依旧在思索着博伊德的尸体解剖过程以及由此而导致的彻夜未眠。特伦顿一边驾车一边回想着尸体解剖后的画面：那些扭曲不堪的骨头和支离破碎的内脏器官。时钟在墙上嘀嗒作响，从十一点至午夜时分，一种难以形容的冰冷朝特伦顿袭来，他坐到座椅上，一动不动，试图提炼出自己的发现。特伦顿曾多少次因尸体解剖而质疑自己所敬畏的科学？曾多少次感受到这种难以解释的冰冷？两次，特伦顿只有两次被迫怀疑理性思维的界限。整整十年以来，只有两次。

而每一次，约翰尼·梅里蒙都牵涉其中。

每一次，都与那片沼泽有关。

特伦顿回到雷文县，此时距离下午两点还有三分钟。他走过医院大楼，直接前往检察官所在的办公室。特伦顿从法院大楼的后门进入，乘坐安全电梯到达三楼，走出电梯门后，按响走廊上的内部通话设备，在报完姓名和来访原因后，门铃响起，特伦顿进入大门，走到摆放有一张沙发和四张座椅的等待区域。此时，克莱德正坐在等待区域内的一张座椅上，身旁是约翰尼的朋友杰克。

“克莱德。”

克莱德冲特伦顿点头示意，沉默不语，眼睛平视前方。在他身后，一名秘书正透过窗户玻璃观察着等待区域的情况。特伦顿看了克莱德一眼，心领神会，随后若无其事地经过克莱德身旁，没有再多说一句话。特伦顿将公文包放到狭窄的窗台上，贴近防弹隔板上的小孔，对坐在里面的秘书说道：“你好，我是特伦顿·摩尔，我是过来和检察官邦妮见面的。”

“她正在等您。”门铃再次响起，特伦顿踏进金属大门，眼前是一排雷文县检察官的安全办公室。“请您随我这边来。”秘书带着特伦顿经过文件柜和办公室。办公室内的人们埋头于工作。特伦顿跟着秘书走到走廊尽头的双扇大门前，秘书敲了几下，径直推开右门，“特伦顿·摩尔来了。”

办公室的装修恰如邦妮·巴斯比的风格，沉重的办公摆设，仿佛静止的空气。邦妮坐在办公桌后，一身全黑的着装，就连手表都是黑色的，她此刻低沉的情绪也裹藏其中。“你能给我解释一下为什么克莱德·亨特会坐在等待区域吗？”

特伦顿走进办公室。“警长，李副警官，很高兴见到你们二位。”

特伦顿冲警长威拉德和副警长汤姆·李点点头，每个人脸上的表情都异常凝重。

“你到底有没有告诉克莱德我们几个今天下午会在这里开会的事情？”

特伦顿径直坐到座椅上，一脸轻松地反问道：“他知道这次会议吗？”

“他也想参与进来。”

“毕竟被关进牢房的是他的儿子，他心急如焚的心情和行为也可以理解。”检察官邦妮试图用眼神恐吓住特伦顿，可那个曾经在北佐治亚长大且口齿不清的小男孩如今却变得这般镇定自若。他瘦弱的双腿交叉在一起，脸上露出若无其事的微笑，“我今天的会议不止这一个，为了节约时间，我想我们可以开始了。”

“好吧。特伦顿，你说了算，谁让你才是这次会议的主角呢？”

邦妮优雅地做出同意开始的手势，不过可没人会被她表面的友好举止所蒙骗，至少特伦顿不会。

特伦顿打开公文包，将几份解剖报告分别递到其余三人手上。“毒物测试报告要过段时间才能出来，不过解剖结果表明死者的死与毒物没有任何关系。”

三人低头迅速浏览报告，警长威拉德第一个抬起头，不可置信地问道：“妈的，你这份报告是在开玩笑吗？”他又粗略浏览了一次，随后将报告一把扔到地板上，“这完全是一派胡言。”

这不是特伦顿第一次面对这样抗拒的反应，每当尸体解剖结果与警方的猜想背道而驰时，警长便会作此反应。“就算你去找其他法医，也会得出和我一样的结论。”

检察官邦妮合上手中的解剖报告，眯缝双眼，声音平稳地说道：“请你给我解释一下这份报告的具体内容。”

特伦顿花了半个小时，详细解释了报告的每一页内容以及他得出的每一项结论，每句话都有理有据。在他终于全部解释完毕后，警长威拉德的脸色变得愈发苍白。“这不可能，这完全说不通。”

特伦顿耸耸肩，回道：“尸体是不会说谎的。”

“你确定没有哪一个人可以造成死者如此严重的伤势吗？”

“警长，不是哪一个人，就算是十个人，只要是赤手空拳，也不可能造成这种伤势。”

“具体解释一下。”

“威廉·博伊德的四肢完全移位，臀部和肩膀也是同样的情况。全身筋腱不是被拉伸了，而是直接被生生扯开了，这需要极大的力气，超出你们想象的力气。”特伦顿一边说一边举起手中的报告，以强调自己的论证。“死者肱骨和股骨处呈螺旋状碎裂，身体多处地方的骨头也是完全碎裂。七处内脏器官全部破开，全身韧带扭曲，颅内出血。两只眼睛在眼窝里被压得粉碎，这种伤害牵扯到视觉神经，而你们都应该知道，视觉神经在头部。造成死者这样的伤势需要极大的拉扯力、扭转力和压缩力，甚至可能需要同时进行。我的这份尸体解剖报告绝对不会出错。约翰尼·梅里蒙不可能做得到，没有一个人可以做到。”

“所以呢？”警长威拉德身体向后倾斜，慢吞吞地问道，“这种情况你怎么解释？”言语里满是讽刺。

“对不起，警长。”特伦顿依次看向站在对面的三人，抬起手掌，敬畏地说道，“我不确定是否有人能够解释这种情况。”

第十六章

约翰尼所遭受的一切痛苦都从金属大门刺耳的摩擦声开始，虽然这扇门最后终于敞开，但约翰尼内心的伤痛和苦楚却难以如此快速且毫无痕迹地褪去。他看见门上的铁锈和墙壁上剥落的油漆，可这间牢房仍旧在窄长且昏暗的走廊尽头，令人绝望。四周的声响似乎比此前更加遥不可及，警卫的嘴唇不停移动，声音却没有立即传入约翰尼的耳朵，而是在空荡的走廊里声声回响。“站起来，跟我走。”

警卫人员系紧腰带和袖口，上前抓住约翰尼的手臂，一把将他拎起来。金属门外是向上的楼梯。约翰尼的双脚已经完全没有知觉。“多久了？”

“什么多久了？”

约翰尼绊倒了，警卫一把将他扶起。约翰尼又问了一遍：“我在这儿待了多久了？”应该有好几周了吧，约翰尼心想。

“二十七个小时。”

才二十七个小时吗？

不对，远不止二十七个小时。好几天过去了，很多很多天。约翰尼想要伸手摸摸自己的脸颊，却被警卫制止了，“不要再耍花招了，快跟我走。”约翰尼步履蹒跚地走上楼梯，在地下二层乘坐电梯上一楼。电梯运行过程中，警卫松开约翰尼的手铐，并把衣物归还给他，“穿好衣服，你马上就可以出去了。”

约翰尼套上衣服，衣服上散发着泥土和河流的味道，这股味道便是约翰尼重获自由的开始。穿过两条走廊后，阳光照了进来，那是真正的阳光，一股热空气在四周移动，空气里满是疲惫的味道。这一切只是开始。约翰尼知道自己需要什么，他需要走过另一扇门，需要仰望头顶湛蓝的天空，需要回到那片难以割舍的家园。

警长威拉德站在最后一条走廊的尽头处，挡住约翰尼的去路。他向下俯身，眼神里满是厌恶，约翰尼站直身体，不予理睬。此刻的约翰尼不愿去理会那些令他烦扰的一切，不愿看也不愿听，半盲半聋，没有所谓，动物就是如此。

“警长。”

警长威拉德消瘦且憔悴，犀利的眼神直直盯着约翰尼，他强挤出一丝微笑，对警卫人员说道：“给我们俩一点单独谈话的时间。”威拉德冲几名警卫人员扬了一下头后，几人便消失在约翰尼的视野中。威拉德仔细观察着约翰尼，他身体战栗，脸颊的汗水早已干透。“我想了解你，你能帮帮我吗？”

“我以为我可以走了。”

“没错，你是可以走了。不过我想再留你一下，耽搁你最后几分钟。”

“要么马上逮捕我，要么就站到一边，不要挡着我的路。”

警长眯起双眼，说道：“你有什么事情在瞒着我。”

“什么事情？”

“我不知道。”

约翰尼越过威拉德，看向前方，玻璃外有一间等候室，等候室外是新鲜的空气和温暖的阳光。

“你到底还有什么事情没有告诉我？”

“我没有看见博伊德是怎么死的，我也不知道是什么杀死了他。”

“你是怎么找到尸体的？”

“我已经说过很多次了，是……”

“没错，没错，你听到一声枪响，然后就顺着枪声去寻找。别再瞎编乱造了，你我都很清楚，这只是你在胡说八道而已。”

“我要走了。”

“别假装这一切就这么结束了。”威拉德抬起手指向一个约翰尼没有看见的人影，前面的钢门打开了。“这是我的名片。”威拉德一边说一边将名片递到约翰尼面前，“等到你有骨气面对这件事情了，就给我打电话。”

约翰尼将名片放入口袋，随后走出大门。外面的世界一片绿意盎然，约翰尼抬头看向天空，阳光温柔地洒在玻璃窗上，一切都是那么平静且温暖。克莱德和杰克早已等候多时。“再见了，警长。”

“不要再自欺欺人了，梅里蒙先生，我哪儿都不会去，这件事情我一定会查个水落石出。”

这时，克莱德突然冲上来一把抱住约翰尼，杰克的双手也搭到他的肩膀上。克莱德不停念叨着什么，可约翰尼根本无心理睬，他只是疯了似的想要回家。“家，我想回家。”

“想回家就好，”克莱德高兴地应道，“你妈在家等着你呢，她一直都很担心，担心得不得了，所以……”

克莱德继续说着，可约翰尼摇摇头，打断道：“我是想回我的家，默木野。”

“别傻了……”

“杰克，求你了，你开车带我回去吧。”

“儿子，跟我回家吧。”可约翰尼看见了杰克停在路边的车子，他踉踉跄跄地走了过去。“你可真是！那你妈妈怎么办？你不去看看她？”

“明天，明天我去看她。”

“她很担心你。”

“明天我回来吃晚饭，我保证。杰克，快开车门。”

“别开，杰克。”克莱德阻止道。

“杰克，开门。”

“对不起，克莱德。”杰克解开车锁，约翰尼迅速钻进车内，“他有时候就会这样，我会跟他聊聊明天吃晚饭的事情。”

“那我应该怎么跟凯瑟琳交代？”

“对不起。”杰克一边说一边走到驾驶座门前，“真的，克莱德，真的很对不起。”

杰克坐上驾驶座，发动引擎，朝默木野驶去。约翰尼将手按压在车窗玻璃上，身后，克莱德的身影逐渐远去。杰克加大油门，车窗外的世界变得模糊不清，这座喧嚣的城市和城市里来往的人群都在一点点褪色。“你不应该这副态度对待克莱德，他为你操了不少心。”

“你只负责开车就行了。”

约翰尼的前额靠在窗户玻璃上。

“你到底是怎么回事？”

“现在不要问我这个问题。”

“你现在说这种话是认真的吗？”

“明天，杰克，你也是一样，明天我会跟你解释一切的。”

杰克继续絮叨着，然而，约翰尼无动于衷。他一直望着窗外，看着街边的建筑逐渐消失在视野中。离默木野还有一英里之时，约翰尼开始心潮澎湃，犹如在寒冷中突然燃起一股熊熊大火。“开慢点。”

“还没有到呢。”

“停车。”

杰克将车停到马路边上，周围寂静无声。“现在你又想干什么？”

约翰尼打开车门。

“你要下车？你要在这里下车吗？”

约翰尼回头看向雷文县，随即转头直视前方。再过半英里，公路前方会出现两次弯道，随后便是一条泥土路，路边散发着土壤、青草和河水的味道，约翰尼暂时还无法嗅到这股熟悉的味道，不过走半英里后它就会扑鼻而来。“我从这里走回去，谢谢你载我过来。”

“就这样？你就不打算跟我说点什么吗？”

“现在还不是时候。”

“呵，真他妈好极了。”

“明天下午五点，我会去你的公寓找你。”

“那你父母那边呢？你不去？”

“先去你的公寓，再去我父母那儿，我们一起吃晚餐，我们四个人。”杰克进退两难，他想跟约翰尼聊聊，而约翰尼却只想独自步行回家，感受这重新回归的一切。“可以吗？”

杰克缓缓点头，对于约翰尼而言，这件事暂且告一段落。约翰尼退到一边，看着杰克转向，驶往空无一人的回城路。杰克走后，约翰尼独自行走在路上，经过公路弯道，走过漫长却怡人的泥泞道路，穿过两扇被压塌的大门，眼前出现一片郁郁葱葱的树丛，只要穿过这片树丛，就能到家了。约翰尼甚至可以看见一道微光闪烁，或许是因为极度兴奋，也或许只是约翰尼自以为无关紧要。约翰尼走进树丛，默木野的气息正迎面扑来，那是一种重量，一种温度。约翰尼跪到地面上，仿若遭人遗弃的孤儿一般，而默木野便是他的母亲，重新赋予他生命。

杰克回到镇上后，径直前往办公室。他已经迟到好几个小时，况且，因为约翰尼与威廉·博伊德之死脱不了干系，再加上公司因为此事突然损失了一大笔唾手可得的钱财，杰克或许早已进入公司的黑名单之列。有些合伙人通情达理，而另一些则妄自尊大，唯利是图，对杰克百般刁难。这便是交易的本质，这一点杰克早在就读法学院的第二年便已有所体会。不过，那些文凭和挂在办公室门上的门牌对于杰克而言仍旧意义深远。杰克在低调和柔弱的性格中悄无声息地成长，他热爱他的事业，如同他珍爱约翰尼一般，因为这两者是唯一值得杰克竭尽全力逃离那段黑暗童年时光的珍宝。

“苏珊。”杰克礼貌地同助理打招呼，并对着另一间办公室内的实习员工点头问好，虽始终面带微笑，可只有他自己清楚，这一切只不过是演戏罢了。一位律师助理迎面走来，撞上杰克的肩膀，杰克后退了几步。角落办公室内的员工也纷纷抬头注视他，神情冷漠。杰克迅速进入自己的办公室，关上房门，隔绝公司同事的异样眼光和冷酷态度。那一瞬间，他竟感觉这一切如此浅薄、荒谬且毫无意义，为何如此？

因为这一切本就浅薄、荒谬且毫无意义啊。

倘若约翰尼真是杀害威廉·博伊德的幕后真凶，那这些看似礼貌的微笑和简单的点头问好都将化为乌有。同事们似乎更希望是这样的结果，从踏进公司大门的那一刻起，杰克所看到的只有惊诧、怜悯和厌恶，或许大家倒觉得与他形同陌路是一种解脱吧。杰克走到办公桌前，桌上放着一份报纸。报纸正中央有两张照片，一张是约翰尼，另一张是一架私人飞机，新闻标题格外醒目：亿万富翁的家属到达当地机场，臭名昭著的犯罪嫌疑人仍在关押。报纸旁是一本破旧的书，书中的内容是关于约翰尼的悲惨童年及其妹妹阿莉莎之死，杰克的照片也在其中，那张被晒伤的脸，还有那只残障的手臂。

看来大家都还不知情。

他们以为约翰尼仍在监狱受刑，以为杰克最好的朋友是丧心病狂的杀人凶手。公司不可能因此解雇杰克，这样做有违道德，可杰克毕竟牵涉其中，这对于公司来说本就没有无罪可言。那一刻，杰克僵在原地，随即而来的是满腔的怒火。

“是谁把这份报纸放到我办公室里的？”

杰克站在办公室门前，同事们纷纷抬头看向他。

“苏珊，是你吗？马克呢，是不是你？”

每个人都听到了杰克的质问，可却没人直视他的眼睛。

“有什么问题吗？”一名高级律师从旁边的办公室走出，低头看着自己的手表，“你终于肯回公司了啊。”

杰克举起手中的报纸，问道：“是你把这份报纸放到我办公桌上的吗？”

“克罗斯先生，这是报纸，我敢说这栋办公楼里的大多数办公桌上都有。”

“他才不是什么杀人凶手，警察今天下午把他放出来了。”

“我们不在乎啊。”

说罢，那名高级律师转身回到办公室，留下杰克愣在原地，他内心早已火冒三丈，却丝毫不敢表露出来。四周，同事们仍然埋头工作，没人愿意抬头看他一眼。杰克回到办公室，将报纸和那本书狠狠砸到地上，不知自己为何如此愤怒。杰克在童年时期历经了太多类似的嘲讽与冷漠，他早已练就对人对事不屑一顾的冰冷态度，也早已练就先三思而后行的行事风格。这便是法律在杰克眼里极具魅力的原因之所在，因为它理性且能让人控制自我。

然而，此时的杰克却完全无法控制自我。

莫名的情绪在杰克体内蹿动，他在办公室里来回踱步，忽然，一团冰冷的雾气在他内心升腾，那不是愤怒，而是害怕。

杰克害怕失去自己的朋友。

杰克心烦意乱，他随手拿起几份文件，走到办公室外的助理办公桌前。“今天下午我在家办公，有什么事情就给我打电话。”

“好的。”年轻女助理点点头，杰克转身正准备离开之时，女助理开口提醒道，“对了，先生，不好意思，有几张留给您的便条。”

助理拿出一捆便条，杰克伸手接过，没有说话。他走出办公楼大厅，朝公寓走去。太阳炙烤着大地，马路上车水马龙。不远处的凯迪拉克里坐着两个男人，目不转睛地看着杰克，也许是因为残障的手臂，也许是因为急速的步行，杰克无暇顾及。他向右转弯，路过一栋公寓大楼和一家本地银行后，又向左拐去。走了两个街区后，杰克钻进面包店旁边的小门，爬上三楼，紧紧关上房屋的大门。他放下手中的物品，走进浴室，不停往脸上拍打冷水，随后坐到遮得严严实实的窗帘旁边。

我真的快失去约翰尼了吗?

约翰尼不喜透露自己的秘密，这一点确是如此。他一向沉默寡言，对心里的秘密守口如瓶，可从前那些秘密根本无伤大雅，只是关乎他自己内心的感受和想法罢了。即便是儿时，约翰尼也极少渴求他人的准允或理解。在杰克看来，这一品质使得约翰尼成为旁人眼中的危险人物，可杰克享受这种感觉，这种他们二人一起与世界抗争的感觉。然而，如今约翰尼不愿提及的那些秘密却更为阴暗，更为残酷。

杰克坐在办公桌前，翻阅着从公司带回来的便条，其中有给公司其他律师的留言，也有给法院书记官以及莱斯莉的留言，一个他不认识的名字先后出现了两次，上面携带着女助理的便条，写着：给约翰尼·梅里蒙。杰克思索片刻后，直接将所有便条扔到了一边。阿莉莎的十周年忌日临近，每一年的忌日总能引起一场不小的风波，引来无数记者、政治狂人，甚至是一些令人难以理解的追随者，而十周年忌日这样特殊的日子势必会更加引人瞩目。出版社打算再次印刷那本揭开约翰尼伤疤的畅销书，而那些纪录片也将再次循环播放。

杰克可不想与此有任何瓜葛。

杰克心神不安，只好决定用工作来麻痹自己。他翻开第一份文件，开始总结财政报表、历史贷款以及债务偿还的情况。这家公司的情况很复杂，旗下有多家分公司，并在九个不同的机构都有借款。这份文件花费了杰克大量时间，不过他享受这一连串数字带给他的平和，他可以借此逐渐缓解内心的不安。杰克整理好杂乱的数字，做好记录，绘制图表，思绪被满满四页的总结填满。紧接着，他又打开了第二份文件。

当杰克终于合上手中的资料，站起身来之时，时间已经悄悄过去了好几个小时。杰克看了看表，他已连续工作了五小时十二分。这时，他感觉到有些饿了。

杰克伸了个懒腰，走进厨房，从冰箱里拿出一罐啤酒，他打开窗帘，看向窗外的世界。此时已是晚上八点，晚霞爬满天空，不肯离去。杰克看着街道对面的餐厅，抿了一小口啤酒。天色逐渐变暗，最后变成了紫色，杰克向来钟爱天空的紫色，没有白昼的苍白，也没有夜晚的冰冷，一切恰如其分。一辆辆汽车驶过街道，前灯在紫色的笼罩下格外耀眼。杰克看着车来车往，这时，对面人行道边的一辆凯迪拉克映入他的眼帘。有那么一刻，杰克觉得这和他早些时候在回家途中看到的是同一辆车，不过这似乎毫无道理。为何会最初停在公司，随后又停在离公司四街区之外的人行道边呢？杰克喝着啤酒，好奇车内是否有人。他盯着窗外看了一会儿，然而，所有注意力都在那道温柔的紫色光芒中。很快，紫色褪去，天空被一片黑暗笼罩。

第二天是周六，杰克还是选择前往公司。此时是早上六点，稀松平常的一天。杰克右手拿着公文包，残障的左手手臂夹着一份晨报。清晨的天空灰蒙蒙的，凉风习习，杰克走在路上，脚步轻盈。

杰克走进公司，乘坐电梯上到七楼，他掏出钥匙，打开办公室门。在他的办公桌上躺着另外一张便条，同样的电话号码，同样关于约翰尼的信息。打电话的人名叫彼得·德雷克塞尔，是纽约的电话号码。杰克不认识这个号码，也不认识打电话的人，于是他上网搜索，得知对方是纽约的一名编辑。在杰克看来，编辑是与新闻报道者以及电视制作人同流合污之辈，因此他并未过多在意。他关上办公室门，直接投入工作。

整理，汗水，报酬。

工作使得杰克身心愉悦，可他竟有两次无意间吹起口哨。是不怀好意吗？他不得而知。当完成最后一份文件后，杰克将双脚搭到办公桌上，再一次拿起报纸：梅里蒙被无罪释放。

这不符合公众对约翰尼人设的广泛认可，新闻报道者乐于制造文字游戏，好用譬如“依然逍遥法外的地主”和“隐士的秘密基地”这样差别甚微的词语，不过检察官已经公开发表道歉，致歉的大致内容是：警方将约翰尼无罪释放，一切已成定局。

杰克关掉灯，走出办公室，注视着四周寂静无声的工作室和空荡荡的办公桌。走廊上有几位同事，杰克无心理睬。他打算以牙还牙，于是他进入隔壁办公室，将报纸放到那名羞辱他的高级律师的办公桌上，口中依然吹着口哨。就在杰克打算掉头离开之时，他又转身回到办公桌前，仔细整理好报纸翘起的边角，打开办公桌上的台灯，这才安心离开。

接下来是杰克的私人时间。他打电话给克莱德，告知他约翰尼今天下午会来镇上。“他五点到我家公寓，六点的时候我再和他一起过来。”

“你觉得他真会来吗？”

“我会跟约翰尼确认的。告诉凯瑟琳，我会带着好酒过去。”

杰克走出办公大楼，他平日里最爱光顾的那家熟食店就在一街区以外。此时已经过了午饭时间，迟来的午饭极具诱惑，不过晚饭时间临近，于是他决定暂且放任饥饿，步行前往东边六街区之外的酒铺。

下午四点，杰克回到家中，暴晒之后，他脸部有些泛红。他洗了个澡，换上条纹外套，系上粉红色领结。约翰尼一定不会为此刻意打扮，可凯瑟琳·梅里蒙在杰克心中有着特殊的分量。在杰克痛失母亲，变得愤世嫉俗，脾气暴躁，差点误入邪教的时候，是凯瑟琳放下自己的痛楚，苦心劝说，陪伴杰克左右，填补那份缺失的母爱。在无数个辗转难眠的夜晚，是凯瑟琳紧紧握住杰克的手，劝说他去考大学，攻读法学院，让他相信会有美好的未来。粉红色是凯瑟琳最喜欢的颜色。

在之后的半小时里，杰克焦躁不安，他担心凯瑟琳会不喜欢他挑选的礼品包装袋和用于包裹红酒的那张薄纸。凯瑟琳钟爱红色，可杰克同样也买了白色，她会介意吗？现在是下午四点五十九分，杰克给自己倒上一杯凉茶，一分钟之后，约翰尼敲响房门。杰克打开门，向后退了几步，惊诧不已。“约翰尼，我的天啊，你看上去……太帅了。”

杰克不知道自己期待看到约翰尼什么模样。也许是黯淡无光的眼睛，也许是厚重的黑眼圈。上一次杰克与约翰尼见面的时候，他脸色苍白，仿佛大病初愈。可此刻，他竟容光焕发。

“这是给你带的酒。”

约翰尼举起酒瓶，走进屋内。杰克接过酒瓶，注意力全在约翰尼身上。“你这是什么情况？”

“什么？”

杰克放下酒瓶，说道：“你看上去好像刚刚去环游了世界一样，容光焕发。”

“大概是因为我好好洗了一个澡吧。离开监狱一天了，我又变回原来的我了。”约翰尼指着桌上的酒瓶，问道，“你不准备打开吗？”

“要打开，要打开，当然要打开。”

杰克点头同意，因为他想要更多和约翰尼单独相处的时间。杰克走进厨房，在酒杯中放入冰块，倒上威士忌。当他转身回到客厅时，约翰尼起身，说道：“去楼顶小酌一杯如何？”

“有点热。”

“不热，有一处阴凉地。”

说罢，约翰尼转身，杰克紧随其后。旁边大楼的影子投射到楼顶上，约翰尼和杰克在一处靠墙的阴凉地坐下。约翰尼主动碰上杰克手中的酒杯，祝酒道：“为雷文县法医的明天干杯。”

约翰尼一饮而尽，杰克却丝毫未动，他一脸不悦地问道：“你是怎么知道的？”

约翰尼脸上露出熟悉的笑容。“就是我跟警长说的那样，我听到一声枪响，然后就找到了尸体。”杰克摇头，约翰尼并没有停下，“我知道远在三英里之外就顺着枪声去找尸体很困难……”

“这不是困难，这是不可能。”

约翰尼透过酒杯，看向杰克，回答道：“只要你足够了解这片土地，就没有不可能。”

“我想问的问题根本不是这个。”

“那你想问什么？”

“我到沼泽去找你的时候，你完全不担心被逮捕或是被起诉，你那天说你第二天就可以出去。你怎么知道警长最后不得不放了你？”

“因为我看过博伊德的尸体。”

“然后呢？你看一眼就知道了？”杰克的音量大得连他自己都为之一惊，“你只要看一眼死者尸体就知道不会有人认为你能够完成谋杀？”

“可以这么说吧。”

“你是怎么知道的？”

“我就是知道。博伊德的尸体太不对劲了，他那些碎成小块的骨头和他身上那些伤口，我根本就不可能做得到。”

杰克移开目光，黄色的阳光洒在屋顶和街道上。“你一点都不觉得奇怪吗？那些不可能是人为的伤势，难道你一点都不在意吗？”

“博伊德当时可是在荒野啊，很多人死在荒野，这没什么好奇怪的。”

“没错，的确是有很多人死在荒野，但他们是遭受意外，被射杀，或者是病死。可威廉·博伊德不是饿死的，也不是遇到了猛兽袭击，更没有掉进什么洞里。”

“我们其实都不知道那天到底发生了什么，不是吗？”

“你看过尸体解剖报告吗？”

“你看过吗？”

杰克放下酒杯，双手紧握，压在有温度的石板上。一旁的约翰尼神色轻松，他满不在乎的样子使得杰克怒火中烧。“那个地方很不对劲，我跟你说，我有一种不祥的预感。”

“我没有不祥的预感。”

“那是因为你太爱那个地方了。”

“胡说八道。”

“那就请你把我当作什么都不懂的小孩子，从头到尾，仔仔细细给我解释一遍。告诉我你是怎么找到博伊德的尸体的，告诉我你为什么这么迫切需要回到默木野，告诉我你是怎么知道自己第二天就会被释放的。”

约翰尼沉默了许久，清风没精打采地拂过他的脸颊，下午的阳光格外柔和。约翰尼的眼神里流露出无法遮掩的警惕，可声音却没有丝毫波澜。“我觉得我们该走了。”

“时间还早。”

“那我们就早点儿去。”约翰尼转动手腕，将杯中的冰块倒往楼下小巷。

“你就打算这么结束这个话题？不打算给我个合理的解释吗？”

那一瞬间，二人之间的气氛开始变得冰冷。随后，约翰尼抬起手臂，环绕在杰克的脖子上，将他拉到跟前，说道：“你知道吗？你真是烦死人了。”杰克无话可说。约翰尼似乎心领神会，他冲杰克点点头，脸上闪过一贯的笑容，“我让你失望过吗？”

“没有。”

“我违背过承诺吗？”

“没有。”

“那就别这么严肃，”约翰尼挤了挤杰克，大笑着说道，“高兴点儿，我知道自己在做什么。”

倘若是一天以前，杰克一定会沉醉于此刻，沉醉于约翰尼粗壮的手臂，沉醉于他爽朗的笑声，沉醉于夏日阳光的屋顶，也沉醉于他们之间的惬意时光。他会随着约翰尼笑出声来，然后说：我们还有的是时间，来，再喝两杯。他们会继续小酌，畅所欲言，之后一同前往凯瑟琳家赴宴，没有不快，也没有疑虑，仍是那两个携手探索世界的年轻人。这是杰克的内心想法，是他所渴求的画面，也是他此刻认为轻于生命却重于其他任何一切的记忆。自杰克记事以来，他和约翰尼便一直是彼此最好的朋友，情同手足。这一想法始终支撑着杰克。他和约翰尼走出公寓，来到大街上。约翰尼永远如此，从未有所改变。杰克体内的小男孩想要相信这一切，可如今已然成熟的大男人却无法释怀。约翰尼的笑声是个错误，今晚的晚宴也将是一场错误。

约翰尼和杰克安静地走在人行道上，没人注意到街对面的那辆凯迪拉克。

第十七章

表面看来，这场晚宴是一件让人享受其中的乐事。傍晚凉爽的天气，和风习习，他们一同在屋前花园中共享美食，四周是一片鸟语花香。这是完全属于他们的空间，熟悉且私密，继父、母亲、朋友，彼此之间相亲相爱，没有丝毫隔阂与不快。只有杰克始终对约翰尼沉默寡言，因此约翰尼时刻关注着他的一举一动。约翰尼对杰克了如指掌，他脸上缺乏自信的微笑，他每次看向约翰尼母亲凯瑟琳时，眼中充满爱慕与崇敬。长久以来，他们四人一直亲如一家，彼此间的交流只需一个眼神便已足矣，即便是沉默不语，也始终不会有所尴尬。可此刻杰克的沉默与以往不同，他是因为约翰尼而沉默。在约翰尼开口说话时，杰克却端详起身旁的大树，每当大家谈及默木野，他便会借故离开。只有当凯瑟琳问起约翰尼这几天在监狱里的日子时，杰克才开始有所反应。

“是不是很可怕？”

约翰尼紧握住凯瑟琳的手，回答说：“不可怕，就像是在公园里散了一场步一样，轻松快活。”

“胡说八道。”杰克拿起餐巾，捂住嘴巴咳嗽，这四个字脱口而出。虽刻意掩饰，但还是被大家听到了。

“你说什么？”凯瑟琳问道。

“没什么。不好意思，我去趟洗手间。”

杰克第二次起身离开，几个人意料之中地再次陷入沉默。这时，约翰尼轻松地耸肩，说道：“他是在生我的气。你们不要介意。”

凯瑟琳看向杰克的背影，神情忧虑。“你们两个吵架了吗？”

“谈不上吵架。”

“好吧，不管怎么样，你现在坐在我身边，这对我来说才是最重要的。”凯瑟琳抚摸约翰尼的手臂，在日落的余晖中，她显得格外美丽动人。

“那我们干杯。”约翰尼举起酒杯。在接下来的交谈中，约翰尼本身愉悦的情绪逐渐变得阴郁，他们聊到了威廉·博伊德，也聊到了凯瑟琳口中“那个住在医院的可怜人”。“我能理解他家人的心情，他们一定快担心死了。”

约翰尼没有说话，静静看着继父对母亲流露出的小心呵护和疼爱有加，他轻轻抚摸凯瑟琳的脖后颈，倾身靠近她身旁，仿佛只有人体的温度才能挽回她脸上失去的笑容。那是爱，是最纯粹的爱，约翰尼明白爱的力量。

“我该回家了。”

“我想你留在这里过夜。”

约翰尼起身，亲吻凯瑟琳的脸颊。凯瑟琳有她的心头所爱，约翰尼也有他难以割舍的心之所向。“替我向杰克说句再见。”

“好的。”

“谢谢你们这么辛苦准备晚餐。”

约翰尼冲坐在凯瑟琳身旁的克莱德点点头，随后走出花园大门，沿着人行道走到停在路边的卡车旁。约翰尼在原地停留了一会儿，一群黑褐色的烟囱雨燕在树梢和屋顶上盘旋，耳边传来它们翅膀规律扇动的声音，还有喋喋不休的叫声，这一切如此熟悉。它们随时随刻会蜂拥进入直冲云端的古老烟囱，会是哪一个烟囱呢？倘若是一棵生长在默木野的大树，约翰尼肯定能够准确判断出其方位，可在这偌大且陌生的城市里，他无能为力。所以约翰尼站在原地，默默等着。阳光刚好之时，那群烟囱雨燕在空中回旋，随后俯冲进入烟囱，就这样消失在眼前。

是自左向右的第三个烟囱。

一栋维多利亚风房屋的楼顶烟囱。

约翰尼发动引擎，摇下两边的车窗，驾车朝默木野驶去。回家的路途并不陌生，方向盘在约翰尼手下不停转动，仿佛与他一样归心似箭。车窗外的一切渐行渐远，年代久远的街区，庄严的法庭，古老的砌砖街道。起初，约翰尼心情愉悦，但一想到杰克以及他对自己的愤怒与不满，这种愉悦便在瞬间化为泡影。这座逐渐被夜色笼罩的城市了无生趣，即便是划破夜色的第一颗闪亮星辰也毫无唯美可言。

杰克想要答案。

而约翰尼却想要一切保持原状。

难道约翰尼自身就没有任何疑问吗？当然有，约翰尼心中有一大堆疑问。他是否会为了寻求答案而赌上自己如今的生活呢？这是最无悬念的问题，答案也显而易见。

不可能。

休想。

约翰尼很明确自己的想法，无论他所面对的是什么，那都是无瑕的，完美的，且纯粹的。约翰尼在心中一遍一遍重复默念着这几个词语：无瑕、完美、纯粹。

约翰尼的生活有魔力相随。

魔力并非坏事。

约翰尼加速行驶，喧嚣的城市在他身后沉没。杰克太过杞人忧天，这是他的本性。

什么都无须改变。

约翰尼不停地如此说服自己。车子逐渐靠近位于北边的默木野，他心中的怒火也随之消退。他驶过一家废弃的农场，四周杂草丛生。

远处的默木野若隐若现。

约翰尼能感觉到她的温度与气息。

继续行驶了三英里，后视镜里的几道车灯逐渐远去。这时，一道亮光闪现，一辆车飞速朝约翰尼的车尾方向驶来。约翰尼伸出一只手，挡住眼睛。

“搞什么鬼啊！”

那辆车距离约翰尼卡车的车尾只有十英尺远，对方开着远光灯，逐渐逼近约翰尼。那是一辆大型车。约翰尼看了一眼速度表：每小时六十二英里，约翰尼的卡车有些年头了，这已经是它平常的最快行驶速度。他一只手臂伸向车窗外，示意对方车辆超车驶过，可对方司机似乎并未有此打算。就在车辆距离卡车车尾只有二十英尺的时候，对方司机忽然加速，原本的二十英尺距离缩小到短短五英尺。

约翰尼也开始加速，六十八英里，七十英里。

“妈的。”

约翰尼加速驶过前方的弯道，卡车的一个车胎滑落地面，方向盘在约翰尼手中疯狂转动，车身差点飞离地面。下一个弯道在半英里之后，转过弯道，再行驶一小段公路，便可进入那条通往默木野的泥土路。约翰尼努力保持住车身平衡，眼睛紧紧盯着路面，密切注意前方的弯道，卡车在过快的速度负荷下似乎快要不受控制了。弯道就在眼前，车尾战栗着打向左边，轮胎底下冒起一股青烟。驶过弯道后，约翰尼加速向前，可身后的车灯依然紧随其后。五英尺，甚至更近。约翰尼火冒三丈，他正准备踩下刹车之时，身后的车辆忽然猛撞上来，卡车被推到前方，车身后端的门被撞开。轮胎与地面发出刺耳的摩擦声，约翰尼奋力保持车身平衡，可身后的车辆再一次撞了上来。卡车被撞得左歪右斜，车身不停翻转，冲向马路边上。约翰尼的头猛砸向脑后的玻璃，发出巨大声响，眼前是砂砾、杂草和一排大树。卡车终于在冲击后停下，约翰尼躺在车内，四肢朝天，车顶已经破损，车窗全部碎裂。车祸发生后，四周在转眼间又恢复平静，车灯闪了几下，熄灭了。

"啊，我的上帝。"

约翰尼伸手摸了摸自己的脸，手指上沾满鲜血。他再次确认自己的伤势，在头皮上摸到一条很长的伤口，鲜红的血液顺着右脸颊直流而下。

"在哪里？"

约翰尼吃力地转头，环顾四周，寻找撞向他的车辆。在距离卡车不远的地方，停着一辆仍未熄火的黑色大型休旅车。约翰尼看着车辆，想要伸直脑袋，却难以动弹。

为什么？为什么撞他？

约翰尼解开安全带，从敞开的车门摔倒下来，休旅车仍旧停在原地。约翰尼的腿受伤了，他无法保持身体平衡。轮胎压在碎裂的玻璃上，约翰尼手扶车门和方向盘，勉强站立。休旅车停在距离约翰尼十英尺远的地方，车身靠在公路边缘。约翰尼本以为这是一场交通事故，车主一定是醉酒驾驶的蠢货，立马会下车主动致歉。可这样的幻想在车门打开的那一瞬间破灭。车上的人朝约翰尼的方向走来，约翰尼看见了对方手中的斧头。休旅车司机手中的斧头垂在腿边，其余人则是用双手紧紧握住。

"哥们儿，你们这是干什么？"

约翰尼试图保持常态，可说话的语气却异常尖锐。鲜血流入他的眼睛，他使劲眨眼，四下寻找可以用作武器的东西，但一无所获。

"你的名字是约翰尼·梅里蒙。"

说话的人是休旅车司机。他的身体挡住车灯，约翰尼将头偏向一边，对方驾驶的是一辆凯迪拉克。其余人也移动到车灯前。司机二十出头，身形消瘦，神情严肃。

约翰尼一瘸一拐地走到被压坏的卡车引擎盖前，回答道："也许是吧。"

"我不是在问你问题。你的名字就是约翰尼·梅里蒙。昨天你还被关在监狱里，因为有人怀疑你杀了威廉·博伊德。"

"你想怎么样？"

司机向前靠近几步，其余人紧跟其后。“首先，我要你全神贯注听我说。”

约翰尼看见司机摆出进攻的姿势，紧接着，眼前模糊一片。当他清醒过来时，发现自己正躺在地面上，头上又多出了一条划痕。约翰尼想要翻身起来，可一只靴子突然挡到眼前，踢断了他的肋骨。约翰尼十指紧紧抠住地面，试图站起身来。

“还没完呢。”

随之而来的是一场拳打脚踢，重拳一记接一记，落在约翰尼的手腕、肩膀、后脑勺以及腰上，他再一次昏迷过去。当他醒来时，全身疼痛难忍。约翰尼垂死挣扎，他的意识越来越模糊，世界在他眼前一点一点崩塌。司机蹲到约翰尼跟前，恶狠狠地问道：“现在清楚什么叫全神贯注了吗？”

约翰尼吐出一口鲜血，呼吸困难。眼前的男子一头浓密的短发，怒目圆睁，身穿褪色牛仔服，手腕上戴着昂贵的劳力士手表。“你到底是谁？”

“我是小詹姆斯·柯克帕特里克。是你害得我爸到现在都还躺在医院里。我今天来找你，就是想知道你到底对他做了什么。”

“你爸，”约翰尼喉咙再次哽住，“我不认识你爸。”

“今天的规则很简单，你撒一次谎，我就让你多一道伤口。”

说罢，司机对随行前来的一位朋友点点头。一个斧把重重砸在约翰尼身上，约翰尼的膝盖骨如同玻璃一样碎裂成块，他痛苦难耐，撕心裂肺地大声喊叫，凄惨的喊叫声持续了很久，很久。

“你到底对他做了什么？”司机意图坚决，同时不慌不忙，他停顿了一会儿，继续说道，“他是我见过的最强壮最勇猛的人，可现在他却连基本生活都不能自理，在病床上拉屎拉尿，一看到阴影就吓得屁滚尿流。说！你到底耍了什么花招？”

“没什么花招，”约翰尼脸部朝地，回答道，“我什么都没做。”

小柯克帕特里克再次冲朋友点点头，又是一阵暴力捶打。他一脚踩碎约翰尼的一只手掌，不停猛踢他的双腿，一次又一次，一次比一次凶狠。

约翰尼又一次陷入昏迷。

“天……”约翰尼醒了，他蜷缩在一边，受伤的那只手已经动弹不得。

“说！你对我爸做了些什么？”

“警长……”

“你说什么？”司机凑到约翰尼嘴边。

“警长放了我。”此时约翰尼的话语已经含混不清，手指仍旧死死抠住地面，“我什么都没有做，所以他放了我。”

“你觉得我会不知道那些腐败的警察吗？我们家可是做煤矿生意的，我们可以操控煤矿，同样也可以操控警察。”他一把揪住约翰尼的头发，继续说道，“你可能不太了解我爸养育了一个什么样的儿子。我曾经为了让煤矿工人听清楚我的话而将他打得半死，我说的可是那些在西弗吉尼亚的矿工，那都是些身强力壮的狠角色。我威胁过记者和政客，他们谁也不敢动我一根汗毛。我还杀死过一位胆敢勒索我的人，最后甚至都没人知道他失踪了。你觉得我不会杀了你吗？我再问一次，你到底对我爸做了什么？”

司机眼中的憎恶溢于言表，急促的呼吸狠狠拍打在约翰尼脸上。约翰尼也想全身而退，可他除了一遍遍重复事实以外，别无他法。“我不认识你爸。”

“你再说一次！”

对方一把抓住约翰尼的头，将其狠狠按压在地面上，可约翰尼仍旧语气坚定。“我不认识你爸，我也不认识你。”

“哦？是吗？”

约翰尼的牙齿已被血迹染红，他张开嘴，吐出一口鲜血，血液溅到小柯克帕特里克的靴子上。此后，情况变得更糟，两名怒气冲冲的男子纷纷将斧头砸向约翰尼早已遍体鳞伤的身体。约翰尼尽力蜷缩，可在他们的拳脚相加之下，最终支撑不住，再也无力抵抗。随后，几名男子将约翰尼的卡车推进灌木丛。此时，约翰尼躺在冰冷的地面上，奄奄一息。

“他死了吗？”

一只脚踩到约翰尼的胸膛上，约翰尼口中鲜血直流。

“我不知道，可能死了吧。”

“把他弄到其他地方去，就这样横在大路上太显眼了。”

“跟卡车一起扔到灌木丛里？”

“不，让他再滚远一点。”几名男子将约翰尼拽过一条沟渠，约翰尼疼痛难忍，却不敢叫出声来。“再使点劲，把他的下半身拉过去。”身下的石头刺破约翰尼的皮肤，茂密的树丛犹如一只巨大的黑手套，掩盖住他们的一切肮脏行为。约翰尼被他们一路拽了很远。“这里不错，就把他扔在这儿吧。”

“不会太近了吗？”

“你是说离卡车距离太近吗？好像是有点近。把木头拿过来。”

几人将腐烂的木头盖到约翰尼身上，再铺上灌木、碎石和泥土。

时间过去了很久。

“现在差不多了吧？”

“等别人发现这个混蛋的时候，我们早就不在这儿了。”

几人又说了些什么，但此时的约翰尼已经神志不清，听不清对方的话语。随后，耳边传来引擎发动的声音，几分钟后，四周又恢复平静。或许他们以为约翰尼已经一命呜呼，或许他确实已在死神门外徘徊。约翰尼呼吸困难，嘴里满是鲜血和泥土，可通往家的那条公路就在不远处，默木野近在咫尺。

约翰尼挣扎着从坟墓里爬出来。

他的小拇指动弹了一下。

这是克里今晚第二次从睡梦中惊醒，她又梦到了约翰尼·梅里蒙。在梦里有大火，有许多惊恐的面庞，还有金属刀片的刺眼亮光。克里再次睡去，这一次，她梦到自己被生生活埋，而约翰尼就躺在她身边。他眼睛肿胀，眼周发黑，鲜血淋漓的双唇缓慢张合。

我看见你了。

克里在睡梦中发出哀号，她知道自己在做梦，可却无法挣脱那个黑暗的地方。一股无形的力量控制着她的身体，她被狠狠按压在约翰尼身旁，约翰尼全身骨头断裂，皮肤表面爬满甲虫。克里想大声尖叫，想拼命奔跑，可她从儿时起就知道梦境有一种难以言喻的神奇力量，那些不害怕面对黑暗真相的人总是能在梦境中看到更多。克里躺在狭窄的床上大声呻吟，约翰尼碎裂的手臂和双腿历历在目，她伸手推动约翰尼的身体，却触摸到他的头盖骨，柔软得仿佛一触即散。克里拂去约翰尼脸上的泥土，惊声说道："你快不行了，你能听见我说话吗？"约翰尼的眼皮微微动了一下。四周一片漆黑，克里靠近约翰尼身边，感受他的身体，感受他温暖却微弱的心跳。她紧紧闭上双眼，不忍看着约翰尼就这样死去。这时，约翰尼忽然抓住她的手，克里睁开眼睛，约翰尼正目不转睛地盯着她。他张开双唇，嘴里说出的话语却是其他人的声音。

"帮帮他。"那个声音说。

克里再一次从梦中惊醒，汗珠从额头上不断往下滑落，她全身僵硬，内心的恐惧难以言说。

经过长达半小时的内心煎熬后，克里终于鼓足勇气去完成使命。她从床上爬起，在黑暗中穿好衣服。时钟显示的时间是凌晨两点过十九分。克里穿过走廊，她的母亲正在熟睡。房屋里的温度很高，但克里还是穿上了厚厚的袜子、长靴和牛仔裤。她仍旧惊恐于刚才的梦境，也害怕自己接下来将面对怎样残忍的场景，可那股驱使她的力量是如此古老且难以抗拒，那是近乎被遗忘的生命的力量。克里记忆里的那张脸真是外婆吗？还是外曾祖母呢？克里手中没有她们的照片，因而无法辨别，她的母亲除了悔恨当初不该将克里送往默木野以外，对其他任何一切只字不提。克里的童年生活是与一群年长的女人们在一片静如死水的沼泽地度过的，其中有痛楚，有恐惧；与此同时，也有温暖，有关爱，还有不能提及的秘密。的确，时间的流逝使得克里记忆中的脸庞逐渐模糊，可那熟悉的眼神和声音绝不会随之消散。

这个世界上有太多魔力。

无论是躺在温暖的被窝里，还是赤脚坐在光秃秃的地面上，克里曾有多少次听到过这样的话语?

世上的魔力需要强大的心灵去守护。

这是克里永生难忘的记忆，也是她最难以忘怀的声音，那是外婆的声音，就如同在刚才的梦境中一样。

克里穿上一件深色衬衣，系紧皮带，轻手轻脚地走过母亲的卧室门前，她已经习惯了这样的小心翼翼。克里走进厨房，往背包里塞了一些苹果、一瓶水和两片比萨。冰箱里的冷气扑面而来，克里忍不住打了一个寒战。最后，克里拿起一只手电筒，走出房门。楼梯间里散发出一股尿液的味道，庭院里裂缝的水泥地上摆满了避孕套和空酒瓶。克里讨厌在城市里的生活，讨厌这里充满化学药剂的味道，讨厌这里时常发生的暴力，始终不断，伤及无辜。她靠在墙边，没有打开手电筒，在墙壁死角大摇大摆地行走。克里曾在这些角落停留过无数次，这是夜色里最让人安心的地方。在这里，时间似乎过得很慢，也无须担心突然到来的危险。不过，每当有车辆经过，或是有音乐响起，抑或是有旁人靠近时，克里都会躲藏起来。一小时后，克里来到了商业区，这里灯火通明，车辆川流不息，偶尔还能看见几个执勤的警察。她一边伸着大拇指一边往北边走。克里运气不错，不一会儿便搭上一辆庞蒂克货车。货车司机一头白发，身材消瘦，为了避免白昼的酷热而选择在夜里上路。“我的外孙女住在北边，她跟你年纪差不多大。我车里的空调在四年前就坏了，所以我都是晚上开车赶路。这样其实更好，每次看到夜里的星星都会想到我妻子。”司机说道。

货车司机说他的妻子在十五年前去世了，被癌症夺去了生命。他为人和善，说话轻言细语，绝不是歹毒之徒。司机口中的北边指的是罗利，可他却朝着东边行驶了二十英里，只因放心不下年轻貌美却孤身一人的克里。雷文县的主干道上霓虹闪烁，克里下了车，与司机告别。

“再过几个小时，天就亮了。”货车司机俯身靠向副驾驶座的窗边，看着站在霓虹灯下的克里，关切地问道：“你要去的那个地方有人接你吗？”

“有的。”克里撒谎了。

“你身上有钱吗？”

“没事的，不用管我。”

“来，拿着。”司机从口袋里掏出十美元，克里再三拒绝，可他执意要让克里收下方才罢休。“你等到太阳出来了再去。”他看向空无一人的公路，叮嘱道：“像你这样年轻的小姑娘大晚上的一个人走在外面非常不安全，所以你一定要等天亮了再继续赶路，听到了吗？不是每个人都像我这么友善的。”

“知道了，谢谢您。”

“等到天亮再走。”

克里再三感谢，在货车司机掉头离开之后，她走到一辆路过的卡车边，问出了那个早已问过千百遍的问题：“请问您是往东边去吗？”

和往常一样，克里在十字路口下车，随后徒步前往。四周是黑压压的一片，倘若没有一点亮光，她必定会踩到乱石，甚至摔倒在路边的杂草丛里，于是克里打开了手电筒。在走过两条公路后，她来到了那条泥土路。此时，东边已经破晓，低地上方笼罩着一层雾气，它聚集在沟渠和黑色的死水上方，穿梭在树丛中央，充斥着每一处空洞的角落。克里小心翼翼，手电筒的亮光随脚步向前移动，几分钟后，泥地表面出现一团血迹，在手电筒的亮光下闪闪发光。克里本以为那是一摊油渍，直到她转眼看到一旁由于用力拖拽而留下的痕迹，夹杂着斑斑血迹。克里停下脚步，忽然全身一阵冰冷，心惊胆战，每一次都是如此，每一次只要克里如此靠近默木野，便会不由得一阵胆寒。

前方的树丛雾气重重，笼罩在一片深不见底的黑暗之中。

耳边传来夜鹭的鸣叫，却不见踪迹。

克里调亮手电筒的光，扫视了一下四周，随后将其放到地面留下的拖拽痕迹旁。她弯下身，伸手触摸脚边的血迹。血迹被泥土裹住，有点湿湿的，还未干透。克里循着血迹继续朝前走，大约五十英尺后，雾气吞噬了周围的一切，脚下的路开始变得模糊。是继续往前走还是就地原路返回？克里进退两难。可她从来都不是一个临阵脱逃的人，况且，梦中的场景也是血腥不堪，而这场梦正是驱使她深夜来此的原因。于是，思索片刻后，克里坚定地迈开了前进的脚步。

黎明灰白色的光洒在脚下，克里小心翼翼地沿着血迹一路向前，她轻手轻脚，四周的空气湿润且沉重，即便一声惊叫也会被这茫茫大雾所淹没。儿时生活在默木野的那段时光里，克里见过无数个与此相似的早晨，可这一次，空气更加冰冷，四周更加寂静，仿佛从此太阳再不会升起，世界将暗无天日。外婆曾无数次紧紧抱住她说：“现在还不能去那片森林。”生活在默木野的那些老人偶尔也会害怕，她们曾警告克里，倘若雾气笼罩在河流上方，或是天空中出现奇怪的亮光，一定要待在屋内，可克里从不将此放在心上，她始终觉得这些警告与担忧毫无道理可言。克里曾一度认为所谓的警告只不过是长辈们的胆小罢了，可此刻，她似乎开始有些明白她们话语中的深意了。

地面拖拽的痕迹向前延伸了数百米。

整个世界仿佛只剩下克里急促的呼吸声。

不久后，克里看见了前面的大门，约翰尼就在距离大门不远的地方，他俯身躺在地上，一动不动，四周依旧静得可怕。即便站在远处，克里也能看到约翰尼身上伤势严重，他一只手臂完全扭曲，双腿被折断。克里走近约翰尼，他的头部血肉模糊，整个脸被黏稠的鲜血和泥土完全覆盖。他一定没救了，克里心想。

就在这时，约翰尼动弹了一下。

约翰尼完好的那只手臂向外伸出，鲜血染红了地面。一英寸，两英寸，约翰尼在地面拖行，右脚悬在一棵大树的树根上，右腿扭曲得完全超出克里的想象，竟会有如此扭曲的腿？克里听到一声啜泣，那是她自己发出来的。

他究竟爬了多远？

克里丢掉手中的东西，踉踉跄跄地跑上前，跪倒在约翰尼身边。约翰尼无动于衷，仍旧继续朝前爬。

“约翰尼。”这是克里第一次叫出约翰尼的名字，这两个字如鲠在喉。约翰尼没有回应，克里几乎不忍看他。“梅里蒙先生，不要再爬了，求你了，不要再爬了。我去找人来帮忙，你不要再动了。”克里耳边充斥着骨头撕裂的声音，那般震耳欲聋，令人难以忍受。约翰尼继续拖着遍体鳞伤的身体，缓慢前行。“天啊。”

“帮帮我。”

约翰尼的嘴里发出声响，可话语却含混不清。克里环顾四周，除了令人窒息的大雾和纹丝不动的大门之外，什么都没有。四周的空气越来越冰冷。

“我应该怎么办？我没有车。”

约翰尼再次发出微弱的声音。

“什么？你说什么？我听不清。”

“门……”

约翰尼指向前面的大门，门上歪歪扭扭的钢条站立在松软的泥地上，门后便是约翰尼的土地，是克里的童年。“你必须马上去医院。”克里掏出手机，可却没有信号。“妈的。”克里不忍再看约翰尼一眼，被泥土填满的伤口，完全变形的鼻子，被撕碎的裤腿和碎裂的骨头，惨不忍睹。约翰尼试图继续往前爬，克里立即制止道，“停！”她仍在啜泣，“求你了，不要再往前爬了。”

“家……”

约翰尼又向前爬了一步，此时，门后的雾气开始旋转，它迅速聚拢，构成一团形状，看上去像是一个人。可那不是人啊！

“我的天啊，发生了什么？”

克里僵在原地，手机从指间滑落。这不仅仅是雾。她看见了类似眼睛的灰色小洞，还看见了四肢，那团雾气在向前移动。克里想要掉头逃离，可此时的她几乎已经无法呼吸。约翰尼仍旧还在向前爬着，一步，两步。

“约翰尼，求你了……”

“快走。”这一次，约翰尼的话语异常清晰。

就在这时，什么东西打开了大门。

约翰尼被一把拖进门去。

第十八章

杰克躺在床上，辗转难眠，他有多久没有一夜安眠了？床铺要么太硬，要么太软，街头的霓虹灯光照得他无法入睡，可拉上窗帘后，房间内的黑暗又令他感到窒息。黑暗总是让本就糟糕的情况雪上加霜，对约翰尼的担忧，对默木野的恐惧，令杰克愈加无法入眠。杰克起身穿衣，拉开紧闭的窗帘，眼前熟悉的一切让他感到稍许安心。杰克今天在凯瑟琳面前态度恶劣，这与他最初的想法完全背道而驰。他本应该始终保持微笑，或是语气平和，劝阻约翰尼半途离开。令杰克深受折磨的是约翰尼对危险与异常的熟视无睹，他不愿看清自己如此离不开默木野的畸形本质。或者说，这样的解释是不是太过于简单？也许约翰尼早已看清，也许他内心比任何人都清楚。

我到底应该做些什么？我到底应该怎么帮助约翰尼？

杰克不得其解。

杰克走到镜子前，镜子里的他衣着得体，俨然一副律师的模样。这是他一直梦寐以求的样子——学者，调查者，真相的追寻者。

“好了，该出发了。”

杰克穿上外套。

“就这么办。”

现在是早上七点，杰克开车出门，六分钟后抵达目的地——当地报社的办公室。时间还早，今天的报纸还未公开售卖，不过这家报社的专题编辑与杰克的哥哥是高中同学。她并不算是杰克的朋友，但杰克也并非前来寻求男女之欢。“我需要几个小时的时间，所有存放的报纸我都要。”

她带着杰克来到档案室，并向他解释了缩微胶片机的操作方法。“储藏柜就在这里，这里面有从很多年前一直到现在的所有新闻报道。”

杰克上下打量着一排排储藏柜，问道：“最早的是哪一年？”

“一八九一年。”

“这么多啊，好吧，有的忙了。”嘴上如是说，可调查是有规律可循的，杰克在这方面可是专家。他首先从新闻标题开始，随后着重从讣告中寻找线索。死亡事件会指向事发地点，而事发地点会揭露其背后更大的真相。第一则讣告是关于一名失踪的捕猎者，其尸体在默木野的一条小溪岸边被找到，这件事发生于一八九七年。三年后，一名勘探者在同一片区域失踪。自此之后，陆续有人在默木野失踪或是丧生，其中有丧命于此的伐木工，还有几名最终被找到的失踪男孩。当时，一位九十岁高龄的专家坚称默木野不应被人们当作邪恶之地，然而不久之后，一位牧师在临终之时神志混乱，口中念着要净化那些被邪魔侵占的迷失灵魂。有人在默木野狩猎时发生意外，有人在从默木野归来后草草结束自己的生命。曾有一次，一项道路建设工程中途废弃，因为领班在从默木野回来之后彻底疯癫。这些故事并不起眼，却构成更黑暗、更可怕的事情真相。

杰克走到停车场，他靠在车边，心里一阵恶心。那些疑问是真实的。

很多人在默木野命丧黄泉。

很多人。

杰克坐进车内，摇下车窗，再次拿起一九三一年冬天的那份报纸——失踪男孩最终平安回到母亲身边。新闻标题下有一张照片，照片里，一栋摇摇欲坠的房屋前面，站着一个饥肠辘辘的女人和一个眼神深邃的小男孩。杰克端详着照片里小男孩的眼睛，想象着伦道夫·博伊德在被找到，并平安回到母亲身边的那天究竟是什么感受。

那天下午，回到家后的杰克再次翻看这篇新闻报道。除此之外，另有四家新闻探讨过这名在默木野失踪几天的小男孩。大多数新闻报道者给伦道夫·博伊德贴上沉默寡言、不为苦乐所动的标签，其中一名新闻报道者称博伊德身上有一种足够坚强的勇气，支撑着他在此后的生活中始终向好。博伊德对在默木野的遭遇始终闭口不谈，而当时陪他一同前往的两个朋友却并非如此。然而，他们口中所讲述的故事在旁人看来，实在太过不合常理，以至于一位报道者在新闻中曾这样写道："伦道夫·博伊德与他的两个朋友完全是两种截然不同的态度。这两位朋友口中的话语实在令人难以置信，似乎决心以博伊德险些丧命的悲剧故事为契机，赢得名誉和关注。"其他新闻报道中对查理和赫伯特的评论如出一辙，不过杰克却对提到这两名男孩的字句格外关注，他拿起一支红笔，一边阅读新闻一边勾画出诸如"追逐"、"恐慌"以及"笑声"等词语。

最后一篇关于此事的新闻报道主要介绍了当时在默木野搜寻伦道夫·博伊德的情况。其中有多张默木野的照片，照片上的沼泽看上去原始野蛮，且不可侵犯。令杰克感兴趣的是，报道中提及了当时参与搜救行动的所有志愿者姓名。姓名列表足足有两栏，且字体极小，很难看得清楚。当时的志愿者包括当地所有的退伍军人，三名消防部门工作者，十六名国民警卫队成员，以及来自教堂和学校的其他志愿者，最后七名志愿者被划分为社会人士。此后的一小时里，杰克将报道中所有的志愿者姓名全部摘抄到一张白纸上，上网一一进行搜索。其中大部分已经不在人世，不过当年一共有十九名高中学生参与了那场搜救行动，倘若杰克足够幸运，也许还能找到目前尚在人世的志愿者。

可他并没有那么幸运。

至少目前没有。

此时已是凌晨两点，杰克终于爬上床，却毫无睡意。他盯着天花板，思索了许久，最终拿起手机给约翰尼发了一条短信。信息内容极其简洁：你这个混蛋，给我回电话。

虽然彻夜未眠，但杰克还是早早来到了办公室。他被办公桌上七零八散的文件折腾了好几个小时，却始终心不在焉，那些比此更为黑暗的事一直在他脑海里挥之不去。

“快夸我，夸我很棒。”

杰克抬起头，莱斯莉站在办公室门口。“你很棒。”

莱斯莉走进办公室，在杰克对面坐下，依旧楚楚动人。“我和雷默谈过了。”莱斯莉脸上闪过一丝笑容，眼神清澈，“你准备好参加科技石公司破产案件的庭审吧。这件案子会由你来接管，但是……”

“等等，你说什么？”

“你之后可以慢慢谢我。”

杰克的思绪飞速旋转，仍旧难以置信。科技石公司的破产案是这个州三十年以来最大的一起破产案件，涉案金额足有上亿美元，涉案员工多达三千名。“你是怎么做到的？”

“你是想问我怎么做到快速推动你的事业发展吗？还是想问我怎么做到改变你的人生呢？我能说什么？我只能说你并不是唯一一个发现我让人难以抗拒的律师。”

“我的天啊，莱斯莉，谢谢你！”

“现在先不要谢我，我付出可是要回报的。”

“你想要什么回报？”

“我之后再告诉你，”莱斯莉起身，“律师团队下午三点在雷默的办公室开会。除了你以外，还有四名律师，七名助理，不要迟到了。”

莱斯莉兴奋地离开办公室。杰克思考着给兰迪·雷默留下深刻印象意味着什么。倘若一家来自大城市的著名公司在南方涉嫌破产纠纷、公司不法行为、公司合并以及举债经营收购案件，雷默一定是其首要合作对象。他可以称得上律师界的名流之士，陪审团也对他钟爱有加。当被问及为何选择屈身在雷文县这样不起眼的地方时，雷默回答说是因为这里打高尔夫球很方便，此外，还因为他早已对那些生活在大城市的奸猾之人深恶痛绝。即便如此，客户公司的首席执行官仍然对雷默满怀尊敬，律师界的同僚、商业记者以及那些他看似轻蔑的大城市玩家亦是如此。公司内所有合伙人一直推崇的准则便是，法学院教授法律，而雷默，则教授除法律本身以外的其他所有东西。

倘若你足够幸运。

倘若你身边有像莱斯莉·格林这样的朋友。

捷足先登也许并非不可能。

杰克这样暗自提醒着自己。

在下午三点的会议开始之前，杰克有一大堆的准备工作需要完成。为了在雷默面前表现自我，他首先要查阅有关于科技石公司的所有资料，包括其公司历史、社会声誉以及财政状况。杰克时间充裕，且颇有斗志，可他却没有立即展开准备工作，而是打开了约翰尼案子的文件。经过昨晚的仔细搜索后，杰克并未找到参与过伦道夫·博伊德搜救行动的幸存志愿者，不过其中有一位学生名叫伯特·肖沃尔特。据杰克判断，整个雷文县只有一家姓肖沃尔特，不过名字不是伯特，但除此之外，镇子上再没有其他姓肖沃尔特的家庭了。杰克拿起电话，拨通了肖沃尔特家的电话号码。

“五分钟，五分钟说清楚。”杰克告诉自己。

最终，这通电话持续了将近两小时。

泰森·肖沃尔特住在距离当地大学四街区以外的一条小巷子里。他是一名政治学教授，因此其居住在大学附近也不足为奇。当杰克打去电话时，泰森·肖沃尔特刚上完课，正在家中休息，准备之后的课程，在接到杰克的电话后，他同意与其见面。泰森家中的门廊笼罩在一片阴影之下，房屋窗户大开，白色的墙漆还很新。杰克一边敲响纱门，一边探头望向屋内。屋内摆放着大量古董，门后是一条走廊，走廊尽头便是厨房，空气里充斥着炸鸡、咖啡和热黄油的味道。见无人应答，杰克再次敲响房门。

“稍等一下，我马上来开门。”厨房门前出现一名年纪稍长的男子。他系着围裙，戴副眼镜，光脚穿一双平底便鞋，不停在毛巾上擦拭双手。“不好意思，不好意思，我刚刚准备洗碗。你就是克罗斯先生吧。”

“叫我杰克就好了。”

“好的，那你叫我泰吧，我身边每个人都这么叫我。”泰推开纱门，与杰克握手。“你不介意我们在厨房交谈吧？”

“当然不介意。”

泰带着杰克穿过走廊，走进厨房。厨房虽面积狭小，却干净整洁，托盘上摆放着一只鸡。一尘不染的窗户外是房屋的后院，独立杂货间的门敞开着，门后摆放着一个古董纪念物。

“您喜欢收藏古董吗？”

“喜欢，所有古董我都喜欢，年代越久远，我越喜欢。”泰森戴上隔热手套，从烤箱里拿出饼干，“你在电话里有点神秘，你说你想和我妈聊聊，是吗？”

“啊，不是的，对不起，是我没有表达清楚。我是想跟您聊聊伯特·肖沃尔特，我觉得可能你们是亲戚。”

“不是伯特，没有，我们家没有叫伯特的亲戚。”泰森一脸轻松地笑道，“伯蒂是我妈妈，她本名叫比阿特丽斯，不过大家一直都叫她伯蒂。”

“伯蒂？不是的，”杰克扬起头，说道，“报纸上说的是伯特。”

“什么报纸？”

杰克从西装口袋里拿出折叠的报纸，递给泰森，泰森原本表情轻松，忽然眉头紧锁。“哦，这个啊。”

“您看过这份报纸？”

“看过。”

杰克本以为泰森会热情回应，可他的情绪却发生了变化，此前那个七十岁左右和蔼可亲的绅士瞬间不见了踪影。

“我不太想和你谈论这个问题。”

“肖沃尔特先生，如果我哪里让您不高兴了……”

泰森摸摸鼻梁，摇头打断道：“不，我不是这个意思。我并不是有意要这么粗鲁，只是我们家一直以来都秉承一个原则：不去谈论伦道夫·博伊德，也不去谈论那年冬天在那片沼泽发生的事情。”

“如果是我太冒昧了，还请您原谅，不过我有些听不太懂您的意思。”

泰森俯下身子，平易近人的笑容再次浮现面颊。“你要不要喝点咖啡？我刚刚好像有点太失礼了。”说罢，泰森给杰克倒上一杯咖啡，杰克点头表示感谢。“克罗斯先生，请跟我来，我带你看看我妈，再试着给你解释一下这件事。”泰森带着杰克来到一间小卧室，卧室内的床上躺着一名老人。她的右手臂上插着静脉输液管，一条气管切开套管直接插入喉咙，她面容苍白，靠机器勉强维持呼吸。“这就是我妈妈伯蒂。我每天中午下课后都会在家里待上好几个小时，就是为了能够照看她。这样一来，护士也可以稍微轻松一下，还能减免一定的费用。对我来说，能够亲自照看她也是开心快乐的一件事。她以前身体很好，那时我们母子关系非常亲近。”

呼吸机发出嘶嘶声，显示屏上绿色的线条上下起伏。杰克一时不知该说些什么。“请问您母亲今年高寿？”

“一百零一岁。”

“她能……”

杰克没有说完，泰森接过话说道：“说话吗？不能，她已经有将近三年的时间没有睁过眼了，更别提说话了。走吧，我们出去说。”

杰克和泰森走到前廊，坐到铁椅上，房内的所有摆设都是些颇有年头的古董。栅栏外的小巷格外安静，车流川流不息的声音回荡在耳边。杰克伸手指向那份仍在泰森手中的报纸，小心翼翼地问道：“我能和你聊聊这件事吗？”

“伦道夫·博伊德吗？可以。”泰森看向手中的报纸，脸上露出惆怅的笑容，“当时，搜救行动只允许年轻男子参加，所以我妈就向负责人谎称她是男生。她当时是短发，头发盖住额头，又穿着很宽松的衣服，没人看出她是女生，或者说没人有闲心去揭穿她的谎言。”

“那您母亲一开始为什么要撒谎呢？报道中说那天的温度只有零下十度，为什么她会去参加搜救行动呢？”

“我个人的理解是，虽然伦道夫·博伊德那时候还只是个小男生，不过应该也是挺有魅力的。”

“您母亲和博伊德是恋人关系？”

“恋人关系倒谈不上，”泰森笑了两声，继续说道，“我妈那时候只是单方面对博伊德有好感，不过这种好感似乎比我想象中的要强烈得多。你为什么会对这些陈年旧事感兴趣？”

“你听说过那个亿万富翁吧，死在沼泽的那个。”

“难道你这是在暗示威廉和伦道夫·博伊德是亲戚？”

“其实我并不是在暗示什么，我是在陈述事实，威廉和伦道夫两个人的确是亲戚。”之后，杰克一一详述了威廉·博伊德为方便狩猎而专门在默木野附近购下的房屋，以及他名下的诸多本地房产。“你能告诉我那年冬天到底发生了什么事吗？”

“这个故事说来就话长了……”

“请您务必告诉我。”

泰森看向街道，眼神空洞。“我妈以前经常在睡梦中惊叫着醒来，这种情况持续了很多年，她的尖叫声很大，而且持续时间很长，所以我们每天晚上睡觉都要关上屋内所有窗户，害怕吵到周围的邻居。不过他们也知道我妈的这种情况。虽然我那时候还小，但我经常看见街上那些人看我妈时的异样眼光，那些教堂里的工作者和牧师总会一边轻轻抚摸她的手臂一边问：'最近还好吗？还能坚持吗？'她总是做噩梦，我们都深受折磨。晚上就是撕心裂肺的尖叫，白天就是长久的沉默，那段时间真的很痛苦。很久之后，她的情况稍微有所好转，半夜没有再尖叫了，也没有那么经常做噩梦了，不过她会在夜里一个人啜泣。到我成年的时候，很多人都以为我妈已经走出那段阴影了。只有我和她最清楚，那天发生的事情就像幽灵一样，一直阴魂不散。"

"您是什么意思？"

"你相信比人类更高的力量吗？"

"我相信友情。"

"我从来没见过我父亲，在成长的过程中，我一直不知道应该信任什么，所以我把自己的信仰全部寄托到系统上，政府系统、教育系统，还有其他那些人们推崇的系统。克罗斯先生，你是一个通情达理的人吗？"

"我个人认为是的。"

"那我想给你看样东西。"

杰克点头，泰森随即带着他回到客厅，朝楼上走去。"这间房间以前是我妈的卧室，已经三十年了，虽然她现在用不上了，不过这里面的所有摆设都还是从前的样子。"泰森打开卧室门，示意杰克进去。房间位于房屋的前端，透过窗户可以看见楼下的街道和不远处的一排树冠。房间内很宽敞，且光线明亮。时钟在壁炉架上嘀嘀嗒嗒，一缕阳光洒进屋内，粒粒微尘在柔和的光线中上下跳跃。"你大概猜到我带你到这儿来的原因了吧。"

卧室内的四面墙壁上挂满画作，不留一丝缝隙。"我能走近看看吗？"没等泰森回答，杰克便走到距离最近的一面墙边。这些画作全是用木炭或者铅笔完成，画里是冬天的森林、冰冻的河流、光秃秃的石头和杂乱的藤条，笔笔清晰。“这是……？”

“是默木野，是那年冬天的默木野。”泰森回答道。

杰克沿着墙壁慢慢向前移动，眼前的画作令人惊叹，褶皱的树皮、悬挂的树液、张牙舞爪的枝条和四周的空洞，一切都描绘得恰到好处。杰克在一幅画作前停下脚步。画里是一头巨大无比的鹿，它躺在白雪茫茫的地面上，双眼紧闭，尸体已经被宰割了一部分，头顶上的鹿茸巨大且光滑。猎物尸体旁，一名小男孩低垂着头，抱膝而坐，他在自我取暖。画作将小男孩的表情刻画得淋漓尽致，完美诠释了当时天气的严寒，以及小男孩内心的孤独与恐惧。

“很震撼，是吧？”

泰森就站在杰克身后，可他完全无法将视线从画作上移开。数十张画作全是从不同角度刻画的同一个场景，画中的小男孩脸上全是冻伤，他骨瘦如柴，神情憔悴，双手被动物的鲜血染红，脚下的白雪同样血迹斑斑。此时，一股莫名的恐惧袭上心头，杰克目不转睛地盯着画作，问道：“这是什么地方？”

“这里是搜救队伍最终找到伦道夫的地方。”

在小男孩身后，被冻结成冰的瀑布从裹满矮树丛和白雪的石头表面飞流而下，在一旁的小土丘上生长着一棵矮树，树干在距离地面十英尺的地方分裂成两条树枝，形成完美的 V 字形。

“这些都是您母亲画的？”

“是的，我想这些画一定可以带给她某种心灵的慰藉吧。她还有很多画作，不过我只允许她把这些摆放出来。”

“还有其他画作？”

泰森点点头，语气轻柔地回答道：“我妈在参加搜救行动的时候还只是一个小女孩，完全就是一个什么都不懂的孩子，真的。她有一次跟我说，当时有一股力量驱使她脱离队伍，她说那种感觉就好像是有一只手放在她背上，推着她偏离队伍，一个人往左边走。”

“我不太明白。”

“我只知道她一开始是跟大队伍在一起的，之后不知怎么的，忽然就只有她一个人了。”

杰克仔细端详着那些画有伦道夫·博伊德的画作，最精美，也最私密。“是您母亲最先发现伦道夫的，对吧？”

“没错。”

杰克不禁一阵寒战，仿佛身临其境。“我能看看其他的那些画吗？”

泰森打开壁橱门，里面装满密密麻麻的大纸箱，层层堆叠。“克罗斯先生，我希望你能把这些画全部拿走，也算是帮了我一个忙。”

杰克的车被纸箱塞得满满当当。他驾车回家，在面包店门前停好车后，先后往返四次，将纸箱一个一个搬回屋内，整整齐齐地堆放到餐桌旁。杰克接连打开所有纸箱，拿出表面沾满灰尘的画作，将其平放到餐桌上。年代最久远的画作表面已经泛黄，其他的似乎更新，不过少有如他在泰森家中看到的那般清晰，然而，却比那些更加让人毛骨悚然。这些画作线条凌乱、颜色沉重，透露出一种难以言说的戾气。其中大部分都是关于默木野，充满恶意与怨恨。密不透风的森林，参差不齐的乱石，树枝悬挂于地面之上，黑色的影子似乎在掩藏某种邪恶的东西，那是一股让所有人为之胆寒的神秘力量。它在远处的阴暗中，手指紧握住破碎的石头，眼睛死死审视着前面的一切，可那不是眼睛，那是黑暗中的两道缺口。

最后一个纸箱的底部放着一卷用麻绳捆好的画纸，杰克将其平铺到床上，那是所有画作中最令人毛骨悚然的画面。画中是一个山洞，山洞的地面上四处散乱着人骨。破碎的盆骨、股骨和骷髅头七零八散，早已腐烂的衣物和如杂草一般的头发遍地皆是，那是一个由人骨堆砌而成的可怕世界。

杰克心神不宁，他倒上一杯酒，一饮而尽。无论伯蒂·肖沃尔特当年究竟遭遇了什么，那天的一切始终萦绕在她心头多年，无法摆脱。杰克手中一共有上百张，甚至上千张画作，他一一浏览，将那些阴暗且古怪的画全部筛选出来。最终，杰克错过了与雷默的会议，可他已经无暇顾及。此刻的他完全迷失在那些空洞的眼睛里，迷失在飘落的雪花中，迷失在诡异的人形里。之后，杰克将所有注意力转移到那头死去的鹿和其身后冰冻的瀑布上，他上下打量，从乱石，到小土丘上形成 V 字形的矮树。杰克伸手触摸画作，一瞬间，心惊胆寒。

杰克知道这棵树。

他曾经见过它。

第十九章

当克里回到繁华的都市时，已是第二天夜里，她一瘸一拐地往家的方向走，精疲力竭，胆战心惊。虽已过去了一天，可她的脑海里那个同样的问题始终挥之不去。

我昨晚看见的到底是什么？

克里不确定昨晚究竟发生了什么，也不确定自己眼前的一切究竟是真是假，她只知道自己当时疯了似的拼命逃离那扇大门，四周雾气模糊了视线，脚下沟渠满地，她多次摔倒。此刻，她正走在喧闹的都市大街上，却感受不到丝毫真实，就连她半路搭乘的那辆车似乎也不是真实存在的。难解的疑问，古怪的对话，逐渐模糊的脸，克里的脑海里充斥着太多她无法理解的画面，她头痛欲裂。

克里站在离家一街区以外的地方，不远处便是她家的房屋，像是竖立在城市中央的一根中指，默默忍受着这里的一切。克里曾对在都市里居住的生活百般厌恶，可这一次，昔日的厌恶情绪竟全然不见，此时此刻，她只想躲到高墙下，躲到房门后，躲到坚硬的钢筋混凝土之后，远离那些疑问，远离那些可怕。

克里穿过杂乱不堪的庭院，推开公寓的玻璃门，疯狂跑进电梯。电梯缓慢上到二十三楼，克里喘息未定。她从包里掏出手机，再一次产生向警方求助的想法。并非因为她对约翰尼·梅里蒙有特殊情感，可约翰尼此刻生死未卜，她怎么能见死不救？

“妈的。”

这是克里第八次从包里掏出手机，她犹豫不决。电话拨通后，她能跟警方说些什么呢？说“我找到他的时候，他已经奄奄一息了，然后某个可怕的东西把他拽到树林里去了”吗？警察一定会认为克里是神志不清，或是服用毒品后产生了幻想，抑或是怀疑她自导自演，亲手杀死约翰尼后又假装目击者向警方报案。这个镇上一定有自作聪明的警察，他们会将此事与两人之间的诉讼案联系起来，最终将所有矛头指向克里。

呵。

克里绝不会如他们所愿。

克里的母亲坐在厨房的餐桌边，手中拿着酒杯。她比以往醉得更厉害，瘫坐在冰冷的椅子上，显得格外娇小。“你这是怎么了？”母亲开口问道。

“我摔了一跤，没什么事。”

“你看上去像是被一头牛硬拉着来的。”

克里放下背包，昨晚经历的一切在她脑海里翻腾——地上的鲜血，约翰尼扭曲得不成人样的骨头，夜半时分的长途跋涉，以及最初驱使她前往的那场诡异梦境。克里很害怕，怕极了，可她如今的生活能给她怎样的安慰呢？她居住在破旧大楼里一个狭小束缚的出租盒里，相依为命的母亲要么对她漠不关心，要么整日酩酊大醉，全然不知自己女儿的世界早已分崩离析。

“去帮我拿点冰块来。”克里的母亲举起酒杯，摇晃着杯中快要融化的冰块。“快去啊。”她再次摇晃酒杯，克里眨眨眼，一动不动。那一瞬间，她眼前浮现出外婆的模样，也浮现出那一段童年时光，忽然，克里放声大哭。外婆的身影也在她脑海里闪现，她看见外婆近乎失明的眼睛、满是伤疤的双手，还有她微笑点头的和蔼模样。每到夜里，克里和外婆躺在大床上，一旁的外婆总会用身体给克里取暖，她身上的皮肤干燥得如同屋外凋零的树叶。

“你当初为什么把我送到那个地方？那个时候我才四岁。”

“你是在哭吗？”

“告诉我为什么。”

“这不是什么秘密。”克里的母亲放下酒杯，点燃一根香烟，“那些老女人想要你去，她们觉得你一定会成为特别的那一个。”

“那是什么意思？什么叫特别的那一个？”

“那你就要去问她们了，不是吗？”

“那我们就说说你吧。”克里在母亲对面坐下，眼神冷漠。“你当初为什么千方百计地离开那里？”

“什么？”

“你在十九岁的时候离开了沼泽。我们俩从来没谈论过这个话题。”

“因为这不关你的事。”

“外婆说因为你害怕。”

“哦？是吗？她是这么跟你说的？”克里的母亲皱起眉头，再次斟满手中的酒杯，“你难道就没有想过我离开沼泽是因为我渴望得到更好的一切，渴望过上比整天被稀泥、昆虫和无所事事的男人烦心的更好的生活吗？”

克里的母亲移开目光，脸上是始终未变的固执，她总是那么倔强，总是刻意不让克里知晓深藏在那片沼泽背后的秘密，这一点使得克里怒不可遏。“是吗？干脆让我来说你离开的真正原因吧，因为那些坏男人，因为你懒，还因为这个。”克里推开桌上的酒杯，眼神里是难掩的愤恨，“这些酒是我买的，你喝完酒之后搞得那么狼狈也是我收拾的，现在我想要回报。”

“什么回报？”

“我做了一些梦。”

克里的母亲没有说话，她缩起肩膀，下巴向下收起。当她终于开口时，声音没有丝毫起伏。“什么样的梦？”

“很可怕的梦。我梦见一棵树，有几个奴隶被吊在那棵树上，还有一些被杀死的男人，这些画面太真实了，真实得好像我当时就在现场一样。”

“那是一些关于黑奴的故事，大家都知道那棵用来悬吊奴隶的树，我们每个人都听过这些故事。”

“可这一切实在太真实了。我看得清楚这些人的长相，也闻得到他们身上的味道，甚至能听到他们可怕的尖叫声。我就是手里拿着刀的那个人，我知道这些人的名字。”

“不，你不知道，这都是你的错觉。”

“其中有两个人是奴隶，有一个是领班……”

“我说了你不知道！妈的！梦只是梦而已，那都是假的！”

她声嘶力竭，克里从她脸上看到了谎言和恐惧。克里的母亲举起酒杯一饮而尽，双眼紧盯着空荡荡的酒杯。“那片沼泽里到底有什么？”克里步步紧逼。

“这个问题你应该去问你外婆，你那么爱她，那么崇拜她，为什么来问我？”

“那时候我还只是一个孩子，我什么都不懂。”

“你觉得这跟年纪大小有关系吗？愚蠢！你觉得这对我来说重要吗？”

“你当初为什么离开？”

“我已经跟你说过了……”

“我梦到了约翰尼·梅里蒙，而且梦境里的一切都是真的。”

克里的母亲一下子靠到椅背上，嘴巴大张，仿佛被人狠狠打了一耳光。“不准说这件事，不准说！”

“就是昨晚的事情。”

“在距离沼泽这么远的地方，不可能。这么远，绝不可能。”

“等等，你说什么？”

“没什么，你当我什么也没说。”克里的母亲起身，将座椅拽向左边，椅子翻倒在地，她踉踉跄跄地走出厨房。克里耳边传来用力关门的声音。克里从座椅上站起身来，仍旧头昏脑涨，她走到水槽边，打开水龙头，冲洗掉手掌的泥土，轻轻地擦拭已经干掉的血迹，那是她逃跑时不小心摔倒留下的。克里曾见过母亲酩酊大醉的模样，见过她怒气冲冲的眼神，也见过她厌倦烦闷的样子，可这次不同往常，她不是愤怒，也不是厌烦，而是恐慌，是害怕。

拖着沉重的脚步，克里走过熟悉的走廊，敲响母亲的房门，门后传来沙沙声。

“走开。”

克里的母亲也在哭泣，撕心裂肺的哭声令人畏惧。

“我很害怕这些梦。”

“你确实应该感到害怕。”

“这就是你离开的原因吗？”没有回答，也没有哭声，沉默。“你还在吗？”

克里听见门后传来一声长叹，此后又是一片令人窒息的沉默。“只有几个人会做这些梦，大部分人都不会梦到。但是从来没有哪一个人在离开沼泽后还会梦到这些。”

“但是你离开之后还做过这些梦是吗？”

“是的，我还会梦到那棵悬吊死人的树，还有你的外婆和外曾祖母。它总是在我们家族寻找这样的女人。手中拿着刀的女孩，那棵树发生的一切，我一直试着忘记这些，难道你不知道吗？我还做过其他的梦，更可怕的梦，你现在还太年轻，你不会知道，也不会懂。”

“我和当年你离开沼泽的时候一样大。”

“不要再说了……”

“我该怎么办？告诉我我该怎么办？”

“我不能告诉你，对不起。”

“为什么不能？”

“谈论这件事只会让一切比现在更糟，就像是打开了一扇门，门后的一切更黑暗，更可怕，也更让人猝不及防，这种感觉就像是溺水，拼命挣扎，却无能为力。”

“我听不明白。”

“你当然不明白，你这个蠢孩子，你只是一个愚蠢的白痴女孩。”

“我应该怎么办？妈妈……”

克里声音微弱，脸颊紧紧贴在门上。克里的母亲曾说过，克里与众不同，之所以将她送到那些老女人身边是有缘由的。

“求你了，告诉我吧……”克里将手掌按压在门上，再三恳求，“我不想再做梦了。”

母亲没有回答，克里并不意外。她的母亲是个生性怯懦的人，向来如此。克里转身回到自己的房间，她躺在床上，双臂环绕，轻轻拥抱自己。睡意袭来时，克里便悄悄溜到屋顶，坐到一张破旧的椅子上，那是她几年前上来玩耍时发现的。车流穿梭的声音在耳畔回响，整座城市霓虹闪烁。克里看着明月慢慢爬上天空，此时已是夜半时分，她睡意蒙眬。

倘若她又做梦了怎么办？

倘若她看见一些可怕的东西怎么办？

克里靠在椅背上，看着空中的云朵抚过明月。疲累将她压垮，她接连两次埋头瞌睡。夜里的世界很沉闷，没有一丝微风。克里苦苦挣扎了好几个小时，终于被夜色侵吞，无力抵抗，她睡着了。

窒息，她在伸手不见五指的黑暗中难以呼吸。

活埋。

那种强烈的震撼犹如一股电流，她看不见，也无法呼吸。潮湿的泥土将她吞噬。

她是克里。

也是另一个人。

一声惊叫从她双唇间迸出，泥土悄悄滑入口中。

她喉咙哽咽，奄奄一息。

克里从梦中醒来，惊声尖叫，屋顶矮墙上的鸟被吓得四处逃散，此时的克里被恐慌淹没，丝毫没有注意。鸟是黑色的，周围的一切都是黑色的。

克里从座椅上摔倒，不停干呕，明明口中充斥着泥土的腐臭味，可吐出来的却只有胆汁。

“上帝啊。”

克里四肢着地，此刻，她想到了上天，自儿时以来，她一直未曾信仰过上天。

这是真实的。

太真实了。

克里强迫自己冷静下来，她回到家，跑进自己的卧室，紧紧锁上房门，发誓绝不会再入睡。当早晨的太阳终于升起时，克里已经精神恍惚。她把自己锁在房里，不吃饭，不喝水，更不敢靠近床边一步。太阳落山了，卢瓦纳打开电视，克里再次回到屋顶，孤身一人。

她从梦境里知道了许多事。

可怕的事。

克里看着满天的繁星慢慢从云层里钻出，全神贯注，仿佛此前从未见过，她好几次伸手摸自己的脸，妄想这个正在深受折磨的人不是她自己。月亮慢慢升起，克里坐在同一张座椅上，月亮稳稳悬于空中，她仍旧坐在原地。她全身包裹着毛毯，不敢入睡，仿佛一旦闭眼便会就此丧命。凌晨三点，大片乌云在西边聚拢，一瞬间电闪雷鸣，屋顶的狂风卷走所有未说出口的话语。不久，一场大雨瓢泼而下，克里低垂着头，没有丝毫感觉。

她被活埋了。

在令人窒息的泥土里惊慌尖叫。

第二十章

邦妮·巴斯比在雷文县担任地方检察官多年，对警长威拉德已经足够了解。威拉德坐在办公桌对面，义愤填膺，许多粗鲁的词语在邦妮脑海中回旋。

冥顽不灵。

不可理喻。

盲目愚昧。

“警长威拉德，我知道你的意思，但是特伦顿·摩尔已经排除约翰尼·梅里蒙是杀人凶手的可能。我们目前只有一位目击者，那就是柯克帕特里克，但他受到的创伤又太严重，太偶然，太……让人费解。”

“让人费解？”

“你当时也在一起开会，你也听到特伦顿说的那些话了。”

“呵，我不在乎他说了什么，因为他想不出约翰尼·梅里蒙是如何做到的并不代表那个小子没有杀人。谁知道他在那片沼泽里能用什么恶劣的手段。他可是个诡计多端的人，说不定他使用了什么奇怪的装置……”

“抱歉，我插一句。”检察官邦妮伸手打断道，“你刚刚是不是说了‘奇怪的装置’？”

“这不是重点，重点是在这个时候排除任何人的嫌疑都还为时过早。摆在我们面前的是一起超乎寻常的死亡案件，所以我们也必须采取超乎寻常的措施。我已经找到了那小子的木屋。”警长威拉德拿出一张航拍照片，放到邦妮面前。“在这里和这里可以隐约看见屋顶，”威拉德一边指一边说，“这里看起来像是一个菜园，”此时，他抬起头与邦妮对视了一眼，然后皱紧眉头，“你根本没有看照片。”

“因为你需要有一个充分的理由才能申请搜查令，可你现在什么也没有。”

“这小子绝对有问题。”

“那也不能说明他就是杀人凶手。”

威拉德卷起航拍照片，套上橡皮筋。这是他两天以来第三次前来找邦妮。

轻蔑，鄙视。

邦妮从威拉德眼中看到他对自己的不屑。在威拉德看来，邦妮软弱无能，且头脑简单。“我并不是你的敌人，威拉德。”

“可你是克莱德·亨特的朋友，在这件案子里，你就相当于我的敌人。”

“注意你的言辞。”

“不然怎么样？”

“给我一个合理的依据，我会交给法官定夺，事情就是这么简单。”威拉德坐在办公桌对面，紧紧盯着邦妮的脸，眼神里满是怒火。邦妮曾见过威拉德这样凶神恶煞的眼神，虽不常有，却也出现过。“你还有什么事吗？”

“十年前你还不是检察官，那时候你没有在现场，你没有看到约翰尼那时候是什么样子。他有过一段暗无天日的日子，这种经历会让人崩溃，这就意味着这个镇上的人将会受到伤害，而他们现在已经受到了伤害。你现在可以若无其事地坐在这里，一本正经，自以为是，鄙视我，认为我是一个徒有四十年从警经历的乡巴佬，甚至是混蛋。可你当时不在现场，你不了解情况，更不了解约翰尼。你这是在犯错误。”

“也许是吧，不过就算是错，要不要犯错的决定权也全在我，不需要你来插手。”

“妈的，要我说多少遍你才会明白？约翰尼那小子是个危险人物。”

“这只是你的个人观点。”

警长威拉德从座椅上起身，俯视邦妮。

“还是那句话，给我一个合理的依据，你做好你的工作，我也会完成我自己的工作。”邦妮冷静地说道。

谈及丛林搜索，警长威拉德只信任两个人，他们是猎手，也是身强力壮的护林人。在他们的观念里，一旦有动物从眼前经过，无论是飞禽，还是走兽，都将丧命于此。为此，他们可以前往任何地方，无论是私人领地，还是公用场所，在他们眼里都没有所谓，也绝不会在丛林里迷路。这才是警长威拉德最看重的一点。

威拉德在距离雷文县边界两英里的一处空地与两人见面。两人均背着子弹带，穿着长靴和防刺长裤。在他们身后，郁郁葱葱的山丘向远处绵延开去，连绵相接，蜿蜒崎岖，与远处的丛林连成一片。“吉米·雷，韦伦，感谢你们二人急忙赶来。我说的就是这里。”警长威拉德在巡逻车车顶上铺开手中的航拍照片，“这是这个县的北边，这里是沼泽，一直绵延到这些山脚下。”

吉米·雷凑上前去，宽厚的手掌压住照片的一角，一头白发下是一双蓝色眼睛。一旁的韦伦是光头，身形比吉米更高大，他也凑到两人跟前。“你怎么不派你自己的手下去？”韦伦问道。

“这次行动是没有经过上级批准的，我不敢随意调派人手。”

“是违法的吗？”

“我只是想进去看看而已。上一次我带手下去的时候，一半人都迷路了，剩下的人一直在发牢骚。那个地方简直就像是迷宫一样。”

“有多大面积？”

“六千英亩。其中一半都是沼泽，就是这里，剩下的一半是一直绵延向北的山丘。”

吉米·雷向前俯身，仔细观察照片，红笔圈出的是一片菜园，密密麻麻的树叶下隐约可以看见类似屋顶的轮廓。“你说这里是约翰尼·梅里蒙的土地？”

“你认识他吗？”

“听说过。”

“你都听说过些什么？”

“我听说他常年神出鬼没，不过也是个护林人。”

这是警长威拉德最担心看到的反应。在如同吉米·雷·希尔和韦伦·卡特这样的人眼里，约翰尼·梅里蒙已经堪称一位英雄，他一个人生活在荒野，独来独往，朝亿万富翁的帐篷开枪后，竟然只招来短短几个月的牢狱生活，着实不可思议。“他没有什么特别的，”威拉德急忙说道，“我认识他很久了，相信我，他就是一个平平凡凡的普通人。”

“你真的认为他是杀人凶手？”

“即使他不是杀人凶手，他也一定知道谁是真正的凶手。”

短暂的沉默后，韦伦轻拍地图，问道：“你预期的搜寻时间是多久？梅里蒙名下的土地有六千英亩之大，这片沼泽就足足有五十平方英里，我们不可能每个角落都去找一遍。”

“我也打算速战速决。两天，最多三天。我们先找到这座木屋，如果梅里蒙不在那里，我们再另做打算，你们两个要不要跟我一起？”思索片刻后，吉米·雷点头同意，不出威拉德所料。“韦伦，你呢？”

“我不知道，警长。”韦伦伸手挠挠脸颊，又抓抓头顶，“我想的是我们今天进去，今天回来。明天是丹妮尔的生日，我答应过要带她去默特尔海滩，我们约好了这周是单车周。”

“你是在逗我吗？”

“我好不容易才找到像丹妮尔这么好的女朋友。”威拉德冲韦伦翻了一下白眼，好在吉米·雷再次点头表示同意前往。丹妮尔有一份稳定的工作，有自己的住房，且性情温和，可以说是韦伦心中的理想伴侣。“警长，实在是抱歉。其他时间……”

“好吧，行。吉米·雷，看来只有我们两个人去了。”警长威拉德卷起地图和航拍照片，“你装备都带齐了吗？”

“我所有的装备都在卡车里。”

“韦伦，我最后再问你一次。”韦伦摆手拒绝，警长威拉德坐进巡逻车内。“默特尔海滩。”他摇摇头，皱起眉头，“该死的单车周。”

警长威拉德带着吉米·雷回到自己家中，他将巡逻车停到一边，拿出所需装备，统统放进吉米·雷的卡车里。威拉德坐进卡车，两人沉默不语，不过这已是常态。他和吉米是狩猎伙伴，也是昔日老友。两人驱车前往默木野，在穿过边界大门后的半英里处停车，接着步行前往以往的安置地点。吉米·雷从未来过这里，因此他一边走一边仔细观察四周腐朽的建筑和密不透风的树墙。“这地方有些年头了。”

“没错，的确有些年头了。”

吉米·雷的注意力并不在这些已成废墟的建筑上。两边的树木弯弯曲曲，高耸入云，粗壮的树枝着实鲜见。“我们现在已经到梅里蒙的土地了？”

“只是在边缘地带。”

“在地图上给我指一下。”

威拉德拿出地图，指出两人现在所在的位置——沼泽、河流、山丘。“他的木屋就在那个方向，我们要走过一片沼泽地带。”

威拉德和吉米凑近手中的地图和航拍照片。教堂前方，水流无精打采地向前，吉米一看便知，它深不见底，且不动声色，其中一条主流汇入两人所在位置南边的河流。吉米曾在那条河流附近狩猎，可却从未到过如此向北的地方。“这的确是个藏身的好地方。”吉米指着照片中小木屋所在的区域说道：“这是整片土地的中心地带，可以清楚看见南边，而且很通风，西风会经过这里。此外，木屋背后水源充足，而且还有很多山丘，外人基本上很难靠近。”

“你能靠近那儿吗？”

“当然能。”

“那就准备好装备，出发吧。”

警长威拉德背上枪支和背包，可吉米·雷却目不转睛地注视着四周的丛林。此刻，仿佛有什么东西扼住了丛林里的任何响动，吉米不禁汗毛竖起。“木屋那个方向一点声音都没有。”吉米指着前方的丛林说道。

“别给我装神弄鬼的。”

吉米·雷抬头看向天空。一只啄木鸟从树梢飞起，眼前闪过一抹红，丛林中仍旧是万籁无声。

“往哪边走？”警长威拉德问道。

吉米·雷转身面向没有一丝风吹草动的丛林。“先往东，再往北。”

“好，小菜一碟，那我们出发吧。”

两人收起地图，吉米·雷在前带路。他曾经历过同样寂静无声的狩猎，可这种情况只有在刚刚下过雪的黎明才会出现，那样的早晨安静且恬淡，用温柔的无声开启一天。

可此刻，与过去有着天壤之别。

吉米·雷小心翼翼，这是他长久以来的习惯。两人沿着脚下的路前进，在水流分汊时，转向北边。死一般的沉寂紧紧跟在两人身后。

“你感觉到了吗？”警长威拉德问。

吉米·雷不确定自己此刻的感觉究竟是什么，大概如同猎物在被猎枪对准时的不祥预感一样吧。吉米·雷伸出手指，指向自己的眼睛，随后指向身后的小径。

注意身后。

警长威拉德心领神会地点点头，脸色苍白。两人继续前进，泥土爬到两人的鞋子上。吉米·雷凑近威拉德耳边，窃窃私语道："我们往东边走太久了。地图上显示沼泽最多到这里，之后就是干地，我不明白这是怎么回事。"

"可能是地图太旧了。"

"那我们穿过去。"

吉米·雷紧握枪支，脚下的沼泽绵延上百米。吉米先穿过沼泽，随后伸手将身后的威拉德拽出。两人沿着一条狭窄的岔路往前走，越来越远，越走越错。

"这儿又是沼泽，我们要再蹚水过去。"

这一次，根本无法蹚水而过。水流淹没到两人的胸膛，原本应出现的干地此刻没有丝毫踪影。前方只有一望无际的树桩、杂草和交错的树根。远处传来鸟儿飞动的声音，好几个小时过去了，四周的一切没有任何改变——水从小腿慢慢淹没到腰部，除了静止不动的水流，什么都没有。

"这是怎么回事？"吉米·雷停下脚步，惊慌，犹豫。太阳光竟照耀在反方向，倒影投射的方向完全相反。"我们不应该在这里啊，"他用力摇晃指南针，"之前也是这种情况吗？"

"不是的。"

"我们现在应该已经到小木屋了才对。"

"我需要休息一下。"警长威拉德弯下腰，面色惨白。

"再过一个半小时，天就要黑了。"

"天，真是完美……"

"我去找点搭帐篷用的东西，我们搭个帐篷休息一下。"

"谢谢你，吉米·雷，太谢谢你了。"

"抓住我的背包，如果你实在太累了，可以靠在背包上。"

威拉德靠在吉米·雷背后，吉米·雷踏进沼泽，天色渐渐暗下来，阳光一点一点被吞噬。水流没过他的皮带，没过腹部，威拉德的身体重量几乎全压在他身上。吉米步履蹒跚，险些摔倒，他保持住平稳，继续往前走了几步，终于体力不支，两人一起摔了下去。吉米·雷一把拉起威拉德，他的头发被水流完全浸湿。此时，太阳已经下山，蚊子聚集成片，将两人团团围住。蚊子疯狂叮咬着吉米·雷的眼睛、耳朵和嘴巴，他伸手驱赶，甚至在脸上抹满泥土，却没有丝毫作用。它们钻进吉米的衣领和袖口，肆无忌惮。一小时之后，天色已经全黑，吉米·雷停下脚步。除了两人的呼吸声、飞溅的水流声和蚊子扇动翅膀的声音以外，四周没有一点声响。

水流已经没过两人的胸膛。

警长威拉德低声啜泣。

在沼泽度过的那个夜晚是吉米·雷·希尔生平最糟糕的一夜，甚至比在越南丛林的那些日子更让人难以忍受。一大群蚊子对两人紧追不舍，目标明确，空气越来越沉重。四周的蚊子仿佛有上千只，甚至上百万只。它们缠住吉米·雷的头发，钻进他的耳朵和鼻子，吉米根本不敢张嘴，否则蚊子便会疯狂闯入他的口中，堵住他的喉咙。唯一解脱的办法便是将头沉到水下，那里是天堂，是短暂的幸福时刻。可它们飞旋在距离水面一英寸以上的地方，静静等待，当吉米从水中起身时，它们便从黑暗中蜂拥而上。吉米·雷并非一个信奉上帝的人，可到了夜半时分，他只知道一件事：上帝憎恶他。

"威拉德，你没事吧？"

威拉德瘫软地靠在吉米·雷的肩上，他已经好几个小时没有开口说话了，他没有像吉米·雷一样将头沉到水下，甚至完全无力尝试。吉米·雷只好在威拉德脸上和脖子上抹上更多泥土。

“紧紧抓住我，不要松手。再过五个小时就要天亮了。”

那是吉米·雷一生中最漫长的五个小时。当第一束阳光划破黑暗，吉米·雷差点错过。眼前的蚊子像是一道屏障，挡住他的视线。吉米·雷看着光线一点一点穿透空气，当阳光轻抚水面，所有蚊子如同雨点落地一样，飞散开去。

“威拉德，天亮了，我们熬过来了，你怎么样？”

警长威拉德耷拉着头，下巴抵在胸膛上。吉米·雷将他转到有阳光照耀的方向。

“我的天啊。”威拉德的脸上沾满稀泥，双眼紧闭，整张脸又红又肿，鼻子被叮咬得完全变形，舌头向外伸出。“威拉德，你还能走路吗？”威拉德低声痛苦呻吟，尝试着挪动身体，在迈开脚步的那一刻，却如同被剪断吊线的木偶，狠狠摔到水里。吉米·雷扶起威拉德，抓住他的手臂。蚂蟥爬满威拉德的双手，钻进他的袖口。吉米·雷将其全部挠掉，随后紧紧抓牢威拉德的手臂。“撑住，我们一起离开这儿。”

吉米·雷拽着身后的威拉德艰难穿过沼泽，喃喃自语着：“老了，又蠢又老了。”这句话说给威拉德听，也说给他自己听。他们无权，也不该踏进这片沼泽，人人如此，离开这儿本不应是什么难事。太阳高悬在东边，如此一来，从南边和西边应该很容易出去。然而，六个小时过去了，一切没有丝毫改变，仍旧是时浅时深的死水，还有穷追不舍的黑色稀泥。此时已是下午两点，吉米·雷几乎快要丧失理智了。四周的树木仿佛同之前的一模一样，眼前的这棵柏树树顶和之前的一样光秃，一旁的桦树和之前的一样半身腐烂，奄奄一息。到了黄昏时分，吉米·雷开始有些体力不支，他摔了一跤。太阳从东边爬到西边，威拉德整个人的身体重量全压在他身上，四周的光线越来越微弱。吉米·雷扶起威拉德，拽着他继续在沼泽地里穿梭。右边是一棵树顶光秃的柏树，其旁边是一棵半身腐烂的桦树。吉米·雷停下脚步，终于彻底崩溃。

又是这棵柏树。

又是这棵桦树。

吉米·雷一直在同一个地方绕圈。

夜幕降临，一大群蚊子又一次在夜色中袭来，阴魂不散。蚊子的攻击和骚扰持续了好几个小时，吉米·雷彻底崩溃了。空气忽然开始变得冰冷无比，脚下的水流亦是如此。此时，吉米·雷更加神志不清，他竟看到一束蓝色的光穿透云层，他感觉到一道影子快速从身边掠过，这沼泽中不止他们两个人。吉米·雷静静地站在原地，一动不动，他从未如此刻这般期待一切安好。一瞬间，长久的死寂被打破，四周传来噼里啪啦的声音，空气如同电流一般穿过两人的身体。吉米·雷将威拉德拉到身旁，那道蓝色的光移向左边，随后开始围绕着两人转圈。一股力量正压在吉米·雷的皮肤上，仿佛有一只手伸进了他的头脑里。

“嘘。”

吉米·雷屏住呼吸，他刚才是真的听到了声音吗？还是感觉到了呢？或者说是他已经神志不清？吉米·雷不得而知。他无法动弹，也无法思考。四周的蚊子飞散开去，此刻，只有内心的恐惧是真实的。某种东西正在逐渐靠近，它用力拉住威拉德，但吉米·雷始终没有松手。

“你愿意为这个人去死吗？”

声音在吉米·雷的脑海里回响，难道这是幻觉吗？吉米·雷难以判断，他只知道那股拉扯着威拉德的力量是真实的。“他是我的朋友。”

“你朋友对我和我的朋友而言是一种威胁。”

吉米·雷想要看清眼前究竟是什么，可他的眼睛肿胀得几乎无法睁开。他只看见有一道光在空中飘浮，它就在附近，愤怒，且执着。

吉米·雷和威拉德本不应出现在这里。

他们是不速之客。

“要么放手，要么跟着他一起死。”

吉米·雷临近崩溃，可却仍旧不肯放手。“我不能放手，他是我朋友。”他对着空气吼道。

“那好吧，这是你自己的选择。”

那股力量从吉米·雷手中一把拉过威拉德，力大无穷，紧接着快速将威拉德拖拽到水中。吉米·雷在其后步履蹒跚地疯狂追赶，忽然，某种东西扼住他的喉咙，将他一同拖入水中。

第二十一章

约翰尼奄奄一息，钻心的疼痛。眼前有一道火光，在黑暗里熊熊燃烧。时间被置之度外，但时间是约翰尼此刻仅有的东西。时间，疼痛。

好几天。

仿佛已过了好几年。

“我这是怎么了？”

别说话，你快不行了。一阵声音响起。

大概是在做梦吧。约翰尼的四肢扭曲变形，他使劲睁开没有受伤的右眼，眼前出现一团烟雾、一道蓝光和某个没有形状的东西。

这会有一点痛。约翰尼耳边再次传来声响。

疼痛，火光，惨叫。

好几个小时过去了。

似乎是整个一生。

噩梦终于结束，约翰尼伸手摸摸受伤严重的左眼，一阵发热。他嘴唇干裂。一阵火光照亮黑暗。“我渴。”约翰尼说着，某个东西将水递到他嘴边。

睡吧，一觉醒来就什么都忘记了。它这样说着。

当约翰尼再次醒来时，他正站在一条溪流边，它从北边的山丘中顺流而下，汇入其他水流中。虽然约翰尼对这条小溪再熟悉不过，可却丝毫不记得自己何时来到这里。太阳从东边升起，约翰尼返回木屋。他伸手摸自己的脸，本以为会一阵疼痛，可竟没有丝毫感觉。他记得闪烁的车灯和暴力场面，接下来的事情模糊不清。他记得自己爬到了大门前，手指在泥土上用力抓扯。约翰尼低头，衣服和鞋子上全是干透的血迹，可他身上竟没有任何伤口。

安然无恙。

甚至连一丝伤痕也没有。

约翰尼洗掉身上、头发上、手指上、指甲缝里的血迹。他俯身穿上干净的鞋子，此时，眼前忽然浮现出铁锈和被大雾笼罩的钢门。他记得发生过一场事故，有茂密的树丛，还有一道大门。

还有其他的吗？约翰尼无从知晓。

约翰尼穿上衬衣，如往常一样跑过沼泽。他跑到木棚前，打开门上的锁链，卡车不见了。约翰尼一路寻找，终于在距离沼泽边界大门半英里的地方找到了翻倒在林中的卡车。约翰尼先是看到了碎裂的车窗玻璃，随后是车顶上的裂缝。他伸手触摸卡车，回忆起了此前的撞车事故，可画面朦胧不清，他只记得一路紧追不舍的车灯、轮胎剐蹭地面的巨大响声和突然碎裂的玻璃。约翰尼走到公路边，左顾右盼，试图回忆起之前所发生的一切。当时有很多人，他被打了。他想要定格记忆，然而，脑海中的画面却转瞬即逝。

约翰尼回到小木屋，疯了似的打开箱子和抽屉四处翻找，终于在装满螺丝起子、钻头和凿子的咖啡罐内找到了手机。约翰尼拿着手机前往一座能收到信号的山丘，打开电源，盯着屏幕上的日期看了许久。

九月九号。

他失去了整整五天的记忆。

约翰尼在那座小山丘上坐了许久，最终联系了一辆拖车。他步行前往与拖车司机见面的地点，司机用绳索悬挂住卡车，将其拖出树丛。“卡车损毁得太严重了。”拖车司机是一名年轻男子，他戴着一顶破旧的帽子，表情懒散，身上穿着一件沾有污渍的牛仔服，胸膛处的补丁上写着“戴夫”。“这辆卡车有多重？六千二百磅？”

“六千三百磅。”

“是你把它推下去的？”

“我记不太清了。”

“我可以收了这辆车，先把它弄到起重机上，看看外观有没有变形。如果变形了的话，那我也无能为力了。”

“把车拖出来需要多少钱？”

“一百，不贵吧？”

“五十怎么样？”

两人就价格达成一致后，约翰尼随着司机驱车来到一座双层车库，远离车流，进入停车场。“第二台起重机坏了，不过我们可以等那台空出来，如果你愿意的话，可以再等等。”

起重机上放着一辆达特桑牌汽车，四个车胎全被卸了，歧管和后轴承也消失不见，这台起重机似乎在短时间内无法空出。“我不着急，等这台起重机可以用的时候，你就给我打电话，我可能接不到，不过你可以给我留言。”约翰尼回答道。

“没问题。”

两人走下车，一辆卡车从双车道上驶过。约翰尼从口袋里掏出一捆钱，数了数，一共七十五美元。“我需要一辆代步车。”

司机戴夫伸手指向一辆生锈的敞篷车，说道：“八十美元，我把那辆老古董租给你。”

“可以租多久？”

“一周。”

“那一辆呢？”约翰尼指着一辆座位上塞满泡沫填料的摩托车问道。

“我都不知道那辆摩托车还能不能用。”

“如果可以用的话，一个月五十美元怎么样？”

“这样吧，”戴夫以同样的目光审视约翰尼，挑起一边眉毛，说道，“一百美元，这辆车就是你的了。”

约翰尼回到默木野，他坐在树下，试图说服自己保持冷静。他丢失了整整五天的记忆，约翰尼闭上眼，感受身体的温度，感受心脏的挑动，感受全身血液的流动。约翰尼转向背后的树皮，灵魂穿过褶皱的树皮，进入边材，穿过树根，抚摸深埋地下的冰冷石头，那是整个世界的地底。

“五天啊。”

约翰尼弯曲双手，感受肌肉的运动。那辆卡车并不仅仅是损坏了，而是完全毁了。这是真实的。那时隐时现的那道光呢？他在朦胧中看见的火光呢？听到的声音呢？身上的血迹呢？那场暴力冲突呢？那些令人难以置信的画面呢？都是真实的吗？约翰尼开始思索，在默木野的生活是否伴随着自己难以盲目承受的代价？那一刻，约翰尼很想拨通杰克的电话，可杰克知道了一定会担心，约翰尼暂时还没有心情，也没有力气去应付一场争吵。

接下来该怎么办呢？

约翰尼回到摩托车上，他离开默木野，开车来到里昂的酒吧，里昂同往常一样站立在吧台后面。

“你可从来没这么早喝过酒啊。”

“我不是来喝酒的。”

“那你是过来吃东西的？”

“也不是。”里昂没有回应，里里外外擦拭着吧台上的酒杯，一个接一个，泰然自若。在驾车的路上，约翰尼一直在思考该如何开口，但终究还是决定开门见山。“你曾经说过你从小就开始打猎。”

“没错。”

“你说你可以追踪任何猎物，无论是天上飞的，还是地上跑的，都不成问题。你还说这是你最擅长的事。”

“是啊。”

“那你为什么不去默木野？”

“谁说我不去？”

“你自己说的。”

里昂摇摇头，回道：“我不记得我说过这句话。”

“我第一次来这儿的时候，你说你不愿意走进那片沼泽，你说那是你不愿妥协的事情，你当时一本正经地说我是个蠢小子。”

里昂嘴角扬起一丝微笑。“好吧好吧，我记起来了。”

“那么，你到底在害怕什么？”

“你想跟我谈默木野？现在吗？这么多年你都没有问过我关于那片沼泽的问题，现在要谈吗？”

“是的，谈。”

里昂放下手中的酒杯和抹布，双手伸展到吧台上，向前凑近身子，问道：“你为什么突然对我六年前说过的话感兴趣了？”

“也许是因为那里的某种东西也让我感到害怕了。”

“是什么东西？”

“我不确定。”

里昂拿出杯子，倒上一杯咖啡，递到约翰尼面前。“喝了它。”

“为什么？”

“因为我需要时间思考。”

之后的一个小时，里昂没有说话，埋头擦拭酒杯，清扫地板。约翰尼偶然抬头，与里昂目光相接，里昂拿着扫帚，扬起头目不转睛地盯着约翰尼。到了午饭时间，里昂递给约翰尼一份三明治，仍旧没有开口。两个小时后，里昂从酒吧外叫来一名男子，将围裙递给他，叮嘱他看着吧台，“别把我这个地方烧了。你，跟我来。”

里昂拿起一个纸袋，随后带着约翰尼坐上一辆老旧的卡车。当钥匙转动时，卡车车身散出青烟。里昂手握方向盘，说道：“我已经活了半辈子了，这辆卡车，这里的人，不到二十平方英里的地盘，这里就是属于我的地方。”里昂转头，与约翰尼对视，“今天无论是什么原因驱使你来找我，我都不在乎，我也不想知道。我愿意帮你是因为我相信你应该是看到了什么，或者听到了什么，也或者是上帝亲自给你喂了早餐，听明白我的意思了吗？”

约翰尼点头。

“我只会帮你这一次，在此之后，我再也不会和你谈论这个话题。你随时可以来找我，随时可以来我的酒吧吃东西，或是过来喝点小酒，都可以。我们可以谈论天气，谈论锯木厂的问题，也可以谈论那些身穿紧身衣和紧身牛仔裤的胖女人，不过，如果你把今天的事情告诉别人，那我们之间的交情就到此结束。”

“我明白。”

里昂仔细打量约翰尼的脸，随后发动引擎。“不要让我后悔。”

里昂驾车驶出酒吧门前泥泞的停车场，穿过河流上方的桥梁，沿着两边满是稻田的公路行驶。公路两边的电线杆逐渐远去，公路向东转时，里昂继续向北，驶上一条泥泞小路。现在是九月时节，阳光正好，四周生机盎然，金黄色的落叶随车胎扬起。行驶两英里后，里昂转入丛林，加大油门，穿过一条小溪，轮胎飞速转动。驶入一块空地后，里昂停下车，前方，一座简陋的小屋依靠在一棵橡树和一排鹅掌楸之间。小屋的金属屋顶锈迹斑斑，屋顶上方耸立着一座由煤砖堆砌而成的烟囱。小屋左边的椽子上挂着被扒了皮的兔子，门前的台阶摆满盆栽植物，给简陋的小屋平添了一份绿意。

“在这里等着。”

里昂穿过空地，脚下尘土飞扬。他走过门廊，正准备敲门时房门却忽然打开了。门后，一个老女人注视着约翰尼，她邀请里昂进屋，随后关上房门。几分钟后，里昂独自走出小屋，他走到约翰尼身边，说道：“她不喜欢有人登门拜访，不过她会见你的。”

“她是谁？”

里昂坐回卡车内，回道：“你可以叫她维丁，她岁数已经很大了，平时都不会接见任何访客，如果你对她态度恶劣的话，那我就成了罪人了。拿着这个，会对你有用的。”里昂递给约翰尼一个纸袋，“里面装的是方糖，只是一份突然来访的小礼物，她很看重这些。”

“还有什么需要注意的吗？”

“她左眼视力不好，你跟她对视时尽量看她的右眼。不要大声说话，也不要表现得没有礼貌。她喜欢长得好看的人，这一点你应该没问题。”

约翰尼看向小屋。小屋的门半掩着，门后站着一位身穿褪色裙子、身材矮小的老人。“她很了解那片沼泽吗？”约翰尼问。

“比你了解。”

“怎么个了解法？”

“她在那里生活了半辈子。”

约翰尼逐渐觉得眼前这个女人或许的确与默木野有些许关联。“还有其他什么我需要知道的事儿吗？”

“还有最后一件事，”里昂看着门后的女人，向前俯身，说道，“她是我奶奶。”

约翰尼本想了解更多细节，可里昂不愿再过多透露，约翰尼只好独自朝小屋走去。苍蝇围绕着门廊前悬挂着的兔子尸体转圈，门边挂着一把来复枪。门后的老人正在等他。“再过来点，”她开口说道，“让我好好看看你。”

约翰尼伸手推开半掩的房门，阳光倾洒进来，两人目光相接，老人仔细端详着约翰尼。她身形娇小，虽上了年纪，却毫无虚弱之相，稳稳地站立在门后。她伸手触摸约翰尼的脸，将他的脸颊转向与阳光正对的方向。“里昂说你叫约翰尼·梅里蒙。”

“是的。”

“嗯，你的长相的确有梅里蒙家族的特点。”维丁转身走向屋内，坐到壁炉旁的一张摇椅上。这间小屋只有一个房间，屋内光线阴暗，进门右手边是壁炉，角落里摆放着一张床。“来吧，进来吧。我跟里昂说了我会跟你聊聊，不过我可没说要和你聊一整天。”

约翰尼在壁炉对面的椅子上坐下，维丁目不转睛地盯着他。“里昂说你是他的奶奶。”

“他妈妈当年到处留情，所以我也许是，也许不是。那是给我的吗？”

约翰尼递过装满方糖的纸袋，维丁将手伸入袋中，随后舔掉沾在手指上的糖。“好吧。”她将纸袋放到两腿之间，说道，“说吧，你想知道些什么。”

“你说我看起来像梅里蒙家族的人，是什么意思？”

“意思是你长得像你们家族的男性长辈。”

“你是怎么知道的？”

维丁嘲弄地回答道：“你的家族这么多年以来一直都有愧于我的家族。难道你不知道这个事实吗？”

突如其来的尴尬情绪使得约翰尼一阵脸红。他从未想过这一点。里昂呢？他想过吗？

“你抽烟吗？”维丁问。

“不抽。”

维丁从衣服口袋里取出一根手卷烟。她划亮火柴，点燃卷烟，烟雾在眼前升腾。这不是普通的卷烟。“里昂说你是默木野的主人。”

“是的。”

“那些废墟建筑和那整片土地都是你的？”

“是的，全部都在我的名下。”

维丁猛吸一口烟，吐出烟雾，从口中拿出烟斗柄。“里昂还说你被什么吓到了，是什么？”

“我也不确定。”

“是你不确定，还是你不愿说？”约翰尼没有回答，维丁点头，观察着约翰尼。“吸一口这个。”

“我不吸烟。”

“要么吸一口，要么马上走人。”

约翰尼看着卷烟在维丁手指之间燃烧。“这是什么烟？”

“是用大麻和蘑菇做的，都是生长在这片大地上的植物。”维丁递过香烟，静静等着。卷烟的一头是湿漉漉的口水，另一头则是橘黄色的煤烟。约翰尼停顿片刻，接过卷烟，吸了一口。“再吸一点。”约翰尼猛吸一口，烟雾呛到喉咙，他咳嗽不止。维丁拿回卷烟，脸上露出满意的神情。“你到底看到了什么让你害怕的事情？”

“我什么都没有看到，但是我丧失了好几天的记忆，就是这个让我感到害怕。我丧失了整整五天的记忆。”

“你一点都想不起来吗？”

“只记得一些零碎的片段，我觉得我自己受伤了，但是我身上却没有任何伤口，这根本说不通。”

“你做梦吗？”约翰尼迟疑了，维丁将烟雾吐到约翰尼脸上，“当你待在沼泽里的时候，你会做梦吗？”

“会吧。”

“你都梦到些什么？说实话。”

约翰尼咽了咽口水，小木屋里很热，很闷，一丝风都没有。眼前的烟雾令他头晕目眩。“我在梦里看见有人被吊死。”

“什么人？”

“一个白人，两个黑人奴隶。”

“还有呢？”

“什么意思？”

“再吸一口。”维丁又一次递过香烟，她向前俯身，靠近约翰尼的脸，看着他吸了一口。“你站在树边，很多人在尖叫。”

“你怎么知道？”

“人们都在尖叫。你还看到了什么？”

“有一个小女孩，她手中握着一把刀。那些人身上都是刀伤。”

维丁坐直身体，约翰尼快要窒息了。他想要保持平稳呼吸，可根本不行。“告诉我你听到了什么。”

“我不喜欢这样的对话，我不想再继续了。”

“告诉我。”

“尖叫。我都说了，我听到那些人在尖叫。”维丁靠回到椅背上，那一瞬间约翰尼进入梦境。他看见火光，看见抽搐的双腿。他眨眨眼，眼前的画面越来越模糊。约翰尼开始咳嗽不止，他清清喉咙，问道：“你怎么知道我梦里的内容？”

“因为关于那片沼泽的梦从来都不是梦。你还做过其他的梦吗？”

“可能有过吧，我不确定。”

“拿着这个。”维丁递给约翰尼一支新的卷烟，“今晚回去抽，然后再回来见我。”

“我跟你说了我不抽烟。”

“那就把它做成茶喝下去，我不管你用什么方式，重点是它能够帮助你进入梦境。”

“我只想知道真相。”

“你当然想知道，不过我已经告诉过你了，你的所有梦境都是以往的噩梦，或者是一些真实存在过的幻影，关于那片沼泽的梦从来都不是梦。”

约翰尼回到小木屋，此时已是深夜，他仍旧无法入眠。他不信任维丁，也不信任那根卷烟里的东西真有什么神奇作用，可此刻，他竟坐在床边，手中拿着一个杯子，杯子里散发出一股煮沸的泥土味，尝起来亦是如此。他绝望，害怕，绝望到除了相信维丁，别无他法，害怕到千方百计也要知道那丢失的五天里到底发生了什么。喝下最后一口茶，约翰尼躺到床上，试图回归平静，进入那个深不见底又漆黑一片的梦境。以往的大多数晚上，入睡并非难事，一个舒适的睡姿，几声浅浅的呼吸，便可入眠。可是今晚，约翰尼焦虑不堪，且太想快速入睡。他辗转反侧，随后走出小木屋，躺在地面的苔藓上，仰望星空。九月的夜晚很温柔，也很静谧。约翰尼想象头顶的天空是一位巨人，想象着它俯视自己的模样。吸气，呼气。约翰尼的身形映在身下的苔藓上，满天繁星在眼前模糊，思绪向古老的远方飘散。他是一名成年男子，也是一个小男孩，出生前的那些画面开始在眼前闪烁。在黑暗中，他看见了父亲，也看见了爷爷。他是约翰尼·梅里蒙，大家都称呼他为约翰，眼前出现的一排面孔便是梅里蒙家族里的男性长辈，约翰尼的身子不断下沉，长辈们的脸一个接一个浮现在眼前。

约翰尼在黑暗里下沉。

他进入梦境。

他睁开双眼，被恐惧吞没。她躺在床上，奄奄一息，那是他一生挚爱的妻子。他抚摸她的脸，皮肤一阵灼热。从未有人经历过如此高烧，梅里蒙家族没有，奴隶们也没有，就连河对面的医生都说现在唯一能做的就只有祈求上天。

他俯身向前，紧贴她的脸颊，高烧正在一点一点吞噬她的生命。她痛苦呻吟，他仍旧靠在她脸颊上，一只手搭在她隆起的腹部，那是他们爱情的结晶。“再拿点冰块过来。”他说。

“冰库已经没有冰块了。”

他抬起头，奴隶们同样啜泣不止。他们同他一样深爱玛丽昂，人人如此。她芳龄十九，年轻貌美，待人和善。

“拿毛巾来，快拿湿毛巾过来。”

两名女奴隶急忙转身，约翰紧握住妻子的手。他名下有四千英亩土地，倘若能够救回她的性命，并保得她幸福安康，他愿意倾其所有。他们自小便在一起玩耍，在她十三岁那年，他就已经爱上了她。他比她年长两岁，可那天，在树荫下，是她握住他的双手，是她说“我们总有一天会结婚的”。他记得他的眼神从戏谑变为真诚，她已经从少不更事的小女孩变成一个成熟美丽的女人。她总是最睿智的那个，也总是最强大的那个。

“约翰……”

那是一声喘息，一种令约翰痛心疾首的声音。

“我在这儿，玛丽昂，我就在你旁边。”

“水……”

他轻轻扶起她的头，将杯子递到她嘴边。她艰难地抿了一小口，无法喘息。约翰伸手擦掉她干裂嘴唇上的水珠，温柔地将她脸上的秀发抚到一边。她面容憔悴，脸色煞白，只有全身持续不退的高烧给了她一点血色。他想紧紧握住她的双手，可却害怕挤碎她的骨头，捏破她的皮肤。她已经连续三周高烧不退，全身发热，神志不清。她有多少天没有说过一句话了？她度过了多少个煎熬的夜晚？

“宝宝……”

“对，宝宝，我们会生下一个漂亮的宝宝，你会等到那一天的。你一定会好起来，我们的宝宝也会平安出生。”

她将他的手放到自己的腹部。“剖腹……”

“医生就快要来了。”

“没有时间了。”

“玛丽昂……”

“只有宝宝最重要，”她眨眨眼，快要撑不下去了，“只有宝宝……”

他亲吻她的额头，灼热也正在撕裂他的身体。

“约翰……”

“我在这儿。”

“如果这是个男孩……”她双唇微微张合，可却没有一丝力气了，“现在，趁我还有勇气，快。”

“我不能这么做。”

“你可以的。”

“宝贝……”

她没有力气说话了，她看着他，凄凉的眼神里写满祈求，约翰的双手不停颤抖，眼神苍白、空洞。他再一次温柔亲吻她的额头，随后有人将刀子压在他手掌上……

约翰尼惊醒，头顶星光璀璨，他的内心升腾起一种前所未有的情绪。

他是两个人。

两段人生。

一小时过去了，约翰尼仍旧泪如雨下。

第二十二章

吉米·雷·希尔醒了，他不知道自己在哪里，也不知道自己伤得有多严重，四周漆黑一团。吉米·雷闻到了湿土和鲜血的味道，他的一只手已经折断。他想挪动身体，却根本动弹不得。他伸手触摸双腿，竟毫无知觉。

“上帝啊……”

吉米躺回到坚硬的石头上，背部本应光滑平整的地方被摩擦得异常疼痛。

“啊，妈的。”

吉米·雷伸手摸自己的脸，脸颊上的皮肤破损不堪，他的双手沾满鲜血。他又摸摸眼睛，他的双眼是睁开的，四周那么漆黑，伸手不见五指，仿佛深入地底。

“威拉德，你在哪儿？”

吉米·雷喊出威拉德的名字，四周空荡荡的，没有人回应。他再一次叫喊，折断的那只手搭在胸脯上，另一只手检查着身上的伤势。他身上有多处擦伤，浑身沾满泥土，鲜血淋淋。背部一阵剧痛。

“啊，好痛。”

吉米·雷轻轻挪动身体，身下的石头和枯枝随着他一起移动。他鼓起勇气摸了摸自己的脊柱，骨头碎裂的程度难以形容。他身处黑暗之中，伤痕累累，孤独无助。

“冷静一下，吸气，呼气。”

可他的呼吸急促且短暂。

“威拉德！”

没有回应。威拉德或许昏迷不醒，或许在其他地方，抑或是已经无法开口。吉米·雷鼓足勇气，他想起自己在越南的经历。那时，他身中两枪，被遗弃在战场上。他记得那个漫漫长夜，记得高悬在天空却没有丝毫色彩的星星，记得耳边传来的脚步声，记得他闭上眼默默祈祷。这段记忆使得他找回当年那个在越南征战的勇士，他保持冷静，均匀呼吸。

慢慢吸气。

你还活着。

慢慢呼气。

不要惊慌。

内心可以平静，可身体的疼痛却令人难以忍受。痛感从碎裂的脊柱一直延伸到他的手掌。那一刻，他忽然记起昏迷之前的事情。他和威拉德一起进入沼泽，他看到了一道光，随之而来的是某种难以言喻的奇怪事物。他被拖走，被举起，被丢掉。

被丢掉……

那种感觉更像是被人轻松扔下，仿佛他的身体在一开始没有丝毫重量，随着不停的滚动，却又重达上千磅。他撞到乱石嶙峋的斜坡上，快速滚下斜坡。他记得自己掉落山坡，记得背部与石头的摩擦，也记得他滚落底部之后的乱石。

他在一个洞穴中。

耳边传来水滴声。

“有人吗！”

一个人都没有。吉米·雷最终不得不面对现实，倘若他想活命，一切只能靠自己。吉米·雷伸出没有受伤的那只手，小心翼翼地摸索着四周。在他的头部后面有一块巨石，应该是它撞断了他的脊柱。其余都是一些小石头，跟垒球和葡萄柚差不多大小，但全部呈锯齿状。他摸到一些枯枝，再往前，是一处光滑的石头和一些黏稠的液体，那应该是他的鲜血。吉米·雷必须找到自己的背包，他需要手电筒，需要亮光。

他没有找到背包，却找到了威拉德。

“威拉德，谢天谢地，终于找到你了。”吉米·雷先是摸到了威拉德的靴子，随后用力把他拽到身边，虽然这一动作使得他本就断裂的脊柱更加扭曲，可他顾不得那么多了。他本就遍体鳞伤，此刻最重要的是他找到了威拉德，他要带着他离开这里，活下去。吉米·雷摸到威拉德的皮带，胸膛，他全身冰冷，已经没有了呼吸。吉米·雷仍旧抱着一线希望，他触摸威拉德的脸、鼻子和肿胀的嘴唇，检查他的颈动脉。然而，为时已晚。

威拉德死了。

他已经死了很久了。

“有人吗！”

吉米大声叫喊，恐惧，羞耻。他投降了。在越南那个可怕的夜晚之后，他从未依靠过任何人。他独自生活，独自工作，从来没有他赢不了的斗争，从来没有他不能征服的马匹，也从来没有他无法修复的机器。而此刻，他在令人窒息的黑暗中瑟瑟发抖，从未如此迷茫，从未如此孤独。

吉米·雷将威拉德推向一边，检查他的口袋，寻找火柴和手电筒。他在威拉德身后来回摸索，身下的乱石高低起伏。他拖着身体，爬过威拉德的尸体，前面是一块光滑的石头和那个将他送往此地的斜坡。吉米·雷保持了几秒钟的平衡，随后滑倒在地。他爬过另一块石头，掉进一处类似陷阱的洞中，四周的枯枝也随之掉落。吉米·雷伸出手，摸到一个尼龙面料的物体，是背包。如同在越南的战场上一样，吉米·雷默默祈祷，最终从背包中拽出一个手电筒，那是他在十年前的一个寒冬带回来的。吉米·雷打开手电筒，看到一块潮湿的石头和威拉德的尸体，眼前的一切令他难以置信。他所以为的枯枝根本不是枯枝。

他在一处乱葬岗中。

在一座坟墓里。

第二十三章

阳光划破长空，天空湛蓝一片，约翰尼不太记得自己驾车来到维丁房门前的经过，他只记得一路上的柏油路、泥土、庄稼、树丛、被落叶覆盖的门廊和人骨颜色的墙板。维丁站在门廊前，身旁是那把老旧的来复枪，她扬起嘴角，看着约翰尼如同一阵暴风，急速跑过庭院，他无法控制自己。内心的阴暗情绪越来越模糊。“你到底对我做了什么？”

“我什么都没做。”

“撒谎！你明知道这是在撒谎。无论我昨天晚上看到的是什么，那绝对不是梦。”

“你看到的所有画面都是存在于你的家族和我的家族脑海里的共同记忆，这种联系一直都在，我只是帮你打开了这扇窗。”

“什么联系？”

“当然是默木野，你的家族和我的家族，还有我们当中在那里生活过，甚至最后埋葬在那里的人。时间不会抹去任何事。”

约翰尼试图保持冷静。维丁的声音格外沉稳，随着摇椅的晃动轻微起伏。“你在那根烟里放了什么？”

“那根烟不是你该担心的问题。”

“你昨天说这些梦是真实存在过的‘幻影’。”

“没错。”

“那么昨晚，”约翰尼握紧拳头，努力克制自己的情绪，“昨晚究竟是梦，还是我吸食大麻后产生的幻觉？或者是其他的什么东西？”

“你看到他了，是吧？约翰·梅里蒙。”

“没有，我没有看到他。”约翰尼直至此刻仍旧对昨晚的一切百思不得其解，“我就是他。”

“告诉我你看到了些什么。”

“我看到一个女人，快要死了。她怀孕了。”

“那是玛丽昂·梅里蒙，是你的曾祖母。”

“那这么说来，我昨晚梦到的一切都是真实的。”

“那是发生在一八五三年夏天的事情，玛丽昂·梅里蒙死于一场高烧。”

约翰尼双手紧紧蒙住脸，坐在小屋门前的台阶上。他知道约翰和玛丽昂的甜蜜初吻，知道他们两人之间的秘密，知道玛丽昂娇嫩肌肤的柔软触感，也知道只属于他们两人的窃窃私语。他们之间的浓情比约翰尼所熟知的任何一切都来得炽热，即便是此刻，那样浓烈的情感仍旧哽噎在他的喉咙，他从未感受过那种情绪。“我当时就在那儿，”约翰尼终于开口，“我握着她的手，感受她腹中的胎动。”

约翰尼中途哽噎是因为他知道了太多，这突如其来的另一种身份，那些从未有过的感觉，令他难以承受。

维丁吸了一口烟，说道：“你的家族和我的家族。这些幻影总是找到我们身上，向来如此。”

“是怎么找到我们的？”

“那是之后的事情了。”

“我需要知道这一切究竟是怎么回事。”

“你需要的是仔仔细细听我说，并且保护好自己。默木野对于那些不尊重它秘密的人从来都不留情。你只需要继续做梦就够了，这样你就几乎能找到你想知道的所有真相。但是要切记，你做梦太多，就会失去现在的生活，听明白了吗？现在的生活，你的生活。不要在过去中迷失自我，我曾经见过这样的事情发生。”

“那昨晚只是一场梦吗？”

“昨晚只是一个开始。”维丁试图保持微笑，可约翰尼却从她的脸上看到了悲悯和伤痛，那是百年来不为人知的一切。

“你也会做同样的梦吗？”

维丁摇摇头。“我只梦到我自己的家族，你才会梦到你的家族，这是这一切的本质。”

“你想从我身上得到什么？”

“我什么都不想得到。”

维丁的谎言漏洞百出。她想从约翰尼身上得到什么，她觊觎、垂涎、梦寐以求的东西。“我只想要自己的生活回到正轨。”约翰尼说。

“可是有些门一旦打开，就再难关上了。”

“我应该怎么办？”

“你只能做一件事。”维丁从长袍口袋里拿出更多卷烟，递给约翰尼，“走进这扇门，这一次，你会梦到更黑暗的真相。”

第二十四章

卢瓦纳·弗里曼特尔与软弱朝夕相处，如同她与空杯日夜为伴。这种软弱存在于她的体内，古老且深沉，它的摇篮便是卢瓦纳在默木野度过的童年时光。她最终也没能成为她母亲所期盼的那个女孩。她憎恶高温，憎恶稀泥，憎恶被奴役的那段往事，也憎恶充斥生活的古老信仰。她讨厌刀割，讨厌那棵悬挂奴隶的树，也讨厌那些语言陌生的古怪祈祷。然而，更重要的是，她一直生活在恐惧和害怕之中。害怕夜晚，害怕丛林，害怕那些死去女性长辈的期待。最令她崩溃的是那些梦境。它们开始于她十五岁生日的一周以后：悬挂死人的树，另一个童年，可怕的画面，她被活埋的那天，压在身上的大地，令人窒息的重量。在她十五岁那年，这些梦境并非一点一点侵蚀，而是像一座大山，狠狠压在她身上，排山倒海。她闭眼时还是一个天真无邪的女孩，醒来时便成为一个奴隶。她知道这些可怕的事情，知道痛苦的感觉，知道杀人的感觉，也知道因背叛而被大火吞噬的画面。

这就是我们的生活，也是我们的重担。

长辈们曾对她如是说。

那些老人们试图解释，试图安慰，可卢瓦纳从不曾在乎。她才十五岁，她想要电视，想要空调，想要和那些她曾在沼泽外的公路边见过的男孩玩耍。更重要的是，她想逃离那些可怕的、让人无法喘息的梦境。

如今，她的女儿也正在经历同样的痛苦。

“克里？”

卢瓦纳敲响女儿的房门，可却没有人应答。三天了，这三天来，克里一直在躲避，要么独自一人待在屋顶，要么把自己反锁在房内，始终不肯见人，也不肯出门。唯一的声响就是她在睡梦中的尖叫和在醒来后的啜泣。

“宝贝？”

门后，窗帘紧紧拉着，房间里没有一丝灯光。克里抱着双膝，蜷缩在角落，呼吸急促，仿佛一捆破布，憔悴，凄凉。卢瓦纳在她身旁坐下，伸手轻抚她的脸颊，克里面色通红，大汗淋漓，双眼没有丝毫神采。她被梦境击溃了。

“宝贝，对不起，我当初就不该把你送回那个地方。”

克里的喉咙里发出啜泣声，急促的呼吸仍旧没有减缓。她抽搐，呻吟，卢瓦纳只能默默陪伴。克里同她当年一样，拳头捶在胸口，同样的无知，同样的恐惧。卢瓦纳拿起女儿的手，克里眼神愤怒，卢瓦纳开始退缩。克里尖叫着，反抗着，挣扎着站起身来。卢瓦纳想要将克里拉回身边，可她拼命反抗，抓扯，卢瓦纳别无选择，只好疯了似的大声喊叫。她一把抱住女儿，热泪在她的脸颊上灼烧。

当两人都平息之后，克里将头埋进母亲的双腿间，眼泪浸湿卢瓦纳的睡衣。“我快要疯了。”

“你不会的。”卢瓦纳小声应道。

“你根本不知道。”

“孩子……”卢瓦纳抚摸克里的头发，没有再说话。内心的愧疚将她吞没，她无法言语。她将女儿克里送回那个地方是因为那些老女人们想要她，这的确是事实。然而，卢瓦纳曾经那样自私，她刚刚来到一个全新的世界，这里灯红酒绿，而她少不更事，不想再回去，不想回到那片肮脏的沼泽，不想回到那群疯狂的女人身边，也不想回到以往的噩梦中。“我当初不应该把你送到她们身边。”

“我这是怎么了？”

“嘘，暂时别说话，慢慢呼吸。”

可这远不止那么简单。克里浑身发热，颤抖不止，卢瓦纳知道她有多么疲惫。在与睡眠的这场漫长抗争里，一分钟就是一次对决，而一小时则是一场战争。当睡意袭来时，随之而来的还有可怕的梦境。那些老人曾说强大的人迟早会习惯，可卢瓦纳哪知道什么强大？她是一个放弃者，一个逃亡者。“你比自己想象中要强大。”卢瓦纳嘴上这样说着，心里却将信将疑。她的女儿在这三天里消瘦了很多，双眼完全凹陷，脸上没有一丝血色。

“你为什么会在这儿？”克里从母亲的双腿间抬起头来，走到床边，“你从来不会到我房间里。”

“我在这儿是因为我和你的世界并不像你认为的那么格格不入。”

“呵，是啊。”

“你想聊聊发生的这些事吗？”

克里大笑，听上去却更像是哭诉。“和你聊吗？算了吧，都别装了。”

“也许我可以帮上忙……”

“你帮不上。”

“克里……”

“让我一个人待一会儿。”

克里躺到床上，卢瓦纳伸手摸了摸被泪水浸湿的床单。“我从来都不是一个称职的妈妈。”

“你从来也不是一个妈妈。”

卢瓦纳没有反驳，因为这是事实。“我要出去一会儿，你确定你不要我留下陪你聊聊吗？你可以把心里的苦告诉我，我也经历过你这样的年纪。”

“代我向你在酒吧里的那些朋友问好。”

“宝贝……”

“你不是说要走了吗？”

卢瓦纳沉默地点点头。她走到门外的走廊上，转头看了一眼克里的房间门，随后走进自己房间，换好衣服。卢瓦纳脱掉睡衣和破旧的拖鞋，整理好头发，从衣柜里找出一条最端庄的裙子，穿上一双平底鞋。她将钱全部放进一个小手包里，出门前看了一眼酒瓶，这一次，她没有带上它。这对她来说并不难克服，却也非易事。她站在隔壁公寓门前，敲响房门，虽然邻居开门后眉头紧锁，可卢瓦纳脸上始终保持着微笑。

“你今天这是什么打扮？教堂淑女？”

卢瓦纳整理了一下裙子，有些尴尬。十年来，邻居从未见她穿过这样端庄的裙子，通常要么是浴袍，要么是短裙，要么是热裤。“我想用下你的车。”

邻居叼起一根香烟，皱紧眉头。“你可是一个酒鬼，你还要开车？”

“你也不比我差。”

“说得没错，可这是我的车。”

“特里萨，我现在没心情跟你开玩笑。”

特里萨笑了，她是一个无所畏惧的女人，外表温柔，面无血色，可双眼却炯炯有神。特里萨和卢瓦纳是酒伴，两人总是在鸡舍边的潜水区相约，肩并肩坐在一起，享受香烟和美酒，每周一次。她们之间的友谊如同是苦中作乐的狱友。

“这件事很重要，我需要用车。”卢瓦纳说。

“你要去哪儿？”

“先往东，再往北，可能需要几个小时。”

“不行。”

“我是为了我女儿。”

特里萨斜眼看着卢瓦纳，直到卢瓦纳的眼神由期待变为失望。这辆车已经有三十年了，碎裂的右窗玻璃处被盖上一层塑料，它能值好几百块钱，可卢瓦纳是她唯一的朋友。“算了算了，我开车带你去。”

特里萨带着卢瓦纳开车离开夏洛特，一路上，车窗处的塑料摇摇欲坠，吱呀作响，废气从锈透的一处小洞钻进车内。在车程的前一个小时里，特里萨多次尝试与卢瓦纳聊天，可卢瓦纳根本没有搭理她。“在这儿转弯，在下一个高速公路向东行驶。”离开城市越远，车流越稀少。八车道变成四车道，最后变为两车道，一条狭窄的柏油路穿过两旁的松树和沙丘，通向雷文县。

“我们到底来这儿做什么？”

特里萨打开第二盒薄荷醇。车辆左边是一座城市，可她们没有停下，而是径直进入一片人烟稀少的开阔地带，四周是矮小的房屋和被太阳炙烤的田野。

“我们两个认识很长一段时间了。你几乎了解我的一切，包括我前面几次不幸的婚姻和我在监狱里的生活。可这一次跟以往不同，这一次我不能告诉你。”卢瓦纳说。

“为什么不能？”

“因为就算我说了，你也不会相信我。”

“是吗？那好吧。”

特里萨心存怀疑，可卢瓦纳既没有道歉，也没有做任何解释。远处是一片森林，森林背后有很多山丘。“前面有一个十字路口，过了十字路口，再行驶两英里左右，在那里停车。”

五分钟后，特里萨停下车，眼前两条交叉的公路形成一个巨大的X。十字路口左边是一望无际的丛林，右边，一片麦田围绕着一座没有喷漆的房子。卢瓦纳咬咬嘴唇，看向面前的两条十字路。两条路看起来一模一样，她不确定应该往哪边走。“应该是往那边。”卢瓦纳指向左边，两人朝着森林的方向继续行驶了一英里。“对，就是这个方向，在前面左转。”前面是一条分岔口，柏油路变成泥路。“那边是车道。”特里萨驶上车道，车辆跨过凹坑，前方一条溪流挡住了去路。

“这里我可没办法过去。”特里萨说道。

溪流后面，一座老旧的小屋坐落于大树之下。“没关系，反正你在这儿也不会受到欢迎。”

“你会受欢迎？”

“我也不确定，你在这儿等着。”

“也没别的选择了。”特里萨从手套箱里掏出一把小型左轮手枪，那是二十年前与她共度春宵的某个男人不小心遗留在床头柜上的。“我就在这儿等你，如果你能活着回来的话。”

“别开这种玩笑。”

卢瓦纳打开车门，金属刮擦的声音异常尖锐。溪水很浅，可她的鞋已完全湿透，溪水的稀泥里留下她深深浅浅的脚印。十六年了，她离开之后，整整十六年再没来过这里。她甚至不知道小屋的主人是否还活着。

“你已经走得够近了。”

声音从门廊的阴影处传来。卢瓦纳抬眼斜视，门边的椅子上有一个人影。“是维丁吗？”

“你是谁？”

“卢瓦纳·弗里曼特尔。”

“你不可能是卢瓦纳·弗里曼特尔。我十六年前跟她说过，如果她敢踏入这里一步，我就要了她的命。”

“那是很久以前的事了，那时候我还是个孩子。”

“你说我是疯子，是老女巫，说我狂妄自大，自以为是，还说我没有权利看不起任何一个比我更好的人。”

“我不知道，我只知道我把我的女儿送到你身边，这才是我当年所做的。”

“那只是因为你根本没有胆量正眼面对你的母亲。”

"我到底能不能上岸？"

"你又喝醉了吗？"

"没有。"

"这是什么社交活动吗？我这里可不是什么逃兵俱乐部。"

"我女儿一直在做梦。"

"在默木野外不可能做梦。"

"如果我说的不是事实，我还会来这儿吗？"

维丁沉默不语，卢瓦纳顶着烈日，等待她的准允。维丁在五十多岁的时候离开默木野，正是这一点使得她与众不同。大多数人皆是早早离开，或是生于此，也长埋于此。而维丁的特殊之处使得她变身成为大使，成为往默木野输送药物和外界新闻的渠道，成为在那些离开的孩子和回到此地的孩子之间传递信息的桥梁。在卢瓦纳看来，正是因为维丁认为克里在离开后会返回此地，所以她才始终把枪放在腿上，而非挂在肩后。

"你最好还是上来。"维丁说。

卢瓦纳爬上岸，忍受着维丁洞察她的犀利眼神。即便是穿着端庄的裙子和平底鞋，卢瓦纳仍旧能够感觉到维丁的失望穿透她的身体。她是那个选择逃跑的胆小者，是那个令她母亲心碎的恶人，也是那个带走最后一线希望的不知感恩的小孩。

"她们都死了，你很清楚。"维丁围着卢瓦纳转圈，"不仅是你妈和外婆，所有人都死了。那样的生活也没了。"

"我知道，我之前尝试过要回那片地。"

"我想你是为了钱吧。"

"不要假装你很了解我……"

"你别插嘴。在你还是个孩子的时候，我就从你眼神里看到了贪婪。草莓对你来说远远不够，你想要桃子，而当你对桃子厌倦后，你又想要巧克力或是卷烟。你的那条丝巾还在吗？"

卢瓦纳面红耳赤。那条丝巾是她从一名游客那儿偷来的，当时，跟着外婆一起在马路边售卖蜂蜜和干鱼片的她顺手从游客那儿偷走丝巾。“克里一直在做梦。”卢瓦纳岔开话题。

“没有人会在离开默木野之后做梦。”

“可我女儿会。”

维丁盯着卢瓦纳，眼神尖锐。很少会有人做梦，大多数人从未有过这些梦境。对于那些同老女人们一样的信仰者而言，关于过去的梦境是一种征兆，也是一种乞求，是如同默木野这片土地本身被捆绑一样，将梦境者和默木野捆绑在一起的原始交流。

“梅里蒙家族的那个男孩来过这儿。”

“什么？”

“昨天刚来过。他梦到约翰·梅里蒙和他奄奄一息的妻子，梦到害她丧命的那次高烧。他迟早会梦到其他真相，只不过是时间问题。”

“你在帮他？”

“梅里蒙家族的男性一直以来都是这一切的关键。”

“这不关克里的事，她不是其中的一部分，也绝不能成为其中的一部分。”

“你是在暗示还有其他选择吗？”

“我不会允许她参与其中的。”

“这些幻影只会越来越糟。她会崩溃，会迷失。你引导过她吗？帮助过她渡过难关吗？把她带到我这儿来，我会保证她的安全。”

“你会利用她。”

“这是我们一直都在等待的一刻。”

“我女儿不行，我绝对不会允许。”

“那你回家去吧，”维丁指向溪流对面的那辆车，“回到你崩溃的女儿身边，你会回来找我的，到了那个时候，你会绝望到走投无路。”

“除非你给我一个回答，不然我不会离开。”

“里昂。”维丁抬高音量，里昂走到门廊前，身形高大，毫不畏惧。“你记得我的里昂吧。里昂，这坨一无所知，还不懂感恩的臭狗屎正准备走。能不能帮她一下？”

“好的，夫人。”

里昂伸开强壮的手臂，将卢瓦纳推下门廊。“等等，我道歉，对不起。”卢瓦纳说。

“没人敢在我的门廊前用自命不凡的语气跟我说话。走啊，回去，等到你女儿饿得半死，或是在睡梦里尖叫，又或者是连自己名字都不知道的时候再回来。”

“她现在就已经饿得半死了，也会在睡梦中尖叫。”

“那你来的时候应该对我多点尊重。走吧，回去。”

里昂将卢瓦纳驱下台阶。她走到溪流对面，回过头来张望一眼后，转身坐进车内。“跟着她回去，找出她的住址。”维丁说。

“如果她发现我了怎么办？”

“我不在乎她是否会发现你，你只要找到她和那个女孩住在哪儿就行了。”

维丁一路看着卢瓦纳坐上的那辆车在溪流对面转向，里昂的卡车紧随其后。在四周恢复平静后，维丁坐回到椅子上，点燃一根烟。这一百年来，她只看到过一次幻影，可却永远无法忘记那个手中拿着刀的女孩，那个伟大的女人，她是这一切的开始。

已经一百七十年了。

维丁猛吸一口卷烟。

那片土地的秘密已经在地底沉睡了一百七十年。

最终，那个女孩才是关键。那个女孩和约翰尼·梅里蒙。

只要他再进入梦境。

只要他能看见。

第二十五章

夜半时分，约翰尼仍旧没有入睡。他坐在火堆旁，看着火苗扭曲身体，上蹿下跃，仿佛被一根黑色吊线拉扯着。

他害怕入眠。

那些情感太过浓烈，也太过真实。他未曾有过这样的情感。

她是他的妻子。

倘若他再次进入梦境，是否会亲眼看着她死去？

维丁给的卷烟像是一堆磁铁，约翰尼无法移开视线。它们静静地躺在火光对面的桌子上。虽然内心恐惧，可约翰尼渴望再次见到玛丽昂，他想知道她腹中的孩子是否活了下来。

“她不是我妻子。”

可这并不是完全真实的。他是约翰尼·梅里蒙，也是约翰。他不可能分身两角，这使得他近乎疯狂。约翰尼从座椅上起身，走到河流边，望向沼泽对面，眼前浮现出维丁的模样，还有她闪着光亮的双眼。

这一次，你会梦到更黑暗的真相。

维丁这样说过。

她在操控约翰尼，她想从他身上得到些什么，可此刻的约翰尼觉得自己是喝醉了酒，神志不清。内心深处，他知道自己最终会投降。这便是他枯燥无味的一夜。

他想握住妻子的手。

他知道那根本不是他的妻子。

“那不是我的生活！”

约翰尼踉踉跄跄地回到火堆旁，就这样坐了许久。忽然，森林里有什么东西在移动。最初是一点微光，最后变成一束亮光，在被黎明笼罩的森林里快速移动。约翰尼无暇顾及，他看着奄奄一息的火苗，当火光终于燃尽，黑暗降临，一切那么熟悉。此时的约翰尼深感自己是被遗弃的老友，或是被遗忘的荒地，似乎是一场梦境终于到来，将他重重压在身下，他无力反抗。从林里的藤蔓被层层拨开，约翰尼内心的恐惧在全身蔓延，犹如初次触摸到某种没有温度的东西，不冷，不热，未知，陌生。约翰尼四肢无力，肺里的空气似乎如液体一般浓稠，难以呼吸。他眨眨眼，黑暗中似乎有某种有形的物体在移动，倾斜的肩膀，扬起的头部。

爱她吧，没关系。

这几个字在约翰尼脑海里回响，可这并不是他自己的声音。这一切都是假象。他一遍遍这样告诉自己，他想大声喊出来，可当他张开嘴时，嘴里说出的却是“走开，别烦我”。

然而，它并没有走开。

它围住火堆，沙沙作响，约翰尼耳边传来浅浅的呼吸声。

我想要你爱她。

约翰尼闭上眼睛，感到毛骨悚然。他闻到雨水和腐烂皮革的味道，悲伤、渴望、近乎被遗忘的希望，同时在他内心升腾。他瘫倒在椅子上，睡着了。当他终于睁开眼时，四周如往日一样宁静，除了沉默的森林和沼泽，什么都没有。火堆已经燃尽了，天空依旧明朗。约翰尼的身上有些潮湿，他坐直身体，随后站起身来。他是真的睡着了吗？或者是熬过漫漫长夜的疲倦令他最终败下阵来？约翰尼拿起卷烟，望向森林，同往常一样，他伸出手感受周围平常的一切，忽然，头脑一阵晕眩。

在天色破晓时，有什么东西来找过他了吗？

或者说，是一场梦境告诉他去爱？

第二十六章

天刚蒙蒙亮，杰克家的门铃忽然响起。他不知道现在是几点，是六点整吗？还是六点半呢？杰克从沙发上起身，脱掉短裤，换上长裤，随便抓了两下头发。他已经很久没有踏出过房门一步了，家里的墙壁上，地板上，每个角落都堆满画作。

“是谁啊？”

“是我，莱斯莉。”

杰克有些犹豫，莱斯莉给他打了四通电话，发过三条留言。她很生气，在他意料之中。“现在还有点早。”

“我不管。”

杰克叹了一口气，环顾四周。房间内除了散乱的画作外，还有披萨盒、啤酒瓶和没吃完的中国菜，狼藉不堪。“现在不太方便，我们能后面找个时间再聊吗？”

“你放了雷默的鸽子，而且好几天都没在公司里看见你人影了。”

“莱斯莉，你就说吧，你想要什么？”

“你还欠我一回呢。”

杰克仍旧犹豫不决。

“给我开门，杰克，我可没跟你开玩笑。”

杰克本想简单整理一下，可最终，他还是直接按下了开门按钮。杰克打开房门，楼道上传来高跟鞋的声音。莱斯莉走过楼道拐角，来到房门前，死死盯着杰克。

“你看起来像个叫花子。”

杰克抓了抓胡须，他已经连续三天没合过眼了。每每闭上眼时，脑海里总是浮现出那些画作，犹如一遍遍回放的黑白片段，无法抹去。杰克无法解释这些画作对他的吸引力之所在，不过，那或许是空虚和恐惧吧，是他对那些在默木野失踪或是丧命的人的怜悯。

“你这几天去哪儿了？”莱斯莉问。

“我这几天灵魂出窍了。”

“别跟我胡扯。”莱斯莉跨过门槛，踏进门后的一片狼藉中，“天啊，杰克，你这里是怎么了？”莱斯莉踮脚越过散乱的画作和空酒瓶。房间里的每一面墙都布满画作，每一个平面，每一个角落，无不如此，密密麻麻，没有一丝缝隙。她从地上捡起一幅画，问道：“这些都是什么？”

“算是一个项目吧。”

“你这房间里味道好大。”莱斯莉打开窗户，看向杰克，眼神里既有厌恶，又有担忧。“你知道一个法律公司的概念是什么吧？科技石的这桩案子可是一笔大交易，没有一家被它看上的公司的工作人员会像你一样轻轻松松让机会溜掉。你这个所谓的项目到底是什么东西？值得你放弃这么大好的机会？”这时，莱斯莉猛然发现了杰克对默木野的调查文章，可她还没能来得及看清纸张上写明的死亡和失踪人数，便被杰克一把从手中夺过。

“莱斯莉，你听我说，”杰克将调查文章反扣到桌面上，带莱斯莉走到门边，“对于我放了雷默和科技石公司鸽子这件事情，我很抱歉。对不起，所有事情都是我的错，可现在我真的没心情跟你聊这些。”

“没心情跟我聊这些？你疯了吗？公司的合伙人，大家都在议论，杰克，他们可是你的顶头上司。无论这些是什么，无论你现在正在做什么，”莱斯莉指向被画作覆盖的墙壁、冰箱门和橱柜门，“你马上就要被解雇了。”

“我真的不在乎。”

“那你就不是我所认识的那个杰克。你本来是会成为我们公司有史以来最年轻的合伙人的，我从你身上看得到那种潜力。”

“那种潜力已经不在了，对不起。”

“你还是欠我一次人情。”

“哦，是啊，业务上的。”

“别给我摆这种脸色。我从一开始就跟你说了我们两个之间只是纯粹的性爱。”莱斯莉从外套口袋里掏出一张名片，“你给这个人打电话，他是纽约的编辑，他想和约翰尼·梅里蒙聊一聊。”

“我为什么要这么做？”

“这件事情涉及钱，也许是很大一笔。”

“那笔钱是给约翰尼的？”

“当然了。”

“你为什么这么上心？”

“因为我希望有一天自己能写本书，能够买通一个编辑对我来说没什么坏处。”

“你在开玩笑吧？”

“别忘了，我的生活可不只有性爱、法律和金钱，我也有我自己的追求。”

“那到底能拿到多少钱？”

“我不知道，不过我觉得应该是很大一笔。很显然，他们想要有一些大动作，可能会有彩色照片，然后出一本吸引眼球的大书。这将会成为他们出版过的所有关于真实犯罪的书籍里销量最好的。他们想让约翰尼和作者见一面，举办几场脱口秀，就只是这样而已。他们已经找了约翰尼好几个月了，一直没有找到。人家没有恶意，只是想跟他聊聊。”

“约翰尼是绝对不可能答应的。”杰克将名片扔到桌上，推着莱斯莉朝门口走去。

"他只是想和约翰尼聊聊……"

"再见，莱斯莉。"

杰克将莱斯莉送到楼道上，毫不犹豫地关上房门。他回到房内，站在唯一可以落脚的地方，像看电影一样，仔细观察眼前的所有画作。他深信这些画作一定存在着某种固定模式，深信是因为画作里的怨愤和破碎感太过杂乱无章，所以才难以理解。但肖沃尔特夫人的这些画绝不是随意之作，这是一个谜题，拼凑成一幅阴暗、苍白的完整画面，每一幅画都是支离破碎的细枝末节。

杰克移开面前的一幅画，重新换上另一幅，随后又一次接连更换了两幅。他后退几步，目不转睛地盯着眼前的谜题。有某种东西在默木野里穿梭，每一幅画作里都有它的影子。它在丛林缝隙和夜幕中，在急速且沉重的画笔下，画作上的某些地方都被不断来回的画笔磨得光亮。它在嘲弄，在挑逗。无论它是什么，无论如此多的人失踪或丧命于此的真正原因是什么，约翰尼始终与这一切有所瓜葛。面对约翰尼如此的欺骗和曲解，杰克究竟有什么责任去苦苦挽救一个根本不需要他帮助的朋友呢？朋友之间究竟能欠下多少恩情？

所有，一切，全部。

杰克从墙上拿下一排画，换上另外三张。

他欠约翰尼的是所有。

又过了一天。即便不愿面对，但杰克不得不承认自己的精神正处于崩溃边缘。他的职业生涯正在分崩离析，约翰尼也不肯接他的电话。

也许我的生活就像是这样吧。

杰克取下一面墙壁上的所有画，重新挂上其他画有洞穴和散乱人骨的画作。莱斯莉在早上九点打过一次电话，可杰克无心接听，他的思绪被约翰尼、默木野和内心的担忧完全占据。中午时，杰克喝了一瓶啤酒，仍然无济于事。

杰克把自己埋藏在这些画作背后。

不寒而栗。

此时已是下午，杰克知道，是时候离开公寓了。头脑中的裂缝越来越难以填补，他需要答案。

杰克下楼，走到人行道上，不停眨眼。面包店收银台前排着长队，店内的几个酒客透过玻璃盯着杰克。杰克转过拐角，钻进车内，径直朝默木野的方向驶去。驶过两个街区后，杰克在一处人行道边停下，双手蒙住眼睛。

“妈的。”

杰克打开一张褶皱的画作，仔细端详，画上是结冰的瀑布和那棵树枝呈V字形的矮树。他很清楚自己应该做什么，可却将前额埋在方向盘上，迟迟不愿面对。

默木野是约翰尼的家。

约翰尼不想要他的帮助。

杰克看向后视镜里的自己，双眼红肿，面色苍白。“你没有必要这么做。”杰克对自己说，一遍遍在心里默念。

你没有必要现在这么做。

杰克盯着镜子里不成人样的自己看了十秒，随后移开目光，将后视镜翻向上方。自童年以来，他从未如此厌恶过自己。他拨通办公室的电话，终于找到一位仍旧愿意帮忙的助理。“在我办公桌抽屉里有一份约翰尼·梅里蒙的案件资料。”杰克心急如焚，直到助理找到卢瓦纳·弗里曼特尔在夏洛特的住址。

九十英里的车程。

杰克最终决定，默木野可以之后再去。

夏洛特位于北卡罗来纳州，与大多数发达的老城并无两样。铁塔如同皇冠边缘的尖角一样高高矗立，财富从簇拥的高楼里向外溢出，进入高档的餐厅和打扮时髦的邻居家里。时间和无视将贫穷逼入长久存在的补贴住房，卢瓦纳·弗里曼特尔所居住的地方就是夏洛特环境最糟糕的补贴住房区之一。杰克跟着 GPS 的提示行驶，他经过一座褪漆的铁塔，旁边是一条布满裂缝的人行道和一处废弃的空地。杰克将车停在街边，左右两边分别是一座残破不堪的教堂和一排名为“了不起的克里斯”的保释代理人办公室。街道上有很多人，可却少有人走动，他们靠在车边，手中拿着香烟和酒瓶。杰克走到街道对面，穿过一处庭院，走进散发着呕吐物和小便恶臭气味的电梯。电梯到达二十三楼后，杰克来到正确的门牌号前。房门很厚重，门上有很多锁。杰克伸手敲了两下门，等着屋主回应。走廊上到处堆满垃圾，一个小男孩坐在三轮车上，如同老手一般四处摆弄。小男孩从杰克面前跑过，偷偷瞄向他的方向，随即消失在拐角处。门锁转动，门终于开了，可门链仍旧没有取下。门后的缝隙中露出一只眼睛，是一名年轻女子。

“你是谁？”

“你好，我叫杰克·克罗斯。我是来找卢瓦纳·弗里曼特尔的。”

“你找她干什么？”

“我是一名律师……”

“我们已经不需要律师了。”

女子打断杰克。在门即将关闭时，杰克伸手一把扶住。“请别关门，我可以付钱。”

“为什么付钱？”

“我想了解一些信息。”

“你给多少钱？”

“一百块。”

“你还是走吧，先生。”

“五百块。”

门后的女子眯缝起一只眼。“你想了解什么样的信息？”

“我想知道雷文县默木野的一些事情，你知道这个地方吗？”

“我在那里生活了四年。”

“那简直太好了。我有这么一项调查……”

“你刚刚说要给我五百块。”

“哦，是，没错。”杰克掏出钱包，打开之后，犹豫了片刻，“我身上只有七十五美元。”女子再一次准备关闭房门，杰克有些慌乱，“别关门，求你了，我想知道是否有人死在那里。”

“你说什么？”

“不是现在，我知道现在那里的情况。我的意思是以前，过去的历史，我想知道以前那些古老的故事。”

“那些故事可不是说给你听的。”

“一千块。如果你知道那些故事，我愿意给你一千块。”

“你根本没有这么多钱。”

“我能拿到这些钱。你等等。”杰克从门缝中递过一张名片，“名片前面是我的办公室地址和电话，背后是我的个人号码。请你别关门。”

女子看着卡片，一脸怀疑。“你为什么这么在意默木野这个地方？”

杰克本想以谎言敷衍了事，不过最终还是决定坦白事实。“约翰尼·梅里蒙是我的朋友，我很担心他。”

“你确实应该担心。”

“等等，这是什么意思？”

“没什么，”女子轻言细语地回答道，“没什么意思。”

“等等，等等，还有一件事。”杰克拿出那幅褶皱的画，举到女子眼前——冰冻的瀑布，分杈的矮树。“你知道这个地方吗？”

女子的语气变得异常低沉。“你从哪儿拿到这幅画的？”

杰克透过门缝，将画作递到女子手上。“你见过这个地方吗？”

女子低头看着画，随后抬起头看向杰克。当她终于开口时，声音里的欺骗暴露无遗。“没有，我从来没有见过这个地方。”

“你确定吗？”

“我确定。”说罢，她关上房门。

关上门后，克里在原地站了很久很久，目不转睛地盯着手中的那幅画。杰克仍旧在敲门，可他的声音却越来越模糊。“你好。”“你还在吗？”

他终于离开了，可克里仍旧站在原地，纹丝不动。童年的记忆扑面而来，她想起了外婆，想起了那一个冬日。天空中云层密布，寒冬里的第一场雪花飘落。克里一个人在丛林里游走，可她本不该如此。那一年，她五岁。

“原来你在这儿，孩子。”

克里停下脚步，一只手搭在一棵弯弯曲曲的藤树上，脚下布满荆棘，前面的小径向左拐去。她鼻涕直流，可戴着姨婆亲手做的连指手套的双手却很暖和，克里从未独自离开过村子。外婆脸上露出一丝微笑，冷漠且慎重。克里知道，掩藏在她微笑背后的是生气与不悦。“您生我的气了吗？”

“有一点生气。”外婆绕过藤树，走到克里面前，“不过只有一点而已。我年轻的时候也会像你一样一个人跑到丛林里来漫步。”

“我错了。”

“错了是因为你违反了家规，还是因为你被逮到了？”

“都有，外婆。”

“告诉我小女孩应该遵守的家规是什么？”

“村子是安全的，丛林是危险的，不允许一个人到丛林里来。”

“那你什么时候才可以离开村子呢？”

“只有您叫我离开的时候我才能离开。”

克里的外婆蹲下身来，膝盖发出撕裂声，她脸上摆出一副老人惯有的表情。“等你再长大一些了，一切就不一样了。”

“要多大呢？”

“等你长大到知道如何保护自己生命安全的时候，等你更强大的时候。”

外婆脸上的微笑和最初驱使克里在丛林里漫步时一样，容忍，却愉悦，看似温暖，却又感受不到丝毫温度。

“你想学习你的第一课吗？”克里点点头，但又忽然有些不寒而栗。“抓住我的手。”外婆带着克里朝村子的反方向走去，沿着一条蜿蜒的小径在树林间穿梭。外婆开口问道，“你在这里过得快乐吗？”

“我很快乐。”

“真是善意的谎言啊，不过没关系。告诉我你最想念的是什么，是你的妈妈吗？”克里低头看着地面，不耻说出她最想念的是那些玩具、舒适的床和住在隔壁的小女孩。外婆看出了克里眼中的矛盾，她握紧她的手，问道：“你最喜欢默木野的哪一点？”

“我最喜欢这里的动物们。”

“那这里的人呢？你喜欢他们吗？”克里抬起肩膀。这里人烟稀少，而且没有小孩。她整天和一群老女人们待在只有一间房的小木屋里。“没关系，”外婆说，“你会让他们觉得紧张和焦虑，仅仅是这样而已。我也同样让他们紧张。”

“为什么会这样呢？”

“因为他们认为我们知道那些事情。”

“那我们知道吗？”

“我们的确知道一些事情。而且，他们很害怕。”

“害怕什么？”

“有些人害怕默木野外面的世界。外面的世界太大，也跟我们这里太不一样。他们一辈子只知道在默木野的生活，从来没有见过外面的世界是什么样子。另外一些人害怕生活在沼泽里的东西。还有一些人是害怕埋藏在沼泽下的东西。”

“埋藏在沼泽下的是什么？”克里问道。

“这个也要等你再长大一些了才能知道。”

克里思索着外婆的这番话。除了那些老女人们以外，只有十二个人在村子里生活。这片村子曾经比现在更大，居住的人也更多，克里见过那些空荡荡的房屋和废弃的谷仓。上一周，一名年轻男子离开了，他在离开的时候说要去一个地方，任何地方，只要不是默木野。当时，周围充斥着眼泪和喊叫，这也是令克里恐惧的一点。然而，到了第二天，再没人提起那名离开的男子。大家在菜园里劳作，宰杀了一头猪。有那么一瞬间，外婆脸上露出一丝悲哀的笑容，眼中泪光闪烁。

外婆带着克里继续往前走，雪越来越大，雪花落在克里的睫毛上，在她的鼻尖融化。“你是不是和其他人一样害怕？”克里问。

“不，我已经很久没有害怕过了。”

“你是那个保护着村子安全的人吗？”

“算是吧。除了我以外，还有我的妈妈。你以后会帮助我们吗？”

“我会的，外婆。”

小径在一处空地前戛然而止，外婆蹲下身，将克里拉到身边，她伸手指向空地对面，说道：“那里就是你的第一课。你永远不能去那里，不能超过现在这个距离，即使你长大了也不能。听明白了吗？”

克里严肃地点点头。“我绝对不会到那儿去。”

“给我做个保证。”

“我保证，绝不会到那里去。”

“好孩子。”外婆瘦骨嶙峋的手臂紧紧围住克里，“天很快就要黑了。你想喝点热牛奶吗？”

“想喝。”

“好吧，就你和我两个人，我们回去坐在火堆边喝点热牛奶，也许还会有巧克力哦。”

“我喜欢吃巧克力。”

“每个小女孩都喜欢。”

外婆站起身，再次抓住克里的手。她带着克里转身朝村子走去，克里没能来得及最后看一眼空地对面的风景。真美。

瀑布从灰白色的石头边飞流而下。

瀑布顶上长着一棵奇形怪状的矮树。

这幅画唤醒了克里的所有记忆，她想起了那年冬天，那片空地的孤独与苍凉，想起了压在头顶上云层密布的天空，想起了那些空无一人的地方。克里瘫软在满是污渍和烧痕的沙发上，她哭了，或许是因为疲惫，也或许是因为回忆。那天之后，生活在不知不觉间变得比以往富足了些。克里和外婆之间建立起了一种互信关系，微笑、心领神会的表情、承诺，举手投足之间都是无法隔断的联系。外婆曾说：“这个世界上有很多秘密，我们生来就是为了守护这些秘密的。”

克里现在的生活是什么样呢？

当外婆终于离她而去的时候，她究竟失去了多少？

克里伸手抚平腿上的画，她的确瘦了，双腿变得单薄，双手也是骨瘦如柴。她没有食欲，也没有精力。她还能这样坚持多久？倘若她终于无力抵挡，会有怎样可怕的梦境找到她？

外婆……

克里蜷缩在沙发上，那幅画紧紧压在胸口。

要是外婆还活着就好了。

要是克里能够安然入眠就好了。

第二十七章

约翰尼驾车离开默木野，一路上，荒无人烟。破旧的摩托车时速是三十英里，光秃秃的轮胎与地面摩擦，空气里充斥着燃油和热金属的味道。自从梦见过约翰·梅里蒙之后，于约翰尼而言，离开自己的土地更是一桩难事，不过约翰尼今天必须离开。他需要去看，需要跪在泥土上，需要触摸它。

约翰尼放松油门，沿着小径滑行了很久，穿过层峦叠嶂的山丘，在镇公路前停下。眼前是修剪整齐的牧场和树木，远处的山丘上有一栋宏伟的房屋。一条小溪一路上与约翰尼做伴，最终向公路下方的一处涵洞奔流而去。约翰尼熟悉这里的一草一木，这条小溪，森林里的小径，还有山丘之间的缝隙。

他曾无数次行走在这片土地上。

他曾是它的主人。

约翰尼停在原地，这些感受在他内心翻腾，他被另一个男人的人生笼罩，可这并未削弱他内心浓烈的情感。约翰尼没有拥有约翰·梅里蒙的所有记忆，可那些梦境里的画面仿佛是他以往的真实生活。那些行动和反应，那些爱与恨，那些一闪而过的内心想法，无不真实得可怕。

这里曾是他的家。

昔日的泥泞已经变为如今的公路，可路线始终未变。

那座庄园曾经就在这里。

约翰尼仔细端详着山丘上的那座房屋，脑海里浮现出威廉·博伊德的名字。在这片永恒的土地之下，即便是享誉盛名的亿万富翁也无力回天。

约翰·梅里蒙，已不在人世。

如今，威廉·博伊德在此丧命。

约翰尼踩下油门，慢慢朝山丘上的房屋驶去。他曾是这里的主人……

那不是我。

约翰尼一遍遍提醒自己。

然而，他驶过开阔的田野，记起曾在这里埋头打扫的画面。小镇在约翰尼的南边，他知道自己曾骑马前往，知道骑马所花费的时间，也知道跨过最后那条溪流汇入河流前的最佳地点。约翰尼来到房屋前，关掉引擎，眼前浮现出那些亲密的画面，那是丈夫和妻子之间的甜蜜回忆。他曾把自己的父母和姐姐埋葬在这里。远处是连绵起伏的山丘，那片绿树葱葱的土地便是默木野。

眼前的房屋空空荡荡，约翰尼还是按下了门铃。虽然约翰尼厌恶擅自闯入他的地盘的入侵者，可此刻的他与入侵者并无两样，即便博伊德就是因此丧命，约翰尼仍旧难以自控。屋内没有人应答，约翰尼退回到屋前，跟着记忆里那条古老的小径向前走去。小径两旁是密布的大树，苍白暗淡，弯弯曲曲，向上攀升。它们的枝条生长得很低，仿佛是要拥抱生长在这圣洁土地上的自己。

对约翰尼而言，这的确是一片圣洁的土地。

这片墓地始建于一七六九年，那一年，他的第一位祖先威廉·梅里蒙在这里去世。威廉·梅里蒙生前是一名英国人，在来到这片土地之前，曾是国王手下的官员，退休之后，国王将这片土地赐予了他。那份文件如今存放在雷文县博物馆的橱窗里，约翰尼对文件上的一字一句了熟于心。

大不列颠及爱尔兰联合王国国王，信仰护卫者乔治三世特向受赐人致以问候……

约翰尼钻过一扇铁门，脸上仍旧洋溢着微笑，那是一段骄傲的童年记忆。

感谢上帝赐予我们特殊恩典、知识和纯粹信念，现赐予威廉·梅里蒙包括如下范围在内，共计四万英亩土地……

这片墓地已经杂草丛生，约翰尼找到了那座墓碑，它站立在远处的角落，被笼罩在一片最为厚重的阴影之下。约翰尼扯下墓碑表面的忍冬，约翰·梅里蒙与玛丽昂的名字紧挨在一起。时间风化了碑文，可约翰尼仍旧可以看清墓碑上的出生日期，日期下面有一排文字：

浓情缠绵，生生世世的灵魂伴侣。

约翰尼俯身，额头靠在石碑上。这几十年来，他独自生活。他也曾有过男女之爱，可却从未感受过如此浓烈的情感。他熟悉玛丽昂的眼神，熟悉她的温柔，也熟悉她丰满的双唇。

这是他的生活，曾经的生活。

她曾是他的余生。

第二十八章

克里无力从沙发上爬起。她想家了，想念那个真正属于她的家。这种思念胜过对默木野的回忆，胜过舒适的大床，也胜过壁炉旁的小凳子。她曾经年少，那时，她拥有一群人，也拥有一片未来。克里缩进沙发，母亲的香水味，不小心倾倒的咖啡味，还有她吃过的所有食物的味道扑鼻而来。房间里的一切都充斥着塑料味——餐桌上的盘子，丝毫未动的食物，茫然地立在房间对面的电视机。厨房里的时钟嘀嗒作响，连它也散发着塑料的味道。

克里坐起身，盯着手里的画作：

她们说过我是特别的。

是一条明朗的线索。

克里看着画，想着也许是她的外婆精神失常才会如是说。她的母亲是怎么叫她的？

疯狂的老巫女。

一群老巫女亲手培养的又一个老巫女。

克里闭上眼，当耳边传来敲门声时，她战栗了一下。一定是那个律师，克里心想。“走开，别敲了。”敲门声再次响起。“求你别敲了，快走吧。”

“开门，孩子。”

门外的声音模糊不清，可却像极了克里的外婆。从未有其他人的声音如此微弱却又坚定，也从未有其他人曾叫过她“孩子”。

“你是谁？”

克里透过猫眼，向门外望去。房门外的女人身材矮小，骨瘦如柴。由于太过娇小，克里几乎看不见她的脸，只能看见她布满皱纹的额头、一头白发和黑色的眼睛。

“你可以叫我维丁，几乎所有人都这么叫我。”

“你想干什么？”

“为什么这么问？我当然是想和你聊聊。”

克里轻轻打开房门，露出一点缝隙，门链依旧挂在房门背后。“我不认识你。”

“在你很小的时候，我们见过一次。那时候，你妈妈把你带到我家来，是我把你带进了默木野。”

克里记得那一天。母亲的手紧紧拽着她的手腕，一个年长的女人被卷烟的烟雾环绕。当时，克里大声喊叫，可母亲的车却越来越远。“你养了一只狗。”

“没错，孩子。是一只普洛特猎犬，我们都叫它雷德蒙。在你妈妈离开之后，你坐在门廊上，它把头靠在你的腿上睡着了。它和我们一起去了默木野。你想带着它一起留在那儿，但是我没有允许，你当时还很生气。”

克里取下门链。眼前的女人年事已高，嘴角扬起微笑。在她身后站着一个身形高大的男人，下巴圆润，头上有几丝白发。

“这是里昂，是我的孙子。你准备让我们俩一直站在走廊里跟你讲话吗？”

让克里放下戒备的不是老人脸上牵强的微笑，而是她衣服上散发的那股烟味。即便是此刻，这股味道还是那么熟悉。

“谢谢你，孩子。”维丁和里昂进入公寓，克里锁上房门。“你妈妈在家吗？”

“她出去了。”

“你家有咖啡吗？”

“我不确定还有没有。”

“听话，去看看有没有，好吗？”维丁和里昂跟着克里来到厨房。对克里而言，这一切太不真实。维丁看上去像极了她的外婆，身材矮小，身体结实，眼神犀利。维丁和里昂坐到桌边，克里打开橱柜，开始制作咖啡。“你和你妈妈年轻的时候长得很像，不过你看上去脸色不太好。”克里摇晃着糖罐，咯咯作响，她打开盖子，将勺子伸入罐内。当克里转过身来之时，维丁的脸上露出悲伤的神色，虽然那抹笑容仍旧挂在她嘴角。“谢谢。”维丁伸手接过杯子和糖，“再给我加点牛奶，你不介意吧？”

克里从冰箱里拿出一个纸盒，低下头闻了一下，表情有些痛苦。“牛奶过期了，不能喝了。”

“那只要糖就好了。”克里点头，她始终背对着桌边的两人。咖啡还没有煮好。“里昂，你到另外的房间去吧。”里昂照做。当咖啡煮沸后，克里盛满一杯，将杯子放到桌上。“那……”维丁搅拌咖啡，勺子与咖啡杯相互碰撞，叮当作响。“你做了什么梦？”

“什么？我不……”

“是梦见那个悬挂死人的树？还是梦见自己被活埋？这两种梦境是最常见的。”克里无力地坐到桌边，头脑晕眩，全身冰冷。维丁抿了一口咖啡，点点头，问道，“什么时候开始的？”

“我觉得我可能是病了。”

“放松呼吸，孩子。我只是和你聊聊天而已。”

克里闭上眼睛，集中精力回想。“我梦见一个拿着刀的女孩，我已经连续好几年梦到这个场景了，不过不是经常，只是偶尔会梦见。另一个梦……”克里停顿片刻，继续说道，“是在四天前，加上今晚，就是四天四夜了。”

“你还做过其他的梦吗？”

“有时会。”克里并不打算提及约翰尼·梅里蒙，也不打算提及那扇将约翰尼吞没的大门。令她挣扎的事情已经太多，眼前突然出现的女人，这场开门见山的对话。

维丁在杯中放入更多糖，勺子再次敲打杯壁。她轻轻抿一小口，眼神始终没有从克里脸上移开。“你妈妈年轻的时候也做过这些梦，不过你要是去问她的话，她是肯定不会承认的。你外婆一辈子都在做这些梦，一直到她死去的那一天才终止。你外曾祖母也是如此。这些梦境总是找到你们家族的女人，向来如此。”

“你就是因为这件事才到这儿来的吗？”

“我到这儿来是因为没人应该在远离默木野之后还梦到这些。一个半世纪以来，从来没有人出现过这样的情况。从来没有，除了你。”

面对维丁的凝视，克里坐立不安。如此一个老女人身上却有着太强的力量，太多的激情。“你跟我外婆熟吗？”

“我们是表亲，从小一起长大。”

“那你对默木野了解吗？”

“我和你一样，我也在那里生活过，不过很早之前就离开了。”

“为什么离开？”

“是因为一个男人，那时候我爱上了外面世界里的一个男人。”

“你……呃，你也做过这些梦吗？”

“只有一次，那是很久之前了。”

“你为什么到这儿来？”

“我是来帮你的。”

“可是，怎么帮？”

“我们来聊聊你的那些梦吧。你还记得你在默木野生活的那段日子吗？都记得些什么？”

“大部分都记得。”

“那你记得艾娜的故事吗？”

这个问题令克里大吃一惊。“那是讲给小孩的故事。外婆每天晚上都会在我睡觉前讲给我听。”

“那你现在讲给我听听吧。”

“你为什么想听？”

“你就当是给我这个老女人找点乐子。”

今天所发生的一切都让克里一头雾水，不过最让她为之一惊的是维丁请她讲述艾娜故事的这一要求。这段故事是一切的起点，也是终点，那是外婆最先教给她的事情之一，也是外婆在去世那天要求她讲述的最后一个故事。克里当时还那么小，她跪在床前，个头只和床沿一般高。即便是此刻，克里闭上双眼，仍旧能够看到外婆疲惫的微笑和她皮肤上的伤痕。外婆身上散发着茶叶和干枯树叶的味道，是死亡的味道。

“靠近一点，孩子。”

克里贴到床边。窗外传来风的声声叹息，屋外的冰天雪地里，所有人聚集在一起，那是这个村子里仅剩的人了。外婆奄奄一息，整个村子都将随着她消亡。所有人都明白，所以站在窗外，悲恸，哀鸣。女人们泪流不止，迷茫的男人们喃喃低语。他们害怕她的死亡，也害怕随之而来的流离生活。和克里一样，外婆也感受到了屋外聚集的人群，可她的眼里只有克里。

“跟我讲讲艾娜的故事。”外婆低声说。克里摇摇头，害怕不已。“这比你想象的要更重要，讲吧。”

“我不想讲。”

“来吧，孩子，再最后给我讲一次。”

克里啜泣不止，回想着她和外婆一起度过的那些夜晚，那些她倾听这个故事，或是亲口讲述这个故事的夜晚。那段故事如同头下的羽毛枕、身上的毛毯、温暖的火苗，夜夜相伴，那么熟悉。外婆伸手拂去克里脸上的泪珠，闭上眼睛，点了点头。“这是我给你讲的第一个故事，也是最重要的一个。”克里握住外婆干枯的手，那手冰冰凉凉。“来吧，孩子。再最后为我讲一次。我想听这个故事，想知道你是否记住了它。”

克里看向窗户，窗外有很多人，很多张面孔，很多黑色的眼睛。房间里只有外婆和克里两个人，于是她爬上床，如同她所听到的那样，开始讲述艾娜的故事。“默木野是我们的家，不过我们现在是，而且一直以来都是非洲人。我们来自西边的海岸，居住在一座群山中最高的山顶上。几个世纪以来，都是女人统领着生活在山上的人，最大的统领名叫赤崎，意思是‘上帝之手’。生活在山上的二十九个国家统统在她的统领之下。赤崎手下有一万大军，共同保卫家园。她的女儿名叫艾娜，意思是‘艰难的出生’。这个名字是有来头的，因为赤崎在生下艾娜之前，经历了长达三天的痛苦煎熬。当艾娜终于降生的时候，一场暴风雨席卷了他们的家园，那场暴风雨很是猛烈，它卷走了赤崎的大部分能量，之后的很多年里，她一直卧病在床，她的王国也开始崩塌。战争不断，一场接着一场，艾娜从小生活在一个残酷的世界，她的生活被死亡、鲜血和溃败的母亲包围。十岁那年，艾娜坐上王位，掩饰母亲的脆弱。十五岁那年，艾娜统领了男性大军，多年的战争使得她生性残忍。在赤崎去世时，她将与生俱来的能量授予女儿艾娜。然而，这股能量太过强大，年少的艾娜难以掌控。终于，艾娜遭遇了背叛，不甘受制于如此年轻统领之下的臣民密谋篡夺大权。

“那个背叛艾娜的人名叫达朗，意思是‘降生于黑夜’。这也是个恰到好处的名字，因为达朗恰巧是在某天夜里，带着一百个男人偷偷潜入艾娜睡觉的地方，打算将她一举拿下。达朗是深受艾娜信任的一位将军，他本打算在艾娜毫无防备的时候动手，不料一位女仆看见他带着一百人的大军和绳子悄悄潜入，于是女仆及时叫醒艾娜，匆忙逃出洞穴。那天夜里，她被这个曾经信任的男人连夜追捕。尽管艾娜刚刚继承王位，且还未足够强大，可她在被抓捕前杀死了十三个前来追寻的人。达朗设下陷阱，抓住艾娜，并将她捆绑起来，带往山下。这样一来，达朗，这个在黑夜突然发动袭击的男人，就成了新统领。

“因为知道艾娜的死会在那些拥戴她的人之间引起一场轩然大波，所以达朗没有将她置于死地，而是在白天的时候将她藏起来，到了夜里，则将她带离海岸，送往一个小国度。这里的统领比达朗更加恶心。在那里，艾娜被扒光衣服，被当作物品一样售卖。她被迫上了一艘船，这艘船跨过海洋，她又一次被卖掉。这一次，她被带往北边的一座小镇，这座小镇的名字含义是‘如夜晚一样黑暗’。”

“雷文县。”外婆打断克里，脸上的笑容充满爱意，却细微到难以察觉。“我们的家，这个地方是我们的家。”她这样说着。

这时，外婆也开始哭泣，克里爬上床，脸颊靠在外婆的胸口，外婆的心跳越来越微弱。克里静静听着外婆的心跳声，那么缓慢，外婆的手轻轻搭在她的头上。

“对不起，”外婆开口，“我本想教给你更多，我本想让你变得强大……”

公寓里，克里面对着维丁，摇摇头说道：“我不想讲这个故事。”

“可是你记得这个故事，是吗？”

“记得。”克里看向眼前的维丁，她和她深爱的外婆迥然不同。维丁的目光太过功利，嘴角向下，一副哭丧的模样。“你来这儿的真正原因究竟是什么？”

“因为你是这条线上的最后一个女人，因为这些梦的重要性超过你的想象。”

“那你说啊，告诉我这些梦的重要性。”

维丁眯缝起双眼，点点头，说道：“你外婆说你很特别。”

“别再提我的外婆了。告诉我你到底想要什么。”

维丁再次点头，她正准备开口时，另外一个房间忽然传来一阵骚动。

紧接着巨大的摔门声而来的是克里母亲的大声吼叫。

“这他妈是怎么回事？”

克里走出厨房，母亲的背包掉落在地上，包内的小物品散落一地。

“你在我房子里干什么？给我滚出去！”里昂展开双臂阻拦，可卢瓦纳·弗里曼特尔毫不畏惧。当卢瓦纳转眼看到屋内的维丁时，她伸出一根手指，指着维丁的鼻子说道：“我说过让你离我女儿远一点。”

“我们只是聊聊天而已，卢瓦纳。”

“在你的字典里根本没有‘只是’这两个字。从我家滚出去！你们两个都给我滚！克里，回你的房间里去。”

“我还没有跟你的女儿聊完呢。还需要几分钟时间。”

“不行，绝对不行。”

“里昂，你把卢瓦纳挡在房间里。克里，来，跟我到厨房去。”

“你敢跟她过去，克里！”

“来吧，孩子。你有很多疑问，而我有你想要的答案。”

维丁的声音很温柔，脸上的笑容很诱人。克里看向母亲，她由于惶恐而面部扭曲。“不要去”三个字挂在卢瓦纳嘴边，可克里已经开始转身。

“她是我女儿，妈的！你不能带走她！”

维丁抬起一只手，一脸鄙夷，克里像是被推着走一样，乖乖跟在她身后。克里心力交瘁，头昏脑涨，此刻的一切仿佛一场梦境一般，朦胧不清。眼前骨瘦如柴的女人，向上抬起的手，她矮小佝偻的身体和宛如在空中飘荡的步伐，一切都是那么不真实。克里的头脑里在说着“疲惫、饥饿、幻觉”，可此刻这样如梦一场的感觉并无不可，因为她想知道这场梦境里究竟有什么。克里走到厨房门口，回头望向母亲。母亲的脸上是同样令人不解的疑惑，可她手中却紧紧握着一把枪，而这，也不可能是真实的。然而，枪口在一瞬间喷出火花和青烟，一颗子弹砸向墙壁。此刻，所有的一切都凝固了。

“这是给你们两个的警告。”

卢瓦纳手中的那把枪并不大，但房间里的所有人都盯着它。维丁站在原地，一言不发。里昂开口说道：“这只是一把点二二口径的枪而已。”

“点二二口径足够了，我刚刚是故意打偏的。”

“你手上为什么会有枪？”维丁问。

“因为我不蠢。你现在给我出去，给我滚到我家门外去。克里，回你的房间里去，待在里面，不要出来。”克里没有动，维丁也是。“我会杀了你的，我现在就可以毫不犹豫地杀了你。别以为我不会真的动手。”卢瓦纳说。

“克里应该有选择的权利，她有选择是否知道真相的权利，这是她与生俱来的，你当年也同样如此。”

“我没有同意，那就是不行。”

“你还是当年那个软弱的女孩啊，不是吗？还是那个临阵脱逃的人，还是那么害怕。”

“我很庆幸当年我离开了。”

“真的吗？即使是现在你还是觉得庆幸吗？”

维丁指的或许是破旧的公寓，或许是贫穷，也或许是漫无目的的生活。克里永远无从得知，因为此时，里昂突然冲上前抢夺枪支，卢瓦纳再一次扣下扳机，子弹射穿里昂的胸口，留下一个小洞。伤口很小，只流了一点点血。卢瓦纳大声呵斥道：“往东走九个街区，那里有一家医院。”

里昂看向维丁，脸上的神情痛苦万分，这时，鲜血开始不断从伤口向外溢出。里昂蹒跚了几步，可维丁没有看他一眼，而是死死盯着卢瓦纳。“终于有点骨气了，是吧？”

“滚出去。”

“它可比你强大得多，比我们任何人都强大。”

“你不能带走我女儿。”

"一百七十年了，这件事已经埋藏一百七十年了，你也深有感触，不是吗？"

"我的确深有感触，它毁了我的人生。"卢瓦纳将枪口对准维丁，可维丁丝毫没有退缩之意，而是抓起克里的手腕，颤抖着用力将她拉到身边。克里闻到她衣服上的味道，她的皮肤同外婆当年一样，像极了老皮革，也像极了干枯的树叶，褶皱不堪。"你妈妈是个懦弱的人。"

"你弄疼我了。"

"当你再做梦的时候，相信我，你肯定会再做梦的，等到那个时候，我希望你能梦到艾娜。"

"放开她，维丁！"

然而，维丁没有松手。"在你入睡的时候，心里默念她的名字。"

"维丁！妈的！我让你放开我女儿！"

"记住她的故事，也记住这个。"维丁与克里的距离如此之近，她干裂的嘴唇紧紧贴在克里耳边。"她希望你能理解，孩子。她渴望被我们找到。"

之后，维丁和里昂终于离开。对于克里而言，整个世界从此陷入无解。她向来讨厌这间公寓，此刻，整个屋子里充斥着鲜血、烟雾和如同火柴烧焦的味道。她的母亲也不再如前。"你怎么能开枪呢？"

"我曾经让你离开过我一次，"卢瓦纳锁上房门，将枪支放到桌上，"我不会再那么做了。"

"她只是想跟我聊聊外婆。"

"还有那些梦，还有默木野，还有她所谓的帮你。她能怎么帮你？维丁从来不会做对自己没有任何好处的事情。现在发生的这些事是你不能理解的。"

克里坐到沙发上，困倦，不解。如今，她又第一次看到了母亲凶残的一面，这让她感到雪上加霜，疲累不堪。"她会去报警吗？"

“你是说去找一个不是生活在默木野里的外人？她不会的。”

“万一有人听到了枪声怎么办？”

“我们以前在这栋楼里也听到过枪声啊。刚才的枪响不是出现在这栋楼里的第一声，也不会是最后一声，不用担心。”

“她说让我梦到艾娜。”

“你不要听她的。”

“我总要睡觉的，这是迟早的事情。”

“那我们就在那之前搬家，搬到很远很远的地方，如果有必要的话，我们甚至可以到另一个国家去生活。”

“钱呢？我们哪儿来的钱？”

出乎意料，卢瓦纳脸上的神情竟变得异常柔和，她蹲到克里的双膝前，抓着她的双手。“不要被那些梦境迷惑，也不要被维丁和她口中所谓的你与生俱来的权利迷惑。默木野是癌症，它会吃掉所有人的生活。”卢瓦纳紧紧握住女儿的手。“相信我，请你一定要相信我。那个女人绝对不是你的朋友。”

“那她是外婆的朋友吗？”

“你外婆从来没有喜欢过维丁。她把维丁驱逐出去，因为她的谎言和贪婪，还因为她心肠极坏，你最好牢牢记住我说的这些话。维丁·弗里曼特尔是个魔鬼，听明白了吗？她是纯粹的魔鬼，她可以为了得到想要的东西而不择手段。她可以说出任何话，也可以撒任何谎。”

克里从裤子口袋里扯出那幅早已弄皱的画，放到双腿上轻轻抚平。“你知道这个地方吗？”克里将画递给母亲，紧紧凝视着她的脸。

“不知道。”

“在我很小的时候，外婆带我去过一次这里。她一定也带你去过。”

“她没有带我去过。”

“现在究竟是谁在说谎？”

“我只是为了保护你。”

“你的谎言，维丁的谎言，反正都是对我撒谎，有什么区别呢？”

“我和维丁不一样。不要把我跟她相提并论。”

“我想了解这个地方。”

“这个地方？这幅画？”卢瓦纳猛然间勃然大怒，她一把抢过画作，撕成碎片，狠狠扔到地上。“默木野就是癌症，我不会再说第三遍。”卢瓦纳弯腰捡起从背包里掉落到地上的小物品，直起身来。“我去把这些东西放好，然后我们俩来说说搬家的事。车票价格不贵，我们会想办法拿到钱的。”

“那是我的童年……”

“你吃饭了吗？我来做午餐。”

“我不能就这么一走了之。”

“中午吃三明治怎么样？”

“我说了我是不会搬家的。”

卢瓦纳站在厨房门口，转过身来，泪水充满眼眶。“我亲爱的宝贝，如果你执意不肯走的话，那些梦会将你生吞的。”

“你怎么知道？”

“因为我见过，我也经历过你的生活。”

卢瓦纳转过身去，克里听着厨房里传来的声响，默不作声。一扇橱柜门被打开了，克里知道那是水槽下面的那扇，里面装的是母亲的伏特加。克里想象着母亲颤抖的双手和仰头后的一饮而尽。或许母亲确实会做午餐，或许她早已喝光那瓶酒，只是一时没有记起。无论如何，都将没有远去的车票，没有答案，也没有重新的开始。克里知道自己将会给母亲带来怎样的伤痛，所以她捡起地上的碎纸片，打开房门，悄无声息地溜进了门外的走廊。

五个小时之后，克里回到了雷文县。她站在住宅区的街道上，来往的人群行色匆匆。克里抚摸自己的脸颊，想着这一切是多么无足轻重，这座城市，她的身体，除了梦境之外的一切，全都无关紧要。克里找到律师办公大楼，透过窗户她看到一个女孩，眼神迷离，身上的衣物已经三天没有更换了。

克里羞于踏进大楼，于是将手中的名片翻到背面，找到那名律师的家庭住址。克里接连询问了十几个人，终于有一个人愿意给她指路。克里按照对方的指示，朝着远处的山丘方向走，随后左转。她来到一家面包店门前，店内的人们衣着华丽，相互聊着天。面包店旁边有一处狭窄的楼梯，那名律师的家就在上面。克里站在楼梯口前左顾右盼，随后走上楼梯。楼道内光线阴暗，克里转过两个拐角，在名片所写的门牌号前停下脚步。她最后一次在内心问自己这样做是否明智。她不认识这个律师，律师也不认识她。可那幅画是他的，或许他知道更多，或许他们追寻的是一样的东西。

克里敲了两下门，静静等待。屋内没有人应答，她走到一处拐角，蹲坐到地上，墙壁上年代已久的石膏散发着老漆的味道。克里回想着里昂，还有他胸膛上流着鲜血的伤口。她思索着此刻母亲在做什么，思索着约翰尼·梅里蒙是否还活着，思索着维丁如此想让她进入梦境的原因。

克里靠在墙角，眼皮沉重。疲倦，害怕。她想象着自己此刻正处在一片辽阔的平原上，她躺在一棵大树的树梢，平原表面覆盖着很多石头，四周安静无比，只有耳边轻柔的风声。它拂过树梢，克里随之飘动。她触不可及。她可以看见永恒。

艾娜。

这段故事在克里耳边重复了多少遍？

“我想梦见艾娜。”

克里一遍遍重复着这样的话语，直到声音越来越微弱，睡意来袭。她躺在想象中的大树上，没有危险。和风煦煦，大树的树枝轻轻托住克里的身体，带着她随风摇晃。整个世界里只有明媚的天空，她黑色的皮肤，以及一望无际的平原。她想象着一个永远温暖的世界，口中最后一次说出艾娜的名字。声音在无尽的黑暗里回荡，克里从那个温暖的世界消失。她变成了一个远行者，一个空想家，一个在茫茫大海上漂流的水手。

当她睁开眼时，她在另一条船上，全身沾满污泥，奄奄一息。她侧身躺着，许多具尸体紧紧挤压在她身上，她无法动弹，也难以呼吸。她不停干呕，胆汁沿着下巴流到身下，与船板上的鲜血、大便和其他呕吐物混为一体。在她四周，人们大声喊叫，祈祷。其中十二个人已经死了，但四肢仍被沉重的铁链牢牢锁住。此时是夜晚，海浪猛烈撞击着她头边的船体。她是克里，不过仅仅是一小部分，其余部分则是艾娜。克里感受到了一切：伤口、饥饿、老人、尸体、天真无邪的孩子。他们处在一片黑暗中，惊恐，迷茫，哭泣。

这一切太过猛烈，太过真实，克里紧紧闭上眼睛，屏住呼吸。船摇晃了一下，她感受到了船体的起伏，还有水流的冲刷。她将所有注意力集中在船体的晃动上，只因其余的一切远比害怕、痛苦甚至死亡更加令她难以承受。艾娜同样感同身受，仿佛这一切是她自己的遭遇，所有不知所措的灵魂，鲜血淋漓的枷锁，被舍弃的希望，在她脑海里翻腾。她第一次感受到痛失母亲的孩子内心的苦楚，感受到饥肠辘辘和鲜血直流的残酷。她认识那个失去妻子而自责惭愧的男人，认识那些遍体鳞伤的女人，也认识那些遭人强暴的无辜女孩。她感受到饥饿，感受到热浪翻腾的空气，感受到血肉模糊，且涂满油脂以驱赶蛆虫的脚踝。克里也感受到了这一切无法承受。她不停用拳头捶打眼睛，惊声尖叫，她想要挣脱这一切，却无能无力。她就是那个女孩，她在那个女孩体内。她是一个过客，一个被牢牢困住的过客。

时间好长，难以抵挡的绝望和疼痛将她逼近疯狂。那种无助与绝望太多太多，犹如被生生劈碎的石头。克里想要逃离，可艾娜的头脑里同样充斥着疯狂。痛苦、渴望、了结生命的念头，她是吞下这一切的管道，是被大雨侵蚀的花。她无处藏身，这也使得克里痛苦万分。她从未如此刻这般感受过意识，从未感受过它的力量，也从未感受过它的重量。它如此强大，也如此沉重。克里被绝望吞噬，她爬进艾娜的思想深处，想找到一个安静的角落。这样的地方根本不存在，所以克里追寻着记忆的宁静，深入脑海。她找到一个漆黑的洞穴，一片火光，还有其他夜晚。她看不见，也无从感受。她是一个胆战心惊的孩子，皮肤贴在一个裸露的乳房上，可这里有爱意，有宁静，有一阵温柔的声音，还有保证清晨会到来的承诺。梦里的克里知道这是艾娜的童年，她很快便学会走路，离开洞穴，在山上成长为更强大的自我。克里感受到了这一切，她想一直沉溺于此，在一段接一段的记忆间飘移，永远不用回到那艘船上，不用回到那些呼喊饮水，呼喊家人，呼喊迷失信仰的人身边。

可这场梦太难挣脱，那艘船永无休止。它在海浪中艰难前行，双峰海浪将它高高举起，随后又将它狠狠砸到山的一边，船体在风浪中战战兢兢。克里感受到身体的撞击，感受到皮肤的摩擦，感受到冰冷的锁链和肮脏的泥浆。人们撕心裂肺地叫喊着，她知道他们的干渴与绝望。一条铁链紧紧缠绕在她的脖子上，那是对溺亡的恐惧。船体不断上下起伏，她在猛烈的晃动中迷失自我。她是女皇，是惊恐万分的奴隶。她是艾娜，完完全全的艾娜。

第二十九章

“艾娜”

一八五三

死亡在某个星期天到来，可这并不在人们的意料之中。那应该是主人的妻子，这是艾娜所听到的，他的妻子被一场前所未有的高烧吞噬。整个世界都在燃烧。烧焦的牧场，死去的牧牛。艾娜只认识其中几个奴隶，可他们全都神色阴郁，担忧生病的孩子和干旱的庄稼，还担忧天空中血红色的月亮所意味着的一切。人们在谈论着镇上的那场争斗，谈论着责任，谈论着一位白人正拿着枪血洗大街。是高温驱使了这一切，每一天都是更恶劣的开始。太阳通红，随后爬上天空的月亮也同样血红，就连河水都像是鲜血的颜色。人们带着主人的妻子来到河岸边，试图用河水退去这场正在扼杀她的高烧。

艾娜很清楚，这种做法完全无济于事，对于这样罕见的高烧无济于事，对于如同那个白人女性一样脆弱的人而言无济于事。艾娜看着他们离开房屋，却抢先他们一步到达河边。她，一个皮肤和夜色一样漆黑的小女孩，赤身裸体地躲在一棵同她腰部差不多粗细的白桦树后边。她想看看白人是否会和奴隶一样死去。从她躲藏的地方看去，答案似乎是肯定的。

“把她的头发弄湿！托住她的脑袋！把身体的其余部分全部沉到水下！”

说话的人是约翰·梅里蒙，不过艾娜从未近距离看过他。她每天都过着被束缚的生活，要么被拷在墙边，要么被锁在门后。艾娜太过野性，没有人信任她，她太过无法预料，太过暴力，骨子里流淌的非洲人血液太过炽热。自艾娜从查尔斯·汤尼的船上被卖到这里开始，时间已经过去了整整三周，可她从未屈服过，一次都没有。倘若他们靠近，她便开始喋喋不休，她反抗，诅咒，她体内的野性愈加强大，迫使其他奴隶移开目光。他们怕她。尽管他们不会承认，可他们的确对她充满畏惧。这里的女人们说她的眼睛在夜晚会发出黄色的光。男人们谈论着她磨牙的方式，和她喉咙里发出的动物叫声。他们每次找上门来时都是一样的——一头黄发的领班、他的仆从和双手粗糙的奴隶，从农场回来的三人仍旧一身肮脏。他们找到艾娜是因为她年龄较小，且面容姣好，还因为她从未提及过门被锁上之后所发生的龌龊事情。艾娜在这个地方还不够强大，所以她暂时还没有置他们于死地。不过她知道他们的名字，知道他们所吃的食物，也知道他们睡觉的地方。

艾娜快速移到另一棵桦树背后，小心躲藏。她能够听懂河对岸那些人口中的只言片语，不过只是一部分，她听到了高烧、奄奄一息和医生。然而，没有医生可以治愈约翰·梅里蒙的妻子。只有魔力才能做到，而艾娜面前的这条河没有丝毫魔力。不过，艾娜依旧充满好奇，她看着主人和他的妹妹，看着农场工人和一位名叫伊萨克的家奴。艾娜专注地盯着伊萨克，因为他比其他所有奴隶都聪明。他一定知道一些事情，那些关于白人的事情，譬如纸上的字、枪支和他们所尊崇的那个在天上的伟大之人。因为伊萨克，艾娜一直潜伏在河流深处。所有人都全神贯注于眼前奄奄一息的女人，除了伊萨克。他看向河岸和水流，双眼扫过很多事物，却唯独不看艾娜一眼。艾娜了解黑夜，黑夜也因此而对她爱意万千。在她哭泣时，黑夜掩盖她的声音，保护着她爬到最高的大树上，凝视一轮明月。在遭遇背叛之前，在被套上枷锁之前，在被带到那个充斥着死亡、粪便和呕吐物的船上之前，她也曾凝视同样的明月。然而，艾娜不会一直屈身为一个奴隶。

她在这个地方还不够强大，可她仍旧是母亲赤崎的孩子。

她不是他们所以为的那个人。

不是一个奴隶。

艾娜将注意力转移到约翰·梅里蒙身上。她看着他啜泣不止的模样，想着这个统领其他人的男人的软弱。约翰·梅里蒙，这个所有人口中的主人，他拥有很多羡煞旁人的东西，可他的女人即将离他而去。艾娜听见人们的肺部不断运动而发出的响声，感受着生病女人身上的温度，没有任何一条河流可以治愈她。艾娜看着生病女人隆起的腹部，她知道，倘若腹中的孩子还有生命迹象，便会很快降生，可却无法存活。艾娜可以救下他们两者的性命，然而，那个一头黑发的男人是她的主人，因此，她厌恶他的世界，厌恶他所拥有的一切。

不过，她知道了他的秘密，那个浸泡在河水里的秘密。

这个白人男子终究只是一个凡人。

这一点可以为她所用。

三个小时之后，家奴伊萨克前来找到艾娜。艾娜听见门后的泥地上传来伊萨克的脚步声，她知道他身上的味道，也知道他呼吸的频率。伊萨克犹豫片刻后，打开门，站在艾娜躺着的草垫前。艾娜看见他的大脑袋和宽厚的肩膀。他摇晃着将艾娜的脚踝捆绑到铁环上的枷锁，说道："你之前在小河边。"

艾娜能听懂伊萨克口中的语言。在艾娜所生活的大山外，有很多狭窄的山谷，伊萨克所说的便是生活在那些山谷的小部落的语言。

"你确定吗？我可一直都待在这里。"

"我的眼睛可不和其他人一样瞎。"

"我身上可绑着这条锁链。"

"没错，但我知道你是什么。"

“那你应该害怕地跑开，或者是求我饶你一命。你和你口中的主人都不会有好下场。”

“约翰不和某些人一样坏。”

“他买奴隶，掌控这些孩子。”

“可你并不是什么孩子。”

艾娜在昏暗的光线里露出微笑，她知道伊萨克能看到。“你的主人也和你一样把一切看得这么清楚吗？”

“他自己比孩子好不到哪儿去。他父亲刚刚过世，他只是乖乖按照领班说的做。”

“领班。”艾娜恶狠狠地重复着这个词，伊萨克一定明白原因所在。“你是来这儿放我出去的吗？”艾娜伸展双腿，脚踝上的铁链叮当作响，“还是说你足够明智，已经意识到了危险？”

伊萨克点头。他意识到了危险。

“告诉我为什么。”

“因为我知道你是什么。”

“那你说，我是什么？”伊萨克艰难地咽下口水，艾娜转过脸，母亲赤崎亲手留下的伤疤清晰可见。“说出来。”伊萨克说了，用艾娜的语言，真实的语言。

“女祭司”“先知”“黑暗皇后”。

几分钟后，伊萨克带着艾娜跨过杂草，来到一栋宏伟的白色房屋前。这栋房屋和她在查尔斯·汤尼所统领的地方看到的一样壮观。艾娜想起了那艘带着她漂洋过海的船。六个月前，她还不知道男人可以造出如此宏伟的事物。在艾娜眼里，男人是为战争而生，为狩猎而生，也为交配而生。可这些白人男子竟造出如此不可思议的事物，漂洋过海。他们崇敬高尚的上帝，可却冷酷无情。艾娜登上宽阔的台阶，走进高高的大门，只是为了理解两个不同世界之间的差异。屋内的空间和大山上的洞穴一样宽敞。她看见色彩、布匹、闪闪发光的金属，还有如同婴儿皮肤一样光滑和黝黑的木头。

艾娜走进屋内，昂首挺胸，对四周的女人视若无睹。她们根本不是女人，只是一群洗衣做饭，为白人端屎端尿的奴隶。她们偷偷瞥向艾娜的脸，随后迅速从她脸颊上螺旋状的伤疤处移开目光。艾娜对此视而不见，她端详着一块挂在墙壁上的方形银镜，那面镜子同她曾见过的水池一样，倒映出她的影子。那便是旁人眼中的艾娜：野性的眼神，螺旋状的伤疤，一个穿着一块破布的肮脏女孩。在他们眼中，艾娜年少、无知、野蛮，可只有伊萨克和艾娜自己知道，事实并非如此。没有任何一个人脸上会有如她一样的伤疤。

这些伤疤不是偶然。

这些伤疤索人性命。

“请往这边走。”伊萨克爬上一处弯曲的楼梯，艾娜不紧不慢地跟在身后。伊萨克在一扇大门前停下脚步，艾娜看到他眼中的恐惧。“求求你。”

当房门打开时，艾娜看见那个奄奄一息的女人躺在一张大床上，一旁的约翰·梅里蒙手中握着一把小刀。他看向伊萨克，惊恐万状。“她快不行了。”约翰说。

伊萨克走进房间，艾娜看着眼前的两人争吵不休。这场争吵一开始来得很慢，随后越来越大声。她听懂了一部分词语，当伊萨克说出“黑魔法”一词时，艾娜嘴角扬起一丝微笑。她曾从其他人口中听到过这个词语——其他奴隶，农场工人，厨子，还有那些谈论起领班无法击溃艾娜的老女人们。她们说领班的眼神里同样流露出恐惧；说艾娜将他逼疯；说他强奸她，虐待她；说她在被他强暴时，竟然对着他的脸放肆大笑。

她们说，是艾娜带来了可怕的高温。

她们说，当艾娜丧命的时候，这场高温将随她而去。

约翰·梅里蒙与他人并无两样。他看着艾娜，一脸惊骇，可他内心的渴望却越来越强烈。艾娜在约翰凝望妻子的眼神中看到了他难以抑制的渴望。此时，伊萨克开口了。

“这个孩子可以救她的命。”

“不过是有代价的。”

艾娜点头，因为代价向来存在。这便是事物运作的方式，无论是女人还是孩子，亦无论是白人还是黑人。

争吵愈发激烈，关乎天意，关乎躺在床上的女人，关乎是非对错。艾娜看着争执不休的两人，渐渐地，她开始感到无趣，于是她穿过房间，悄无声息。在她移动身体时，房间里竟没有任何一个人察觉，这是她天赋的一部分——诡诈和欺瞒，灵巧和速度。

眨眼之间，艾娜已经站在床边。

“我能治好。”

约翰停止争吵，转眼注视着艾娜，因为没有任何一个从那艘船上下来的奴隶可以在如此短时间内学会他的语言。可艾娜比所有人都聪明。“孩子先死，接着是这个女人。你付出代价，我救他们的命。”艾娜说。

“你不可能治好她，没人能治好她。”

艾娜的手掌一阵刺痛，许多螺纹集聚在一起。她抚摸生病女人的皮肤，女人开始恢复血色。不一会儿，女人睁开双眼。

“约翰……”

女人开口说话了，丈夫约翰高兴得像个孩子。他双膝跪地，手中的那把刀掉落在床边。

“你付出代价，我治好他们。”

艾娜移开手，女人的双眼向上翻起。

“不要！求你了！把她救回来！”

艾娜弯腰捡起地上的小刀，没人制止她。约翰拱起双手，苦苦央求。

“求你了。上苍……”

然而，他的上苍充耳不闻，艾娜亦是如此。她走到高悬的窗边，看着窗外的农场和森林。这是一个新地方，一片新世界。

“我给你钱，任何代价我都愿意！”

艾娜没有马上回答，因为她可以索要一切，而约翰也会毫不犹豫地拱手让与。金钱，土地，他的生命。艾娜终于开口，不过却是面对着伊萨克，用她自己的语言。“我想要自由。我想要他立下契约，让所有人都知道。”

伊萨克翻译给约翰听。“好的！成交！”约翰一口答应。

“我还要你的这片土地。”

“你要什么我都可以给你，求你救救我妻子。”

艾娜从窗户边移开，神情冰冷。她触摸约翰的脸颊和手肘，让他看到她内心的狂野，随后露出笑容，说出最后的条件。

仆从。

领班。

那个双手粗糙的奴隶。

第三十章

一家灯光昏暗的餐馆后排，一张灯光昏暗的吧台尽头，杰克又在借酒消愁，没有酩酊大醉，但也不是完全清醒。手肘边的啤酒还是温热的。酒保六十多岁，和颜悦色。他指着酒杯问道：“你不喜欢这种酒吗？”

“不好意思，你说什么？”

“我看那杯酒已经放那儿二十分钟了，我的意思是你是不是想喝点别的？”

“那给我来点威士忌吧。”

“哪种威士忌？”

“波本吧，无所谓，都可以。”

酒保倒了一杯波本，放到吧台上，杰克点头表示感谢，抿了一小口，没有丝毫味觉。手机安静地躺在杰克手中，屏幕上显示有一条来自高级合伙人的语音留言，杰克第五次播放留言。

克罗斯先生，我是迈克尔·阿德金斯，请你明天早上八点到我办公室来一趟，我想跟你认真探讨一下你在我们公司的未来发展问题。

留言内容远不止这些，可杰克不想再听了，前面两行字已足够说明一切。

他没有去公司。

没有为公司效力。

杰克拿起酒杯，一饮而尽。他站起身来，拿出钱包翻找零钱。“一共多少钱？”酒保回答后，杰克掏出钱，放到吧台上。他摇摇晃晃地走过餐厅，丝毫不在乎自己此刻的窘境。

他必须和约翰尼聊一聊。

大街上，太阳已经落山，热风舔食着地面。杰克左顾右盼，寻找正确的方向。虽然这家餐厅距离杰克的公寓和办公室并不远，可他此前从未来过这里。在从夏洛特回来后，杰克停好车，步行穿过一个又一个住宅区。他的双脚已经没有知觉，直到他发现这家餐厅，一屁股坐到吧台前的高脚凳上，累得半死不活。第一杯啤酒很快下肚，第二杯迟迟纹丝未动。也许不该喝下那杯威士忌，杰克心想。

“早上八点。”杰克迈开脚步，“真是完美。”

杰克的公寓远在十二个街区之外，往前走过九个街区之后还得再穿过三个街区。大街上人来人往，档次更高的餐厅里人声鼎沸。杰克思索着要不要吃点东西，可他没有一点胃口。

明天到了公司之后，他该怎样为自己的行为辩解呢？

他还在乎吗？

第二个问题深入杰克内心。他应该在乎。没人知道他究竟付出了多少努力才能走到今天这一步。

杰克钻进面包店旁边狭窄的楼梯，当他看见坐在家门边的女孩时，骤然停住脚步。她蜷缩在角落，全身抽搐，眼皮向上翻起，眼睛里看不到一丁点黑色瞳仁。杰克停留了一会儿后，才认出眼前这个女孩便是他在夏洛特那家公寓里见到的女孩。他看见过她的半张脸，一只眼睛。

她来这儿干什么？

“你好。”杰克走到女孩身边，不知该怎样叫醒她。“呃，女士。”杰克伸手触碰女孩的手臂，女孩突然张开嘴，他急忙缩回。“你好。”杰克说。

女孩开始大声尖叫。

克里不知道自己在哪里，也不知道究竟发生了什么。整个世界血腥，尖锐，支离破碎。她能感觉到手中的刀，刀柄如此光滑且温暖，仿佛具有生命。眼前，是漆黑的夜色和昏暗的走廊。

男人们遍体鳞伤，痛苦尖叫。

她也在尖叫。

“走开！别靠近我！离我远一点，走开！”

她爬到墙角。

“没事的，不要害怕。”

克里迅速站起身。走廊歪歪斜斜，那一瞬间，克里感受到皮肤上的火光，一百个奴隶脚挨脚，始终低头看着地面的泥土，阵阵呻吟声在耳边回荡。“你是谁？”

“我叫杰克·克罗斯。我们之前见过一面，这是我家。”

克里看见楼梯和石膏墙。“有一把刀……”

“没有，没有刀。”

克里使劲眨眼。她该不该相信眼前的这个男人？是该离开，还是该留下？克里认为她和这名律师有着相同的目的，可她从未梦见过艾娜，从未如今天这般。她曾经在梦里见过那棵悬挂死人的大树，也曾亲手握着那把刀，可她从不知晓其原因所在，不知晓这段历史，不知晓艾娜的内心情绪，不知晓当那几个男人尖叫着死去时所带来的那种可怕快感。“给我几分钟，让我冷静一下。”这场梦没有模糊，也没有消散，它在克里的内心深处震颤，它是鲜活存在的，它想要克里知道艾娜是真实的，这不是一个故事，而是一段历史。克里强迫自己站直身体，睁开双眼，继续做那个一直以来的女孩，那个身体里没有艾娜的女孩。克里将手伸进裤子后袋，拿出一堆碎纸。“你的画被毁了，对不起。”

“你是因为这个来找我的吗？”

“你是从哪儿得到这幅画的？”

“进屋说吧。”杰克盯着克里的脸看了许久，说道，“或许你会对这个感兴趣。”公寓里，昏昏沉沉，空空荡荡。“稍微等一下，不好意思。”杰克伸手摸索开关，停顿片刻，“不要被吓到。”

灯光照亮房间，克里不适应地眨了眨眼。墙壁上、橱柜上、房门上，到处都是画作。它们在桌子和沙发上随意攀爬，堆积在地板上。克里看到了那张林间空地，仿佛又回到五岁那年。她听见外婆的声音回荡在耳边，她在说着：“你永远不能去那里，不能超过现在这个距离，即使是你长大了也不能。”

“这些画在很早之前就已经画好了。”杰克看着克里在房间里四处走动，耐心解释他得到这些画的经过。“这些画是作者一生的心血。作者在第一年里完成了十张，后面陆续画好了一百张。这些画有一种模式，我不知道该怎么解释。大概是关于作者使用木炭画画的方式吧。你看这些画，有些画的某些部分很黑，而有些又更亮。我已经研究这些画好几天了，就快要想通了，答案就挂在我嘴边，可就是说不出来。”

杰克继续喋喋不休，可克里根本无心倾听。眼前的这些画勾起了太多回忆——她在默木野度过的每一个寒冬，短暂严寒的白昼，猛烈燃烧的火堆，匆匆忙忙在小屋间来回的人们。那时候，克里还太小，无法懂得她在人们脸上看到的恐惧，可这些画作完全捕捉了那种荒凉的孤独感。

“我曾经见过这个地方。”杰克伸手触摸其中一幅画，瀑布和矮树映入眼帘。“我不记得具体是在哪儿见过，可我的确见到过，而且这个地方让我觉得毛骨悚然。很多人在那片沼泽里失踪了，也有很多人死在那里，我现在做的就是寻找这一切背后的答案。我希望你能帮我。”

“你是想知道那些古老的故事吗？”

“没错，我想让你把那些故事都告诉我。我还想找到画里的这个瀑布。

明天，明天我就出发去找。”

“你刚刚说很多人死在这里，你指的是生活在这片沼泽之外的那些人吗？”杰克谨慎地点头。“从最开始讲起，把所有事情讲一遍。”

讲解花费了很长时间，克里没有想到在默木野竟发生过这么多人命关天的可怕事情。她知道了那个在河床边被发现时早已冻僵的猎手；知道了那个不小心闯进响尾蛇巢穴，加上脸上的十九道伤口，全身上下一共有多达三十七处咬伤的勘测员。杰克讲述了在沼泽迷失的小男孩，讲述了太多在沼泽失踪或是丧生的不幸之人。克里难以置信，可杰克却将当年的文章亲手递给她，老旧的报纸，白纸黑字，不容置疑。

“我从来没有听说过这些事情。”

“很少有人听说过。”

“你的朋友呢？”

“别提这个苦涩的话题了。”

“是因为案子的关系吗？”克里移开目光，因为在那些梦境之后，“苦涩”这个词于她而言，着实令人痛苦。她闭上眼睛时仍旧可以看见一八五三年的那个夏天，看见约翰·梅里蒙。他的脸出现在奄奄一息的妻子眼前，那张被火光和阴影映衬成黄色的脸，同一张脸。这场梦境如此真实，仿佛她曾亲身经历过，因此她憎恶他，情不自禁。这种憎恶会一直延续到约翰尼身上吗？丝毫不减吗？克里不得而知，可当她看见约翰尼躺在那扇大门前，生命垂危的时候，当她看见地面泥土被他的鲜血染红的时候，她很害怕，却并不惋惜。克里和约翰尼的家族之间有太多难以诉清的过往，太多奴役，太多鲜血，太多背叛。“我不该来这儿，我该走了。”

“现在可是半夜。”克里瞥向窗户，窗户外的城市灯火通明。“我家里只有一间卧室，”杰克继续说道，“不过你要是不介意的话，可以睡卧室，你把门锁上就是了。”

克里仍旧无法信任杰克，可此刻的她无处可去。不能回家，也不能去默木野。“我还是睡沙发吧。”克里说。

“你待在这儿。”杰克拿来床单和枕头。“我以前也在沙发上睡过，还挺舒服的。”

克里点头表示感谢。在杰克进入卧室后，克里独自一人坐在沙发上，身体挺立。她仔细端详着墙壁上的画作，黑色的笔画，小心翼翼的空白。

克里起身走到墙边，取下一幅画，对着灯光高高举起，随后走回墙边，取下更多幅画。几分钟后，她再次取下七幅画。有些画作恰到好处，而有些则并不完美。克里站在墙边，慢慢转了一圈，内心涌起一股错误之感，像是一种直觉。在接下来的一个小时里，克里取下两面墙壁上的所有画作，重新开始。为了找到作者隐藏在画中的东西，克里几乎整夜未眠。她把颜色最深的画作挂在墙壁中央，墙角相接，这些画作在某些地方相互交叠。其中三十张构成一幅完整的画作，几乎占满了一整面墙壁。克里看着画中的深色和微闪的亮光，全身冰冷。

她看见了自己的童年，看见了那片承载她童年记忆的沼泽。

她看见了黑色的眼睛，死死盯着她。

当清晨的阳光唤醒这座城市，克里仍旧没有入睡。令她彻夜未眠的是眼前的这些画，还有对梦境的恐惧。克里站在窗边，转身看向屋内，粉红色的光线在画作上跳跃。其中三十张组成一整幅，那是一双巨大的黑色眼睛，长八英尺，高五英尺。木炭笔画非黑即白，黑色的部分闪着光亮，白色在瞳孔间闪烁，两眼之间布满皱纹，眉毛像是树叶，又像是树枝。

克里坐到沙发上，紧握的双手放在腿上。她想撕下这些画，可却完全无法动弹。它们只是画而已。然而，当她再次在房间里走动，画中的那双眼睛却在她身后紧紧跟随。她太想把它们全部撕毁，这种感觉太过痛苦。当杰克转动卧室门把手时，克里犹豫不决。她完全有时间扯下所有画作，转身逃跑。然而，当卧室门打开时，克里仍旧坐在沙发上，她感觉到杰克在她身后忽然停下脚步，他深深吸了口气。

“我的天啊。”杰克在克里身边坐下。脚上的皮鞋闪闪发亮，精致的蓝色领带下方是笔挺的西装裤。“你怎么……”

“我这些天都没怎么睡觉。”克里答非所问，不过杰克并没在意。两人沉默不语，就这样坐了许久。“你要去上班吗？”

“什么？”

“你穿了西装裤。”

克里伸手指向杰克的西装裤，杰克顺着她的手指低头，神情茫然。他伸手摸了摸衣领，说道：“等我一下。”说罢，他起身走进卧室，再出来时已换上随意的牛仔裤和靴子。他脸上茫然的神情消失不见，面无血色，但异常坚定。“我一定要去找我朋友。”克里站起身。杰克拿起房门钥匙。“我现在就要去找他。”

两人驱车前往，杰克的车和克里无数次在大街上搭乘的顺风车一样，车身闪闪发光，车身散发出全新的味道。在两人到达默木野之后，杰克坐在车内，克里下车推开眼前的铁门。

同一扇门。

克里看着杰克开车穿过大门，她站在门外，没有上前。这是真实的，此时此刻的一切都是真实的。他们会发现约翰尼的尸体，或许还会找到置他于死地的元凶，亦或许，它会找到他们。

“你到底要不要来？”

啊，忘了。

克里回到车上，杰克驾车前往丛林深处，驶过一条两边都是河流的堤道。一路上，杰克只停过一次车，他指着眼前年代久远的地标，说道：“我第一次看到它是在十三岁那年。”

地标是一块被风化的木头，半块木头已经腐烂，表面盖满忍冬。上面写着：默木野，一八五三。克里摇下车窗，感受泥土的气息。

“你为什么要跟我一起来这儿？”杰克问，“你根本不认识我，况且你完全有理由讨厌我的这位朋友。你为什么答应跟我一起来找他？”

“那你为什么来这儿？”克里靠到座位后背上，不甘示弱，反问道，“你心里很害怕，我能看出来。这件事对你来说为什么这么重要？”

“我只是担心我的朋友而已。”

克里没有再说话，杰克开车经过这处地标，驶进昏暗的丛林中。

那棵悬挂死人的树就在这里。

就在这些大树中央。

“我们先去小木屋，等找到约翰尼之后，你就带我们到瀑布那儿去。”在那座被人遗忘的村子里停好车后，杰克开门下车。他向左走去，而克里却径直走进那座荒废的教堂，感受教堂里的温度和沉寂。

“弗里曼特尔女士？”

这么多年过去了，教堂里的一切始终未变。壁式烛台，翻倒的板凳，厚厚的灰尘。杰克走到克里身后的门边，却只是一个不起眼的小小影子。克里视若无睹，她凝视着眼前的石头洗礼池，全神贯注。洗礼池很小，悬挂在弧形的基座上。

只不过，这并不是一个洗礼池。

我是怎么知道的？克里迷惑了。

小时候，大人们每周都会按期聚集在这座教堂里，克里总是被禁止参加，不过，她曾有一次悄悄溜到教堂窗边。她站在一处石块上，看到了什么？她记得自己把手指按在窗台上，呼出的气体扑到窗户玻璃上。教堂里，蜡烛在墙边的壁式烛台上燃烧，外婆站在洗礼池前。人们弯下腰，神色胆怯。

那时是夜里。

雨点纷飞。

“弗里曼特尔女士？”

“嘘。”

那时候的克里只有四五岁左右，她全身湿透，害怕被发现。外婆抬起双臂，手臂上褶皱的皮肤显露在外，纵横交错的苍白伤疤好似一幅地图。人们肩并肩坐在板凳上，左右摇晃，眼神直愣愣地看着前方。

“能让我一个人单独待一会儿吗？”

杰克走出门外，克里关上教堂门，刹那间，一幅画面浮现在眼前，不由自主。她看见那把光亮的小刀，还有排列在洗礼池前的人们。他们伸出手，伸出手臂。

克里伸手触摸池子内部，污痕斑斑，黑暗神秘。她回想着那天夜里和那场大雨，四周黑色的石头仿佛在移动……

“弗里曼特尔女士？”

克里用力推洗礼池，石碗在基座上摇晃了几下。克里将其从基座上举起，放到地面上，内心涌起一股近乎于迷信的敬畏。她将手伸进基座内，找到了那把刀。多年已逝，它始终和童年时候一样，用骨头制作而成的小刀柄，以兔皮为材料的刀鞘，未曾改变。克里拿起刀，刀面如同冰块一样闪亮。克里的手掌上有一条浅浅的伤疤，那是她来到默木野的第一天留下的，也是她第一次见到那棵树的那一天。有多少她的同类手上有同样的刀伤？有多少血液从这些伤口中飞溅？

克里走出教堂，对刚刚在教堂里的一切只字未提。她的过去是个秘密，那把刀亦是。“耽搁了你一点时间，不好意思。”

“没关系。”

“你准备好了吗？”

“准备好了。”

克里望向教堂，思索着那个沾有黑色印渍，且盛满鲜血的石碗。“说吧，接下来应该怎么办。”

杰克带着克里走向沼泽深处，那是克里从未到过的地方，她惊叹于沼泽的巨大与广阔，不寒而栗。过去的她太过自负，自以为了解这个地方，其实，她所知道的太少太少。两人沿着小径行走，眼前的路似乎只有杰克才能看到。不久之后，视野忽然开阔，平静的河水对面出现一座小木屋。克里驻足凝视。真美，与世隔绝的生活，石头密布的山丘。

“我和约翰尼在十四岁那年找到了这个地方。”杰克带着克里向右走去，跨过草丛，踏上干地。“他要是看到我带你过来，一定很不高兴，所以一会儿你不要说话，让我来说。”

然而，小木屋内空无一人。

“竟然没在。”杰克关上小木屋的门，望向木屋前的空地和远处的荒野。他一遍遍叫喊约翰尼的名字，随后开始打他的手机。“他现在有可能在这片沼泽里的任何地方。”

对于克里而言，这恰好是一种解脱。自那场梦境过后，这片沼泽开始有所不同，而克里在教堂里找到那把刀之后，一切更不如常。奇怪的想法在她脑海深处摇摆。她看到了那些并不完全属于她的记忆片段。她对这把刀再熟悉不过，仿佛曾千百次将它握在手中。她看见那些此前从未见过的人们，记得那些她本不该记得的事情，譬如黑暗能量，譬如悬挂在树上的男人的鲜血，譬如如何亲手扒掉野猪的外皮。克里弯腰触摸地面，任由潮湿的泥土在她的手指间蔓延。

“我们可以在这儿等他回来。”杰克说。

“我不能在这儿等。”

杰克将手伸到熄灭的火堆上方。“火堆还有些余温。”

“我们得走了。”

“我真的觉得……”

“如果你想看到那片瀑布，那就马上跟我回去。”

杰克没有继续争辩，或许是因为克里坚决的声音，也或许是因为她不容辩驳的眼神。她必须离开这里，必须马上离开这里。十分钟后，杰克和克里回到第一处干地，克里停下脚步，回头张望，了解所带来的剧痛袭上心头。她熟知山丘的移动，熟知那道黄色的光，也熟知那块碎裂的石头。

她在一八五三年便已对这片土地了如指掌。她曾在这里狩猎，曾是这里的主人，曾在这里生活。

克里闭上双眼，在她脑海里，有一团大火在肆意燃烧。她听见绳索吱呀作响，一大群男人站在眼前。她听到尖叫，看到那些惊恐万分的奴隶。那把同样的小刀上闪着血红色的光。

“弗里曼特尔女士，你怎么了？”

她感受到快感与满足。她举起双臂，一百个人，一百张脸，静静等待，默不作声。皮肤黝黑的脸，明亮的大眼睛。他们在夜里摇晃身体，约翰·梅里蒙也在其中。泥地上血流成河。尸体极度扭曲。

“弗里曼特尔女士，请你不要吓我，你说句话吧。”

克里睁开双眼，太阳闪着金光。杰克紧贴在她眼前，凝视着她。

“你昏过去了一会儿。”杰克的手搭在克里的手臂上，“你看起来脸色不太好。”

克里甩开杰克的手，他说得没错。克里低头看向自己的双脚，仍旧沉浸在自己的思绪中。

我的名字是克里，是克里奥尔的简称。

这是我的家族名字。

我的名字是克里……

杰克和克里坐在车内，杰克递给她一杯水，克里的眼神始终注视着地面。“你确定你没事吗？”

她并非没事。“瀑布就在那边，离这儿不远。”

克里指示方向，那一瞬间，克里原本的迷失感消失不见。两人沿着蜿蜒的小径行驶到一座孤寂的山丘，它仿佛被连绵向北的群山驱逐，形单影只。克里记起第一次见到它的情景。那天，地面铺满白雪，天空压得很低，阴郁沉沉。“这就是你想要的。”

那块石头悬在距离地面二十英尺高的地方，瀑布的水流声在四周的寂静中显得格外嘈杂。杰克从肩上取下背包，掏出一幅画。他举起画，与眼前的情景细细对比。完全吻合。“现在怎么办？”

“我没有看见巨大的黑色眼睛。”

“不要这么草率。”

然而，那是克里惊恐时的表现。她轻蔑、粗鲁、不加修饰。不然，这一切会显得太过真实。不然，她会立刻扭头逃离。“在我小时候，大人们就告诉我要远离这个地方。你确定你想待在这里吗？”

“我别无选择。”

克里没有回答，不过，这便是她想要杰克陪在身边的原因所在。因为她不会孤独一人。因为她不会逃离。杰克和克里两人穿过瀑布前的空地，杰克一直喋喋不休着那头被猎杀的鹿，以及这里就是当时事件发生的准确地点。“就是这里，跟画里和报纸新闻里一模一样。天啊，完全一模一样。”杰克每每感到恐惧时便会滔滔不绝，克里对此并不反感。他们两人都感受到了，空气中的电流和弥漫在四周的期待。

十分钟后，两人发现了画作上的那个洞穴。

第三十一章

约翰尼知道杰克来了，他早在一小时前就已经感觉到杰克的气息，可他竟完全没有感知到克里的到来，直至她亲身出现在小木屋的那一刻。这是约翰尼第二次没有能够察觉出她的气息。

不。

这是他第二次准确知道自己未能察觉。

约翰尼对这一切心生厌恶，这个难以察觉的女孩，那些关于约翰·梅里蒙的梦境。一个月以前，他的生活如此简单，每天忙于为寒冬做准备。如今，木材躺在原地，还未劈开，菜园里枯萎一片。看着杰克摆弄手机的样子，约翰尼情不自禁想走出丛林，仿佛这一步可以跨越时间。可那之后呢？他们三人会打开一瓶酒，约翰尼会对克里心存担忧，不过仍旧给她倒上一杯。他会彬彬有礼，或许会得知这个地方的过去。约翰尼并没有忘记待人之道。倘若他努力，尚能维持一场正常交谈。可克里身上的某种东西使得约翰尼不得不小心谨慎。他想让她离开自己的土地，想让她就此消失。

约翰尼没有出现，而是扭头朝山上走去，在那棵他经常安眠的大树下停下脚步。约翰尼爬上枝头，俯视默木野。此刻，杰克正在往村子的方向走，约翰尼感觉得到。在约翰尼和杰克之间隔着绵延几里的沼泽和丘陵地带，但杰克是他的老友，无论杰克身处默木野的何处，约翰尼总是能洞悉他的内心感受。克里仍旧在约翰尼的感知之外，然而此刻，约翰尼无暇顾及，他有更大的问题需要解决。在接连几天的记忆闪现和彻夜无眠之后，约翰尼回到当下的生活。维丁曾警示约翰尼不要深陷过去。她语气凝重，而约翰尼这段时间以来的经历也足以使得他认识到这其中的危险。然而，那一种生活和当下一样真实，虽然黑暗重生，却也不乏美丽，而且有妻儿相伴。即便是此刻，约翰尼内心依然存在一股冲动，他好奇，好奇自己是否会在那样丰盈的生活里迷失自我。那是一段过去，是他家族的过去，或许那里有他苦苦寻求的答案。

约翰尼躺在吊床上，伸展四肢，眼神透过层层树叶望向天空，那是玛丽昂曾经仰望过的天空。她是否为了保全腹中孩子的性命而选择了牺牲自己？约翰最后是否拿刀划开玛丽昂腹部，直接取出孩子？这些问题在当时那个年代早已揭晓，可约翰尼无暇思考其他，他满脑子都是玛丽昂和她腹中的宝宝，以及那段不属于他的人生。约翰尼瘫在吊床上，从口袋里拿出一根维丁给的卷烟。

他盯着手中的卷烟看了许久。

终于，点燃了。

约翰·梅里蒙因为疲累和悲痛而显得有些魂不守舍，不过他还算清醒，他担心吊死奴隶这件事是否会传播出去。

他的领班会在大树枝条下摇晃。一个白人。

约翰不在乎了。

他跪在玛丽昂床前，轻轻抚摸她湿透的秀发。玛丽昂睁着双眼，却异常空洞。“医生来了吗？”

“他还在河对面，现在正在过浅滩，不过他的马不太配合，一直不肯往前走。”伊萨克在卧室门前徘徊，张开双手，无奈地回道。

“那赶快给他送另一匹马去啊！你还在这儿瞎转什么！实在不行，把他硬拖也给我拖过来！”

伊萨克离开房间门口。不一会儿，他回到卧室门前，对约翰点点头说道:“办好了。派了您最快的一匹马。”

“律师呢？来了吗？”

“他就在楼下。他不愿看到这种画面。”

约翰缓缓点头。谁会愿看到这种画面？“给他做一顿晚餐，再给他拿瓶好酒。我没开口之前，不准他离开这里半步。”

“我们必须赶快行动。”伊萨克说。

一个白人和奴隶一起吊死，人们不会理解，也不会容忍的。

“他们现在在哪儿？”

“领班现在被捆绑在地窖里。其余两个奴隶在地窖外面，有人看着他们。”

“大家现在情绪怎么样？”

“大家都很严肃，他们几个很害怕。”

约翰和伊萨克很清楚，这是一笔违背伦理的交易。两人始终没有提及任何一个名字，似乎这会使得一切更加缺乏真实性。自始至终都是那个领班，两个奴隶。“那个女孩呢？她了解所有情况了吗？”

“她想要这片沼泽和北边的那些山丘作为交换条件，都是您名下土地里那些很难靠近的区域。”

那一共是六千英亩土地，可约翰不在乎。他轻抚妻子的脸颊，而后他抬起头来，目光灼热。“这可是谋杀，伊萨克。”

“她说这几个人强奸过她，还虐待过她。”

“你相信她的话吗？”

“我相不相信重要吗？”

医生赶到后，约翰急忙跑出卧室，在楼梯上与医生迎头相撞。“你快进来看看我妻子，我想知道你能不能救她的命。”约翰将医生拖上楼，推到妻子床边，“我想知道她究竟能不能活下来。”

“请你冷静一点。”

“我不想冷静！快告诉我！”

“好吧，让我先看看。”虽然声音里满是不悦，但医生仍旧迅速展开工作。他检查玛丽昂的脉搏和身体温度，掀开她的长袍，侧耳倾听腹中孩子的动静。随后，医生站起身，脸上失落的表情已经说明一切。“发这么高的烧，换作是其他人也很难活命。”

“但是……”

“没有但是。你妻子的脉搏很微弱，呼吸也很浅，已经无力回天了。”

“那她肚子里的孩子呢？”

“孩子还有生命迹象，不过这实在是一个奇迹。我上次来过之后，你们给病人吃过其他药或是带她看过其他医生吗？”

约翰想到那个女孩，想到她伸手抚摸妻子身体的样子，想到妻子在那之后睁开双眼，叫出他的名字。

“没有，没有吃药，也没有看医生。”他撒谎了。

“我还是可以取出肚子里的孩子……”

“不要跟我提这个！”

“梅里蒙先生。约翰。”医生伸出一只手，搭在约翰双肩上。他俩关系并不密切，可他在十九年前曾亲手给约翰接生，在约翰的父亲咽下最后一口气时，他也曾站在病床边送完最后一程。“我希望你能为大局考虑。”

“可是如果那样做的话，我妻子就一点活路都没有了。不行。”

医生长叹一口气，点点头说道：“那能让我帮你检查检查身体吗？”

“我没事。”

“梅里蒙先生，你看起来完全不是没事的样子。”

医生说得没错，约翰心知肚明。六天了，他已经连续六天没有进食，没有睡觉，也没有洗澡，始终寸步不离地守在妻子床前。“还有希望吗？一丁点希望都没有了吗？”

“你相信上帝吗？”

“曾经相信过。”

“那么就只能祈祷上帝赐予你和你妻子奇迹了。”

在医生离开后，艾娜终于走进房间，她狡猾地咧开嘴说道：“你知道我的条件吧？”艾娜站在距离房门十步之远的地方，此刻，约翰忽然明白了她的聪明之处。倘若她今日要的是这一整片土地，那么这个镇上的人势必会造反。而她要的是那些荒无人迹的地方，那些被人遗忘的土地。“我还需要一些人，还有可以用来建造房屋的工具。”

艾娜的话语中夹杂着英语和她自己的语言，约翰看向充当翻译的伊萨克。

“人？”约翰问。

“我的人，非洲人。”

“你先治好我妻子再说。”

“这儿有一个地方，你的奴隶们会在那里做礼拜，我们先去那里。”

“根本没有这种地方。”

“他知道。”

艾娜伸手指向伊萨克，说着自己的语言。伊萨克一脸羞愧，解释道：“我们有些人会偷偷做礼拜。她说那是她唯一会接受你的……你的酬谢的地方。”

“你知道这个地方在哪儿吗？”

“我知道，在沼泽里。”伊萨克说。

艾娜想让奴隶们一同目睹这一切，因此他们也跟随前往。约翰回头看向身后拖着沉重脚步的长队，那三个罪人站在囚车里，道路越来越狭窄，囚车吱嘎作响。“还有多远？”约翰问。

与约翰并肩前进的伊萨克回答道：“不远，快了。”他们越是靠近沼泽，空气越是稀薄。此时，太阳已经落山，所有人点起火把。“到了，就是这儿了。”

那是丛林里的一块空地，空地上什么都没有，只有空气里充斥着的稀泥和死水的味道。“这里什么都没有啊。”约翰不解地说。

“这才是关键。”

约翰下马，紧紧盯着伊萨克的双眼，说道：“为了玛丽昂。”

“为了您的妻子。”

“告诉她可以开始了。”

艾娜早已开始行动。她上前一一扒光三个罪人的衣物。当冰冷的刀片在赤裸的身体上滑动时，三人害怕得僵住身体，丝毫不敢移动，可这一切才刚刚开始。艾娜用刀指着三人，用自己的语言恶狠狠地说着什么。

“伊萨克，她在说什么？”约翰小声问道。

“她在跟这三个人说她接下来打算怎么处理他们几个。她现在正在嘲弄他们。”

艾娜拿着刀，刀片从白人领班的阴茎滑动到眼皮，再到他的嘴唇。

“你不能上去阻止。”伊萨克说。

即便是约翰想上前阻止，他也不能如此，倘若他上前，他的妻子一定会命丧黄泉。奴隶们挤在一起，完全受艾娜掌控。他们看着领班，看着那两个同他们一样的男人。没有人上前帮助他们，没有人有此胆量。“她现在又在说什么？”

“她在列举他们的罪名。”

约翰看着近在眼前的领班，心里却想着病重的妻子。艾娜站直身体，指向空地里的一棵大树。

“她想把这几个人倒挂在那棵树上。”

约翰知道接下来将出现怎样残暴的画面，他从艾娜脸上看明了一切。“按照她说的做。”

阵阵尖叫撕心裂肺。约翰痛苦万分，他知道自己丧失了灵魂。倘若玛丽昂离他而去，人生将尽失所有欢愉。然而，即便是玛丽昂奇迹生还，约翰的余生也终将是一片黑暗。当三人被倒吊在树上后，艾娜对伊萨克说着什么，可眼神却始终牢牢盯住约翰。

“她说交易还没有完成。”

“伊萨克，上帝啊……”

“还有最后一件事，不过你必须同意。”

“这就是她的交易啊，这就是啊！”

“她说只是一件小事情，根本不算什么。”

约翰用力抓扯自己的头发。他望向夜空，伊萨克说出那句早已在心里组织过千百遍的话。“还有其他选择吗？”在内心深处，约翰早已知晓答案。

“没有选择，我根本没有选择。”

第三十二章

克莱德·亨特喜欢在驾车时摇下车窗。他喜欢空气里的味道——草坪被修剪后的味道，阳光倾洒在路面的味道，他也喜欢车窗外传来的声音——割草机震动的声音，在酷暑下运动的年轻男子激情喊叫的声音。

“呼叫。完毕。”

克莱德打开无线电广播。“收到。请讲。完毕。”

“有一通打给您的电话，对方自称是杰克·克罗斯，他好像很焦虑。”

克莱德转弯，不远处，几个年轻女人站在一家便利店的遮阳棚下争执不休，这家店在过去一年里连续遭遇过两次抢劫。“有多焦虑？”

“据我判断应该是非常非常焦虑。”

“好的，收到。把他的电话转接到我这里。”

一分钟后，克莱德忽然刹车，笨重的巡逻车靠在弯道边，停在平地上。克莱德关上车窗，他根本没有听懂对方在说什么。他只在电话里听到约翰尼的名字，还有一些模糊不清的话语：他死了，我觉得他死了……“孩子，冷静一点，慢慢说。我马上到你那儿去。你冷静一点，深呼吸。我根本听不懂你在说什么。”

“对不起，对不起。我一直在跑。电话服务……那片该死的沼泽……”

通话开始有些不畅。“杰克，你有点语无伦次了。”

“克莱德，你得马上到这儿来……”电流声，噪声。“快，快来……我的妈啊……求求你，快过来。”

“你现在在哪儿？”

“公路边……”

“公路边，明白了。具体位置呢？”

克莱德在一英里外看到了杰克。他从九十迈加速到一百一十迈，快速冲破最后一英里，轻松自如。克莱德手下的方向盘随着车身震动。驶出五十码后，克莱德踩下刹车，任车身惯性滑行完最后十码。杰克站在路边，脸色煞白，面颊上有多处擦伤和瘀青。“你没事吧？来，我看看。”

“没事，我没事。”

“到底发生了什么事？约翰尼在哪儿？”

“我不知道。”

克莱德呼出一口气，原来他竟一直憋着呼吸而不自觉。“你在电话里说有人死了，是怎么回事？”

“我们必须马上去找警察。”

“孩子，你稍微冷静一下。有我在这儿呢，我就是警察啊。”

“你不明白。”杰克弯下腰，大口喘气，热风疯狂窜进他的喉咙。“我们需要很多很多警察。”

不过，克莱德必须先亲自确认。他开车驶向教堂，在口袋里放入一个无线传话机，并迅速取出被锁上的猎枪。“你的车就在那儿，你之前为什么不开车过来，而是一路跑过来？”

“我车钥匙丢了。”

克莱德从卡车里取出一个急救工具包，随后锁上车门。“再跟我讲一遍那个洞穴。”

杰克一边走一边解释，可他所说的话语根本没有丝毫逻辑。他仍旧和在电话里一样不切实际，慌乱不已。克莱德怀疑杰克很有可能是患了脑震荡。“慢慢说，从谁死了开始说起。”克莱德说。

“我不知道，我不认识那个人。你根本没有听我在说什么。”

“深呼吸，孩子……”

杰克完全语无伦次：一个人死了，另一个人也快死了。他喋喋不休着什么瀑布、一头鹿、一个隐藏的洞穴，还有一堆旧装备。克莱德在空地前停下脚步，空地对面便是杰克口中的那座瀑布。“洞穴在哪儿？”杰克指向洞穴的方向，克莱德在洞口处弯下身体。“这洞穴看起来不深。”

“那你可就错了。”

“你说的那女孩呢？”

“她在洞穴里面，下面。洞穴里有一处很低的地方，钻过去就很开阔了。克里就在那儿，和……呃……怎么说呢，和那位哥们儿在一起。”

克莱德注视杰克的脸，随后拿出急救包，塞到杰克怀中。“拿着，跟在我后面。”

克莱德俯下身子，身形高大的他奋力挤入狭小的洞口，手中的猎枪与石壁发出刺耳的刮擦声。往前走了十步之后，昏暗的洞中有什么东西在闪闪发光。“你的车钥匙。”克莱德捡起地上的钥匙，递给身后的杰克。越往里走，空气越潮湿，越厚重。

“杰克？是你吗？”

黑暗中传来一阵年轻女子的声音。“弗里曼特尔女士，我是亨特警官，杰克·克罗斯就在我身后。”

“你们快过来，我觉得他快不行了。”

克莱德继续往前走。大约五十英尺后，前方出现一个滑坡，一名年轻女子站在滑坡底部，她旁边似乎还有一名男子，可这洞中光线太过昏暗，四周的一切都很模糊。“把背包给我。”杰克递过背包，克莱德从包里拿出半打荧光棒。

克莱德拆下塑封包装，将所有荧光棒扔到地面上。

它们掉进一片尸骨的海洋。

在明亮的灯光照射下，所有一切看上去与此前截然不同。灰色的石头，年代久远得几乎完全变黑的尸骨。克莱德看着身穿白色防皱套装的技术人员在乱石间来回走动，设立标记，拍摄照片。

眼前的画面令他震惊。

这个洞穴没有克莱德想象中那么宽敞，却异常深长。地上散乱着许多尸骨和腐烂的衣物，一个旧背包和一只雪地靴凄凉地躺在冰冷的地面上。再往前，有一盏黄铜灯和一把生锈的步枪。眼前的尸骨不计其数，克莱德根本无法判断人体残骸的数量。它们积聚在低地，有些骨头已经碎裂，留下动物啃食的痕迹。

“也许是食腐动物啃食的。可能是野狼或者是其他动物。”汤姆·李也赶来此地。“你觉得这些人体残骸有多少年了？”

“有些残骸的年代很久远了，不过有些还很新。”克莱德指向一处褪色的衣物碎片，“那个看起来像是戈尔特斯的衣物布料，大概是在一九八〇年左右。而那把步枪至少得有一百年了。”

“你觉得这里究竟发生了什么？”

“你的猜想应该跟我一样。那名幸存者怎么样？”

“如果他够幸运的话，应该死不了，不过他现在肯定没办法开口。”

“已经死了的那个呢？”

“死亡时间应该是二十四小时以前，也有可能是四十八小时以前。你看见他的脸了吗？”

汤姆·李看过。克莱德瞥向汤姆·李，他身材消瘦，嘴形偏窄，神情警惕。汤姆·李佝偻着身体，看上去异常扭曲。克莱德下意识地预料到接下来将发生的事情。

“我必须跟他谈谈，克莱德。”

“约翰尼跟这一切没有任何关系。”

“这一点我们都不清楚，需要经过调查。”

克莱德指向地面上年代久远的尸骨和老旧的装备。“这当中有些可是出现在一百年前。”

“有些的确是，但并不是所有都是。”

克莱德转头看向洞穴外的世界。太阳快要落山了，许多人在空地上四处走动。“你需要找些专业的帮手过来，法医专家，病理学专家，还有法医牙医。”

“还有州警局和联邦调查局，我知道该怎么做。”

“还是没有警长的消息吗？”

“他会出现的。”

克莱德捡起一块石头，在手中上下抛掷。“你不会让我插手这件事，对不对？”

“警长也许会和我有不同的意见，不过在他出现之前，你都不可以插手。”

警长的意见是个未知数。他不喜欢克莱德，不过却对他有所尊重，这一点汤姆·李也清楚。然而，警长厌恶约翰尼，这也不是什么秘密。“走吧，我们出去呼吸点新鲜空气。”

洞穴外，十几辆车杂乱无章地停在空地上，挡泥板上裹满稀泥，搁物架上摆满沉重的容器。大家暂时还未感到惊惶，不过这种趋势在人群里悄悄攒动。约翰尼自童年以来就一直是难以预料的隐患，但是如今，即便对于手段更强硬的警察而言，当下的情况也与以往有所不同。威廉·博伊德的死讯刚传出没多久，他的死因尚不清楚，外面流言四起。如今又发现了这个洞穴，洞穴里有如此多年代久远的人体残骸，还有一具刚刚死亡的受害者尸体。

一名警察在空地对面叫喊，示意汤姆·李前去。“待在这儿别走。”汤姆·李对克莱德说。

“好的，没问题。”

克莱德看着汤姆·李走向空地对面，他忍不住望向躺在夕阳中的尸体袋。短暂思考后，克莱德穿过空地，打开尸体袋的拉链。没有人阻止他，也没有人说一句话。克莱德蹲下身子，掀开黑胶塑料，看向尸体。一股恶臭扑面而来，不过克莱德早已习惯了死尸的味道。死者的脸上血肉模糊，克莱德凑近身子，仔细观察尸体。死者的五官完全变形，嘴唇和舌头极度扭曲。整张脸肿胀不堪且面色乌黑。从未有人见过如此不同寻常的尸体。没人知道应作何感想。

“克莱德，你在干什么？”汤姆·李在空地对面大声叫喊，四周的工作人员纷纷停下手中的工作，驻足张望。“谁允许你碰那具尸体了？走开！”

克莱德蹲在原地。他还有几秒钟时间。

“克莱德！”

克莱德解下死者的衬衫纽扣，此刻，他终于明白为何死者看来如此熟悉。“上帝啊。”克莱德盯着死者沾满稀泥的皮肤和他身上的伤疤，最后一次看向死者的脸，随后缓慢站起身来。

“克莱德，你是怎么想的？”汤姆·李走到克莱德身边，“你的继子是涉案人，你不可以碰死者尸体。走吧，你知道规矩是什么。”

汤姆·李弯腰拉上尸体袋的拉链，克莱德却伸手阻拦。“你在二〇〇七年就已经是威拉德警长的下属了，对不对？”

“所以呢？”

“那一年的六月，他被捅了四刀。”

“没错，是住在河边的一个瘾君子干的，我记得这件事。”

“对不起，汤姆。”克莱德重新解开死者的衬衫，右髋骨上方四道六英寸深的伤口清晰可见。

“这不代表……或许不……”

“我当时和他一起坐在医院，是我实施的逮捕行动。”克莱德说。

五分钟过去了。汤姆·李仍旧和手下几名顶尖警员簇拥在一起，克莱德同杰克和克里一起站在树下，看着几人在不远处窃窃私语。

“发生什么事了？”杰克问。

“我觉得局面马上会变得很难看。”

“什么意思？”

克莱德没有回答。汤姆·李正拿着无线对讲机与某人通话，他的脸先是一阵煞白，随即转为勃然大怒后的面红耳赤。汤姆·李气冲冲地穿过空地，克莱德坦然面对。“你认识韦伦·卡特这个人吗？”

“我应该认识吗？”克莱德问道。

“这个韦伦·卡特说威拉德是和一个名叫吉米·雷·希尔的男人一起来的，而他们来这儿只有一个目的。你想猜一下是什么吗？”克莱德默不作声，汤姆·李的眼神从他身上移向一边的杰克。汤姆神情悲痛，脸上的怒火难以掩饰。“克罗斯先生，你的朋友在哪儿？”

“我……呃……什么？”

“小子，别跟我耍花样。约翰尼·梅里蒙到底在哪儿？”

第三十三章

约翰尼从梦中惊醒，仿如流离在浩瀚海洋中被人遗忘的生物。头顶上，晚霞满天，身下是丛林的倒影，与以往同样的倒影。他感觉到丛林远处的警察，也感觉到过去那些被悬挂在树上的人。约翰尼的思绪在梦境与现实中徘徊，他睡意昏沉，那个地方没有静谧与祥和。梦境里，人们在他身后死去。现实中，杰克就在丛林里，心惊胆战。约翰尼差点从吊床上爬起，可最终却选择了沉溺过去。他对杰克无可相告，就连对他自己亦是如此。约翰尼再次沉入黑暗，因为被人遗忘的生物总是如此。

它们投降。

它们远去。

约翰·梅里蒙跪在地上，口中满是呕吐物。他不忍再看，不忍再听到那些痛彻心扉的尖叫。伊萨克在他身旁蹲下。“那个女孩说你必须看。”

“不，我不想看……”

“她说如果你想让你妻子活命的话，就必须看。”

约翰为了玛丽昂甘愿忍受一切，可他却将目光从女孩身上移开，看向她手中的那把刀，他专注于刀片的挥舞，而不是它割下的血肉。艾娜这样做是有目的的，她是在向人群示威，显示她的力量。约翰在熊熊燃烧的火光里看到了这股强大的力量。白人领班浑身上下鲜血淋漓，两名黑人奴隶同样难逃死劫。同样是鲜红的血液，同样是撕心裂肺的尖叫。

“我的上帝啊！饶过我吧。”

“这里的上帝已经死了。”那是只有伊萨克能听见的窃窃私语。

这也是艾娜的目的——抹杀所谓神明、期许和成规。她在宣示对默木野，甚至是对生活在这片土地上的人们的主权。人群里开始涌现出追随者，他们目光灼热，随着刀起刀落不停点头。人群排列成一条直线，有人低头看向地面，胆小怯懦，而有人则静静欣赏这一刻。

被惩罚的罪人并没有马上死去，长时间的折磨，长时间的疼痛。当一切终于结束时，艾娜把刀插进树干，一把扯掉身上的破布衣物。她赤身裸体地站在聚集的奴隶前，他们弯腰鞠躬。约翰从未见过此般场景，众人聚集，却悄无声息。艾娜开口说着自己的语言，她声音柔和，却足以响彻四周。

“他们能听懂她在说什么吗？”约翰问。

“有些能听懂。”

“她在说什么？”

“她说这片土地现在归她所有了，那些愿意跟随她，而且足够强大的人可以跟她一起在这里生活。”

“告诉她，我们的交易还没有完成呢。”

伊萨克在向艾娜传达完约翰的意思后，她露出微笑。“她让你把你的外套给她。”约翰穿着深绿色的外套，镀金纽扣，天鹅绒衣领。他简单整理后，将外套递给艾娜。

艾娜穿起外套，犹如身着加冕礼服。

所有人列队返回，拥挤的人群在屋外徘徊。他们站在门廊，人山人海，人群里的仇恨和敌意一路追随着约翰的身影。他们已尝过鲜血的味道，如今，有些人远远不满足于此，他们渴望得到更多。

“现在该轮到你履行承诺了，治好我的妻子。”

艾娜倾斜脑袋，约翰退让到一边。他想要无视艾娜脸上深不可测的微笑，他早已不在乎了，不在乎她沾满鲜血的双手，不在乎他所目睹的一切，也不在乎他已然出卖的灵魂。艾娜不慌不忙，她慢慢围着房间转圈，走到伊萨克面前，一只手掌搭上他的胸口，在他耳边窃窃私语。“她知道口说无凭，只有白纸黑字才有效力。”

“那好吧，去把律师叫进来。”

律师走到房间，满脸的不可置信。“我的天啊，你真的这么做了？你竟然让一个奴隶杀死了一个白人。”

“我别无选择。”

“你会为此付出代价的，你很清楚。”

“我肯定会付出代价的。文件你准备好了吗？”

“我现在倒是希望我没有准备好。”

“我们越快搞定，你就可以越快离开。”

“那好，”律师打开公文包，“我需要知道各位依法登记的姓名以及其他一些法定的事项。从来没有哪个女人名下拥有过这么大一片土地，更别说是奴隶了。这件事一定会在社会上引起很大的反响……”

“我不在乎这些。要多久才可以弄完？”

“很快。”

之后，律师和约翰一起讨论了一些细节，随后约翰将律师押送到书房，并警告道：“如果你没有经过我的允许就擅自离开的话，我会拼了命地把你抓回来，然后亲手杀了你。伊萨克，把他带到书房去。”

伊萨克抓起律师的手臂，带着他进入书房。当他回到卧室时，约翰指着床，说道：“治好她。”约翰对艾娜说。

艾娜无动于衷。

“赶快治好她，不然我也会杀了你，我会杀了这里所有人。”

枪支别在约翰的皮带里，他的神情异常严肃。倘若他的妻子无法活命，他将随她而去。这也许是一种更好的结局。

永生永世，不弃不离。

逃离这一切羞耻。

“快点。”

艾娜耸耸肩，伸出一根手指，放到玛丽昂的脸颊上。一瞬间，空气里回荡起嗡嗡声，随后，玛丽昂睁开双眼，她开口说话，仿佛一直没有睡去。“孩子要生了。约翰，我感觉到了孩子……”

约翰踉踉跄跄地冲到床前，可就在这时，艾娜抬起手指，玛丽昂再次不省人事。她的灵魂，那对约翰而言至关重要的唯一，再一次荡然无存。

“让她醒过来！”

“我还有最后一个条件。”

艾娜的英语混乱不清，但约翰完全明白她的意思。“你想要什么条件我都答应你。”

艾娜说出自己的语言，声音短促且高昂，伊萨克迟疑不决，最终说道：“她想要一个女儿。”

“女儿，可以，没问题。她想要什么都可以。”

“所以她需要一个男人。”

“什么……”

然而，艾娜意图明显。她将手掌伸进伊萨克的双腿间，当她开口时，脸上是与此前一样得意的微笑。

“她说我可以跟她生很多女儿，她们会健康成长，而且会变得很强大。”

“伊萨克，这……”

“她说你必须把我给她，不然你的妻子就只有死路一条。”

第三十四章

杰克花了好一阵工夫，汤姆·李才终于同意让他一个人安静一会儿，这仅仅是因为有克莱德在一旁相助。“不要烦他了，行吗！他什么都不知道！”克莱德气得大声吼叫，可汤姆·李根本不买账。在他身后，所有工作人员聚集在一起，看着三人的争吵，眼神里满是憎恶。他们认为杰克知道内情，或许他也牵涉其中。“我说了让你他妈的别烦杰克，我可不是在跟你开玩笑。是他把你们搅和进来的，不然我们今天也根本不会站在这里。”

克莱德的话不无道理，可此刻的汤姆·李早已被怒火吞噬，痛失老友和遭遇背叛的悲痛难以克制。

“躺在尸体袋里的人可是威拉德·克莱恩，”汤姆·李说，“你知道我跟随他多少年了吗？你知道他对我，对我们警局所有人来说有多重要吗？”

“我什么都不知道，如果我知道，我肯定会告诉你的。”杰克说。

“狗屁。你和那个叫梅里蒙的小子永远是一伙的，你以为我那么傻吗？你以为我会不记得？还有你！”李指着克莱德的鼻子，气冲冲地说道，“别在这儿假装公正无私的好人。”

“没有人在假装，”克莱德举起双手，示弱道，“你现在需要冷静一下。这件事不是死了一个警长那么简单，你自己也很清楚。”

“我只知道我想抓到你儿子。”

“我不知道他在哪儿。”杰克插话说。

“你知道他住哪儿吗？”杰克眼神躲闪。“克莱德，我警告你，要么帮我这一次，要么我亲手毁了你，我对天发誓。”

“你自己也说了，我在这里没有办案权限。你应该打电话找联邦调查局和州警局。”

汤姆·李暂时还不愿把州警局和联邦调查局牵扯进来。此时，太阳已经落山，况且，躺在汤姆·李脚下尸体袋中的可是警长威拉德。不过，在杰克看来，克莱德提醒汤姆·李注意他人耳目的做法很是明智。

汤姆·李凑到克莱德眼前，两人之间似乎仍有丝缕联系。“如果今天躺在这里的是你的人呢？如果是你的朋友呢？你的上司呢？”

“我会做好我的本职工作，我会把眼光放长远一点，顾全大局。”

克莱德和汤姆·李彼此对视，然而，没人相信汤姆·李会选择顾全大局。也许他需要冷静一天，也许明天他就会给联邦调查局和州警局打电话。汤姆·李转过身去，克莱德盯着他的背影看了一会儿，紧接着，他把杰克和克里叫到身边。“你们两个知道约翰尼在哪儿吗？”

“我们之前去过他的小木屋，他不在那里。”杰克回答道。

“你们必须马上找到他，告诉他现在的情况，让他自己躲起来，不要现身，等到州警赶到现场，或者是等这些人冷静下来再说。”

“什么？你的意思是现在吗？大晚上的去找约翰尼？”

“我经历过这种情况，我知道当死者是警察的时候会发生什么事情。他们会报仇，会变成暴徒。眼下就是这种情况。”克莱德从车后座一个打开的箱子里拿出手电筒。“赶快带着手电筒去小木屋。他们今晚不会找到那儿去，天马上就黑了，他们不认得路。一定要找到约翰尼，把他带出默木野。你的手机还有电吗？”杰克点点头。“那就好。随时注意手机。杰克，看着我，还有二十分钟就要天黑了，你知道小木屋的位置，约翰尼肯定会回去，你必须在他回去之前赶到那里。”杰克虽表面点头答应，内心却怀疑自己能否在约翰尼回去之前赶到小木屋。克莱德转身面对克里，“你跟这件事情无关。我可以打电话叫人送你回去。”

“我和杰克一起去。”

“好吧，你自己决定。”克莱德搭上杰克的肩膀，用力抓紧，说道，“你先站在这儿别动。听到喊叫声时就溜进树丛里去。”

“喊叫声？”

杰克疑惑地问，表情麻木，可此刻的克莱德已经转身走开。他绕过警员，蹲到尸体旁，再一次打开尸体袋。

此后，喊叫声迅速响起。

克里和杰克钻进树丛，朝小木屋的方向走去。然而，即便是与小木屋远隔五十英尺之遥，杰克也很清楚约翰尼根本不在屋中。两人走进小木屋，空空荡荡，杰克叫喊约翰尼的名字，无人应答，四周的死寂愈加沉重。“约翰尼还有没有可能在其他什么地方？”

杰克知道约翰尼经常爬到一棵树上睡觉，那棵树就在北边的一处山顶，可即便是在白天，也是寸步难行。“你害怕吗？”杰克转身问身后的克里。

“我们两个刚刚才找到一堆尸体，现在就不见踪影了，警察肯定会找我们，即使现在不找，之后也会找，这是迟早的事情。”

“除了这个以外呢？那个……”

杰克指的是周围的死寂，不同寻常的死寂。克里伸手抱住自己，以往那几年的恐惧袭上心头。“我小时候是在这里长大的，那时的日子很特别，好像可以就这样一直到永远，每天看到的都是阳光和这些大树，人们在一起为生活辛苦劳作，种菜，钓鱼。大家忙碌的时候哼唱小曲，有说有笑。可是，当太阳快要落山时，这一切的和谐就变了，每个人都加快动作，躲在树下四处张望。每当太阳落山的时候，我都待在屋里，长辈们从不允许我在日落之后出门。看大家谈论这件事时候的样子，好像是有什么特别可怕的东西，像是什么有形的，或者是活生生的东西。很少有人敢在天黑之后出门。”

“你知道是为什么吗？”

克里思索着，没有回答。事实是，只有那些老人们可以在夜里自由行走，之后，便只有两三个人结伴一起才行。“我只知道每当太阳落山的时候，大家都会变得精神紧张。他们草草做完工作，然后死死地锁上房门。”

“真是玄乎。”

“我们要进屋吗？”

“要啊，当然要。”

杰克在小木屋里四处摸索。他找到一盒火柴，点燃蜡烛。克里紧随其后进入屋内，抬眼扫视屋内的壁炉、床和那些摆放在书架上的书籍。“这就是他住的地方？”

“算是吧。”杰克一一打开橱柜门，“我们生火做点东西吃，之后再决定下一步该怎么办。我去弄点木头来。”

杰克走到屋外，克里坐到床的边缘。这里就是他住的地方，是梅里蒙家族男性生活的地方。克里拿出小刀，对着烛光，她触碰刀沿，眼睁睁看着自己大拇指上出现一条伤口。一滴血掉落地面，一种奇怪的情绪在她胸腔内汹涌。克里扬起头，倾听屋外的声响。杰克正在往怀中堆积木头，微风在丛林间穿梭，一只夜鹰发出尖锐的叫声，克里仿佛看见它绕圈飞行，长长的翅膀上长有白斑。

她怎么知道？

她早在孩提时代就已离开沼泽，且从未关注过任何鸟类。可如今，她竟知道夜鹰习惯在光秃的地面上产卵，也知道它们在夏季飞往此地繁衍，在冬季时节又成群飞离。克里伸手触碰约翰尼每日安睡的这张床，头脑里充斥着一股莫名的挤压感，仿佛有什么东西想要钻进她的脑海。她想一把火烧掉这个地方，想将它洗劫一空，只留下空荡的土地。

为何？为何她会有这样的想法？

克里头痛欲裂，满头大汗。她伸手按住太阳穴，猛烈摇头，刹那间，什么东西冲破脑海。

她是艾娜。

她是克里。

“够了！”克里疯狂叫喊。此刻，小木屋外的空地消失不见，丛林外的城市霓虹也无影无踪。她的脸开始变得宽大，伤疤累累。内心被怒火填满。

“弗里曼特尔女士。”

太多记忆。

太多憎恨。

“走开。”

“弗里曼特尔女士，你没事吧？”

“别烦我，求你，别烦我。”

克里站立在床边，却丝毫不记得自己究竟何时起身。杰克站在门口，手中的木头哗啦啦散落一地。

“坐下来，来，坐下。”

克里没有挣扎，她头晕目眩，脑海里思绪翻滚。“来，坐到这张椅子上。”克里坐下，双手蒙住脸颊。“深呼吸，你没事的。”杰克的手搭在克里后背上，那么温暖，然而，克里的思绪竟是那么可怕。

她想要伤害约翰尼·梅里蒙。

她想要听到他哀痛欲绝的尖叫。

克里和杰克离开小木屋，这是一个没有月光的夜晚。由于只有一把手电筒，每一步都是一分危险，所以克里紧紧跟在杰克身后。他对克里关怀备至。

“看着脚下，小心一点。”

两人走到高地，克里内心挣扎万分。自始至终，她想要的只是生活的目的，只是除了那扇铁门所带来的安全感以外的生活欲望，而此刻，所有这些统统化为泡影。克里看着脚下，头脑里的挤压感令她痛苦难耐。一步，两步。克里眨眨眼，眼前浮现的竟是一条由血水汇成的大河。

“我们一定会找到约翰尼的，”杰克开口，“我们会找到他，也会知道这件事背后的真相。”

杰克也在和自己的恐惧苦苦斗争，然而，克里早已知晓，这些恶魔并非那么容易投降。它们总是能找到你内心的那些黑暗角落，总是能说出那些让你软弱的话语。此刻，克里头脑里的恶魔亦是如此。它在说着艾娜比她更强大，艾娜就活在她的身体里。

“你还好吗？”

“我没事。”克里撒谎了，可却连她自己都不相信自己，甚至不了解自己。杰克和克里爬上那棵大树所在的山丘，眼前出现一棵高耸的橡树。橡树的树枝尤为巨大，树干和克里想象中一般粗壮，甚至比那棵悬挂死人的大树更为粗壮。克里伸手触摸树干，脑海里只有一句话。

在艾娜还活着的时候，这棵树就已经存在。

这又是一棵在黑夜里疯狂延伸的大树。

“约翰尼！”

杰克举起手电筒，照亮树枝，克里看见树顶处有一团黑影。“那是他吗？”

“应该有一个吊床才对。”

在克里看来，这就是他们要找的那棵树，弯曲的树干高耸入云。杰克再次叫喊约翰尼的名字，但克里原本以为的吊床上没有任何动静。“我上去看看。”克里说。

“你确定吗？”

克里爬上树枝，努力克制内心的冲动。她不想伤害他，不想置他于死地。

“小心一点，一定要注意安全。”

这时，克里距离地面已经有一段距离了，杰克的手电筒光在树枝间闪烁，克里继续向上攀爬。当树干开始分杈时，克里爬上最粗壮的那根树枝。最后，终于在树干顶端的最后一根分枝上找到一张吊床，一个男人躺在吊床里。夜色遮住男人的脸，不过克里认得他的脸颊，也认得他下巴的弧度。男子翻着白眼，在睡梦中呜咽。

“他在这儿。”

“他没事儿吧？”

克里没有回答。约翰尼在距离克里一百英尺以上的地方，孤立无援。

“弗里曼特尔女士？”

杰克叫喊出声，克里这才有所反应。“嘿。”她试图叫醒约翰尼，可嘴里吐出的声音却远比她想象的轻柔。“约翰尼。”克里轻声喊着，但这并不是正确的名字。她听到“约翰”两个字，那个声音在她头脑里盘旋。她迷离了一会儿，而当她回过神来时，手中的小刀已经逼近约翰尼的喉咙。

动手！

这并不是一个声音，而是一阵回响。克里将刀沿贴近约翰尼的皮肤，内心的需求如此浓烈，那是一种难以抑制的渴求。她看见他在河边，骑在马背上。倘若他睁开双眼，眼里将会出现一模一样的阴影——如此深的棕褐色，黑暗，阴沉。

为了我们，动手吧……

克里扬起小刀，刀沿闪闪发光，那是致人于死地的刀尖。月亮逐渐爬上天空，那一瞬间，克里已准备好在明月下划破他的喉咙。约翰尼近在咫尺，克里内心涌起同样的热切渴望。随后，她看向约翰尼向上翻起的双眼，终于明白了那令人生畏的真相。这根本不是一场梦，她脑海里的那阵回响是真的。

那是一种触感。

是一股难以抗拒的力量。

第三十五章

太阳升起，二十分钟后多架直升机划过默木野的上空。克莱德早已听到直升机从远处传来的声响。直升机逐渐靠近时是一阵低沉的嗡嗡声，而当它们在头顶上怒喝时，则是刺耳的咔嗒声和嘎嘎声。克莱德下车，睡眼蒙眬，他揉搓双眼，看着这些直升机在头顶上盘旋、聚集。其中一架是警局的，机身上有克莱德再熟悉不过的特殊标记。其他的都很陌生，或许是州警部门的，也或许是某个出差商人的。

克莱德掏出手机，找寻杰克的电话号码。直升机在古老的村子上空聚集，随即分散开去。克莱德拨通杰克的电话。这时，一架直升机朝北方飞去，另一架冲向西北方向。克莱德屏住呼吸，屏幕上的号码正在连接，手机始终没有信号。

“妈的。”

克莱德把手机塞进口袋。他几乎一夜未眠，一直在试着与杰克或者约翰尼取得联系，也一直在安抚妻子的情绪。凯瑟琳对这件事毫不知情，但执法向来是一件无法遮掩的事情，她也从旁人的窃窃私语中听说默木野发生了极其不好的事情。克莱德安慰妻子凯瑟琳说：“亲爱的，请你相信我，没那么严重。”然而，这样的信任还能持续多久呢？一个小时吗？也许连一小时都难以撑过吧，毕竟死者可是警长。况且，案发地点是在约翰尼的土地上。这便是约翰尼的名声所带来的困扰。人们都知道他的名字，对他的迷恋记忆犹新。

克莱德思考着是否该继续尝试给杰克或者约翰尼打电话。距离最近的有信号的地点在四英里以外，这意味着克莱德必须穿过一英里的泥土路，再经过一条三英里的小径。全程大约需要十分钟，也许是十二分钟。

“儿子，你到底在哪儿啊？”

这句话脱口而出，克莱德感到绝望。一夜之间，警局被围得水泄不通，在岗的，没在岗的，统统赶往警局。克莱德细数眼前已经退休的警察的数量，天黑之后，什么都看不清，什么都数不清了。他们在废弃的教堂里搭设了主指挥中心，同时看守住洞穴。一整晚，所有人都在手电筒光和探照灯灯光之间徘徊。

唯独没有火把。

克莱德顾不得腹中饥饿，他在空地上四处走动，试图打探消息，任何消息都可以。大多数工作人员态度坚决，不过显而易见的是，没有一个人相信克莱德。哪怕是那些与他相识二十年以上，甚至更长时间的老友。大家只是冲他点头，或许他们根本没有点头，或许那只是克莱德的错觉罢了。“你们目前有什么发现吗？”“你们现在在哪里寻找线索？”“知道死因了吗？”没有一个人回答克莱德的问题。唯一至关重要的只有警长威拉德的死讯和约翰尼牵涉其中的可能。

他们两人之间曾有过过节。

威拉德又是在约翰尼的地盘丧命。

除此之外，不可忽视的还有威拉德在雷文县尽心尽力的那些年。威拉德·克莱恩身居雷文县警长一职已有四十年之久。镇上的人们熟悉他，爱戴他，亏欠他。通常而言，这并非一件坏事，可今天不同。今天，每每克莱德踏上那条通往洞穴的小径，总会有警察上前阻止。“抱歉，警探，你不能过去。”

然而，他们脸上并无歉意。两个男人牢牢挡在克莱德面前，小心提防他暴力闯入，克莱德从他们紧缩的肩膀看到了紧张与不安。“州警局来人了吗？”

“我们不能跟你说话，也不能让你过去，这是上级的命令。”

“联邦调查局呢？那些专家呢？他们来了吗？现在有外人介入吗？”

“只有你。”

克莱德在心里默数四声，心情平静后，转身往回走去。他坐进车内，看着一大群人走下卡车，他们个个身材高大，帽檐低垂，浩浩荡荡走进空地，在教堂边停下。一行人跨过潮湿的草地，身上的伤疤显露在眼前。他们都是户外能手，手上的步枪经过长年使用，表面已经被磨得光亮。克莱德认得这群人中的一个，那是他多年前在一场残疾军人募捐会上认识的。这个人体形庞大，稳稳站立在地面，打起架来丝毫不输他人。

“蒂米·比奇。”克莱德叫喊人群中的蒂米，把他拉到教堂台阶边一处没人的空地。“你们在这儿做什么？”

“我们在追踪嫌犯。”

“是警局的人叫你们来的？”

“他们光靠自己根本没办法搞定这件案子。”

“你可向来都不是执法人员的朋友，我打赌你们这群人应该都不是吧。”

“你说的没错。我们这么做是为了吉米·雷·希尔。”

“吉米·雷怎么了？”

“他就是那个幸存者，这些警察没有跟你说吗？”

“他们根本没有提，天啊。”克莱德转身，努力平复心情。他认识吉米·雷，虽然两人没有特别多交情，但也算得上是以朋友相称。“这不是约翰尼干的……”

“别再继续说了，克莱德。你看到那边那个哥们儿了吗？那个拿着温彻斯特步枪的大块头？那是吉米·雷的弟弟。他旁边那个年轻小伙子，就是那个头发浓密的瘦高个，他是吉米·雷的女婿。当然了，我跟你说这些只是因为我弟弟到现在都还在说你当年筹集到的那笔钱帮他解决了高昂的医疗费用，还帮他安上了新的义肢。他说是你改变了他的生活，不然的话，他可能会选择自杀。你可以把我现在跟你的这场对话当作我对你的一种回报。”

“你不能带着武器进教堂。即使是警局的人进去也不会带武器。”

“我觉得现在的情况应该是我们双方都保持沉默，你不问，我不说。”

克莱德抓抓头发。他很清楚这件事的危险性。“蒂米，你的朋友还活着。我知道你很愤怒，我也知道你很渴望抓到凶手，不过你要先冷静冷静，避免不必要的流血事件。”

“吉米·雷有一条腿完全被扯断了，另一条也只剩下一半。他的背部脊椎全部断裂。”

“这件事不是我儿子干的。”

“如果换作我是你，我可能也会这么想，可是事实摆在眼前啊，所有人都知道吉米·雷和警长威拉德到这儿是来找你儿子的，这是他们唯一的目的。我猜他们应该找到他了。”

“蒂米……”

“抱歉了，克莱德，无论如何，我都要查明这件事的真相。”

说罢，蒂米转身走开了。他和一同前来的那些人简单说了些什么，随后踏上台阶，走进教堂去了。

大事不妙。

克莱德感觉到了。

克莱德钻进车内，发动引擎，开往四英里以外的地方寻找手机信号接收站。他此前已经去过那里两次，那是一处沙丘，可以眺望远处的城市景观。他先后拨通约翰尼和杰克的电话号码，通话直接转接到了语音信箱。克莱德在留言里冷静且清晰地解释了目前的情况，并给二人发送了同样的短信内容：

如果你们还在沼泽，就赶快离开。

如果你们已经离开沼泽了，就暂时不要进来。

之后，克莱德做了一件他从未做过的事。

他拨通了记者的电话。

很多记者。

第三十六章

约翰尼从一种意识进入到另一种意识，仿佛被扔进了墙壁里的黑洞。艾娜在火光中咧嘴笑着，突然，她出现在他的身体上方，不过，脸上的那些伤疤却消失不见。还是同样的深邃眼眸，却是不同的嘴唇。她身后是清晨晴朗的天空。

“我这是在哪儿？”

她移开目光，对着下面的某人叫喊道：“他醒了。”

约翰尼试着坐直身体，却被缠在身上的皮带一把拉回吊床里。“怎么……”

“你一整晚都在乱动，我怕你会摔下去。”

“我快要吐了。”

“那就吐吧，吐出来就好了。”

“你是克里，对吧？”

“别用这种语气跟我说话，我和你可不是朋友。”

克里迅速蹿下树枝，约翰尼努力整理着思绪。这是他的吊床，是他睡觉的那棵橡树。

这意味着艾娜早已不复存在。

玛丽昂也随风远去。

约翰尼的胃里再一次翻江倒海。他伸手摸摸自己的脸和身下的大树。“杰克！你在这儿吗？”

“我在这儿！”

他当然在这儿。

他可是杰克。

老知己杰克。

约翰尼躺在吊床上，一动不动，脑海里不断回放梦境中的片段。

伊萨克……

约翰尼蜷缩身体，包裹内心突如其来的痛楚，是伊萨克。伊萨克抚养约翰长大，一直以来，始终在他身边默默支持。约翰尼看见伊萨克站在卧室门前的波斯地毯上，看见艾娜玩弄伊萨克时的眼神，转而看见伊萨克的脸，那张写满理解的脸。卧室里，翻云覆雨。

“伊萨克……”

约翰说不出话。

“没关系的……”

“不……”

“为了你的妻子，”伊萨克说，“为了孩子的母亲，也为了你……”

约翰·梅里蒙哭了，为伊萨克的善良，也为他的牺牲。

“嘿，你到底要不要下来？”

约翰尼很清楚等待他的是一场不小的麻烦。他感觉到杰克的担忧，感觉到默木野的响动，四处走动的警察，还有空气里充斥着的愤怒。他忽略这一切，再次回忆那段未曾拥有过的人生。维丁曾警告过他这些梦境的危险。“生活会逐渐淡化，直到消失。当下的生活，你的生活。”维丁这样说过。

“约翰尼，快下来。我想赶快离开这儿。”

“马上下来。杰克，提好你的裤子，不要让它掉了。”

约翰尼解下身上的皮带，爬下橡树。克里和杰克站在树下，两人灰头土脸，神情警觉。“还给你，谢了啊。”约翰尼将皮带递给杰克。

“你没事吧？你在流血。”

“什么？”

杰克指向约翰尼的伤口。约翰尼伸手摸摸喉咙，手指上沾满鲜血。

“只是刮伤而已，没什么大碍。”克里说。

然而，约翰尼很清楚，克里在撒谎。他喉咙上的那条伤口又直又深。“这是怎么回事？”

“我说了，只是小小的刮伤而已。”

“杰克，出什么事了？”

“哎，你听我说……”

杰克像律师一样陈述案件的事实情况，简短且清晰：洞穴，警察，尸体。约翰尼照单全收。他忽略掉内心的疑惑，忽略掉如此多在这片他挚爱的土地上丧命的人，转头凝视着克里问道：“那你呢？你在这儿干什么？你为什么会关心这件事？”

“我没必要告诉你，你并不是这里唯一一个有疑虑的人。”

约翰尼在听到故事一半的时候就已经对克里心生疑虑。克里的眼神不掺杂丝毫感情色彩，却掩盖不住其背后的厌恶与猜疑。约翰尼的感知力如此根深蒂固，如动物一般精准。她像极了艾娜的模样，身上流淌着艾娜的血液。约翰尼的背部一阵刺痛。“你刚才为什么会在树上？”约翰尼问。

“总得有人看着你吧。”

约翰尼触摸喉咙上那条伤口，问道：“今天是几号？”

“你是在跟我瞎扯，是吧？”

约翰尼并非瞎扯。他有可能已经在吊床上昏睡了整整两天，甚至更久。此时的他全身疼痛，饥渴难耐。“让我好好想想。”

说罢，约翰尼转过身去，他需要时间思考。警察们在默木野里四处搜寻，警长威拉德·克莱恩死了，克里似乎知道些什么，至少是有所感觉。“你刚才说他们在那个洞穴里找到了一名幸存者？”

“他现在应该在重症监护室里躺着呢。”

约翰尼眺望沼泽。他想让生活回归正轨，想回到自己的家。这时，杰克开口了。

“我们必须马上离开。马上。”

“去哪儿？”约翰尼问。

“去一个他们找不到你的地方。”

“我又没有做错什么，这里是我的家，我哪儿都不去。”

“兄弟，我是你的朋友，也是你的律师，相信我，在事情解决之前，你千万不要去自投罗网。”

约翰尼不想争辩。他需要填饱肚子，需要好好思考这场梦境和突然出现在沼泽里的克里，思考这一切究竟意味着什么。

“好吧，听你的。我知道一个地方。”约翰尼说。

天色尚早，里昂的酒吧里空无一人，不过里昂已经到达酒吧。三人穿过河流上方的桥梁，约翰尼远远看见了里昂的身影。里昂站在杂乱的酒吧外，在身后的大锅中烹饪早餐。约翰尼认出他倾斜的脑袋和宽厚的肩膀。早在里昂转身之前，约翰尼已有心理准备。

他看上去像极了伊萨克：同样的宽脸，同样深邃的眼睛，同样的沉着，同样的轻松笑容。约翰尼看见那抹笑容悄悄爬上里昂的嘴角，却又转瞬消失。里昂看着杰克和克里，盖上锅盖，在一旁的围裙上擦拭双手。“这是什么情况？”

“早上好啊，里昂。”

“约翰尼。”里昂的眼神扫过杰克，定格在一旁的克里身上。“女士你好。”

“你的胸口没事了？”

克里语气平静地问，里昂没有露出往日的微笑。

“你们两个人认识？”约翰尼问。

“我们之前见过。”克里答。此后，气氛开始有些尴尬，克里一言不发，里昂则完全不敢看她的眼睛。

“你们几个要吃点早餐吗？”

“给我们来点吧。”

“随便找位置坐下吧，我马上给你们把早餐端过来。”

约翰尼带着杰克和克里进入酒吧内，在一处可以看见小桥的位置坐下。“你是怎么认识里昂的？”

“你又不是不了解这个地方，大家有来有往，所有事情彼此都有联系。”

“你没有回答我的问题。”

“难道我欠你一个回答吗？真的吗？我欠你们家的？”

克里的怒火那么明显，约翰尼无须任何特殊感知力也能读懂她话中的深意。

这整片地都是归你的家族所有。

生活在这里的所有人都是你们家的奴隶。

约翰尼和克里仅仅有过一面之缘，从未曾聊起过这个话题，不过约翰尼似乎对克里的想法心知肚明。“你认识一个叫维丁的人吗？”克里看向别处，下巴扭曲。约翰尼凑上前，继续追问，“那艾娜呢？”

“艾娜？”克里语气尖锐，“你居然跟我提艾娜？就凭你？”

“没错，就凭我。”

克里顺手拿起桌上的一把小刀。“别在这儿跟我啰唆，安安静静地点你的早餐。点好你的鸡蛋和白色吐司，别假装你很了解我。”

然而，约翰尼也许的确对克里有所了解。

“我马上给克莱德打个电话。杰克，把你的手机给我一下。”

“这里没有信号。”

“那我出去透透气。”

约翰尼走向酒吧外的门廊。他避开酒吧窗户的视野，屈膝蹲到地上，任由思绪放纵。约翰尼一下子承受了太多：那场梦境，醒来的过程，在默木野发现的尸体，他对克里的奇怪感觉。

她想杀了他。

他也同样想置她于死地。

即便是隔着墙壁，约翰尼的内心依然无法平息。认知。情感。艾娜和约翰·梅里蒙，他的思绪乱作一团。

“我要疯了。”

约翰尼的双手蒙在脸颊上，粗糙却真实。还有什么是真实的呢？还有什么是疯狂的呢？

约翰尼身后的纱门开了，里昂走了出来，手中拿着一杯咖啡。“喝点咖啡吧，你看起来很疲累。”他递过咖啡杯，大拇指钩住纱门，“我做了培根和鸡蛋，你想吃什么？”

“再给我加点馅饼和燕麦片。”

“你那么饿啊？”里昂微笑着问道。

约翰尼没有回赠微笑。阳光洒在里昂脸上，此刻，他看上去与伊萨克没有那么相像了。里昂的身形和伊萨克一样，却不如他高大，双眼也更炯炯有神。

“朋友，你没事吧？”

约翰尼移开眼神。伊萨克，里昂，此刻和他说笑的究竟是谁？他们看上去一模一样。“我就在这里吃早饭，谢谢你，里昂。”

“那你的两个朋友呢？”

“帮我跟他们两个人说一声吧。”

里昂走进酒吧，再出来时，手上拿着丰盛的早餐。约翰尼接过早餐，在距离自己最近的桌子旁坐下，独自狼吞虎咽。东边的太阳格外耀眼，不过天气依旧很凉爽。可就在约翰尼吃到一半时，原本的惬意瞬间消失殆尽。

太阳高悬在天空。

一辆警车驶上桥梁。

约翰尼悄无声息地溜进酒吧，关上大门，这时，里昂正在做松饼。约翰尼轻声说道：“大家把头低下，都别说话。”

里昂走进三人所在的小房间，克里和杰克盯着约翰尼，一头雾水。

“警察来了。”约翰尼解释道。

里昂走到窗边，看着那辆警车在酒吧外停下。里昂同其他人一样厌恶警察，可他从未见过约翰尼·梅里蒙如此在意警察到访。“那是警长的手下，格雷森，我见过他。”

“把他支开。”约翰尼说。

“为什么？”

“你跟他说，我们几个没有来过这里，你没有看到我们。”

里昂完全算得上是不法之徒，每当警察找上门来，他总为酒吧里的客人撒谎。“你们几个清理一下桌子，然后躲到厨房里去。”

约翰尼三人连忙照做，里昂走到酒吧外，手中拿着擀面杖，半条手臂上沾满白色面粉。格雷森在酒吧屋顶下停下脚步。“里昂。”

“格雷森警官，早上好啊。”

“我在找人。想问问看你是否见过他。”

“没见过。”

“我还没告诉你这个人的名字呢。”

“告不告诉都无所谓，我五点半就来店里了，你是我迄今为止看到的第一个人。”

格雷森眉头紧锁，思索片刻后，说道：“这个人住在那边，他的名字叫约翰尼·梅里蒙，你听说过吗？”

“这个名字几乎所有人都听过吧。”

“他没有来过这儿吗？”

“你为什么要找他？”

"我们怀疑他是杀害威拉德警长的凶手。"

"我是不是应该为你们的损失感到遗憾？"

里昂毫无歉意。威拉德曾因里昂在距离公路五英里远的一座废弃谷仓中与人赤手空拳格斗而逮捕过他一次。赌博、侵犯他人人身安全、私自贩卖烈酒，威拉德在短短十分钟内抹去了里昂的所有罪名，离开时，暗示性地对他点头眨眼。威拉德喜欢吃喝，却从不给钱。他还喜欢在贫民窟里耀武扬威。农民、农场工人、女服务员，越穷越好。

"里昂，警长向来都对你心慈手软，这点你是知道的。"格雷森走过门廊，透过窗户望向酒吧内。"他知道你一次又一次越过法律底线，但每次都还是选择饶了你。你应该尊重这段回忆，更应该帮助我找到杀害他的凶手。"

"你的警长从我这儿拿走的可比给我的多。"

"也许吧。也许你完全是对他有偏见。"

里昂侧身靠在一旁的柱子上，交叉起双臂，擀面杖横在他的大手里，像是小孩子的玩具。"你说他对我心慈手软。好吧，我承认，也许他确实对我心软。不过，也许他让我逃走只是因为这间酒吧，只是因为我是这家酒吧的酒保。也许因为他喜欢免费吃喝，也喜欢年轻女人。也许他是一个对自己肤色感觉良好的白人，也许他根本就算不上是什么朋友。"

"可能你说得没错。也有可能只是因为他是生在这个复杂世界的简单人，因为他喜欢开玩笑，也喜欢威士忌，他只是单纯地认为你和别人格斗、你跟人赌博、你私自贩卖烈酒和你的那些走私香烟并没有造成什么实质性的伤害，所以才没有把你送进监狱。也许他时不时跟我聊起过这些事。也许他跟我说他在你这里可以享受在镇上永远无法享受的安逸，他说简单是一种美，那些铺设着水泥公路的地方并不总是有好事情。也许他认为你和你的那些朋友会自我忏悔，你们值得他人的一点同情。现在，"格雷森拿出一张名片，放到酒吧外的桌上，"这个镇上的所有警察都在这附近，除非我们找到约翰尼·梅里蒙的尸体，或者是亲手给他铐上手铐，不然谁都不会走，所以你要帮我们所有人一个忙。如果你看到他了，就给我打电话。”

格雷森轻敲桌上的名片，随即转身走过泥土路，坐进巡逻车内。当格雷森驶过桥梁，消失在视线中后，里昂把约翰尼和他的两个朋友叫出厨房。“警长死了，是真的吗？”

“是真的。”杰克回答。

里昂盯着约翰尼，问道：“是你杀了他？”

“我没有杀他。”

“那你为什么要跑？”

“谁说我这是在跑？”

“你跑到我这儿来了，不是吗？警察到处找你。”

约翰尼叉起双臂，露出似笑非笑的表情。“能够在那片沼泽里找到我的警察还没出生呢。哪怕是一千个警察，找上一千年也不行。就连你都找不到我。”

“你这话说得太自负了。”

“也许是吧。”

“那你呢？”里昂转而向克里问道，“你多大？十八岁？你为什么蹚这趟浑水？”

克里耸耸肩，里昂看向杰克。

“约翰尼去哪儿，我就去哪儿。”

里昂随着杰克的目光瞥向约翰尼，目不转睛地注视他的脸。约翰尼是里昂唯一有好感的城市男孩，也是他唯一不厌恶的白人。“你们想不想让我帮助你们离开这里？”

“你想把我们带去哪里？”

“去我奶奶家。她认识你，也认识克里。况且，绝对不会有警察找到她那儿去。”

“是吗？”杰克问。

“当然是。”里昂斩钉截铁地回答道，“就连警长都不敢去打扰我外婆维丁。”

三人钻进皮卡车布满污泥的车厢，约翰尼全程一直盯着克里。里昂让三人低下头，随后在他们上方盖上一块防水布。“低下身子，不要动，我外婆家离这儿不远，不过这一路上可不只有格雷森一个警察。”

“是不是有点太过了？”杰克说。

“我没必要跟你们撒谎。”

里昂盖上防水布，并在防水布边缘放置好一堆煤砖。防水布下的空间是一片蓝色，昏暗不清，伴随着一股汽油和润滑油的味道。克里蜷缩在驾驶室窗户玻璃下，她盯着约翰尼的脸，试图掩盖自己的情绪。倘若换作其他人，也许会被她骗过，但眼前这个人可是约翰尼。感知力在约翰尼脑海里徘徊，他很清楚两件事。第一，克里的怒火战胜了她的理智。第二，里昂实际上的确有撒谎的必要。里昂心事重重，他以为没人能看到，也没人会察觉。然而，即便是背对里昂，甚至是闭上双眼，约翰尼也能看到，更能察觉。在防水布下，他眼中看到的里昂如同阳光下一样清晰。

里昂发动引擎，驶过桥梁。

他情绪低落，因为他撒谎了。

“你是怎么认识维丁的？”克里开口问约翰尼。

“她知道一些事情，是我主动去找她的。”

“什么事情？”

“你家族的故事。”

“我家族的故事跟你没有一丁点关系。”

“还有我家族的故事。”约翰尼看着克里，她脸上的愤恨显而易见。倘若情绪有颜色，那她的应该是布满红色条纹的黑紫色。“跟我说说艾娜。”

“去你的，想得美。”

克里移开视线，约翰尼觉察到了她内心的怒火。

熊熊烈火。

夜色里的火堆。

里昂开得很慢，多年磨损的轮胎不满地发出响声，卷起满地灰尘，砂砾在车盘上翻滚。里昂难以理解维丁的行为，他之所以迎合她是因为她是他在这个世界上唯一的亲人，还因为她一直对他挺好的。维丁曾告诉里昂要时刻关注默木野，时刻关注约翰尼·梅里蒙。里昂从未想过会真正遇上约翰尼·梅里蒙。于他而言，约翰尼·梅里蒙只是一个名字，只是一个孩子。

里昂动动右肩，中弹伤口处的缝线随之一阵拉扯。那颗子弹穿透他的胸肌，从肋骨边擦过。即便是此刻，里昂仍旧不知道维丁为何带着他前往那栋被包裹在肮脏城市里的破烂公寓。

六年。

里昂和约翰尼已经相识六年了，真是一段不可思议的友情。约翰尼是白人，他的继父是警察，而里昂向来认为白人社会毫无信任可言。这是维丁从小灌输给他的思想，是她煽动了里昂内心对白人的憎恶。

看看他们所拥有的一切。

再看看我们，我们有什么？

维丁总是这样说。

直视白人与黑人的差别总是让人不快，但维丁的心里始终有一个黑洞，即使是百年的生活也从未将它填满。她虽然身形娇小，却永远饥渴。

“把他带到我这儿来。”她说。

“只要你有机会。”

里昂透过后视镜瞥向车厢里的防水布。去年圣诞节，约翰尼送给他一双亲手制作的鹿皮手套，前年是一个枪鞘，再之前是一头野猪。不仅仅取出了内脏，约翰尼还扛在肩头，一步一步跨过重重山丘，亲自送到他面前。里昂有将近五十年的丛林捕猎经验，他很清楚扛着两百磅重的肉，走在凹凸不平的泥地上有多艰难。那会受伤流血，会满头大汗，是极其困难的一件事。维丁究竟想从约翰尼这样重情重义的人身上得到什么？里昂在驾车途中始终满腹疑问。他想，大概维丁是疯了吧。她只是一个疯狂的老女人。

可他也想起了维丁的饥渴。

里昂转过弯道，卡车在溪流中穿行，随后驶上对岸。维丁站在门廊，看着车辆驶来的方向。

她似乎早已知道他们会来。

似乎一直在等待。

第三十七章

为确保无人破坏犯罪现场，汤姆·李早在路边安排了一名新队员进行看守。早上八点零九分，汤姆·李从新队员口中得知，第一名记者到达现场。

“呃，李副警官？麻烦您进来一下。”

汤姆·李打开扩音器，语气里满是不悦。“麦格里维，怎么了？”

“呃，长官，我旁边站着一名记者。”

“你说什么？”

“嗯，是埃莉·平克顿。”

汤姆·李开始回想埃莉·平克顿的模样。她年近四十，在雷文县选民中负有盛名。有点小龅牙，声音异常尖锐。“她现在能听见我说话吗？”

“能听见，不过……”

“你走到一边去，我等你。”他不想等，他想发泄。等到传话机里再次传来麦格里维的声音后，汤姆·李暴躁地问道：“怎么会有记者到案发现场来？”

“长官，我……”

“她是怎么知道这件事的？”

“我不知道。”

“她跟你说什么了？等等，把传话机关了，告诉我你的手机号，我不想通过公共渠道和你谈论这个话题。”麦格里维说出自己的手机号，汤姆·李急忙拨通电话。“他是怎么知道案发现场在哪儿的？”

“她听说这里发现了很多尸体。她说这儿有一个洞穴……”

“妈的，这下好了。”

“长官，她还带了摄制组过来，他们现在正在拍我。”

“这样，”汤姆·李环顾了一眼指挥中心，说道，“我马上派两个人到你那儿去。你们几个把这些记者统统给我拦在路边，不要让任何人踏进这里半步。”

“只来了这一个记者，长官……”

“给我闭嘴，臭小子。只要有一个记者来了，后面就会陆续有很多个。”说罢，汤姆·李挂断电话，将手机放进口袋中，随后找了两名信任的手下。“你们两个跟我来。”三人向教堂后面走去。站在炎炎烈日下，汤姆·李用力拍打克莱德·亨特的车顶，克莱德下车，汤姆·李立刻开口问道，“你把这件事告诉谁了？”

“你说这话是什么意思？”

“少跟我装蒜，克莱德，你告诉谁了？”

“州警局和联邦调查局。”

“这是我的案子，这里是我的管辖范围，只有我才有权利给他们打电话，你少多管闲事。”

“你说得没错，不过他们现在就正在等你的电话。他们已经准备就绪了。”

“妈的。还有谁知道这件事？”

“记者。”

“哪些记者？”

“所有记者。”

汤姆·李终于无奈地点头，只恨自己太过大意。他早该密切注意克莱德的一举一动，也早该料到他会做出如此举动。“好吧，事已至此，说再多也于事无补了。克莱德，我很理解你为什么会这么做。虽然我对你的这一举动很是不满，但我理解你，你们两个，”汤姆·李指向身边的两名警员，“把他给我从案发现场带出去，然后去和麦格里维一起守在路边，不许放任何人进来。任何人都不准踏进这里半步，哪怕是州警也不行。有什么事情第一时间给我打电话，没有我的允许，任何人不能进来。”

说罢，汤姆·李转过身去，但克莱德可不打算就此罢休。

“大家都在看着呢，汤姆，让你的手下们做该做的事吧。”

克莱德说得不无道理，汤姆·李也同样心知肚明。对于像威拉德·克莱恩这样尽心尽力的人，很多人都对他心怀爱戴，现在，关注他死讯的人逐渐增多。是因为他的死亡方式，因为他那张扭曲的脸，因为那个异乎寻常的洞穴。汤姆·李走上教堂前的台阶，观察挂在教堂墙壁上的那张地图。在这片沼泽地上一共有十三个工作小队，十九辆巡逻车在默木野周围的公路上巡逻，空中有两架直升机。

“有消息了吗？”

一名女警员正坐在教堂角落里临时搭设的露营桌上操作着无线电收发机。“外面有很多干扰信号，有些人联系不到。”

“最长时间没有消息的工作小队到现在为止有多久了？”

她抛出一些名字和时间，两个工作小队已经一个半小时没有任何消息了，另外一个工作小队则失联长达好几个小时。情况很是不妙，各个工作小队理应每个小时向指挥部汇报一次情况和行踪。“有什么好消息吗？”汤姆·李问道。

“稍等。”

她伸手按住耳机，随即打开麦克风。“第二小队，请再重复一遍。”短暂停顿。“收到，原地待命。”女警员摘下耳机，在座椅上转过身对汤姆·李问道，“你刚刚问我什么来着？”

“有什么好消息吗？”

“第二小队刚刚找到了他的房屋。”

汤姆·李连忙接过麦克风。“打开扬声器。”女警员按下按钮，连线里传来一阵电流声。“第二小队，你们能确定房屋位置吗？”

“收到，请稍等。”很快，飞行员给出了具体坐标，“这里有一处空地，我们准备降落。”

“有什么动静吗？”

“这里有个什么东西……”

“是梅里蒙吗？”

“天啊，那是什么？”

“第二小队……”

“稍等。”又是一阵电流声。“杰米，你看到了吗？”

“第二小队……”

“准备行动！准备行动！天啊！妈啊……”

汤姆·李先是听到一声尖叫，紧接着是一阵电流声。“刚刚发生了什么？”汤姆·李将麦克风递给女警员，“继续连线他们。”

女警员试了足足两分钟，对方始终没有任何反应。“没人接，抱歉。”

“妈的。”汤姆·李走到教堂外，望向北边，“别，不要，不要。你，过来。”一名警员走到汤姆·李身边。“把我举起来。”

“啊？您是说真的吗？”

“现在，立刻。”

另一名警员也走了过来，两人一起将汤姆·李高高抬起，汤姆·李借力爬上屋顶。屋顶被金属覆盖，且并不平滑，不过他顾不了那么多了，他爬到屋顶的最高点，呼吸沉重。北边，烟雾升腾。

浓烟滚滚。

厚重的黑色烟雾。

找到飞机残骸在预料之中，汤姆·李知道对方的坐标，也看到了烟雾飘升的方向。当他们到达失事地点时，所有人都大汗淋漓，满身灰尘，脸上到处是被路边的枝条和荆棘划伤，鲜血溢出。“天啊。”飞机残骸散落在空地上，就连约翰尼的小木屋也燃起熊熊大火。“飞机上有多少人？”汤姆·李开口问道。

“只有飞行员和侦察员。”负责连接无线电的女警员站在汤姆·李旁边，语气坚定地说，“飞行员是雷文伍德。”

“侦察员是谁？”

“杰米·基梅尔。”

“啊，真是糟啊。”雷文伍德是一名年过六旬的老兵，杰米还只是个年轻小伙子。“大家分头寻找。”

所有警员走上空地，远离大火中心。现场的情况看上去像是直升机撞上了某棵树的树枝，然后侧身从大树旁翻过，因为撞击而导致操作失灵，进而直冲向小木屋。那棵被直升机撞击的大树还在燃烧，机身也被完全损毁、烧焦，飞机内部火花四溅。

飞行员躺在距离汤姆·李三十英尺之外的地方，身上依旧拴着安全带，全身冒烟。侦察员则在五十英尺以外，仍被火光包围，半身起满水泡。

“杰米！”

女接线员立马跪倒在重伤的杰米旁边，汤姆·李这才想起两人是恋人关系。“快叫医护人员！”

医护人员是一名退休的警员，如今已是年近七十，不过他曾在越南当过陆军医护兵，从未失过手。他立即展开救助，动作迅速，在尽量保持杰米意识清醒的同时，手上已准备好一剂吗啡。

“我要先和他说几句。”

“警官，他现在很痛苦。”

“我明白。”

“别拖了！”女接线员大声叫喊道，“赶快给他注射吗啡！叫其他直升机过来！”

“詹森，”汤姆·李看向其中一名警员，歪头指向那名女接线员，“帮个忙。”

詹森尽力控制女接线员，可她的情绪犹如熊熊大火一般猛烈燃烧。第二驾直升机中途返回镇上，这是汤姆·李直接下达的命令。在查明撞机原因之前，他决不能再拿其他人的生命冒险，也决不能允许又一次撞击事故的发生。“他能听见我说话吗？”汤姆·李向医护人员问道。

“他不会想跟你说话的。”

汤姆·李凑近杰米跟前，杰米的一只眼睛已经起了水泡，无法睁开。“小伙子，你能听见我说话吗？”杰米点点头，眼泪划过脸颊。“告诉我发生了什么？”

杰米想要张口说话，可喉咙里却发不出丝毫声响。他吞咽口水，又一次张开嘴。“根本没有树。”

“你说什么？”

“当时眼前很模糊。我们正要进去……”

“模糊？”

“根本没有什么树。根本没有树，然后突然又有了。”

第三十八章

约翰尼慢慢走向维丁的门廊，比上一次更加小心谨慎。在他身后是多年的历史，他家族的历史，维丁家族的历史，被悬挂在树上的死人和默木野。

“这画面可真是和谐啊。”维丁开口道。

“我们不打算在这里待很长时间。”

维丁退到一边，让出门廊前的位置，里昂停住脚步，克里和杰克跟着约翰尼朝门廊上走去。“克里奥尔，你也来了。”维丁一边说一边瞥向杰克，此后再没理会过他，“你妈知道你来了吗？”

“别把她扯进来。”

“对你这样的年轻人来说，这是个明确的选择。来吧，坐下说。”维丁示意几人在门廊的椅子上坐下。“里昂，不要像个傻子一样站在那儿，我们这儿椅子不够，还需要一把。”当几人坐下后，维丁拿起放在围栏上年代久远的半导体收音机，拉长天线。“你们几个忙坏了吧？”她打开电源，收音机里播放着暴风雨前夕的情况。关于死去的警察和乱葬岗的流言四起。前去报道的记者们被拦截在案发现场外。更有传言称执法人员已经在沼泽里展开了搜捕行动，联邦调查局可能会插手此次案件。“仔细听，马上就到重点了。”

两分钟后，收音机里传来约翰尼的名字。

“你为什么在笑？”约翰尼问。

“因为认知就是力量，而你缺乏能够帮助你摆脱这一切的认知。还因为你需要我的帮助，也终于到我要点回报的时候了。”

“我不需要任何人的帮助。”

维丁再次打开收音机。短短三十秒内，约翰尼的名字被提及了两次——他将面临谋杀指控。当地居民约翰尼·梅里蒙是此次集中搜捕的主要对象。维丁关掉电源，摇晃座椅，沉默不语，静静等着约翰尼开口。

“你想怎么样？”

“我想你跟我来。”维丁起身，靠手杖支撑身体，约翰尼随她一起走入庭院。“告诉我你最近的一场梦是什么。”

“谁说我做梦了？”

维丁轻声笑了起来，依旧往前走着。“我对这些梦和做梦者的了解长达一百年了，小子，别跟我撒谎。你梦到了约翰和艾娜。从你的脸色，从你看克里的眼神，我早就看出你梦到了他们两个。这次你又梦到了多久之前？是那棵悬挂死人的树？还是那个孩子？”

“那个孩子活下来了？”约翰尼急切地问。

“那是你的曾祖父。”

莫名的情绪在约翰尼的胸腔内泛滥，如此强烈，如此出乎意料，他不得不从维丁脸上移开目光。“你是怎么知道这些事的？”

“我们家族所有的人都知道这些故事。他们有些是自己梦到过，有些则是和那些做过这些梦的人谈论过。少数人梦到过不止一次，这些可怜的人啊，他们大多数最后要么逃离了那片沼泽，要么在黑暗中完全迷失了自己。这是我的家族的人最常梦到的场景，密闭、潮湿的沼泽，还有肥沃的黑色土地。”

“那克里呢？”

“克里是她那一类做梦者里的最后一位。她有自己的梦境。”

“梦见艾娜。”

“她是艾娜的直系后代，相当于母亲和女儿的关系。你没发现她们俩有多相像吗？”

克里一个人站在围栏边，看着不远处的约翰尼和维丁。她看上去简直和艾娜一模一样，身形娇小，腰部纤细。就连她的站姿，她抬头的方式，都跟艾娜没有一丁点差别。“她很讨厌我。”约翰尼说。

“那你怪她吗？”

“她想杀了我。”

“她是想杀你，还是想杀约翰·梅里蒙？”

约翰尼闭上眼睛。“你知道那个洞穴吗？”

“我知道那个洞穴里有你必须亲自去探索的真相。”

“你的意思是我还会做梦？”维丁看向别处，双唇紧闭。“我只想我的生活能够回到过去，我想过回以前那样正常的生活。”

“默木野里从来就没有正常两个字，只有故事和魔法。”

“根本就没有什么魔法。”

“小子，别跟我耍花样。我知道那些你永远无法梦到的真相，那些足以让你的头发一夜之间变白的故事，那些关于牺牲、爱情和恐惧的故事。我曾经和那些年迈的做梦者一起长大，我知道每到夜里会出现什么。没有魔法？别扯了，你全身上下都散发着魔法的臭味。”

“维丁，你到底想从我身上得到什么？”

“我想要你的那些梦，我之前跟你说得还不清楚吗？”

“那克里呢？你怎么不去找她？她可是你的家人。”

“克里梦不到你的那些梦境，只有你可以，只有约翰·梅里蒙的直系亲属才可以。”

他们在地板上放上一个枕头，因为约翰尼在席梦思那样柔软的床垫上根本睡不着，杰克站在一边，问道：“约翰尼，你到底来这儿做什么？跟我说实话。”

“别问这些了，你多留个心眼，听到了吗？”

“为什么要留心眼？”

约翰尼没有回答。他离开默木野太久，根本无从得知潜藏在维丁奇怪要求背后的真实想法或原因。维丁说克里只能看到艾娜眼中看到的一切，而约翰尼只能透过约翰的双眼知晓当年的历史。从逻辑上来说，这一点不无道理。

逻辑……

约翰尼不自觉地扬起嘴角。

“你到底在笑什么？”杰克语气强硬地问道。

“哪儿都不要去，你只需要记住这点就好了。”

“小梅里蒙，你准备好了吗？”

约翰尼扬头看向维丁。在她身后，里昂靠在墙边，眉头紧皱。克里一脸不快，可维丁并不在乎，约翰尼亦无心顾及。他们关上百叶窗，小屋内阴暗且寂静。“我要梦见什么？”

“找艾娜，我想知道她被埋在了哪里。”

“我要怎么做？”

“你记得艾娜的脸吗？”

“记得。”

“在黑暗中想象她的样子。”维丁从嘴里吐出烟雾，将香烟递给躺在地板上的杰克。“想象她睁着的双眼和掉落在她身上的泥土。”

对于约翰尼而言，睡意并非一件呼之则来的易事，就连维丁的特制香烟也无济于事。所有眼睛都聚焦在他脸上，约翰尼异常尴尬。“没用，根本睡不着。”

“会睡着的。保持均匀呼吸。”

约翰尼挣扎了整整一个小时，他想象着身边出现一道布帘，一块黑布逐渐升起，遮住整片屋顶。

枕头很柔软。

地板也变得柔软。

在之后的一个小时里，屋内一片沉寂。忽然，约翰尼开始抽搐，尖叫不止。杰克想要按住他的身体，却根本无法控制。里昂也用庞大的身躯压住约翰尼，可他奋力挣扎，张牙舞爪，鲜血从反抗时留下的伤口中溢出。约翰尼的身体快要被压碎，无法喘息，他如同将死之人一般，垂死挣扎。

他不是自己。

他是自己。

他疯狂尖叫，直到什么东西被撕裂，在无边无尽的黑暗中他什么也看不见。

第三十九章

卢瓦纳·弗里曼特尔感觉自己遭人遗弃，遭人利用，生活索然无味。这并不是她第一次产生这样的感觉。她坐在沙发上，频繁更换着电视频道。并非所有频道都在播放此次案件，不过也有三家媒体争相报道。

“警方显然对此次案件守口如瓶，目前我们还未得到更多可靠消息，可此次发生在雷文县北边边缘的这起重大案件势必会愈演愈烈。”

在记者身后，一辆救护车飞驰而过，车顶的灯光旋转闪烁，其后跟着多辆警车。远处升腾起一股浓烟。

“现在我们还不能得出任何推论，警局周边的消息称此地已发现多具尸体，最让人匪夷所思的是，在这些人骨残骸中，有一部分的年代十分久远。由于目前还未得到任何权威机构的官方声明，因此我们无法推测这些消息的真实性，不过从此次到达现场的警察数量可以判断这个地方的确正有大事发生。我留意了一下，在过去一小时里，至少有二十辆警车经过这里，大量人员和污物资源不断地深入到这片巨大的荒野之中。”

卢瓦纳·弗里曼特尔关掉电视，对女儿克里的安危担忧不已。在生下克里之前，卢瓦纳的未来曾好比是躺在阳光大道上的一枚闪闪发光的硬币。她本以为走出那个地方，捡起大道上的硬币并非难事，可那枚硬币却离她那么遥远，永远无法靠近。她本以为那些男孩可以带她前往理想的未来，可最终也是心灰意冷。当她终于发现男孩无法做到时，她以为男人也许会更胜一筹。在那条路上的某个地方，她还没能来得及周密考虑，便生下了克里。

也许生活里多一个孩子会是一件趣事。

也许这样就可以拴住身边的男人。

在经历了四次失败的婚姻后，卢瓦纳终于领悟了那个令人痛楚的真相。那条路上根本没有硬币，从未有过硬币。卢瓦纳闭上双眼，想起自己的女儿。如今，于她而言，散发着光亮的只有女儿克里，而她离家出走，沉溺在那个梦境带她前往的地方。她此刻或许正在默木野，也或许正和维丁待在一起，更或许她就是电视报道中那些被警方找到的尸体之一。卢瓦纳细细回想着维丁是如何利用其满口关乎梦境，关乎艾娜和所谓选择权的言语从她身边夺走女儿克里。根本就没有什么选择权存在！有多少人因为那些梦境而精神失常？有多少人最终结束了自己的生命？那个老贱人有自己的一把如意算盘，这一定是一场不可告人的阴谋交易。她会为了得到想要的一切而不惜牺牲克里吗？当然会。这就是她最初被驱逐出沼泽的原因之所在，因为她的自私，因为她的贪婪，因为她的邪念。

“卢瓦纳·弗里曼特尔，那你呢？你难道就不自私吗？”

这是一个令人难堪的问题，然而，卢瓦纳鼓起勇气，试着直面它。她曾对那枚闪闪发光的硬币如饥似渴，也曾为得到它不择手段，而她孜孜不倦的追求却将她唯一的女儿送回到在默木野的生活，送回到那段她拼了命逃离的生活。倘若克里的外婆还活着，克里现在仍旧会生活在那里。卢瓦纳内心充满自责与内疚。她坦然接受，深呼吸，看向躺在腿上的那把手枪，慢慢将它拿起。

是时候放下自私，为她的孩子考虑了。

终于，是时候成为一个母亲了。

第四十章

约翰尼忽然站起，一阵惊声尖叫和拳打脚踢。“滚开！放开我！”他的双脚犹如晕头转向的战士，一阵乱踢。“妈的。天啊……该死……”

“约翰尼……”

“别说话，离我远一点。”约翰尼双手撑在坚硬的木板墙上，脸颊贴近木头，木头上的纹理清晰可见，他的鼻翼两边挂满大颗大颗的汗珠。“刚刚到底发生了什么？”

“我不知道，你说呢？”

杰克伸手抹掉鼻子上的鲜血，用手帕压住伤口。里昂的脸颊上也有一道很长的伤口，他的一半嘴唇已完全红肿。克里将手搭在胸口，只有维丁镇定自若。“你看到了什么？赶快告诉我。”

“什么都没看到……”

“别撒谎。”

“我什么都没有看到，我在泥土里……”

“不可能，你没有在泥土里。”

“我在，我都能尝到泥土的味道。”

“不可能！”维丁用力将手杖砸向地板，声音如此震耳，犹如一声枪响。“你不可能做这样的梦！那是艾娜的痛苦，是艾娜受的罪！”维丁看向克里，“你难道没有什么话要说吗？”

“我……”

“说！孩子！”

“我想让他感受我的感受，感受艾娜的感受。刚刚是我在把他往那场梦里推，我想让他受罪。”

“你为什么要这么做？”约翰尼问。

“因为是约翰·梅里蒙活埋了艾娜。”

“可我不是约翰·梅里蒙。”

“但我在梦里看见你了，我看见了你们两个。”

维丁猛烈摇头。“这不可能，绝对不可能。我们只会梦到我们家族的人，他只会梦到他自己家族的人。”

“都去他妈的吧。”约翰尼回答。

“约翰尼，等等……”

然而，约翰尼没有停下，他一把推开挡在眼前的杰克，独自走到屋外。他的胸口因为梦里的窒息而隐隐作痛，身体其他地方全是与里昂和杰克反抗时留下的伤口。在那场抗争里，没有一个人手下留情，约翰尼全身瘀肿，鲜血直流。他跪倒在小溪前，猛地往脸上拍水。他张开嘴，大口呼吸，空气进入他的喉咙，又轻松窜出。约翰尼全身伤痕累累，真实的世界未曾有一丁点改变。

他想知道答案。

那就意味着他不得不再次冒险进入那场黑暗的梦境。

这一次，约翰尼不想再按照维丁的指示做。“所有人都出去。”

约翰尼从小溪边返回屋内，时间过了足足十分钟，然而，所有人脸上都是同一个表情。他们站在原地，似乎扎根在那里，无法动弹。“约翰尼，你别这样。”

“杰克，你也一样，出去。”约翰尼转向克里，“如果我醒来时是在一座坟墓里，那绝对是你在搞鬼，我是不会就这么算了的。”

“那我尽量友善一点。”

“只要你出去就是最大的友善了。”约翰尼看着克里走出房门，随后面向维丁，说道，“我想知道我接下来将会进入什么样的梦境，我觉得这也许会有帮助。”

维丁拄着手杖，站直身体，却似乎显得更加矮小了。“提前知道的话可能会影响你的梦境。”

“我不管。”

“最重要的是你要找出艾娜被埋在了哪里。”

“为什么？”

“还需要你来问吗？真的吗？你明知道她现在的感受。”

“你是指过去的感受吧，那是过去时了。”维丁凝视着约翰尼，眼神空洞，约翰尼皱紧眉头。“你为什么这么确定我能找到她被埋葬的地方？”

“约翰·梅里蒙朝艾娜开了两枪，然后把她埋在那片沼泽里。当时只有他一个人，所以那段记忆只是他一个人的，只有你才能知道。”

“就当你所说的都没错，那我找到她的坟墓之后呢？我能从中得到些什么？”

“只要你能找到她被埋在哪里，我就会回答你的所有问题，所有跟这个你口中所称的家园有关的问题。我会让默木野完完全全只属于你一个人，包括这里的所有秘密和过往。小子，只要你能帮我完成这件事，我就会给你你想要的一切。”

维丁给出的筹码不菲，可约翰尼仍旧不肯对她报以信任。“我没有杀人。”约翰尼对克里说，“也许这件事的确是约翰·梅里蒙做的，可那个人不是我。”

“别废话了，找到她。”

“你也想知道这个？你和她的想法是一样的？”

“没错。”

“那就好好管住你的思想，别来干扰我，别再把我逼到什么坟墓里去。”

那之后，约翰尼迟迟没有睡意。

他听见他们几个人在门外窃窃私语。

他闭上双眼，口中满是泥土的味道。

睡意终于来袭，犹如一阵清风徐来，那么柔软。它本遥远，随即却又温柔地将约翰尼包围。随睡意而来的是一场梦境，梦里出现的第一个画面是伊萨克的脸。

他的脸闪着光亮，此时已是夜里，窗外燃起火把。

“他们已经来了。”伊萨克说。

门廊外的空地上，人头攒动。一共来了五十个人，也许更多。

“前门有多少人看守？”

“四个。”

无论发生何事，约翰手下的一部分人始终对他忠心如初。他们手拿枪支，看守房门。“那后门呢？后门有几个人看守？”

“后门有六个人。”

“应该够了。”

“我吊死了一个白人。”

“是我下的命令。”

“这不重要。他们想让我再吊死一个。”

“嗯，唉……”

约翰取下别在腰上的重型左轮手枪，检查好子弹。伊萨克和那名律师同约翰一起待在书房里。艾娜站在书房里的另一扇窗户前，看着屋外拥挤的人群。律师坐在书桌前，说道：“都弄好了。”

“那些奴隶呢？”约翰尼问。

“已经自由了。”

“那土地呢？”

律师瞥向站在窗前的艾娜。她专注于窗外，对他们几个视若无睹，然而律师还是刻意压低了声音：“按你的要求，土地只转移到伊萨克一个人名下。”

约翰打开保险柜，从里面拿出一叠钞票。“你最好从后门出去，那里是最安全的。”

律师拿过钱，戴上帽子。“我不敢说你能不能逃过这一劫，也不敢说你应不应该逃过这一劫。”

也许律师说得没错，不过约翰并不在意。“从后门出去。伊萨克，给他带下路。”当伊萨克回来时，约翰将契约书递到他手中，“这是六千英亩土地，送给你和你的家人，感谢你为此做出的牺牲。”

“她想要的不是这个。”

“她不会察觉的，等到她真正发现的时候，已经来不及了。”

“你为什么要这么做？”

“或许这可以在之后的日子里成为你的一份筹码，把土地转移到你名下会让我好受一点。”说罢，约翰拿起一把枪，一只手放在律师留下的那堆纸上，“这些是释放奴隶的文件，大家每人一份。如果我没有活着回来……”

“你一定会活着回来的。”伊萨克打断道。

约翰点点头，然而，屋外的喊叫声震耳欲聋。约翰在喧嚣中大声对伊萨克说：“并不是所有人都想和她生活在一起，我已经安排这些人前往北边去了……”这时，一块石头打破窗户玻璃，飞进屋内，炉具被砸得粉碎。“无论发生什么，你都不要出来。”

“你确定要这么做吗？”

“你救了我妻子的命，”约翰微笑着说，“自由、土地、我的爱戴和尊重，这是我唯一可以回报给你的东西。”

说罢，约翰头也不回地走出书房，留下伊萨克和艾娜待在屋内。走到卧室门前时，他停下脚步。

他的妻子抬起头来，对他微笑。

他们的孩子躺在她的怀抱里。

即便是在睡梦中，约翰尼也因眼前的情景震惊不已。

她还活着。

她给两人的儿子取名叫斯宾塞·梅里蒙，随父亲姓。

这时，梦境里的画面几乎断裂，可它没有结束，而是继续推进。约翰尼俯视着暴乱的人群，手中拿着枪支。繁星在空中发出苍白的光，梦境再次移动。

他来到了沼泽。

他心如刀割。

“伊萨克，她在哪儿？”

“约翰，竟然是你，你怎么来了？我有多久没见到你了？”

“自从上一次见面过后，已经有三个月了。”

在那个暴乱之夜后，已经过了整整八个月，可伊萨克却像是一下子老去了好几十岁。伊萨克脸上长满胡须，有些已经斑白，约翰亦是满目沧桑。他的靴子已经破烂不堪，脸上的胡须又长又乱，为了不让裤子从单薄的腰部滑落，他又在皮带上打了一个洞。他沉睡了多久？约翰不得而知，他只知道内心难以抑制的暴怒和那股想要动手杀人的冲动。

“我在哪儿可以找到她？”约翰问。

“你还在距离她一英里以外的地方时，她就已经能够察觉到了。”

约翰看向没有繁星的漆黑夜空，在丛林和河流后面站立着一排小屋，屋内灯光闪烁。“她真有那么强大？”

“她可以掌控生死，还有那些你根本无法想象的事情。”伊萨克点点头，说，“这世上绝对没有人可以解释我亲眼看见过的一切。”

约翰将失望和恐惧咽回肚中。“现在追随她的还有多少人？”

“一共有十九个成年人，再加上七个刚出生的孩子。”

“他们会帮我吗？”

“他们都很怕她，他们对她的情感很复杂，又爱又怕又崇敬。”

“那我能请你再最后帮我一个忙吗？”

“说吧，我一定竭尽全力。”

“我想杀了她，但是我需要你的帮助。”

约翰的话语字字沉重，伊萨克低下头去。“难道你现在的生活就那么不尽如人意吗？你甘愿用自己的性命做赌注？”

“我的房子被烧毁了，所有家畜不是被屠宰了就是被偷了。所有人都对我们穷追不舍，我们一家人一直生活在担惊受怕里。”

“那你的儿子呢？”

“他很强壮。”

“玛丽昂呢？”

“和上次我们见面时一样，情况一点都没有好转。”

“我也为你感到难过。”

约翰移开目光。他无法再谈及妻子，无法想到她，无法面对她如今的模样。“伊萨克，艾娜必须死。”

“如果今天晚上死的人不是她，而是你呢？你有没有想过你的儿子？他怎么办？”

“我已经找到了一个愿意喂养他长大的女人。”

“约翰，我求你了……”

“伊萨克，你别说了，要么艾娜死，要么我死，我们俩之中注定有一个人无法活过今晚。”

有那么一瞬间，约翰尼从梦境中清醒。他不知道玛丽昂究竟怎么了，他只知道约翰一家人正处在水深火热之中，生活一贫如洗；只知道他们的儿子喜欢在晨光中嬉戏玩耍；只知道一个面颊通红的小男孩躺在狭窄的床上，一只手紧紧包裹住母亲的手指。

为什么这样的画面竟如此悲伤？

此时，梦境越来越快，只有一些零碎的片段——泪如雨下的小男孩，躺在他身边的母亲。约翰尼再一次感受到相同的情绪冲击，是悲伤。当梦境再次将他拉回时，他才终于明白其中的缘由。

她躺在床上，双手毫无生机。

温暖，苍白，没有知觉。

夜晚悄然逝去，黎明无声到来，约翰终于找到了伊萨克口中所描述的那个地方：远离河流边缘的一棵柏树。那是一棵被人遗忘的大树，树根之间有一处足以用于藏身的树洞。“那个地方很安静，是一个孕育生命的绝佳之地。黎明是艾娜最钟爱的时间，她在那个时候不会去考虑其他。我的出现会让她分心。”伊萨克这样说过。

约翰蜷缩树洞里，黎明的第一道光亮洒在眼前。他眼里只看得到雾气、苔藓和生长在狭窄空地对面的一排排大树。约翰舔舔拇指，抹去眼睛四周的泥土。艾娜会如同伊萨克所惧怕的那样，听见他的心跳声吗？她能感觉到他就躲藏在附近吗？约翰此前曾偷偷与伊萨克见过两次面，所以他对艾娜的事情有所耳闻。艾娜对那些追随她的人还算和善，不过情绪过激时却令人生畏，她曾有一次勃然大怒，那时，所有人都惧怕不已。她要的是忠诚，是爱戴，而对于伊萨克，她要的则是无穷无尽的孩子。当两人的第一个女儿才两个月大时，艾娜便提出想要第二个。

“她说在黑夜和白天之间的这段时间是神圣的，所以我们会在天色蒙蒙亮的时候到这儿来。如果太阳升起来了，那就说明我失败了，那个时候你就赶紧离开。这整片沼泽都是她的，约翰，她是这里的主人，这种归属程度是你永远无法理解的。”

约翰没有理由怀疑伊萨克的话。艾娜是生命的给予者，也是索取者。

约翰羞于回忆艾娜索取的一切，而是专注于手中的枪支和随时准备扣动扳机的念头。

让她来吧。约翰这样想着。

亲爱的上苍，如果你对我还存有一丝怜悯的话，就让她来吧。

上苍似乎的确对他心存怜悯。约翰注意到了树丛里移动的身影，耳边传来一阵少女的笑声，和他记忆里一模一样，那么令人作呕。她抓着伊萨克的手，昂首挺胸地往前走，臀部不停来回摆动。不一会儿，艾娜停下脚步，她推倒伊萨克，紧紧锁住他的双唇。那是一个长吻，是伊萨克对约翰的承诺。约翰的脸颊靠在树干上，枪筒对准艾娜。他也有需要遵守的承诺。

为了斯宾塞。

为了玛丽昂。

约翰这样想着。

艾娜走到正对着约翰的苔藓上，伊萨克站在一旁，距离她半步之遥。约翰打开枪击铁板，准备射击。这时，艾娜听到声响，或者是察觉到不妙，她抬起小脑袋，环顾四周，她下巴紧缩，眼神准确无误地落到约翰躲藏的地方。她正准备张嘴，那一瞬，约翰毫不犹豫地扣下扳机。艾娜在约翰扣动扳机的同一时间迅速躲闪，约翰本想击中她的心脏，一枪致命，可子弹却飞进她的手臂，鲜血直流。艾娜倾倒在一旁柔软的苔藓上。约翰从柏树的树洞里爬出，双脚早已没有知觉。他走到艾娜身边，俯视身下的她，拿出左轮手枪，正对着她的心脏，虽然受伤的手臂无法动弹，可艾娜仍旧吃力地坐起身来，黑色的眼睛里闪着犀利的光。

“约翰，你还在磨蹭什么！赶快动手啊！”

约翰能感受到此时的伊萨克已害怕到极致，可他自己内心的快感却比伊萨克的恐惧来得更为猛烈。她曾对他谎言相加，她曾夺走他的一切。

“约翰！”

她索取了太多太多。

“赶快动手！不然你会没命的！”

伊萨克说得没错。这一刻根本毫无快感可言，有的只是正义、渴望和憎恨。伊萨克再次张口，可约翰不想再听了。他伸手在自己身上画十字，以求得上苍对他的宽恕。随后，枪声响起，子弹穿过艾娜的胸膛。

第四十一章

卢瓦纳未经允许便开走了邻居的车。她的邻居在家中烂醉如泥，况且，她们两人之间已经有些不和。邻居指责卢瓦纳从她的手套箱里偷走那把左轮手枪，卢瓦纳虽极力否认，但两人对此心照不宣。两人友谊的终结并不是因为卢瓦纳偷走邻居的左轮手枪，也不是因为卢瓦纳欠她钱财，更不是因为两人争吵不休的那些不值一提之事，而是因为卢瓦纳不肯再同她一起去酒吧鬼混了。她不肯再穿超短裙，不肯再穿网眼丝袜，也不肯再涂抹亮丽口红。她已经放弃了这样的生活。她不会再继续浑浑噩噩度日了。

“你绝对坚持不过一天。”邻居曾对卢瓦纳这样说，卢瓦纳唯恐被她说中。当卢瓦纳转动车钥匙时，双手颤抖不止，她试着让自己冷静下来。车后座上堆满各种箱包，那是卢瓦纳的所有家当，是在那栋公寓里面有些许价值的东西。里面装着她的衣物、各种瓶瓶罐罐、一台烤面包机和克里没有拿走的鞋子。卢瓦纳真的不知道家里还有其他什么有价值的东西。打包行李的过程伴随着汗液和眼泪，还有唯恐被逮个正着的担惊受怕，然而，没有一个人上前阻止她。几个小男孩懒散地看向她，一个老女人站在三楼的窗户边，静静地望着她。

卢瓦纳最后一次回头张望自家的窗户，随后发动引擎，离开这座城市，驶上通往北边的乡间小路。车辆穿过许多小镇，镇子的街道上随处可见卖酒的商店和正在营业的酒吧，然而，卢瓦纳没有停下，她一路向前。在跨过雷文县边界的那一刻，儿时的恐惧再一次爬上她的心头。维丁的经历是大人们用来恐吓孩子的故事，她是索取者，是不被信任的人，是被驱逐的人。

“孩子，按照我告诉你的做，不然，她也会找上你的。”

如今，她夺走了克里。

卢瓦纳驶过雷文县边界，朝默木野继续前进，两英里后，她察觉到了异样。原本从未曾有车辆经过的地方竟然车水马龙，多辆警车和电台转播车纷纷停靠在路边。警方在距离州公路最后一处弯道二十英尺远的地方设置了路障，许多车辆拥堵在这里，等着警察放行，有些则直接掉头往回行驶。卢瓦纳将车停靠在路边，前方站着许多警察，他们戴着警徽，系着黑胶皮带，腰间别着坚硬的枪支。无线电广播里说州警终于到达现场，联邦调查局的人正在从罗利外地办事处赶来的途中。这时，卢瓦纳在远处的人群中看到了一个熟悉的身影，她认识那名警察。那是约翰尼·梅里蒙的父亲，她曾在法庭上见过他。他站在树边，正和一位穿着制服且比他年长的男人说话。卢瓦纳闭上双眼，试图忽略这里的人潮涌动和生机勃勃。默木野从来都容不下嘈杂的引擎声，容不下无线电广播声，也容不下来自城市的人群，那一刻，卢瓦纳惊叹于自己内心的想法。她竟会被这些不该出现的错误画面困扰。她不是厌恶这片沼泽吗？她不是逃离了吗？卢瓦纳在一个装有厨房用具的箱子里四处翻找，拿出一把锋利的小刀，她划破自己的皮肤，以确认刀刃是否足够锋利。

为了自己的女儿，卢瓦纳决定直面维丁。

不过，她首先得祭祀。

克莱德·亨特从警几十年，到处都有人脉，无论是媒体，还是州警，都有愿意出手相助的朋友，尤其是在警局里。没错，汤姆·李的确禁止他干涉此事，可是他总不可能随时出现在克莱德身边，密切注视他的一举一动。而此刻，他肯定不在路边。

“克林特，跟我说说现在的情况。”

克莱德示意一位年长的警察走到树荫下。在克莱德刚入行的时候，他们两人曾一起办案，除此之外，两人还总是去同一座教堂，身边也有好些共同好友。

“如果你是想问你儿子约翰尼的下落的话，那我可以告诉你，目前还没有人找到他。”

“还有其他的消息吗？”

克林特看上去极为不适。他的靴子上裹满稀泥，他已经很长时间没有坐下歇气了，一刻不停地在沼泽里进进出出。“你知道那架直升机的事吗？”

“我听说了，是坠机了吧？”

“是撞到了约翰尼的小木屋。”

“我的天啊。”

“大家都被吓到了，克莱德，他们真的害怕了。”

“害怕什么？”

“那架直升机坠落的方式，还有其他的一些事情，太莫名其妙了。”

“你能不能说得再具体一点？”克林特皱起眉头，双唇紧闭，眼周布满又深又长的褶皱。那一刻，克莱德才意识到，原来克林特与其他人一样恐惧，他对此震惊不已。“克林特？”

“那架直升机本来不应该撞毁的。”

“有时候就是会发生一些让人意想不到的事故。”

“查理·雷蒙德有长达四十年的飞行经验，他参加过‘沙漠盾牌’和‘沙漠风暴’两次军事行动，还曾被授予过两次勋章，这一点你是知道的吧？”

“没错，我知道。”

“他驾驶的那架直升机撞到了一棵树上。”

克莱德试着想象当时的画面。“我不明白你的意思。”

“他的直升机在距离地面六十英尺高的地方撞到了一棵树，然后掉落到小木屋中。天空中根本没有云，也没有雾，没有风。还发生了其他一些事。目前的通信被切断了。无线电一会儿失灵，一会儿又恢复正常。很多警察都迷路了，在沼泽里原地转圈。”

“是操作失误……”

“不是这样的，克莱德！你根本没有认真听我在说什么！”

克莱德这才开始专注于克林特的话语。三十年来，他从未见过克林特在除了拘捕犯人以及暴力骚乱之外的场合对人抬高音量说话。“那好吧，我认真听，你说吧。”

“当我说大家都迷路了的时候，我的意思就是他们真的不见踪影了。两个不同搜捕小组的两名警察就这样不见了，人间蒸发了。”

“这不可能。”

“克莱德，我不知道该跟你说些什么。他们之前明明还在那里，突然一下就不见了。大家都害怕得发抖，所有人都被吓坏了，但这还不是最糟的。”

“什么？难道还有更糟的？”

“现在还有搜寻小组在沼泽里，还有警察在陆续失踪。”

科尔森·海托华不太知道默木野究竟发生了什么惊天动地的大事，也不太知道这件事在雷文县以外的世界里究竟引发了怎样的轩然大波。他成为一名警察是为了让自己的母亲倍感自豪，还因为在他看来，穿上制服也许会使得他更加俊朗。科尔森的目的达到了。他的母亲因此忘记了他缺乏意志的毛病，忘记了他的那些失败经历，也忘记了他在初中时期的叛逆。在她眼里，儿子科尔森穿上那身棕色涤纶制服时髦且正派，珍妮·克莱本亦是如此认为。珍妮是科尔森的妻子，如今已是夫妻二人一起生活的第十二个年头。他们住在一栋有屋前花园的小房子里，养了一条可爱的小狗，珍妮平日里喜欢在花园里种点番茄、黄瓜和胡萝卜。科尔森总是乐于看妻子珍妮在花园里忙碌的样子。珍妮的双手伸进泥土里，身穿剪裁别致的牛仔裤和丈夫科尔森的一件旧T恤，身形丰盈且柔软。她把丈夫带到阴凉处，递给他一杯啤酒，温柔地说："放松一下，享受一下生活吧，你为了保证这个世界的安全，已经累了一整天了。"珍妮说出这句话的时候，总是面带微笑，她身上散发着热土和植物的味道，吻在科尔森脸颊上的嘴唇那么柔软。

科尔森在沼泽里艰难跋涉，脑海里始终想着妻子珍妮的花园。他处在队伍的最后，前面是一排早已精疲力竭的同事。从事警察行业的这部分工作并不令人愉悦。他喜欢坐在车里巡逻，喜欢做点文件工作，还喜欢每周定时清理一下枪支，虽然他从未真正使用过那把枪。他喜欢在学校执勤，保障学生的人身安全；喜欢在每周星期五晚上参加足球比赛；喜欢在学生们都安全离开校园，看台上空无一人后，与同事一起小酌一杯。他喜欢这份工作里那些干净纯洁的部分，那些安全且可预料的部分。他不在意上级是否会迁怒于他，或是否会因为他缺乏斗志而失望。他有这身引人自豪的制服，有温柔的珍妮，那就够了。

在这片沼泽试图击溃他的时候，科尔森的思绪始终紧紧盘旋在以往的那些美好回忆之间。令人绝望的是沼泽里无穷无尽的稀泥和持续不断的高温，是无法连接的无线电通信，是没人知道他们现在到底身处何处的事实。即便是在前带路的领队也彻底迷路了，他经验丰富，曾参加过战争，训练过士兵，在丛林搜寻方面本该万无一失。

然而，他失手了。

他在同一个地方来回绕圈，彻底失去方向。他带着队伍一次又一次离开干地，踏入沼泽，在穿过沼泽的过程中，队员们两次使用绳索将其中一位深陷泥潭的队员拽出，他已经完全无法动弹。

因此，科尔森在行走过程中一直想着妻子珍妮，好让自己有所动力。

他踏过脚下的荆棘，跳入稀泥中，当他站直身体时，眼前天旋地转，他还在想着妻子珍妮。珍妮的脖子被火辣的太阳晒得通红，可她身上始终散发出花园的气息，还有那股她爱不释手的护肤液的味道。

丁香花……

就是那股味道。掺杂着丁香花、植物花茎和柔软热土的味道。

“珍妮。”

妻子的名字脱口而出，可即使是大声说出来，似乎也并不突兀。此时，整个队伍正在浅水里蹒跚穿行，科尔森的声音被不断拍打的水声和队员的咒骂声完全盖过，没有一个人听见他的自言自语。科尔森放慢脚步，耳边传来珍妮的吟唱声，那么清晰，那么清甜，他完全停下了脚步。那是珍妮常在花园忙碌时吟唱的一首歌曲。科尔森扬起头，在原地站了很久，他想要捕捉飘浮在空中的音符，那就像是远处最后的教堂钟声，渐行渐微。队员们越来越远，可他竟没有丝毫担忧。空气里满是温柔，一团缥缈的雾气将他包围。科尔森露出微笑，他的妻子好像近在咫尺，这种感觉愈渐强烈。

你这个俊朗的男子……

科尔森看不见妻子的身影。

过来啊……

那个声音在科尔森脑海里回荡，眼前的这片沼泽被笼罩在一片薄雾中，不断旋转，逐渐模糊。他站在绿油油的草地上，珍妮仰面躺在他脚下，她伸出双臂，脸上扬起会心的笑容。

你这个可怜的男人……

她将科尔森拉下身去，把他的脑袋埋进自己的胸膛。科尔森号啕大哭，却全然不知为何。这个世界太大，他已无力迎合任何期待。

放松吧，亲爱的，放松吧……

她身下的草丛不同往常，没有形状，且湿漉漉的，可她是他的珍妮啊，她身上散发着他喜欢的味道啊。房屋的味道，庭院的味道，花园的味道，回忆的味道，还有她肌肤上的丁香花味道。她紧紧怀抱着他，科尔森从未体验过这般完整且极乐的感觉。躺在他双臂里的是他所追求的一切事物的化身，所以科尔森深深呼吸，并未思索为何他的妻子全身如此湿润，为何她身上的味道如同泥水一样厚重。他将手指埋入珍妮的柔软身体，将她拉入自己怀中一同呼吸，那样惬意。他感受到温暖，感受到充盈。他沉溺在倾慕的一切里。

卢瓦纳掉头行驶，在距离人群一英里以外的地方停车。做好心理准备后，她像是离家出走的孩子一样迅速溜进树丛，终于回家了。穿梭在丛林里的条条小径就是迎接她归家的敞亮大道，小径两旁的大树纷纷为她让出空间，她记得这些大树，它们陪伴了她那些漫长且孤单的年月。卢瓦纳的童年时光几乎什么都没有，这片丛林便是与她朝夕相伴的生活。那些幽长的小径，那些无言的庄园，那道与她同行的阳光，历历在目。当那些梦境开始的时候，只有这片丛林能够容纳她的眼泪。卢瓦纳的母亲想要知道梦境的更多细节，寄希望于从中找到证据或是以此得知更多真相，所以她总是强行榨干卢瓦纳所知道的任何一丁点小事。外婆对她的态度比母亲更加恶劣，这是八十年持续不断的梦境所遗留下的诅咒。将卢瓦纳耗尽的是想要结束一切的渴求。她逃离这里有什么奇怪呢？或者说，即便是如今，她心中对此仍有憎恶是不是也不足为奇？在卢瓦纳自己眼里，她是一个遗弃者，是一个信仰扭曲的懦夫，然而此刻，她却踏上了同样的小径，听着远处的人群在沼泽里的声响。要远离他们并非难事。墓地位于那座古老教堂的南边，需要在丛林里穿行半英里，卢瓦纳弯曲膝盖，一步一步缓慢前行。她爬过石墙，在一处石碑旁蹲下，注视菜园对面的空地。那座菜园是她的家族遗留下来的。空地上鸦雀无声，只有黑色的鸟儿在空地上方飞动。在那棵悬挂死人的大树上，它们整齐排列在枝头，静静地看着卢瓦纳一步步靠近。卢瓦纳走到树干前，开始祭祀。

“这是献给艾娜的。”

她用携带的小刀划破手掌。

“给我你的勇气，给我你存活下去的意志。”

卢瓦纳本应献出她的勇气和意志，可家族的人早已逝去，世界也已然更迭。这是不是意味着她做了错误的选择呢？卢瓦纳无从知晓，她只知道，在这个冰冷的世界里无家可归的她，回到这里寻求一个圆满的终结。她的一只手紧紧贴在树上，鲜血顺着树干流下。

血液闪着湿漉漉的光，逐渐变得暗淡。

卢瓦纳看着大树一点一滴喝下她的鲜血。

第四十二章

约翰尼在另一个男人的人生篇章里醒来。他的脑海被这些记忆填满。一幅画面，一句言语，一段有妻子相伴的日子。她躺在那些篇章里，约翰尼看见她双手托着孩子的样子，看见她把孩子从床上抱起的样子，她好像在说：这就是我们一家人，这就是我们的生活。这段记忆对约翰尼而言最为清晰，因为其余的画面实在太过阴暗。在宝宝出生十天之后，玛丽昂既不说话，也不动弹。她不认得约翰的脸，也不认得他们的孩子。她已经这样盯着天花板上的同一位置看了多少个月了？一生。永远。

约翰尼想要永远停留在那个享受天伦之乐的地方，可他却记起了约翰无数次前往沼泽的辛酸，记起了他苦苦央求，跪地巴结，最终转变为恶语威胁的画面。艾娜总是对他不予理睬，甚至不愿与他说话。

“也许下一次她就会同意了。”伊萨克这样说着。

“也许下个月。”

约翰尼理解伊萨克对艾娜的恐惧。玛丽昂不吃不睡。她几乎没有了呼吸，却依然面色红润。她看上去完美极了，然而，却没有了灵魂。

“你对我妻子的灵魂做了什么？”

那是所有记忆里最黑暗的画面，是疯狂叫喊的阵阵回响。她还活着，却毫无生气。没有灵魂，却仍有生命。

约翰尼四肢着地跪倒在地面上，他尚未认清自己，也尚未回到当下的生活。艾娜的生命气息在长满苔藓的土地里蔓延，他看见她的眼睛，感受到她的愤怒与恐惧。她濒临死亡。

“给我拿个铲子来，然后回你女儿身边去吧。”他对伊萨克说。

伊萨克转身离开，不一会儿，他带着铲子回到原地。约翰尼知道艾娜身体的重量，也知道她被埋葬的地点。

“天……”

约翰尼起身，坐在地板上。小屋里光线阴暗，他的灵魂深处，遍体鳞伤。

“玛丽昂是谁？”

约翰尼睁开肿胀的双眼，杰克坐在长桌边的一张座椅上。小屋里只有他们两个人。

“你在这儿做什么？”约翰尼问。

“你刚刚在睡梦中大声喊叫。”

“其他人呢？”

“我不会让他们进来的。”

约翰尼挣扎着站起身，在杰克身边坐下。“我睡了多久？”

“我不知道。”

约翰尼伸手摸自己的脸。那是他的脸，不是约翰的。

“约翰尼，到底发生什么事了？这究竟是怎么回事？我们为什么到这儿来？你能跟我说实话吗？”

“就算我告诉你了，你也不会相信的。”

“你可以试试看。”

“我不能告诉你。”

“我刚刚说你在睡梦中叫出了声。我撒谎了，你不是叫出了声，你是尖叫着喊血腥谋杀。”

“杰克……”

“我第一次想进来的时候被里昂阻止了。那个老女人说你现在做的事有它的常规需要遵循，她还说如果我叫醒你，那就没有任何意义了。后来我威胁他们说要报警，她这才同意我进屋。”

约翰尼靠到椅背上，伸手掀开窗帘一角，维丁、克里和里昂三人站在屋外。只有维丁脸上洋溢着喜悦。

“那个老女人说如果我胆敢叫醒你，她就要了我的命。我相信她的威胁，约翰尼，我觉得她很危险。”

“她想从我这里得到一些东西，仅此而已。我一直都在注意她的一举一动。”

“你看见她的眼神了吗？光是注意根本不够。”

“不要再说了，去把她叫进来，好吗？”

“除非你告诉我到底发生了什么。”

“我不能告诉你。”

“那我想回家去。”

约翰尼很理解杰克此刻的情绪。杰克是一个逻辑和规则至上的人，他接受过高等教育，向来以理论体系作为思考依据，然而，约翰尼早已对杰克深信不疑的体系心灰意冷。倘若约翰尼告诉杰克真相，他会接受吗？绝不可能。在约翰尼眼里的美丽，在杰克看来是风险和危险，而不是光辉和宏伟。那段过往的残忍与痛苦无关紧要，那是约翰尼的祖先，是他生命的起点。“如果你想回家的话就回去吧，没事，我理解你。”

“妈的，约翰尼，你别这么做。”

“怎么做？”

“你总是这样，总是摆出这副坦然接受的样子。你难道就不能有点需求吗？哪怕一次？哪怕只有一次，难道你就不能承认我们都是一样的吗？”

杰克表情里流露出的悲伤显而易见，约翰尼根本无须思考。“我们当然是一样的，就像是亲兄弟一样。”

“你真的需要我的帮助吗？”

“杰克，你是我最好的朋友。如果你不在我身边，还有谁支持我？”

“那我们两个人一起面对？”

“对，像往常一样。”

“那好吧。”杰克站起身，他一脸严肃，却在不经意间流露出一丝满足的神色。“这件事真的有那么难吗？”

维丁进屋，她走在边上，步履缓慢。她看着约翰尼的眼神好像是在找寻死尸气息的狡猾动物，等待着享受别人的痛苦给她带来的利益。她想知道约翰尼所知道的真相，她想用牙齿狠狠咬住它，吃光它。那股能量使得她容光焕发，她黑色的眼睛闪闪发光。“怎么样了？我们都听到了你的尖叫声。”

“我知道她被埋在哪儿。”

维丁拄着拐杖，晃动了一下身体。房间里的一切静止不动，可屋中人的内心却不难察觉。“快告诉我。”

“你为什么这么想找到她？”

“你不用知道，这不包含在我们的交易范围内。”

“只是一个很简单的问题而已。”

“里昂。”维丁退让到一边，里昂走进房门，宽大的肩膀紧挨房门边缘。“我是怎么教你处理那些违背交易的人的？”

“我不想牵扯进来，约翰尼是我的朋友。”里昂回答。

“我不在乎你们之间的所谓友情，也不在乎你是不是想牵扯进来。按照我教给你的做。”里昂犹豫不决。“别假装你很了解我，小子，也别以为你有多明白事理。我告诉过你我想要什么。动手，就现在。”

里昂转眼直面约翰尼的目光。“对不起了。”他掀起上衣，露出别在皮带后的左轮手枪。那把枪很大，有些地方被磨得光亮。

“这把枪还能用吗？”约翰尼问。

“我二十年前用过它两次，我觉得它现在应该还是好好的。”

“如果我不告诉她呢？你要朝我开枪吗？”

“约翰尼，这件事不用搞得这么复杂。你回答她的问题，她回答你的问题，事情就完美解决了。大家都得到了想要的东西，所有人都可以安心回家了。”

“好吧。”约翰尼瞥向杰克，随后无奈地耸肩，因为他知道自己始终会带维丁去往艾娜的坟墓。不过，他想要彻底看穿维丁，此刻，他明白了。

危险，杰克之前这样形容维丁。

他说得没错。

里昂发动卡车引擎，几人仍然躲在防水布底下，对于克里而言，最重要的是呼吸，是努力让自己冷静下来。吸气，呼气。她知道约翰尼和约翰不是同一个人，但他们两人实在太过相像。克里在约翰尼的脸上看到了背叛，也看到了痛楚，他黑色的双眼犹如滚落下来的泥土。克里移开目光，将注意力转移到维丁身上。在克里七岁那年，维丁曾来过村子一次，那时候，怒火在四周的空气里升腾，震耳的吼叫声响彻耳边。克里躲在门背后，看着眼前的一切，她那时还太过年幼，无法懂得人们的愤怒和行为。不过，克里的外婆和外曾祖母曾在那天夜里谈起过这件事。

“她想要的东西是不纯洁的。”外婆站在火炉边说道。

“是贪得无厌吗？”外曾祖母问道。

“不仅仅是贪得无厌。”

“是荒唐吗？”

“对，没错，就是荒唐。”外婆张开双手，手上的动物油脂滴入锅中。“那个女人是没脸没皮，贪得无厌，还荒唐至极。”

那时候，克里还太小，无法懂得这些词语的意思，但她永远不会忘记外婆和外曾祖母苍老消瘦的面颊上所流露出的失望。

荒唐至极……

克里曾在字典上查阅过这个词，它有很多意思。

放荡淫乱。

居心不良。

不受控制。

卢瓦纳跪在那棵大树边的泥地上，自惭形秽，心中怀着同样的虔诚敬畏，那种敬畏曾使得童年时期的她恐惧万分。她伸手触摸过的树皮已经干了，卢瓦纳感受着头顶上那些树枝的伸展，感受着它们相互缠绕，感受着树下的凉爽浓荫。这棵树如此巨大，如今已体无完肤，卢瓦纳不敢相信它竟仍然屹立不倒。在卢瓦纳还是个孩子的时候，这棵树就早已历经了多年的风雨，在那些男人被悬挂在它最矮的树枝上时，它就已比丛林里的大多数树木更加古老。它终于快要走到生命尽头，却仍是卢瓦纳童年记忆里的那棵树，仍旧如那时一样高耸入云。

卢瓦纳用一块布包住手掌，开始回想起那段童年时光，回想起那把小刀，那些大人们口中所说终将到来的梦境。在卢瓦纳很小的时候，大人们就曾告诉过她：我们可以感受到艾娜的气息，还有其他少数几个人也跟我们一样，她们都是我们这一族里的女人。那些梦境是我们的负担，也是给我们的恩赐。

倘若贫穷神秘的生活和徒劳无益的承诺是她们口中所说的恩赐，那么没错，那些老女人的确是幸福的。然而，她们品尝过快乐的滋味吗？的确，她们彼此相依，偶尔也会有男人相伴左右。卢瓦纳记得在火炉边的那些笑容，那些亲切的表情，那些聊不完的对话。如若不是因为那棵树，卢瓦纳一定会认为她们是面容慈祥的疯子，只是一群精神恍惚、被遗忘在偌大沼泽里的老女人。

可，那棵树让人难以无视。

那棵树，那些梦境。

卢瓦纳离开那棵大树，找到母亲的坟墓。墓碑躺在东边围墙边的阳光下，上面雕刻的碑文简洁明了：黑暗大地之子。很少有人能懂得这些简单的字句有多么触动心弦。它们讲述的是非洲和艾娜，是那些漫长斗争和默木野的泥潭。时间的流逝、家人、终结，对于卢瓦纳而言，这一切太过沉重。

“对不起，我没能过来见您最后一面，对不起。”卢瓦纳对着墓碑说。

她触摸石碑，随后舒展身体，平躺在草地上，就这样躺了很久很久。太阳落山了，夜色降临，卢瓦纳丝毫不在意。她躺在原地，身边是那些早已逝世的母女。如今，这族人迎来终结，只剩下她和克里，而她们，即将离开。

“我的宝贝女儿，你到底在哪儿啊？”

卢瓦纳终于从地上爬起，她翻过石墙，往丛林中走去。她想起了曾被族人驱逐的维丁。克里一定在她那儿，与那个索取者和不被信任的人在一起。卢瓦纳离开墓地，走向那些更加幽暗的小径。五分钟后，她在远处的丛林深处看见了它。

那是一阵微弱的响动。

是一道一闪而过的光。

太阳落山时，克莱德·亨特正站在路边，四周的气氛开始有所变化，警车一辆接一辆从沼泽中驶出，紧跟其后的七辆警车排成一条直线，在凹凸不平的泥地上行驶，泥浆在车轮下溅落。坐在车里的人神情痛楚。车辆从拥堵的人群中间驶过，车辆两边的记者们争先恐后，高声问着各种问题，所有摄像机全部聚焦在车内，然而，车内的人始终平视前方。在车辆从身旁经过的时候，克莱德仔细观察坐在车内的人员。护林者，志愿者，退休警察。终于，克莱德认出其中一辆车的司机，他挥手拦下车辆。

“嘿，布林森。”

车辆冲到路边后停下。在愈渐微弱的光线照射下，车辆司机看上去一脸沉郁。车内的所有人皆是如此。

“出什么事了？你们为什么全都出来了？”克莱德问道。

“如果你是想询问你儿子的下落的话，那你放心吧，目前为止还没有人找到他。”

“我不是想问这个，不过还是谢谢你告诉我。”布林森始终目视前方。那张被酷暑折磨的脸异常惨白。毫不夸张地说，在克莱德看来，布林森全身上下，由外到内，没有丝毫血色。“你能不能告诉我到底出了什么事？”

“我失去了一个兄弟。”

“这是什么意思？”

布林森终于转眼看向克莱德。“我的意思是，他死了。”

“谁死了？怎么死的？”

“是警长手下的一名警员，名叫科尔森·海托华，是一个已婚的年轻小伙子。你认识他吗？”

克莱德开始回忆起科尔森的模样。三十出头，体形略胖，平日里有一些懒散。“我见过他。”

“他是我队里的队员，后来跟大家走散了，当我回头去找他的时候，发现他俯身躺在只有十八英寸深的水下。”

“是溺亡吗？”

“李副警官觉得这是他杀。”

“不是约翰尼干的……”

“其他警察都觉得是约翰尼干的，不过我近距离观察了科尔森的尸体，是我把他从水里拽上岸的，他脸上的表情看上去就像是躺在母亲怀里的宝宝一样安详。我可以对天发誓，他身上一丁点伤口都没有。那个可怜的孩子脸上竟然还挂着微笑。”

克莱德试着想象布林森口中所描述的那个画面。有多少人丧命？有多少人受伤？“你们为什么要离开沼泽？”

“警方已经下令让所有非警人员全部撤离沼泽。现在州警也参与到案件中来了，他们打算明天一大早再进入沼泽搜寻。明天会有更多直升机、更多工作人员参与进来。你也知道，到目前为止已经死了三个人了。”

“是的，我知道。”

“克莱德，你听我说，你一直以来都被称为神枪手，这一点我很欣赏，可在那片沼泽里待过的所有人，所有猎手和身强力壮的男人，”布林森伸手指向公路远处的一排车辆，“他们中没有一个人愿意继续留下来。没错，他们的确钟爱过瘾的搜捕和公平的斗争，我也一样。可除此之外的其他事件，成年男人无故失踪，直升机在根本没有大风的天气撞毁，实在是太不对劲了。这里发生的所有事情都太不对劲了。还有那些兄弟们，”布林森再次指向车辆，“他们当中大多数人都意识到了这一点。”

“布林森，你就别危言耸听了。”

“才十八英寸啊，克莱德，你告诉我一个人怎么可能在只有十八英寸深的水里溺亡？”

约翰尼蹲在防水布下，看着外面的光线逐渐变成橙黄色，最后变为红色。太阳快要落山了。“就在这儿。”约翰尼伸手在车厢上拍打了三下，卡车放慢速度。约翰尼起身，趴在克里上方，脑袋探进车头后面打开的窗户内。“左边有一条小道，你可以把卡车开进去，然后远离警察的视线。就是那儿。”小道上没有多少沟渠，因此里昂加速驶过缺口，冲进树丛里。树枝在车身表面剐蹭，里昂继续往前。没有人产生任何错觉。他们已经成功经过三辆警车。“现在可以下车了。”

约翰尼掀开防水布，跳下卡车。他站在默木野的土地上，一切来得太过猛烈，他有些晕眩。约翰尼靠在车厢边，平稳身体，随后踏入草丛。他步履有些蹒跚，试图追赶上那股突如其来的感知力。

是生命。

太多生命，令他窒息。

“约翰尼，你没事吧？”

“我没事，兄弟。下车吧。”约翰尼站在卡车边，前额靠在维丁所坐位置的窗边。“你准备好了吗？”

“你不会告诉我艾娜被埋在这儿吧？”

“我们从这儿开始步行。”

“前面没有路了？”

“有路，但是路边都有警察。”

“你是确实知道，还是自己这么认为？”

约翰尼注视着维丁眼周的褶皱，好奇她究竟对自己在默木野的生活了解多少。这个问题似乎有些亲昵。维丁近在咫尺，目不转睛地盯着约翰尼。“下车。”

约翰尼打开车门，维丁走下卡车。“里昂。”维丁指向身后的车厢，里昂从车厢内拿出一把锄头和一个铲子。

“你是认真的？”杰克开口问。

“再带上提灯。”维丁对着卡车后座点头示意，里昂进入车内，寻找提灯。“好了，一切准备就绪。小梅里蒙，带路吧。”。

“你能跟上我的速度吗？”约翰尼问道。

“试试看。”

约翰尼走上那条比较绕行的小道，以避开处在西北方向的警察。在维丁掉队时，约翰尼放慢脚步。他不信任维丁，可也不想让她因为摔倒而一命呜呼。“你可能得过去扶她一下。”

“我看着她呢。”里昂回答道。

“关于那把左轮手枪……”

"我们大家都不要再提这件事了好吗？"

里昂语气很平稳，但约翰尼知道他其实不愿伤害任何人。话虽如此，可维丁毕竟是里昂在这个世界上唯一的亲人，这一点约翰尼不得不考虑。"她是不是疯了？"

"你才是那个带我们所有人去找死人坟墓的人，"里昂跨过倒在地面的树根，"你说到底是谁疯了？"

那之后，约翰尼再没有吭声。他想要看穿维丁的内心情绪，可一旦他太过专注，那种感知力便会愈渐迟钝。他可以轻松感知到里昂和杰克的内心。然而，当他闭上双眼，将所有注意力集中在维丁身上时，她却变得像个幽灵一样，让人捉摸不透。而克里比这还要糟糕。她在默木野的土地上完全没有任何气息，约翰尼想起了自己与克里第一次见面的场景，她就那样无声无息地出现在教堂里。此刻的她同当时一样让人无法察觉。约翰尼可以听得到克里的脚步声，可以看到她的身影，也可以伸出手去触碰她，然而，她却好似根本不在这里，没有一丁点气息。约翰尼凝视克里所在的地方，那么空荡，他转眼看向维丁。维丁正注视着约翰尼，嘴角扬起一丝微笑。"你也看到了，对吧？"

"看到什么？"

"嗯。"维丁点点头，继续往前走，"你看到了。"

天色很快暗下来。里昂在维丁第一次摔倒后，点燃提灯。

"只是有一点黑，看不太清。"

"还有多远？"里昂问。

"差不多快到了。"约翰尼停下脚步，其他人也随之驻足。"墓地就在那边，穿过树林三百英尺就到了。"

"这么说，我们离目的地已经很近了？"

约翰尼坐到地上，一脸不慌不忙的模样。他的确会带维丁前往艾娜的坟墓，不过在那之前，维丁得先要做一个了断。"我们先谈谈。"

“我没时间跟你谈！”

“我可有的是时间。”

约翰尼看出维丁脸上的挣扎。无论她究竟想从艾娜的坟墓里得到什么，那都是她很久以来一直梦寐以求的东西。愤怒，渴求，不耐烦。维丁压制住内心的所有情绪。“那好吧。”维丁也坐到地面上，里昂坐到她身边，手中的提灯嘶嘶作响。杰克和克里始终站立着。“你想知道什么？”

“我想知道全部真相。”

“约翰尼，我们还是不要再继续了吧……”

杰克语气里的担忧很明显，约翰尼抬起一只手，示意他不要说话。维丁如饥似渴，约翰尼亦是如此。“快说。”

维丁弓起上身，一动不动。“你很热爱这片土地。”维丁说。

“没错。”

“你知道是什么原因吗？”

“为什么会有人……”

“嘘，小子，你是觉得我很愚蠢吗？你全身上下都散发着超常能量的恶臭。你体内存续着太多能量。你觉得我很贪婪是吗？看看你自己吧，你跟我一样贪婪。我在第一次看见你的时候就感受到了。你会为了保住你所拥有的一切而不择手段，哪怕是取人性命。”

“我不会……我不是……”

“当你看着他的时候，你看到了什么？”她伸出一根手指，指向杰克。“你看到了他的所有，你自己很清楚，别想否认。她呢？”这一次，维丁指向克里。在约翰尼的目光下，克里有些畏缩，可约翰尼仍旧盯着她看了许久。“什么都没有，你在她身上什么都看不到。之所以什么都没有是因为你如此挚爱的那股能量是属于她的，也属于她母亲，更属于艾娜。”

“我不明白你在说什么。”

“带我到艾娜的坟墓去，我示范给你看。”

"我不去。"

"现在马上带我去，不然的话，我什么都不会再告诉你。"

"现在还轮不到你讨价还价。"

"那我就亲手杀了你这个愚蠢又自私的小子。"维丁站起身，脸上的暴怒显露无疑，她好似一个损毁严重的弹簧，全身颤抖不已。"你们这些梅里蒙家族的男人们，"维丁一字一句恶狠狠地说道，"你们全是贼，全是杀人魔头，你们这些该死的、狗日的男人。"

"坐下。"约翰尼说。

"不。"

"你到底想不想知道她被埋在哪儿？"

"想，"维丁咬牙切齿，嘴里发出嘶嘶声，"想知道，想知道，妈的。"

"那就坐下。"约翰尼指向地面，"请坐。"

和所有出生在这片沼泽里的人一样，卢瓦纳对这片丛林了如指掌，即便是在光线昏暗的夜里，也能在树丛间穿梭自如。她几乎没有发出任何声响。起初，那道光在空中飘浮，仿佛被一只无形的手托举着。那是一缕呈O形的光，是一颗如小孩拳头般大小的星星。卢瓦纳童年时期曾在长辈口中听过有关丛林深处的光的故事，她从小就知道，绝不能一个人独自在丛林里游荡，倘若违反，便会挨打，挨饿。每个生活在沼泽里的小孩都知道这个规矩。

可，那些都是讲给小孩子听的故事，如今，她已成人。

况且……

那道光很美，她从未见过如此让人惊艳的事物。

她怎会感觉到如此熟悉的吸引？那是傍晚的暖阳，是母亲的轻柔触摸，是在每顿美餐之后的每个动人故事，它就像是卢瓦纳心中无法诉说的期望一样，无比熟悉。

那道光是为她而来。

那道光。

那道光消失了，它在眨眼间无影无踪。卢瓦纳竟会为这个她从来不曾了解的东西而感到心痛。

完整。

健康。

卢瓦纳双腿颤抖。耳畔传来远处的声响，她站直身体，另一道光出现了。那一瞬，卢瓦纳满怀期许，然而，那只是围绕在一群普通人之中的一道普通的光。那群人也许是警察，卢瓦纳无暇关心。除此之外的那道光才是她的全部。那是力量，是她的生命，她的灵魂。还有什么重要的呢？还有什么会重要呢？此刻，卢瓦纳头脑里的一部分意识到自己如此想法的疯狂与荒唐，而另一部分则对此无动于衷。她是这茫茫夜色里的一具躯壳，是一个脸上挂着泪水，疲惫且迷失的女人。也许，卢瓦纳那时真的哭出了声，然而，那道光无处不在。它跳跃，闪烁，渐行渐远。卢瓦纳止住眼泪，疯狂追逐。没有小心翼翼，也没有刻意掩饰，她只是那样不顾一切地拼命追逐。她在丛林间跌跌撞撞，绊倒，爬起，继续狂奔。在她脑海深处有一个微弱的声音在说着："快停下，你这是疯了。"然而，卢瓦纳并不在意。她感觉到了她的母亲，也感觉到了更美好的生活，她心中的渴望如此浓烈，也许，从此不再需要任何食物便可将她整个人填满。

"等等！求你别走！"

卢瓦纳跑上一座小山丘，又沿着另一边跑下山去。她跳入水中，水花在她急切的步伐中飞溅，这时，那道光停下了。它在朦胧的虚空中飘浮，比卢瓦纳所猜想的要小得多。光线周围的虚空是夜色玩弄她的把戏。它转动，漂流，卢瓦纳犹豫不决地扭动双手，随后鼓足勇气，张开手去触摸它。什么都没有发生，紧接着，那团虚空在顷刻间瓦解，掩盖其后的真相显露在眼前。

太可怕。

太骇人。

卢瓦纳看向那道光里犀利的黑色眼睛，那一刻，她才终于明白，为何长辈们总要让小孩对此充满恐惧。她所看见的是扭曲，是腐蚀。它开始移动，周围的一切随之移动。它来到卢瓦纳身边，触摸她。孤独，绝望，恐惧。它带着无尽的痛楚吞没卢瓦纳的思想，向她展示维丁梦寐以求的东西和她苦苦追寻的原因。它带着饥渴和憎恶腐蚀卢瓦纳的大脑，紧紧抓住她，用黑暗将她填满，击溃她的思想。对于卢瓦纳来说，此刻所承受的一切太多太多，在她头脑里，狂风暴雨。她张开嘴大声尖叫，可，尖叫远远不够。

她赤身裸体地站在雨中。

她被水吞没，无法呼吸。

第四十三章

那声尖叫似乎一下子充斥了教堂里的每个角落，在警察们的头顶，在他们的四周。有人认为那是人的声音，其他人则将信将疑。那个声响太过高亢，太过可怕，声音里太多痛楚。

“万能的神啊。”

汤姆·李闭上嘴，在心里默默完成了祈祷。

“我们该怎么办？”

一名警员站在李身后问道，然而，李没有转身。尖叫声持续不断，随后戛然而止。整整一分钟过去了，没有人移动，也没有人说话。

“李警官？”

汤姆·李环顾四周，大家的反应果然不出所料。有些神情坚定，完全准备就绪，但大部分人都是茫然无措。一整天都有人在窃窃私语：这片沼泽被鬼魂缠上了，约翰尼·梅里蒙就是一个幽灵。“有没有人能判断出尖叫声传来的准确位置？方向？距离？有没有人可以？”没有人说话。汤姆·李看向教堂外的夜色，在他四周是一排惊恐万分的面孔。

根本没有任何声响。什么都没有。

树丛间，一团薄雾缓缓升起。

当那声尖叫穿透树林时，约翰尼第一个迅速反应。他甚至没有丝毫犹豫就跑了出去。杰克大声叫喊，可约翰尼已远在一百英尺以外。他在一处小溪边的树丛里找到了卢瓦纳。刺耳的尖叫声变成小声呜咽，不过对于约翰尼而言，只要有一点声响，就足以让他在一片漆黑中定位卢瓦纳的准确位置，这不失为一件可喜之事。

约翰尼感受不到卢瓦纳的气息。

在奔跑中，约翰尼只能听到卢瓦纳发出的阵阵尖叫，却感受不到她的存在。找到卢瓦纳是意料之中，约翰尼不知道她来到默木野的原因，也不知道她是如何做到在夜色中穿行于树丛之间的。只有克里才像这样空白，只有克里才像这样，让约翰尼感知不到丝毫气息。

“弗里曼特尔女士？”

约翰尼碰了碰卢瓦纳的肩膀，可她却始终张着嘴巴，从她喉咙里迸发出的激烈、短促的呜咽声犹如是陷入悲痛的猛兽。约翰尼对卢瓦纳·弗里曼特尔并无好感，可他不能完全让她在此自生自灭。“你女儿就在附近，我可以带你过去。”约翰尼抓起卢瓦纳的手臂，但她的身体却像是被紧紧锁住，纹丝未动。“你能听见我说话吗？”

约翰尼靠近卢瓦纳的脸，她的双眼已经失去了神采，目光呆滞。这时，卢瓦纳停止喘气，她试着开口：“可……快……”

“弗里曼特尔女士，你想说什么？”

“快跑。”她终于说出口，然而，一切都太迟了。约翰尼感受到身后有什么东西在迅速聚拢，空气快速移动，寒冷突如其来。约翰尼转身，那双黑色的眼睛瞬间定格在他身上，像是一记重拳。约翰尼头脑里有个声音在说着：“记起来。”约翰尼记起来了。

他看见一场梦境的零碎片段。

看见另一段人生里那些迷失的篇章。

约翰站在原地，等待伊萨克拿铲子回来，那段时间里，他眼睁睁看着艾娜一点点死去。她受伤的手臂悬吊在空中，从伤口中喷涌而出的鲜血在昏暗的晨曦中呈现出一片黑色。第二颗子弹正中艾娜胸膛，穿过胸腔，从肩胛骨飞出。约翰曾见过一只鹿，它与艾娜伤势相同，却跟她一样硬生生撑了这么久都没有死去。这种情况非同寻常，却也时有发生。

“你没必要把事情搞到现在这步田地。”

约翰在艾娜身边蹲下，他知道，艾娜明白他此番行为的原因所在。她黑色的双眼紧紧盯着约翰，没有眨眼，双唇向后收起。是因为疼痛吧，还因为她意识到自己命不久矣。约翰这样想着。艾娜知道自己难逃此劫，可，天啊……

那双眼睛里的熊熊怒火。

“我们都说好了，”约翰说，“你救我妻子一命，我给你你想要的东西。”

“你妻子活下来了……”

鲜血从艾娜口中向外涌出，她被血流哽住喉咙，嘴里的牙齿全部被染成血红色。

“你给她的不是生命，她有呼吸，她没有死，但那不是真正地活着。”

“这都是你自己的错……”

“你当初给我的承诺不是这样的！”约翰声嘶力竭，他厌恶此刻的自己，厌恶自己的一切。“你本应该答应跟我见面的！你本应该弥补这一切！”

然而，艾娜的双眼早已合上。她难以呼吸。

在伊萨克拿着铲子返回时，约翰坐在地面上，双臂绕膝，枪支悬挂在他的手指上。他抬头看着伊萨克，说道：“她已经死了。”

“有可能没死。”

“她死了，即使没死，也离死不远了，无所谓了。”

“你想听听我的想法吗？”伊萨克将铲子插入约翰脚边的泥土里，“把她埋了，越深越好，深到永远没人可以找到她，就连我都不想知道她的尸体在哪儿。”

“为什么？”

“因为我见过一些你没有见过的事情，因为这些人把她当神一样供奉。”伊萨克背过身去，又再次转回头看向约翰，“这件事情之后，我们两人就再无瓜葛。我想我们以后也不用再见面了。”约翰点头。于他而言，一切都无所谓了。“我已经让整个村子的人都去北边地里种玉米了，我们所有人会在中午之前赶到那里。在那之前，你把她埋了，然后消失。”

伊萨克走了，梦境开始模糊。约翰闻到艾娜的鲜血味道，闻到她的皮肤和头发散发出的味道。手里的铲子不停转动、升降，他听见铲子持续发出的嘎吱声。每当约翰以为艾娜已经断气的时候，总会有鲜血从她受伤的胸膛处溢出。约翰无法快速将艾娜埋入土中，但他挖掘的坟坑一定要很深很深，深到永远没有人可以找到。虽然有人对艾娜恐惧万分，但也不乏对她爱戴有加的那些人。供奉，伊萨克这样形容，约翰不想冒险，他不想艾娜的尸体被那些狂热追随者找到，不想遭遇他们的报复。他想和自己的妻子独自生活，想凝视她空洞的双眼，声声哀悼。也许他会迷失自我。也许他内心的憎恶会逐渐消退。

在确定坟坑已经足够深后，约翰将艾娜拖入坑中，这时，他看见一缕光出现在她晃动的上衣下。约翰颤抖着掀开艾娜的衣物，那缕光的源头紧紧压在她皮肤上。它悬挂在一根皮条上，看上去像是一颗布满完美裂痕的石头。光芒在裂痕中闪烁，约翰伸手拂去上面的血液，一道蓝光映入眼帘，如此深沉，如此浓郁，几乎是紫色。约翰伸手触摸，感受它的能量。它穿过他的皮肤，进入骨髓。约翰明明站在深坑中，却知道天空的中心；感受到河水、树液和人体血液的流动；感受到种子随风飘落；感受到即将迸发的生命；感受到地球的转动。在他眼中，这一切犹如悬挂在夜空中的明星，那么显而易见。能量。风吹草动。让人匪夷所思的事实。他头脑里的一切思绪偏离正轨。杀戮。偷窃。从死人身上盗取。他听见艾娜在坟坑里转动身体时带起泥土的声音。“那是我的，”她说，“是给我的子民的。”两人四目相对，约翰知道，艾娜看穿了他的意图。“它不能救你妻子。”

可约翰早已踏入地狱之门，他无路可退。

他扯下艾娜脖子上的石头。

他将她活埋。

第四十四章

当眼前的画面断裂后，约翰尼一下子跪倒在地上。他手下的泥土与那时一样，口中的滋味也与那时一样。

“那个人不是我……”

然而，那股能量就在他的内心，在他的皮肤之下，深入体内。约翰尼用力挤压脑袋，想要划清曾经那个男人与如今的约翰尼之间的界线。

我不是杀人魔。

我不是。

几分钟后，约翰尼才逐渐清醒。他想起那双黑色眼睛，他认得那双眼睛，他曾经见过，在梦里，在镜子里，在那些有镜子出现的梦境里。

“约翰！”

约翰尼在夜色中大声叫喊，声嘶力竭。

“约翰·梅里蒙，是你吗？”

约翰尼望着天空和丛林，一道光在丛林深处升起，随后消失。

他想，那就是答案吧。

那就代表肯定吧。

约翰尼花了很长时间才将卢瓦纳·弗里曼特尔带回到家人身边。她有所反应，却几乎无法挪动身体。

“你能从木头上跨过去吗？”

“不，不是的，不是这样跨。”

约翰尼本可以将她一把扛起，可每当他如此尝试，卢瓦纳总会大声呻吟，或是直接僵在原地，约翰尼对此不知所措。他在卢瓦纳脸上看见艾娜的影子，在泥土一点点遍布艾娜全身时，听见她的叫喊。约翰尼靠近提灯光亮所在的方向，大声喊道：“是我，我马上过来。”

约翰尼走进灯光中，克里迅速冲到母亲卢瓦纳身边。“妈，发生什么事了？你在这儿做什么？”

卢瓦纳眨眨眼，停下脚步。

“她看见了一些东西，一个很巨大的东西把她吓住了。”约翰尼说。

维丁仔细端详着约翰尼的脸。“你也看到了一些东西，是不是？”

约翰尼厌倦了那些梦境，厌倦了猜不透的谜语，也厌倦了只有一半的真相。他想让维丁彻底开口，也许，他知道该如何做。“走吧，我带你到艾娜的坟墓去。”约翰尼说。

他们几人在凹凸不平的小径上行走，约翰尼在前带路，里昂搀扶着维丁，克里、杰克、卢瓦纳紧随其后。这条小径蜿蜒崎岖，但方向明确，即便是始终一头雾水的里昂也知道他们即将去往墓地。

“要是碰到警察怎么办？”里昂问。

“警察在距离那边半英里以外的地方，没事，他们不会发现的。我们没有其他选择。”

没有选择，似乎也没有风险。几人走出树丛，注视前方，没有人说话，大家肃然起敬。墓地十分平坦，然而，在那些石墙和墓碑之后，是世界的终结。

“我的天啊。”杰克感叹道。

眼前，一片雾气升起，宛如一座高墙，纯白、厚重，且笔直。那是一团凌驾于大树之上的迷雾。这时，维丁第一个向前迈开脚步。“看来是有什么东西不想让警察介入啊。”

约翰尼朝着墓地点点头，向维丁示意。“你想要的东西就在里面。”

“这不可能。”

“你想要约翰·梅里蒙的真相，在这里就能找到你想要的真相。”

“那好吧。里昂。”

维丁抬起手杖，指向石墙，里昂带她越过石墙，其他人紧随其后。约翰尼在那棵悬挂死人的大树前停下脚步。在三座石碑下埋葬的是当年被悬挂在树上的三个罪人的遗体。当时，艾娜任由他们三人的尸体在树上悬挂了数月之久，最终是伊萨克让那三人入土为安。约翰尼指向其中第一座石碑。“这是那个领班的坟墓。”

“没错，我知道。”

“你想要的就在这下面。”

“我们早在八十年前就已经检查过这些早年的坟墓，根本就没有。”

“你挖得不够深。”维丁看着约翰尼，一脸怀疑。“我当时就在约翰·梅里蒙身边，我亲眼看着她掉进地下。”

“她不是掉进地下。”克里反驳道。

“我不是说……”

“是你的祖先开枪打了她。”

“没错，可……”

“是他活埋了她！”

“够了！别说了！”

“我经历过！我感受过！”

“我说够了！”维丁猛地伸出手杖，敲击克里的后腿处，“孩子，这件事不关你的事。”

克里咬紧牙关，痛苦地叫出声来。

在她身旁，卢瓦纳的眼神里闪过一丝光亮。

“小子，挖给我看看。”维丁再次伸出拐杖。“里昂，你也去挖。”

约翰尼拿起锄头，里昂走到他身边。“哥们儿，你有没有可能判断失误？”

“她就被埋在这里。”

“你明白我们到底为什么要这么做吗？我反正是真的不明白。”

“我只能告诉你，你外婆是一个很危险的女人，你难道看不出来吗？”

里昂转过头，瞥向维丁。她手中握着拐杖，身体前弓，脖子上满是皱纹，双肩向上耸起。“小子们，别磨磨蹭蹭了。要不然深情拥吻一下，一了百了，要不然就赶快给我挖。”维丁抬手鼓掌，没有一个人觉察不出她内心的激奋。她因此而容光焕发。她热血沸腾。“来吧，动手吧，快啊，妈的，时间可不等人。”

“还是挖吧，挖一下倒也没什么。”里昂说。

“地下的场面可不怎么好看。”

“没关系，我能忍受。”

等待片刻后，约翰尼冲里昂点点头，开始挥舞手中的锄头。几分钟后，两人找到了默契。约翰尼挖动泥土，里昂用铲子铲出。铲子举起，落下，黑色泥土在干净的夜色里飞溅。

卢瓦纳看着眼前发生的一切，脑海里千疮百孔。她被困在那个柔软的地方，却很明了自己始终不曾到过那里。她知道在丛林里游走的是什么，也知道它恐惧的是什么。她知道维丁想得到什么，也知道她会用怎样的手段来满足一己私欲。那个老女人会挖开坟墓。她会杀掉卢瓦纳，杀掉克里。卢瓦纳想要阻止这一切，却无法动弹。她想到放在口袋里的那把枪，她用尽全身力气想要开口说话。她想要对着她挚爱的女儿大声叫喊。

快把枪拿去。她想这样说。

杀了那个贱人。

约翰尼很清楚领班被埋在多深的地方，这也就意味着他知道锄头在什么时候再派不上用场。“把铲子给我。”里昂将铲子递给约翰尼。“你现在可以爬出去了。”

“你确定？”

“相信我。”

约翰尼推了里昂一把，里昂从坑中爬出，留下约翰尼独自一人待在坑底。约翰尼扔掉锄头，抬头盯着维丁。他无法看穿她的内心，但他知道这个老女人想要什么。她想要生命！想要那块石头！她的每一个动作，每一个眼神，都将这一想法显露得淋漓尽致。她站在坟墓上方，探身俯视，双眼犹如射出亮光的黑洞。“你确定要这么做吗？”约翰尼问。

“你呢？你确定吗？”

维丁双唇扭曲，嘴角扬起一丝挑衅的笑，约翰尼不愿再看到她这副神色。他继续向下挖，当铲子触碰到领班的尸体时，约翰尼与其他人一样恶心反感。那口棺材只不过是土地里的一团污泥罢了，尸骨散落在与那时一样顺滑的泥土里，牙齿、白骨和几缕头发映入眼帘。

“哈，我告诉过你吧，在我很小的时候，我们就已经检查过那口棺材了。”

“你们当时把棺材打开了？”

“没错，就剩下这些了。”

“你们在它下面找过吗？”维丁猛吸一口气，约翰尼站直身体。“我想知道这是什么。”他指向自己的脖子，说道，“我想知道那块石头究竟是什么东西。”

“你看见那块石头了？”

“在梦里看见过。”他只说出一半的真相。约翰尼十分肯定自己也曾在丛林里见过。“除非你告诉我所有真相，不然我一寸都不会再往下挖。”

“里昂。”维丁示意里昂进入坑中，这时，约翰尼像拿斧头一样举起手中的铲子。“里昂，你也听到她之前说的话了。交易就是交易，我们都说好了，她答应过要回答我的问题。”

“里昂，去把它从我的坑里弄出来。”

“那块石头，”约翰尼继续追问，“究竟是什么？”

“里昂！”维丁厉声喝道，但里昂只是抬起双手，走到一边。维丁死死盯着里昂，仿佛只凭眼神便可要了他的命。“那不是一块石头。”她终于开口。

“你在撒谎吧。”

“它很古老，里面是空心的，并不仅仅是一块石头。”

“继续。”

维丁紧闭双唇，可里昂仍旧不肯动手，约翰尼也一动不动。“在古老的语言里，它叫作风漪，我母亲把它称作灵魂之石。”

“它是用来干什么的？”

“你怎么这么愚蠢？它的用途就是字面意思。它可以锁住灵魂！”

“谁的灵魂？”

“我们的第一个祖先。”

“你家族里的第一个祖先？”

“第一个女人，她叫玛赛辛。这块石头跟随了我们家族里的女人上千年，母亲传给女儿，一直连续不断。”

“后来传到了艾娜手里？”

“别搞得像你认识她一样，这么轻松地说出她的名字。”

这听上去似乎难以置信，不过约翰尼仍旧想象着维丁所描述的画面。

母亲传给女儿。

上千年，上千条生命，上千次流转。

“那块石头不在这儿，你找不到的。”约翰尼说。

约翰尼本以为这个真相会击溃维丁，可他错了。维丁不但没有如他想象的那样崩溃，反而露出扭曲的笑容，眼神里充满恶意。“你只需要负责把她挖出来就好了。挖出来，我就不会计较你这种让人无法忍受的无知。”

约翰尼看了杰克一眼，随后开始继续向下挖，动作缓慢，小心翼翼。维丁探身看着约翰尼移开领班的尸骨和牙齿，挖起掩盖在尸骨之下的泥土。在继续挖了十英寸之后，约翰尼扔掉铲子，开始用双手刨。泥土遍布他的双臂，他想起了那场梦：口中泥土的味道和压在身上的重量——被生生活埋的感觉。

“小子，怎么样了？”

约翰尼没有理睬，此时的他身处一个黑暗的地方，肉体和灵魂皆是。他双膝跪地，用双手一点点刨出泥土，坑越来越深，他也越陷越深。这时，他摸到了什么东西。

“天啊。”约翰尼站起身。

“是什么？”

“还有温度。”

“是她！把她弄出来！”

然而，约翰尼根本无法动弹。他看到人的膝关节和一片断裂的趾甲。

“里昂。”维丁再也按捺不住。

这时，约翰尼抬起一只手，阻止道：“别，你别下来，你可能会弄碎她。”

“她还活着吗？”

约翰尼看向克里，她跪在地上，紧紧捂住自己的腹部。她同约翰尼一样，她也感受到了，那是窒息，是恐慌，是惧怕。约翰尼与克里对视了几秒。

泥土里，一根手指动了。

于克里而言，这一切来得太过猛烈，太过突然。她曾多少次被掩埋在泥土之下？曾多少次被泥土封住喉咙？曾多少次看见这个男人的脸？曾多少次身处这个深不见底的黑洞中？泥土里的手指又动了一次，克里知道那是艾娜，她还活着。

这么多年了……

克里转身，在草地上呕吐不止。愤怒。血脉相连。血红色的泥土。“这竟然是真的，这怎么可能是真的？”

克里窃窃私语，没有人看她，也没有人在意。她四肢着地，鼓足勇气，再次瞥向深坑。

那根手指上的指甲断裂了。

每一个脚指甲也断裂了。

于约翰尼而言，艾娜的尸体和泥土融为一体，很难判断出二者的界线究竟在哪里。

尸体……

这是约翰尼的想法，一具似真似假的尸体。尸体上的衣物早已全部腐烂，头发缠结在一起，杂乱不堪，一条树根被稀泥和血红色黏土覆盖。约翰尼像是制陶工人一样，用手指小心翼翼地拂去艾娜的手肘、肩胛和耳蜗间的泥土。艾娜侧身躺着，约翰尼动作轻柔，唯恐扯破她的皮肤。她是那样让人无法置信得千疮百孔，如此久远的时间过后，她还拥有“皮肤”和“骨头”两个词已是对她最慷慨的形容。

“快啊！把她弄上来！”

约翰尼仍旧小心翼翼，不慌不忙。他找到艾娜的一条腿，随后顺着向上，另一条腿被压在下面。约翰尼拂去艾娜背上的泥土，感受她背部脊梁的凹凸起伏。他挖出她压在身下的那条手臂，艾娜的手死死抓住那棵悬挂死人的大树的一条树根。

“她手上抓着什么？”

约翰尼没有回答。他一一松开艾娜紧抓树根的手指，小心谨慎。当最后一根手指松开后，他感觉到了艾娜的变化，却没能来得及理解。

艾娜的一只眼睛是睁开的。

约翰尼吓得一下子瘫坐到地上，目不转睛地注视着她放大的黑色瞳孔和发黄的白眼仁。他不知道艾娜是否失明，也不知道她有无意识。她的半张脸和左边大部分身体仍旧埋在泥土里。杰克站在坑洞上方，惊呼道："我的上帝啊。"然而，约翰尼无心理睬。那只布满血丝的泪眼死死盯着约翰尼的脸。约翰尼扯掉上衣，擦干净艾娜嘴边的泥土，随后挖出她的整个身体，尽力用自己的身子遮挡住她赤裸的全身。"里昂，下来帮我一把，我们一起把她弄出去。"

里昂蹲到深坑边缘，约翰尼举起艾娜，移交到里昂臂中。

她的身体没有一点重量。

犹如一堆细枝。

卢瓦纳仍旧站在一旁，无法言语。她思想沦陷，脑海里出现那个可怜的身影。约翰尼从坟墓中爬出。他们将艾娜放到地面上，卢瓦纳看见她发黑的舌头和残缺不齐的牙齿。生活在默木野里的女人们苦苦寻找了艾娜几乎整整两个世纪，卢瓦纳曾以为她们是一群在荒唐信仰中迷失的蠢女人。

然而如今看来，并非如此。

此刻，那些手指移动了，那只睁开的黄色眼睛里，眼珠滚动。它死死锁住卢瓦纳，此刻，卢瓦纳内心的憎恶和狂怒顷刻袭来，如此强烈，将她侵吞。她憎恶男人，憎恶生活，也憎恶这个将她生生世世遗弃在冰冷泥土里的世界。这股情绪如狂浪一般猛烈捶打卢瓦纳的身体，如长钉一样刺进她的思想。怎会有如此无法耗尽的憎恶存在？艾娜怎么会到现在还活着？卢瓦纳听见外婆的声音，她在说着：因为她多年以来一直将那块石头随身携带，戴在脖子上，拿在手中，藏在一个只有女人才会藏的地方。卢瓦纳突然明白了。艾娜吸食了那块石头，吸食了那棵大树，吸食了她四周泥土里的所有生命。她吸干了整个世界，为了什么？因为憎恨？因为狂怒？什么样的可怕力量会容许这般残忍的生命存活如此之久？她是否也一直想要结束生命呢？她是否对这样的终结渴求已久，却无力实现呢？

那个可怕生物的眼睛转向克里，卢瓦纳知道，女儿克里也一定感受到了。克里四肢着地，抽搐不止，悲痛哀号，仿佛那同一根长钉也刺穿了她的头盖骨。“不要。”她喃喃自语着，“不要。”卢瓦纳很清楚，遗留在艾娜头脑里的东西对于她的直系后代而言是一件极其危险的事情。卢瓦纳，克里，她们俩是这张卷轴里的最后篇章，两者都是。卢瓦纳在脑海里大声叫喊，可她知道那个掩藏在一切背后的真相——维丁想要艾娜死去。

这才是他们今天到此的原因。

这才是他们从泥土里挖出艾娜的原因。

卢瓦纳眼前仿佛有一扇破碎的窗户，她正通过这扇窗户注视着眼前的一切。维丁犹如弹簧一样卷成一团，然而，其他人并未察觉。她靠在里昂身上，一只手抓着他的皮带，手指悄悄移到那把别在他腰间的枪支上。维丁并不想救活艾娜，不想减轻她的痛苦，也不想达成那么多女人多年来的苦苦追求。这个老女人想要的是那块石头，而要想得到它，只有一条路可走。这幅连续卷轴里的所有女人都必须死。这意味着艾娜必须死，紧接着是卢瓦纳和克里。这样一来，维丁便是那个唯一存活下来的人，是那棵独树上的最后一根分枝。那块石头将归她所有，随之而来的还有时间、生命和能量。

不过，只有当其他人全部死亡，她才可如愿以偿。

克里……

克里平躺在地面上，双手按压住胸口，似乎是要用力压住内心的憎恶。卢瓦纳走到女儿身边，一只手指抽搐了一下。“跑。”没人听见她的声音。维丁取下枪支，迅速对准艾娜的脸，子弹在她脸上狂吠、跳跃。艾娜死了，如她被活埋时那样，迅猛，残忍，无助。她被打得脑袋开花，黑色的血液喷涌而出。

玛赛辛……

相连的血脉来得那么猛烈，势不可挡。

第一个女人。

第一位母亲。

卢瓦纳像绽放的花朵一样张开双臂。她是这条连线上的下一个人，她感受到玛赛辛飘荡在夜色深处的灵魂。她们之间的相通来得迅猛且难以抵挡，紧接着，她看到这条线上那些早已逝去的女人，一大群觉醒的女人。那一瞬间，卢瓦纳变身为她们所有人的合体，她体内承载着上千条生命。

“我是玛赛辛……”

那一刻，她就是玛赛辛。她是玛赛辛，也是她的外婆，更是那些对于儿时的她而言仅仅是一个名字的女人。卢瓦纳知道站在非洲大地上抬头仰望星空的感觉；知道和那些她从未见过的男人在一起的感觉；知道在陌生的海域里清洗身体的感觉。如此多生命，如此多认知，如此多时间！卢瓦纳比她所梦寐以求的女人还要多彩。她很高大，也很渺小；很无私，也很温柔。她是那个从未曾真正成为的母亲。卢瓦纳拉起女儿克里的手，她站在上千条生命之上，只说了唯一重要的两个字。

“快跑。”她说。

这时，维丁举枪射中卢瓦纳的胸膛。

卢瓦纳跪倒在地面，双眼始终盯着自己的女儿克里。

“快跑。”卢瓦纳看着克里跑远，嘴角扬起一丝安心的微笑。克里向来都是一个优秀的奔跑者，她曾跑过一路向前的人行道，跑过庭院，跑过这座城市，也跑过她本不该拥有的人生。她可以逃脱那些追逐她的男孩，逃脱毒品，也逃脱母亲卢瓦纳直至此刻以前的所有软弱。

维丁大声叫喊着她的名字，不停朝着树丛里开枪。“克里奥尔！克里奥尔，去你妈的！”

但这一次，克里听了母亲的话。

她拼命逃跑。

全速狂奔。

卢瓦纳感觉到克里跑到石墙边，窜进那团浓雾里，此刻，卢瓦纳终于抬头仰望星辰，那是她曾透过无数双眼睛在无数个夜晚里仰望过的星空。

玛赛辛……

她感觉到那块石头，它在夜色深处。卢瓦纳笑了，因为她知道克里也一定能感受到。不是此刻，但是，快了。维丁转过身，卢瓦纳听见她嘴里的咒骂，冰冷且苦涩。

“你这个贱人，你他妈的贱人！”

维丁的话语里有太多愤怒，太多憎恨，太多渴望，但那不是因为卢瓦纳。卢瓦纳躺在地面，身体轻盈，身下的草地已被鲜血染红。她感觉到自己的生命正在一点一滴消逝，同时，她也感觉到了女儿克里的气息，她在黑暗里如此迅速地狂奔，脚步轻盈。卢瓦纳知道女儿内心的恐惧，不过，那终将消散。在这条卷轴上的所有女人都拥有能量，而这股能量即将归属于克里。

快了，孩子……

不要回头，跑吧……

卢瓦纳最后一次感受女儿的气息，随后，维丁在她身旁蹲下身子。汗液、泥土和湿棉花的味道迎面扑来。饥渴使得维丁说话的声音颤抖不已。“那块石头在哪儿？”她穷追不舍，“在哪个方向？”

卢瓦纳笑了，她的身体渐渐失去温度。“克里是在我之后的下一个直系，她会找到玛赛辛。”

“克里会死的，那块石头将会是我的。”

“只要我先死了，你就得不到那块石头。”

“你现在还不能死，我是不会允许你死的。”

“那你就不应该朝我开枪。”

“我和你们有同样的权利！我也有权得到那块石头！”

“如果你说的是真的，表姐，那你就不需要为了找到那块石头而杀死我们所有人了。”

“带我去找玛赛辛！”维丁连续在卢瓦纳脸上狠狠扇了两巴掌，“带我去，贱人！带我去找玛赛辛！”

维丁用力摇晃卢瓦纳的身体，她一把举起受伤的卢瓦纳，将她狠狠砸向地面。那是像小孩子一样的情绪失控。卢瓦纳大笑出声，这时，她体内的某种东西突然喷发。它堵住她的喉咙，冲出她灼烧的伤口。维丁举枪对准卢瓦纳的脸，可她已无力回天。克里是这条线上的最后一名女性后代，玛赛辛是她的。“你已经来不及了。”卢瓦纳说，随后，卢瓦纳在犹如孩童一般无邪的笑容里，永久地闭上了双眼。

在卢瓦纳生命终结的时候，克里蜷缩在一棵高大的黑树下面。她感觉到母亲的消亡，犹如渐行渐微的鹰啼。这便是她的开始——在一处巨大的高地突如其来的感知力，密密麻麻联结在一起的生命、记忆和思想。她仿佛站在最顶峰俯瞰这个世界，她感觉到土地的运动，感觉到星辰的变化，感觉到山丘的起伏，感觉到溪水的流动，感觉到时间的延伸，感觉到四周的所有生命，感觉到整个默木野。她知道母亲的悔恨与爱意，也知道她在生命最后那份强烈的自豪与喜悦。她知道艾娜的狂怒，知道玛赛辛的爱，知道战争的黑暗与残酷，知道和平与家人团聚的奇迹，知道帝权的稳定。那一刻，克里是她自己，也是其他人，是一条编织上千条生命的线。这一切太多，太突然，所以克里将所有注意力聚焦到玛赛辛身上，她就在夜色深处。克里感受到她的温度，也感受到她的意愿——她准备好了。

孩子……

她就是那个孩子。那个孩子就是她。

到我这儿来……

克里也想如此，可她头晕目眩。她伸手触摸大地，触摸天空。她找到那块高地，将她的所有感知力集中在那里。寂静，角度，距离。这三个词语在克里心中盘旋。那些高地，寂静无声。克里缓慢打开自己的思绪，看见过往和现在在眼前闪烁，如此之多。上千条生命，那些记忆全部在她脑海里，还有认知、力量。一只鹰在空中啼叫，克里也在那里。

她是更多生命。

她正在成为更多生命。

克里与那只鹰融为一体，感受它目的的纯粹。它再一次啼叫，于克里而言，那声声啼叫便是说给她母亲的点点话语。它们代表着“接纳”，代表着“理解”，代表着“爱意”。

它们代表着“谢谢你赐予我生命”。

代表着“永别了”。

第四十五章

对于约翰尼而言，此刻只有狂奔。他不记得自己是如何迈开脚步的，他的整个世界只剩下拼命逃离。夜色一片漆黑，风声在耳边呼啸，杰克拽着约翰尼的手臂。“这是怎么回事，约翰尼？发生了什么？”在他们身后，枪声尖锐刺耳。杰克跑到最前面，他踉踉跄跄地翻过石墙，随后一把拉过约翰尼。“她为什么要那么做？她为什么要杀了她？”

约翰尼同他一样茫然不知所措。那个古老的生物艾娜已经死了，克里的母亲也没能活命。他们两人穿过眼前的迷雾，另一声枪响在身后咆哮。克里也在拼命奔跑。“不要问了，继续跑吧。”约翰尼说。几人继续狂奔了五分钟。小心脚下。不要胡思乱想。他们在石墙的另一边停下脚步，迷雾也在这里终止。他们翻过石墙，石墙外的夜色很干净，杰克仍旧茫然无措。“怎么回事？这他妈的到底是怎么回事？”

约翰尼双膝跪倒在地上，心里一阵恶心。他手下的泥土平滑且湿润。

一百七十三年。

终于呼吸到新鲜的空气……

终于……

约翰尼伸手抹掉眼睛四周的汗水，汗液同泥土一样平滑湿润。

同那个古老生物的皮肤一样。

同她头盖骨里的脑浆一样。

“约翰尼？”

“杰克，现在别跟我说话。”

“兄弟。”

天啊，难以置信……

约翰尼眼睁睁看着眼前那堵雾墙瞬间崩塌。它从顶部掉落，滚落进树丛中。

“约翰尼，这是怎么回事？我们应该怎么办？”

约翰尼不得而知。他觉得身后的里昂可能已命丧黄泉，但他无法完全肯定。卢瓦纳死了，他能感觉到，但里昂的气息很模糊，维丁也一样。约翰尼对他们的感知力忽隐忽现，渐渐消退。他在原地停留了一会儿，随后急切地找寻克里，却不见她的踪影。“警察在沼泽里搜寻。”约翰尼感受到那些警察内心的恐惧，犹如血液膨胀的脉搏，那么明显。“他们就在附近。”

“那太好了，我们去找警察吧。”

然而，令约翰尼担忧的正是他们内心的恐惧。

“走吧，别犹豫了，兄弟。他们是警察，他们身上有枪，在目前来说，这些都是对我们有利的东西。”杰克流露出哀求的神色。“我们还等什么？”

约翰尼在等灵感，可杰克不会接受他这样的回答。约翰尼看向杰克，他眼神里的恐惧是那么无法遮掩，那是一种他无法摆脱，也无法习惯的恐惧。杰克的世界摇摇欲坠，他内心那些最基本的信仰濒临崩塌。“你说得没错，”约翰尼开口，“这是理智的选择。”

“理智，没错。你终于想通了，快走吧。”

“那走吧。”约翰尼一只手臂搭在杰克肩头，带着他往教堂的方向走。他在树丛中找到一条小径，小径两边的树木纷纷退让到一边，留出宽敞的道路。远处，照明灯在夜色中闪烁。有人生起了火堆。“你看，这条小径可以直接通往警察那边，看见了吗？”

“我们要怎么跟他们说？”

“我不知道，你是律师啊。”

“律师，好吧。”

“在你进去之前先叫喊几声，吸引他们的注意，听明白了吗？”

“等等，你说什么？”

杰克的背部肌肉抽动了一下，那些闪烁的火光给了约翰尼灵感。他将杰克推向正确的方向，紧接着独自跑出小径，转瞬间不见了踪影。杰克肯定会生气，也会害怕，但约翰·梅里蒙就在丛林里的某处，而约翰尼知道该到哪里去找他——群山中的第三座山丘。

那里有烟雾。

那里有火光。

里昂一动不动地站立在原地，他看着维丁从那个死去的女人身边站起身来。她矮小且苍老，可那把枪紧紧握在她手中，她似乎也有置里昂于死地的念头。“你竟然让那两个小子跑了。”她说。

“难道我应该阻止他们吗？”

“绝对不能给任何一个目击者留活路。”这句话字字简单，却可怕至极。维丁往地上吐了一口口水，恰好落在死去女人的脸颊旁边。“你还傻站在这儿干什么？把她们两个埋进坟坑里。”

“你说什么？”

“难道你想让警察找到这些尸体吗？”维丁朝着教堂所在的方向挥舞手中的左轮手枪，那些警察就在半英里之外的废弃教堂里。“快一点，马上动手。”

里昂并不情愿，可他仍旧对维丁唯命是从，这是他多年的习惯。里昂的母亲在他出生时便不幸离世，父亲也在他十七岁那年撒手人寰。一直以来，维丁始终陪伴在他左右，她是他唯一的亲人。里昂在他们口中所称的古老生物艾娜身边弯下身子，将她的尸体推入坟坑中。

“把那具尸体也一起埋了。”

里昂站在卢瓦纳·弗里曼特尔的遗体旁，迟疑不决。他认识卢瓦纳。他曾去过她家。“这样做是不对的。”

“自己慢慢接受吧，孩子，我们有的可是一整个漫长的夜晚。”

“这是什么意思？”

“我的意思是你得加快速度了。”

里昂小心翼翼，将卢瓦纳的尸体也推入坑中。他动作很轻柔，内心很苦楚。

“把坑填上。然后我们就离开这儿。”

里昂仍然照做，可他感觉到了维丁的不耐烦。

“快啊，快啊，动作快一点。妈的。”

汗水浸湿里昂的衣物，他皮肤上的泥土在不断滴落的汗液中逐渐变为稀泥。他看着手中的铲子，想着维丁手中的那把枪。

“好了，差不多了。走吧，我们现在一起去找那个逃跑的女孩。”

“克里吗？”

“她不可能跑多远。”

“这个你可说不好。”

“她妈刚刚断气了。接下来的事情可要花点时间了。”

里昂完全一头雾水。今天所发生的这一切毫无逻辑可言。“你要伤害她吗？”

“这个你就别管了，我来处理。”

“你也会伤害约翰尼吗？”

“他是我该担心的问题，你别瞎操心了。”

里昂看向远处的夜色，看向高高悬于头顶的夜空。“你想让我怎么找到克里？”

“别在这儿跟我瞎扯了。你从八岁就开始追踪猎物了。”

对于追踪猎物这一点，维丁说得没错。里昂的父亲在这方面技术精湛，里昂恰巧继承了这一点。一望无际的丛林，乱石嶙峋的地面，从来都不是里昂的对手。

“克里往那个方向跑了，你看见那些标记了吗？”维丁一边说，一边伸手指向远处，里昂点点头。“真是听话的好孩子。现在带我去找那个狗娘养的小贼，要回属于我的东西。”

克里留下的足迹很明显，即便在只有一盏手提灯照明的夜色中也清晰可见。她曾在这片布满厚厚丛林落叶的潮湿泥地上拼命狂奔。里昂很快便找到了克里之前躲藏的那棵大树，他伸出两根手指，克里之前坐过的地方留下了凹陷，她手肘和肩部倚靠的地方有许多翘起的草皮。“她在这儿待了很长时间，很害怕。我猜她当时应该是躲在这儿。”

“她什么时候走的？”

里昂摩擦手指间的泥土，转头看着维丁眼睛里燃烧的瞳孔。那是比之前更为强烈的饥渴与欲望。她拄着拐杖，直立身体。“可能是在几分钟之前刚走。”

“找到她。”

“我找到她，好让你也可以一枪杀了她？”

“别在这儿妄加推论。”

然而，这并不是妄加推论。里昂站起身，拿起提灯。克里的足迹一直通往北边的山丘，而他，却转身朝西边走去。“来吧，我把你带到你需要去的地方。”

维丁在漆黑的夜色里完全分不清方向，因而她并未察觉出这条路有什么不对劲，直到前方出现闪烁的灯光。那些灯光如鬼火一般明亮，灯光下有身影来回闪过，很多人，很多机器，还有一堆篝火。“那是教堂的方向。”

“没错。”

“克里绝对不会跑到离警察这么近的地方来。”

“你只要跟着我走就是了。”

里昂紧紧跟在维丁旁边，寸步不离。当维丁停下脚步时，他突然一把抓住她的手臂，快速往教堂的方向猛冲。

“放开我。”

“是你杀死了那两个女人。”

“我必须杀死她们。”

“你还打算杀死约翰尼和克里。”

维丁被里昂拉着一直往前走，她愤怒地发出一声苦笑。“不要忘了还有那个律师。”

“我不会忘记今天晚上发生的所有事，永远不会。”

直到这时，维丁才明白里昂对今晚的一切有多认真。“把你的手从我身上拿开，小子。”

然而，里昂不但没有照做，反而抓得更紧了。他拽着维丁一路朝教堂的方向走去，前方的空地传来一声吼叫。警察看见了里昂手中的提灯灯光。他们正朝这边赶来。

“放我走。”

“这一切很快就会结束了。”

此时，维丁迅速掏出手枪，枪口抵在里昂的肋骨前。

“你不会朝我开枪的。”

“真是无知。你一直以来都是个愚蠢又无知的小子。”

“那就开枪打死我，你敢吗？”

里昂停住脚步，俯视着维丁。维丁直视里昂的脸，毫不畏缩。黑暗的夜色中，她扣下扳机。没有子弹，没有枪响，什么都没有发生。维丁急忙再一次开枪，这时，里昂从她手中夺过手枪。“我之间就告诉过你了，二十年前我开过这把枪两次。”

“你现在应该是死人了，妈的。”

“你不知道吧，我只有那六颗子弹。”

约翰尼爬上那棵他经常睡觉的大树，在大树顶部四处张望，他看见了火光。空气里飘散着烟雾的味道，远处的第三座山丘上有一道光。这一次和以往不同，这一次，不再是微弱的火光，也不再若隐若现。这一次，是篝火，是邀请。因此，约翰尼爬下大树，同往常一样穿过一座又一座峡谷和顶峰。约翰尼来到第三座山丘的山脚下，他跨过地面上的乱石，爬上山丘的石碓。在距离山顶三分之一的地方，一团大火熊熊燃烧，约翰尼想起在他上一次攀爬这座山时，这些石碓差点要了他的命，于是他终于肯放慢脚步。不过这一次，脚下的路似乎很配合。没有一条小路突然移动，或是消失不见，那团大火仍在燃烧。约翰尼继续向上攀爬，此时，他眼前出现一处通往洞穴的岩架，洞穴前是那团燃烧的大火，洞口顶部向下倾斜。约翰尼绕过火光，看见洞穴深处有一道微弱的光。什么东西在洞穴内移动，一团阴影闪烁了一下。“约翰·梅里蒙，是你吗？”没有人回答，可那道黄色的光变亮了，约翰尼不知该如何是好。他很恐惧，但他也想找到约翰·梅里蒙。“我进来了。”

洞穴前方有一处拐弯，约翰尼在还未来得及察觉之前，就已经站在了那团微光之上。洞穴的拐弯处空空如也，约翰尼曾见过这样的虚空。“约翰·梅里蒙，是你吗？”

一声叹息在空气里移动，随之而来的声音那样疲惫，那样微弱，几乎远在天边。“那你是看见我了？”

“我看见一道闪光。”

“那是我学会的一种戏法，是用来诱导别人的思想的。”那道微光转瞬熄灭，出现在约翰尼眼前的是一连串的画面——一个年迈的男人，一个小男孩，紧接着是可怕、破碎、扭曲。所有画面一同播放，一个接着一个，当画面全部消失后，只剩下那道微光。“人们永远都是可以预测的。亮光的戏法。尘封的爱。古老的恐惧。我几乎都不用发挥自己的实力，这一点很好。我想我应该是把所有的事情都考虑到了。”

“所有的事情？”

“时间、疲倦和年纪。”

约翰尼凑上前去，想要看清藏在那团虚空之后的真面目。

“别再靠近了。”

约翰尼不管不顾，他不假思索地继续上前，这时，一股无形的力量抓住了他。那股力量将他举离地面，悬挂在半空中。约翰尼无法动弹，也难以呼吸。

“这是我的房子，你必须遵守我的规矩。”

“你的房子，是的，我明白了。”

“你确定你明白我的意思了吗？”

“求你放我下来……”

它松开手，约翰尼掉落到地面，他伸手轻揉自己的喉咙。“你是约翰，没错吧？”

“那个名字对我来说一点意义都没有。”

“但是我认识你。”

“你认识的是过去的我，现在的我和过去的我是不一样的。”

那团微光再一次熄灭，约翰尼看见一个扭曲的人形。他很老，很沧桑，每一处皮肤，每一处肢体，都是古老岁月的痕迹。他双腿纤细，向前弯曲，双臂的形状歪扭不堪，脸上布满斑点，且异常苍白。然而，这并不完全只是岁月所致，是更深层的东西，是堕落腐烂的东西。他的头盖骨形状，他的皮肤下那些凹陷的地方。眼前的这个男人和约翰尼无数次在梦境里见到的那个约翰天差地别。

“真的有那么糟糕吗？”眼前年迈的男人消失了，再一次映入眼帘的是约翰·梅里蒙，和约翰尼梦境里一样，他比约翰尼略高，身形略健壮。约翰想要挤出一丝微笑，但那根本不是笑容。“你更喜欢哪个我？”

“无所谓，我从来都不是一个很难取悦的人。”

“没错，你的确不是。”眼前的人形再一次从约翰尼梦境里的约翰·梅里蒙变成那个年迈的男人。“你也从来没有索取过什么，从来没有拿走过超过所需的东西。有一段时间，我一直很欣赏你这一点。我欣赏你的自知之明，也欣赏你对这片土地的热爱。正因为如此，所以我才欢迎你住在这里，我治愈你身上的伤口，让默木野成为你的家。我给了你很多东西。”

“你还给了我感知力。”

“还有那些梦境。”

“为什么这么做？”

“你会一直像现在一样热爱这片土地吗？如果你失去了这种预见的恩泽，你会对这一切全盘接受吗？”

他指的是这个洞穴，他的存在，还有他的畸形。然而，对于约翰尼来说，一切正在偏离正轨。他想到躺在泥土里的艾娜，想到约翰从艾娜脖子上扯下石头，并狠心将她活埋时无法抑制的暴怒。“你一直都在这儿吗？”

男人眯缝起双眼，声音突然变得低沉，恶意难掩。“你问我什么？”

“我不……我只是……”

“她不属于你。”

“什么？谁？”

男人转向一边，侧身盯着约翰尼，眼神里是熊熊燃烧的怒火。空气在洞穴里旋转，约翰尼感受到一股力量正如暴风雨一样迅速集聚。他手臂上汗毛立起，空气里充斥着电流的味道。

“只是一个问题而已，”约翰尼急忙解释道，“我只是想尝试一下，尝试着去理解，没别的意思。”

此刻，约翰尼心中的恐惧根本无所遁形。狂怒在那双沧桑的黑色眼睛里搅动，他双唇紧闭。这一刻，约翰尼想到了威廉·博伊德，那个被粉碎、被扭断、被撕裂的男人。约翰尼想象着，在这一切发生时，这个老男人脸上还挂着得意的微笑。此刻，他看见了同样褐色的牙齿，同样凶光闪烁的眼睛。

“玛丽昂到现在仍然是我妻子。”约翰说。

“明白……”

“你以为光凭几个梦就能跟我对她的爱相提并论吗？”约翰靠近约翰尼面前，“你以为那意味着什么吗？”

“冷静一下，好吗？”

然而，男人没有冷静。他双眼里的狂野愈发浓烈，约翰尼从他眼中看到的不再是梦境里的那个约翰·梅里蒙，而是嫉妒、憎恨，是持续一百年的暴怒。

“她现在还不属于你。”约翰说。

“什么？”

“如果你敢碰她，我一定要了你的命。”

约翰尼什么都不打算碰。此时此刻，除了四周散发着陈腐气味的空气和脚下冰冷的石头以外，一切都是那么不真实。眼前的男人是一团阴影，一个鬼魂，大声咆哮。而此时，他正带着约翰尼深入洞穴。要去哪里？只有上天知道。洞顶变得低矮，光亮开始微弱，约翰尼弯下身子。他一路看着男人扭曲的双腿、弯曲的背部和他臀部的起伏。

男人在最后一处拐角停下，黑暗的双眼再一次盯住身后的约翰尼。几缕油腻的头发散落在他脸上，他眼中的怒火仍旧没有消散。“我没有疯。”他说。

“我相信你。”

“不，你不相信。”

直到约翰带着约翰尼进入洞穴深处的一个小房间，约翰尼才终于明白。第二束火光燃烧着，在火光照耀下，约翰尼看见了……

玛丽昂。

她躺在一张用毛皮铺成的床上，美丽的容颜几乎没有丝毫改变。她身体的形状，脸颊的线条，还是约翰尼梦境里的模样。约翰尼瞬间被一种意想不到的情绪侵吞。玛丽昂是过去与现在的交点，是约翰尼的一场梦。可约翰尼清楚记得两人一起长大的童年；清楚记得当她说出他们俩总有一天会结婚时，眼里闪烁的光；清楚记得她穿着一袭蓝色裙子，手中拿着一朵他从河边摘下的花儿。他记得她的父母和姐妹，记得他在波士顿之行时买回来的那枚结婚戒指。这些记忆是属于约翰的，可这并不重要。约翰尼知道她的那些希望与梦境；知道那些私密的微笑与承诺；知道上千个夜晚里的激情燃烧。

她属于他。她不属于他。

突如其来的情绪，太多。

“现在你知道我为什么带你来这儿了吗？”

“我不能这么做。”

约翰轻飘飘地靠近床前，温柔地抚去玛丽昂脸上的秀发。“难道你不爱她吗？”他问。“难道你不是和我一样了解她吗？”

约翰尼不知如何回答。玛丽昂的胸口上下起伏，脸颊上泛起红晕。“为什么带我来这儿？”他终于问出口。

“因为我快要死了。”

“可那块石头……”

男人摇摇头，说道：“没有一个男人可以锁住玛赛辛的灵魂，至少这个真相是我欠你的。”

男人从衣衫下面取出那块石头，最后一丝幻影随之消失不见，他赤裸裸地展现在约翰尼眼前。他穿着用褶皱人皮做成的衣服，模样远比约翰尼想象中更加苍老。他的皮肤开始破裂，眼睛里变成灰蒙蒙的一片。他正在陨落，正在一点一滴消逝。

“你难道不爱她吗？”他又问了一遍，“你难道不愿意为了她的安全而付出任何代价吗？”

约翰尼低眼看向躺在床上的玛丽昂，她的双手放在身子两边，那么苍白。约翰尼想起了他的童年，想起了他父母和祖父母的生活，想起了历史的前行。那些他和玛丽昂在此相伴的日子，那些他们两人一起面对的日夜。

这么多年……

这么多孤独……

“拿着这块石头。”

约翰尼摇头。

“你必须拿着它。”

约翰将石头推向约翰尼所在的方向，即便是隔着一段距离，约翰尼仍旧感受到了它强大的力量。他的手指刺痛，所有感觉在顷刻间变得更强烈，更尖锐。他闻到约翰皮肤下散发出的腐烂味道，还有玛丽昂脸上温暖红晕的味道。

“我守护过你，”约翰说，“我给过你很多。”他再一次拿起石头靠近约翰尼，之前的那份狂怒重回他的眼中。“这是你欠我的。”

然而，约翰尼没有伸手接过石头，而是看进约翰的灵魂里。他的骨头被癌症侵蚀，体内的能量可怕且黑暗。它犹如毒药一样，充斥着他的每一根血管，一点一点吸食他的生命。

“我并不是一直都是这样的，”约翰说，“几十年后，你也会变得像我一样，我已经在这个世界上生活了一百五十年了。你会得到这片土地，得到玛丽昂，也会得到你想要的生活。拿着这块石头，守护她的安全。”约翰尼后退了一步，约翰爬到他面前。“你无法想象它的力量，也不能想象你可以用它来做些什么。你以为你了解默木野，其实你什么都不了解。拿着它。”

约翰尼还是摇头。

“你摸它一下。”

“我不要。”

“我不会让她死在你的软弱之下。”

“离我远一点。”

“我不会让她因为你的懦弱和不妥协而丧命。”

“我叫你他妈离我远一点！”

然而，约翰尼动作太慢。约翰突然冲到他面前，那样迅猛的速度简直令他难以置信。他死死抓住约翰尼的手腕。“她比我们两个人都重要。”约翰尼用力挣扎，可眼前这个年迈的男人却强大得不可思议。他用力挤压约翰尼的手腕，直到约翰尼终于张开双手，随后，他快速将石头递到约翰尼手掌上。“安静。”但怎么可能安静。

这个世界正在爆裂。

约翰尼正在爆裂。

最初袭来的是约翰内心的堕落和他的疯狂，不过那只是一丁点龟裂，是第二次爆裂的前奏。在那之后，约翰尼仿佛历经了几十年的生活。他感受到约翰对玛丽昂的浓情，如此强烈，如此丰盈。那一刻，约翰尼才明白，他自己所谓的爱只不过如同水珠一样苍白。约翰对玛丽昂付出了多年的牺牲、渴望和关爱！约翰尼在那一瞬间感受到了过去的一切，战乱纷争的世界，变革，凶兆……突然，画面回到了此刻。约翰陪伴在玛丽昂身边，守护着她的生命与安全，守护着她远离外面的世界。约翰尼知道他的想法，也窒息在他内心无边无际的孤独里。他感受到岁月变换，看到约翰眼中的变化：天空中出现第一架飞机，默木野里出现第一辆车。他看见那些被约翰亲手杀死的人，还有那些他故意留下活口，好让他们将这片沼泽的恐怖传递出去的幸存者。他还从约翰眼中看到了自己的小木屋，看到他在夜里进入小屋，凝望约翰尼的脸，独自一人思念着玛丽昂。他的凝望里满是慈爱，但那不是纯粹的爱意，而是一种期盼，虽然它是那样绝望、凄凉。约翰尼感受到了一切，感受到约翰对生活在那座村子里的老女人的恐惧。倘若只有一人，他可以轻松应对，但倘若是两人同行，他便可能会失去那块石头，失去他的生活，也失去他挚爱的玛丽昂。约翰憎恨那些女人身上的力量，但他的内疚始终不曾褪去。他所拥有的东西本该属于她们，这些偷来的年岁，玛丽昂始终未曾凋谢的完美容颜。约翰所偷来的是玛丽昂面容气色和身体温度的凝固，然而，约翰尼也感受到约翰内心的强烈恐惧，他早就知道，总有一天，这块石头会要了他的命，这一天迟早要到来。此刻，那块石头也在约翰尼的血管里灼烧，那股随它而来的能量亦是一样。

上帝啊……

约翰尼从不知晓这种能量的存在，也从未梦见过。他热爱默木野，所以，他就是默木野。不是分布在四处的生物，而是这里的全部：每一株植物，每一颗跳动的心脏，每一次泥土里的震动。他知道杰克此刻所在的位置，也知道他内心情绪的颜色。倘若他专注于此，他还可以找到里昂和维丁，甚至同样感受到他们的颜色——维丁是暴怒的红色，而里昂是悲伤的苍白灰色。那些约翰尼知道的事物近在眼前，触手可及。这便是这块石头的能量，这种能量不仅仅超越了认知。他可以像约翰一样，成为一个欺骗者，玩弄者。他可以治愈他人的创伤，也可以轻易置人于死地。

有限度存在吗？

约翰尼将注意力转移到约翰身上，感受遍布他全身骨头、肝脏和肺部的肿瘤，感受他紧握住约翰尼不放的坚决，感受他再撑住一次呼吸的意志。他远不止奄奄一息，他几乎已经死了。

够了……

这两个字在约翰尼脑海里响起，他知道那是约翰的声音。这个男人想要退缩，但约翰尼感受到了他在一八五三年所受到的创伤，感受到了当他拿走那块石头时，那些痛失、愤怒和绝望带给他的伤口。他看着约翰在愤怒和失去亲人的伤痛里艰难过活，最后，终于踏上了这片土地。他对这片土地的热爱如同约翰尼一般浓烈，在这一个多世纪里，他曾悉心呵护这里的每一棵大树，每一个他挚爱的生物。在这一点上，约翰和约翰尼志同道合。

没错，没错……

约翰以为约翰尼可能会有所动摇，于是他用尽最后一丝意志让这一切的重点回归到家园。默木野将会完完全全归属约翰尼所有。他可以如约翰当年那样对它悉心培育，用他从未想过的方式保护它。他将得到的并不只是默木野。

“我和艾娜一样，我们都与这片土地紧紧捆绑在一起，但你不一样。”

现在，轮到约翰尼退缩了。约翰口中的那些诱惑……

“你可以去任何地方，也可以成为任何人，任何事物。”

约翰尼也看到了这一点：远处的山峰，一望无际的森林，他可以化身为任何事物。

“唯一的代价就是照顾我的妻子。”

然而，约翰尼很清楚，这是约翰的谎言。那块石头属于克里。她是这条线上的最后一个，也是最强壮的一个。

“你必须杀了她。”

“不。”

约翰尼想要后退，可约翰的力气如此之大，他难以挣脱，那是一个即将死去的男人的最后一搏。

“她会感觉到玛赛辛，她会找过来的。”

“她只是一个小女孩。”

“她想得到属于我的东西！”

约翰尼强行挣脱眼前这个愤怒、贪婪、充满憎恨的男人。他踉跄地后退几步，差点摔倒。两人之间的纽带在一瞬间断裂，约翰·梅里蒙泪流不止。“如果你拒绝的话，玛丽昂会死的。”约翰拱起双手，脸上挂满泪滴，苦苦央求，“你还不明白吗？你还不知道吗？”

“我不能杀死一个无辜的女孩。”

“但是你想得到我可以给你的东西。”

他说得没错，倘若没有那块石头，约翰尼会比如今更加渺小。所有一切都会更加渺小。约翰尼注视着石头，回忆起它躺在手掌上的温度，还有它所带来的爆裂。他目不转睛地盯着那块石头，此刻，他不在乎时间，甚至不在乎玛丽昂。

他在乎的是默木野，

是他与默木野之间的纽带。

“没错，就是这样。”约翰说。

“我不能这么做。”

“带走这块石头，带走我的妻子。”

“我需要……”

“你需要什么？需要时间考虑？别像个孩子一样犹犹豫豫。有一点你必须要清楚，克里就快要来了。”

“我没感觉到她。”

“我们不能感觉到艾娜的后代，正是因为这样，她们才极其危险。快拿走这块石头，趁你现在还有机会，快拿走它。”

一切将会是如此轻而易举。拿走石头，获得能量。约翰尼这样想着。

约翰凑到约翰尼跟前，石头静静躺在他摊开的手掌上。约翰尼看着约翰的脸，他的眼睛比之前更加暗淡，每一次呼吸都是一场挣扎。

“求你了……”

约翰托起妻子玛丽昂的一只手，他卷曲粗糙的手指与玛丽昂平滑苍白的双手交叠在一起。这是违背自然的，也是令人同情、悲悯的。“我不能这么做。”

“你是不能这么做，还是不会这么做？”

“我不会为了你去杀害无辜的人。”

约翰尼往后退了一步，约翰跟了上来。他步履蹒跚，可随之而来的空气里四处充斥着电流，直逼入约翰尼的喉咙。“那我就自己亲自动手。我会杀了那个女孩，然后强迫你吞下这块石头，我会让你爱上玛丽昂。”

“玛丽昂不会想要看到这种结果的。”

“不要从你口中说出她的名字。你还不够强大，你还不配。”

“她不会想看到一个无辜的女孩白白死去，至少不是为她而死。”

“但是，迄今为止已经有几十个人为她而死了。老人，年轻人，都有，只要可以救他的命，我还会杀更多人，做任何事。”

“她从来没有要求你为了她这么做。”

“拿着石头！”

约翰一把将石头推到约翰尼面前，约翰尼再次后退了几步。“她不应该活到现在，约翰，她不应该在这里。”

“小子，不要逼我伤害你。”

“她的生命根本就不是什么恩赐。”

“闭上你的臭嘴。”

“这是一个诅咒……”

“我说了让你他妈的闭上你的臭嘴！”

此刻，约翰内心的某种东西破裂了。他仅存的最后一点耐心燃烧殆尽，留下的只有愤怒和狂暴。他一把举起约翰尼，往墙壁上猛摔过去。他将约翰尼狠狠压在布满石头的地面，挤压他的心脏，挤压他的肺部。“是我给了你默木野。”他更加用力。“是我救了你的命。”他把约翰尼举到半空中，约翰尼伸开四肢，他想要说话，却根本无法张口。约翰咳嗽不止，鲜血从他的口中喷涌而出，然而，他无暇顾及。内心的渴望如此灼热，玛丽昂将会死去。他转动拳头，约翰尼的双臂和双腿被扭转得不成人样。约翰尼失声尖叫，可约翰无动于衷。他让约翰尼痛苦不堪。他把约翰尼深深埋在痛楚和尖叫之下，埋在短暂的解脱和可怕的重压之下。“你将会是第一个死的人。”约翰说。

“求你……”

“死在我妻子之前。”

“停……”

“死在我之前。”

“求你停下来……”

然而，约翰没有停手。他积蓄所有力量，拧转约翰尼的骨头，直到他撕心惨叫。约翰跪倒在地面，却始终死死抓住约翰尼的关节和肋骨不放。当约翰尼终于找回一丝力气呼吸时，他说出了那句唯一没有说出口的话。“你这么做并不是为了她……”更多重压，更多尖叫。约翰尼咬住自己的舌头，口中溢出鲜血的味道。“你是害怕孤单。”

“闭嘴！”

“她宁愿死，也不愿意这样苟活。”

“你根本就不知道！”

“是你让我知道的！是你展现给我看的！她会鄙视现在的你！”

“不……”

“是真的。你看看她的脸。”

约翰转头看向妻子玛丽昂的脸，泪流满面。终于，他快要耗尽最后一丝力气。约翰尼全身剧烈疼痛，头脑充血。这时，眼前这个年迈的男子一下子崩塌，摔倒在地面，约翰尼也随之掉落。他想要动弹身体，但全身疼痛难忍，仿佛每一根骨头都被粉碎。约翰躺在约翰尼旁边的石头上。他的双眼和雪花一样煞白，只有双唇在微微移动。“她才是唯一无辜的那个，你不明白吗？你不在乎吗？”眼泪在约翰脸上连成一条线。他再一次咳嗽，更多鲜血从口中溢出。他摊开手掌，那块石头浮现约翰尼眼前。“拿着它，救救我妻子。”

“我不能这么做。”

“杀了克里，这整个世界就都是你的了。”

“她只是一个小女孩。”

“她是最后的代价。”

“这句话我早就已经听过了。”

约翰眨眼，越来越多鲜血伴随着他的咳嗽声从口中喷涌而出。“伊萨克……”

“你曾经很珍视跟他之间的情谊。”

“是的。”

“他也付出了最后的代价，还有你下令吊死在树上的那三个男人，还有艾娜，艾娜比克里还要年轻。想想你的儿子。”约翰尼想要挪动身体，却重伤得根本无法动弹。“你和玛丽昂的孩子最后变成什么样了？”

“我不得不放他走。”

“他付出了什么代价？没有父亲的关爱，没有家庭的温暖。”

约翰尼本以为约翰会为之所动，然而，他仍旧猛烈摇头，说话的声音是那样空荡。“她想成为一个好妻子，一个好母亲，我想让她得到这些。”

“她得到过。”

“但是很快就失去了。”

“难道你还不明白吗？”约翰尼再一次艰难呼吸，“永远都会有所谓最后的代价。伊萨克是，你的儿子也是。我不会去杀死一个无辜的女孩。玛丽昂有自己的生命长度，你也一样。”

“求求你……”

“我是不会妥协的。”

“约翰尼……”

“所有一切到此为止，不会再有更多无辜的人丧生了。”

约翰慢慢合上双眼，他也同约翰尼一样破碎。他的最后一丝意志消逝，最后一线希望崩塌。“这座山上有一处杂草丛生的地方……”

约翰尼明白，约翰仅剩的呼吸正在一点点流逝。“我会找到这个地方的。”

“把我和玛丽昂葬在一起……”

“我答应你。”

“这是我唯一仅存的能量了。”

约翰闭上双眼，两人四周的空气开始疯狂搅动。约翰尼感受到了温暖和能量，感受到约翰临死之际的黑暗时刻。约翰触摸约翰尼的手臂，将自己最后的生命全部倾注到捆绑两人的纽带之中。约翰尼全身灼热，疼痛不已，一段时间之后，他身上的伤竟全部愈合了。一切结束后，那块石头从约翰的手掌中滚落，终于，他的声音越来越微弱。“我想让她得到那些东西。”约翰尼张开嘴，却无言以对。约翰闭着眼点头，蜷缩到不朽的妻子身边。他，抓起她完美无瑕的手，紧紧握住。他，温柔地亲吻那张他一生挚爱的脸颊。他，咽下了最后一口气。

之后，约翰尼独自在原地坐了很久。那块石头就躺在他手边，但他直至此刻仍未伸手靠近。他思索着约翰和玛丽昂，思索着他们俩相依为命的这么多年。他想到了自己的生活，想到了这块石头足以带给他的改变。正在这时，克里出现了。她走进小房间，约翰尼在火光下看着她的脸。克里迈出的每一步都自信满满，镇定自若。那一瞬间，约翰尼竟觉得自己对她没有丝毫了解，她的改变如此明显。“他说过你会找到我的。”

“我就算是闭着眼睛也能看得到你。”

“还看得到玛赛辛的灵魂吧？”

“她是初升的太阳，怎么可能看不到？”

约翰尼端详着克里的脸，还有她那双深邃、冷漠的双眼。她浑身散发着光芒，仿佛朝阳真的已经升起。此刻的她看上去比之前更加成熟，也更加睿智。她走到床边，看着那个已经死去的男人，和他仍有呼吸的妻子。

克里的眼神从玛丽昂转到一旁的约翰脸上，随后移向他变形的四肢和扭曲的身体。“我本来可以告诉他最后会是这样的结局。”

“你是怎么知道的？”

“我经历过在我自己之前的上千次人生。”克里坐到地面，不过，离那块石头仍有一段距离，约翰尼始终有机会先下手为强。“在约翰·梅里蒙年轻的时候，我就已经认识他了，我见过他妻子在那场高烧中的样子。”

“他叫我拿走这块石头。”

“你会拿走吗？”

“如果我不拿的话，玛丽昂就会死。”

“那她就应该死。”

约翰尼咽了咽口水，内心竟是一阵突如其来的疼痛。不管是不是在梦境中，他了解玛丽昂，了解她的所有私密想法，他与她心心相印。他身体里的一部分对她是有情感的，虽不如约翰那样浓烈，却也仍有爱意……

“那段人生从来都不是属于你的，”克里说，“这股能量也同样不是属于你的。”约翰尼没有回答，那块石头就在他触手可及的地方。他感受到它可以带给他的人生，感受到所有那些他可以成为的事物，可以做的事情，感受到对最初出现在这个世界的所有事物的认知。克里扬起头，仿佛看到了约翰尼内心的挣扎。或许，她真的看到了。“你知不知道约翰·梅里蒙才是那个首先违背约定的人？如果不是因为他，玛丽昂就会像艾娜所承诺的那样，过着和普通人一样的生活？”克里开口说。

这是一段约翰·梅里蒙从未坦言过的丑陋事实。然而，约翰尼在梦中看到了，他理解约翰的做法。“他把土地转移到了伊萨克名下，而不是按照约定赠送给艾娜。”

“是他违背约定在先。”

“我觉得那是因为他和伊萨克之间的情谊很深厚。”

“但是背叛总是要付出代价的，不是吗？”

约翰尼看向玛丽昂，内心始终思索着那最后的代价。“关于你母亲的事情，我很抱歉，如果当时可以的话，我一定会阻止维丁的。”

克里沉着地笑了，她确实变了，变得强大了。尽管那块石头就躺在两人之间，但克里自始至终都没有看它一眼。“是时候做出正确的选择了。”

“如果我这么做了，玛丽昂会怎么样？”

“她会死。”

“什么时候死？”

“约翰·梅里蒙把玛赛辛的能量输送给了他所爱的那些人和事。这股能量渗透了这个地方，也渗透了她和你。她还会继续坚持一天，或者是一周，不过不会太久。毕竟万事万物都逃不过生命。”

约翰尼的手离那块石头更近了些。他想得到它，却又恐惧它的力量。这样的矛盾心理更加让他惊恐不已。“如果我现在拿走这块石头，会怎么样？”

“那我和你之间就免不了一场争斗。”

“争斗的结局是什么？”

“我是这条线上的最后一名女性后代，也是最强大的。你一定会输。”

“如果我没有输呢？”

“玛赛辛是女性的灵魂，它终究是不会属于你的，最后也只有这一点才是唯一重要的真相。”

约翰尼看着克里的眼睛，她平静如水。“如果我同意把这块石头给你，你会去哪儿？”

“这个世界很大，有很多女人都在受罪。玛赛辛会指引我的。”

“那这个地方怎么办？”

“现在的默木野对我来说没有多大意义了。”

“那我们两个呢？我们的家族之间呢？”

“只要你做出正确的选择，我们之间的那些恩怨就一笔勾销了。”

约翰尼看着石头，反复思考着它如此不可思议的力量。约翰曾用它来保全玛丽昂的性命，用它来杀戮无辜，不惜一切代价，保护默木野不受外界侵扰。是这块石头将约翰逼近疯狂吗？或者说，这背后的元凶其实只是譬如孤独、时间和悔恨这样简单的东西罢了？约翰尼无从知晓，他只知晓他对约翰说过的那些话。最后的代价永远都会存在，一个接着一个。然而，这并不是约翰尼唯一的担忧。

“你是个好人吗？”约翰尼问。

“我是上天和我的家人们共同造就的那个我。”

“这块石头可以改变整个世界，它是很危险的。”

“那要看拥有这块石头的人是谁了，”克里再一次露出微笑，“艾娜从小在战乱中长大，后来又饱受奴役，这些惨痛经历致使了她性格中的残忍成分。不过其他人都是很友善的，你得有点信心。”

在这一点上，克里说得不无道理。除了相信自己和自身所做的判断，以及在一切结束过后，宇宙仍要继续运转，世事终将回归正轨以外，约翰尼还拥有什么呢？上千条生命，上千段人生，这是克里所说的，约翰尼无法与此相提并论。更可悲的是，他连与此相比的权利都没有。就连约翰·梅里蒙也对这一点心知肚明。

没有一个男人可以锁住玛赛辛的灵魂……

“我为约翰对艾娜、对你的家族的所作所为向你道歉，”

“有些人是很软弱的，”克里说，“我会试着变得强大。”

这真是一个绝妙的回答。约翰尼盯着克里的脸看了很久，随后伸手盖住那块石头，感受它的温度和力量，而一旁的克里却无动于衷。她还是那么平静，那么淡然，这大概就是最好的预兆吧。“拿走它吧。”说罢，约翰尼体面地站起身。克里接过石头，将它放在胸口，那一刻，她似乎变得更加成熟，更加高大，也更加光芒万丈。之后，克里头也不回地离开了洞穴，约翰尼跟在她身后，步伐缓慢且沉重。他站在洞穴前的火堆旁，眺望默木野，它在夜色中呈现出美丽的紫色。克里早已无影无踪，约翰尼感觉到了杰克在远处的气息，他和警察待在一起，维丁和里昂也在那儿。到了明天，他的感知力会消失吗？他不知道，但克里说过，玛赛辛的能量渗透到了他的体内，也渗透到了整片默木野。

他真的准备好接受没有感知力的生活了吗？

他能做到吗？

尾声

玛丽昂坚持了整整一个月，在这段时间里，约翰尼几乎和她寸步不离。他第一次离开玛丽昂身边是在埋葬约翰的那天。约翰尼把约翰埋在了山顶，山顶下是他生活多年的那个洞穴。约翰生前所提到的那个杂草丛生的地方处在山顶的正东方向，前面是斜坡，约翰尼挑选了一处可以沐浴朝阳的好位置。即便是到了那一刻，约翰尼也始终不忍心将约翰独自一人丢弃在冰冷的泥土里，所以他坐在坟墓边，陪了约翰很久很久。一整天，约翰尼几乎没有说话，而他口中唯一的话语便是向约翰描述动人的美景和温柔的和风，抑或是向他解释自己最终的选择。过多赘述已无意义，所以约翰尼只是轻描淡写。

那是正确的选择。

他对约翰这样说。

约翰不会理解，但约翰尼对自己的选择无怨无悔。每一天，玛丽昂的生命都在一点点消逝，可每天早晨，她脸上那抹浅浅的笑容却始终如一。她是一座逐渐褪色的塑像，而这，也是万物规律使然。哪怕是最雄壮的大山也有崩塌的那一天，玛丽昂何尝不是如此呢？时间只过去了短短一周，她却一下子苍老了好多年。三周后，曾经的美丽容颜已是年迈的模样。约翰尼仍旧紧紧抓住她的手，向她讲述约翰，讲述他的忠贞不渝，讲述他多年来的孤独与寂寥。他答应玛丽昂，会将她与约翰埋在一起，一同葬在那片可以享受晨光的斜坡上。他告诉她，约翰在那里等她。约翰尼不知道玛丽昂是否听到他的话语，是否明白约翰对她的一片痴心，玛丽昂从不曾有任何反应，可约翰尼始终没有放弃希望。

容颜已老。

笑容长留。

每一天，约翰尼都会坐在洞口，观察警察在沼泽里的搜寻情况。每天通常都会有三十或四十人参加搜寻，有时甚至会更多。他们每六人为一个搜寻小队，从沼泽的一边出发，前往另一边，步伐缓慢，小心翼翼。他们下定决心要找到约翰尼，有一段时间，约翰尼甚至觉得这样的行为有些可笑。可是，约翰尼厌倦了外人踏进他的土地，厌倦了络绎不绝的记者和直升机，也厌倦了笼罩在这群人内心的恐惧和彼此间的不信任。约翰尼第二次离开玛丽昂身边，是去被烧毁的小木屋附近与杰克见面。这并不是杰克第一次进入这片沼泽寻找约翰尼。他同那些警察一样坚定，在沼泽里跌跌撞撞，但一直有警察在背后跟踪他，仿佛以为约翰尼也许会漫不经心地游荡到杰克面前，好让对方逮个正着。

这种事情当然不会发生。

至少不会是在约翰尼的感知力仍然存在的时候。

这个问题始终在约翰尼心里挥之不去。克里曾说过玛赛辛的魔法渗透到了他身上，可这是一个暗示瑕疵存在的词语。渗透并不意味着拥有，也不意味着从属，更不意味着永恒。所以约翰尼每天都生活在担忧之中，担忧有一天他会对沼泽里的风吹草动变得茫然，担忧有一天他会失去这种感知力，担忧有一天这种魔力将被永久移除。他看着玛丽昂一点点苍老，竟开始害怕自己的消亡。他是不是因此而显得虚伪呢？也许吧。可约翰尼情不自禁。在洞穴里的生活就是如此，与外面完全是两个世界。当杰克一个人出现时，约翰尼正坐在地面，仰望天空。天空很低，很白，九月末尾的天气很炎热，那一刻，他离沦陷那么近，那么近。他想拥有一块试金石，想回到过去的生活，而此刻杰克出现了，它就是来传递试金石的使者。“警方不会对你提起控告，他们要取消搜寻行动了。”杰克说。

约翰尼探出身子，见证了杰克所说的事实。警察正在从沼泽里撤退，废弃的教堂里空无一人。“为什么？他们怎么会取消行动？”

“吉米·雷·希尔脱离了生命危险，所以他肯开口向警方提供证词了。”杰克看上去很冷静，他一只手搭上约翰尼的肩膀，“他不知道是什么杀死了警长，但他发誓凶手绝对不是你。汤姆·李对吉米严加拷问，但他始终没有改变证词。这还不是最让人欣慰的。”杰克停顿片刻后，继续说道，“詹姆斯·柯克帕特里克也终于开口了。他还是有点语无伦次，但无论他觉得究竟是什么杀死了威廉·博伊德，都不会将矛头指向你。”杰克伸手在空中画出引号的形状，说道，“‘他飘浮在半空中，他在受十字架刑。’这是柯克帕特里克的原话。你听明白了吗？你是清白的。”

约翰尼明白了，不过他从未真正为这件事烦忧过。或许他从未真正在意过。“我是不是得和警察谈话？”

“这一点汤姆·李自有安排。不过他们又不会控告你，他还能做什么？无非就是问你几个问题，你回不回答随你便。”

约翰尼怀疑事情并非如此简单。有权有势的人害怕了，而这势必会带来危险的后果。不过，不提起控告也算是一件值得欣慰的事情。如杰克所愿，约翰尼的嘴角终于扬起一丝微笑，可他内心的解脱并没有来得那么强烈。他未曾想过自己会在洞穴里生活好几周。“我得走了。”约翰尼说。

“什么？我才刚来，你就要走？你难道还没懂吗？那个洞穴里的尸体都有好些年头了，太久远了，而发现的几具新尸体又跟你没什么关系。镇子上的那些人，对了，这又是另一个问题了。你根本不会相信镇子上流传的你的故事是怎么样的，大家都对你和这个地方议论纷纷。重要的是，这一切总算是结束了。让我们好好庆祝一下！一起吃顿大餐！喝点小酒！你的小木屋被烧毁了，但是我们可以去镇上，去我家里。我们可以想去哪儿就去哪儿，一切都结束了。”

杰克想要庆祝，而约翰尼却忧心忡忡地看着北边。此刻，玛丽昂苍老的速度更快了，她撑不了多久了。“再给我几周时间。”约翰尼说。

“几周？你在开玩笑吗？”

杰克的失望挂在脸上，但约翰尼别无选择。“帮我告诉克莱德我很好，好吗？也跟我妈转达一声。”

“这个我当然答应，可……”

“谢谢你，杰克，你真是一个好人。”

约翰尼准备转身，但杰克仍旧有话要说。“嘿，兄弟，我不想提起这件事，但你的税费在九天之后就到期了。”

“差点忘了。”这件事早已被约翰尼抛在脑后。他内心有那么多顾虑和担忧，竟完全遗忘了这一件。他终将会因为金钱这样愚蠢至极的事情而失去默木野吗？“你为什么在笑？”

“只是傻笑而已。”

“杰克你个臭小子……”

“你信任我吗？”

“当然了。”

“那就说我是你的律师。”

“你是我的律师。”

“很好。”

“这是什么情况？”

“这件事你别担心，不过我们的大餐可不能等到两周之后，我给你八天时间，怎么样？八天之后在你的小木屋碰面，你什么都不用准备，全部交给我。”

五天过去了，第六天的下午三点，对方的四名律师正在顶楼的大会议室等待。杰克走进会议室，上身穿着亚麻衬衫，下身是一条牛仔裤，鞋尖被磨得有一点泛白。对方是他曾经工作过的公司成员，一个个身着昂贵的西装，表情严肃。莱斯莉依旧是那么楚楚动人。“先生你好，女士你好。”杰克脚步轻盈地穿过会议室，坐到办公桌中央的座椅上。他从肩上取下旧时在法学院使用的书包，放到桌面上，一一和办公桌对面的几人对视。脸上始终挂着微笑。

莱斯莉首先开口说道：“看来私人执业似乎很适合你啊。”

“碰到些正确的客户是一件好事。”

迈克尔·阿德金斯交叉手指，俯身向前，说道：“你指的是一个客户吧？”

“没错。”杰克拉开背包拉链，拿出一份文件，将四份复印文本滑到桌对面。“这是我方的赔偿需求，不接受商谈。”

阿德金斯看了看文件，回答道：“要求一百万啊。”

“必须在三天之内付清，否则，逾期价格将会在此基础上提高三倍。”阿德金斯一脸嘲讽，其他几名律师表情茫然，杰克脸上的笑容更加明显。“你竟然代表这个镇，我是不是走错办公室了？”

莱斯莉是唯一一个回敬杰克微笑的人。她的笑容还是那么光彩夺目。“对方律师，我觉得你在这件事情上有点高估自己了。”

“你方派了一架直升机闯入我客户的家……”

“准确地说，那只是一个小木屋。”

“那是他自己亲手搭建的小木屋，是他劳动的心血。”

“但是双方的责任还未明确。”莱斯莉说。

“没错，这一点将在法庭上见分晓。你们毁坏私人财产，过度使用暴力，恶意给我方客户造成心理困扰，恶意诉讼，别逼我在法庭上去说这些。”

“请……”

“你方所代表的警局在我方客户年幼的时候就一直对他实施骚扰行为。这种行为模式既成……”

“你的客户有犯罪记录，”阿德金斯打断道，“你口中所谓的骚扰在我看来是执法。”

杰克看向阿德金斯，他是这家公司的高级合伙人。此时，杰克脸上的笑容有些僵住了。“李副警官利用平民……”

“是平民追捕人。”阿德金斯再次打断。

“携带武器的平民追捕人。”

“什么？他没有这么做！”

杰克从文件档里取出更多资料，递到几位律师跟前。“这是证词。上面有蒂米·比奇，有鲍勃·布林森，还有其他几个人的证词。”四名律师齐刷刷开始翻阅文件。“监狱里的两名看守已经证实，我的客户曾因涉嫌杀害受害者威廉·博伊德而被关押进监狱，当时，监狱方不仅强制关押，甚至严刑拷问我的客户，还蓄意延长关押时间，违反法律的明文规定。此外，警长威拉德与人合谋剥夺我的客户寻求法律援助的权利。这是他们的证词。”杰克拿出更多文件资料，“我暂时还没有拿到邦妮·巴斯比的证词，不过她很清楚警长威拉德一直都与我的客户之间有些恩怨。她是个正直的好人，我相信她在接到法院的传票后，肯定会说出实情的。我给你们简单总结一下我的观点，如果这件事上了法庭，那么这个镇恐怕会蒙受很大的损失。这一点，你们清楚，我也清楚。更不要提恶劣的公众影响和附带的政治后果了。”

没有人提及掩藏在更深层的那个事实，但它始终存在。雷文县的陪审团成员中大部分都来自蓝领工薪阶层，和一些居住在市区范围以外的男男女女。在这样的人眼中，约翰尼堪称英雄人物，而县政府则是他们的敌人。每每想到自己站在这样的陪审团面前英姿飒爽的模样，杰克脸上便会浮现出一抹笑意。迈克尔·阿德金斯似乎也明白了这个现实。“一百万美元……”

“你们这个台阶下得再轻松不过了。”

“进程太快了。”阿德金斯在文件上方摆摆手，仿佛是要用戏法让它们瞬间消失。“这种谈判过程太不合乎常规了。”

“的确有点快。”杰克起身，拉上背包拉链，“你们抓紧时间商量一下，我去外面等。”

杰克走出会议室，走到走廊的窗边，俯瞰窗外的城市风景。对方的商讨比杰克想象中要快，这一次，他们派出了莱斯莉。莱斯莉走到杰克身边，她的皮肤和往常一样，完美，白皙，微微泛红，双眼在阳光的照射下闪闪发光。“干得好啊，大律师。”杰克耸耸肩。这件事还没大功告成。“他们希望你能做出让步，五十万。”

“不可能。”

“我跟他们说了你不会同意的。我本来应该给你来点硬的。”

“这么说，一百万没问题吧？”

“阿德金斯是不会在谈判达成一致之后跟你握手的，不过没错，一百万，外加一些常规的手续。”

“保密协议呢？弃权声明呢？”

“按老规矩来。”

“一百万需要在三天之内付清。”

“我明天就去准备文件资料。”

杰克点头。第一个真正的客户。第一件案子。杰克正准备转身之时，莱斯莉突然开口问道：“你见过他吗？自从……你知道的，我就不说了。”莱斯莉一边说一边抚摸杰克的手，杰克没有说话。她靠近杰克，身上散发出和往日一样的味道。香水的味道，秀发的味道。“杰克，那里到底发生了什么？我的意思是，真实发生了什么？那些尸体，那些故事，究竟是怎么回事？大家都说这件事要追溯到一百年前，甚至更久远，就连现在都还没人敢确定博伊德和警长威拉德究竟是怎么死的，也没有人知道科尔森·海托华怎么会在只有十八英寸深的水里面淹死。”杰克摇摇头，可莱斯莉又往前凑近了一步，“他们说这里面有一些连法医都不愿谈论的事情。他们还说那片沼泽被幽灵缠身，约翰尼和我们所有人都不一样……”

“别瞎扯了，莱斯莉。”

然而，莱斯莉再一次凑近身体。“我认识警局里的人，也认识几个州警。他们中有好几个跟我提到过维丁·弗里曼特尔，还有他们在那个古老坟墓的底部发现的东西……”

“莱斯莉……”

“他们说那个和卢瓦纳·弗里曼特尔埋在一起的东西超出了常规的解释范围，还说法医不肯谈论这件事是有原因的。很多成年男人都被吓到了，杰克，他们完全不知道该相信什么。”

“你想说什么？”

“他们可都是些经验丰富的警察，个个都是身强力壮，那些神话故事，或是糊弄小孩子的故事根本就吓唬不了他们。”

“可那就是故事啊，都只是些故事而已。”

“但是谁会住在那种地方呢？谁愿意？你就别敷衍我了，杰克。当时你就在现场，无论发生了什么，你都是亲眼看到了。”

杰克望向窗外的城市。莱斯莉说得没错，他的确看到了一些让人费解的事情。

“我想知道你脑袋里的所有事情，在这一切都结束之后，你明白我意思的。”莱斯莉说。

莱斯莉轻轻按压杰克残障的那只手臂。之后，杰克驾车穿过十几个街区，购买波本威士忌和香烟，但莱斯莉的举动始终在他脑海里盘旋。他想到与莱斯莉一起共度的那些缠绵夜晚，想到她那双在昏沉夜色中美丽动人的双眸。莱斯莉骨子里是一个唯利是图的人，却从不曾为此懊悔。也许杰克会再次与她见面，也许不会。无论是何情况，决定权在杰克自己手中。

杰克回到自己的公寓，想着他为约翰尼以后的生活争取到的那笔钱。他接下来的工作便是说服约翰尼争取保护地役权。这样一来，他所需要缴纳的税费将会大幅减少。想到约翰尼将会为此与自己争执的画面，杰克忍不住扬起微笑。这便是他当初就读法学院的原因——为了得到应得的答案，为了帮助那些对他而言重要的人。

杰克给自己倒上一杯威士忌，走到楼顶，眺望位于北边的默木野。两天后，他将和约翰尼一起吃晚餐，到那时，他会询问起那些尸体，那座洞穴，还有镇上的人们议论纷纷的其他所有事情。他想了解那些受害者的死亡，了解他们内心的恐惧，了解那些幸免于难的人们口中的故事。他也会问出一些更深层、更黑暗的问题，关于他在那晚亲眼看到、亲耳听到的一切，关于他们从那个满是稀泥的地底挖出的古老生物，杰克被这些问题困扰已久。他会询问起维丁，询问起约翰尼的秘密，询问起那些使得默木野如此举足轻重的事情。不过杰克不会得到太多答案，这一点他坦然接受。这些答案终究会揭晓，抑或，永远都无法揭晓。杰克唯一确定的是约翰尼·梅里蒙是他最好的朋友，这种情谊从儿时起便已生根发芽。杰克还有很多年时间去探寻这些问题的答案，甚至是穷极一生。

杰克可以耐心等待。

他终将会明白一切。

杰克举起酒杯，一饮而尽，随后弯腰捡起一块鹅卵石，洁白，平滑，小巧，绝不会导致约翰尼受伤。他把石头放在手掌，上下抛掷，随后将其放入口袋。

玛丽昂在将近黎明时分咽下了最后一口气，当时，约翰尼陪伴在她身边，迎来死亡。他流泪不止，可约翰的记忆仍旧在他脑中，看着玛丽昂存活了如此多年，却丝毫没有生气的模样，约翰尼觉得不免有些可悲。一年零三个月的婚姻生活。对着自己的孩子眨眼的一瞬间。中午时分，约翰尼已经挖好了坟墓，可他却拿着铲子，迟迟没有将玛丽昂下葬。默木野依旧炎热，依旧一望无际，依旧任风吹扫。山坡对于玛丽昂来说也会是个不错的地方吧。她曾在地下沉睡了那么多年。这一次真的有所不同吗？约翰陪伴在她身边。大地仍未改变。当玛丽昂的尸体被埋进坟墓，约翰尼第一次想到了墓碑。玛丽昂和约翰以往的石碑仍旧站立在庄园的家族墓地中。约翰尼记得碑文上写着：

浓情缠绵，生生世世的灵魂伴侣。他想，再也没有比此更适合的了吧。

也许他应该把那座墓碑带到这儿来。

也许他应该在墓碑上刻下最后的日期。

约翰尼继续在这些山丘上待了两天，在第三天的日落时分，他终于去了自己的小木屋。小木屋已经完全被毁，那架撞毁的直升机还躺在原地。不过，约翰尼对此并不烦忧。他会再搭建一座小木屋。那座洞穴可以为他遮风挡雨。约翰尼伸手扶正一把露营椅，把座位和桌子推到一边。他转头面向太阳，四周很安静，这一刻，他才终于开始思考自己的未来。在那之前，玛丽昂和约翰，曾经的过往，还有此刻身在沼泽某处的克里占据了他太多思绪。他只有在夜里，只有在他最脆弱的时候，才会为自己担忧。

如果他消亡了呢？

约翰尼深吸一口气，远眺默木野，此刻，他感知到了太多太多。他知道杰克现在正在距离教堂半英里之外的地方，吹着口哨。他知道明天将会下雨。他知道往北边两英里以外的地方，石头躲在树荫之下，表面的炙热逐渐褪去。克里曾说过魔力渗透了这片土地，也渗透了约翰尼。

也许“渗透”一词远比约翰尼想象得要猛烈。

也许这一切都不会改变。

约翰尼面向着太阳，虽然紧闭着双眼，但他始终跟随着杰克的步伐。他踉踉跄跄地穿过沼泽，受伤，跌倒，咒骂，内心却是无可否认的渴望。也许，这一切将万古长存。也许，它终有一天会消逝。可是当下，此时此刻，约翰尼内心充满从未有过的快乐与欢愉。他拥有默木野，他最好的朋友也正在靠近。他们会一起畅饮，一起抽烟，一起开那些陈旧的玩笑。他们会彻夜不眠，在第二天的清晨享用一杯咖啡，随后前往河流闲情垂钓。约翰尼感受周围的一切，空气里泛起一阵漩涡。他看见杰克从口袋里掏出鹅卵石，约翰尼静静等着，直到杰克拿着鹅卵石的手臂向后伸去，约翰尼嘴角扬起一丝微笑。“被我发现了，老朋友。”

THE HUSH

图书在版编目（CIP）数据

静默之地 / (美) 约翰 · 哈特著 ; 崔玲译 . -- 北京 : 北京时代华文书局 , 2019.8
书名原文 : The Hush

ISBN 978-7-5699-3003-0

Ⅰ . ①静… Ⅱ . ①约… ②崔… Ⅲ . ①长篇小说－美国－当代 Ⅳ . ① I712.45

中国版本图书馆 CIP 数据核字（2019）第 062797 号
北京市版权著作权合同登记号 图字: 01-2018-4416

John Hart
THE HUSH

静默之地

JINGMOZHIDI

作　　者 | [美] 约翰 · 哈特
译　　者 | 崔　玲

出 版 人 | 陈　涛
策划编辑 | 康　扬
责任编辑 | 徐敏峰　康　扬
营销编辑 | 陈　煜　呼秀雯
装帧设计 | 安克晨　九章文化
责任印制 | 刘　银　范玉洁

出版发行 | 北京时代华文书局 http://www.bjsdsj.com.cn
北京市东城区安定门外大街 136 号皇城国际大厦 A 座 8 楼
邮编: 100011　电话: 010 - 64267955　64267677
印　　刷 | 三河市兴博印务有限公司　电话: 0316-5166530
（如发现印装质量问题，请与印刷厂联系调换）
开　　本 | 787×1092mm　1/16
印　　张 | 33
字　　数 | 440 千字
版　　次 | 2020 年 4 月第 1 版　　2020 年 4 月第 1 次印刷
书　　号 | ISBN 978-7-5699-3003-0

定　　价 | 69.00 元